在外日本重要絵巻選【研究編】

辻英子 編著

笠間書院

安城市歴史博物館所蔵『七夕之本地』上巻　姫君昇天

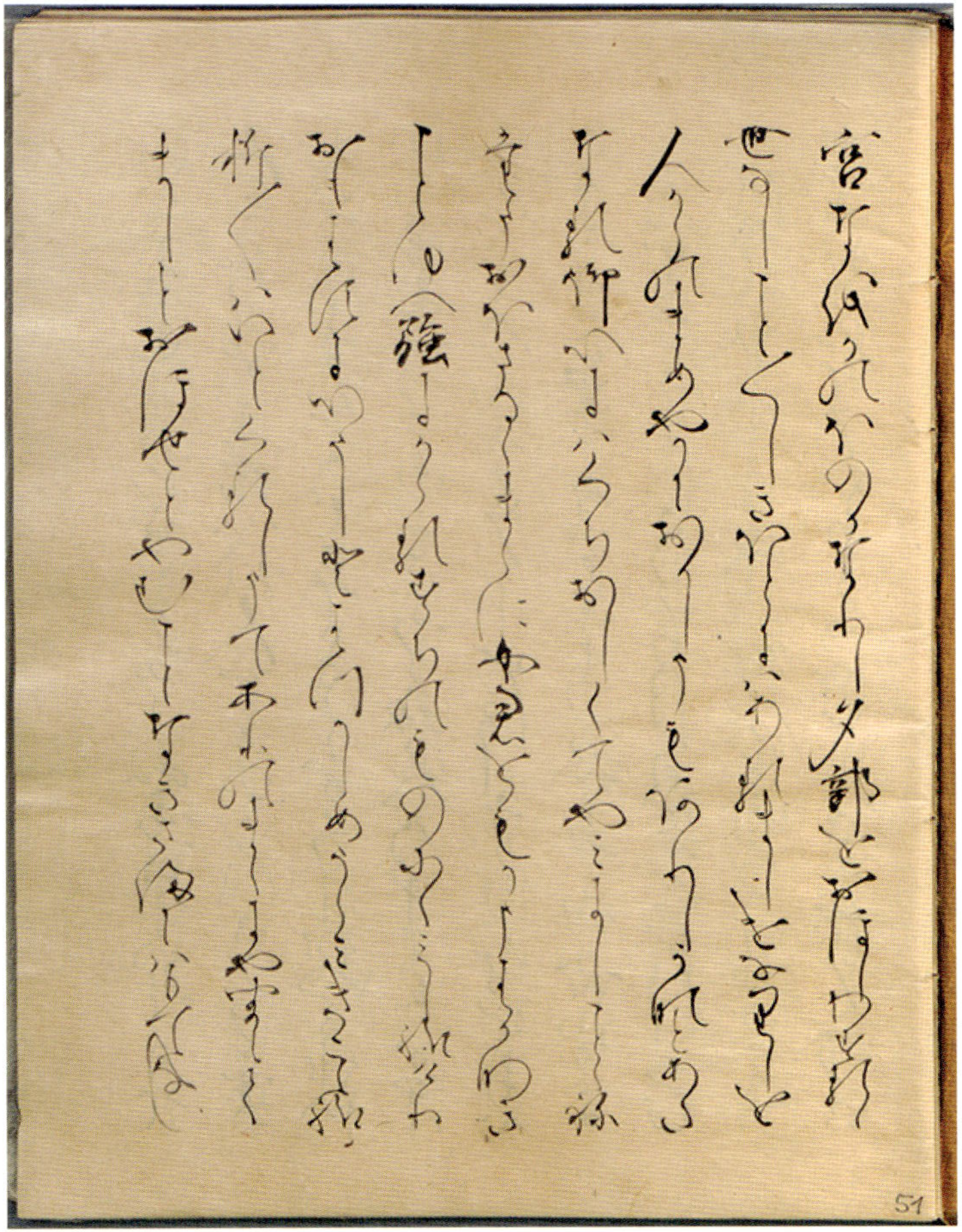

バイエルン州立図書館所蔵『源氏物語』「うき舟」表紙・冒頭（影印編　DVD収録）

在外日本重要絵巻選

研究編

目次

Ⅳ日本

口絵：『七夕之本地』安城市歴史博物館所蔵
『源氏物語』バイエルン州立図書館所蔵

研究編

はじめに

『在外日本重要絵巻選』は、平成22～24年度科学研究費補助金「基盤研究（C）課題番号 22520192）研究課題名「オクスフォード大学ボドリアン図書館および聖徳大学所蔵日本絵巻の比較研究を中心に」に関する三年間の研究成果（厳密には、平成二十四年三月退職による当該年度分の補助金返納期間を含む）である。研究編四章は、解題と翻刻、論文等の十八作品（そのうち第一章3、第四章5・6・7・9の五作品は解題と翻刻で、翻刻の挿絵部分を影印で提示した）および付論五編からなる。合わせて影印編（別冊）には、九作品を紹介する。

本書は、『在外日本重要絵巻集成【研究編】【影印編】』（笠間書院 二〇一一年二月刊。平成22（二〇一〇）年度 日本学術振興会科学研究費補助金〔Japan Society for the Promotion of Science（JSPS）〕「研究成果公開促進費〔Grant-in-Aid for Publication of Scientific Research Results〕」（課題番号 225028）の助成による）に続く著作である。一九八〇年半ば以降、海外に所蔵されている絵巻物の善本を発掘して、稀覯性の高い新史料の収集と本文研究を行い、学界に提供してきた。本書もそれを継承するもので、写本史料の存在を探る作業を継続しながら、写本の本文翻刻に留まらず、資料の影印（写真）刊行をさらに推進することにある。それを困難にしているのは、この度も繰り返すことになるが、史料購入・出版費用に関わる問題が大きいことにある。

このように新資料の収集はもとより、日本文化・文学を世界に向けて発信するためにいま緊急性を要する課題は、日本および日本観（文化的内容）の研究をより一層推進することであろう。

I　イギリス編

1　『在外日本重要絵巻集成』所収、「大英図書館所蔵『源氏物語詞』とその周辺」と題する論考において、後水尾天皇に近習する公卿五十四名の染筆者の真跡確定を行った。ときを同じくして調査をした松井文庫所蔵『小倉山荘色紙和哥』の染筆者五十名の自筆真跡は、『源氏物語詞』の筆跡判定はもとより、両書の研究に互いに益するところが大きかった。

『源氏物語詞』の担当者五十四名の筆跡のうち三十五名は榊原悟氏により明らかにされていた（「住吉派『源氏絵』解題―附諸本詞書―」『サントリー美術館論集』三号　一九八九（平成元）年十二月）。残る十九名については、『日本書籍大鑑』・『短冊手鑑』・『古筆手鑑大成』等に照らし書風比較を試みた（前掲拙著五六～五八頁参照）。例えば（4）夕かほ／前摂政二条光平をはじめ真跡と認定した十四名は、当時、比較作品は一作品でしかも対照可能な文字は僅少という薄氷を踏むような判断を迫られたものだが、なお未確定者五名を残していた。その後の三年間に出会った新出史料との比較によりこの度その推定者十四名は当を得たものであったことが再確認できた。その史料とは、一　宮内庁書陵部所蔵『禁裏《きんり》御会始《ごかいはじめ》和歌懐紙《わかかいし》』、二　宮内庁書陵部所蔵『武家《ぶけ》百人一首《ひゃくにんいっしゅ》色紙帖《しきしじょう》』、三　ウィーン国立民族学博物館所蔵『百人一首』（オーストリア・ハンガリー帝位継承者フランツ・フェルディナンド大公(Erzherzog Franz Ferdinand von Österreich/ Este) 旧蔵等である。

これらの史料の出現により、これまで未解決であった後水尾院時代の堂上公卿の真跡確定におおきな進展が見られたことがあげられる。例えば大英図書館所蔵『源氏物語詞』の場合、未確定者五名中三名が新たに、資料に乏しかった再確認を合わせると十九名中十七名の筆跡が確定された。残る未確定者は二名である。『源氏物語詞』の染筆者の解明にあたり、当時大きな役割を果たした松井文庫所蔵『小倉山荘色紙和哥』の場合、未確定者十一名中八名がこの度新たに確定でき、保留者は三名を残す。『源氏物語詞』の染筆者五十四名を軸としてみると、『小倉山荘色紙和哥』五十人（百首を各二首ずつ担当する）のうち三十七名が共通するので、両書合わせて計六十七名中六十二名の真跡が明らかになったことになる。その状況を一覧できるように、【資料九】の比較対照表を作成した。榊原悟説の三十五名はゴチック体で、稿者の考えはゴシック体にミシン線（------）を付して区別し、未確定二名については、下欄に△印を付してある。

新出資料を合わせた五作品は、いずれも信頼度の高い作品である。江戸時代前期の親王・堂上公卿・門跡等調査をした染筆者は延べ三一二名にのぼる。重複人数を整理し確定した実数は一一四名で、これは筆者の他の筆跡と比較し、真跡と確定できた数でもある。他に新出筆者・筆跡で現在のところ比較資料のない四七点も恐らくは真蹟であろうと推定されるが、今後照合可能な新自筆資料の出現を待ち比較することによって、江戸時代の古筆資料としての座が確定されるであろう。そうすれば合計実数一六一名の真筆を確定できることになろう。それぞれの筆者が複数の作品を染筆しているので、作品数は何倍かになる。これらの筆者と作品の状況を一覧できるように【資料七】・【資料八】・【資料一〇】を作成した。『武家百人一首』の時代になると、染筆者は『源氏物語詞』や『百人一首』の染筆者の男（息子）あるいは孫になる次世代の詠者あるいは染筆者たちが急増する。こうした事実は、作品の成立年代にも関わる事象で、稿を改めて考察する必要があろう。

このように第一章では、御水尾院を中心とする堂上公卿の筆跡を明らかにするために、その時代の公家の自筆資料である当該作品の全文を翻刻し、影印を付し、比較証左を行った。このことは第四章の『伊勢物語』の近衛基熙自筆、土佐光起自筆画と合わせて後水尾院周辺の学芸活動の実態に迫るものである。

このような作業をしているうちに気付いたことがある。千種有能（一六一五〜八七）は同じ歌（「なつの夜は」と「なけゝとて」）を松井文庫所蔵『小倉山荘色紙和哥』およびウィーン国立民族学博物館所蔵『百人一首』に繰り返し掲載している。各人それぞれ別の作品に取り組んでいるなかで珍しく、有能はこの歌にとりわけ心を寄せていたからであろうか。

2・3　本稿は、二〇一一年十月十四日に法政大学九段校舎　遠隔講義室で行われた招待講演を原稿化したものである。ヨーゼフ・クライナー氏（Dr. Dr. Josef Kreiner. 法政大学国際日本学研究所兼坦所員、国際戦略機構特別教授。前ボン大学教授・日本文化研究所長。在東京ドイツ連邦共和国科学技術省ドイツ―日本研究所初代所長）代表「平成22〜24年度文部科学省採択プロジェクト・国際共同に基づく日本研究推進事業『欧州の博物館等保管の日本仏教美術資料の悉皆調査とそれによる日本及び日本観の研究』」の一環として三人目（河合正朝氏、彬子女王殿下）の講師を務めた。講演報告「シーボルト旧蔵大英図書館所蔵『地蔵菩薩霊験記』について」および「仏教美術による日本観」を原稿化したものである。「日本観」とは日本の姿のことで、この場合いわば日本の文化的内容を意味するのであろう。

4　ケンブリッジ大学中央図書館所蔵『末ひろかり』は現在国内に二本の存在が知られており、挿絵は取られ存在せず、もとは絵入りの巻物である。本絵巻は保存もよく絵入りであること、不老不死の神仙譚であるなど、奈良時代に登場する中国文化の受容と展開をみるうえでも貴重な作品である。

5・6　オクスフォード大学ボドリアン図書館附属日本研究図書館所蔵の『やしま』と『長恨哥』である。『やしま』は「室町時代物語類現存本簡明目録」（奈良絵本国際研究会編『御伽草子の世界』三省堂　一九八二年）にはなく、稀覯書のひとつといえよう。版本系と幸若舞曲諸本系とがあるが、本絵巻は後者との関係が密接であると想定される。

『長恨哥』は上・中のみ、下巻は欠。聖徳大学所蔵『長恨哥』（上中下）三軸に内容も近似し、詞書も同じ筆跡とみられる。石川透氏によると、両書の詞書の本文は、埼玉県立歴史と民俗の博物館所蔵『太平記絵巻』の書体に近いと言われている。本絵巻の詞書は、無刊記本「長恨歌抄」（京大・尊経・慶大）が最も近い書であると考えられる。一見して本絵巻の方は仮名書がおおく古体を留めているかのようにみえるが、成立の前後関係についてはは慎重な検討が必要であろう。本絵巻の脱文は長短さまざまで、数項目にわたる場合もある。したがってこれは単なる脱落なのか、底本の抄出なのかは即断しにくい。ところが聖徳大学本（以下略称する）は詞書も「長恨歌抄」に一致し、しかも仮名書がおおく濁点は少ないなど表記の上でもボドリアン本（略称）に近いので、聖徳大学本を基軸にし、ボドリアン本が原本の抄出本か脱文かについて論究したものである。

Ⅱ　アメリカ編

ニューヨーク公立図書館スペンサー・コレクション所蔵『百鬼夜行絵巻』の絵は幕末の復古大和絵派絵師冷泉為恭の筆である。為恭は皇家に仕える身でありながら、攘夷派の過激な浪人につけ狙われる結果となり、一八六四（元治元）年凶刃に倒れた。本絵巻についての発表は、二〇〇二年拙著『スペンサー・コレクション蔵　日本絵巻物抄　付、石山寺蔵』に於いてであった。当時はこの類の作品は絵だけのものなのに、詞書付なのが注目された。

その後二〇〇六年に、古賀秀和氏により、詞書のある国立国会図書館所蔵『百鬼夜行絵巻』の翻刻が発表されたことにより、それまで詞書付絵巻の単独本であったスペンサー本は比較が可能になった。本稿では、両作品の詞書を比較しスペンサー本だけが有する詞書の中に、浄瑠璃や浮世草子をはじめ読み本にみる語彙が散見することに注目した。本絵巻の世界は、為恭に先駆け、あるいは同時代を生きた幕末の浮世絵師たち、歌川国芳、その門下の歌川芳幾、河鍋暁斎、葛飾北斎等の生涯およびその作品と無縁ではなかろう。そして浮世絵師たちのおおくは、中国小説の影響を強く受け、怪異性や伝奇性が濃く、化物の活躍する読み本や草双紙作家であり、風刺画や戯画、狂画に没頭していたことも忘れてはならない。ちなみに国芳を風刺画家たらしめた「源頼光公館土《みなもとのよりみつこうやかたつち》蜘蛛《くも》作妖怪図《ようかいをなすず》」（一八四三〈天保十四〉年版行）は、庶民に苛酷な天保の改革を風刺した作品として話題になった。先学の指摘するように、この「妖怪図」からアイデアを得たらしいとされる河鍋暁斎（一八三一～一八八九）の遺作『暁斎百鬼画談』（一八八九）に描かれている「骸骨」の軍団が戦っているのは、道具の妖怪たちで、まさに「百鬼夜行絵巻」のパロディなのである。

　幕末から開化にかけて展開する人間模様を凝視し動的に描き続けた浮世絵師たち、それとは対蹠的で静謐さの漂う為恭の『百鬼夜行絵巻』の世界はいずれも同時代の所産であり、それは明治維新へ向かう封建制から資本制への移行という激動期にスポットを照射して考察した論考である。

Ⅲ　ドイツ編

　バイエルン州立図書館所蔵の『源氏物語』写本五十四帖（Cod. Jap. 18）は、小野通筆と伝えられ、金銀で表蓋に源氏絵を描いた「淀の前の絵箱入り」、その中央には「源氏箱」と書いてある。葵紋付、これは『御紋控書』に記載する徳川家康・秀忠・家光の家紋三つ葉葵と同一である。各帖の表紙にはその巻の主要場面が描かれ、各見返しは異なった図様の金箔の空押し、とりわけ「手ならひ」の見返しは金箔押しの上に紗綾形地に夕顔の丸文散らしの文様を空摺りする。各帖の朱題簽と本文の筆跡は同筆と思われる。秀忠の長女千姫の嫁入り本であった可能性を指摘する。全帖にわたる表紙の源氏絵は美術史の上からも貴重な存在といえよう。

　詞書は青表紙本系統に依拠し、なかでも三条西家本に近いと考えているが、後考を期したい。

Ⅳ　日本編

二〇〇八（平成二十）年三月はじめに、聖徳大学所蔵の絵巻展を同大学で開催するにあたり、図録作製を担当したのがここに取り上げる絵巻類との最初の対面であった。次いで、冒頭に記したように平成22～24年度　科学研究費補助金「基盤研究（C）」が採択され、聖徳大学の絵巻調査の連携研究者に石川透氏（慶應義塾大学教授）、小林健二氏（国文学研究資料館　文学資源研究系教授）、中野沙恵氏（聖徳大学教授）のご助力を仰ぎ、寄稿いただいた。記して謝意を表する。

1　二〇一〇年八月二一・二二日に、石川透氏主催の「奈良絵本・絵巻国際会議　千葉大会」（会場　聖徳大学）が開催された。その折に、石川氏は同大学所蔵の絵本・絵巻全般にわたる紹介をされた。本稿はそれに基づいている。

2　『敦盛』絵巻二軸は幸若舞曲の「敦盛」を絵巻に仕立てたもので、直接には江戸初期に刊行された絵入り版本である舞の本を粉本として製作されている。同時期の舞の本を粉本として作られた豪華絵巻としては、チェスタービーティ・ライブラリー（CBL と略称する）が所蔵する『舞の本絵巻』の六軸が知られている。その題簽や箱書に「舞の本三十六番」とあることから、本来は三十六番の幸若舞曲が絵画化されていたと想定され、本論文では、聖徳大学本絵巻が、CBL 本の連れの絵巻であることを証明する。この二軸を加えることにより、CBL 本系統の『舞の本絵巻』は現在十一軸十四番が確認できることになる。

3　『浦嶋』一軸は、日本民芸館本と同じ第二類に分類される。それは、分類の拠り所となっている和歌が三首であるという点はもちろん文言や物語の筋、挿絵にいたるまで近似の関係にある。詞書に小異はあるが、本絵巻の出現によって、第二類にさらに一本を加えることになる。

4　『伊勢物語』二軸。井上侯爵家旧蔵。近衛基熙詞書、土佐光起画　絹本着色。上下各巻末の落款には「土

佐左近将監光起筆」、印章は「光起之印」（白文方印）とある。別添の包紙に一枚の大極札が収められている。その表に「近衛大閤（ママ）基熈公伊勢物語二巻外題智恩院尊光　「琴山」（黒方印）」、裏に「絹絵土佐将監光起乙巳九「了意」（墨印）」と記す。この筆跡および印章は案ずるに古筆了意（古筆家九代）の極札であると判定される。下巻の奥書に「寛文八年十月二十六日　権中納言藤原基（花押）とある。本稿では、主として基熈、基賢、光起の書跡について吟味していく。比較自筆資料として、新出の宮内庁書寮部所蔵『改元部類記』「禁裏御会始和歌懐紙」『武家百人一首色紙帖』「近衛基熈消息」、ウィーン国立民族学博物館所蔵『百人一首』等を対照する。本稿は「イギリス編　1」と合わせてさらに後水尾院周辺の学芸活動に参画した堂上公卿の様子を鮮明に浮き彫りにすることになろう。

5　『七夕』（仮題）二軸。書名を「たなばた」「七夕の本地」「雨わかみこ」などと称する七夕の由来に関する伝本が多い中、本絵巻の詞書は、静嘉堂文庫所蔵の『七夕もの語』（絵入写本特大三冊、室町時代物語大成八　所収）に近似する。

6　『しゆてんとうし』（仮題）絵巻は、書名を『酒顛童子』、『酒呑童子』などと称する物語に関する伝本が多い中、本絵巻の詞書は、大東急記念文庫所蔵の『（息吹山）しゆてん童子』（『大成二』所収）に近い。人名・固有名詞もほぼ同じで、しかも仮名表記がおおい。

7　『長恨哥』三軸。詞書全体（上中下）が完備している点で貴重である。伝本は多くはない。現在、大阪大谷大学所蔵本と立教大学所蔵本とが知られている。

8　『鶴草紙』一軸。詞書の内容は、「室町時代物語類現存本簡明目録」「鶴の草子」の項の分類「C」に属する。本話のおおくは冊子本で、巻子装の写本は少なく、京都国立博物館所蔵本とフリーア美術館所蔵本とを数えるだけである。本絵巻には、一　冒頭に殺生と慈悲を説く十二行の詞書があること、二　最終場面に中国の類話・子安の話が書かれている点で京博本（略称する）に同じである。この二点は、所謂「別本鶴の草紙」（『未刊中世小説（古典文庫）』）やフリーア本にはない。

9 『ふ老ふし』二軸。現在所在の確認できる稀少な絵巻の一つである。

付論Ⅰ 『扶桑略記』（皇円著。一〇九四年以後の成立）の天変異事に関する論考二編を収載し、奈良時代に中国から伝来した讖緯思想について考察する。

付論Ⅱ 『日本霊異記』（薬師寺の僧、景戒撰。八二三年前後に成立）および『今昔物語集』（平安後期の説話集）の神仙譚および説話と夢に関する論考三篇で、研究会で発表した稿に加筆した。

説話に現れる夢の数々は、実体験のないものにとっては未知の世界であった。

ところが医学や心理学、哲学や宗教学の進展により、一九九〇年代のはじめに、ある種の夢は単なる幻覚とは本質的に異なる感覚で、実体験の世界であることが証明されるようになり、「仏教説話と臨死体験」の小論は形を成した。仏教画に現れる「観想」すなわち「仏を観る」というもうひとつの世界を肯定する行為は、溯源的に過去の時間に留まるものではなく、現在にも生き続ける世界なのだろう。

例えば『更級日記』の末尾に、天喜三年（一〇五五）十月十三日の夜、筆者・菅原孝標女がさだかに見た「阿弥陀来迎の夢」や平安末期に成立した歌謡集、後白河法皇撰の『梁塵秘抄』の語る次掲の歌に見られる。

仏は常にいませども　現《うつつ》ならぬぞあはれなる　人の音せぬ暁《あかつき》に　ほのかに夢に見え給ふ

このように〈暁の夢〉のなかに、阿弥陀如来も地蔵菩薩も顕現したのであった。

今日、海外の多くの日本研究者は翻刻を自在に解読できるし、近頃では崩し字の研究も年々盛んになってきている。原典に就くことは研究の出発点である。その意味で、本書の刊行がその一助になれば幸いである。同時に日本文学のおもしろさを世界の多くの人々に伝えるために語釈、現代語訳の必要性はいうまでもなく、それをとおして古くて新しい問題、日本観の研究が今強く求められているのであろう。

本書を成すにあたり、各所蔵機関に貴重本史料の閲覧の機会を賜り、掲載をご許可いただいた。ここに記してご厚意に深く感謝申しあげたい。

二〇一三年四月

辻　英子

凡例

本書の校訂にあたっては次の方針によった。

・本文はすべて原文通りとし、改行に至るまで原文のかたちを復元することにつとめた。

・誤字、脱字、仮名遣いの誤りも、原文通りそのままとした。場合によっては、傍注を施し、（ママ）と注した。また、校訂者の加えた傍注には、すべて（ ）を付けた。（ ）のない傍記は、原文の行間に書入れてある文字である。

・濁点は、原文どおりである。

・句読点は、原文にはない。余白は原本どおりである。

・異体字、略字、異体の仮名は、現行の文字に改めた。は給とし、・は候とし、ゝは々、烁は秋、厺は松、廾は菩提、廾は菩薩とした。

・原本に虫蝕や破損があって読めない箇所、あるいは疑わしい箇所には、□印を入れて、その右に（……カ）と注した。

・『敦盛』では剥落などで判読が不能な箇所は、絵巻が粉本とした舞の本『敦盛』に拠って《 》に入れて示した。

・『浦嶋』ではカタカナが一部に使われており、ミ・ハを、もとの形のままに翻刻した。

・挿絵の数え方は一続きの画面を一図と数えた。

・本文で使用する略称は、次のように対応する。

大英図本	大英図書館蔵
大英博本	大英博物館蔵
ボドリアン本	オクスフォード大学ボドリアン図書館附属日本研究図書館蔵
ケンブリッジ本	ケンブリッジ大学中央図書館蔵
アシュモレアン本	オクスフォード大学附属アシュモレアン美術・考古学博物館蔵
スペンサー本	ニューヨーク公立図書館スペンサー・コレクション蔵
フリーア本	フリーア美術館蔵
バイエルン本	バイエルン州立図書館蔵
ベルリン本	ベルリン国立アジア美術館蔵
ウィーン民博本	ウィーン国立民族学博物館蔵
書陵部本	宮内庁書陵部蔵
旧赤木本	旧赤木文庫蔵・現安城市歴史博物館蔵
静嘉堂本	静嘉堂文庫蔵
聖徳大本	聖徳大学蔵

・聖徳大学所蔵本の調査・執筆にあたり、石川透氏、小林健二氏、中野沙恵氏の協力を得た。

・聖徳大学所蔵『しゆてんとうし』・『長恨哥』・『ふ老ふし』・『鶴草紙』の四作品の翻刻・解題にあたり、石原洋子氏、松本奈々氏、見神美菜氏・森垣英子氏の協力を得た。分担は各作品の当該部分末尾に記した。なお、

『長恨哥』の解題は、小林健二氏が執筆した。

・和文英訳はヘイミシュ・トッド氏（Dr. Hamish Todd）（大英図書館日本部長・日本図書館グループ会長（イギリス）・北米日本研究資料調整協議会欧州代表）が行った。

・聖徳大学所蔵本の写真は『しゆてんとうし』『ふ老ふし』は石川透氏が撮影した。『敦盛』『伊勢物語』『浦嶋』『七夕』『長恨哥』『鶴草紙』の写真は辻英子が撮影した。

・本書の執筆・監修・補訂は辻英子が行った。

I　イギリス

1　「大英図書館所蔵『源氏物語詞』とその周辺」以後

一　大英図書館所蔵『源氏物語詞』の未確定染筆者

はじめに

大英図書館所蔵の『源氏物語詞』（外題題簽、書架番号 Or. 1287）は、シーボルト（Philipp von Siebort, 1796〜1866）旧蔵の画帖で、江戸時代初期成立、形状は帖装（縦二三糎×横二〇糎）の折本仕立。表紙は紺地に菊花文の金襴。四隅を銅の透かし彫りの金具でとめ、中央に、褐色地に白で二重の縁取りを施す題簽（縦一七・五糎×横五・〇糎）に『源氏物語詞』と記す。見返しは金紙に銀霞を引き、金銀箔を置く華麗な装丁である。台紙は厚手の鳥の子、見開きの右に『源氏物語』五十四帖の各帖より佳所の詞（一場面六〜十行程度の本文）を抜き出し、左にそれに対応する住吉如慶画を配し、一対としたものである。絵は全帖如慶（一五九九―一六七〇〈慶長四年〜寛文一〇年〉）の一筆、印章「住吉」（朱文印）「法橋」（白文方印）がある。詞書は各帖別筆で色紙形金泥菊花文入りの料紙に書き、右肩に、江戸時代前期の親王、公卿五十四名の染筆者名を記した短冊状の極書が貼付られている。

筆者名を一覧すると、親王家五名、摂関家四名、清華家九名、大臣家二名、羽林家一七名、名家一二名、半家三名、社家一名、門跡寺院一名からなり、後水尾院周辺の人々で、染筆者名はほぼ家格順に配列されている。

一　未確定染筆者

　大英図書館所蔵『源氏物語詞』の詞書の右上に貼られた小短冊には筆者名が記してある。落款・印章等はなく、それを誰が書いたのかは明らかでないが、対照可能なその他の作品との比較により詞書の真跡確認は可能である。例えば、同時期に調査した松井文庫所蔵の『小倉山荘色紙和哥』はその代表的な作品で、五十人中三十七人の染筆者を共有していた。極短冊はないが、付属する『筆者目録』には飛鳥井雅章筆の説明が付されており、その奥記に「此小倉山荘色紙／和哥者前橋少将／忠清朝臣依所望／各彼染賢筆訖／寛文第十弥生中旬正二位雅章」とあり、当時の幕府大老酒井忠清の求めに応じて製作され、寛文十（一六七〇）年三月中旬に完成したことが分かる。和歌の染筆者は後水尾天皇の親王方をはじめ、近習の公卿たち五〇名である（辻英子『在外日本重要絵巻集成』笠間書院　二〇一一年）。この奥書は、公家から武家への文化の流れを如実に語っていることでも注目される。

　同書所収の「大英図書館所蔵『源氏物語詞』とその周辺」と題する論考において、後水尾天皇に近習する公卿五十四名の真跡確定を行った。五十四名のうち三十五名は榊原悟氏によって明らかにされていた（「住吉派『源氏絵』解題―附諸本詞書―」『サントリー美術館論集』三号　一九八九（平成元）年十二月）。したがって、残る十九名の自筆資料との照合が課せられた課題であった。

　すでに公開されている先行研究の『日本書籍大観』・『短冊手鑑』・『古筆手鑑大成』等に照らし、それぞれ書風比較を試みた（前掲書五六～五八頁参照）結果、十四名は真跡であると認定した。しかしながら例えば、「夕かほ」の染筆者「前摂政二条光平」をはじめ真跡と判定したおおくが、比較できたのは一作品でしかも対照可能な文字は僅少という薄氷を踏むような判断を迫られたものだが、なお未確定者は次掲の五名を残していた（【資料九】参照）。

（21）徳大寺大納言実維卿
（26）清閑寺前大納言共綱卿
（28）三条西前大納言実教卿
（44）高倉前中納言永敦卿
（50）岩倉三位具詮卿

また、新資料の松井文庫所蔵『小倉山荘色紙和哥』は、飛鳥井雅章の「筆者目録」を付帯しており、信頼性の高い資料であった。そして、『源氏物語詞』とほぼ同時期の成立で、しかも両者は染筆者三十七名が共通するので、比較資料の乏しい中で両書の筆跡判定には双方益するところが多かった。それでも『小倉山荘色紙和哥』の場合、次の十二名の未確定者を残していた（【資料七・八・九】および『集成』【資料六】『小倉山荘色紙和哥筆者目録』一三六〜三八頁、参照）。

3式部卿宮八条穏仁親王
5常修院宮常尹法親王
14近衛内大臣基熈公
38花園三位実満卿
39河鰭三位基共卿
40持明院三位基時卿
41廣橋頭弁貞光朝臣
42烏丸頭弁光雄朝臣
45千種中将有維朝臣

48四条中将隆音朝臣
49七条中将隆豊朝臣
50冨小路兵部少輔永貞朝臣

これらは自筆資料があっても、漢文書状のため仮名との対比ができない場合、仮名資料であっても対比文字がないため、保留にしたものを含む。

そのような次第で、これら未確定者の筆跡確定が残された課題であった。その後の研究であらたに出会った新出史料によりどのような点が明らかになったであろうか。その史料とは、

一　宮内庁書陵部所蔵『禁裏御絵始和歌懐紙』および『武家百人一首色紙帖』
二　ウィーン国立民族学博物館所蔵『百人一首』
三　聖徳大学所蔵『伊勢物語』

等である。これらの問題を継承して、次章では、「一・二」を考察する。「三」ついては、「Ⅳ４」の近衛基熈筆・土佐光起画『伊勢物語』の章で述べる。

二　宮内庁書陵部所蔵『禁裏御会始和歌懐紙』詞書

［三六・五糎×五一・七糎　70208/56–1］

春　日同詠梅花

薫砌和歌

従三位源有維

うつし植て君そみ
るへき九重やみかき
のむめの千世のい
ろ香は

［三六・八×五四・〇　70208/56–2］

春　日同詠梅花薫砌

和歌

従三位源通福

君か代のめくみに
もれぬ嬉しさや袂
にあまるのきの
梅か香

［三八・五×五一・五　70208/56–3］

春日同詠梅花薫砌

和歌

従三位藤原宗量

世にしらす先さきそ
めてみやひとのつら
ぬる袖ににほふ
梅かか

［三六・五×五二・〇　70208/56–4］

春 日同詠梅花薫砌
和歌
式部権大輔菅原豊長
千世の春の言葉の
はなとにほへなを雲
井の庭のむめの
した風
[三九・〇×五四・〇　70208/56-5]

春日同詠梅花薫砌
和歌
蔵人頭右大弁藤原方長
万代にふきも
たえせし梅つほのは
なのかふかくにほふ
春かせ
[三四・五×四五・〇　70208/56-6]

春日同詠梅花薫砌
和歌
兵部少輔藤原永貞
みやつこの袖にも
ふかくうつすらしあ
さきよめする庭の
梅か香
[三五・五×五四・〇　70208/56-7]

春 日同詠梅花薫砌
和歌
少納言平時成
くものうへににほひ
そめたる梅壺のはな
よりしるきはなのは
るかせ
[三四・二×四七・〇　70208/56-8]

春日同詠梅花薫砌
和歌

右近衛権中将藤原公代

にほへなをめくみあ
まねき春にあひて咲
やみかきのむめのし
たかせ

［三五・五×五三・八　70208/56-9］

春　日同詠梅花薫砌

和歌

蔵人頭左近衛権中将藤原隆尹

よのつねのかきねは
しらし玉敷のみ
きりの春に匂ふむ
めか香

［三九・四×五四・○　70208/56-10］

春　日同詠梅花薫砌

和歌

左中辨藤原資廉

ふきをくるにほひそ
ふかき千世まても君
かみきりの梅のは
るかせ

［三六・七×四九・○　70208/56-11］

春　日同詠梅花薫砌

和歌

右近衛権中将藤原実冨

みきりなるはなも
あらたまの年毎にに
ほひくはゝるむめの
下かせ

［三八・八×五二・八　70208/56-12］

春　日同詠梅花薫砌

和歌

左近衛権中将藤原公綱

のとけしなみかきの

むめのはなのかをよ
もににほはす千世の
春かせ

[三六・二×五二・二　70208/56-13]

春日同詠梅花薫砌
和歌
左近衛権中将藤原季保
はなといふはなの
中にもこゝろとく君
か御園ににほふ
梅か香

[四〇・〇×五四・六　70208/56-14]

春日同詠梅花薫砌
和歌
左近衛権中将源通音
春かせのさそふも
あかす百敷のみき
りのとかにゝほふむ
めかゝ

[三九・三×五三・三　70208/56-15]

春日同詠梅花薫砌
和歌
侍従卜部兼連
はるといへはみはしに
ちかく咲そめてむ
めかゝふかくにほふ
あさ風

[四〇・六×五七・三　70208/56-16]

春日同詠梅花薫砌
和歌
宮内少輔源当治
みとりなる柳もあ
れとわきてなをは
るをみきりににほふ

梅か香

［三八・三×五三・四　70208/56–17］
春日同詠梅花薫砌
和歌
侍従平時方
たくひなくみかきの
梅のはなのひもとき
しる春にゝほふあ
さかせ

［三九・〇×五五・二　70208/56–18］
春日同詠梅花薫砌
和歌
左馬頭源英仲
いく千世のはるのめ
くみに咲そめてみき
りにあかすにほふむ
めかえ

［三九・二×五三・五　70208/56–19］
春日同詠梅花薫砌
和歌
権中納言藤原煕房
百しきの御そのゝ
梅もいく千世の春
をちきりてさきにほ
ふらむ

［三七・五×五一・四　70208/56–20］
春日同詠梅花薫砌
和歌
権中納言藤原資煕
のとけしなあらしも
きかすさくむめのこゝ
のかさねににほふみ
きりは

[三六・三×五二・六　70208/56-21]

春　日同詠梅花薫砌

和歌

権中納言藤原頼孝

千世かけて玉のみ
きりに咲梅のにほ
ひをそふるこすの
追かせ

[三七・〇×五二・七　70208/56-22]

春　日同詠梅花薫砌

和歌

権中納言藤原経慶

かしこしな君か
めくみのあさからてに
ほへるむめも九重
のには

[三七・八×五二・八　70208/56-23]

春日同詠梅花薫砌

和歌

従二位源有能

こゝのへのみきりの
むめもにほふらしつ
きぬちとせのはるをち
きりて

[三九・四×五四・〇　70208/56-24]

春日同詠梅花薫砌

咏謌

参議左近衛権中将藤原季信

九重の雲井の
にはに咲梅や星
のひかりににほふは
るかせ

[三九・五×五七・六　70208/56-25]

春日同詠梅花薫砌

和歌
右兵衛督藤原季定
のとけしな雲井の
庭の春かせにまつ
さそはれてにほふ
梅か香
[三七・一×五一・九　70208/56-26]

春日同詠梅花薫砌
和歌
参議左大弁藤原光雄
めくみある君かみ
かきの春風にたか
袖のこすむめかゝ
もなし
[三九・八×五七・二　70208/56-27]

春日同詠梅花薫砌
和歌
参議右近衛権中将藤原定淳
うつり香の袖の
にほひも浅からぬ御
はしのむめのはなの
春かせ
[三九・八×五七・一　70208/56-28]

春　日同詠梅花薫砌
和歌
参議左近衛権中将藤原定縁
よろつ代のはるを
こめたるみかきとや梅
もつきせぬ香ににほ
ふらむ
[三八・八×五三・四　70208/56-29]

春日同詠梅花薫砌
和歌
従二位藤原氏信

さく梅もこゝのかさ
ねのみきりとてた
もとゆたかに匂ふは
るかせ

[三八・八×五二・三　70208/56-30]

春日同詠梅花薫砌
和歌
正三位源具詮
千世のはるを君には
しむるかさしとやみか
きのむめのまつにほ
ふらむ

[三九・二×五四・二　70208/56-31]

春日同詠梅花薫砌
和歌
正三位藤原基時
むめつほのはるのみ
きりの名にめてゝは
なそ世にゝす咲にほ
ふらし

[三八・四×五三・七　70208/56-32]

春　日同詠梅花薫砌
和歌
正三位藤原基共
にほへなを君かみ
きりにさくや此は
なは千とせの春の
色かも

[三六・七×五三・八　70208/56-33]

春　日同詠梅花薫砌
和歌
左近衛権中将藤原公量
ちよふへき君にち
きりて九重のみき

りにゝほふむめそこ
となる

[三八・八×五三・四　70208/56-34]
春日同詠梅花薫砌
和歌
左近衛権中将藤原季輔
君か代のめくみに
もれぬうれしさはみ
はしにゝほふ梅もし
るらむ

[三七・一×五一・六　70208/56-35]
春日同詠梅花薫砌
和歌
左近衛権中将藤原嗣章
幾千とせ君にち
きりて梅つほの花
は世にゝぬにほひそ
ふらむ

[三九・四×五三・八　70208/56-36]
春　日同詠梅花薫砌
和歌
左衛門佐藤原員従
あさからすこすのう
ちまてにほひきぬみ
はしのむめにかよふ
あさ風

[三九・三×五七・〇　70208/56-37]
春　日同詠梅花薫砌
和歌
左近衛権中将藤原隆慶
咲しよりみはしの
むめのにほひくるか
せものとけき百敷
のはる

[三九・二×五四・二　70208/56-38]

春日同詠梅花薫砌

和歌

右中弁藤原資茂

さく梅のにほひも
ふりし君かへむ千
とせの春をこゝのか
さねに

[三七・六×五一・六　70208/56-39]

春　日同詠梅花薫砌

和歌

右近衛権少将源重条

わか君のめくみを
うけてさくやこの花
やみかきにまつにほ
ふらむ

[三六・七×四九・一　70208/56-40]

春日同詠梅花薫砌

和歌

蔵人左少弁藤原意光

にほへなをまつこそ
ためし九重のみ
かきのむめも鶯はか
きはに

[三九・二×五三・八　70208/56-41]

春　日同詠梅花薫砌

和歌

蔵人権右少弁藤原淳房

のとけしな玉のみ
きりに咲むめの花の
香たくふかせのひ
かりも

[三七・八×五一・八　70208/56-42]

春日同詠梅花薫砌

和歌

左近衛権少将藤原兼豊

あらたまのはるのい
ろとや匂ふらむみか
きのむめのはなのし
たかせ

[三五・四×五一・八　70208/56-43]

春日同詠梅花薫砌

和歌

右兵衛権佐藤原誠光

万代のはるをま
ちえて九重のみき
りのとかににほふむ
めか香

[三九・四×五三・四　70208/56-44]

春日同詠梅花薫砌

和歌

右大臣藤原基熈

咲しより御階に
ちかき袖ことにあま
りてふかき梅の香
そする

[三六・四×五三・六　70208/56-45]

春　日同詠梅花薫砌

和歌

蔵人中務丞源冬仲

にほひこそかすまさ
りけれこゝのへのみか
きはるかにさけるむ
めか枝

(裏左端に次の記述がある)

「寛文十二年正月十九日和歌御会始」

[四一・八×六五・一　70208/56-46]

春日詠梅花薫砌

和歌

従一位光平

千世の春もかくやに
ほはむきみかすむみき
りのむめのはなのさ
かりは

[三九・〇×五四・〇　70208/56-47]

春　日同詠梅花薫砌

和歌

内大臣実維

長閑なるくもゐの
庭に咲そめてみき
りのはるににほふむ
めか香

[三七・六×五一・六　70208/56-48]

春日同詠梅花薫砌

和歌

権大納言藤原嗣孝

たちならふまつを千
とせのためしとやお
なし軒端ににほふ
梅かえ

[三九・四×五三・七　70208/56-49]

春日同詠梅花薫砌

和歌

権大納言藤原経光

玉すたれひまもる
かせも梅か香のにほ
ひつきせぬ九重
のはる

[四八・二×五三・一　70208/56-50]

春日同詠梅花薫砌
和歌
権大納言藤原公規
いく千世かさきにほ
ふらむこゝのへの梅
もみかきに春をむ
かへて
[三九・四×五七・〇　70208/56-51]

春日同詠梅花薫砌
和歌
権大納言藤原基賢
もろ人のそてに
のとけき嬉しさを梅
も御墻の香にあま
るらむ
[三九・二×五六・八　70208/56-52]

春日同詠梅花薫砌
和歌
権大納言藤原雅房
さきいつるみかきの
外もいくちさと香に
にほふらし梅のは
るかせ
[三九・四×五二・四　70208/56-53]

春日同詠梅花薫砌
和歌
正二位藤原共綱
はるにまつにほふ
御はしの梅か香はよ
のつねならぬこゝの
重の庭
[三九・六×五六・八　70208/56-54]

春　日同詠梅花薫砌
和歌

正二位藤原資行

のとけしなえたもた
ましく梅つほのみき
りに匂ふはなのひ
かりは

[三七・八×五二・一　70208/56–55]

春　日同詠梅花薫砌
和歌
従二位藤原宗条

若枝さすみかきの
梅は万代のにほ
ひくはゝる九重
のはる

[四一・七×六〇・六　70208/56–56]

詠　梅花薫砌
和謌
道寛

凝花の八重かき
つくる園のむめを明
はしめてやにほ
ふ春風

三　宮内庁書陵部所蔵『禁裏御会始和歌懐紙』解題

一　『禁裏御会始和歌懐紙』春日同詠梅花薫砌和歌

寛文十年一月十九日の禁中御会始の懐紙は、宮内庁書陵部に『禁裏御会始和歌懐紙（梅花薫砌）』（函号　有栖―13 56枚）近衛基熙等詠（書陵部紀要　第55号　二〇〇四年三月　彙報欄）として所蔵されている。外題は「禁裏御会始和歌」（キンリゴカイハジメワカ）、御会始の詠進者は五十六名である。巻頭は、

春　日同詠梅花
　　　薫砌和歌
　　　従三位源有維
うつし植て君そみ
るへき九重やみかき
のむめの千世のい
ろ香は

第二首は、

春日同詠梅花薫砌

和歌

従三位源通福

君か代のめくみに

もれぬ嬉しさや袂

にあまるのきの

梅か香

以下第四十五の蔵人中務丞源冬仲までの歌を掲載し、同紙の裏左端に次の識語がある。

寛文十二年正月十九日和歌御会始

とあり、御会始めの催行時日は「寛文十二年正月十九日」であることが知られる。それに続く第四十六（「70208/56-46」）の歌は次の詠草である。

春日詠梅花薫砌

和歌

従一位光平

千世の春もかくやに

ほほむきみかすむみき

りのむめのはなのさ

かりは

第四十七（70208/56-47）の歌は次の詠草である。

春　日同詠梅花薫砌

和歌

内大臣実維

長閑なるくもゐの
庭に咲そめてみき
りのはるににほふむ
めか香

光平の端作「春日詠梅花薫砌和歌」は「春日、『梅花砌に薫る』を詠ずる和歌」と読み、歌題が「梅花薫砌」であることを示す。全五十六首の和歌の内、光平だけが「春日詠」、現在の配列の最後に当たる第五十六(70208/56/-56)の道寛の和歌の端作は「詠梅花」、その他の詠進者はすべて「春日同」と記されている。「同詠」について高梨素子氏は、

「同詠」とある場合は、披講の場では「春の日、同じく、『梅花砌(みぎり)に薫るを詠(よ)める和歌(やまとうた)』」と詠まれたのではないかと思われます。同じ題で読むことを意味しています。

なお、『梅花(ばいか)砌(みぎり)に薫(かほ)る』の題は藤原清輔『和歌一字抄』に見られる題です(『明題部類抄』新典社 平成二年、宗政五十緒他編 二八五頁。「ばいか」云々の読み方は『明題部類抄』による)。御会の題は過去の題から取られるのが普通です。題者は、その時なにを出すかを決める役割を果たしたと思われます。

(二〇一三年一月四日ご教示)

とする。

以下の考察は、高梨素子『後水尾院初期歌壇の歌人の研究』(おうふう 二〇一〇)の御論考に多くを負うもので、煩雑となることを避けるため、注記に代わり引用部分を「 」で示し、( )内に同書の頁数を記すこと

にする。端作を宮方は「春日詠」、臣下は「春日同詠」としていることについて、高梨氏は次のように述べている。

『作歌故実』「懐紙の端作」に「季書。季書といふは、春日詠、秋日詠など書きて、同の字を省るなり。(略)季書は祝儀なり、敬なり、高貴の亭主のもとにて書べし、同輩以下の会には書ぬことゝ見ゆ」また、「季同。季同といふは、春日同詠、夏日同詠など書事なり、(略)季同を書は格別の尊敬なれば、大かたの所にては書べからず」(『古事類苑』)とある。(同書 四三頁)

これによると、源有維以下の公卿は「同」の字を付すのに、二条光平が単に「春日」と書くのは、後述するように二条光平は、天皇の血縁であることにより「天皇に対して臣下ほどの多大の敬意ではないが、一応の敬意を示すものと思われる」(同書 四三頁)。

二条光平(みつひら 寛永元年十二月十三日〈一六二五年一月二十一日〉〜天和二年十一月十二日〈一六八二年十二月十日〉)は江戸時代前期の公卿。摂政二条泰道の息。母は貞子内親王(後陽成天皇の皇女、後水尾天皇同母妹)。

末尾の道寛の場合は、端作は「詠梅花薫砌和謌」とあり、「伴蒿蹊の『閑田次第』に「今は僧は季書せず、同字も書ず」(『古事類苑』)とあることと一致し、法中の書き方としては普通と思われる。法中の歌は巻末に他とは別扱いで掲載されるのが注目される」(同書 四三頁)。

法中(僧侶・法親王)と呼ばれる門跡たちは『後水尾院当時年中行事』に「法中は媒酌にて毎度不参、懐紙ばかり進上なり」とあり、法中は賀の席への出席を遠慮したものと思われる(月次歌会には出席している。『凉源院殿御記』元和八年七月二十四日条など。〈同書 四一頁〉)。道寛(どうかん。一六四七—七六 皇族)については、『国書人名辞典』に次のようにみえる。詳細は別項の【資料一】を参照されたい。

道寛親王 幼称、聡宮。浄願寺宮と称す。後水尾天皇の第十一皇子。母、逢春門院隆子、兄後西天皇。聖護院門跡。園城寺長吏。明暦二（一六五六）年、親王宣下。同三年、聖護院門跡道晃親王について得度。著作、綴法目録、法皇御覧詠歌等。

また高梨氏は、

書写者（御会集への転写者の意）によっては御製分だけは三行三字に書く場合がみられる。これは「藤原清輔『袋草子』に「三行三字書ㇾ之」とある和歌書様を踏襲するものと思われる」（四三頁）

としているが、この寛文十二年の御会始の全詠進歌は、冒頭に挙げた二首の例にみられるように三行三字に記されている。そして最後の「三字」は、真名書（以）路香盤、梅可香、梅嘉可、志多風、春可勢、（者）流閑勢〈配列順〉で記されているのも注目される。

先に述べた「和歌御会始」はその年始めて開かれる和歌御会で、寛文十二（一六七二）年は正月十九日に催された。「後陽成天皇在位から催行時日を調べると、（略）正月十九日催行のことが多く、後水尾天皇の在位時代にもそれが継承されたと考えられる。（略）『近世御会和歌年表』（古相正美編『中村学園研究紀要』二七号　平成七年三月）によれば、寛永末年頃から延宝期にかけて後水尾院存命期には一定して正月十九日に催行された（三八・三九頁）。

寛文十二年正月十九日和歌御会始当時、前左大臣従一位二条光平は四十九歳。道寛入道親王は延宝四（一六七六）年三月八日に三十歳で没しているので、二十六歳のときの詠進歌であったことが知られる。公卿、殿上人五十五人が連なり、最後に法中を載せる。

二　成立年

「寛文十二年正月十九日」の識語の筆者は明らかでないが、その場で綴じた場合は、綴じと会名書き入れを読師が行い、後で綴じた場合は、読師または和歌奉行（後水尾院時代）が行ったかと想像される。

『歌会の作法』によれば、「複座の作法」に続いて次のように記されている。

次に、読師（或は会主）懐紙（或は短冊）を綴ぢ、文台（或は浅硯蓋）の上に置き複座す（懐紙にて浅硯蓋の時は、浅硯蓋を元の如く反す。作法前と同じく、同じ方向に反す。猶歌を上る時はこれを上りて復座す）。（大原重明　郢曲会　一九二七年　九六頁）。

抽出的ではあるが、成立年の妥当性を本和歌懐紙にのみ見える詠者十一名の在官職位に限定して制作時期を推定してみよう。その他の詠者は『源氏物語詞』および『小倉山荘色紙和歌』の染筆者に共通するので、前者の活躍期は、「寛文三年から六年の間」（榊原悟説）、後者は、「筆者目録」の識語は寛文十年、和歌書は寛文五年の後半から八年の後半にかけて書かれた、と推定される（拙著『在外日本重要絵巻集成』三九―四二頁）ので、活躍期は概ね寛文十二年催行時以前におさえることができるからである。【資料二】に示したように、詠進者十一名（6・8・12・28・29・33・34・40・42・45・56）が検討の対象となる。これらのことから、下限は、「8右近衛権中将藤原公代」が公連に改名した寛文十二年（一六七二）六月二十七日以前と設定される。「寛文十二年正月十九日」はその範囲内にあるので、成立年は識語どおりであろうと考えられる。

なお、

出題は『日次紀事』に

「禁裏御会始メ。和歌ノ題、勅題或ハ二条家或ハ冷泉家、近世或ハ飛鳥井家交〳〵被ルレ出サレ之ヲ」（句読点私（高梨））

などとあり、題者の家柄が定まっていた（四一頁）。

三　『禁裏御会始和歌懐紙』にみる歌の配列

外題に「和歌懐紙」（略称する）とあるように、懐紙である。現在の所蔵番号によると、巻頭の「従三位源有維」の歌にはじまり、第四十五首目の冬仲の歌の後に区切り（「寛文十二年正月十九日和歌御会始」の識語のこと）がある。そのあとに、第四十六首目「従一位光平」に続いて第四十七首目「内大臣実維」、第四十八首目「権大納言藤原嗣孝」と高位順の配列になっているのはなぜだろう。

その詳細を冒頭の有維以下の寛文十二年当時の官位と年齢を『公卿補任』や『諸家伝』によりたどってみよう。記載に不揃いのあるのは、そのままを転写したためである。寛文十二年当時の記述がなく、のちの記録にある場合（例、「7」、「9」等）は、記録初年時を記す。他の資料にみられる場合は（　）内に示した。本文中の記号「ま」は宮内省図書寮所蔵松岡明義旧蔵本を表す。その他の記号の出典は両書の凡例に示されているとおりで、省いた（ゴシック体は他（【資料七～一〇】に比較資料のある筆者筆跡を表す。……線①～⑥については次項「四」で触れる）。

①

1 **従三位源有維**（**千種**）　非参議三十五　有能卿男　母権中納言通前卿女

2 **従三位源通福**（**愛宕**）　非参議三十九　通純卿猶子　源具堯孫　彦山座主　権僧正有清男

3 **従三位藤原宗量**（**難波**）　非参議三十一　実雅章卿三男

4 **式部権大輔菅原豊長**（**高辻**）　非参議四十八　実権大納言長雅二男　母権大納言總光女　元良長。慶安四年正月九日改豊長卅一歳　寛文二年六月十一日式部権大輔　貞享元年十二月廿三日辞権大納言　大輔如元六十歳

5 **蔵人頭右大弁藤原方長**（**甘露寺**）　参議二十五

6兵部少輔藤原永貞（富小路）　非参議三十九〘頼直卿男ぃ〙元尚直　母内大臣共房公女　慶安二十二十八〘十九ィ〙元服○同日兵部小甫聴昇殿○〘改永貞ぃ〙

7少納言平時成（西洞院）　非参議　延宝二年（一六七四）三十　七月十日没

8右近衛権中将藤原公代（小倉）　参議正四位下二十九　改公連〘権大納言実起卿男〙母公根女　寛文六（一六六六）十二十七転中将　○寛文十二六廿七改名公連（元公代）延宝三年（一六七五）十月十八日参議（中将如元）廿九歳

9蔵人頭左近衛権中将藤原隆尹（鷲尾）　非参議　寛文九（一六六九）九十二卅蔵人頭廿五歳　同十三二〔正〕十九参議廿九歳
延宝六年九十六権中納言卅四歳　実隆量卿次男

10左中弁藤原資廉（柳原）　非参議　寛文十三年二月十九日任参議三十

11右近衛権中将藤原実冨（山本）　参議従三位三十一　延宝三年（一六七五）十月十八日任。
同月廿一日兼右中将。故前参議勝忠卿男。

12左近衛権中将藤原公綱（橋本）　寛文五年十二廿三左中将。
同八年二廿七従四位上。
同十二正六正四位下廿五歳。延宝二十二四頓死廿七歳。〘前権中納言実村卿男　母左大臣定熈公女〙実権大納言頼業卿二男　実母権中納言実村卿女。

13近衛権中将藤原季保（梅園）　非参議従三位三十一　延宝四年（一六七六）十二月卅日叙。

14左近衛権中将源通音（久世）　非参議従三位三十六　天和二年（一六八二）十二月廿四叙。

②

15 **侍従卜部兼連**（吉田）

寛文二年六月三日元服侍従昇殿十一歳
元禄十年十二十八改｜敬。正徳二年十二廿五辞侍従。〘朱兼起男〙母従一位雅章卿女　実母〘朱前権中納言〙光賢卿女

16 **宮内少輔源当治**（竹内）

〘明暦四年十月十六日改当治い〙（元能治）。
寛文七年十二十七叙爵廿八歳○同月廿五〔廿二ィ〕日任宮内少輔。
寛文十二年五月廿六日任弾正大弼卅三歳
延宝二年十一廿三〔廿六歟〕改名惟庸卅五歳
〘朱俊治男〙〘母家女房い〙

17 **侍従平時方**（平松）

非参議従三位三十七　貞享四年（一六八七）七月十日叙。前権中納言時量卿男。母故従一位雅章卿女。

18 **左馬頭源英仲**（五辻）

寛文七後二廿〔二廿三ィ〕左馬頭
寛文十年正五従五位上十七歳○〔挿入。同十二月十五日改英仲〕（元逸仲）
延宝三年二廿二〔廿一いノィ〕右兵衛佐（辞頭）
実権中納言季吉次男〘母家女房い〙

③

19 **権中納言藤原熈房**（清閑寺）　権中納言正三位四十

20 **権中納言藤原資熈**（中御門）　権中納言従二位三十八

21 **権中納言藤原頼孝**（葉室）　権中納言従三位二十九　前大納言頼業男　母権中納言実村女

22 **権中納言藤原経慶**（勧修寺）　権中納言二十九

23従二位源有能（千種）
前権中納言五十八

24参議左近衛権中将藤原季信（阿野）
参議三十九左中将。十二月廿八日任権中納言。

25右兵衛督藤原季定（中園）
参議正三位四十六　右兵衛督。

26参議左大弁藤原光雄（烏丸）
参議従三位二十六　左大弁。

27参議右近衛権中将藤原定淳（今城）
参議従三位三十八　左中将。

28参議左近衛権中将藤原定縁（野宮）
参議従三位三十六　左中将。実故大納言源道〘通い〙純卿二男　元雅広又
改基輔又改定縁　母正三位藤基秀卿女　実母〘権い〙大納言永慶卿女
寛文四（一六六四）十二卅ニ改定縁　同九（一六六九）十二十八三木（中将
如元）三十三歳
延宝元年（一六七三）十二廿六権中納言卅七歳

29従二位藤原氏信（水無瀬）
前参議従二位五十四

30正三位源具詮（岩倉）
前参議正三位四十三

31正三位藤原基時（持明院）
非参議三十八〘基定卿男い〙〔朱母左中将基久朝臣女〕寛文七年（一六六七）
正月五正三位卅三歳
元禄四十二十一正二位五十七歳

32正三位藤原基共（河鰭）
非参議三十八　改実陳　母安倍泰重卿女
寛文九（一六六九）十二廿七正三位卅五歳
延宝七年十月七日改実陳

④

33左近衛権中将藤原公量（姉小路）　参議正四位上二十七　延宝五年（一六七七）閏十二月十一日任。（左中弁如旧）。故頭右ま中将実通朝臣男。母故前参議遂長卿女。

34左近衛権中将藤原季輔（四辻）　寛文十一年十二廿一左少『中』将廿五歳　延宝四年八三卒卅歳　実公理卿末子（季賢の弟）

35左近衛権中将藤原嗣章（藪）　寛文十一十二廿一転中将廿二歳　参議正四位下三十五　貞享元年（一六八四）十二月卅日任（中将如旧）。故前権大納言嗣孝卿男。母。ま

36左衛門佐藤原員従（萩原）　非参議従三位四十三　貞享四年（一六八七）十二月廿三日叙。故従五位下兼従男（実故従三位頼直卿男）。母左中将基久朝臣女（実故前内大臣共房公女）。

37左近衛権中将藤原隆慶（櫛笥）　非参議従三位三十二　天和三年（一六八三）八月廿三日叙。故左少将隆胤朝臣男。（実故ま前権中納言宗朝卿二〔三家譜〕男。）母〔家女房　家譜〕。ま

38右中弁藤原資茂（日野）　権中納言〔従二位〕三十八　貞享四年（一六八七）七月廿九日辞。

39右近衛権少将源重条（庭田）　参議三十三　天和元年（一六八一）十二月廿四日任（左中将如元）故侍従雅秀男（実者舎弟）。母。

40蔵人左少弁藤原意光（裏松）　非参議従三位三十　天和元年（一六八一）十一月廿一日叙。故前参議資清卿男。母。

41蔵人権右少弁藤原淳房（万里小路）　参議正四位上二十九　延宝五年（一六七七）閏十二月十一日任（右大弁如元）。按察大納言雅房卿男。母前大僧正光従女。

42左近衛権少将藤原兼豊（水無瀬）　非参議従三位三十三　寛文十『九イ』年正十二『十一イ』左少将十七歳　〇同

43右兵衛権佐藤原誠光（三室戸）

十二『十三』十二廿六左中将廿一歳　貞享二年（一六八五）五月六日叙。前権中納言氏信卿男。母。ま〔諸家伝〕実氏信卿甥也〔氏信弟則俊男い〕非参議従三位三十五　貞享三年（一六八六）九月八〔九ま〕日叙。故従一位資行卿末子〔次男ま〕。母。ま

⑤

44右大臣藤原基熈（近衛）　右大臣二十五

45蔵人中務丞源冬仲（源）　（蔵人〔四十三〕【資料二】参照）

⑥

46従一位光平（二条）　前左大臣従一位四十九

47内大臣実維（徳大寺）　前内大臣正二位三十七　正月卅日辞。

48権大納言藤原嗣孝（藪）　前権大納言五十四　十二月廿二日辞。

49権大納言藤原経光（大炊御門）　権大納言従二位三十五

50権大納言藤原公規（今出川）　権大納言従二位三十五

51権大納言藤原基賢（東園）　権大納言正三位四十七

52権大納言藤原雅房（万里小路）　権大納言正三位三十九

53正二位藤原共綱（清閑寺）　前権大納言正二位六十一

54正二位藤原資行（柳原）　前権大納言正二位五十三

55従二位藤原宗条（松木）　前権大納言従二位四十八

56道寛（【資料二】参照）

このように点検した結果、43番目までの詠進者のうち非参議および参議以外の権中納言・前権中納言などは19・20・21・22・23・38の六名に過ぎない。摂家公卿殿上人の若手の参加者が目立つ。これに対し46から55番目までの十名は、前左大臣、前内大臣、前権大納言、権大納言等の人々であり、高位順で年配者が多いのも注目される。

四　内閣文庫所蔵『近代御会和哥』の歌の配列順

寛文十二年一月十九日の禁中御会始（霊元天皇）の記録は、内閣文庫所蔵『近代御会和哥』（写本、番号20603　冊数25（17）函号201-97）に収められている。水色紙表紙縦二六・八糎×横一九・四糎。左肩題簽（縦一六・四糎×三・六糎）に「近代御会和哥　第十七」とある。転写本なので、歌だけが記されている。端作は省略されているため、先に述べた「46光平」詠歌の「同」の字の有無を確認することはできず、不明。なお官位は記されている場合もあるが、寛文十一年の御会始の場合は官位も省略されている。一丁表に「寛文十二年正月十九日／禁裏和哥御会始／梅花薫砌とあり、詠歌が続く。配列順（便宜上算用数字を用いる）に詠進者名を挙げ、その末尾に『禁裏御会始和哥』の詠進者の配列番号を記すと次のようになる。

1　**御製**
2　**関白房輔**
3　従一位光平46
4　右大臣基煕44
5　**兵部卿宮幸仁親王**
6　道寛法親王56
7　内大臣実維47
8　**権大納言藤原俊広**

9 権大納言藤原嗣孝48
10 権大納言藤原経光49
11 権大納言藤原公規50
12 権大納言藤原基賢51
13 権大納言藤原雅房52
14 正二位藤原共綱53
15 **正二位藤原雅章**
16 **正二位藤原弘資**
17 **正二位藤原頼業**
18 正二位藤原資行54
19 **正二位藤原基福**
20 従二位藤原宗条55
21 **従二位源通茂**
22 権中納言藤原煕房19
23 権中納言藤原資煕20
24 権中納言藤原頼孝21
25 権中納言藤原経慶22
26 従二位源有能23
27 **右衛門督平時量**

28 参議左近衛権中将藤原季信（阿野）24
29 右兵衛佐藤原季定25
30 参議左大弁藤原光雄26
31 参議右近衛権中将藤原定淳27
32 参議左近衛権藤原定縁28
33 従二位藤原氏信29
34 正三位源具詮30
35 **神祇伯雅喬王**
36 正三位藤原基時31
37 正三位藤原基時（基共ノ誤写）32
38 従三位源有維1
39 従三位源通福2
40 従三位藤原宗量3
41 式部権大輔菅原豊長4
42 蔵人頭右大弁藤原方長5
43 兵部少輔藤原永貞6
44 少納言平時成7
45 右近衛権中将藤原公代8
46 蔵人頭左近衛権中将藤原隆尹9

47　左中弁藤原資廉10
48　右近衛権中将藤原実冨11
49　右近衛権中将藤原公綱12
50　左近衛権藤原季信（梅園）13
51　左近衛権中将源通音14
52　左近衛権中将藤原公量33
53　左近衛権中将藤原季輔34
54　左近衛権中将藤原嗣章35
55　左衛門佐藤原員従36
56　左近衛権中将藤原隆慶37
57　左中弁藤原資茂38
58　右近衛権少将源重条39
59　蔵人左少弁藤原意光40
60　蔵人権右少弁藤原淳房41
61　左近衛権少将藤原兼豊42
62　右兵衛権佐藤原誠光43
63　侍従卜部兼連15
64　宮内少輔源当治16
65　**右衛門佐平行豊**
66　侍従平時方17
67　左馬頭源英仲18
68　蔵人中務丞源冬仲45

読師

講師

発声

出題　飛鳥井前大納言

奉行

このように、『和歌懐紙』になく『近代御会和哥』集にある歌は、ゴシック体で表した算用数字1・2・5・8・15・16・17・19・21・27・35・65の十二首である。本来本歌会始には六十八名の詠進者がいたと推定される。また、出題者は飛鳥井前大納言雅章であったこと等が明らかになった。

ちなみに『近代御会和哥』にみる御製は次のとおりである。

玉すたれうこくはかりの春風に内外もわかすにほふ梅か香

その他、「37正三位藤原基時」とあるのは「基共」の誤写、「36」の同位同名に引かれたのであろう。『和歌懐紙』「32基共」と同歌である。また「28藤原季信」は姓は「阿野」、「50藤原季信」は「梅園」姓で同名異人である。

1　懐紙の寸法

懐紙の寸法は翻刻に記したとおりで、一様ではない。私に付した便宜上の呼称によれば、およそ大・中・小型の三種類に分けられる。大懐紙は「46従一位光平」（縦四一・八×六五・一糎）と「56道寛」（四一・七×六〇・六糎）で、小型懐紙は「6兵部少輔藤原永貞」（三四・五×四五・〇糎、これについては後述する）、「11右近衛権中将藤原実富」（三六・七×四九・〇糎）、「40蔵人左少弁藤原意光」（三六・七×四九・一糎）等、その他は中型紙と言える。寸法の違いだけではなく、料紙の種類も異なり、個別に調達されたとみられる。先に述べた「ロ霊元天皇宸翰御懐紙二」の「付一枚」（四六×六四・八糎）の他に22番「四九・六×六五・〇糎」の大型の御懐紙もある。

これらを通じて、身分により料紙の使い分けがされていたと考えることができよう。

2　『禁裏御会始和歌懐紙』の歌の配列と大英図書館蔵『源氏物語詞』

【資料九】に示したように、『源氏物語詞』の歌の配列は身分を反映し、『公卿補任』（寛文年間）の高位順になっている（拙著（『在外日本重要絵巻集成』笠間書院　二〇一一、参照）。『公卿補任』により「和歌懐紙」の詠進者の寛文十二年時の年齢および官位と『源氏物語詞』の担当巻を対比してみると「27定淳　参議三十八（52）かけろふ」、「30具詮　前参議四十三（50）あつま屋」で、前参議・参議は巻五十・五十二を担当している。これに対し46番目以下55番目までの染筆者は次のとおりである。

46光平　前左大臣・前摂政四十九　（4）夕かほ
47実維　前内大臣三十七　（21）をとめ
48嗣孝　権大納言五十四　（45）はし姫
49経光　権大納言三十五　（23）はつね
50公規　権大納言三十五　（24）こてふ
51基賢　前権大納言四十七　（39）夕霧
52雅房　権大納言三十九　（41）まほろし
53共綱　前権大納言六十一　（26）常夏
54資行　前権大納言五十三　（33）藤のうら葉
55宗条　前権大納言四十八　（35）わかな下

ちなみに「20資煕　権中納言三十八」は「（42）にほふ宮」・「23有能　前権中納言五十八」は「（40）御法」を担当している。56道寛は法中である。

以上のことから、『源氏物語詞』の染筆者は、高位順に配されており、普通のことである。煩雑を極めるので、詳細は省くが、同様のことは、「【資料八】ウィーン国立民族学博物館蔵『百人一首』」および「【資料一〇】松井文庫蔵『小倉山荘色紙和哥筆者目録』」の配列順についてもほぼ同様なことが認められる。

立ち返って、先述の項目「四」『近代御会和哥』に対応する『和歌懐紙』（禁）の配列順を再確認してみよう。視覚的に分かりやすくするために、項目「三」の『和歌懐紙』の配列を………線で区切ってみると、次のようなグループ分けができる。

Ⅰ近3〜20（⑥禁46〜56 ⑤基熈）、Ⅱ22〜37（③19〜32）、Ⅲ38〜51（①1〜14）、Ⅳ52〜62（④33〜43）、Ⅴ63〜67
（②15〜18）

この配列は何を語っているのだろうか。そこで注目されたのが、全懐紙に見られる左奥の縦に並ぶ二つの線（約一糎、これについては、【影印編】の図および本稿末尾の「図1」を参照されたい）で、それは綴じ目なのであった。現状の配列番号は、おそらくもともと綴じられていた状態を解いた際に懐紙の配列に乱れが生じ、現状の配列番号は、その後に付けられたものであろう。このように考えてみると、右のグループ分けから、『和歌懐紙』のもとの配列は⑥・③・①・④・②の順であったと推察される。つまり『近代御会和哥』にみられるように、『和歌懐紙』の場合、御製はないが、宮方、摂家、門跡の配列で載っていることになる。ただし前者には道寛は最後ではなく、第六番目に載っている。後者でも同様であったかどうかについては明らかでないが、法中なので御会には参らず懐紙だけを進上し、席次順に綴じられた可能性は高い。御会催行日は、現状では第四五紙裏左奥に書かれており、綴じ目が右端に写っているので、実は第四五番目「蔵人中務丞源冬仲」の裏の冒頭に書かれていることになる。このことは再調査により確認済みである。

したがって、グループ⑤44基熈は⑥46光平の次席に、45冬仲の本来の位置は第六八番の最終懐紙であった、と考えられる。『歌会の作法』によれば、

古来、宮中の御会には綴ぢた懐紙或は短冊の裏に、年月日と読師、講師、奉行の名を書きます。発声、講頌はかきません。又、懐紙を綴ぢた後女房ある場合は女房は下に重ねます。御製と女房とは、各、巻いて紙捻で、各、結び（片むすび）おきます（九八・九九頁　第五十一図（一）・（二）、一〇一頁　第五十四図参照。図1・図2）

とあり、これは御会の作法である。その他『源氏物語詞』や『小倉山荘色紙和哥』もほぼ高位順の配列である。

3その他

1）1「従三位源有維」（千種）は23「従二位源有能」（千種）の男で父子でこの歌会に詠進しているわけである。有能卿は『源氏物語詞』40「御法」『色紙帖　24「景季」その他にも見える（【資料七・九】）。また、35「左近衛権中将藤原嗣章」（藪）は48「権大納言藤原嗣孝」（藪）卿の男で同様な例である。32「正三位藤原基共」（河鰭）は『小倉山荘色紙和哥』（松井文庫）39「あさちふの」・68「みせはやな」（拙著『在外日本重要絵巻集成』一三六—七頁・【影印編】参照）を担当している。42「左近衛権少将藤原兼豊」（水無瀬）の父は、『源氏物語詞』16「せきや」を染筆している水無瀬宰相氏信卿である。これらの例をとおして親から子への文芸活動の動向を垣間見ることができる。

2）御製（天皇、寛文十二年は霊元天皇）歌を含む十三名の歌が現在の『和歌懐紙』にはない。これは披講後の扱い、保管の仕様にも関わってくる問題であろうか。その問いに次掲の資料が一つの示唆を与えてくれるように思う。

イ「霊元天皇御製大懐紙」　詠逐年花珍和歌　一巻　霊元天皇御詠　霊元天皇宸筆原本　（函号　伏697）

ロ「霊元天皇宸翰御懐紙　二」寛文三年～享保十六年（有欠年）御製　宸筆原本　（46×64.8糎　他一枚物／箪笥入　88枚　付1枚）（函号　有栖52）

イ「霊元天皇御製大懐紙」（「いやまさるいろ香なりけり洞のうちの春よそちゆくみれとあかぬはな」〈縦五一・四×横六六・七糎〉）およびロ「霊元天皇宸翰御懐紙」の中には、『和歌懐紙』の御製は見出し得なかった。『近代御会和歌』にあり、現在『和歌懐紙』に欠けているのは、「2関白房輔」以下親王および公卿等高位の人々であるのは、懐紙が下賜された場合も考えられ得る。

3）「春日同詠梅花薫砌和歌」に関する記述はいまのところ『基熈公記』には見出していない。催行日時の近いところでは、延宝五年（一六七七）五年一月十九日丙申の次の記録がある。

春日同詠春情有鶯

和歌

右大臣藤原基熙

うくひすも百よのこ
ひの声のうちにのと
けき春のこゝろみす
らし

4）翻刻に当たって「春 日同詠梅花薫砌和歌」のように「春」の後は半角の余白を設けた場合（1・2・7・9・10・11・12・21・22・28・32・33・36・37・39・41・45・47・54・55）がある。ミシン線を付した10・11・21・45・47の五点は余白幅の狭いものもあれば、54番のように一字分に近い余白をおいている場合もある。これらは、和歌書様に関すること（高梨氏ご教示）であるので、今は専門家の手に委ねたい。

5）懐紙の綴じ様

『歌会の作法』によると、

読師は、硯筥を請ひます（略）、次に読師、文台（或は浅硯蓋）から懐紙を下し（重なったまま即ち上臈の懐紙が上となったまゝ）左奥と下を揃へ、下臈の懐紙の左奥二寸ほど小刀できり取り、（略）

となっており、披講後の和歌は、高位順に配列されていることが納得される。また、『後水尾院和歌作法』に次のように記す。

一　懐紙とぢ様　懐紙の奥と上下の端を能突揃へて、仮令懐紙の丈け一尺二寸有らば、上下に四寸づゝ置て、中を四寸、懐紙の奥の五分程置て、小刀のむねを上になして突通し、下の方は小刀の刃を上になして突通し、扨引合一寸五分に切て、四にたゝみて広さ三分余残して、懐紙多は二丈けを、わな二つを上に成様に、小口を少さし入て結び繕て、上下如此畳めの成やうに結べし。折り目を上へなし、切めを下へ成やうに結事也。扨結目を懐紙の裏へなして、小刀にて明たる穴へ置、よく通して表に片わなに結、輪を上へ、下がりを下へ成やうに結也。さがりの下を揃て切べし。御製の御懐紙は白き水引を以て、とぢ目にかけて、上につけて、両わなに結び付る也。

（列聖全集編纂会編『列聖全集　御撰集　第六巻』所収　一九一二年　四七〇～四七一頁）

右の解説にならい、『和歌懐紙』を点検すると、傍点線部分を次のようにまとめられる。懐紙の大きさが一様ではないので、およそ上揃えの場合と小型紙は中央揃えからなる。各紙に共通するのは、左奥から四・五糎の位置に、中を一一・七糎（「中を四寸」）あけ、「小刀のむねを上になして突通し」一・三糎の穴を縦に空け、下の方は小刀の刃を上になして突通し」一・三糎の穴を縦に空ける。例えば、翻刻冒頭の源有能の場合は「三六・五糎×五一・七糎」であるが、上は約一五・〇糎、下は七・二糎の余白を置いている（本書〔影印編〕参照）。

次に「扨引合一寸五分に切て」に対応するのは、『歌会の作法』では「下臈の懐紙の左奥二寸ほど小刀で切り取り」に該当する。これは結ぶための綴じ紙の作り方である。「引合《ひきあわせ》」（檀紙の異名）をおよそ五糎ほど切り取って作る、とあるので『和歌懐紙』五十六枚の中で、横幅が目立って少ない四〇糎台の檀紙に注目する。永貞の場合は横幅四五・〇糎、公代は四七・〇糎、実冨四九・〇糎の三名の候補があり、永貞の左奥は小刀で切り取ったような痕跡が認められるので、もとは五〇糎幅はあったもので、綴じ紙は永貞の懐紙で作った、と考えられる。

まとめ

『和歌懐紙』の現状が、披講直後の形態を維持しているかどうかを考察するにあたり、「歌会の作法」（懐紙の重ね様並びに綴じ様）の知識の欠かせないことを知った。そして、『和歌懐紙』はもともと綴じられていた状態から現状のように一枚一枚になったときに、配列に乱れが生じたのだと考えるに至った。付されている保存番号は原初形態を示すものではなく、現状を表す。先に述べた作業を通じて、もともとは高位順の配列で綴じられていたことと、現状にはない詠進者名の推定ができ、御会の様子をほぼ復元し得たと考える次第である。

また、三節および【資料七】・【資料九】を勘案すると次のことが明らかになった。

一　『禁裏御会始和歌懐紙』および『武家百人一首色紙帖』のみに共通する担当者を算用数字で表し、下欄に『色紙帖』の歌番号を（　）で記す。

例　4式部権大輔菅原豊長（高辻）（『色紙帖』32〈【資料七】染筆者対照表〉を参照）

5（28）　7（56）　10（29）　11（39）　13（57）　14（61）
15（97）　16（74）　17（84）　18（98）　24（31）　25（50）
26（34）　33（42）　36（72）　37（70）　38（35）　39（60）
40（64）　41（43）　43（79）　44（2）　22（100）（24名）

即ち共通する染筆者は二十四名である。

二　『禁裏御会始和歌懐紙』にのみ見られる新筆は、「8・12・28」の三名で、「34・42・45・56」の四名は、短冊資料『むかしをいまに』に比較資料が見られる。

三　その他についてはいずれかに対照資料の見られる場合で、【資料七〜九】および【影印編】を参照されたい。「46光平・47実維・51基賢・30具詮」等は「ウィーン国立民族学博物館蔵『百人一首』にみられる。

本稿をなすに当たり、高梨素子『後水尾院初期歌壇の歌人の研究』（おうふう　二〇一〇）には多くを負った。また、高梨氏には『歌会の作法』および『後水尾院和歌作法』も紹介していただいた。記して深謝申しあげる。

第五十一圖（一）

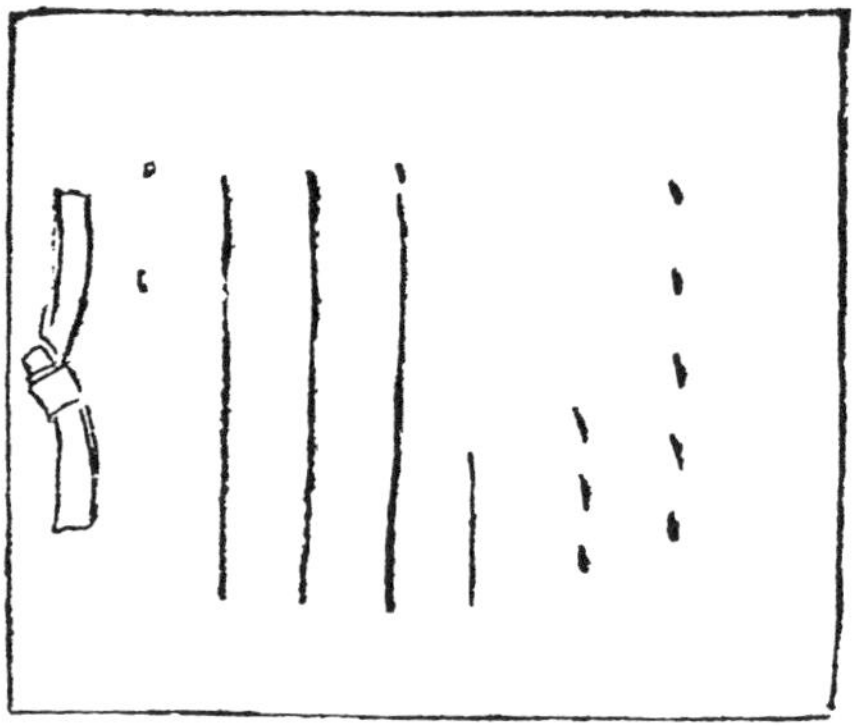

第五十一圖（二）

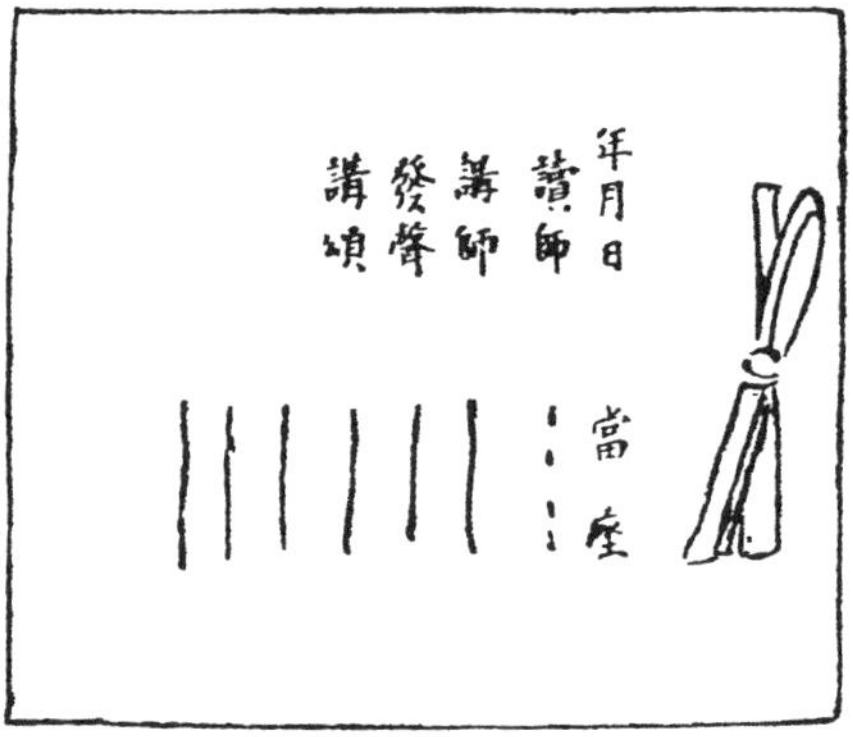

図1

第五十四圖

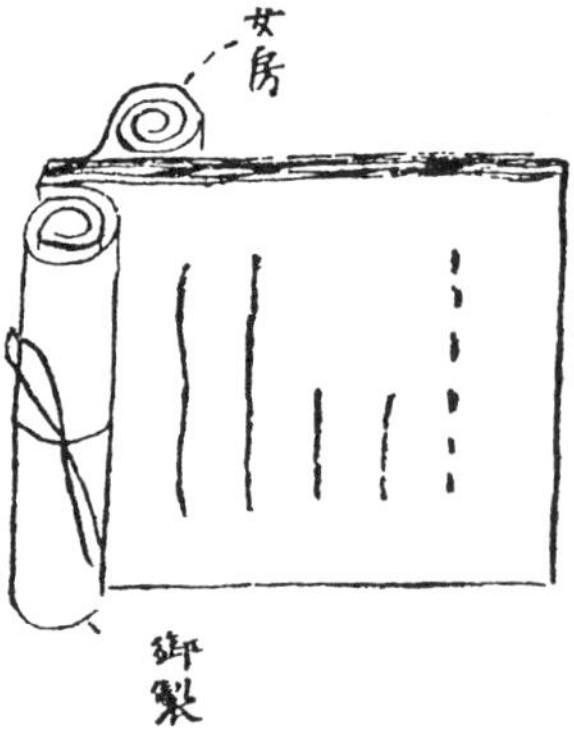

図2

四　宮内庁書陵部所蔵『武家百人一首色紙帖』詞書

鷹司関白房輔公　1

経基王

雲井なる人を
はるかに思ふ
には
わか心さへ
空にこそ
やれ

近衛左大臣基熈公　2

贈従三位源満仲

君はよし行するゑ
とをしとまる身
の
待ほといかゝ
あらむとすら
む

一条右大臣教輔公　3

源頼光朝臣

かく　いそへ
なむと　の浪
海士の　の
いさり火　おりも
ほのめ　よから
かせ　は

鷹司左大将兼煕公　4

藤原保昌朝臣

かた〳〵のおやの
親とちいはふめり
子のこのちよを
おもひこそやれ

妙法院宮尭恕　5

左衛門尉平致経

きみひかすなりな
ましかはあやめ
草
いかなるねをか
今日はかけま
し

青蓮院宮尊証　6

源頼家朝臣

終夜たゝく水鶏
は
天の戸を
あけて後こそ
おとせさり
けり

三宝院門跡高賢　7

源頼義朝臣

宮古には
花のなこりを
とめおきて
けふ下芝に
つたふ
しら雪

随心院門跡俊海　8

源義家
朝臣
吹風を
山
さ
くら

みち　なこその　かな
も　関と
せき　おもへ
ち　とも
る

大乗院門跡信雅　9

清原武則

しつの女かしつはた
ぬの〻ぬきにうつ
うのけの布の
ほとのせはさよ

徳大寺内大臣実維公　10

左衛門尉源頼実

夏の日になるまて
きえぬ冬こも
り

よき　春たつ
て　かせ
ふく　や
らむ

大炊御門内大臣経光公　11

兵庫頭源仲正

おもふことなくてや
春を過さまし
浮世へたつる
かすみ成せは

西園寺侍従公遂朝臣　12

平忠盛朝臣

こ〻に　こよひ
旅ね　も
ゆく人をまねくか
野辺のはな
せよ　す〻き

とや

今出河大納言公規卿　13

従三位頼政

人しれぬ大内山の
やまもりは
木かくれてのみ
月を見るかな

清閑寺大納言熈房卿　14

伊豆守仲綱

身のうさ
も
花みしほと
は
わすられき
はるのわかれ
を
なけくのみ

かは

葉室大納言頼孝卿　15

中納言平教盛

今まてもあれは
あるかのよの中
にゆめのうちにも
ゆめをみるかな

転法輪大納言実通卿　16

参議平経盛

時雨
は　難波かた
あし
軒　の丸や
の　の
雫
にそ　旅ね
しる　には

小倉大納言実起卿　17

平忠度朝臣

あれに
けるやと〻て
月はかはら
ねと
むかしの
かけは
猶そ
ゆかしき

日野大納言弘資卿　18

正三位重衡

住なれしふるき
みやこのこひしさ
は
神もむかしに
おもひしる
らむ

園大納言基福卿　19

従二位平資盛

中〳〵に　みえも
たのめ　しな
かへ　さり　まし
す　せは
しる
し　小夜
は　衣

油小路大納言隆貞卿　20

左馬頭平行盛

なかれ
ての
名たにも
とまれ
あはれ　ゆく

はかなき　水の
身は
きえぬ
とも

中御門大納言資熙卿　21
平経正朝臣

ちるそうき
おもへは風も
つらからす
花をわきても
ふかはこそあらめ

東坊城大納言知章卿　22
右大将源頼朝

まとろめは
夢にもみえぬ
うつゝには
わかるゝ

ほとの
つかのまも
なし

中院大納言通茂卿　23
伊予守源義経

伊勢島やしほくむ
そての月かけ
を
かへ　波にのこ
る　して
あま
人

千種大納言有能卿　24
平景季

秋風に
草木の
越れは　露を

せき
はらはせて
守も　君か
なし

花山院大納言定誠卿　25
平景高
もの〻ふのとり
つたへたるあつ
さゆみ
ひきては人の
かへるものか
は

松木大納言宗条卿　26
鎌倉右大臣
夕暮は衣手
すゝし高
まとの

尾上の宮の
秋のはつかせ

東園大納言基賢卿　27
平泰時
朝臣
世中にあさはあと
なくなりにけり 心の
まゝの蓬
のみ
し
て

甘露寺中納言方長卿　28
河内守源光行
たけくまの
松のみとりも
人に　うつもれて
かたら　雪を

む　　みきとや

柳原中納言資廉卿　29

式部丞源親行

いたつらに　つもる
ゆきては　うき
かへる　みに
とし　物そ
月の　かな
しき

菊亭中納言伊季卿　30

蓮生法師

あたに　花を
のみ　いく
おもひ　たひ
し　おし
人の　み
いのち　きぬら

もて　む

阿野中納言季信卿　31

平季(重)時朝臣

おもひ　まつとや
あれは　人の
たのめぬ　よそに
よはも　みるら
ねられ　ん
ぬを

高辻中納言豊長卿　32

平政村朝臣

つらかりし春の
わかれは忘られて
あわれとそきく
はつかりのこゑ

綾小路中納言俊景卿　33

行念法師

梅かゝの
誰か里わかす
にほふよ
は
ぬしさたまらぬ
春風そ吹

烏丸中納言光雄卿　34

真昭法師

さためなきしくれ
の
あめのいかにし
て
冬のはしめを
空にしる
覧

日野中納言資茂卿　35

源義氏朝臣

霞ふる雲の
かよひ路風さえ
てをとめのかさ
し
玉そみた
るゝ

平松中納言時景卿　36

武蔵守平長時

さひしさはいつこ
も
おなしことはりに
思ひなされぬ
秋の夕くれ

今城中納言定淳卿　37

佐渡守藤原基綱

篠の葉の

さやく霜夜の
雲さへ　やまかせに
こほる
在明の
月

鷲尾中納言隆尹卿　38
草葉のみ
露けかるへき
秋そとは
下野守藤原景綱
我袖しらて
おもひける
かな

山本宰相実冨卿　39
信生法師
よしさらは我とは
さ、し　あまをふね
みちひくしほの
なみにまかせて

河鰭宰相基春卿　40
千葉介平氏胤
人しれすいつしか
おつるなみた河
あふ　名を
せに　なか
かへて　す
とも

小倉宰相公蓮卿　41
素遷（遍）法師
山の端の見えぬ
はかりそわたつ海の
なみにもつきは
かたふきにけり

姉小路宰相公景卿　42
常陸介惟宗
忠秀
いにしへの野中の
清水くまねとも
おもひいてゝも
袖ぬらしける

万里小路宰相淳房卿　43
丹後守藤原頼景
ゆくすゑの空は
ひとつにかすめとも
山もとしるく
たつけふりかな

正親町宰相公通卿　44
出羽守藤原宗朝
つれなくてなに
か

うき世に残るら
む
おもひも
出ぬ
ありあけの月

花園宰相実満卿　45
信濃守藤原行朝
ふしの根を山より
上にかへり
みて
いま越かゝる
あしから
のせき

竹屋宰相光久卿　46
藤原宗泰
奥つ風
吹こすいその

松か枝に
あまりてかゝる
たこの浦
藤

堀河宰相則康卿　47
左衛門大夫藤原
基任
みやこ思ふ　あらし
たひねの　なり
夢の関守
は　け
よひ〳〵　り
ことの

千種宰相有維卿　48
源頼隆
ちる花の雪と
つもらはたつねこ

し
しほりをさへや
又たとらまし

持明院宰相基時卿　49
平宗宣朝臣
わすれ　我身に
草
心なるへ　なと
き　か
たね　まかせ
たにも　さるら
ん

中園宰相季定卿　50
平維真（貞）朝臣
大井川こほりも
あきは岩こえて
つきになかるゝ

みつのしら
なみ

（帖裏見返）

久我三位中将通名卿　51
左近将監平義政
また　夢なら
は　て
まこと
も
なき
ものを
うつゝ
なる　たかなつけ
らん　ける

白河二位雅喬卿　52
平貞時朝臣

吹はらふ嵐に
すみて山の
はの
松よりたかく
出る月かけ

樋口二位信康卿　53
左衛門尉藤原頼氏
世を捨る
数にさへこそ
もれに
猶　ける
たの　うき身の末を
む也

愛宕三位通福卿　54
伯耆権守源頼貞
嶺にたつ雲も
わかれて

吉野河
花の
あらしに
しら　まさる
波
七条三位隆豊卿　55
右衛門尉範季(秀)
見しともは
あるかすくなき
おなし世に
老のいのちの
何のこ[す]らむ
西洞院三位時成卿　56
寂阿法師
故郷にこ宵　われ
はかりの命　を
とも

待　しらてや
らむ　人の
梅園三位季保卿　57
源義貞朝臣
わかそてのなみたに
やとるかけとたに
しら
て　月や
雲井　すむ
の　覧
冨小路三位永貞卿　58
等持院贈大(ママ)政大臣(尊氏)
おしとたに　いはぬ
色とてやまふき
の
はなちるさとの
春そくれゆ

く

東園頭中将基量朝臣　59

従三位直義

いつとて
山　も
郭公　またすは
有ねと
月に
なくら　同し
む　くは

庭田頭中将重条朝臣　60

宝篋院贈左大臣（義詮）

つまこひになみたや
落て小男鹿の
露
と　あさたつ
をく　をのゝ

らん

久世中将通音朝臣　61

従三位源基氏

鶴か　雲井に
岡　ひゝ
木たかき　く
松を　よろつ
ふく　代の
かせの　こ
ゑ

滋野井中将実光朝臣　62

右兵衛督源直冬

いにしへに
かはらぬ神の
ちかひならは
人の国まて
おさめさら
めや

藪中将嗣章朝臣　63
上野介源高国
老の
春といへは
たもと
に
むかし
たに
やとる　こそ
月　かすみ
かけ　しか

裏松弁意光朝臣　64
伊豆守藤原
重能
待を
たのみ　夕くれ
の　の空
とはすともさ

はる
と
せめてきかす
なよ

田向中務資冬朝臣　65
源清氏朝臣
おとたにも
秋にはかはる
時雨かな
木葉降
冬や　そふ
来ぬ
らむ

伏原大蔵卿宣幸朝臣　66
播磨守高階師冬
はつ　あくるや
あきは　おし

また　き
ほし　なか
あひ　からぬ
の　よは
そら　なれ
は

穂波筑前守経尚朝臣　67
陸奥守
源信氏
梓弓もとの姿は
ひきかへぬ入
へきやまの
かくれかもな
し

高野修理大夫保春朝臣　68
道誉法師
さためなきよを

うき鳥のみか
くれて
したやすから
ぬ
おもひなり
けり

清水谷中将公栄朝臣　69
源氏頼
いたつらにまつは
くるしきいつはり
を
かねてよりしる
ゆふ暮も
かな

櫛笥中将隆慶朝臣　70
左　大夫源氏経
露霜の

ゆく　をかへのまく
秋に　すうらみ
うつら　わひかれ
なく
なり

東坊城少納言長詮朝臣　71

伊予権守高階重成
ふかき
山路　みやこ
を　には
たつね　またしき
てそ　ほとの
なく　郭公

萩原左衛門佐員従朝臣　72

元可法師
うつもれぬ　煙を
宿のしるへ
にて
雪にしほくむ
さとのあま人

押小路中将公起朝臣　73

源直頼
数ならぬ
身は中〳〵
に
うき事
を
ならひに
なして
歎かすも
かな

竹内大弼当治朝臣　74

鹿園院大《（ママ）》政大臣（義満）

たのむかなわかみ
なもとの
岩清水
なかれのすゑを
神にまかせ
て

松木中将宗顕朝臣　75

養徳院贈左大臣（満詮）

かりねするいなの
さゝ原うきふしも
しらて今宵の
月にあかさん

藤谷中将為教朝臣　76

源頼之

しつかなる
水よ　こゝろの
りも　うちや

猶すゝ
し
かるら　松かせ
む　の

外山権佐宣勝朝臣　77

陸奥守
源氏清

いま
たに　あはさりし
ぬるゝ　つらさをか
こつ
新枕
かな　言葉
に

山科中将持言朝臣　78

源義将朝臣

はるはなを

さきちるはなの
中におつる
吉野の滝も
浪やそむらん

三室戸権佐議光朝臣　79
陸奥守源棟義
恋しなむ身のため
つらきあはれと
も
さてなからふる
契りにと
しる

中園中将季親朝臣　80
源真（貞）世
秋きぬと萩のは
ならすかせの音
に

こゝろせかるゝ
露のうへかな

中山中将篤親朝臣　81
多々良義弘朝臣
日かすのみふるの
わさたの五月雨に
ほさぬ袖たに
とる早苗かな

日野西弁国豊朝臣　82
源重春（長）朝臣
心なきおはなか
そても露そをく
秋はいかなる
ゆふへ成覧

醍醐少将冬基朝臣　83
勝定院贈（ママ）大政大臣（義持）

そしる
清は空　覧
にこるは土と
それ　わかれ
いにし　に
へも　し
神

平松少納言時方朝臣　84
権大納言義嗣
霜むすふ野原の
浅茅
秋か　うらかれて
せそ　虫の音
吹　よはる

石井右衛門佐行豊朝臣　85
源頼元朝臣
ほとゝきすまつよひ

すきてつれ
なくは
哀雲井に
一声も
かな

植松侍従雅永朝臣　86
源高秀
聞なれし
木の葉の
音は
それなから
時雨にかはる
神無月哉

裏辻侍従実景朝臣　87
源詮信
かこた草春や
昔の夜半の

月
我身ひとつに
霞かけかは

清閑寺弁熈定朝臣　88
普広院左大臣（義教）
夕立の雲の
衣はかさねても
そらに涼しき
かせの音かな

武者小路少将実陰朝臣　89
源満元朝臣
思ひたつ雲の
よそめのいつはり
は
あるようれしき
山さくら哉

堀河左兵衛康綱朝臣　90
源持信
あまる
むしの声かな
秋ふかきおのゝ
浅茅の
つゆなから
すへはに

持明院中将基輔朝臣　91
正三位源義重
みなのかはみねより
おつる紅葉ゝは
そむ　つもりて波
らむ　をまたや

正親町三条中将実久朝臣　92
源範政朝臣
ひとめ　かるくさの

みし　　つかのま
かた　　　も
ちの小野　など
に　わすれ
さるらん

大宮少将実勝朝臣　93
素明法師

なをさりに
なかむへしやは
忘られて
ものおもふ比の
夕くれの
そら

下冷泉中将為元朝臣
多々良　94
持世朝臣

いかに

せよとて
ねさめとふら
む

さらてたに
ほさぬ袖師の
うら千鳥

上冷泉少将為綱朝臣
平貞国　95

鳥の音のつらき
はかりをうつゝ
にて
ゆめにそ
こゆる
あふ坂の関

高倉民部季任朝臣
慈昭（ママ）院贈太政大臣（義政）　96

今日はまつ

おもふはかりの
色みせて
心のおくを
いひはつく
さし

吉田侍従兼連朝臣　97

大智院贈大（ママ）政大臣（義視）

友もなき
夜半の枕の
むかしを　たちはなや
かたる
にほひなる
らむ

五辻兵衛佐英仲朝臣　98

常徳院贈前大（ママ）政大臣（義尚）

かすみとも
ひはら　はなと

に　も
くもる
春の　いはし
夜の月　はつせ
山

高辻侍従長量朝臣　99

惠（ママ）林院贈太政大臣（義植）

日をそへて　袖の
みなとに
みを　せき
しる　あへす
雨の
空のみたれに

勧修寺大納言経慶卿　100

法住院贈太政大臣（義澄）

つま恋　くる秋
の　ことに

こゑ
月見れは契や
おきし小男
鹿の

（遊び紙）

（裏表紙）

武家百人一首筆者目録

武家百人一首筆者

経基　鷹司関白
満仲　近衛左大臣
頼光　一条右大臣
保昌　鷹司左大将
致経　妙法院宮
頼家　青蓮院宮
頼義　三宝院門跡
義家　随心院門跡
武則　大乗院門跡
頼実　徳大寺内大臣
仲正　大炊御門内大臣
忠盛　西園寺侍従
頼政　今出河大納言
仲綱　清閑寺大納言
教盛　葉室大納言
経盛　転法輪大納言

忠度　小倉大納言
重衡　日野大納言
資盛　園大納言
行盛　油小路大納言
経正　中御門大納言
頼朝　東坊城大納言
義経　中院大納言
景季　千種大納言
景高　花山院大納言
右大臣　松木大納言
泰時　東園大納言
光行　甘露寺中納言
親行　柳原中納言
蓮生　菊亭中納言
季（重）時　河野中納言
政村　高辻中納言
行念　綾小路中納言
真昭　烏丸中納言
義氏　日野中納言

長時　平松中納言
基綱　今城中納言
景綱　鷲尾中納言
信生　山本宰相
氏胤　河鰭宰相
素暹（暹）　小倉宰相
忠秀　姉小路宰相
頼景　万里小路宰相
宗朝　正親町宰相
行朝　花園宰相
宗泰　竹屋宰相
基任　堀河宰相
頼隆　千種宰相
宗宣　持明院宰相
維真（貞）　中園宰相
義政　久我三位中将
貞時　白河二位
頼氏　樋口二位
頼貞　愛宕三位

範季（秀）　七条三位
寂阿　西洞院三位
義貞　梅園三位
等持院　冨小路三位
直義　東園頭中将
宝篋院　庭田頭中将
基氏　久世中将
直冬　滋野井中将
高国　藪中将
重能　裏松弁
清氏　田向中務
師冬　伏原大蔵卿
信氏　穂波筑前守
道誉　高野修理大夫
氏頼　清水谷中将
氏経　櫛笥中将
重成　東坊城少納言
元可　萩原左衛門佐
直頼　押小路中将

鹿園院　竹内大弼
養徳院　松木中将
頼之　藤谷中将
氏清　外山権佐
義将　山科中将
棟義　三室戸権佐
真（貞）世　中園中将
義弘　中山中将
重春（長）　日野西弁
勝定院　醍醐少将
義嗣　平松少納言
頼元　石井右衛門佐
高季（秀）　植松侍従
詮信　裏辻侍従
普広院　清閑寺弁
満元　武者小路少将
持信　堀河左兵衛
義重　持明院中将
政朝（範政）　正親町三条中将

素明　大宮少将
持世　下冷泉中将
貞国　上冷泉少将
慈昭《ママ》院　高倉民部
大智院　吉田侍従
常徳院　五辻兵衛佐（義尚）
恵林院　高辻侍従
法住院　勧修寺大納言

（遊び紙）

右之目録依所望令書写
遣之者也
延宝八暦
十月日　基輔（花押）

五　『武家百人一首色紙帖』付、筆者目録

はじめに

宮内庁書陵部所蔵『武家百人一首色紙帖』（函号　500−178）は、書陵部『和漢図書分類目録』（昭和二十七年　七四四頁　下段）には、武家百人一首色紙帖　鷹司房輔 近衛基熙等写 附筆者目録（御）四（冊）特（函）八（号）、とある。

体裁は、折帖仕立（縦二四・〇糎×横二二・五糎）、表紙は縹色地に雲文を白く織り出し、四隅を蔓文彫りの金銅金具でとめる。見返し（右）は萌黄地の紙に金砂子を散らし、金箔を敷く。左中央に、朱色の紙題簽（縦一八・二糎×四・三糎）があり「武家百人一首」と記されている。台紙は厚手の鳥の子。詞書は各帖別筆で、上方に帯状青色竜文、下方に波文入りの色紙形料紙（縦一九・五糎×横一七・九糎）に記す。色紙の文様は全帖同じである。右肩には、江戸時代前期の親王、公卿の染筆者名を記した極短冊（縦八・〇糎×横一・五糎）が貼ってある。

付属する筆者目録は、帖装（縦一七・九糎×横一一・三糎）、表紙は後述するように改装されたものであるが、琵琶・五絃琴、笙、羯鼓等を織り出した文様。見返し（一一・三糎）は金絹。本文二二六・九糎、遊紙（一一・三糎）、奥書（一一・三糎）、全長二四九・五糎、裏見返し（一一・三糎）からなる。

一　筆者目録の現状

筆者目録（書陵部69341/4/500-178）は内題「武家百人一首筆者」、奥書に次のように記す。

右之目録依所望令書写
遣之者也
延宝八暦
十月日　　基輔（花押）

とあって、この本の性格（伝来、正当性など）を証明する加証奥書として記されたものと考えられる。内容と奥書が別筆の場合、誰かに書写させ奥書は当人が書いている可能性がある。一方内容・奥書が同一の場合は、後世の転写とも考えられる。ただし、内容と奥書が同筆であり、かつ基輔自筆である場合、「令（せしめ）」とあっても謙譲の意味合いで使われており、基輔自身が書いている可能性がある。基輔の自筆署名（花押）に関する資料はいまのところなく、唯一の資料は、『色紙帖』（略称）の極め短冊に「持明院基輔」と記す第九十一番目の次の歌である。

持明院中将基輔朝臣
正三位＊＊義重

みなのかはみねより
おつる紅葉ゝは
そむ　　つもりて波
らむ　　をまたや

もとよりこれは、署名や花押を推測する手掛かりにはならないが、「三位」は「目録」の51「久我三位」、54「愛宕三位」、55「七条三位」、57「梅園三位」、58「冨小路三位」等の「三位」の文字に近似する。また、奥書冒頭の「右」の字は、目録三番目の「一条右大臣」に筆の運びに共通するところがある。内容・奥書とも基輔筆と考えてよいと思われる。

本目録には添状が付いていて、その外包紙に次のように記す。

書陵部 69341/4/500 178 御物（朱）127

武家百人一首筆者目録　壱

明治二十五年五月表紙裂取替　経師　阿部広助

これによると、現在の目録の表紙は劣化により、明治二十五年に経師 阿部広助が貼り替えたものであることが分かる。その極めに次のように記す。

武家百人一首色紙御各筆
持明院基輔卿目録
外題
本阿弥光悦筆
目録書之通正筆候（中略）
右之通御座候也
三月廿四日　古筆了悦「古筆」（朱印）
代筆

この極めは「古筆了悦（本家十二代）」の代筆とあり、代筆者は不明。色紙御各筆、基輔卿目録、光悦の外題（「武家百人一首」）は各「目録書之通」直筆であるという意味であろう。

なお、古筆了悦は、京都の古筆宗家十世了伴の弟の子。十一世了博が文久二年（一八六二）二十七歳で早世のあと、跡を継ぎ十二世となる。明治二十七年（一八九四）卒、六十四歳、四男が十三世了信を継ぐ（『鉄心斎文庫短冊総覧むかしを今に』付載「古筆鑑定家一覧」）。なんらかの理由で息子の了信が代筆したのであろうか。

持明院基輔（もとすけ　一六五八―一七一四　中御門流）は、『公卿補任』に次のようにみえる。

前参議基時卿男。母家女房。

明暦四（為万治元）三十一誕生。寛文五正六叙爵（八歳）。同九十一十元服昇殿。同日侍従々五位上（十二歳）。同十一十二廿一正五位下（十四歳。賢聖障子銘清書基時卿賞譲）。同十二正卅左少将（十五歳）。延宝五正十五従四位下（廿歳）。同閏十二十一左中将。同九（為天和元）正五従四位上。貞享二正六正四位下（廿八歳）。（4―90上）『諸家伝九　六九七頁上・下』

これまで見てきたように、「筆者目録」は本文・奥書ともに基輔自筆と考えてよいであろう。基輔、延宝五年（一六七七）閏十二月十一日に任左中将、奥書は、延宝八年（一六八〇）二十三歳の時の筆ということになる。

なお外包紙に「御物」と朱書する。

二　『武家百人一首』

『武家百人一首』の研究に、伊藤嘉夫「武家百人一首と其の類列の百人一首」があり、次のように述べている。

『武家百人一首』は、江戸時代の初期から行われていた。古い写本では、跋文の奥に「万治庚子（一六六〇）仲秋）」の年記がみえ、寛文六（一六六六）年には板本が出、後刷りも度々行われている。しかし選者を知る手がかりになるものは、写本版本に見えない。（跡見学園短期大学紀要 7・8号 五一—八四頁 一九七一・三 跡見学園女子大学）。

同氏は、同論文に十種の「百人一首」の翻刻を掲載している。なかでも書陵部本と同内容なのが跡見学園蔵の枡形本綴葉装一帖である。前者には担当者名が極め短冊に記されており、筆者目録を付帯している点だけが異なる。他は同名の外題をもつ二種があるが、改竄本か全く別本である。同論文の、次の二点に注目しておきたい。

金銀箔をおいた紙表紙に、「武家百人一首」と題簽がある。（後から貼ったもの）墨付十八丁半、歌を各頁三首づつ書き、合わせて百一首を収める。終に一丁半に跋を書き、奥に「万治庚子（一六六〇）仲冬」とある。

百一首中、五十一首目の歌、

玉の緒のたえぬばかりにくるしきはひくてによらぬおもひなりけり　平貞俊北条

に、朱の懸点をかけ、「此哥可除」とあり、名にも懸点をかけてある。このことは、この歌が省略される以前の本の姿を示すもので、原本に省略される以前の姿を示すもので、原本に近いことを意味するであろう。寛文六年板本以前には、この歌を載せず、歌の数は百首になっている。（五三頁）

また、

武家百人一首の撰入《（ママ）》された武人は、清和源氏の祖、六孫王経基から始まって、足利十一代将軍義澄までを収めており、十二代義晴が将軍になった大永三年（一五二二）以前の撰であろうとおもわれる。（五二頁）

伊藤氏は同論文で、各歌の出典は勅撰集で、十四首がそれ以外（平家物語や太平記等）であるとしている。右の論考で、翻刻には百首を収め、底本にある百一首中、五十一首目の歌を省いている（後の版本にはない）ことは、『色紙帖』も同じである。後者については、次節末尾で述べる足利幕府初代将軍から第十一代将軍までを収めることとかかわってくる。

さらに、第四〇番目の千葉介平氏胤の歌について、次のように述べている。

人知れずいつしか落つる涙川逢ふせにかへて名を流すとも　千葉介平氏胤

は、新千載から抄く時、次の歌の下句に誤って続けたものである。はじめ、

人知れずいつしか落つる涙川わたるとなしに袖ぬらすらむ（一一八四）

よしさらば包むもくるし涙川逢ふせにかへて名を流すとも（一一八五）　元基氏

と並んでいたもの。「涙川」という字から目移りして次の行の歌の下句を書いてしまったのである。写本は跡見本以前を見ていないが、板本ことごとくこの誤を踏襲しているから、恐らくは、原本から誤っていたものであろう（前掲書　五三頁）。

『色紙帖』は跡見本と同様であり、底本の誤をそのまま踏襲したものとみられる。

三　書陵部本と跡見本との本文異同

伊藤氏は、同名三種の『武家百人一首』をまぎらわしいので、それぞれA本・B本・C本と称している。

武家百人一首（A本）　跡見本古鈔本

武家百人一首（B本）　安政五（一八五八）刊本

武家百人一首（C本）　明治四二（一九〇九）刊本（活版）

『色紙帖』は「A本」と同じ内容であるが、語句や用字法に多少の異同が見られ、またわずかながら「B本」に合う語句もある。これはA本が勅撰集による補正後の本文であることによるか、底本の判読の際に生じた差異であるか、あるいは使用したテキストがA・B混態本であったかなどの場合が想定されるが、これらについては

いまは立入らない。

翻刻にあたり、摩滅あるいは不明瞭な文字には□印を付けた。書陵部本を基軸に、同内容の「A本」の異同文字を（　）内に記し、「A本」に合わず、「B本」に一致する場合、またその逆の場合はそれぞれを並記する。歴史的仮名遣による違いは対象とせず省いた。

1空にこそや（な）れ
2贈従三位（「三位」ナシ／B本、「従三位」ナシ）源満仲
8みちもせき（に）ちる
10冬□こもり（氷）
12平忠盛朝臣（A・B本「朝臣」ナシ）
13従三位（「源」アリ。／B本、「源三位頼政入道」）頼政）頼政
14伊豆守（「源」アリ／ナシ）仲綱
15今（同A本、「けふ」B本）までも
19従二（A本、「従三」／B本、「新三」）位平資盛
22わか（す）るゝほとの
27平泰時朝臣（A本「平泰時」／B本「北条泰時」）
31平季（重）時朝臣
37篠の葉の（同B本、A本「に」）

41素還（ママ）（暹）法師
42おもひいてゝも（そ）
47よ（お）ひ〳〵ことの
48しほ（を）りをさへや
50平維真（貞）
51左（右）近将監平義政
53もれにける（れ）うき身の末を猶たのむ也（とて）
54花（同B本、A本、「玉」）のしら波
55右衛門尉範季（藤原範秀）
59従三（二）位（「源」アリ）直義／月になくら（かな）む
60つまこひに（B本、「に」。A本、「の」）
67かくれかもなし（かな）
68よ（身〈「与」ハ「身」ノ誤読カ〉）を（同A本。B本、「は」。）うき鳥のみかくれて
69かねて（同B本。A本、「て」ナシ）よりしる
70左（A本、「京」ノ字アリ）大夫源氏経
71たつねてそなく（A本、「聞く」。B本、コノ歌ナシ）
74わかみなもとの（同B本。A本「を」）
75しらて（や）今宵の（「の」ナシ）月にあかさん
76松かせ（同B本。A本、「蔭」）の

78浪やそむ（ふ）らん（同B本。A本、「む」）
79恋しなむ（ぬ）身のためつらきあはれ（命）ともさてなからふる契りにと（そ）しる（「所」ト「登」ノ崩シは似ル。）
80源真（貞）世／こゝろせ（同B本。A本、「お」）かるゝ
81ほさぬ袖たに（にも）とる早苗かな
82源重春（長）朝臣
83にこるは土（同B本。A本、「地」）とわかれにしそれ（A・B「の」）いにしへも（同B本。A本、は）
84権大納言（同B本。A本、「源」ノ字アリ）義嗣
85哀（明くる）雲井に
87かこた草（じな）
91紅葉ゝは（も）
95あふ坂の関（A本、「闇」。B本、コノ歌ナシ）
96慈昭（照）院贈太政大臣（B本、足利義政）
98常徳院贈前大政大臣（A本、常住院贈太政大臣。B本、「足利義尚」）
99袖のみなとに（も）
100月みれは（ばと）／契やおきし

右の点検の結果、A本に合わずB本の語と同じ場合に「37・54・60・69・74・80・83・84」の例がある。B本は、百首中、およそ四分の三はA本と同じ歌で、語表記も書陵部本に共通する場合があるのは、注目される。影印では、「4・5・29・36・47・50・66・73・83・100」に一字分相当の余白のように見える部分がある。これは

再調査により原本では明瞭に読める文字「お・か・こ・は・へ」など画数が少なく、淡墨の文字で、写真では写らなかったことが明らかになった（特殊撮影が必要）。写真のみによる作業の限界・危うさを知る例でもあるが、正確な翻刻が役立つ例でもある。

伝未詳者について、誤写あるいは筆癖、通用字体等を考慮に入れて、当該人物を推定してみると以下のようになる。

31「平季時朝臣」→「重時」（しげとき）

武人・歌人〔生没〕建久九年（一一九八）六月六日生、公長元年（一二六一）十一月三日没。六十四歳。墓、鎌倉極楽寺。〔名号〕本姓、平。名、重時。法名。観覚。〔家系〕北条義時の三男。母、比企朝宗の女。兄、泰時・朝時。弟、政村ら。子、長時・時茂・義政・忠時ら。〔経歴〕従四位上、駿河守・相模守・陸奥守。六波羅探題（北方）を経て、宝治元年（一二四七）執権連署となる。京都時代の動向が『明月記』にも見える。建長八年（一二五六）出家。隆弁・藤原定家と親交があった。『現存六帖』『秋風抄』『秋風集』『雲葉集』『東撰六帖』『拾遺風体集』の作者。〔著作〕新勅撰・続後撰・続古今・続拾遺・玉葉・続千載・続後拾遺・風雅・新千載・新後拾遺などに入集。（『国書人名辞典』）

41「素遷法師」→「素暹」（そせん）

僧侶・歌人・連歌作者〔生没〕生没年未詳。一説、弘長三年（一二六五）頃没、九十一歳。〔名号〕本姓、平。法諱、素暹。東中務入道と称す。〔家系〕東重胤の男。子、行氏・氏村・泰行ら。藤原為家の女を妻とした。〔経歴〕中務丞。父とともに源実朝の側近に召される。実朝の後、宗尊親王までの四代の将軍に仕えた。『新和

歌集』『東撰和歌六帖』『拾遺風体和歌集』などの作者。〔著作〕続後撰・続古今・続拾遺・新後撰・続後拾遺・新千載・新拾遺・新後拾遺・新続古今などに入集。（『国書人名辞典』）

50「平維真朝臣」↓「維貞」（大仏維貞　おさらぎこれさだ）
武将・歌人〔生没〕弘安九年（一二八六）生、嘉暦二年（一三二七）九月七日没。四十二歳。〔名号〕本姓、平。もと北条氏。名、初め貞宗、のち維貞（惟貞）。法号、慈昭。〔家系〕大仏宗宣の男。母北条時茂の女。〔経歴〕評定衆・引付頭・陸奥守・六波羅探題等を歴任。元亨四年（一三二四）鎌倉に下向。正中三年（一三二六）連署。『続現葉和歌集』の作者。〔著作〕玉葉・続千載・続後拾遺・風雅・新千載等に入集。（『国書人名辞典』）

55「右衛門尉範季」↓「範秀」（小串範秀　おぐしのりひで）
歌人〔生没〕生年未詳、暦応二年（一三三九）十二月十九日没。〔名号〕本姓、藤原。コグシとも。名、範秀。法諱、聖秀。〔経歴〕六波羅探題常葉範貞の臣。六位。右衛門尉。正慶二年（一三三三）出家。雪村友梅に師事した。『続現葉集』『柳風和歌抄』の作者。播磨知足庵に没。〔著作〕玉葉・続千載・続後拾遺・風雅など。
（『国書人名辞典』）

80「源真世」↓「貞世」（今川了俊　いまがわりょうしゅん）
武将・歌人〔生没〕嘉暦元年（一三二六）生、応永二十一年（一四一四）没か。八十九歳か。墓、遠江袋井海蔵寺。〔名号〕本姓、源。名、貞世。号、松月軒徳翁（得翁）。法号、了俊。〔家系〕遠江守護今川範国の男。子、貞臣ら。〔経歴〕左京亮、伊予守。和歌は冷泉為秀の門弟となり、為秀の猶子為尹を助けて冷泉派宣揚につとめ、正徹らを指導。連歌は二条良基を師とし、宗匠を許された。貞治六年（一三六七）足利義詮の死により出家、応安四年（一三七一）以降、九州探題として二十余年九州にあり、鎮撫の傍ら和歌・連歌の普及を図った。多くの歌書・連歌書や紀行文・教訓書を著した。（『国書人名辞典』）

82「源重春朝臣」→「重長」（大橋重長カ。おおはししげなが）

武将〔生没〕生年未詳、永禄八年（一五六五）六月二十六日没。〔名号〕本姓、源。名、重長。法号、清威院慶仁。〔家系〕和泉守大橋定安（享禄五年（一五三二）没）の男。和泉守大橋重一の嗣。〔経歴〕織田信長に仕えた。

96「慈昭院贈太政大臣」→「慈照院」（足利義政　あしかがよしまさ）

武将・歌人〔生没〕永享八年（一四三六）一月二日生、延徳二年（一四九〇）一月七日没。五十五歳。墓、京都相国寺。〔名号〕本姓、源。名、初め義成、のち義政。法号、慈照院喜山道慶。〔家系〕足利義教の男。母、裏松重光の女重子。室、日野富子。兄、義勝。弟、義視。子、義尚。〔経歴〕室町幕府八代将軍。宝徳元年（一四四九）征夷大将軍、参議、従四位下、享徳二年（一四五三）従一位。内大臣を経て、長禄四年（一四六〇）左大臣。将軍在職中に応仁の乱が起こり、文明五年（一四七三）将軍職を義尚に譲って、風流の生活に耽った。銀閣（観音殿）を築き、五山の禅僧を重用し、書画・和歌・能楽・茶湯・造園を愛好し、正徹に『源氏物語』を進講させるなど、いわゆる東山文化の中心的人物であった。〔著作〕『慈照院前左大臣義政公詠』『源義政集』『義政公記』等多数。（『国書人名辞典』）

以上の翻字は、跡見本とは異同がある箇所で、基輔筆「筆者目録」の記述とは一致する。この意味で基輔は原本を正確に書写していると言える。ただしこれらの人物は、伝未詳であり、実人物の推定をする場合には、筆者の筆癖であったか、通用字体とされていたか等は一応考慮してみるにしても、翻字に際しては誤写と扱わざるを得ない。このことは書陵部所蔵の「第三百七拾四号／武家百人一首筆者目録写」（書陵部 69341 4 500178）に当該個所は、楷書で「31季時　41素遷　50維真　55範季　80眞世　82重春　96慈昭院」と書写されていることからも明らかであろう。

なお、翻刻の下欄のカッコ内に記したように、第五十八番目は「足利尊氏、貞氏の次男」・室町幕府初代将軍である。60「義詮、尊氏の三男」・第二代将軍、75「義満、義詮の長男」・第三代、83「義持、義満の長男」・第四代、88「義教、義満の四男」・第六代、96「義政、義教の男」・第八代、97「義視、義教の十男。兄義政の嗣」、98「義尚、義政の男」・第九代、99「義稙、義視の男」第十代、100「義澄、政知の二男」第十一代と、足利初代から十一代将軍までを収めている（『国史大辞典』）。そのうち第五代将軍足利義量（四代義持の子。一四〇七―二五）および第七代将軍義勝（六代将軍義教の長子。一四三四―四三）の両人を数えないのは早世したため、その事績にみるべきものがないからであろう。

四　筆者目録と短冊状極札による制作期推定

筆者目録（延宝八年〈一六八〇〉）と短冊の極書から本文の制作期の推定をしてみよう。

目録は各筆者名を諱まで記さず、当時だけ通用した呼称にとどめている。それに対し後に付された極書には、「鷹司関白房輔公」のように諱までを、また官職名を表記する。

『武家百人一首』の右肩に貼られた極短冊に筆者名を記したのがだれであるか、その筆者伝承がいかなる根拠に基づいているかは不明である。不明瞭な字画で判読しにくいものも多々あり、伝未詳者のなかには極書自体に誤りがあると認められる場合もある。例えば、

イ　22「東坊城大納言知章卿」は伝未詳、知長、改恒長と考えられる。知長は『源氏物語詞』の「かしは木」（拙著『在外日本重要絵巻集成』影印編　笠間書院　二〇一一　二一三頁参照）を染筆しており、全体の筆法に共通性がみられるとともに、『色紙帖』の次の歌に近似する文字を拾うことができる。

東坊城前大納言知長卿

かしは木

おとゝはさもしり給はすうち／やすみたると人〻して申／させ給へはさおほしてしのひ／やかにこのひしりと物かたり／し給（第36紙）／〔絵〕

右大臣源頼朝

まとろめは夢にもみえぬうつゝにはわかるゝほとのつかのまもなし

は（者）も（毛）み（三）う（宇）は（半）ほ（本）か（可）し（之）などの近似する文字のなかでも、あまり一般的には用いられない字母の「三」・「半」を共有する点は注目される。両書同筆で、「知長」と確定してよいであろう。

ロ　36「平松中納言時景卿」は伝未詳、時量（一六二七—一七〇四）の誤認と推定される。「時量」とすれば、『小倉山荘色紙和哥』「32山川に・82おもひわひ」に二首を収載する。対応文字は少なく、推定に留まるが、82番歌の「い（以）・な（奈）」に筆の通じるところがあろうか。小松茂美編『短冊手鑑』（講談社　一九八三　二二一頁）に320平松時量とする次の和歌がある。

杜蝉　なくせみのこゑうるほふ夕立の過行雲の衣手のもり

36さひしさはいつこもおなしことはりに思ひなされぬ秋の夕くれ

な（奈）り（梨）の（乃）の字母及び漢字「夕」の筆法の共通点が見出せる。また当時としてはあまり使われない字母（梨）が共通することなど近似性があり、『色紙帖』は「時量」と確定してよいと思われる。

ハ　42「姉小路宰相公景卿」（一六〇二—五二）は「慶安四年十月二十一日任権大納言五十歳、同日薨」（諸家伝）で時間的・官職上からも合わない。ウィーン国立民族博物館蔵『百人一首』に「50きみかため・99ひともをし」の二首を載せ、かなり特徴のある字体であるが、共通性は認められない。「公景」は「公量」（一六五一—一七二三）の誤認とすれば、時間的には合う。公量は『禁裏御会始和歌懐紙』33「ちよふへき」の一首を残す。『色紙帖』42「いにしへの」の対応文字は「へ」一字であるが共通性は否定できない。

ニ　79「三室戸権佐議光朝臣」は伝未詳、誠光の誤か。『禁裏御会始和歌懐紙』43「右兵衛権佐藤原誠光」「万代の」歌の「む（武）・は（波）・ふ（不）」の文字に共通性が認められようか。

ホ　96「高倉民部季信朝臣」は伝未詳（『和歌懐紙』（略称）24参議左近衛権中将藤原季信（阿野）は別人）、季任ヵ。87「裏辻侍従実景朝臣」（一六三九—六九）は時間的に合わないが、筆跡対比資料がないので、判定不能である。

「【資料三】『武家百人一首色紙帖』官職詳細」はこの極め短冊により作成した。【資料七】は、鑑定者の誤認と推定した場合は、推定者を↓で提示した。これに基づいて【資料四】を作成した。作成に当たり、任・辞ともに記載のある場合、任官年月日はあるが、辞退年月日が記載されていない場合、例えば12番目の西園寺侍従光遂朝臣は寛文十一年（一六七一）十二月一日に侍従、延宝六年（一六七八）に薨去。その間、侍従職は継続されていた可能性は高いとみられるが、辞年は記載されていないので疑問符を付けた。作品の成立年次を考える場合任・辞の継続期間を考慮に入れる必要がある。

ところで、それぞれの官職在任期間を調べると、上限は任・辞の重なる寛文十二年（一六七二）から延宝七年（一六七八）までであり、その間に制作されたと考えると、大方の染筆者はその圏内に含まれることになる。慎重を期して、下限を48「千種宰相有維卿」の任参議延宝七年（一六七九）までとしてもよい。合わない場合に、第3番目の一条右大臣教輔がある。承応三年（一六五四）十二月十日に改名教輔（元教良）、同四年（一六五五）正月廿五日右大臣廿三歳、万治二年（一六五九）十二月廿二日に長病により辞右大臣（二七歳）、宝永四年（一七〇七）正月六日七十五歳で薨去。病による辞任であるからその後の任官はなかったのであろうが、色紙帖制作には参加できたわけで、鑑定者は任官時の職名を付したのであろう。第45番目の花園宰相実満卿（寛文六年任参議、同七年辞参議）および第46番目の竹屋宰相光久卿（寛文四年任参議、同七年辞参議）の場合もそれに準じて考えると、先に想定した成立年代に支障はきたさない。

このようにみてくると『武家百人一首色紙帖』の制作は寛文十二年（一六七二）から延宝七年（一六七九）の間に行われ、「筆者目録」は奥書（一六八〇）のとおりほぼ同時期に制作されたと考えられる。したがって、ウィーン国立民族学博物館蔵『百人一首』（万治三年（一六六〇）二月六日～寛文五年（一六六五）八月二十一日成立）、大英図書館蔵『源氏物語詞』（寛文五年（一六六五）後半～寛文六年（一六六六）後半成立）および松井文庫蔵『小倉山荘色紙和哥』（寛文五年（一六六五）後半～寛文八年（一六六八）後半成立。筆者目録奥書は寛文十年。拙著『在外日本重要絵巻集成』）をやや降る成立と考えられる。

五　『武家百人一首色紙帖』の出現により浮上した筆跡

『源氏物語詞』『小倉山荘色紙和哥』『百人一首』にない『武家百人一首』の染筆者を便宜上付した算用数字で記す。そのうち新登場した『禁裏御会始和歌懐紙』にもあるものは□を付けると次のとおりである。その場合、先に述べた「四ノイ～ホ」の考察を考慮に入れてある。

[2]　3　4　6　7　8　9　12　16　[28]　[29]　30　[31]　[32]　33　[34]　[35]　[39]
41　[42]　[43]　44　[50]　51　[56]　[57]　59　[60]　[61]　62　[64]　65　66　67　68
69　[70]　71　[72]　73　[74]　75　76　77　78　[79]　80　81　82　83　[84]　85
86　87　88　89　91　92　93　94　95　96　[97]　[98]　99　[100]

右の点検の結果、『色紙帖』にあらたに見られる六十六名のうち二十四名は『和歌懐紙』に共通し筆跡比較の結果真筆と判じられる。残りの四十二名のうち次の三名（4・59・89）については、『鉄心斎文庫短冊総覧　むかしをいまに』上巻　図版編（二〇一二年　八木書店）に掲載作品があり、筆跡比較として注目しておきたい。

鷹司左大将兼熙公

4かた〳〵のおやの[親]とちいは*（者）ふ[め]り子の*（乃）この*（乃）ち[よ]をおも*（毛）ひこそやれ　藤原保昌朝臣

372紅葉　露時雨染る千入の*（乃）も*（毛）みちは*（者）ゝ色まさり行秋の*（乃）なこりに　兼熙

字形の共通性および全容の筆法から同筆（算用数字に傍線を付した「4」）と認められる。

東園頭中将基量朝臣

59いつとてもまたすは有ねと同し*（之）くは山郭公月になくらむ　従三位直義

537渡舟　川波に日もおちかたのわたし*（之）船こきかへる程そ待にうれし*（之）き　基量

対照文字が少ないので、参考に留める。

武者小路少将実陰朝臣

89思ひ*（比）たつ雲のよそめのいつは*（者）りはあるようれし*（之）き山さくら*（良）哉　源満元朝臣

634遠村竹　するなひ*（比）く雪には*（者）ちかく見し*（之）里もかすみて遠き竹の一むら*（良）　実陰

両者は同一作品と認めてよいと思われる。

慎重を期して判断を保留にした一名の他は真筆と認められるので、現在『色紙帖』にのみ見られる未確定者は四〇名となる。

まとめ

大英図書館所蔵『源氏物語詞』を調査したのを機縁に、染筆者の真跡比較に必要な自筆資料を探してきた。ところで、【資料七】にみるように、『色紙帖』百名の染筆者の内四十一名は『禁裏御会始和歌懐紙』の詠進者でもある。十九名は『源氏物語詞』に、二十四名は『小倉山荘色紙和哥』に、十九名は『百人一首』も担当している。とりわけ『色紙帖』の出現によりあらたに登場した六十六名のうち二十四名は『和歌懐紙』にも共通する（↓「五」）ので、それぞれの筆者は他の真跡と比較することが可能なわけである。ところで『武家百人一首色紙帖』にのみ見られる筆者四十二名のうち、二名は『むかしをいまに』により真跡と考えられるので、未確定者は四〇名である。いずれも真跡に間違いないと推定されるが、今のところ比較資料のないこれら新出の自筆資料は、今後照合可能な新たな自筆資料との出会いにより、江戸時代の古筆資料としての座が約束されるであろう。

『色紙帖』の書写年代を寛文十二年（一六七二）から延宝七年（一六七九）の間に制作されたと推定した。「筆者目録」の奥書は、延宝八年（一六八〇）である。この目録は、表現から企画者（院・上級公家など）の命で作成したという内容ではないので、基輔が私的に作成したものであり、後にその存在が知られて、転写を望まれたと考えるのが妥当であろうか。

六　ウィーン国立民族学博物館所蔵『百人一首』詞書

翻刻にあたり、便宜上、算用数字で配列順を示し、二首を担当する場合は、「黒方印」の下に二首目の歌番号を記した。「*」は一首のみの担当を、［　］は極短冊の剥落部分で他の筆跡資料により推定した部分を表す。

二条前摂政光平公　天智天皇「琴山」（黒方印）52
1秋の田のかりほの庵のとまをあらみわかころもては露にぬれつゝ　天智天皇

妙法院二品堯然法親王　持統天皇「琴山」（黒方印）［53］
2はる過てなつきにけらし白妙のころもほすてふあまのかく山　持統天皇

二条大閤泰道公　柿本人麿「琴山」（黒方印）54
3あし引の山鳥の尾のしたり尾のなかくしよをひとりかもねん　柿本人麿

持明院前大納言基定卿　山辺赤人「琴山」（黒方印）*
4たこのうらにうち出てみれは白妙の富士の高根に雪はふりつゝ　山辺赤人

八宮良純法親王　猿丸大夫「琴山」（黒方印）56

5おく山にもみちふみわけ鳴鹿のこゑきく時そ秋はかなしき　猿丸大夫

堀川前宰相則康卿　中納言家持「琴山」（黒印）72

6かささきのわたせるはしにをくしものしろきをみれはよそふけにける　中納言家持

西園寺前左大臣実晴公　安部中丸「琴山」（黒印）58

7あまのはらふりさけみれはかすかなる三笠のやまにいてし月かも　安倍中丸

九条前関白幸家公　喜撰法師「琴山」（墨方印）59

8わか庵はみやこのたつみしかそすむよをうち山と人はいふなり　喜撰法師

徳大寺前内大臣実維卿　小野小町「琴山」（黒方印）60

9花の色はうつりにけりないたつらにわか身よにふるなかめせしまに　小野小町

久我前右大臣広通公　蝉丸「琴山」（黒方印）61

10これやこのゆくもかへるもわかれてはしるもしらぬもあふさかの関　蝉丸

油小路前大納言隆貞卿　参議篁「琴山」（黒方印）55
11わたのはら八十嶋かけて漕出ぬと人にはつけよ海士の釣舟　参議篁
葉室前大納言頼孝卿　僧正遍昭「琴山」（黒方印）＊
12あまつ風雲のかよひち吹とちよ乙女のすかたしはしとゝめん　僧正遍昭
日野前大納言弘資卿　陽成院「琴山」（黒方印）64
13つくはねのみねよりおつるみなのかはこひそつもりてふちとなりける　陽成院
正親町前大納言実豊卿　河原左大臣「琴山」（黒方印）65
14みちのくのしのふもちすりたれゆへにみたれそめにし我ならなくに　河原左大臣
大炊御門前右大臣経光公　光孝天皇「琴山」（黒方印）66
15君かためはるのゝにいてゝわかなつむわかころも手に雪はふりつゝ　光孝天皇
岩倉権中納言具起卿　中納言行平「琴山」（黒方印）67
16たちわかれいなはの山のみねにおふるまつとしきかは今かへり来む　中納言行平
柳原前大納言資行卿　在原業平「琴山」（黒方印）68

17ちはやふる神代もきかすたつた川からくれなゐに水くゝるとは　在原業平朝臣

菊亭前右大臣公規公　藤原敏行「琴山」（黒方印）69

18住の江のきしによる波夜さへや夢のかよひち人めよく覧　藤原敏行朝臣

高倉前大納言永慶卿　伊勢「琴山」（黒方印）70

19難波かたみしかきあしのふしのまもあはて此世をすくしてよとや　伊勢

飛鳥井一《（ママ）》位雅章卿　元良親王「琴山」（黒方印）71

20わひぬれは今はたおなしなにはなる身をつくしてもあはむとそおもふ　元良親王

持明院前大納言基時卿　素性法師「琴山」（黒方印）＊

21今こむといひしはかりに長月の有明の月をまち出つる哉　素性法師

烏丸前大納言光雄卿　文屋康秀「琴山」（黒方印）73

22吹からにあきのくさ木のしほるれはむへ山かせをあらしといふらむ　文屋康秀

園准大臣基福公　大江千里「琴山」（黒方印）74

23つきみれはちゝにものこそかなしけれわか身ひとつのあきにはあらねと　大江千里

中院権大納言通純卿　菅家「琴山」（黒方印）75

24このたひはぬさもとりあへす手向山紅葉のにしき神のまに〳〵　菅家

花山院前内大臣定誠公　三条右大臣「琴山」（黒方印）〔57〕

25名にしおはゝ相坂山のさねかつら人にしられてくるよしもかな　三条右大臣

松木前内大臣宗条公　貞信公「琴山」（黒方印）77

26をくら山峯のもみち葉心あらはいま一たひのみゆきまたなん　貞信公

藪前宰相嗣章卿　中納言兼輔「琴山」（黒方印）78

27みかのはらわきてなかるゝいつみ川いつみきとてか恋しかる乱　中納言兼輔

清閑寺大納言共綱卿　源宗于「琴山」（黒方印）63

28山さとはふゆそさひしさまさりけるひとめもくさもかれぬとおもへは　源宗于朝臣

四辻権中納言季賢卿　凡河内躬恒「琴山」（黒方印）80

29こゝろあてにおらはやおらん初霜のおきまはせるしらきくのはな　凡河内躬恒

難波参議宗種卿　壬生忠岑「琴山」（黒方印）39
30有明のつれなくみえしわかれよりあかつきはかりうきものはなし　壬生忠岑
六条前中納言有和卿　坂上是則「琴山」（黒方印）81
31朝ほらけ有明の月とみるまてによしのゝさとにふれるしら雪　坂上是則
万里小路権大納言雅房卿　春道列樹「琴山」（黒方印）82
32山河に風のかけたるしからみはなかれもあへぬ紅葉成けり　春道列樹
東園前大納言基賢卿　紀友則「琴山」（黒方印）83
33久かたの光のとけきはるの日にしつ心なく花のちるらむ　紀友則
下冷泉正二位為景卿　藤原興風「琴山」（黒方印）84
34たれをかもしる人にせむ高砂の松もむかしの友ならなくに　藤原興風
藤谷前中納言為条卿　紀貫之「琴山」（黒方印）85
35人はいさこゝろもしらすふるさとは花そむかしの香に匂ひける　紀貫之
千種前大納言有能卿　清原深養父「琴山」（黒方印）86

36夏のよはまたよひなからあけぬるを雲のいつこに月やとる覧　清原深養父

［平松権中納言時庸卿　文屋朝康「琴山」（黒方印）］87

37白露にかせのふきしく秋のゝはつらぬきとめぬ玉そちりける　文屋朝康

白川正二位雅喬王　右近「琴山」（黒方印）88

38忘らるゝ身をはおもはすちかひてし人の命のおしくもあるかな　右近

難波参議宗種卿　参議等「琴山」（黒方印）30

39浅茅生のをのゝしのはら忍ふれとあまりてなとか人のこひしき　参議等

鷲尾権大納言隆尹卿　平兼盛「琴山」（黒方印）89

40しのふれと色にいてにけり我恋は物やおもふと人のとふまて　平兼盛

中御門前大納言資熈卿　壬生忠見（黒方印）90

41こひすてふわか名はまたきたちにけりひとしれすこそおもひそめしか　壬生忠見

川鰭正三位基秀卿　清原元輔「琴山」（黒方印）91

42ちきりきなかたみに袖をしほりつゝすゑの松山波こさしとは　清原元輔

千種権大納言有維卿　権中納言教忠「琴山」（黒方印）92
43あひみてののちのこゝろにくらふれはむかしは物をおもはさりけり　権中納言敦忠

岩倉前宰相具詮卿　中納言朝忠「琴山」（黒方印）93
44あふことのたえてしなくは中〳〵に人をも身をもうらみさらまし　中納言朝忠

飛鳥井中将雅直朝臣　謙徳公「琴山」（黒方印）94
45哀ともいふへき人はおもほえて身のいたつらになりにけるかな　謙徳公

桂参議昭房卿　曽祢好忠「琴山」（黒方印）95
46ゆらのとをわたる舟人かちをたえゆくゑもしらぬこひのみちかな　曽祢好忠

愛宕前大納言通福卿　恵慶法師「琴山」（黒方印）96
47やへ葎しけれるやとのさひしきに人こそ見えね秋はきにけり　恵慶法師

清水谷権大納言忠定卿　源重之「琴山」（黒方印）97
48風をいたみ岩うつ浪のおのれのみくたけて物をおもふころかな　源重之

堀川権大納言康胤卿　大中臣能宣「琴山」（黒方印）98

49みかきもり衛士のたく火のよるはもえひるは消つゝ物をこそおもへ　　大中臣能宣

姉小路前大納言公景卿　藤原義孝「琴山」（黒方印）[99]

50きみかためおしからさりしいのちさへなかくもかなとおもひぬるかな　　藤原義孝

[樋口権中納言信康卿　藤原実方「琴山」（黒方印）]100

51かくとたにえやはいふきのさしも草さしもしらしなもゆるおもひを　　藤原実方卿

二条前摂政光平公　藤原道信「琴山」（黒方印）1

52明ぬれはくるゝ物とはしりなから猶うらめしきあさほらけかな　　藤原道信朝臣

[妙法院二品堯然法親王　右大将道綱母「琴山」（黒方印）]2

53なけきつゝひとりぬるよのあくるまはいかに久しき物とかはしる　　右大将道綱母

二条大閤康道公　儀同三司母「琴山」（黒方印）3

54わすれしの行すゑまてはかたけれはけふをかきりの命ともかな　　儀同三司母

油小路前大納言隆貞卿　大納言公任「琴山」（黒方印）11

55滝の音はたえて久しくなりぬれと名こそなかれて猶きこえけれ　大納言公任

八宮良純法親王　和泉式部「琴山」（黒印）5

56あらさらむこのよの外のおもひ出にいま一たひのあふこともかな　和泉式部

［花山院前内大臣定誠公　紫式部「琴山」（黒方印）］25

57めくりあひてみしやそれともわかぬまに雲かくれにしよはの月かな　紫式部

西園寺前左大臣実晴公　大弐三位（黒方印）7

58ありまやまいなの篠原風ふけはいてそよ人をわすれやはする　大弐三位

九条前関白幸家公　赤染衛門「琴山」（黒方印）8

59やすらはてねなまし物をさ夜ふけてかたふくまての月を見し哉　赤染衛門

徳大寺前内大臣実維公　小式部内侍「琴山」（黒方印）9

60大江山いくのゝ道のとをけれはまたふみもみす天のはしたて　小式部内侍

久我前右大臣広通公　伊勢大輔（黒方印）10

61いにしへのならの都の八重さくらけふ九重に匂ひぬるかな　伊勢大輔

堀川前宰相康綱卿　清少納言「琴山」（黒方印）76

62よをこめてとりのそらねははかるともよにあふさかのせきはゆるさし　清少納言

清閑寺大納言共綱卿　左京大夫道雅「琴山」（黒方印）28

63いまはたゝおもひたえなんとはかりを人つてならていふよしもかな　左京大夫道雅

日野前大納言弘資卿　権中納言定頼「琴山」（黒方印）13

64あさほらけうちの河霧たえ〳〵にあらはれわたるせゝの網代木　権中納言定頼

正親町前大納言実豊卿　相模「琴山」（黒方印）14

65うらみわひほさぬ袖たにある物をこひにくちなん名こそおしけれ　相模

大炊御門前右大臣経光公　大僧正行尊「琴山」（黒方印）15

66もろともにあはれとおもへ山桜はなよりほかにしるひともなし　大僧正行尊

岩倉権中納言具起卿　周防内侍「琴山」（黒方印）16

67春の夜の夢はかりなる手枕にかひなくたゝむなこそおしけれ　周防内侍

柳原前大納言資行卿　三条院「琴山」（黒方印）17

68こゝろにもあらてこの世になからへはこひしかるへき夜半のつきかな　三条院

菊亭前右大臣公規公　能因法師「琴山」（黒方印）18

69あらし吹く三室の山のもみち葉は竜田の川のにしき成けり　能因法師

高倉前大納言永慶卿　良暹法師「琴山」（黒方印）19

70さひしさにやとをたちいてゝなかむれはいつくもおなしあきのゆふ暮　良暹法師

飛鳥井従一位雅章卿　大納言経信「琴山」（黒方印）20

71夕されは門田の稲葉をとつれて葦の丸屋に秋風そふく　大納言経信

堀川前宰相則康卿　祐子内親王「琴山（黒方印）6

72音にきくたかしのはまのあたなみはかけしや袖のぬれもこそすれ　祐子内親王紀伊

烏丸前大納言光雄卿　前中納言匡房「琴山」（黒方印）22

73たかさこのおのへのさくら咲にけりとやまのかすみたゝすもあらなむ　前中納言匡房

園准大臣基福公　源俊頼「琴山」（黒方印）23

74うかりけるひとをはつせのやまおろしよはけしかれとはいのらぬものを　源俊頼朝臣

中院権大納言通純卿　基俊「琴山」（黒方印）24

75契をきしさせもかつゆをいのちにてあはれことしの秋もいぬめり　基俊

堀川宰相康綱卿　法性寺入道「琴山」（黒方印）62

76わたのはらこきいてゝみれはひさかたのくもゐにまかふおきつしらなみ　法性寺入道前関白大《（ママ）》政大臣

松木前内大臣宗条公　崇徳院「琴山」（黒方印）26

77瀬をはやみ岩にせかるゝ滝川のわれても末にあはんとそ思ふ　崇徳院

藪前宰相嗣章卿　源兼昌「琴山」（黒方印）27

78あはちしまかよふ千とりのなく声にいくよねさめぬすまのせきもり　源兼昌

葉室前大納言頼業卿　左京大夫顕輔「琴山」（黒方印）＊

79秋かせにたなひく雲のたえまよりもれいつる月のかけのさやけさ　左京大夫顕輔

四辻権中納言季賢卿　待賢門院堀河「琴山」（黒方印）29

80なかゝらむこゝろもしらすくろかみのみたれて今朝は物をこそおもへ　待賢門院堀河

六条前中納言有和卿　後徳大寺左大臣「琴山」（黒方印）31

81ほとゝきすなきつるかたを詠れはたゝあり明の月そのこれる　後徳大寺左大臣

万里小路権大納言雅房卿　道因法師「琴山」（黒方印）32

82思侘さてもいのちは有物をうきに絶ぬはなみたなりけり　道因法師

東園前大納言基賢卿　俊成「琴山」（黒方印）33

83よのなかよ道こそなけれおもひいる山のおくにもしかそなくなる　皇太后宮大夫俊成

下冷泉正二位為景卿　藤原清輔「琴山」（黒方印）34

84なからへは又此ころや忍はれむうしと見し世そ今は恋しき　藤原清輔

藤谷前中納言為条卿　俊恵法師「琴山」（黒方印）35

85よもすからものおもふころはあけやらぬねやのひまさへつれなかりけり　俊恵法師

千種前大納言有能卿　西行法師「琴山」（黒方印）36

86なけゝとて月やはものをおもはするかこちかほなるわかなみたかな　西行法師

平松権中納言時庸卿　寂蓮法師「琴山」（黒方印）［37］
87むらさめの露もまたひぬまきの葉に霧たちのほる秋のゆふくれ　寂蓮法師

白川正二位雅喬王　皇嘉門院別当「琴山」（黒方印）38
88難波江のあしのかりねの一よゆへ身をつくしてや恋わたるへき　皇嘉門院別当

鷲尾権大納言隆尹卿　式子内親王「琴山」（黒方印）40
89玉のをよたえなはたえねなからへはしのふることのよはりもそする　式子内親王

中御門前大納言資熙卿　殷富門院大輔「琴山」（黒方印）41
90見せはやなをしまのあまの袖たにもぬれにそぬれしいろはかはらす　殷富門院大輔

川鰭正三位基秀卿　後京極摂政「琴山」（黒方印）42
91きり〳〵す鳴や霜夜のさむしろに衣かたしきひとりかもねむ　後京極摂政前大（ママ）政大臣

千種権大納言有維卿　二条院讃岐「琴山」（黒方印）43
92わか袖はしほひに見えぬおきの石の人こそしらねかはくまもなし　二条院讃岐

岩倉前宰相具詮卿　鎌倉右大臣「琴山」（黒方印）44

93よのなかはつねにもかもな渚こくあまの小舟のつな手かなしも　鎌倉右大臣

飛鳥井中将雅直朝臣　参議雅経「琴山」（黒方印）45

94み芳野ゝやまのあきかせさよふけてふる郷さむくころもうつなり　参議雅経

桂参議昭房卿　前大僧正慈円「琴山」（黒方印）46

95おほけなくうきよのたみにおほふかなわかたつ杣に墨そめの袖　前大僧正慈円

愛宕前大納言通福卿　入道前大《（ママ）》政大臣「琴山」（黒方印）47

96はなさそふあらしのにはのゆきならてふりゆくものはわか身なりけり　入道前大《（ママ）》政大臣

清水谷権大納言忠定卿　権中納言定家「琴山」（黒方印）48

97こぬ人をまつほのうらの夕なきにやくやもしほの身もこかれつゝ　権中納言定家

堀川権大納言康胤卿　従二位家隆「琴山」（黒方印）49

98風そよくならの小川の夕くれはみそきそ夏のしるし成けり　従二位家隆

［姉小路前大納言公景卿　後鳥羽院「琴山」（黒方印）］50

99ひともをしひともうらめしあちきなくよをおもふゆへにものおもふ身は　後鳥羽院

樋口権中納言信康卿　順徳院「琴山」（黒方印）51

100もゝしきやふるきのきはのしのふにも猶あまりあるむかし成けり

順徳院

七　ウィーン国立民族学博物館所蔵『百人一首』解説

一　書誌

二〇一一年九月五日に、ウィーン国立民族学博物館（Museum für Völkerkunde. 以下「民博本」と略称する）所蔵『百人一首』（蔵書番号 Lfd. Nr. 11726）の調査を行うに当たり、当館学芸員ベッティナ・ツォルン氏（Dr. Bettina Zorn）のご協力を得た。当該作品は、オーストリア・ハンガリー帝位継承者フランツ・フェルディナンド大公所蔵（Erzherzog Franz Ferdinand von Österreich/Sammlung Este）で一八九三年に当館の所蔵となった。

書誌を記すと、書、紙本墨書・画、紙本着色、折本装の画帖で華麗な作品である。表紙は縦二五・五糎×横二三・八糎、金茶地に菊花文を織り出して、四隅を銅製の透かし彫金具でとめてある・中央に内曇り題簽に『百人一首』と記す。現状では筆者目録はない。ただし、各色紙の右肩に、染筆者を表す極短冊が貼ってあり、「琴山」（黒方印）と記す。案ずるに、この筆跡および印章は、古筆了延（古筆家七代、安永三年（一七七四）七月十五日没）の筆に近い極めであると考えられる。

翻刻に当たり、便宜上、算用数字で配列順を示した。現状では五首の極短冊が剥落し失われている。配列順に挙げれば、37番歌　白露に…、51かくとたに…、53なけきつゝ…、57めくりあひて…、99ひともをし…等で、色紙画帖内の筆跡比較により推定した染筆者名を［　］内に記した。法親王・公卿たち四十八名が各二首ずつ、四名が一首ずつを担当したと考えられる。二首を担当する場合は、「黒方印」の下に二番目の歌番号を記した。一首のみを担当したのは、4持明院前大納言基定卿、12葉室前大納言頼孝卿（79頼業卿男）、21持明院前大納言基時卿（4基定卿男）、79葉室前中納言頼業卿の四名で、同位置に「＊」印を付した。

次いで民博本の染筆者とほぼ同時代の作品との関わりについて考察するために、大英図書館所蔵『源氏物語詞』、松井文庫所蔵『小倉山荘色紙和哥』、宮内庁書陵部所蔵の『武家百人一首』および『禁裏御会始和歌懐紙』（「和歌懐紙」と略称）等の四作品と比較し、同一筆者の染筆状況を【資料八】の一覧表にまとめてみた。

二　極短冊剥落部分の筆跡について

本項は、民博本の極短冊の剥落部分の担当者を確定することにある。筆跡の比較資料としては、一　大英図書館所蔵『源氏物語詞』、二　松井文庫所蔵『小倉山荘色紙和哥』、三　宮内庁書陵部所蔵の『武家百人一首色紙帖』（「色紙帖」と略称）（500–178）および四　『禁裏御会始和歌懐紙』（「和歌懐紙」と略称）などである。極短冊剥落部分の筆跡について、順次使用文字の考察を行っていく。

[37]　白露にかせのふきしく秋のゝはつらぬきとめぬ玉そちりける　　文屋朝康

87　むらさめの露もまたひぬまきの葉に霧たちのほる秋のゆふくれ　　寂蓮法師

平松権中納言時庸卿寂蓮法師「琴山」（黒方印）

＊印を付した文字の共通性に注目しておきたい。

[37]　白露に（耳）かせの（乃）ふきしく（久）秋の（能）ゝはつら（良）ぬ（奴）きとめ（女）ぬ（奴）玉そちりけ

る

87 むら（良）さめ（女）の（能）露もまたひぬ（奴）まきの（乃）葉に（耳）霧たちの（乃）ほる秋の（能）ゆふく（久）れ

このように、とりわけ「露」「秋の」等の字訓をはじめ字音の連綿書に共通筆致が顕著にみられる。「露もまたひぬ」の「ひ（飛）」の字母の形状は珍しく、筆者独特の筆法と思われる。37番歌は、置く「白露」に夕べの風が吹きしきり、秋の野はまるで「玉」が散り乱れているようと詠んだ作者の心境までを表現しようとしたかのように細書で、87番歌はやや肉太に認めてある。掲歌の、むらさめがさっと通り過ぎていった。そのむらさめの露しずくがまだ乾きもやらぬまきの葉に霧が立ち上ってくると「林全体が動く墨絵のような趣《おもむき》を呈する」（高橋睦郎　中公新書　二〇〇八　一七五頁）風景を写すには流れるような肉太の筆致がふさわしい。二つの歌は対照文字もおおく、いずれも時庸筆で、染筆者の歌に寄せる思いが伝わってくる。前者は『寛平御時后宮歌合』に、後者は『新古今和歌集』巻第五秋歌下に入集されている。

［51］かくとたにえやはいふきのさしも草さしもしらしなもゆるおもひを　藤原実方

樋口権中納言信康卿　順徳院　「琴山」（黒方印）

100 もゝしきやふるきのきはのしのふにも猶あまりあるむかし成けり　順徳院

し（之）き（幾）や（也）ふ（不）も（毛）る（累）

両歌はまぎれもなく同人と納得される共通の筆使いが認められる。

2　妙法院二品堯然法親王　持統天皇「琴山」（黒方印）
はる過てなつきにけらし白妙のころもほすてふあまのかく山　持統天皇
[53]　なけきつゝひとりぬるよのあくるまはいかに久しき物とかはしる　右大将道綱母

1　はる　「あくる」
2　きにけらし　「なけきつゝ」
3　あまのかく山　「1」（あくる）に同じ。

右の句の注目される文字、る（類）・き（幾）・あ（安）に＊印の傍注を付した。これらはすべて共通すると考えられる。ここで注目される点は、文字「き」の場合、「2」項に挙げた「き」は同形のくずしがきであるに、〇印でしめした「き」（久しき）は整った形をしており、同一作者でも字体は一つではないことである。

25　花山院前内大臣定誠公　三条右大臣「琴山」（黒方印）
名にしおはゝ相坂山のさねかつら人にしられてくるよしもかな　三条右大臣
[57]　めくりあひてみしやそれともわかぬまに雲かくれにしよはの月かな　紫式部

右の句の＊印を付した文字にみる共通性は明らかであろう。字母を示すと次のようになる。

の（乃）　に（尓）　し（之）　れ（礼）　て（天）　く（久）　か（可）

「よしもかな」と「よはの月かな」の「よ」がやや字形を異にするように見えるのは、連綿体によるもので線の運びは同一と考えられる。［57］番歌は「花山院内大臣定誠公」筆と認められる。

姉小路前大納言公景卿　藤原義孝　琴山（黒方印）

50　きみかためおしからさりしいのちさへなかくもかなとおもひぬるかな　藤原義孝

［99］　ひともおしひともうらめしあちきなくよをおもふゆへにものおもふ身は　後鳥羽院

一見して特徴のある字体で、右の両句の＊印を付した文字を較べると共通性は明らかだろう。対応する字母を示すと次掲のとおりである。

お（於）　し（之）　の（能）　ち（知）　な（奈）　く（久）　も（毛）

以上の点検を通して剝落部分の五名の染筆者を確定し得た。37番歌は平松権中納言時庸卿、51番は樋口権中納言信康卿、53番は妙法院二品堯然法親王、57番は花山院前内大臣定誠公、99番は姉小路前大納言公景卿と推定する。その結果は【資料八】にまとめた。

三　染筆者の総数

新出のウィーン民族博物館所蔵の『百人一首』を基軸に他の四作品にみられる共通の筆者関係を一覧表にしたのが【資料八】である。＊印は一首のみを担当した者、二首担当者は、上欄に歌番号で、二首目の歌番号は染筆者の下欄に記した。また、極短冊の剥落部分を同画帖の他の筆跡と比較し、同一筆跡と認められた場合は、［　］で染筆者名を囲み区別した。二段以下に、従来真跡未確定を残している『源氏物語詞』『小倉山荘色紙和哥』および新出の二資料の共通事項を整理し、『百人一首』の出現によりどのようなことが明らかになったかを判別できるようにした。

①『源氏物語詞』にのみあり、『百人一首』が単独の対照資料である場合

14・65　20・71　79＊　3名

②『源氏物語詞』にはあるが、『小倉山荘色紙和哥』にはなく新出の『百人一首』および『武家百人一首色紙帖』あるいは『禁裏御会和歌懐紙』等にもある場合

1・52　9・60　23・74　28・63　33・83　44・93　6名

③『源氏物語詞』『小倉山荘色紙和哥』にあり、それに追加し補強となる場合

3・54　4＊　7・58　10・61　11・55　13・64　15・66　17・68

25・［57］　26・77　29・80　32・82　36・86　38・88　41・90　46・95

④『源氏物語詞』および『小倉山荘色紙和哥』にはないが『武家百人一首色紙帖』あるいは『和歌懐紙』（略称する）にある場合

6・72　12＊　18・69　27・78　40・89　47・96　〔51〕・100　7名

⑤『源氏物語詞』にはなく『小倉山荘色紙和哥』および『武家百人一首色紙帖』あるいは『和歌懐紙』にもある場合

21＊　22・73　43・92　3名

⑥他に比較対照資料はなく単独の新出資料

2・〔53〕　5・56　8・59　16・67　19・70　24・75　30・39

31・81　34・84　35・85　37・87　42・91　45・94

48・97　49・98　50・99　16名

右のことから、二首ずつ担当したのが四十八名、＊印で示した他の四名は各一首ということで、本画帖の染筆者は五十二名であることが分かる。さらに本資料の登場により、これまで未解決であった『源氏物語詞』あるいは『小倉山荘色紙和哥』との筆跡照合（①・②・③・⑤）および新出資料間の比較も可能になり、筆跡判定を容易にした。（⑥）『百人一首』のみにみられる新出筆跡は十六名で、しかも『百人一首』内に比較対照資料のある場合である。

16名

四　書写年代

【資料五・六・八】は、『百人一首』の右肩に貼られた短冊の染筆者名により作成した。冒頭に述べたように、この極札は、古筆了延（一七七四没）の印譜に近い。「【資料五】『百人一首』染筆者の官職詳細」は各人の在官期間を把握するために作成した。「【資料六】『百人一首』染筆者の在官位一覧表」は、それを視覚化できるようにグラフ化したもの。【資料八】は、他資料との関係を比較対照したものである。この一覧表からも明らかなように、五十二名の伝承筆者すべてにわたる真跡との書風比較は省略するが、真跡である『和歌懐紙』を得て、以前より安定した比較調査ができるようになった。

『百人一首』の制作時期の上限は「16岩倉権中納言具起卿」薨去の万治三年（一六六〇）二月六日（六十歳）に、その下限は「8九条前関白幸家公」薨去、寛文五年（一六六五）八月二十一日（八十歳）までの間が想定され得る。ただし、両人とも筆跡の基準とすべき比較資料のない点は留意しておかなければならない。「2妙法院二品尭然法親王」は、寛文元年（一六六一）閏八月二十二日薨、「3二条太閤泰道公」は寛文六年（一六六六）七月二十八日薨去（六十歳）、「4持明院前大納言基定卿」は、寛文七年（一六六七）十月十七日（六十一歳）に、「29四辻権中納言季賢卿」は、寛文八年（一六六八）正月二十五日（三十九歳）に薨じているが、生前の成立として支障はきたさない。尭然法親王を除いていずれも自筆真跡豊かな例である。尭然法親王は『短冊手鑑』「21・四六　絶恋」と同筆と認められる。

おそらくは万治三年以前から制作は進められていたであろうが、それにしてもそれ以前に没した24中院権大納言通純卿、承応二年（一六五三）四月八日薨、30難波参議宗種卿、万治二年（一六五九）二月十四日薨（五十歳）、34下冷泉正二位為景卿、承応元年（一六五二）三月十五日卒（四十一歳）、37平松権中納言時庸卿、承応三年（一六五四）七月十二日薨（五十六歳）、50姉小路前大納言公景卿、慶安四年（一六五一）十二月十一日薨（五十歳）等の筆者については、基準とすべき比較資料が見当たらないのと、鑑定者の極違いをも含めて判断を保留した。
任官年の最下限をとると、12葉室前大納言頼孝卿の一七〇九年で、8幸家薨去後四十四年の開きがある。これは、現状の書写名を記した極短冊は、頼孝卿が前大納言と呼ばれた宝永六年（一七〇九）以降に貼られた可能性が高い。

五　『源氏物語詞』の筆跡未確定者とその後の新出自筆史料によりあらたに判明した染筆者の真跡

1　『源氏物語詞』付、『小倉山荘色紙和哥』

まずあげたいのは、大英図書館所蔵の『源氏物語詞』および松井文庫所蔵の『小倉山荘色紙和哥』の未確定筆跡は、その後の新出史料の出現により補われたことである。

冒頭に述べたように、『源氏物語詞』染筆者五十四名のうち三十五名は榊原悟によって明らかにされている（「住吉派『源氏絵』解題―附諸本詞書―」『サントリー美術館論集』三号　一九八九（平成元）年十二月）。「資料九」にゴシック体で示した巻名がそれに該当する。残りの未確定筆跡十九名のうち十四名は、真跡であると認定したものだが、この度新出の資料が加わり、比較が可能になり推定が当を得たものであったことが再確認できた。残る五名の未確定者のうち『百人一首』との比較により新たに真跡と断定できた場合に、次の三名が挙げられる。

大英図書館蔵『源氏物語詞』	ウィーン国立民族学博物館蔵『百人一首』
（21）をとめ／徳大寺大納言実維卿	9・60番歌／10武家百人一首・47和歌懐紙
（26）常夏／清閑寺前大納言共綱卿	28・63番歌／53和歌懐紙
（50）あつま屋／岩倉三位具詮卿	44・93番歌／30和歌懐紙

右の点検の結果、未確定者は（28）野わき／三条西前大納言実教卿・（44）竹河／高倉前中納言永敦卿の二名（「資料九」下欄△印で示す）である。

次いで『小倉山荘色紙和哥』の場合、「5常修院宮常尹法親王は常修院宮慈胤入道親王の誤」（慈胤は「（6）末つむ花」『源氏物語詞』染筆、拙著　五九頁）と考えると未確認筆跡は十一名である。そのうち次の三名が『百人一首』との比較により真跡であると判定された。

松井文庫蔵『小倉山荘色紙和哥』　　ウィーン国立民族学博物館蔵『百人一首』

40忍ふれと／持明院三位基時卿　21番歌

42契きな／烏丸頭弁光雄朝臣　22・73番歌

45あはれとも／千種中将有維朝臣　43・92番歌

14みちのくの／近衛内大臣基熙公　44『禁裏御会始和歌懐紙』

基熙公の筆跡は、『和歌懐紙』（略称する）（【影印編】収載）にみえ、また基熙公自筆の絵巻（拙稿「聖徳大学所蔵『伊勢物語』絵巻について」『三田国文』第五十七号。本書に再録）により真筆であると判定される。

次の四名は、『武家百人一首』に詠歌を見出せる。

『小倉山荘色紙和歌』　　宮内庁書陵部蔵『武家百人一首』

38わすらるゝ／花園三位実満卿　45行朝

39あさちふの／河鰭三位基共卿　40氏胤

49みかき守／七条中将隆豊朝臣　　　55範季
50君かため／冨小路兵部少輔永貞朝臣　　　58等持院

以上とりあげた筆跡に関しては伝承とおり筆者の真跡と認められるので煩瑣を避け、筆跡の比較は、【影印編】の図版を参照されたい。このように八名（40・42・45・14・38・39・49・50）の真跡があらたに確定された。「48風をいたみ／四条中将隆音朝臣」は『短冊手鑑』「260・五一三　落花」と同筆と認められるので、現在筆跡未確認者は「3足曳の／式部卿宮八条穏仁親王」、「41恋すてふ／広橋頭弁貞光朝臣」の二名である。

2　確定数と未確定数

イ　宮内庁書陵部所蔵『禁裏御絵始和歌懐紙』および『武家百人一首色紙帖』、ウィーン国立民族学博物館所蔵『百人一首』の出現により、従来未解決であった堂上公卿の真跡確定に進展が見られたことがあげられる。大英図書館蔵『源氏物語詞』の場合全く比較資料のなかった五名中三名が、資料に乏しかった再確認を含むと十九名中十七名が明らかになった。残る未確定者は二名である。

松井文庫所蔵『小倉山荘色紙和哥』では、未確定者十一名のうち八名が確定でき、さらに『短冊手鑑』で確定された隆音朝臣一名を加えると、保留者は二名を残す。両書合わせて十二名の真跡確定者を排出し、現在の未確定数は四名である。その状況を一覧できるように、【資料九】の比較対照表を作成した。これは、拙著『在外日本重要絵巻集成』（二〇一一年　笠間書院　五七～五九頁参照）に記した比較対照表作成以降に、新たに加わった資料を加筆し確定状況をまとめたものである。先に述べたように榊原悟説の三十五名はゴチック体で、稿者の考えはゴシック体にミシン線（……）を付して区別してある。未確定の二名については、下欄に△印を付して分かりやすくした。

ロ　五資料にみる筆者総数と確定筆跡数等

次の五資料で比較対照のある筆者・筆跡数はA欄にゴシック体で、ない場合はB欄に明朝体で、そのうち①にのみみられる同作品内に比較対照のある新出資料数はカッコ内にゴシック体で記した。これはおよそ成立年順の配列である。

		A	B	担当者数（名）
①	ウィーン国立民族学博物館所蔵『百人一首』（一六六〇～六五）	36・（16）	0	52
②	大英図書館所蔵『源氏物語詞』（一六六五～六六）	52	2	54
③	松井文庫所蔵『小倉山荘色紙和哥』（一六六五～六八）	47	3	50
④	宮内庁書陵部所蔵『禁裏御会始和歌懐紙』（一六七二）	42	14	56
⑤	宮内庁書陵部所蔵『武家百人一首色紙帖』（一六七二～九）	57	43	100

右の調査から担当者延人数は計三一二名、そのうち比較資料のある新出筆者・筆跡延べ数は二五〇、ない場合は六二となる。これはそれぞれ重複を含む数字である。例えば、【資料八】によれば、「①ノ1秋の田の　二条前摂政光平公」は、「②（4）」および「④ノ46」を、「①ノ9花の色は　徳大寺前内大臣実維卿」は、「②（21）」および「⑤10」・「④47」を担当し、担当数も二あるいは三というように重複の度合いも異なる。重複部分を整理し筆者の実数を抽出するにはどのようにしたらよいであろうか。

ハ　担当者数と確定筆跡と未確定筆跡の実数

【資料七】～【資料一〇】および『禁裏御会始和歌懐紙』は、本編「解題と翻刻」の三節掲載の資料により、各々基軸作品を立て、重複部分を消去していく。その場合、基軸とする作品の順位は調査順になる。当該作品を基軸にし、筆跡（作品）・筆者名を表すゴチック体の算用数字を新出資料として数える方法を採る。（　）内に新出の対照筆者筆跡を記す。

【資料八】より　ウィーン国立民族学博物館所蔵『百人一首』新出資料

他（「五資料」外、『短冊手鑑』は「短」、『むかしをいまに』は「む」と略称する）に対照筆者・筆跡のある場合

6（武）　**12**（武・禁）　**27**（武・禁）　**40**（武・禁）　**47**（武・禁）

51（武）　**62**（武／む590）　**7名**

同作品内に対照筆者・筆跡があり、その他の作品にもある場合

2（［53］・短21―四六絶恋）　**5**（56・短59―一二一夜虫／む691）　**8**（59）

16（67・短312―五九五夕鴬／む76）　**19**（70・短277―五四三江月／む370）

24（75・短309―五九一紅葉）　**30**（39・短165―三〇八氷室）　**31**（81）

34（84・短※四〇八〈漢詩無題〉）　**35**（85）　**37**（87・む319）

42（91・短140―二六三立秋朝）　**45**（94）　**48**（97）

49（98・短278―五四四人に酒をすゝむるとて）　**50**（99）　**16名**

【資料九】より　大英図書館所蔵『源氏物語詞』新出資料

他に対照筆者・筆跡のある場合

50名（内35名は榊原氏により発表済み）

2名（**9円万院前大僧正・10以心菴宮重雅親王**は『古筆手鑑大成』等による→『在外日本重要絵巻集成』二〇一一　五九頁）

52名

他に対照筆者・筆跡のない場合　2名

【資料一〇】より　松井文庫所蔵『小倉山荘色紙和哥筆者目録』

新出で同作品内および他（禁・武）に対照筆者・筆跡のある場合

14（64・武）　**33**（83・武）　**38**（88・武）　**39**（89・武）

40（90・武・禁）　**42**（92・百・武・禁）　**45**（95・百・武・禁）

49（99・武）　**50**（100・武・禁）　**9名**

48（98・短冊手鑑260・五一三　落花）　**1名**

新出で対照筆者・筆跡のない場合

3式部卿宮八条穏仁親王　41広橋頭弁貞光朝臣　2名

【資料七】より　宮内庁書陵部所蔵『武家百人一首色紙帖』

新出で、『禁裏御会和歌懐紙』にのみ対照筆者・筆跡のある場合

28（5）　29（10）　31（24）　32（4）　35（38）

39（11） 42（33） 43（41） 50（25） 56（7）
57（13） 60（39） 61（14） 64（40） 70（37）
72（36） 74（16） 79（43） 84（17） 97（15）
98（18） 100（22）
22名

「鉄心斉文庫短歌研究会『むかしをいまに』八木書店　二〇一二」による比較資料

4（む372） 45（む515） 59（む537） 89（む634）
4名

新出で対照筆者・筆跡のない場合

3 6 7 8 9 12 16 30 33 41
44 51 62 65 66 67 68 69 71
73 75 76 77 78 80 81 82 83
85 86 87 88 91 92 93 94 95
96 99
39名

【資料】→「宮内庁書陵部所蔵『禁裏御会始和歌懐紙』解題」参照

新出で、他に対照筆者・筆跡のある場合

34（む687） 42（む624） 56（む423）
3名

新出で対照筆者・筆跡のない場合

8　12　28　45　4名

以上、取り上げた五作品の集計結果は、新出筆者・筆跡で比較資料があり、点検照合の結果真跡と確定される筆跡一一四点（7・16・52・9・1・22・4・3）、比較資料のない新出筆者筆跡は四七点（2・2・39・4）である。

二『短冊手鑑』および『むかしをいまに』による筆跡比較

【資料八】ウィーン国立民族学博物館所蔵『百人一首』

2妙法院二品堯然法親王　はる過て・［53］なけきつゝ／短21―四六―純恋「乃・安」・（なし）

5八宮良純法親王　おく山に・56あらさらむ／短59―一二一夜虫「能・幾」・「良武・能・左乃・安・止」／む611女郎花（対照文字なし）

16岩倉権中納言具起卿　たちわかれ・67春の夜の／短312・五九五夕鴬（対照文字なし）・五九六無題うつるひに／「加」／む76絶恋「能・留・可・仁」・（留）、同筆と認められる。

19高倉前大納言永慶卿　難波かた・70さひしさに／短277―五四三江月「可・安之」／む370船中月「以」

24中院権大納言通純卿　このたひは・75契をきし／短309―五九紅葉「山・紅葉」・「秋・毛・天」対照文字を比較し同筆と認められる。

30難波参議宗種卿　有明の・39浅茅生の／短165―三〇八氷室「之・奈」

49堀川権大納言康胤卿　みかきもり・98風そよく／短278―五四四人に酒をすゝむるとて／「能・久・己・

毛」・「能・曽・久・乃」、一見して同筆と認められる。筆太で躍動感あふれる筆法・書様の全てが一致する。

87平松権中納言時庸卿　むらさめの・〔37〕白露に／む319旅朝「之・能」および書風を含め、同筆と認めてよいと思われる。

【資料七】『武家百人一首色紙帖』

4鷹司左大将兼煕公　保昌―む372紅葉　露時雨染る千入のもみちはゝ色まさり行秋のなこりに

対照文字の特徴ある書様「乃・美・知」、なかでもそれぞれの歌に再度用いられている「乃」は、筆者独特の字形を留めている。

59東園頭中将基量朝臣　直義　いつとてもまたすは有ねと同しくは山郭公月になくらむ
む537渡舟　川波に日もおちかたのわたし船こきかへる程そ待に久しき　基量

共通の用字に乏しいが、書様に共通性がみられる。

89武者小路少将実陰朝臣　満元　思ひたつ雲のよそめのいつはりはあるようれしき山さくら哉
む634遠村竹　すゐなひく雪にはちかく見し里もかすみて遠き竹の一むら　実陰

「比・久・良」、同筆とみてよいと思われる。

【資料】→「宮内庁書陵部所蔵『禁裏御会始和歌懐紙』解題」参照

34左近衛中将藤原季輔（四辻）君かよのめくみにもれぬうれしさはみはしににほふ梅もしるらむ
む687　山花　春かすみ立なかくしそ山さくら色こそ見えね香は匂ひ来る　季輔

対照文字なく判定保留。

42左近衛権少将藤原兼豊（水無瀬）あらたまのはるのいろとや匂ふらむみかきのむめのはなのしたかせ

む624　磯辺花　木すゑにはかへらぬ浪そこゆるきのいそへのさくら散そむるより　兼豊

「能・武」、同筆としてよいと思う。

56道寛　凝花の八重かきつくる園のむめを明はしめてやにほふ春風

む423　巌苔　袖ぬれしむかしも更にみてそしるこけの雫はもらぬ岩屋も　道寛

「乃・留」や「道寛」の署名から同筆と見てよいと思われる。

以上の作業を通じて、制作過程の明確な『禁裏御会始和歌懐紙』や『武家百人一首色紙帖』をはじめ『百人一首』は古筆研究に当たり信頼度の高い安定した資料であると実感できる。したがって『百人一首』の場合、四十八名の染筆者が各二首ずつ担当しており、またそれぞれが同時期に書かれていることなどにより極札が剥落している場合でも染筆者の類推が容易であったと考える。たとえ極札がなくても、古筆見のように筆者推定は可能であろう。

一方留意しなければならないのは、比較資料があってもそれが真跡確定に必ずしも役立つとは限らないことである。短冊の場合比較対照文字がない場合も少なくなく、また自署があっても真蹟であるかどうかを再鑑定する必要があるように感ずることもある。

まとめ

新出資料五作品は、いずれも信頼度の高い作品である。江戸時代前期の親王・堂上公卿・門跡等、調査をした染筆者の延べ人数は三一二名にのぼる。重複数を整理した実数は一一四名で、これは、真跡と確定した数でもある。その他に、新出筆者・筆跡で比較資料のない四七点も恐らくは真跡であろうと推定されるが、今後照合可能な新自筆史料との出現を待ち比較することによって、同時代の古筆資料としての座が確定されるであろう。そうすれば合計実数一六一（名・点）の真筆を確認できることになろう。

今後の展望として、二〇〇九年九月一〇日に大英博物館で事前調査を行った染筆者の明らかな『源氏物語画帖』（Jap. Add. 179）、および白描画付の『源氏絵詞』（Jap. Add. 114）あるいは、国内所蔵の「短冊手鑑」等に未知の筆者との出会いが期待される。

【資料七】の『武家百人一首色紙帖』になると、ウィーン民博本『百人一首』の染筆者の男あるいは孫に当たる次世代の詠者たちが急増する。欄に、「ナシ」（甲男乙）あるいは（甲孫乙）と記したものがそれに該当する。同様な関係は「資料九」の『源氏物語詞』と『武家百人一首色紙帖』にも一覧できるようにした、これらは成立年代にも関わる事象で、稿を改めて考察する必要があろう。

その他、このような作業をしているうちに目についたことがある。いずれの染筆者もそれぞれの製作時に別の歌を書いているのに、千種有能卿（一六二五―八七）だけは同じ歌を二つの作品に寄せていることである。それは次の歌である。これについては例外的に一覧表に記しておいた。

『小倉山荘色紙和哥』に、

36なつの夜はまたよひなから明ぬるを雲のいつこに月やとるらん　清原深養父

『百人一首』に、

86なけゝとて月やはものをおもはするかこちかほなる我なみたかな　西行法師

36夏のよはまたよひなからあけぬるを雲のいつこに月やとる覧　清原深養父
86なけゝとて月やはものをおもはするかこちかほなるわかなみたかな　西行法師

紛れもなく両者は有能卿筆である。使用文字等についても興味が湧くが、ここではそのことには立ち入らない。

『小倉山荘色紙和哥』の『筆者目録』に前宰相（一六五六—一六六五）のときの筆とある。

先に述べたように、同目録は飛鳥井雅章によるもので、その奥書に寛文十年（一六七〇）に完成したと記されている。同画帖の成立年代については、次のように推定している。

雅章の寛文十年に記した目録の官位表記をそのまま利用するとすれば、14近衛基熙が内大臣となった寛文五年六月一日以降、西園寺実晴が前左大臣と呼ばれる時点、寛文八年（一六六八年五月二十八日）に着目し、和歌書は寛文五年の後半から八年の後半にかけて書かれたとすれば一応収まる。（拙著『在外日本重要絵巻集成』【研究編】五四頁）

『百人一首』は有能卿大納言（延宝四（一六七六）二・十二—同年二・十八）のときとある。筆者目録および極書などは現在は見られないが、「5　成立年代」で推定したように一六六〇—六五の間とすれば、この極札の官位は作品成立より大分下る時期のものを付したようである。

【資料一】『禁裏御会始和歌懐紙』のみにみえる詠者の官職詳細

【資料一・三・五】の「官職詳細」作成にあたり、『公卿補任』に基づき、正宗敦夫編纂校訂『諸家伝』により補った。漢数字は両書の表記をそのまま写したので、用字（二十〈廿〉、三十〈卅〉、年齢の（ ）および句点「。」の有無等）に両様がみられるのはそのためである。『諸家伝』は『公卿補任』を家別、人別にしたものである。『諸家伝』には早生又はその他の事情で公卿にならなかった人も入れてあるので、『公卿補任』より詳しい。「略符及び印」については、「諸家伝後記（校訂組方凡例）」のとおりである。

わずかながら『国書人名辞典』『宮廷公家系図集覧』『国史大辞典』等を参照した。在任時に該当する部分に私に点線を付した。（42・56は『むかしをいまに』対照資料あり。「解説」参照）

6兵部少輔藤原永貞　ながさだ　一六四〇―一七一二　高倉流

冨小路藤永貞

慶安二（一六四九）十二十八元服。（改永貞）同日兵部少輔昇殿。同四正五従五位上（十二歳）。承応四〔為明暦元〕正五正五位下（十六歳）。万治二正五従四位下（二十歳）。寛文四正五従四位上。同八正五正四位下。

『補任4―53下』故従三位頼直卿男。母。

『諸家伝九　七三九下』尚直　〔頼直卿男い〕改永貞　母内大臣共房公女

（寛永）廿一〔正保二〔元イ〕年い〕正六〔五イ〕叙爵五歳〔于時尚直い〕

慶安二（一六四九）十二十八〔十九イ〕元服〇同日兵部少甫聴昇殿〇〔改永貞い〕

8右近衛権中将藤原公代（きみよ）一六四七―八四　閑院流

小倉藤公連

寛文五五二廿七従四位下（去正五分）。同六（一六六六）十二十七右中将。
同十二（一六七二）六廿七改公連（きんれん）（元公代）。
『補任4-42上』前権大納言実起卿男。母故前参議公根卿女。
『諸家伝三　二五六上・下』公代　改—連《権大納言実起卿男》　母公根女
延宝三年（一六七五）十月十八日参議（中将如元）廿九歳
同九［天和元］十二廿三解官流罪佐渡嶋〔依父卿事也〕〇（年月日薨　於嶋）

13左近衛権中将藤原季保　すえやす　一六四六—九一　閑院流

梅園藤季保
明暦三十二十三元服（十二歳）昇殿。同日従五位上侍従。

寛文五正五従四位下。同（一六六五）十二廿三左中将（廿歳）。同八二廿七従四位上。同十二正六正四位下（廿七歳）。

『補任4-46下』梅園藤季保故正三位実清卿男（実者次男）。母。

『諸家伝十三　九四八上』実清卿次男

28参議左近衛権中将藤原定縁　さだより　一六三七—七七　花山院流

野宮藤定縁
慶安四十二三元服昇殿。同日兵部大輔十五歳。
明暦二（一六五六）九廿三〔十八家譜〕改定輔（元雅廣。改源姓為藤原〔朱為定淳卿子当家相続い〕）。同日左少将廿一歳。

万治二正五従四位下廿三歳。同三十二廿四聴禁色（廿四歳）。同四（一六六一）正従一左中将（廿五歳）。
寛文二十二十四従四位上（去正五分）。同四（一六六四）十二卅改定縁（元定輔）廿八歳。同五十二廿三正四位下。
『補任4-22下』故前権大納言定逸卿男（実故権大納言通純卿二男）。母正三位基秀卿女。
『諸家伝十三　九五〇上・下』実故大納言源道〔通い〕純卿次男　元雅広又改定縁　母正三位藤基秀卿女　実
母〖権い〗大納言永慶卿女
延宝元年（一六七三）十二廿六権中納言卅七歳

29従二位藤原氏信　うじのぶ　一六一九—九〇　水無瀬流

水無瀬藤氏信
寛永三五十九元服（八才）。同日侍従。
『補任3-636上』前権中納言兼俊卿男。
『諸家伝八　六六〇下—六六一上』兼俊卿男
寛文元年十二廿四参議四十三歳　〇同二年十二十四辞三木　〇同九年（一六六九）正五従二位五十一歳
貞享元年（一六八四）二月廿八日正二位六十六歳

33左近衛権中将藤原公量　きんかず　一六五一—一七二三　閑院流

姉小路藤公量
寛文七（一六六九）正五従四位下（十七歳）。同十正五従四位上。
『補任4-48下』故頭右ま中将実道朝臣男。母故前参議遂長卿女。

『諸家伝二　二二〇上・下』母故三木逐《ママ》長卿女
同（寛文）九（一六六九）十二十九左中将十九歳　○同十三正十九蔵人頭廿三歳
貞享元（一六八四）十二廿三権中納言卅四歳
元禄十四年三十一権大納言五十一歳

34左近衛権中将藤原季輔　すえすけ　一六四七—七六　閑院流
実季賢卿（一六三〇—八八）弟
万治三七十二伏見宮殿上人（号篠野）雅楽頭十四歳○同年十二月廿四日従五位上
寛文元壬八一民部大甫十七（五イ）歳○同八六八昇殿○侍従廿二歳（今日当家相続）○同九正五従四位下廿四歳○同月十一日左少将○同十一（一六七一）十二廿一左少〖中〗将廿五歳
延宝四年（一六七六）八三卒卅歳（依痔漏也法名崇安）
『諸家伝三　二六六上・下』実公理卿末子〔朱始伏見宮殿上人〕

40蔵人左少弁藤原意光　よしみつ　一六五二—一七〇七　日野流
裏松藤意光
同（寛文）十（一六七〇）正廿五左少弁（十九歳）。同十三〔為延宝元〕（一六七三）正十九右中弁（廿二歳）。
『補任4－64上』故前参議資清卿男。母。
『諸家伝六—四九七上・下』〖資清卿男　母家女房い朱〗

42左近衛権少将藤原兼豊　かねとよ　一六五三―一七〇五　水無瀬流

水無瀬藤兼豊

同（寛文）九（一六六九）正十二左少将（十七歳）。

同（寛文）十二（一六七二）十二廿二左中将（廿一歳）。

『補任4-81上』前権中納言氏信卿男。母。ま

『諸家伝八―六六一上・下』実氏信卿甥也【氏信弟則俊男い】母家女房

45蔵人中務丞源冬仲　ふゆなか　一六二九―九二　宇多源氏

慈光寺冬仲　じこうじふゆなか

〔名号〕本姓、源。名、冬仲。法号、功徳院人岳宗佐。〔家系〕源善仲の男。五辻家の庶流の家柄で、戦国時代は三木を称して伏見宮家に仕えていたが、冬仲より旧に復して蔵人として朝廷に仕え、慈光院と称した。〔経歴〕寛文二年（一六六二）蔵人、正六位上。延宝四年（一六七六）中務権大輔、従四位下。『国書人名辞典』『国史大辞典』『宮廷公家系図集覧』

56道寛　どうかん　一六四七―一六七六　皇族

道寛親王　〔生没〕正保四年（一六四七）四月二十八日生、延宝四年（一六七六）三月八日没。三十歳。墓、近江園城寺中院。〔名号〕法諱、道寛。名、嘉遐。幼称、聡宮。浄願寺宮と称す。〔家系〕後水尾天皇の第十一皇子。母、逢春門院隆子（御匣局、贈左大臣櫛笥隆致の女）。兄、後西天皇。〔経歴〕聖護院門跡。園城寺長吏。承応元年（一六五二）聖護院入室。明暦二年（一六五六）親王宣下。同三年（一六五七）、聖護院門跡道晃親王について

得度。寛文五年（一六六五）二品。同八年、園城寺で灌頂を受ける。熊野三山検校。〔著作〕授法目録（寛文一二）法皇御覧詠歌等。『国書人名辞典』

【資料二】『禁裏御会始和歌懐紙』のみにみえる詠者の在官位一覧表

	1640・・50・・60・・61・・62・・63・・64・・65・・66・・67・・68・・69・・70・・71・・72・・73・・74・・75
6	49.12.18 兵部少輔　改永貞（元尚直）　?　1712没
8	66.12.17右中将　1672.6.27改公連（元公代）84没
12	65.12.23 左中将　?　91没
28	64.12.30左中将　改定縁（元定輔）　?　73.12.26 権中納言77没
29	69.1.5従二位　1684.2.28 正二位 90没
33	69.12.19 左中将　?　1723没
34	71.12.21 左中将　? 76没
40	70.1.25 左少弁　73.1.19 右中弁　1707没
42	69.1.12 左少将　72.12.22 左中将　1705没
45	62蔵人　1676中務権大輔 92没
56	1657得度　1676没

【資料三】『武家百人一首色紙帖』染筆者の官職詳細

1鷹司関白房輔公（1）　ふさすけ　一六三七—一七〇〇　摂家流

寛文八年（一六六八）三月十六日改摂政関白。

天和二年（一六八二）前関白。二月十八日辞。『公卿補任3-608下』父前左大臣教平公息。母故権中納言為満卿女。『諸家伝一一二八上・下、一一二九上』《前左大臣教平公男》（長男）　母為満女「従三位妻子」寛文八（一六六八）三十六改摂政位関白詔卅二歳

天和二（一六八二）二十八辞関白四十六歳

天和二二十八辞関白四十一歳。

元禄十三正十一薨六十四歳（号後景皓院）　著作多数。

2近衛左大臣基熈公　もとひろ　一六四八—一七二二　摂家流

墓、京都大徳寺。〔名号〕本姓、藤原。名、基熈。幼名、多治丸。一字名、悠・菊。号、応円満院。法名、証岳。道号、悠山。法号、応円満院悠山証岳。〔家系〕関白左大臣近衛尚嗣の男。室常子。子家熈。〔経歴〕明暦元年（一六五五）従三位。

寛文五年（一六六五）内大臣。同十一年、右大臣。

延宝五年（一六七七）十二月八日。左大臣卅歳。貞享三年（一六八六）従一位。

元禄三年（一六九〇）正月十二日　関白四十三歳、同日氏長者。同年十二月二十六日　辞左大臣。宝永六年（一七

○九）太政大臣。享保七年、剃髪。後水尾天皇の庇護のもとに、その影響を受けた。和歌に長じ、天和三年（一六八三）後西院より古今伝授を受けた。絵画も巧みで、有職故実にも通じていた。隠元隆琦に帰依、子家熈とともに高泉性激にも帰依している。近衛家と黄檗との深い関係は基熈にはじまるという。〔著作〕禁裏仙洞御会哥合　禁裏和歌御会　近衛基熈消息　基熈公記　基熈公百首　『源氏物語』の諸抄を考究し、私注を加えて編んだ『一簣抄』全七十四冊等多数。『国書人名辞典』『日本近世人名辞典』『補任3-641上』『諸家伝』一―三九下・四〇上下）

3 一条右大臣教輔公　のりすけ　一六三三―一七〇七　摂家流

『補任3-606上』父前摂政（尚良公）息。母故前参議時直卿女。

『諸家伝一―一一〇・一一一』伊実公　改教良又教輔　《智徳院殿男》母《参議平》時直女

慶安四年（一六五一）二月十日改名教良

承応三年（一六五四）十二十日改名教補廿二歳

承応四年（一六五五）正月廿五日右大臣廿三歳

万治二年（一六五九）十二廿二日辞右大臣廿七歳（依《長》病也）。

宝永四年（一七〇七）正月六日薨七十五歳

4 鷹司左大将兼熈公　かねひろ　一六五九―一七二五　摂家流

延宝四年（一六七六）八月二十五日　左大将（権大納言）『公卿補任4-14上』摂政房輔公男。母大江竹子。『諸家伝一　一二九』《関白左大臣房輔公男》母《従四位下右少将大江秀就女》「従三位大江竹子」

延宝四（一六七六）八廿四左大将十八歳
天和二（一六八二）十一十八辞大将廿四歳　○同三正十三右大臣廿五歳
元禄十六年（一七〇三）関白四十五歳、氏長者。宝永二年（一七〇五）従一位。同四年辞関白。号心空華院。（近藤敏喬編『宮廷公家系図集覧』東京堂　二四四頁）

5 妙法院宮堯恕　一六四〇―一六九五　法親王

寛永十七年十月十六日生、元禄八年四月十六日没。五十六歳。墓、京都宝住寺。〔名号〕法諱、堯恕。俗名、完敏。幼称、照宮。字、体素。号、逸堂。法号、獅子吼院・齅梅子。〔家系〕後水尾天皇の第十皇子。母、新広義門院藤原基子（贈左大臣園基音の女）。〔経歴〕妙法院門跡。正保四年（一六四七）妙法院に入り、堯然親王に師事する。慶安三年（一六五〇）親王宣下、得度。妙法院室を相続。寛文三年（一六六三）以降、三度天台座主となる。同五年、二品。元禄六年、院内鉄竜庵に隠居。天台の教義・経典に関する学殖が豊かで著述が多い。文芸絵画にも心を寄せ、漢詩集を残している。（『国書人名辞典』）〔参考〕諸門跡譜（群書類従）妙法院門跡相承次第（続群書類従）『国史大辞典』

6 青蓮院宮尊證　一六五一―一六九四　法親王

後水尾院（十六）皇子。御母贈左大臣藤原基音公女。慶安四年二月十日生。御小名玲瓏宮。十歳薙染。十五歳登于台嶺。修学顕密八年。天和元年羅微疾。泊然独居。読書自楽。十余年許。（略）元禄七年甲戌十月十五日夜遽然薨。（略）同十九日奉堯恕親王命。茶毘尊骸于紫雲山東崕。（略）号後柱《ママ》蓮院宮。（「妙法院門跡相承次第」『続群書類従・第四輯下』補任部　昭和五十八年

五一〇頁）

7三宝院門跡高賢　僧侶　?―一七〇七　摂家流
生年未詳、宝永四年（一七〇七）十一月五日没。〔名号〕法諱、高賢。宝池院大僧正と称す。〔経歴〕三宝院門跡三十二世義演准后に師事し、のち三宝院門跡三十六世、醍醐寺八十三世座主、東寺一長者。寛文八年（一六六八）と元禄十三年（一七〇〇）に入峰、三宝院門跡による大峰入峰を復興した。当山派修験道を三宝院中心の体制に確立した。父前左大臣教平公息（二男）。『宮廷公家系図集覧』二四四頁。『国書人名辞典』）（母為満卿女）『系図纂要』名著出版　一二四頁

8随心院門跡俊海　?―一六八二　摂家流
兼晴（九条道房養子。左大臣正二位。実父前左大臣鷹司教平公（父、関白従一位左大臣鷹司信尚。母、後陽成天皇皇女清子内親王）三男）猶子（実父前左大臣教平五男）。随心院門跡。大僧正法印。天和二五廿六入滅卅三歳。号後浄林院。『宮廷公家系図集覧　二四五頁』（母為満卿女）『系図纂要』

9大乗院門跡信雅　?―一六九〇　摂家流
鷹司左府教平公息。権僧正（「大乗院門跡次第」『続群従・第四輯下』補任部　六九四頁）改信賀。大乗院門跡／大僧正法印／興福寺別当／元禄三八十九入滅／号後発心院『宮廷公家系図集覧　二四五頁』（母為満卿女）『系図纂要』一二五頁

10徳大寺内大臣実維公　さねこれ　一六三六―八二　閑院流
寛文十一年（一六七一）三十六　八月五日任内大臣。
寛文十二年（一六七二）一月三十日辞内大臣。
天和二（一六八二）九十一〔卅イ〕薨四十七歳（法名理覚）
『補任3―636下』権大納言公信男『諸家伝二　一九一下・一九二上』公信公男　実保　改実維　母武士吉川内蔵助藤原廣正女

11大炊御門内大臣経光卿　つねみつ　一六三八―一七〇四　閑院流
延宝五年（一六七七）四十　十二月廿六日任内大臣。
延宝九年（一六八一）七月十日四十四辞内大臣。『補任3―655上・656下』前内大臣経孝男。『諸家伝二　三五四下・三五五上』（前左大臣経孝公男　母家女房）

12西園寺侍従公遂朝臣　きんすい　一六六三―七八　閑院流
寛文十一年（一六七一）十二月一日九歳　侍従。
延宝六年（一六七八）六十薨十六歳〔朱法名了空〕
『補任4―50下』故前左大臣実晴公男（実者孫）。母家女房。『諸家伝二　一七三上・下（実々晴公孫〔母家女房い〕〔○い遂ヲ「カツ」ト傍訓ス〕

13今出河大納言公規公　きんのり　閑院流　一六三八―九七

寛文四年（一六六四）五月十一日権大納言　天和三年（一六八三）一月十三日四十六任内大臣。『補任3-655下』故右大臣経季公男。実前内大臣公信公二男。母同実維卿。くま『諸家伝三　二九八下・二九九上』⦅右大臣経季公男⦆　実公信公二男「一林院右大臣」母氏家内膳女〔同実経公異〕

14 清閑寺大納言煕房卿　ひろふさ　一六三三―八六　勧修寺流

延宝四年（一六七六）九月廿七日（廿六あ）四十四任権大納言。天和三年（一六八三）九月二日辞権大納言。天和四年十二月廿九日五十二還任権大納言、貞享三年（一六八六）十月十日辞権大納言。『補任3-638下』権中納言共綱卿男。母故前内大臣通村公女。『諸家伝七　六一〇上・下、六一一上』（共綱卿男　元保房　母源通村公女）

15 葉室大納言頼孝卿　よりたか　一六四四―一七〇九　勧修寺流

延宝六年（一六七八）九月十六日　権大納言。天和四年（一六八九）一月廿日（廿一ま）辞権大納言。蟄居。貞享四年（一六八七）三月十五日還任権大納言、同十月七日辞権大納言。『補任4-2下』権大納言頼業卿男。母前権中納言実村卿女。『諸家伝七　五五二上・下、五五三上・下』（前大納言頼業男　母前権中納言実村女）

16 転法輪大納言実通卿　さねみち　一六五一―一七二四　閑院流

三条実治（さねはる）。本姓、藤原。転法輪三条とも。初め季房、のち実通・実治。

寛文七（一六六七）十二十二元服昇殿（十八歳）。同日左中将正四位下禁色。改実通（元季房）。
寛文十二（一六七二）十二廿五〔廿六イ〕権大納言廿三歳
元禄六（一六九三）八七任内大臣四十四歳
『補任4-20上』前右大臣公富卿男。母家女房。『諸家伝二　一五三上・下』元季房　改―治元禄二（一六八九）
十二十九日ニ。〔朱号暁心院左大臣〕母家女房

17小倉大納言実起卿　さねおき　一六二一―八四　閑院流

寛文十二年（一六七二）十二月廿八日五十一任権大納言。
延宝九年（一六八一）十二月廿二日六十　解官遠流佐渡嶋。
『補任3-643上』故前三木公根卿男（実者故入道前権大納言嗣良卿次男）。『諸家伝三　二五五下、二五六上』（季雅
改実起（右近衛少将正五位下実為男）実権大納言嗣良次〔三異〕男）

18日野大納言弘資卿　ひろすけ　一六一七―八七　日野流

明暦二年（一六五六）九月廿七日四十　任権大納言。
万治三年（一六六〇）十二月廿六日四十四　辞権大納言。
寛文十年九月十五日補武家伝奏
『補任3-600下』父故権く中納言光慶卿男。母従四位下侍従藤原嘉明女。
『諸家伝六　四四一下、四四二上』（光慶卿男　母従四位下侍従藤原嘉明女）

19園大納言基福卿　もとみ　一六三二―九九　中御門流

万治三年（一六六〇）十二月廿四日三十九　任権大納言。

寛文九年（一六六九）十二月廿四日四十八　辞権大納言。『補任3-619下』権大納言基音卿男。『諸家伝九　七〇六上・下』（基音卿男　後南宗院儀同子〔朱母谷出羽守従五位下藤衡長女い〕）

20油小路大納言隆貞卿　たかさだ　一六二二―九九　四条流

万治三年（一六六〇）三年十二月廿四日三十九　任権大納言。

寛文十二年（一六七二）十二月廿二日五十一辞権大納言。

『補任3-628上』前権中納言隆基卿男。『諸家伝五　四一八上・下』（隆基卿男　改―房又改―貞）

21中御門大納言資熈卿　すけひろ　一六三五―一七〇七　勧修寺流

寛文十二年（一六七二）十二月廿六日三十八　任大納言。

延宝六年（一六七八）十二月十九日四十四　辞権大納。

言。『補任3-650上』権大納言宣順卿男。母故前権大納言実顕卿女。『諸家伝七　六〇一上・下』（宣須卿男　母実顕卿女）

22東坊城大納言知章卿　伝未詳（知《トシ》長、改恒長ノ誤記カ）　菅原氏

知長、改恒長　つねなが　一六二一―一七〇〇

延宝二（一六七四）二十　権大納言、同年五三辞権大納言。

『補任3―636上』式部大輔長維卿男。母故権大納言總光卿女。

『諸家伝十二　九三二下・九三三上』知長《トシ》　長維卿男　改恒長　母總光卿女。（延宝二年五四）○［挿入　同四二廿八日改恒長］

23 中院大納言通茂卿　みちしげ　一六三一―一七一〇　村上源氏

万治三年（一六六〇）十二月廿六日三十　任権大納言。

寛文十年（一六七〇）九月十日四十　辞権大納言。『補任3―639上』故権大納言通純卿男。母前権大納言永慶卿女。『諸家伝十一　八四四上・下、八四五上』（通純卿男　号渓雲院〔内大臣い〕母前大納言永慶卿女）

24 千種大納言有能卿　ありよし　一六一五―八七　村上源氏

延宝四年（一六七六）二月十二日六十二　任権大納言、二月十八日　辞権大納言。『補任3―621下』父同具起卿。母同具起卿。（誤記ヵ）『諸家伝十四　一〇二九上・下』〔朱木工頭〕源具堯男　母在中将藤基継朝臣女

25 花山院大納言定誠卿　さだのぶ　一六四〇―一七〇四　花山院流

寛文五年（一六六五）八月十日二十六　任権大納言。

延宝三年（一六七五）二月十九日三十七　辞権大納言。

『補任3―662上』前右大臣定好公次男。母前関白信尚公女。『諸家伝四　三二三下・三二四上』（前左大臣定好公三男　母前関白信尚公女）

26松木大納言宗条卿　むねえだ　一六二五―一七〇〇　中御門流

寛文元年（一六六一）十二月廿四日三十七　任権大納。

寛文二年十二月一日三十八　辞権大納言。『補任3-634下』父故左中将宗保朝臣男。母故前内大臣兼勝公女。『諸家伝九　六八六下・六八七上・下』宗保朝臣男　浩妙院内大臣　改宗条（承応三年十二月十六日）　母故前内大臣兼勝公女

27東園大納言基賢卿　もとかた　一六二六―一七〇四　中御門流

寛文九年（一六六九）四十四十二月廿七日　任権大納言。

寛文十二年（一六七二）十二月廿二日四十七　辞権大納言。『補任3-643上』故左少将基教朝臣男（実父故前権大納言基音卿男）。母。『諸家伝十三　九六八上・下、九六九上』（朱基教朝臣男い）　実権大納言基音卿次男　母谷出羽守衡長女）

28甘露寺中納言方長卿　かたなが　一六四八―九四　勧修寺流

延宝三年（一六七五）十月二日二十八　任権中納言。

天和元年（一六八一）・十一月廿一日（廿二諸家伝）三十四　辞権中納言。『補任4-32上』故前参議嗣長朝臣男。母家女房。『諸家伝七　五七三下・五七四上・下』

29柳原中納言資廉卿　すけかど　一六四四―一七一二　日野流

延宝四年（一六七六）九月廿九日三十　権中納言。
天和元年（一六八一）十一月廿一日三十八　辞権中納言。
『補任4-35下』前権大納言資行卿男。母贈左大臣基公女。『諸家伝六　四七二下・四七三上』（実者資行卿二男
〔朱〕母基音卿女〕

30菊亭中納言伊季卿　これすえ　一六六〇—一七〇九　閑院流
本姓、藤原。今出川、菊亭とも称す。
延宝六（一六七八）九十六　権中納言（十九歳）。
貞享元（一六八四）十二廿三権大納言廿五歳。『補任4-43下』権大納言公規卿男。母〔京極従五位下刑部少輔源高和女
家譜〕
『諸家伝三　二九九上・下、三〇〇上』「母高《ママ》極刑部少輔従五位下源高和女」

31阿野中納言季信卿　すえのぶ　一六三四—九三　閑院流
寛文十二（一六七二）十二廿八（卅九歳）権中納言。
延宝八（一六八〇）一二廿九　辞権中納言。
『補任3-665上』前権大納言公業卿男。母。
『諸家伝二　二三七上・下』改実藤　母若狭少将【豊臣い】勝俊【朝臣い】女

32高辻中納言豊長卿　とよなが　一六二五—一七〇二　菅原流

延宝五年（一六七七）閏十二月十一日五十三　任権中納言。

天和元年（一六八一）十一月廿一日五十七　辞中納言。

『補任4-27下』故少納言長純朝臣男（実故権大納言長維卿次ま男。母故権大納言總光卿女）。『諸家伝十二　九一五下・九一六上』良長　実権大納言長雅二男　母権大納言総光女　改豊長明暦四（一六五八）

33綾小路中納言俊景卿　としかげ　一六三一―八八　宇多源氏
寛文十二年（一六七二）十二月廿八日四十一　任権中納言。
延宝四年（一六七六）十二月廿三日四十五　辞権中納言。
『補任3-655下』故前三木高有卿男。母故権大納言為満卿女。『諸家伝十　七九五上・下』俊良　改―景　高有卿男　母故権中〔大イ〕納言　為満卿娘

34烏丸中納言光雄卿　みつお　一六四七―九〇　日野流
延宝二年（一六七四）二月八日二十八　任権中納言。
延宝九年（一六八一）十一月廿一日三十五　辞権中納言。『補任4-22上』『諸家伝六　四八五下・四八六上』〔資慶卿男い朱〕母前内大臣共房公女

35日野中納言資茂卿　すけしげ　一六五〇―八七　日野流
延宝五年（一六七七）閏十二月十一日二十八　任権中納言。
貞享四年（一六八七）七月二十九日三十八　辞権中納言。『補任4-38下』前権大納言弘資卿男。母家女房。『諸家伝

六　四四二上・下、四四三上』〔弘資卿男　朱〕〔母家女房校本実有女い〕

36平松中納言時景卿　伝未詳　（時景ハ時量ノ誤認）

時量卿　ときかず　一六二七―一七〇四　平氏

延宝二年（一六七四）七月五日四十八　任権中納言。

延宝六年（一六七七）八月廿一日五十二　辞権中納言。

『補任3-648下』父故前権中納言時庸卿男。母故権大納言資勝卿女。『諸家伝十四　九九二上・下』〔朱時庸卿男　母前権大納言輝資卿女〕

37今城中納言定淳卿　さだあつ　一六三五―八九　花山院流

延宝二年（一六七四）七月五日四十　権中納言。

延宝六年（一六七八）九月十六日四十四　辞権中納言。

『補任4-22上』故前権中納言為尚卿男。母家女房。『諸家伝十三　九七八上・下、九七九』〔為継　改定淳〔寛文二年十二月廿六日〕〔朱為尚卿男　母家女房い〕〕

38鷲尾中納言隆尹卿　たかただ　一六四五―八四　四条流

延宝六年（一六七八）九月十六日三十四　任権中納言。

天和三年（一六八三）九月八日三十九　辞権中納言。

『補任4-35下』故前権大納言隆量卿男。母家女房。『諸家伝五　四一一下、四一二上』実隆量卿次男

39山本宰相実富卿　さねとみ　一六四五—一七〇三　閑院流

延宝三年（一六七五）十月十八日三十一　任参議。

天和元年（一六八一）十一月廿一日三十七　辞参議。

『補任4-41下』故前参議勝忠卿男（実者故権大納言公景卿三男。故入道前左大臣性永嫡子）。ま母〔彦山僧正宙有女家譜〕。『諸家伝十三　九四四上・下』左大臣実晴公養子民〔イ猶子〕云々　実権中納言公景卿三男　勝忠卿男

40河鰭宰相基共卿（もととも）　一六三五—一七〇六　閑院流

延宝七年（一六七九）正月十四日四十五　十月十七日改実陳（さねのぶ）任参議。

延宝七年十二月十七日　辞参議。

『補任』4-13下』故正三位基秀卿男。母〔安倍泰重卿女　家譜〕。『諸家伝二　二三一上・下、二三二上』改実陳

母阿倍泰重卿女

41小倉宰相公蓮（連ノ誤カ）**卿**　きんつら　一六四七—八四　閑院流

寛文十二年（一六七二）六月廿七日改公連（元公代）。

延宝三年（一六七五）十月十八日二十九　任参議。

天和元年（一六八一）十二月廿二日三十六　解官流罪佐渡嶋。

『補任4-42上』前権大納言実起卿男。母故前参議公根卿女。『諸家伝三　二五六上・下』公代　改ー蓮（権大納言実起卿男）　母公根女

42姉小路宰相公景卿　きんかげ　一六〇二―五一　閑院流

公景は公量の誤認。公量　きんかず　一六五一―一七二三

延宝五年（一六七七）閏十二十一参議（中将如元）廿七歳［廿三日拝賀傍］同日従三位。

寛永九（一六三二）四十一三木卅一歳

貞享元年（一六八四）十二月廿三日卅四歳　辞参議権中納言。

『補任4-48下』故頭右ま中将実道朝臣男。母故前参議遂長卿女。『諸家伝十三　九五五上・下』母故前参議遂長卿女

43万里小路宰相淳房卿　あつふさ　一六五二―一七〇九　勧修寺流

延宝五年（一六七七）閏十二月十一日（廿六歳）任参議。

天和元年（一六八一）十一月廿一日　辞参議。

『補任4-48下』按察大納言雅房卿男。母前大僧正光従女。『諸家伝七　五八七下、五八八上・下』母大僧正光従女

44正親町宰相公通卿　きんみち　一六五三―一七三三　閑院流

延宝五年（一六七七）閏十二月十一日二十ご　任参議。

天和元年（一六八一）十一月廿一日二十九　辞参議。『補任4-48下』前権大納言実豊卿男（実者末子）。母故前権中納言為賢卿女。『諸家伝三　二八四下、二八五上』（前権大納言実豊卿男）　母為賢卿女

45花園宰相実満卿　さねみつ　一六二九—八四　閑院流
寛文六年（一六六六）十二月廿九日三十八　任参議。
寛文七年（一六六七）閏二月十二日三十九　辞参議。
『補任3-648上』父故右少将公久朝臣男。『諸家伝十三　九五七下』故右少将公久朝臣男　〔[朱]母素然女　実三級女い〕

46竹屋宰相光久卿　みつひさ　一六二五—八六　日野流
寛文四年（一六六四）九月卅日四十　任参議。
寛文七年（一六六七）十二月十七日四十三　辞参議。
『補任3-651下』前権中納言光長卿男。『諸家伝六　四九〇下、四九一上』〔光長卿二男い朱〕

47堀河宰相則康卿　のりやす　一六二二—八六　高倉流
延宝二年（一六七四）七月十一日（十三日ま）五十三　任参議、十二月廿七日　辞参議。
『補任3-655上』前三木康胤卿男（信親弟く）。『諸家伝十四　九八六下、九八七上』〔康胤卿次男〕信親弟

48千種宰相有維卿　ありこれ　一六三八—九二　村上源氏
延宝七年（一六七九）正月廿四日四十二　任参議。
貞享元年（一六八四）正月十一日四十七　辞参議。

『補任4-14上』権中納言有能卿男。母故権中納言通前卿女。『諸家伝十四　一〇三〇上・下』〔朱有能卿男〕
母権中納言通前卿女

49持明院宰相基時卿　もととき　一六三五―一七〇四　中御門流

延宝元年（一六七三）十二月廿七日三十九　任参議。
延宝七年（一六七九）正月廿四日四十二　辞参議。
『補任4-4下』前権大納言基定卿男。母左中将基久朝臣女。『諸家伝九　六九六下、六九七上』〔基定卿男い〕
〔朱母左中将基久朝臣女〕

50中園宰相季定卿　すえさだ　一六二七―八六　閑院流

寛文十年（一六七〇）十一月廿一日四十四　任参議。

延宝五年（一六七七）五月十二日五十一　辞参議。

『補任4-4下』故前権大納言嗣良卿四男。母〔家女房　家譜〕。『諸家伝十三　九六六下、九六七上』〔朱権大納言嗣良次〔末イ〕男〕

51久我三位中将通名卿　みちな　一六四七―一七二三　村上源氏

寛文三（一六六三）年十月三日任右〔左イ〕【権い】中将。

寛文五年（一六六五）三月五日十九　従三位（左中将如元）、寛文十年（一六七〇）十月十二日二十四　辞権中納言従三位　寛文十三年四月十七日出家。

『補任4-10上』前右大臣廣通公男。母。『諸家伝十一　八二七上・下』〔朱広通公一男い〕母家女房　〔朱寛文十三年月日依長病譲家督於舎弟時通〕延宝二年四月十七日入道　有子細近年蟄居

52白河二位雅喬卿　まさたか　一六二〇―八八　花山源氏

元和十九年三月十七日神祇伯（左中将）。

寛文七年（一六六七）十二月七日〔十ぃノイ〕従二位四十八歳。

延宝二（一六七四）〔元ィ〕年十二廿六正二位五十四歳　○　同七年正月廿一日辞神祇伯六十四歳譲男雅元朝臣

『補任3-636上』従二位雅陳卿男。『諸家伝十一　八七一下、八七二上』雅陳卿男　〔母家脳某い〕

53樋口二位信康卿　のぶやす　一六二三―九一　高倉流

延宝三年（一六七五）二月廿二日五十三　叙従二位（去正月五日分）貞享元年（一六八四）九月廿八（〔廿七日ま〕）日参議六十二、十月廿九日辞参議。『補任3-648下』父従二位信孝公男。母故前内大臣兼勝公女。『諸家伝十四　九八九下、九九〇上』〔朱信孝卿男〕母内大臣兼勝公女

54愛宕三位通福卿　みちとみ　一六三四―九九　村上源氏

延宝三年（一六七五）二月廿二日四十二　叙正三位（去正月五日分）天和二年（一六八二）十二月廿四日　辞参議。

『補任4-20上』故権大納言通純卿男〔猶子ま〕（実父彦山座主）。母〔前左大臣定好女　家譜〕。『諸家伝十四　一〇四〇下』通純卿猶子　源具堯孫　彦山座主権僧正有清男　〔朱母前左大臣定好公女〕

55七条三位隆豊卿　たかとよ　一六四〇—八六　水無瀬流

寛文十年（一六七〇）正月五日三十一　叙従三位。

延宝四年（一六七六）十二月廿三日三十六（去年正月五日分）正三位。

『補任4-27下』故左中将隆脩朝臣男。母。ま『諸家伝十四　一〇二七上・下』隆良【朱隆脩朝臣男】改—豊

56西洞院三位時成卿　ときなり　一六四五—一七二四　平氏

延宝二年（一六七四）七月十（七ま）日三十　叙従三位。

延宝七年（一六七九）（去正月五日分）三十五　叙正三位。

『補任4-40下』故正三位時良卿男。母［家女房　家譜］『諸家伝』十二八八六下、八八七上。【朱時良卿男　母家女房い】

57梅園三位季保卿　すえやす　一六四六—九一　閑院流

延宝四（五諸）年（一六七六）十二月卅日（去正月五日分）三十一　叙従三位。

『補任4-46下』故正三位実清卿男（実者次男）。母。『諸家伝十三　九四八上』実清卿次男。天和元年（一六八一）十二月廿一日正三位卅六歳。

58富小路三位永貞卿　ながさだ　一六四〇—一七一二　高倉流

延宝六年（一六七八）九月十六日三十九　叙従三位。

元禄十四年（一七〇一）十月廿四日六十二　叙正三位。

『補任4―53下』故従三位頼直卿男。母。『諸家伝九　七三九下』〔頼直卿男い〕改永貞　母内大臣共房公女
母家女房い〕

59東園頭中将基量朝臣　もとかず　一六五三―一七一〇　中御門流

延宝五年（一六七七）閏十二月十二（十一諸）日二十五　蔵人頭。

延宝八年（一六八〇）十一月卅日二十八　叙従三位。

『補任4―55下』前権大納言基賢卿男。母家女房。『諸家伝十三　九六九上・下、九七〇上』〔朱基賢卿男〕〔朱母家女房い〕

60庭田頭中将重条朝臣　しげえだ　一六五〇―一七二五　宇多源氏

延宝三年（一六七五）十月二日（去正月五日分）従四位上。

延宝五年（一六七七）閏十二月十一（諸十二）日二十八　補蔵人頭。

延宝六年（一六七八）正月五日（諸家伝、三十四正四位下（去正五分）正四位下、六月十三日正四位上。『補任4―65下』故侍従雅秀男（実者舎弟）。母。『諸家伝十　七八六上・下、七八七上』〔雅秀養子い〕実雅秀弟〔雅純朝臣次男い〕母同

61久世中将通音朝臣　みちおと　一六四七―八八　村上源氏

寛文七年（一六六七）十二月十七日　左中将　『補任4―68上』故左中将通俊朝臣男。母。『諸家伝』一〇一一上・下

62滋野井中将実光朝臣　さねみつ　一六四三―八七　閑院流
寛文七（一六六七）二廿三右少将○同日従四位下（正五分）○同十（一六七〇）正五従四位上○同年正十〔朱廿イ〕右中将。
延宝二二八正四位下（正五分）卅二歳
『諸家伝二　二〇四上』〔朱教広卿男〕母家女房

63藪中将嗣章朝臣　つぐあき　一六五〇―九八　閑院流
寛文十一年（一六七一）十二月廿一日二十　左中将。
貞享元年（一六八四）十二月卅日三十五　叙参議（中将如旧）。
元禄三年（一六九〇）三月十三日（十二ま）叙正三位（去年承月七日分）
『補任4―75上』故前権大納言嗣孝卿男。母。ま『諸家伝十三　九六五下、九六六上』母山崎甲斐守女。

64裏松弁意光朝臣　よしみつ　一六五二―一七〇七　日野流
寛文七年（一六六七）十一月十七日　権右少弁。天和元年（一六八一）十一月廿一日三十　叙従三位。『補任4―64上』故前参議資清卿男。母。『諸家伝六　四九七上・下』〔資清卿男　母家女房い朱〕

65田向中務資冬朝臣　すけふゆ　一六三六―？　田向流
『諸家伝十五　一一一六上』右中将重秀末子　すけふゆ
〔万治二（一六五九）正五二（ママ）五下廿四歳い〕○万治二九十三中務大輔。

〔貞享元（一六八四）十一五院勘○同六日解却中務大輔正四下四十九歳い〕
〔延宝三正五正四下四十歳　貞享元（一六八四）十一五院勘　○同六日解却中務大輔正四下四十九歳い〕『宮廷公家系図集覧』198頁　実庭田重秀末男

66 伏原大蔵卿宣幸朝臣　のぶゆき　一六三七―一七〇五　清原氏　伏原流

延宝五年（一六七七）十二月十一日辞少納言、辞侍従、大蔵卿、主水正明経博士如元（四十一歳）
天和二年（一六八二）十二月十八日四十六　叙従三位（東宮御侍読賞、大蔵卿如元）
『補任4-67下』従二位賢忠卿男。母家女房。『諸家伝十四　一〇三二下、一〇三三上』賢忠卿男　母家女房

67 穂波筑前守経尚朝臣　つねかさ　一六四六―一七〇七　勧修寺流

寛文五年（一六六五）十二月十七日　去蔵人辞弁、〈家譜〉改海住山為穂波、十二月廿七日筑前守。

天和二年（一六八二）正月五日三十七〔従三位〕叙号穂波。

『補任4-67下』入道前権大納言経広卿次男。母同経慶卿。『諸家伝十五　一〇七一下、一〇七二上』入道前大納言経廣次男　母【同い】経広卿女　〔朱補永昌純女い〕

68 高野修理大夫保春朝臣　やすはる　一六五〇―一七一二　中御門流

寛文元年（一六六一）十二月六日元服昇殿。同日修理大夫（十二歳）。同二年正月五日従五位上（十三歳）。『補任4-72上』故前権大納言基定卿二男。母（中将基久女　家譜）。

『諸家伝十五　一〇九〇上・下』権大納言基定次男　母故基久朝臣女

延宝六年（一六七八）正月五日正四位下（廿九歳）。

天和三年（一六八三）八月廿三日従三位卅四歳○同年十二月廿九日宮内卿

69清水谷中将公栄朝臣　きんはる　一六二〇―一六九一　閑院流

『諸家伝三　二四八上』実公勝次男　前権大納言実任（元忠治改―定又改実任）卿男　母「同前権大納言実教卿女」
万治二年（一六五九）正五従四位上○同月十一日転左中将
寛文三年十二月十四日正四位下〔○異本以下ナシ〕
元禄四年（一六九一）九月十八日卒七十二歳　栄松院　法名恵空

70櫛笥中将隆慶朝臣　たかよし　一六五二―一七三三　四条流

寛文十年（一六七〇）正五従四位下（十九歳）。同月十一日左中将。

天和三年（一六八三）八月廿三日叙従三位。

『補任4-71下』故左少将隆胤朝臣男（実故ま前権中納言宗朝卿二〔三家譜〕男。母〔家女房　家譜〕。ま

71東坊城少納言長詮朝臣　ながあき　一六四六―一七一一　菅原氏

延宝二年（一六七四）八月三日二十九　叙少納言、兼侍従。天和三年（一六八三）八月廿三日三十八　叙従三位（文章博士如旧）。

元禄元年（一六八八）十二月廿六日四十三　叙権中納言。

『補任4―72上』前権大納言恒長卿男。母家女房。『諸家伝十二　九三二下、九三三上・下』知長卿三男　母家女房

72 萩原左衛門佐員従朝臣　かずつぐ　一六四五―一七一〇　卜部氏

明暦三年（一六五七）十月廿八日改員従（元信康）、十一年二月（十二あ）元服、昇殿、左衛門佐。万治三（一六六〇）十二廿四（去正月五日分）従五位上（十六歳。去正五分）延宝四（一六七六）正五従四位上（卅二歳）。同九正五正叙正四位下（卅七歳）『補任4―90下』故従五位下兼従男（実故従三位頼直卿男）。母左中将基久朝臣女（実故前内大臣共房公女）。『諸家伝』元信成　故従五位下兼従男　母基久朝臣女　実頼直卿次男　〔朱ナシ〕母共房公女

73 押小路中将公起朝臣　（きんおき）　一六五〇―一七一六　閑院流

『補任4―77上』故右大臣実条公孫。母〔家女房　家譜〕。ま

『諸家伝十三　九五九』（公音きんおと）香雲院右大臣実条公孫〔四男公起い〕実父武家　母家女房　元―起

延宝元年（一六七三）十二月廿六日右中将。○同四年正月五日従四位上（廿七歳）。

元禄二年（一六八九）十二月廿六日〔朱正六い〕改公音（四十歳）○同十三年十二月廿五日参議五十一歳○同月廿七日兼右〔権い〕中将　○同十四年十二月廿一日叙服出仕服任○同月廿三日辞参議中将。

74 竹内大弼当治朝臣　（まさはる）　一六四〇―一七〇四　清和源氏

明暦三年（一六五七）八廿四蔵人左近将監　○〔同四年十月十六日改当治い〕（元能治）

寛文十二年（一六七二）五月廿六日任弾正大弼卅三歳
延宝二（一六七四）十一廿六改惟庸（元当治）卅五歳
『補任4-72上』故従二位孝治卿男。母家女房ま。『諸家伝十　七六八上・下』元能治　改惟庸（これつね）〖朱
俊治男い〗〖母家女房い〗

75 松木中将宗顕朝臣　むねあき　一六五八―一七二八　中御門流
延宝三（一六七五）・（一字アキ）廿二左中将（正十一分）。同四正五従四位上。同七五廿一正四位下（正五分）。同十二従七
蔵人頭廿二歳。同十二廿五正四位上。
天和元（一六八一）十二廿一任参議。同日兼左大弁。
『補任4-62上』前権大納言宗条卿男。母故左中将基秀朝臣女。『諸家伝九　六八七下・六八八上』

76 藤谷中将為教朝臣　ためのり　一六五四―一七一三　御子左流
寛文十二（一六七二）正従四位下（十九歳）。同十二十二廿二左中将。
貞享元（一六八四）十一廿九改為茂。
『補任4-81上』故ま前権中納言為条男。母。ま『諸家伝十三　九八二上・下』改―茂《モチ》〖朱為條卿男　母家女
房い〗

77 外山権佐宣勝朝臣　のぶかつ　一六五二―一七三八　日野流
寛文四（一六六四）十一廿三元服昇殿。同日左兵衛権佐従五位上。

貞享二（一六八五）十二月廿四日叙（去正月六日分）従三位。
元禄七（一六九四）十二十九改光顕、十二廿五（去年正月五日分）正三位。
『補任4-81下』前権大納言弘資卿〔三男ま　二男家譜〕男。母〔家女房　家譜〕。ま
『諸家伝十五　一〇八〇上・下』前権大納言弘資卿次男　改光顕（みつあき）母家女房

78山科中将持言朝臣　もちとき　一六五七―一七三七　四条流

寛文五」（一六六五）正廿二元服昇殿（九歳）。同日内蔵頭従五位上。同九十二十五右少将（頭如元）。
延宝元（一六七三）十二十七右中将（頭如元）延宝九（一六八一）正五四位下廿五歳。
『補任4-81上』故左衛門督言行卿男。母〔家女房　家譜〕。ま『諸家伝五　三九八上・下』

79三室戸権佐議光朝臣　伝未詳。

誠光の誤カ。のぶみつ　一六五二―八九　日野流
寛文五（一六六五）七十元服昇殿（于時号北小路）〇同日右兵衛権佐従五位上十四歳〇〘朱同月二廿六日改為三室戸〙』貞享元（一六八四）十一廿中務大輔。『補任4-85上』故従一位資行卿末子〔次男ま〕。母。ま『諸家伝十四
一〇四五下、一〇四六上』資行卿二男　母基音公女

80中園中将季親朝臣　すえちか　一六五四―一七〇六　閑院流

延宝三（一六七五）十一六左中将（『諸家伝』朱右中将廿二歳）
『補任4-96上』故前参議季定卿男。母家女房。『諸家伝十三　九六七上』（父母記述ナシ）

81中山中将篤親朝臣　あつちか　一六五六—一七一六　花山流

寛文十（一六七〇）四廿七改篤親（元熙季）。同年五十二昇殿。同日侍従々五位上（十五歳）。延宝五（一六七七）閏十一廿九左中将（廿二歳）。天和三正十三〔二あ〕蔵人頭（廿八歳）、貞享元（一六八四）十廿三三木（左中将如元）（廿九歳）。

『補任4-74下』故前権大納言英親卿男（実前権大納言実豊卿末子）。

母〔家女房　家譜〕。ま『諸家伝四　三三七下、三三四上』元熙季　実々豊卿三男

82日野西弁国豊朝臣　くにとよ　一六五三—一七一〇　日野流

寛文九（一六六九）十二廿八蔵人、正五位上、権右少弁。同十三〔為延宝元〕正十九左少弁。延宝二（一六七四）二八右中弁。天和元（一六八一）十二十四左中弁。

『補任4-67下』故左衛門権佐光男（実者故准大臣兼賢公末子）。母家女房。

『諸家伝六　四九三上・下、四九四上』実儀同三司兼賢公末子　旧庸光　母家女房

万治三年（一六六〇）四月廿五日元服昇殿〇同日侍従八歳改国豊

83醍醐少将冬基朝臣　ふゆもと　一六四八—九七　摂家流

延宝六（一六七八）三廿九右少将（卅一歳）。延宝七年正月十九日叙従三位（左少将如旧）。五月廿一日転左中将。号醍醐。延宝八十二廿九権中納言。『補任4-57上』前関白昭良公次男。母家女房。『諸家伝十三　九三九上・下』智徳院関白次男〔前関白昭良公次男ぃ〕〔母家女房ぃ〕

84平松少納言時方朝臣　ときかた　一六五一―一七一〇　平氏

延宝二（一六七四）正六（五家譜）従四位下（廿四歳）。同五（一六七七）閏十二十一少納言（廿七歳）（侍従如元）。同七正五従四位上廿九歳。天和三正五正四位下（卅三歳）。貞享四年（一六八七）七月十日叙従三位。『補任4-90下』前権中納言時量卿男。母故従一位雅章卿女。『諸家伝十四　九九三』実〘朱校此字ナシ〙時量次男　母同時広弟

85石井右衛門佐行豊朝臣　ゆきとよ　一六五三―一七一三　平氏

寛文六（一六六六）十一十八元服昇殿。同日右衛門佐従五位上（十四歳）同十正五正五位下（十八歳）。元禄元（一六八八）十二廿六日叙従三位（去正月六日分）。号石井。あ

『補任4-96下』前権中納言時量卿二男（『諸家伝』時量卿三男）。母故従一位前権大納言雅章卿女。『諸家伝十四　一〇四九上・下』元禄十四年（一七〇一）十廿四右衛門督

86植松侍従雅永朝臣　まさなが　一六五四―一七〇七　村上源氏

寛文七（一六六七）十二十二元服昇殿。同日侍従従五位上十四歳。同十一十二廿二（廿三ま）正五位十八歳。同十二十二廿二右少将（十九歳）。延宝四五廿三従四位下（廿三歳）。同六十二十九右中将。同八（一六八〇）十二廿三従四位上（去正五分）（廿七歳）。貞享元一二廿三正四位下（去正五分）（卅一歳）。『補任4-96下』故入道前権大納言有能卿末子。母故権中納言通前卿女。『諸家伝十四　一〇四二下、一〇四三上』〘朱入道前権大納言〙有能卿次男　母〘朱故権中納言〙通前卿女

87裏辻侍従実景朝臣　さねかげ　一六三七―六九　閑院流

正保二（一六四五）十一廿五元服昇殿・同日侍従五位上（九歳）（于時実景）。
慶安二正五正五位下（十三歳）。承応元十一十二右少将。同三正五従四位下（十八歳）。明暦二四廿四右中将。同
四正六従四位上。寛文二正五正四位下（廿六歳）。
寛文九〔八イ〕五廿一薨卅三〔二イ〕歳
『補任4-13下』故参議季福卿男（実頭右大弁綱房朝臣二男）。母故前内大臣兼勝公女。『諸家伝十三　九四六上』
実綱房朝臣次男　母内大臣兼勝公女　実母権中納言実村卿女

88清閑寺弁熈定朝臣　ひろさだ　一六六二―一七〇七　勧修寺流

延宝二（一六七四）二八右少弁（十三歳）、二十五蔵人、六一正五位上、延宝八十二廿九左少弁、天和（一六八一）元十二十四右中弁、天和二四廿七左中弁、天和三正廿六右大弁（廿二歳）。

貞享元（一六八四）十一一参議（右大弁如旧）。『補任4-74下』前権大納言熈房卿男。母故前権大納言永敦卿女。」

『諸家伝七　六一一上・下』母永敦卿女

89武者小路少将実陰朝臣　さねかげ　一六六一―一七三八　閑院流

延宝六（一六七八）八廿一（去正五分）正五位下（十八歳）、十一十右少将。

貞享元（一六八四）十一廿七右中将（廿四歳）。

元禄十五（一七〇二）十二廿三三十五　叙参議、右中将。

『補任4-123上』故侍従公種朝臣男。母家女房。『諸家伝十三　九六一下、九六二上』実〔備前守藤い〕々信男

母家女房

90堀河左兵衛康綱朝臣　やすつな　一六五五―一七〇五　高倉流

延宝三（一六七五）十一六左兵衛佐。同五正五従四位下（廿三歳）。同九（為天和元）正五従四位上（廿七歳）。貞享二正六正四位下（卅一歳）。『補任4-100上』故左中将康俊朝臣男。母家女房。『諸家伝十四　九八七上・下』〔朱則康卿次男　母家女房〕康俊弟

91持明院中将基輔朝臣　もとすけ　一六五八―一七一四　中御門流

明暦十一十二廿一正五位下（十四歳）（賢聖障子銘清書基時卿賞譲）。同十二年正卅左少将（十五歳）。延宝五（一六七七）正十五従四位下（廿歳）。同閏十二十一左中将。『補任4-90上』前参議基時卿男。母家女房。『諸家伝九　六九七上・下』〔基時卿男ぃ〕母家女房

92正親町三条中将実久朝臣　さねひさ　一六五六―九五　閑院流

延宝七（一六七九）正五従四位下。十二十七左中将（廿四歳）。貞享四（一六八七）二廿五（卅二歳）参議（中将如旧）。『補任4-87下』故前参議公廉朝臣男（実故前参議実昭卿次男）。母。『諸家伝二　二二三下、二二四上』実々昭次男　母同右（母故中将為景朝臣女）

93大宮少将実勝朝臣　さねかつ　一六四九―一六八五　閑院流

『諸家伝十三　九四二上・下』実故権大納言公景卿末子　母時慶卿女

寛文十二（一六七二）〔十一イ〕十二廿八〔廿六イ〕左少将（廿三歳）
延宝五（一六七七）（廿九歳）壬十二廿六左中将

94下冷泉中将為元朝臣　ためもと　一六四一―一七〇二　御子左流
明暦三（一六五七）正五正五位下十七歳〇同年十二十一左〔権い〕少将
寛文二十二十四〔正五イ〕従四位下廿二歳
〔延宝六九九喪母い〕
元禄十五八十卒（六十二歳）
『諸家伝九　七三一下』母家女房　〔朱為景朝臣男い〕（任中将ノ記述ナシ）

95上冷泉少将為綱朝臣　ためつな　一六六四―一七七二　御子左流
延宝五（一六七七）正五正五位下（十四歳）、四十二左少将。
天和二（一六八二）十二廿四左中将（十九歳）。『補任4-115下』故左中将為清朝臣男。母贈左大臣基音公女。『諸家伝九　七二四下、七二五上』〔為清朝臣男い〕母権大納言基音女

96高倉民部季信朝臣　伝未詳。
季任の誤ヵ。すえとう　一六五七―一七二五　高倉流
延宝五（一六七七）五廿四民部権大甫。同日改名永福（ながよし）（廿一歳）。
〔天和二（一六八二）十二廿四改永福廿六歳い

元禄八年（一六九五）六月十三日参木卅九歳。

『補任4-95下』故前権大納言永敦卿男。母故前権大納言基定卿女。

『諸家伝八　六三五上・下』実永敦卿末【三ィ】男　母同右（補任ニ同ジ）改永福（元季任）。

97吉田侍従兼連朝臣　かねつら　一六五三―一七三二　卜部氏
寛文二（一六六二）六三（十一歳）元服、昇殿、同日侍従。同六正五従五位上（十四歳）。貞享元（一六八四）十二廿二（廿三ま十三家譜）左兵衛督（侍従如元）。元禄元（一六八八）正月廿八日叙（去六日分。左兵衛督侍従等如元）。元禄十（一六九七）十二十八改兼敬。『補任4-96上』故神祇少副兼起男。母故従一位前権大納言雅章卿女（実者故前権中納言光賢卿女）。
『諸家伝十四　一〇六二上・下』【朱兼起男】改ー敬（かねゆき）母従一位雅章卿女　実母【朱前権中納言】光賢卿女

98五辻兵衛佐英仲朝臣　ひでなか　一六五四―一六八一　宇多源氏
寛文十年（一六七〇）正五従五位上十七歳〇［挿入。同十二月十五日改英仲］
延宝三年（一六七五）二廿二〔廿一ぃノイ〕右兵衛佐　〇同九年正五従四位下廿八歳
延宝九年二月卅日卒（法名空諄）
『諸家伝十　八〇二上・下』逸仲　改英ー　実教広卿末子〔次男い〕　母武家遠山刑部少輔秀友女

99高辻侍従長量朝臣　ながかず　一六六二―一六九五　菅原流
延宝二年（一六七四）三月十日従五位下（侍従）十六歳

貞享四年（一六八七）二月七日任少納言（侍従文章博士東宮学士隊内記等如元）廿六歳

『諸家伝十二　九一六下、九一七上』前大納言豊長卿男　実前大納言恒長卿男　母家女初め東坊城氏。名、長量。一字名、量。権大納言東坊城恒長の男。高辻豊長の養嗣子。子、総長。〔経歴〕元禄三年（一六九〇）式部権大輔。同四年、正四位下。同七年、蟄居を命ぜられ、翌年没。『国書人名辞典』

100 **勧修寺大納言経慶卿**　つねよし　一六四四―一七〇九　勧修寺流

寛文三年（一六六三）八月八（九ま）日二十　任参議（大弁如元）。

延宝五（一六七七）六廿四従二位、閏十二十一権大納言。

貞享元（一六八四）十二廿三日辞権大納言。

宝永四（一七〇七）四廿九改経敬（つねよし）

『補任4―2下』前権大納言経広卿男。母徳永昌純女。

『諸家伝七　五二四上・下』（父母記述なし）宝永四年四月廿九日改経敬（慶之字依儲君御諱名也）

【資料四】『武家百人一首色紙帖』染筆者の在官位一覧表　＊は伝未詳で誤認とみられる場合の代案を示す。

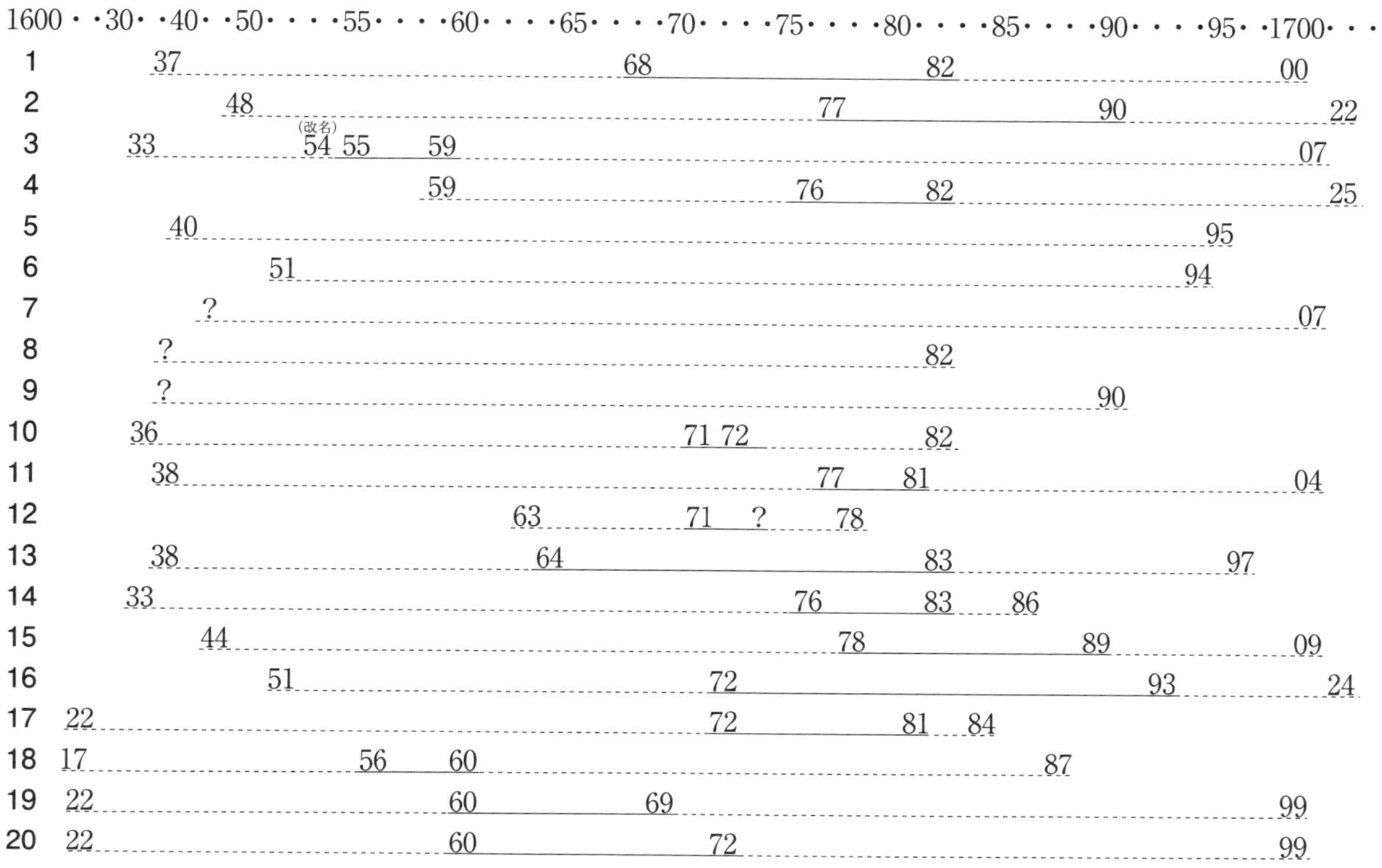

21	35	72	78	07	
22＊	21	74/2–5	00		
23	31	60	70	10	
24	15	76	87		
25	40	65	75	04	
26	25	6162	00		
27	26	69	72	04	
28	48	75	81	94	
29	44	76	81	12	
30	60	78	84	09	
31	34	72	80	93	
32	25	77	81	02	
33	32	72	76	88	
34	47	74	81	90	
35	50	77	87		
36＊	27	74	77	04	
37	35	74	78	89	
38	45	78	8384		
39	45	75	81	03	
40	35	?	79	06	
41	＊47	75	81	84	
42	＊51	77	84	23	
43	52	77	81	09	

1600 • •30• •40• •50• • • •55• • • •60• • • •65• • • •70• • • •75• • • •80• • • •85• • • •90• • • •95• •1700• • •

44 53 77 81 33
45 29 6667 84
46 25 64 67 86
47 22 74 ? 86
48 38 79 84 92
49 35 73 79 04
50 27 70 77 86
51 47 63 65 ? 23
52 20 67 74 ? 88
53 23 75 ? 91
54 34 75 ? 99
55 40 70 76 86
56 45 74 79 ? 24
57 46 76 ? 91
58 40 78 01 12
59 53 77 ? 10
60 50 77 ? 25
61 47 67 ? 88
62 43 70 ? 87
63 50 71 84 ? 98
64 52 67 ? 07
65 36 59 84 ?

66	37　77　82　?　05
67	46　65　?　07
68	50　61　83　12
69	20　59　?　81　91
70	52　70　?　33
71	46　74　88　11
72	45　57(改名)?　10
73	50　73　?　89（改名）　16
74	40　72 74（改名）　04
75	58　75　?　28
76	54　72　?　84（改名）　13
77	52　64　?　94（改名）　38
78	57　73　?　37
79	＊52　65　84　89
80	54　75　?　06
81	56　70（改名）77　84　?　16
82	53　69　81　?　10
83	48　7879?　97
84	51　77　?　10
85	53　66　01　13
86	54　67　?　07
87	37 45　49　?　69
88	62　74　84　?　07

1600・・30・・40・・50・・・・55・・・・60・・・・65・・・・70・・・・75・・・・80・・・・85・・・・90・・・・95・・1700・・・

89	61 78 84 38
90	55 75 ? 05
91	58 77 ? 14
92	56 79 87 ? 95
93	49 72 77 ? 85
94	41 ? 02
95	64 77 82 22
96	＊57 77（季任改名永福） 82（改名永福い） ? 25
97	53 62 88 97（改名） 31
98	54 70（改名） 75 ? 81
99	62 74 87 ? 95
100	44 77 84 07（改名）

【資料五】ウィーン国立民族学博物館所蔵『百人一首』染筆者の官職詳細

1二条前摂政二条光平公　一六二四—八二

父摂政左大臣二条康道公一男、母後陽成天皇皇女貞子内親王。後水尾天皇同母妹。

寛文三年（一六六三）関白従一位四十　氏長者。正月廿六日為摂政（公卿補任／「四月廿七日改為摂政四十歳『諸家伝』）。

寛文四年（一六六四）摂政従一位四十一　氏長者。九月十七日辞。前左大臣従一位

二条藤光平四十一　九月十七日前摂政。

天和二年（一六八二）（同前）五十九　十一月十二日薨（号後是心院）。

2妙法院二品堯然法親王　一六〇二—六一

慶長七年（一六〇二）十月三日生、寛文元年（一六六一）閏八月廿二日没。六十歳。墓、京都法住寺。法諱、堯然。俗名、常嘉。幼称、六宮。法号、慈恩院。

後陽成天皇の第六皇子。母、権大納言典侍基子（孝子）（権中納言持明院基孝の女）。

入道親王。慶長八年、常胤親王の資として妙法院に入り、同十八年、親王宣下。元和二年（一六一六）得度し、て同九年、二品。寛永十七年（一六四〇）以降、三度天台座主を務めた。和歌を能くし、書・画に秀で、花・香・茶の諸道に通じた。（『国書人名辞典』②79C）

3二条太閤康道公　一六〇七—六六

父関白左大臣二条昭実公男（実父九条忠栄（改幸家）、関白幸家公二男）。実母高倉長家女。

寛永十二年（一六三五）二十九　左大臣正二位二十九　十月十日為摂政。○同日氏長者内覧牛車兵仗（宣下）

正保四年（一六四七）四十一　摂政従一位　氏長者。前左大臣。正月三日辞退。

正保四年（一六四七）四十一　前左大臣従一位　正月三日辞。前摂政。

正保五年（一六四八）二月十五日改元為慶安元　散位二條藤康道四十二前摂政。

寛文六年（一六六六）散位　前左大臣従一位二条康道六十　前摂政。七月廿八日薨。

（号後浄明珠院）。

4 持明院前大納言基定卿　一六〇七―六七

父実（従四位下い）基宥（有い）男（相続養父可考い）
寛文二年（一六六二）（同前）五十六　十二月二日任権大納言。
寛文三年（一六六三）権大納言（正二位）時明院藤基定五十七　正月十二日辞。
（同年）　散位　前権大納言。
寛文七年（一六六七）前権大納言正二位時明院基定六十一（十月十七日薨　家譜）。

5 八宮良純法親王　一六〇三―六九

江戸時代前期の皇族。智恩院初代門跡。俗諱皆直輔。幼称八宮。後陽成天皇の第八皇子として慶長八年（一六〇三）十二月十七日誕生。母は権大納言庭田重具の女典侍具子。同十九年十二月親王宣下あり、ついで元和元年（一六一五）六月徳川家康の猶子となり、同五年九月十七日知恩院の満誉尊照を戒師として得度した。法諱良純。この後寛永二十年（一六四三）十一月十一日甲斐国天目山に配流され、ついで甲府近郊の興因寺その他で蟄居の生活を送った。万治二年（一六五九）六月勅免を受けて帰洛、以後泉涌寺山内の真善光寺に住んだが、寛文四年（一六六四）四月北野に移居しまた還俗して以心庵と号した。同九年八月一日没。六十七歳。（『国史大辞典』）

6堀川前宰相則康卿　一六二二―八六

父従二位権中納言堀河康胤。

延宝二年（一六七四）十二月二十七日辞参議。

貞享三年（一六八六）五月二十五日薨。

7西園寺前左大臣実晴公　一六〇一―七三

父内大臣従一位西園寺公益男　大忠院〔朱左大臣〕

寛文七年（一六六七）散位　左大臣従一位六十七　四月八日任。十月五日賜随身兵杖。（同）散位　前右大臣〔従一位〕西園寺藤實晴六十七　四月八日任左大臣。

寛文八年（一六六八）左大臣従一位西園寺藤実晴六十八　五月廿七日辞。（同）前左大臣従一位（略）。

寛文十二年（一六七二）前左大臣従一位西園寺藤実晴七十二　十月四日落餝（法名性永）。翌年正月十一日薨（宮内省図書寮所蔵松岡明義旧蔵本）。

8九条前関白幸家公　一五八六―一六六五

父従一位左大臣九条兼孝。母正二位権大納言高倉永家女
慶長十七年(一六一二)七月二十五日　辞関白。
元和五年(一六一九)九月十四日　還任関白。
元和九年(一六二三)閏八月十六日　辞関白。
寛文五年(一六六五)八月二十一日　薨去。

9徳大寺前内大臣実維卿　一六三三—八二
実保　公信公男　改—維　〔朱〕号温閏院内大臣〕母武士吉川内蔵助藤原広正女(諸家伝)
寛文十一年(一六七一)三十六　内大臣〔正二位〕八月五日任。
寛文十二年(一六七二)三十七　正月卅日辞。前内大臣。
天和二年(一六八二)四十七　前内大臣〔正二位〕九月十二〔家譜及大補作十一〕日薨(号温潤院)。

10久我前右大臣広道公　一六二六—七四
父通前卿男妙雲院右大臣　母故侍従源秀治女實尭通弟
寛文五年(一六六五)右大臣〔正二位〕久我源広通四十正月十一日任。十五日賜兵杖。三月五日辞右大臣。
寛文六年(一六六六)散位前右大臣正二位源広通四十一。
延宝二年(一六七四)(同前)四十九　四月十二日薨(号妙雲院)。
延宝二年(一六七四)四月十二日薨四十九。

11 油小路前大納言隆貞卿　一六二二？―九九

隆基卿男。隆親　改―房又改―貞　八代・たかさだ

万治三年（一六六〇）権大納言従二位三十九　十二月廿四日任。

寛文七年（一六六七）四十六　十二月十七日叙正二位。（去年正月五日分。）

寛文十二年（一六七二）権大納言正二位五十一　十二月廿二日辞。

寛文十三年（一六七三）九月廿一日改元。為延宝元。散位　前権大納言〔正二位〕五十二。

元禄十二年（一六九九）散位　前権大納言正二位七十八　九月三日薨。

12 葉室前大納言頼孝卿　一六四四―一七〇九

父正二位権大納言葉室頼業　母従二位権中納言橋本実村女

天和四年（一六八四）一月二十日（二十一日ま）辞権大納言　蟄居。

貞享四年（一六八七）三月十五日　還任権大納言。同十月七日　辞権大納言。

宝永六年（一七〇九）八月四日薨去。

13 日野前大納言弘資卿　一六一七―八七

父光慶卿男　母従四位下侍従藤原嘉明女

明暦二年（一六五六）権大納言四十　九月廿七日任。

万治三年（一六六〇）権大納言従二位日野藤弘資四十四　十二月十六日叙正二位。

同廿六日辞退。

寛文元年（一六六一）前権大納言正二位（同前）四十五。

寛文十年九月十五日補武家伝奏　○延宝二年正月十日辞武家伝奏。

貞享四年（一六八七）（同前）九月廿九日薨七十一（朱法名舜雅）（諸）。

14 正親町前大納言実豊卿　一六一九―一七〇三
季俊次男　母従五位下越前守源勝守〔盛イ〕女
明暦二年（一六五六）権中納言従二位正親町藤実豊三十八　十一月十九日任権大納言。
正月一日着陣。
万治元年（一六五八）（同前）四十　十二月廿二日辞退。
万治二年（一六五九）（同前）四十一　前権大納言。十二月廿二日正二位。
寛文四年（一六六四）十月六日武家伝奏　○同十年九月十二日辞伝送。
元禄十六年（一七〇三）前権大納言〔正二位〕正親町藤実豊八十五　二月三日薨。

15 大炊御門前右大臣経光公　一六三八―一七〇四
前左大臣経孝公男　母家女房
元禄三年（一六九〇）（同前）五十三　散位　十二月廿六日任右大臣。

元禄四年（一六九一）右大臣〔正二位〕五十四　正月六日拝賀着陣。

元禄五年（一六九二）（同前）十二月十三日辞。五十五。

宝永元年（一七〇四）前右大臣〔従一位〕大炊御門藤経光六十七　正月十日任左大臣（異本）。

宝永元年（一七〇四）九月六日薨［朱号後香隆寺］。

16 岩倉権中納言具起卿　一六〇一—六〇

父正四位下木工頭桜井具堯。母正四位上左近衛中将園基継女。

承応元年（一六五二）十一月三十日　任権中納言。

明暦二年（一六五六）十二月二日　辞権中納言。

万治三年（一六六〇）二月六日薨去。

17 柳原前大納言資行卿　一六二〇—七九

業光卿男　（母贈左大臣基任女い）

万治元年（一六五八）権大納言従二位柳原藤資行三十九　十二月廿八日奏慶着陣。

寛文元年（一六六一）四十二　正月五日叙正二位。四月一日辞退。同年　前権大納言。

延宝七年（一六七九）（同前）八月十一日叙従一位六十。同月十二日薨。

18 菊亭前右大臣公規卿　一六三八—九七

《号今出川又号菊亭》　公規〔視異〕《右大臣経季公男》　実公信公二男「一林院右大臣」

母氏家内膳女〔同実経公異〕（諸家伝）

元禄五年（一六九二）十二月十三日五十五歳　右大臣。

元禄六年（一六九三）八月七日五十六歳　辞右大臣。　同年十月二十三日従一位。

元禄十年（一六九七）十月廿五日薨六十歳（号一林院）

19高倉前大納言永慶卿　一五九一―一六六四

父正三位権中納言高倉永孝　永慶男永敦（一六一五―八一）
寛永十九年（一六四二）閏九月八日　辞権中納言。十二月二十二日権大納言。
正保二年（一六四五）十二月二十七日　辞権大納言。
寛文二年（一六六二）十二月二十七日　出家（九月五日ま）薨去。

20飛鳥井一位雅章卿　一六一一―七九

父実権大納言飛鳥井雅庸卿四男（宮廷公家系図集覧、一説に三男）、兄雅宣（雅庸次男）の子となる。雅昭　改ー章
慶安二年（一六四九）三十九　権中納言　六月廿八日任。

慶安五年（一六五二）四十二　十一月廿六日任権大納言。

承応三年（一六五四）四十四　正月五日正二位　○二月十一日春日祭上卿参行
承応四年（一六五五）四十五　正月廿五日辞退。同日辞退賀茂伝奏。

万治四年（一六六一）五十一　月日為武家伝奏。

延宝五年（一六七七）六十七　十二月廿一日　従一位。

延宝七年（一六七九）六十九　十月十二日薨（法名究竟院原道文雅）

21持明院前大納言基時卿　一六三五―一七〇四

父正二位権大納言持明院基定　母左近衛中将従四位下持明院基久女
元禄十二年（一六九九）十二月二十八日　権大納言、十二月二十九日　辞権大納言。
元禄十七年（一七〇四）三月十日　薨去。

22烏丸前大納言光雄卿　一六四七―九〇
父正二位権大納言烏丸資慶　母内大臣従一位清閑寺共房女
元禄元年（一六八八）十二月二十六日　辞権大納言。
元禄三年（一六九〇）十月十日　薨去。

23園准大臣司基福公　一六二二―九九
基音卿男　後南宗院儀同子〔朱母谷出羽守従五位下藤衡長女い〕
慶安二年（一六四九）参議正四位上園藤基福二十八　七月十三日任。元蔵人頭。
明暦元年（一六五五）三十四　正月廿八日任権中納言。
万治三年（一六六〇）権中納言正三位三十九　正月五日叙従二位。十二月廿四日任権大納言。
寛文九年（一六六九）権大納言〔正二位〕四十八　十一月一日着陣。十二月廿四日辞。
寛文十年（一六七〇）前権大納言〔正二位〕（同前）四十九。
貞享三年（一六八六）五月十六日従一位六十五於家初例　○同日准大臣六十五歳御推任依外戚也。（諸家伝）
元禄十二年（一六九九）十一月十日薨七十八（号後南宗院）。

24中院権大納言通純卿　一六一二―五三

父内大臣正二位中院通村　母参議従四位下豊臣秀勝女

正保四年（一六四七）十二月二十一日　権大納言。

承応二年（一六五三）四月八日　薨去。

25花山院前内大臣定誠公　一六四〇―一七〇四

二十一代前左大臣定好公三男　母正室前関白鷹司信尚公女　二十四代定誠（さだのぶ）

寛文三年（一六六三）二十四　従三位　正月十二日任権中納言。

寛文五年（一六六五）二十六　正三位八月十日任権大納言。

貞享元年（一六八四）四十五　内大臣正二位花山院藤定誠　十二月十二日任。

貞享三年（一六八六）四十七　三月廿四日辞。

貞享四年（一六八七）四十八　散位前内大臣〔正二位〕。

元禄五年（一六九二）五十三　散位（同前）二月廿六日落餝（法名自寛）。

宝永元年十月廿一日薨（号文恭院）六十五（諸家伝）。

26松木前内大臣宗条公　一六二五―一七〇〇

宗保朝臣男　浩妙院内大臣　宗良改宗条　母故前内大臣兼勝公女

承応三年（一六五四）十二月十六日改宗条　同月十八日参議（中将如元）三十

万治四年四月廿五日改元寛文元（一六六一）。権中納言正三位松木藤宗条三十七　十二月廿四日任権大納言。

寛文二年（一六六二）権大納言正三位松木藤宗条三十八　十二月一日辞。（同）前大納言。

寛文八年（一六六八）（同前）四十四　十二月廿二日叙従二位。

延宝三年（一六七五）（同前）五十一　二月廿六日叙正二位。

元禄元年（一六八八）（同前）六十四　二月一日任内大臣（御推任）。〇同月十六日辞。

元禄二年（一六八九）（同前）六十五　前内大臣〔正二位〕。

元禄十三年（一七〇〇）（同前）七十六　六月廿四日薨（号後浩妙院）。

27藪前宰相嗣章卿　一六五〇―九八

父故前権大納言嗣孝男。

寛文十一年（一六七一）十二月廿一日二十二　左中将。

貞享元年（一六八四）十二月卅日卅五歳　叙参議（中将如旧）。

元禄二年（一六八九）正月七〔六イ〕日　正三位四十歳。

元禄五年（一六九二）十二月廿五日　辞参議。

元禄十一年（一六九八）七月三日薨四十九歳。

28清閑寺大納言共綱卿　一六一二―七五

父内大臣従一位清閑寺共房。

承応四年（一六五五）権大納言四十四　正月廿五日任。

万治元年（一六五八）権大納言正二位清閑寺藤共綱四十七　後十二月廿一日辞退。

万治二年（一六五九）散位　前権大納言正二位（同前）四十八。

延宝三年（一六七五）（同前）六十四　八月十三日叙従一位。同月廿五日薨。

29 四辻権中納言季賢卿　一六三〇―六八

正二位前権大納言公理卿男　母侍従利正朝臣女
正保四年正月五日従四位上十八　○同年十二月七日左中将。

承応四年（四月十三日改元明暦元）条。四辻季賢二十五　六月十四日任参議（左近中将如元）。八月廿五日拝賀着陣。

十二月一日従三位。

明暦元年（一六五五）十一月二日従三位廿八（父卿三ケ夜御神楽「秘曲」賞譲）。

明暦三年（一六五七）参議従三位　二十七　左中将。

万治三年（一六六〇）権中納言正三位　三十　十二月廿四日任。同廿六日同慶着陣。

寛文八年（一六六八）権中納言正三位四辻藤季賢三十九　正月廿五日薨。

30 難波参議宗種卿　一六一〇―五九

父従一位権大納言飛鳥井雅宣。　宗種男宗量（一六四二―一七〇四）（実従一位権大納言飛鳥井雅章、三男）
正保二年（一六四五）十月二十五日　参議。
慶安元年（一六四八）十二月二十二日　辞参議。
万治二年（一六五九）二月十四日薨五十歳

31 六条前中納言有和卿　一六二三—八六

父参議正三位六条有純　母帯刀戸田為春女。

寛文二年（一六六二）十一月七日　辞権中納言。

貞享三年（一六八六）閏三月二十三日　薨去。

32 万里小路権大納言雅房卿　一六三四—七九

綱房朝臣男　母実村卿女。

寛文二年（一六六二）参議正三位万里小路藤雅房二十九　十二月十四日任権中納言。

寛文三年（一六六三）三十　正月十八日勅授帯釼。同日拝賀着任。

寛文十年（一六七〇）三十七　九月廿九日任権大納言（去二月六日分）。

延宝七年（一六七九）四十六　五〔六〕月廿三日薨（法名性立）。

33 東園前大納言基賢卿　一六二六—一七〇四

〔朱〕基教朝臣男い〕　実権大納言基音卿次男　母谷出羽守衡長女

万治四年　四月廿五日改元為寛文元（一六六一）参議従三位　東園藤基賢三十六　正月五日叙正三位。十二月廿四日任権中納言。

寛文九年（一六六九）四十四　十二月廿七日任権大納言。

寛文十二年（一六七二）四十七　十二月廿二日辞。

宝永元年（一七〇四）七月廿一日薨七十九。

34下冷泉正二位為景卿　一六一二―五二

〔始号細野い〕　実為純息〔孫イ〕　妙寿院〔朱惺窩い〕還俗子

慶長十七四廿六誕生

寛永七十二十叙爵十九歳○同日図書頭　○同十二正五従五位上　○同十六正五正五位下廿八歳

正保四正五従四位上卅六歳○〔同年五卅六当家相続い〕○同年五廿九左少将

慶安元正十一左中将卅七歳　○同三正五正四位下卅九歳

承応元（一六五二）三十五卒四十一歳（法名宗誠）（以上『諸家伝　三一頁　正二位』ニ合ワズ）

35藤谷前中納言為条卿　一六二〇―八〇

父従二位権中納言藤谷為賢　母左中将四条隆昌女。

延宝二年（一六七四）七月五日　辞権中納言。

延宝八年（一六八〇）前権中納言正二位〔以後不見〕。

36千種前大納言有能卿　一六一五―八七

〔朱木工頭〕　源具尭男　母左中将藤基継朝臣女。

明暦二年（一六五六）四十二　正三位　七月十一日辞参議。

寛文五年（一六六五）権中納言正三位　千種有能五十一　八月廿八日任。十二月五日勅授帯剱。

延宝四年（一六七六）二月十二日六十二　任権大納言、二月十八日辞権大納言。

延宝五年（一六七七）六十三　前権大納言。
貞享三年（一六八六）七十二　前権大納言　二月五日落餝（法名源翁文興ま）
貞享四年（一六八七）四月一日薨七十三。

37 平松権中納言時庸卿　一五九九—一六五四

父入道前三木従二位時慶卿　時興改時庸
寛永七年五月四日改名時庸。
承応三年（一六五四）五十六　前参議　従二位七月十二日権中納言御推任五十六歳（三字ま作依病危急宣下）。同日
辞権中納言、薨去。

38 白川正二位雅喬王　一六二〇—八八

父従二位雅陳王
延宝二（元イ）（一六七四〈七三イ〉）年十二月廿六日正二位五十四歳。
延宝七年（一六七九）正月廿一日辞神祇伯　六十歳　譲男雅元朝臣。
元禄元年（一六八八）十月十五日薨六十九歳（諸家伝）。
雅陳卿男。宮内庁書陵部蔵本『雅喬卿御詠』がある。

40 鷲尾権大納言資熙卿　一六三五—一七〇七

父正二位権大納言中御門宣順　母正二位権大納言阿野実顕女

寛文十二年（一六七二）十二月二十六日　権大納言。
延宝六年（一六七八）十二月十九日　辞権大納言。
元禄元年（一六八八）十二月二十六日　還任権大納言、元禄十二年（一六九九）八月
十六日　辞権大納言。
宝永四年（一七〇七）八月二十一日　薨去。

41 中御門前大納言資熙卿　一六三五—一七〇七

宣須卿男　母実顕卿女。

寛文十二年（一六七二）権中納言正三位中御門藤資熙三十八　十二月廿六日任権大納言。

寛文十三年九月廿一日改元。為二延宝元一。正月十六日拝賀。十二月廿六日叙正二位。

延宝六年（一六七八）四十四　十二月十九日辞。

延宝七年（一六七九）四十四　前権大納言　十二月十九日辞。

宝永四年（一七〇七）七十三　八月廿一日薨。

42 川鰭正三位基秀卿　一六〇六—六四

父左兵衛佐河鰭公庸（実左近衛中将従四位下持明院基久）
寛永十五年（一六三八）一月—日河鰭流相続、一月五日　従三位。
寛永十九年（一六四二）一月五日　正三位。
寛文三年（一六六三）十一月十日〈家譜〉出家〈ま〉

寛文四年二月十一日薨去〈家譜〉。

43千種権大納言有維卿　一六三八―九二

父正二位権大納言千種有能　母正三位権中納言久我通前女。
元禄四年（一六九一）四月十三日　権大納言。
元禄五年十一月二十二日　辞権大納言。十一月二十九日　薨去。

44岩前宰相具詮卿　一六三〇―八〇

具家〔朱具起卿男〕　母左少将季藤朝臣女。改具詮（ともあき）（諸家伝）

寛文四年（一六六四）非参議岩倉源具家三十五　従三位十二月廿三日叙正三位（去年正月六日分）。

寛文五年（一六六五）九月廿一日　改具詮。

寛文六年（一六六六）非参議正三位岩倉源具詮三十七　十二月十七日任参議。

寛文七年（一六六七）参議正三位岩倉具詮三十八　右中将。閏二月十二日辞両官。（同月）前参議。

延宝五年（一六七七）四十八　閏十二月十一日叙従二位（去正月五日分）。

延宝八年（一六八〇）前参議従二位岩倉源具詮五十一〔四月十六日薨　家譜〕。（法名雪岑）。

45飛鳥井中将雅直朝臣　一六三五―六二

父実雅章卿二男
承応四年（一六五五）正月五日　従四下廿一歳　〇同月十一日左中将。

万治二年正月五日従四位上廿五歳。

寛文二年（一六六二）九月九日卒廿八歳（法名念雅）。（『諸家伝』）

46桂参議昭房卿　一六三八―六八

入道従三位（岡崎）宣持男　母参議季俊朝臣女。一六六〇年代後半に岡崎家の祖宣持（中御門尚良の次男）の子昭房が桂を号する。

寛文元年五月二日　正四位下。

寛文二年（一六六二）参議正四位上桂藤昭房二十五　十二月十四日任。元蔵人頭権右中弁。

寛文四年（一六六四）二十七　九月三日叙従三位。

寛文八年（一六六八）三十一　六月廿八日辞。

（同年）前参議」（以降不見）

（同年）七月十五日薨

47愛宕前大納言通福卿　一六三四―九九

父正二位権大納言中院通純　母従一位左大臣花山院定好女。

寛文八年（一六六八）一月六日　従三位、号愛宕。

元禄七年（一六九四）十二月十九日　権大納言。

元禄八年（一六九五）十一月十六日　辞権大納言。

元禄十二年（一六九九）九月八日薨去。

48清水谷権大納言忠定卿　一五八七―一六六四
実右少将季時朝臣孫也《実顕卿舎弟相続清水谷流》《元忠治改忠定又》改実任「母家女房　但馬任山名宗意女」
正保二年（一六四五）二月七日　辞中納言五十九歳。
正保四年（一六四七）十二月七日　権大納言六十一歳。
慶安二年（一六四九）三月三日　辞権大納言六十三歳。
万治四［為寛文元傍］年（一六六一）月日出家七十五歳（法名素快）
「寛文四年六月七日薨七十八歳」（諸家伝）

49堀川権大納言康胤卿　一五九二―一六七三
父入道左中将藤親具朝臣男康満　改康胤　母中条出羽守某女。
寛文三年（一六六三）十二月二十一日　辞権中納言。同廿六日出家法名休山。
同十三［延宝元傍］正廿七薨八十二歳。（諸家伝）

50姉小路前大納言公景卿　一六〇二―五一
父正二位権大納言阿野実顕　母大蔵卿正四位下吉田兼治女。
寛永九年四月十一日　参議　姉小路流くま相続。
慶安四年十二月十一日五十歳　権大納言、同日薨去。

62 堀川前宰相康綱卿　一六五五―一七〇五

父左近衛中将従四位下堀河康俊

元禄十六年（一七〇三）十二月二十五日　参議。

宝永元年（一七〇四）十月一日〈「二日」ま〉左衛門督。

宝永二年（一七〇五）六月十一日　辞両官。六月十二日　薨去。

79 葉室前大納言頼業卿　一六一五―七五

参議万里小路孝房の次男。権中納言葉室頼宣の養子（実三木孝房次男　母藤原重吉女）。

明暦二年（一六五六）四十二　十二月廿六日任権大納言。

明暦三年（一六五七）四十三　権大納言従二位葉室藤頼業　正月十四日拝賀着陣。

万治三年（一六六〇）（同前）四十六　十二月廿六日叙正二位。

寛文六年（一六六六）（同前）五十二　十二月廿二日辞。

寛文七年（一六六七）（同前）五十三　散位　前権大納言正二位。

延宝三年（一六七五）六月廿四日薨六十一（法名理空）。

【資料六】 ウィーン国立民族学博物館所蔵『百人一首』染筆者の在官位一覧表

この表では、「【資料五】ウィーン国立民族学博物館所蔵『百人一首』染筆者の官職詳細」および「【資料八】ウィーン国立民族学博物館所蔵『百人一首』染筆者対照表」の内容を一覧できるようにした。算用数字を□印で囲んだのは『百人一首』が『源氏物語詞』『小倉山荘色紙和哥』『禁裏御会始和歌懐紙』『武家百人一首色紙帖』に筆跡比較対照資料があるもの、そのうち[6]（堀川前宰相則康卿）は『武家百人一首』のみにある場合を表す。その他、2・5・8・16・19・24・30・31・34・35・37・42・45・48・49・50の16名は、『百人一首』のみにみられる新出資料で、同作品内に比較対照のある場合である。

1600・・30・・40・・50・・・・55・・・・60・・・・65・・・・70・・・・75・・・・80・・・・85・・・・90・・・・95・・1700・・・

[1] 24 64 82
2 02 61
[3] 07 35 47 66
[4] 07 63 67
5 03 69
[6] 22 74 ？86
[7] 01 68 73
8 1586 23 65
[9] 33 72 82
[10] 26 65 74
[11] 22 72 99
[12] 44 84 87 09
[13] 17 60 87
[14] 19 58 03
[15] 38 92 04
16 01 52 56 60

1600 · · 30 · · 40 · · 50 · · · · 55 · · · · 60 · · · · 65 · · · · 70 · · · · 75 · · · · 80 · · · · 85 · · · · 90 · · · · 95 · · 1700 · · ·	
17	20 61 79
18	38 93 97
19	1591 45 62
20	11 77 79
21	35 99 04
22	47 88 90
23	22 86 99
24	12 47 53
25	40 86 92 04
26	25 88 00
27	50 92 98
28	12 55 58 75
29	30 60 68
30	10 45 48 59
31	23 62 86
32	34 70 79
33	26 72 04
34	12 ? 52
35	20 74 80
36	15 76 86 87
37	1599 54
38	20 78 83 88

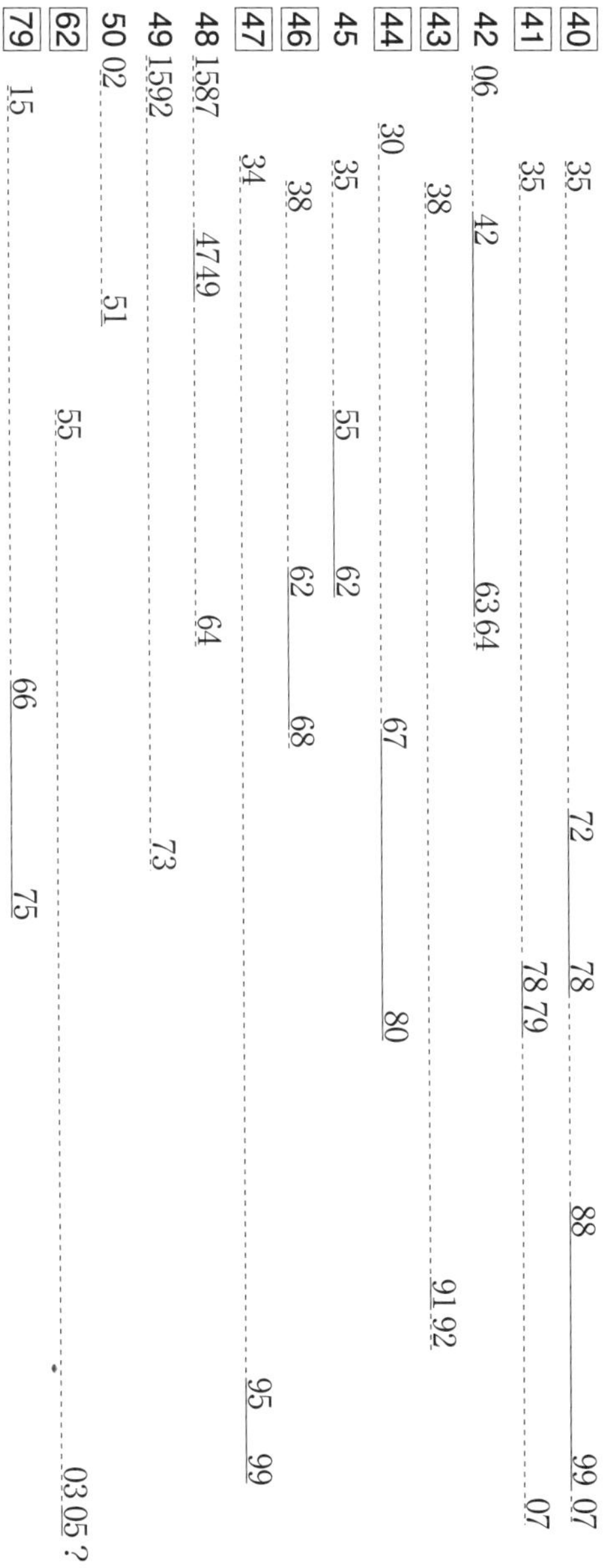
40 35 72 78 88 99 07
41 35 78 79 07
42 06 42 63 64
43 38 91 92
44 30 67 80
45 35 55 62
46 38 62 68
47 34 95 99
48 1587 47 49 64
49 1592 73
50 02 51
62 55 03 05 ?
79 15 66 75

【資料七】『武家百人一首色紙帖』染筆者対照表（ゴシック体＝他に比較資料のある筆者・筆跡を表す。む＝『むかしをいまに』）

書陵部蔵『武家百人一首色紙帖』	大英図書館蔵『源氏物語詞』	松井文庫蔵『小倉山荘色紙和哥』	ウィーン国立民族学博物館蔵『百人一首』	書陵部蔵『禁裏御会始和歌懐紙』
1 **経基** **鷹司関白房輔公**	（1）	1・51左大臣		
2 **満仲** **近衛左大臣基熈公**		14・64		44右大臣
3 頼光 一条右大臣教輔公				
4 **保昌** **鷹司左大将兼熈公**				（む372紅葉）
5 **致経** **妙法院宮堯恕**	（7）	6・56		
6 頼家 青蓮院宮尊証				
7 頼義 三宝院門跡高賢				
8 義家 随心院門跡俊海				
9 武則 大乗院門跡信雅				
10 **頼実** **徳大寺内大臣実維公**	（21）		9・60	47内大臣
11 **仲正** **大炊御門内大臣経光卿**	（23）		15・66	49権大納言
12 忠盛 西園寺侍従公遂朝臣	ナシ〈（11）実晴卿孫公遂〉			
13 **頼政** **今出河大納言公規公**	（24）	19・69	18・69	50権大納言
14 **仲綱** **清閑寺大納言熈房卿**	（37）	25・75中納言		19権中納言
15 **教盛** **葉室大納言頼孝卿**	ナシ〈（17）頼業卿男頼孝〉		12＊	21権中納言
16 経盛 転法輪大納言実通卿	ナシ〈（14）公富卿男実通〉			
17 **忠度** **小倉大納言実起卿**	（43）	30・80中納言		
18 **重衡** **日野大納言弘資卿**	（30）	20・70		
19 **資盛** **園大納言基福卿**	（18）		23・74	
20 **行盛** **油小路大納言隆貞卿**	（19）	15・65	11・55	
21 **経正** **中御門大納言資熈卿**	（42）	28・78中納言	41・90	20権中納言
22 **頼朝** **東坊城大納言知章卿→知長**	（36）知長			
23 **義経** **中院大納言通茂卿**	（22）			

24 **景季**	**千種大納言有能卿**	（40）	36・86前宰相	36・86	23従二位
25 **景高**	**花山院大納言定誠卿**	（25）	29・79中納言	25・［57］	55従二位
26 **右大臣**	**松木大納言宗条卿**	（35）	24・74前大納言	26・77	51権大納言
27 **泰時**	**東園大納言基賢卿**	（39）		33・83	5蔵人頭右大弁
28 **光行**	**甘露寺中納言方長卿**				10左中弁
29 **親行**	**柳原中納言資廉卿**	ナシ〈（33）資行卿男資廉〉			
30 蓮生	菊亭（今出川）中納言伊季卿				
31 **重時**	**阿野中納言季信卿**				24参議左近衛中将
32 **政村**	**高辻中納言豊長卿**				4式部権大輔
33 行念	綾小路中納言俊景卿				
34 **真昭**	**烏丸中納言光雄卿**	ナシ〈（34）資慶卿男光雄〉	42契きな73高砂の		26参議左大弁
35 **義氏**	**日野中納言資茂卿**	ナシ（30）弘資卿男資茂）			38右中弁
36 **長時**	**平松中納言時景卿→時量**	（46）	32山川に・82おもひわひ		
37 **基綱**	**今城中納言定淳卿**	（52）	44・94		27参議右近衛権中将
38 **景綱**	**鷲尾中納言隆尹卿**			40・89	9蔵人頭左近衛権中将
39 **信生**	**山本宰相実富卿**				11右近衛権中将
40 **氏胤**	**河鰭宰相基共卿**		39・89		32正三位
41 素暹	小倉宰相公連卿	ナシ〈（43）実起卿男公連〉			
42 **忠秀**	**姉小路宰相公景卿→公量**				33左近衛権中将公量
43 **頼景**	**万里小路宰相淳房卿**	ナシ〈（41）雅房卿男淳房〉			41蔵人権右少弁
44 宗朝	正親町宰相公通卿	ナシ〈（31）実豊卿男公通〉			
45 **行朝**	**花園宰相実満卿**		38・88		
46 **宗泰**	**竹屋宰相光久卿**		33・83		
47 **基任**	**堀河宰相則康卿**			6・72	
48 **頼隆**	**千種宰相有維卿**	ナシ〈（40）有能卿男有維〉	45・86	43・92	1従三位
49 **宗宣**	**持明院宰相基時卿**	ナシ〈（32）基定卿男基時〉	40・71	21＊	31正二位
50 **維貞**	**中園宰相季定卿**				25右兵衛督

51 義政	久我三位中将通名卿	ナシ〈(15)広通卿男通名〉			
52 貞時	**白河二位雅喬卿**		37・87	38・88	
53 頼氏	**樋口二位信康卿**			【51】・100	
54 頼貞	**愛宕三位通福卿**			47・96	2 従三位
55 範季(秀)	**七条三位隆豊卿**		49・99		
56 寂阿	**西洞院三位時成卿**				7 少納言
57 義貞	**梅園三位季保卿**				13 左近衛権中将
58 等持院	**冨小路三位永貞卿**		50・100		6 兵部少輔
59 直義	東園頭中将基量朝臣	ナシ〈(39)基賢卿男基量〉			(む537渡舟)
60 宝篋院	**庭田頭中将重条朝臣**				39 右近衛権少将
61 基氏	**久世中将通音朝臣**				14 左近衛権中将
62 直冬	滋野井中将実光朝臣				
63 高国	**藪中将嗣章朝臣**	ナシ〈(45)嗣孝卿男嗣章〉	ナシ(31・81嗣孝卿男嗣章)	27・78	35 左近衛権中将
64 重能	**裏松弁意光朝臣**	ナシ〈(47)資清卿男意光〉	ナシ(34・84資清卿男意光)		40 蔵人左少弁
65 清氏	田向中務資冬朝臣				
66 師冬	伏原大蔵卿宣幸朝臣				
67 信氏	穂波筑前守経尚朝臣				
68 道誉	高野修理大夫保春朝臣				
69 氏頼	清水谷中将公栄朝臣				
70 氏経	**櫛笥中将隆慶朝臣**				37 左近衛権中将
71 重成	東坊城少納言長詮朝臣	ナシ〈(36)知長卿男長詮(改恒長)〉			
72 元可	**萩原左衛門佐員従朝臣**				36 左衛門佐
73 直頼	押小路中将公起朝臣				
74 鹿園院	**竹内大弼当治朝臣**				16 宮内少輔
75 養徳院	松木中将宗顕朝臣	ナシ〈(35)宗条卿男宗顕〉	ナシ(24・74宗条卿男宗顕)	ナシ(26・77宗条卿男宗顕)	
76 頼之	藤谷中将為教朝臣				
77 氏清	外山権佐宣勝朝臣				

78 義将	山科中将持言朝臣				
79 **棟義**	**三室戸権佐議光朝臣→誠光**				43右兵衛権佐
80 真世(貞)	中園中将季親朝臣				
81 義弘	中山中将篤親朝臣				
82 重春(長)	日野西弁国豊朝臣				
83 勝定院	醍醐少将冬基朝臣				
84 **義嗣**	**平松少納言時方朝臣**	ナシ〈(46)時量卿男時方〉	ナシ(32・82時量卿男時方)		17侍従
85 頼元	石井右衛門佐行豊朝臣				
86 高秀	植松侍従雅永朝臣				
87 詮信	裏辻侍従実景朝臣				
88 普広院	清閑寺弁熈定朝臣	ナシ〈(37)熈房卿男熈定〉	ナシ(25・75熈房卿男熈定)	ナシ(共綱卿孫熈定)	
89 **満元**	**武者小路少将実陰朝臣**				(む634遠村竹)
90 **持信**	**堀河左兵衛康綱朝臣**			62・75	
91 義重	持明院中将基輔朝臣	ナシ〈(32)基定卿孫基輔〉	ナシ(21・71基定卿孫基輔)	ナシ(21＊基時卿男基輔)	
92 範政	正親町三条中将実久朝臣				
93 素明	大宮少将実勝朝臣				
94 持世	下冷泉中将為元朝臣				
95 貞国	上冷泉少将為綱朝臣				
96 慈昭院	高倉民部季信朝臣→季任				
97 **大智院**	**吉田侍従兼連朝臣**				15侍従
98 **常徳院**	**五辻兵衛佐英仲朝臣**				18左馬頭
99 恵林院	高辻侍従長量朝臣				
100 **法住院**	**勧修寺大納言経慶卿**				22権中納言

【資料八】ウィーン国立民族学博物館所蔵『百人一首』染筆者対照表

『百人一首』の［　］印は、極め短冊剝落紛失部分で、同画帖の書写筆跡から推定した染筆者名である。＊印は、一首のみの担当者、二首担当者は、担当歌番号を上下欄に記す。再度同歌を示す場合は、算用数字のみで表す。ゴシック体は『百人一首』以外に比較資料のある筆者・筆跡を表す。『百人一首』内にのみ比較対照のある新出資料には、ゴシック体に傍線〰を付し、『短冊手鑑』・『むかしをいまに』に対照資料のある場合を（　）で示した。

ウィーン国立民族学博物館蔵『百人一首』		大英図書館蔵『源氏物語詞』	松井文庫蔵『小倉山荘色紙和哥』	書陵部蔵『武家百人一首色紙帖』	書陵部蔵『禁裏御会始和歌懐紙』
1秋の田の	**二条前摂政光平公**52	（4）夕かほ			46千世の春も
2はる過て	**妙法院二品堯然法親王**［53］				
3あし引の	**二条太閤泰道公**54	（3）うつせみ	8わか庵は58有馬山（前摂政）		
4たこのうらに	**持明院前大納言基定卿**＊	（32）梅か枝	21今こむと71有されは	ナシ（49基定卿男基時）	
5おく山に	**八宮良純法親王**56				
6かささきの	**堀川前宰相則康卿**72			47基任	
7あまのはら	**西園寺前左大臣実晴公**58	（11）花ちる 前右	9はなの色は59やすらはて	ナシ（12実晴卿男公遂実孫）	
8わか庵は	**九条前関白幸家公**59				
9花の色は	**徳大寺前内大臣実維卿**60	（21）をとめ 大納言		10頼実	47長閑なる
10これやこの	**久我前右大臣広通公**61	（15）よもきふ	13つくはねの63今はたゝ	ナシ（51広通卿男通名）	
11わたのはら	**油小路前大納言隆貞卿**55	（19）うす雲 大納言	15君かため65うらみわひ 大納言	20行盛	
12あまつ風	**葉室前大納言頼孝卿**＊			15敦盛	21千世かけて
13つくはねの	**日野前大納言弘資卿**64	（30）藤はかま	20わひぬれは70さひしさに	18重衡	
14みちのくの	**正親町前大納言実豊卿**65	（31）槙はしら		ナシ（44実豊卿男公通）	
15君かため	**大炊御門前右大臣経光公**66	（23）はつね	18すみの江の68こゝろにも 大納言	11仲正	49玉すたれ
16たちわかれ	**岩倉権中納言具起卿**67	ナシ（具起卿男具詮〈元具家〉）			
17ちはやふる	**柳原前大納言資行卿**68	（33）藤のうら葉	22吹からに72音に聞く	ナシ（29資行男資廉）	54のとけしな
18住の江之	**菊亭（今出川）前右大臣公規公**69	（24）こてふ	19難波かた69あらし吹	13頼政	50いく千世か
19難波かた	**高倉前大納言永慶卿**70	ナシ（永慶卿男永敦〈元永将〉）			ナシ（永慶孫季任）

20わひぬれは	飛鳥井一（ママ）位雅章卿71	(27) かゝり火 前権大納言			
21今こむと	持明院前大納言基時卿＊		40忍ふれと90みせはやな	ナシ（35基時卿男基輔）	31むめつほの
22吹からに	烏丸前大納言光雄卿73		42契きな92わか袖は	34眞昭	26めくみある
23つきみれは	園准大臣基福公74	(18) 松かせ 儀同三司		19資盛	
24このたひは	中院権大納言通純卿75	ナシ（通純卿男通茂）			ナシ（通純卿男通茂）
25名にしおはゝ	花山院前内大臣定誠公 ［57］	(25) ほたる	29心あてに79秋かせに 中納言	25乗高	
26をくら山	松木前内大臣宗条公77	(35) わかな下	24此たひは74うかりける 前大納言	26右大臣（ママ）	55若枝さす
27みかのはら	藪前宰相嗣章卿78		ナシ（31嗣章卿父嗣孝）	63高国	35幾千とせ
28山さとは	清閑寺大納言共綱卿63	(26) 常夏 前大納言	ナシ（25共綱卿男熈房）	ナシ（14共綱男熈房）	53春に待つ
29こゝろあてに	四辻権中納言季賢卿80	(38) すゝむし	26をくら山76わたのはら		ナシ（34季賢卿弟季輔）
30有明の	難波参議宗種卿39				
31朝ほらけ	六条前中納言有和卿81				
32山河に	万里小路権大納言雅房卿82	(41) まほろし 中納言	27みかのはら77せをはやみ 中納言	ナシ（43雅房卿男淳房）	52さきいつる
33久かたの	東園前大納言基賢卿83	(39) 夕霧中納言		27泰時	51もろ人の
34たれをかも	下冷泉正二位為景卿84			ナシ（94為景卿男為元）	
35人はいさ	藤谷前中納言為条卿85			ナシ（76為条卿男為教）	
36夏のよは	千種前大納言有能卿86	(40) 御法中納言	36夏の夜は86なけゝとて 宰相	24景時	23こゝのへの
37白露に	［平松権中納言時庸卿］87	ナシ（時庸卿男時量）	ナシ（32時庸卿男時量）		
38忘らるゝ	白川正二位雅喬王88	(49) やとり木 三位	37白露に87村雨の 三位	52貞時	
39浅茅生の	難波参議宗種卿30				
40しのふれと	鷲尾権大納言隆尹卿89			38景綱	9よのつねの
41こひすてふ	中御門前大納言資熈卿90	(42) にほふ宮	28山里は78あはちしま 中納言	21経正	20のとけしな
42ちきりきな	川鰭正三位基秀卿91		ナシ（39基秀卿男基共）	ナシ（40基秀卿男基共）	
43あひみての	千種権大納言有維卿92	ナシ（有能卿男有維）	45あはれとも86なけゝとて 中将	48頼隆	1うつし植て
44あふことの	岩倉前宰相具詮卿93	(50) あつま屋 三位			30千世のはるを
45哀とも	飛鳥井中将雅直朝臣94	ナシ（雅章卿男雅直）			
46ゆらのとを	桂参議昭房卿95	(48) さわらひ	35人はいさ85よもすから		

47**やへ葎**	**愛宕前大納言通福卿**96			54頼貞	2君が代の
48**風をいたみ**	**清水谷権大納言忠定卿**97			ナシ（69忠定卿男公栄）	
49**みかきもり**	**堀川権大納言康胤卿**98			ナシ（47康胤卿男則康）	
50**きみかため**	**姉小路前大納言公景卿**［99］				
51**かくとたに**	［**樋口権中納言信康卿**］100			53頼氏	
52明ぬれは	二条前摂政光平公1				46
53**なけきつゝ**	［妙法院二品堯然法親王］2				
54**わすれしの**	二条太閤康道公3	（3）			
55瀧の音は	油小路前大納言隆貞卿11	（19）		20	
56**あらさらむ**	八宮良純法親王5				
57めくりあひて	［花山院前内大臣定誠公］25				
58**ありまやま**	西園寺前左大臣実晴公7			ナシ（12実晴男公遂）	
59やすらはて	九条前関白幸家公8				
60**大江山**	徳大寺前内大臣実維公9	（21）		10	47
61**いにしへの**	久我前右大臣広通公10			ナシ（51熈通男通名）	
62**よをこめて**	**堀川前宰相康綱卿**76			90	
63**いまはたゝ**	清閑寺大納言共綱卿28	（26）		ナシ（88共綱孫熈定）	53
64**あさほらけ**	日野前大納言弘資卿13	（30）	20・70	18	
65**うらみわひ**	正親町前大納言実豊卿14	（31）		ナシ（44実豊卿男公通）	
66**もろともに**	大炊御門前右大臣経光公15	（23）	18・68	11	49
67**春の夜の**	岩倉権中納言具起卿16				（む76絶恋）
68**こゝろにも**	柳原前大納言資行卿17	（33）	22・72	ナシ（資行卿男資廉）	
69**あらし吹く**	菊亭前右大臣公規公18	（24）	19・69	13	
70**さひしさに**	高倉前大納言永慶卿19			ナシ（96永慶卿孫季任）	
71**夕されは**	飛鳥井従一位雅章卿20	（27）			
72**音にきく**	堀川前宰相則康卿6			47	
73**たかさこの**	烏丸前大納言光雄卿22			34	26

74うかりける	園准大臣基福公23	(18)		19	(短三六六夕納涼)
75契をきし	中院権大納言通純卿24			ナシ(23通純卿男通茂)	(短五九一紅葉)
76わたのはら	堀川宰相康綱卿62			90	
77瀬をはやみ	松木前内大臣宗条公26	(35)		26	55
78あはちしま	藪前宰相嗣章卿27			63	35
79秋かせに	葉室前大納言頼業卿＊	(17)			
80なかゝらむ	四辻権中納言季賢卿29	(38)	26・76		
81ほとゝきす	六条前中納言有和卿31				
82思侘	万里小路権大納言雅房卿32	(41)	27・77		52
83よのなかよ	東園前大納言基賢卿33	(39)		27	51
84なからへは	下冷泉正二位為景卿34				
85よもすから	藤谷前中納言為条卿35				
86なけゝとて	千種前大納言有能卿36	(40)	36・86	24	23
87むらさめの	平松権中納言時庸卿［37］				
88難波江の	白川正二位雅喬王38	(49)	37・87	52	(む319旅朝)
89玉のをよ	鷲尾権大納言隆尹卿40			38	9
90見せはやな	中御門前大納言資熈卿41	(42)	28・78	21	20
91きり〳〵す	川鰭正三位基秀卿42				
92わか袖は	千種権大納言有維卿43		45・86		1
93よのなかは	岩倉前宰相具詮卿44	(50)			30
94み芳野ゝ	飛鳥井中将雅直朝臣45				
95おほけなく	桂参議昭房卿46	(48)	35・85		
96はなさそふ	愛宕前大納言通福卿47			54	2
97こぬ人を	清水谷権大納言忠定卿48				
98風そよく	堀川権大納言康胤卿49				(短五四四人に酒をすゝむるとて)
99ひともおし	［姉小路前大納言公景卿］50				
100もゝしきや	樋口権中納言信康卿51			53	

【資料九】大英図書館所蔵『源氏物語詞』染筆者対照表

（ゴシック体・榊原悟説／ゴシック体・辻英子加筆／△印は現在対照資料のない筆者・筆跡／「9」・「10」は他資料（『古筆手鑑大成』等）による）

＊印（『百人一首』【資料八】参照）は、一首のみの担当者を表す。

大英図書館蔵『源氏物語詞』	書陵部蔵『武家百人一首色紙帖』	書陵部蔵『禁裏御会始和歌懐紙』	松井文庫蔵『小倉山荘色紙和哥』	ウィーン国立民族博物館蔵『百人一首』
(1) 桐つほ／鷹司前摂政殿房輔公	1		1・51 左大臣	
(2) はゝき木／右大臣九条兼晴公	ナシ		12・62	
(3) うつせみ／二条太閤康道公	ナシ		8・58 前摂政	3・54
(4) 夕かほ／前摂政二条光平公	ナシ	46		1・52
(5) わかむらさき／照高院宮道晃親王	ナシ		4・54	
(6) 末つむ花／梶井宮慈胤親王			5・55 常修院宮（常尹法親王）→常修院宮（慈胤入道親王）	
(7) 紅葉賀／妙法院宮尭恕親王	5		6・56	
(8) 花のえん／曼殊院宮良尚親王	ナシ		7・57	
(9) あふひ／円満院前大僧正常尊				
(10) さか木／以心菴宮重雅親王				
(11) 花ちる里／西園寺前右大臣実晴公	ナシ（実晴公孫公遂）		9・59 前左大臣	7・58
(12) すま／徳大寺前右大臣公信公	ナシ（公信公男実維）		10・60	
(13) あかし／大炊御門前右大臣経孝公	ナシ（経孝公男経光）	ナシ（経孝公男経光）	11・61	
(14) 身をつくし／転法輪前右大臣公富公	ナシ（公富公男実通）		2・52	
(15) よもきふ／久我前右大臣広通公	ナシ（広通公男通名）		13・63	10・61
(16) せきや／水無瀬宰相氏信卿	ナシ	29		
(17) ゐあはせ／葉室大納言頼業卿	ナシ（頼業卿男頼孝）	ナシ（頼業卿男頼孝）		79＊
(18) 松かせ／園儀同三司基福公	19			23・74

(19)	うす雲／油小路大納言隆貞卿	20		15・65	11・55
(20)	朝かほ／小川坊城大納言俊広卿	ナシ		16・66	
(21)	をとめ／徳大寺大納言実維卿	10	47		9・60
(22)	玉かつら／中院大納言通茂卿	23		17・67	
(23)	はつね／大炊御門前右大臣経光公	11	49	18・68 大納言	15・66
(24)	こてふ／今出川前内大臣公規公	13	50	19・69 大納言	18・69
(25)	ほたる／花山院前内大臣定誠公	25		29・79 中納言	25・[57]
(26)	常夏／清閑寺前大納言共綱卿	ナシ（共綱卿孫熙定）	53		28・63
(27)	かゝり火／（付箋剥落）「飛鳥井前権大納言雅章」	ナシ			20・71
(28)	野わき／三条西前大納言実教卿△	ナシ			
(29)	みゆき／阿野前大納言公業卿	ナシ（公業卿男季信）			
(30)	藤はかま／日野前大納言弘資卿	18		20・70	13・64
(31)	槙はしら／正親町前大納言実豊卿	ナシ（実豊卿男公通）			14・65
(32)	梅か枝／持明院前大納言基定卿	ナシ（基定卿孫基輔）	ナシ（基定男基時）	21・71	4
(33)	藤のうら葉／柳原前大納言資行卿	ナシ（資行卿男資廉）	54	22・72	17・68
(34)	わかな上／烏丸前大納言資慶卿	ナシ（資慶卿男光雄）		23・73	
(35)	わかな下／松木前内大臣宗条公	ナシ（宗條公男宗顕）	55	24・74 前大納言	26・77
(36)	かしは木／東坊城前大納言知長卿	(22)			
(37)	よこ笛／清閑寺中納言凞房卿	ナシ（熙房卿男熙定）		25・75	
(38)	すゝむし／四辻中納言季賢卿	ナシ		26・76	29・80
(39)	夕霧／東園中納言基賢卿	27	51		33・83
(40)	御法／千種中納言有能卿	24	23	36 なつの夜は・なけゝとて 前宰相	36・86
(41)	まほろし／万里小路中納言雅房卿	ナシ（雅房卿男淳房）	52	27・77	32・82
(42)	にほふ宮／中御門大納言資凞卿	21	20	28・78 中納言	41・90
(43)	こうはい／小倉中納言実起卿	17	ナシ（実起卿男公代改公連）	30・80	

(44)	竹河／高倉前中納言永敦卿△	ナシ（永敦卿男季任）			
(45)	はし姫／藪前中納言嗣孝卿	ナシ（嗣孝卿男嗣章）	48	31・81	
(46)	しゐか本／平松前中納言時量卿	(36)	ナシ（時量卿男時方）	32・82 宰相	
(47)	あけまき／裏松宰相資清卿	ナシ（資清卿男意光）		34・84	
(48)	さわらひ／桂宰相昭房卿	ナシ		35・85	46・95
(49)	やとり木／白川三位雅喬卿	52		37・87	38・88
(50)	あつま屋／岩倉三位具詮卿	ナシ	30		44・93
(51)	浮舟／勘解由小路治部大輔資忠卿	ナシ		43・93	
(52)	かけろふ／今城中納言定淳卿	37	27	44・94 中将	
(53)	手ならひ／冷泉中将為清朝臣	ナシ		46・96	
(54)	夢のうきはし／難波中納言宗量卿	ナシ	3	47・97	

【資料一〇】松井文庫所蔵『小倉山荘色紙和哥筆者目録』

△印は現在対照資料のない筆者・筆跡2

（遊び紙）（1オ）

此小倉山荘色紙
和哥者前橋少将
忠清朝臣依所望
各彼染賢筆訖
　寛文第十弥生中旬正二位雅章（1ウ）

小倉山荘色紙和歌
筆写目録

1秋の田の　鷹司左大臣房輔公
2はる過て　転法輪前右大臣公冨公
3足曳の　式部卿宮八条穏仁親王（2オ）△
4たこの浦に　照高院宮道晃法親王
5おく山に　常修院宮常尹法親王
→常修院宮慈胤親王（梶井宮常胤親王）
6かさゝきの　妙法院宮尭恕法親王
7あまのはら　曼珠（ママ）院宮良尚法親王
8わか庵は　二条前摂政康道公（2ウ）
9はなの色は　西園寺前左大臣実晴公
10これや此　徳大寺前右大臣公信公
11たのはら　大炊御門前右大臣経孝公
12天津風　九条右大臣兼晴公
13つくはねの　久我前右大臣広通公（3オ）
14みちのくの　近衛内大臣基熙公
15君かため　油小路大納言隆貞卿
16たち別　坊城大納言俊広卿
17ちはやふる　中院大納言通茂卿
18すみの江の　大炊御門大納言経光卿（3ウ）
19難波かた　今出川大納言公規卿
20わひぬれは　日野前大納言弘資卿
21今こむと　持明院前大納言基定卿
22吹くからに　柳原前大納言資行卿

23月みれは　烏丸前大納言 資慶卿　（4オ）
24此たひは　松木前大納言 宗条卿
25名にしおはゝ　清閑寺中納言 凞房卿
26をくら山　四辻中納言 季賢卿
27みかのはら　万里小路中納言 雅房卿
28山里は　中御門中納言 資凞卿　（4ウ）
29心あてに　花山院中納言 定誠卿
30有明の　小倉中納言 実起卿
31朝ほらけ　藪前中納言 嗣孝卿
32山川に　平松宰相 時量卿
33久かたの　竹屋宰相 光久卿　（5オ）
34誰をかも　裏松宰相 資清卿
35人はいさ　桂宰相 昭房卿
36夏の夜は　千種前宰相 有能卿
37白露に　白川三位 雅喬卿
38わすらるゝ　花園三位 実満卿　（5ウ）
39あさちふの　河鰭三位 基共卿
40忍ふれと　持明院三位 基時卿
41恋すてふ　広橋頭弁 貞光朝臣　△

42契きな　烏丸頭弁 光雄朝臣
43あひみての　勘解由小路治部大輔 資忠朝臣　（6オ）
44逢ことの　今城中将 定淳卿
45あはれとも　千種中将 有維朝臣
46由良のとを　冷泉中将 為清朝臣
47八重葎　難波中将 宗量朝臣
48風をいたみ　四条中将 隆音朝臣　（6ウ）
49みかき守　七条中将 隆豊朝臣
50君かため　冨小路兵部少輔 永貞朝臣
51かくとたに　鷹司左大臣
52明ぬれは　転法輪前右大臣
53歎つゝ　式部卿宮　（7オ）
54忘れしの　照高院宮
55滝の音は　常修院宮
56あらさらむ　妙法院宮
57めくりあひて　曼珠院宮
58有間山　二条前摂政　（7ウ）
59やすらはて　西園寺前左大臣
60大江山　徳大寺前右大臣

61いにしへの　大炊御門前右大臣
62よをこめて　九条右大臣
63今はたゝ　久我前右大臣　（8オ）
64朝ほらけ　近衛内大臣
65うらみわひ　油小路大納言
66もろともに　坊城大納言
67春の夜の　中院大納言
68こゝろにも　大炊御門大納言　（8ウ）
69あらし吹　今出川大納言
70さひしさに　日野前大納言
71夕されは　持明院前大納言
72音に聞く　柳原前大納言
73高砂の　烏丸前大納言　（9オ）
74うかりける　松木前大納言
75契をきし　清閑寺中納言
76わたのはら　四辻中納言
77せをはやみ　万里小路中納言
78あはちしま　中御門中納言　（9ウ）
79秋かせに　花山院中納言
80なかゝらむ　小倉中納言
81ほとゝきす　藪中納言
82おもひ詫　平松宰相
83よの中よ　竹屋宰相　（10オ）
84なからへは　裏松宰相
85よもすから　桂宰相
86なけゝとて　千種前宰相
87村雨の　白川三位
88難波江の　花園三位　（10ウ）
89玉の緒よ　河鰭三位
90みせはやな　持明院三位
91きり〳〵す　広橋頭弁
92わか袖は　烏丸頭弁
93よの中は　勘解由小路治部大輔　（11オ）
94みよしのゝ　今城中将
95おほけなく　千種中将
96花さそふ　冷泉中将
97こぬ人を　難波中将
98風そよく　四条中将　（11ウ）

99 人もおし　七条中将

100 百敷や　冨小路兵部少輔

I　イギリス

2 シーボルト旧蔵大英図書館所蔵『地蔵菩薩霊験圖』について

——フリーア美術館所蔵『探幽縮図』および東京国立博物館所蔵『地蔵佛感應縁起』をめぐって——

はじめに

本章と次章I-3は、二〇一一年十月十四日に法政大学九段校舎遠隔講義室で行った講演を原稿化したものである。研究代表者クライナー教授（Dr. Dr. Josef Kreiner）の「欧州の博物館等保管の日本仏教美術資料の悉皆調査とそれによる日本及び日本観の研究」プロジェクト（平成22-24年度文部科学省「国際共同に基づく日本研究推進事業」）の一環として、河合正朝氏、彬子女王殿下に続く三人目の講師を務めた。

これまで調査をしてきた欧米の美術館・博物館・図書館等に所蔵されている日本絵巻の中からこのプロジェクトの目的・趣旨に添って、仏教関係の絵巻について報告を行った。とりわけ「日本及び日本観の研究」に因んで、大英博物館所蔵『ゑんの行者』にみられる「王土王民思想」と「王法仏法相依論」及び、ベルリン国立アジア美術館所蔵『扇面平家物語』巻五「物怪之沙汰」に現れる怪異現象（神仏・正体の明らかでない超自然的存在から人間への譴告）に触れ、オーストリア国立工芸美術館所蔵『さ、れいし』にみる薬師如来と阿弥陀信仰についても述べた。

一　大英図書館所蔵『地蔵菩薩霊験圖』について

成立年代未詳。巻子装丁一巻、ただし折本に仕立てられている。紙本淡彩色。題簽に「地蔵菩薩霊験圖」（Or. 888）とある。縦三三糎、全長一〇五六糎。内容は全三話と巻末に結語と見られる詞書とを合わせて、十一段・十一図から成る。絵は、丹緑黄と茶・白・淡青・淡墨の水彩、詞・絵ともに剥落はやや進向している。本絵巻はシーボルト旧蔵本で、一八六八年七月二十二日に同図書館に入った(1)。巻頭と巻末下に「由信家蔵」の朱蔵書印がある。跋に住吉の極めで、「金岡末孫元応（一三一九―二一）頃之人／画　巨勢光康／賛書　卜部兼好」とある。

それを「文化五年（一八〇八）年戊申仲夏十六日　澤嵜右門謹写」とある。絵ごとに下方に小文字で「神　洞民模」、「藤田　辰模」とあり、これら三氏の筆によるとみられる。巨勢光康は巨勢金岡に始まる画系第十三世巨勢永有（ながもち）の長子、第十四世巨勢有家（ともいえ、光康の長子）、『石清水八幡遷座縁起絵』は彼の作と伝える。第十五世　巨勢有康（ともやす）は光康の次子。代表作『紙本着色高野大師行状図』(2)がある。

大英図書館所蔵『地蔵菩薩霊験圖』の出現によって、かつて先行研究で指摘されていた疑問に対しどのような点が明らかになったであろうか。

二　『地蔵菩薩霊験圖』と『地蔵佛感應縁起』と『探幽縮図』

『地蔵菩薩霊験圖』（以下、霊験圖）に対応する説話絵巻は、東京国立博物館所蔵の『地蔵佛感應縁起』（以下、感應縁起）模本一巻であり、全三話と結語からなる。第一話は、主題・冒頭を欠く第一段と二段・三段から成り、宋の沙弥常謹の『地蔵菩薩霊験記』（一巻）の説話を絵画化したもので、舞台は中国である。第二話は、日本を舞台とした「地蔵農夫にかはりて疵をかうふりたる事」と題する一話、第三話は後述するが別話で、主題・冒頭を欠く。次いで結語に相当する本体の詞書は、「地蔵十輪経巻第一中」の語に符合するところもあり、最後に識語がある、という構成である。この『霊験圖』と『感應縁起』とは同系統の略模本であり、墨の濃淡をはじめ、剥落を免れた文字の一部、或いは判読不能だったと推測される不明瞭な字形にいたるまで祖本を忠実に模していることがわかる。

これらの三話のうちの第二話「地蔵農夫にかはりて疵をかうふりたる事」だけを単独の絵巻に仕立てた作品に、フリーア美術館所蔵の『探幽縮図』の『地蔵菩薩霊験記』（〈以下、『探幽縮図』と略称する〉本文全長縦一五・八糎×横一三五・三糎）がある。これら三書の詞書を比較すると、『探幽縮図』には文字の書写位置に二か所の異同が

置の異同は料紙の余白の都合で生じたことであり、文字自体の異同はなく同系統の模本であるといえる。

疵をかうふりたる事」を一行に記すのに、『縮図』では「事」の一字は改行し行末に記す等である。[3] この文字位

れについては夙に梅津氏により指摘されている。同様の例は、内題にも見られ、前者では「地蔵農夫にかはりて

「物」の一字は、大英本・東博本では前行末にあるのに、次行冒頭にあるのは、余白を失ったためとみられ、こ

認められる。すなわち、二十七行～二十八行にわたる「其国の物のかたり侍りしなり」（傍注の○印は稿者）の

三　フリーア美術館所蔵『地蔵菩薩縁起』と『探幽縮図』

一九九六年七月一九日にワシントンD. C. にあるフリーア美術館で『地蔵菩薩霊験記』（Jp. 07.375 B）一軸の調査の機会を得た。この絵巻は外題（題簽）はなく、一般に筆者名により『探幽縮図』と呼ばれている。また、二〇〇九年三月に、奈良絵本・絵巻国際会議ワシントン大会が同図書館で開催された折に『探幽縮図』の再調査の機会に恵まれ、全図の複写を入手し公開することができた。[4]

フリーア美術館蔵『地蔵菩薩縁起』（整理番号 07-375a）は、絵は住吉慶恩、詞を慈鎮和尚（一一五五～一二二五）の筆と伝える。その中に詞書のない「地蔵農夫にかはりて疵をかうふりたる事」という一挿話がある。同場面を描いた『探幽縮図』には、挿絵だけでなく詞書をともなっている。『地蔵菩薩縁起』と『探幽縮図』の『地蔵菩薩霊験記』との関係についての研究は、昭和十三年、矢代幸雄氏の論考「フリア画廊の地蔵縁起」[5] にはじまる。矢代氏の旅先での手書きメモによるもので、今日のように複製を入手できる時代ではなかった。次いで、昭和十八年、梅津次郎氏による「帝室博物館蔵地蔵縁起絵巻考」[6]・「フリーア画廊の地蔵験記絵と探幽縮図」[7] などが発表され、絵巻の解明に先鞭をつけた。

本稿では、ことに梅津次郎氏により提示されている、次の二点について確認しておきたい。

1　東京国立博物館所蔵の『地蔵佛感應縁起』の第二段にあると推測される缺脱について。
2　フリーア美術館所蔵の『探幽縮図』は同館所蔵の『地蔵菩薩縁起』を模写したものであるのか。
これに関して、先に述べた梅津氏の論考に次のようにみえる。

帝室博物館（現東京国立博物館）には、地蔵菩薩関係の絵巻が二軸ある。一つは、残闕一巻で、さまで古くない桐箱に入り、その蓋表に「地蔵縁起　一軸」、その裏には「詞慶運法師、絵巨勢有家」と二行の墨書があるのみで、現在は他に題簽奥書添状等を伴っていない。よって未だその伝来の徴すべきものを知らぬが、『大和錦』に同一伝称の地蔵縁起を載せて居るのは恐らくこれに該当するものであろう。

続いて同氏は、

帝室博物館にはこの外に『地蔵佛感應縁起』と外題ある善写の模本一巻が蔵せられているが、その内容は明らかに今問題とする絵巻と一聯をなすべき性質をもっている。
『増訂考古畫譜』にはこの模本の存在を記しているが、何本の写しであるかについては述べていない。しかし同書には別に「博物館所蔵の地蔵縁起は、片山五郎兵衛所蔵のものと同物なり、とり合せば全かるべしと高島千載いへり」と云う補記があり、彼此考え併せると博物館模本はこの片山本の写しと推定して誤りあるまいと思われる。この片山本については帝国図書館本『圖畫一覧』に貫雄の補記があり、嘉永乙卯（恐らくは安政二年、一八五五）の震火に亡失したらしいことが知られる(8)。

と述べている。
また梅津氏は「地蔵縁起」および「地蔵佛感應縁起」が依拠した宋常謹撰『地蔵菩薩像霊験記巻第一』についておよそ次のようにまとめている。話末算用数字は便宜上稿者が付したものである。

「地蔵縁起」

第一話　童児のたはふれに地蔵をあらはして命をまたくする事（海陵県童子戯沙畫地蔵感通記第二十七）①
第二話　地蔵をかきて西方に生たる事（并州大原尼智蔵畫地蔵感應記第二十六）②
第三話　子息の地蔵菩薩を作によりて父母盗賊の怨害の難をのかれたる事（次ニ続ク）（「唐撫州祖氏家金色地蔵救親記第四」）③

「地蔵佛感應縁起」

第一話（主題欠、前話ヲ承ル）④
第二話　地蔵農夫にかはりて疵をかうふりたる事⑤
第三話（主題欠、冒頭を欠く）（孟州寡婦畫地蔵菩薩感應記第九）⑥
結　語　主題なし。結語に相当する部分の詞書は、「地蔵十輪経第一中」の語に符号するところがある。⑦

内容から推すと、③と④とはもとは一話であったことは明らかであり、両軸は通計して六話から成る一連の絵巻であり、次のようにまとめられる。

1　東博本（以下、略称する）の「地蔵縁起」一軸に直接続くのが「地蔵佛感應縁起」一軸であり、その内容は一聯をなすものである。
2　両書の一聯の話は総じて六話の地蔵説話から成る。そのうち五話は常謹撰集第一巻にみられ、それを和文化したものと考えられる。
3　大英本（以下、略称する）『地蔵菩薩霊験圖』は東博本の二軸のうち、内容は「地蔵佛感應縁起」に一致する。

四　大英図書館所蔵『地蔵菩薩霊験圖』

大英図書館所蔵『地蔵菩薩霊験圖』の冒頭第一話第二段の詞書は次のとおりである。

また祖氏か父子にあふへき事あり
て撫州にゆくに途中にかたきにあ
ひぬにけむとするにひまなし岩のもとに
たちよりて見るにかたきよもにかこみて
大刀をぬきて祖氏か父をころさむと
するほとに金色の沙門一人きたりて
かたなをふせくあまたきられてふしぬ
かたきともは祖か父をきりふせつと思て
いそきさりぬ祖か父あやしとおもひて
見るに金色の沙門もなし

〔絵二〕

祖か父撫州にゆきてしか〳〵とかたる
祖わか地蔵の利益なむめりとおもひ
けれはいそきゆきて持佛堂へまいり
ておかむに地蔵菩薩壇のうへにふし

給へり金色ところ〳〵変して朱のいろに見えて御くしに三のきす御手に五ところのかたなのあとあり父よひてみするに途中の沙門の相にすこしもたかはすといふ祖いよ〳〵信仰して母をよひてこの事をかたるに母また揚都の盗人の事をかたる父母邪見をひるかへして地蔵菩薩を恭敬す祖か父のかたき此事をきゝて怨心をやめてむつましきともとそ［なる］(9)

このように大英本『地蔵菩薩霊験圖』の冒頭の詞書は東博本『地蔵佛感應縁起』第一話の詞書と同文であり、途中から始まり前半を欠いている。この前半というのは、すでに先項でみてきたように、「地蔵縁起」の第三話に相当する部分なのである。この大英本冒頭で注目しておかなければならないのは、網かけ部分四行の東博本にはない詞書である。

第二話は日本の話で、類話は良観続編『三国因縁地蔵菩薩霊験記』(10)にも類話がみられる。

五 『地蔵菩薩霊験圖』と『地蔵佛感應縁起』の詞書と挿図

両者の詞書を比較した結果、次のことが明らかになった。

第一は「二」に述べたように、両絵巻は共通の祖本を模したとみられることである。唯一の差異は、『地蔵菩薩霊験圖』の第二段にあたる自十七至二十行（翻刻詞書を参照）と〔絵二〕とを東博本『地蔵佛感應縁起』が欠くことである。「三」でみてきた「博物館所蔵の地蔵縁起は、片山五郎兵衛所蔵のものと同物なり、とり合わせば全かるべしと高島千載いへり」の「補記」の内実であるが、案ずるにこのように考えられるであろうか。高島千載は片山本に照合して次のように考えた。『地蔵縁起』第三話と『地蔵佛感應縁起』第一話とが話の途中で巻を改めることはありえないので、もとは合一巻であったものが現在は別々に分けられている。両軸を一巻に合わせれば正姿となる、という意味である。いまとなっては「地蔵佛感應縁起」の欠落部を片山本で確認することはもはやできないが、大英本の出現により欠落した詞書四行とそれに対応する挿図〔絵二〕を補うことができる。

このようにみてくると、梅津次郎氏が同論考のなかで次のような疑問を提示しておられることは、正鵠を得た指摘であることが知られる。すなわち、

さて、模本第一段詞は、直接に先を受けるものと考えられるが、翌朝盗人が祖氏の母の許に来って前夜の始終を語る段で、第一段絵はこれに対応し、盗人が壇下に据して屋内の祖氏の母と対談するところを図している。第二段も亦直接に前段を承けるもので、揚都の父が祖氏を訪ねて撫州に赴くところより始まる。此一段は第六行「……金色の沙門きたりて」と第七行「祖か父撫州にゆきて……」との間が連絡せず、その間に地蔵祖氏も父に代わって傷を受くるところの叙述を缺き、それに相応する絵も亦存しない。(11) とし、あるいはそこに一段として詞および絵が存したものが、この模本より失われたのかもしれない（錯簡缺脱を含むが）と推測され続いて、

東京美術学校（現・東京芸術大学）所蔵の一摸本竪三六・九糎、長約三米七〇糎（挿絵23）がある。唯「古畫地蔵縁

起」とのみ外題し、絵のみある残缺本の写しに過ぎないが、矢張り地蔵菩薩霊験記より取材せるもので、博物館本と同じ図様を含むのである。(九八頁)

(中略)

美術学校摸本にはその段の絵様を含み、祖氏の父が岩陰に隠れて今しも仇敵二人のために沙門が切倒されたのを驚き窺うところ及び仇敵のすでに走り去るところを描く。而してこの摸本に於いてはその図様は更に博物館摸本の第二・三段の絵様と一致する図様と一連をなして続いているが、この連続構図が博物館摸本に直ちに適用し得ないことは明らかであり、またこの美校摸本の連続構図が果たして元通りのものであるかについては大いに疑問の余地がある。従っていま問題とする詞絵が如何なる形態位置に在したかは断定し難いが、先に指摘せる詞書の行間に現在紙継を存することから推せば、或いは其処に一段として詞及び絵が存したものが、この摸本より失われたのであるかも知れぬ。[12](点線稿者)

と述べている。つまり、東博本は、大英本にある第二段の詞四行とそれを図像化した挿絵とが落ちているために、本来第三段に数えるべき「祖か父撫州にゆきてしか〳〵とかたる」を一連の二段とした。そこで、詞と絵との間にずれが生じたのである。第二段に数えた絵は実は第三段の絵なのである。また、便宜上稿者の付した点線部分の東京美術学校摸本に関しては、検証の結果次のようなことが言える。

美校摸本の詞書のない連続構図について、大英本との比較でいえることは、はじめの図は、大英本第二段の図様に一致する。大英本は第二段二図を一紙に納め、二場面連続構図で描く。続く図様は大英本の第三段の前半分に一致し、後半部を欠く。紙継の形跡はあるものの脱落とはみられないので省略か。次の図様は大英本の第四段と同一場面を描いているが、男女の臥す位置・人物の配置など構図上の違いがあり、別系である。しかも、美校摸本と妙義神社蔵「地蔵菩薩霊験記」とは相似である。また同場面を描いた大英本第四図と東博本第三段の図とは相似で、両本を同寸法の複写で照合したところ、完全に一致する。段のずれは先述の事情によるものである。これらの事実から少なくとも背景に二種系統の絵巻の存在が考えられる。なお、第五段は連綿六場面の連続図様で、その外は、一図は一場面を表すなど、第二段の詞書の四行と二図の脱落部分を除く十段・十図は、体裁・内容ともに両書は一致する。

六　フリーア美術館所蔵『探幽縮図』と同館所蔵『地蔵菩薩縁起』の関係

1　詞書について

昭和十一年に矢代氏がフリーア美術館を訪れた際に館長のロッジ氏が見せてくれたのが『探幽縮図』で、明治四十年に故フリーア翁が『地蔵菩薩縁起』を日本で購入された時一緒についていたもので、「丁度絵巻のこの段の絵とそして今は失はれて居る詞書を模写したものであった。」[13]とし、『探幽縮図』は『地蔵菩薩縁起』の詞書を模したものと結論付けた。それについて梅津氏は次のように述べている。

同本にはその一段の絵様并に詞書を完備した探幽縮図が添って居り、矢代氏はその詞書全文をも紹介せられている。いまそれを博物館本と対校するに改行は一箇所唯一字が行を異にするのみで全部一致し、漢字仮名の差別又全く同じきものであることが見出される。（略）又縮図には「探幽縮図狩野探美君より貰候明治十七年九月」と書いた紙片が付属している由であるから、もともとフリア本と伝来を共にしたものとも考えられないであろう。かくて、未見乍ら縮図に対する私の考えは片山本の写しと見ることに傾く。我々が当面せる博物館摸本とは兄弟の関係に立つものではないかとの疑いが濃厚となる。[14]

この「一字」とは、矢代氏の同論文（一六五頁）によると、

なる事ともありとなく〳〵其国の

物○のあたり侍りしなり

の○印を付した「物」のことである。これは大英本では七十六行の行末にあり、書くべき余白がなくなったからか、次行に送っている点を除き、大英本は東博本に一致する。梅津氏の「縮図はむしろ焼失せる片山本の写しで」あるかどうかは確かめる術はない。同氏の「フリア本（『地蔵菩薩縁起』）とは伝来を共にしたものとも考えられないであろう」とする傍証を伴わない発意ではあるが、次項で述べる挿図の検証から同じ結論に至る。

この絵巻には、詞書に続く絵の後の注記に、

寛四七月廿日水野石見殿か来

　　土佐ノ画大方見事也（朱筆）

寛四七月廿日

　水ノ石見より来

　　土佐ノ画大方見事也（墨書）

とある。前行の朱筆は、後世の別人の補とみられる。三行にわたる墨書は本文と同筆。「水野石見殿とは、将軍家光の寵臣水野忠貞（一五九八—一六七〇）のこと[15]」である。

これによれば、寛永四年（一六二七）七月二十日、探幽（二十六歳）のもとに、水野石見守《いわみのかみ》より持来したもので、土佐某の絵筆で見事なものと鑑識したことが記されている。なお、東博本『地蔵佛感應縁起』（模本）第四段・フリーア美術館蔵『探幽縮図』の同場面の詞書と絵とは、小松茂美「『地蔵菩薩霊験記』諸本の展開[16]」にモノクロ写真が掲載されているので、参照されたい。

2　挿絵について

挿絵で注目されるのが、『探幽縮図』の最終場面である。遂に地蔵堂が建立され、僧侶も衆庶も集まり、この霊験あらたかなる本尊を賛仰する光景である。注目されるのは、堂内に集まった人々の数はいずれも十一人であるが、それぞれの人物の動きに微妙な違いが見られることである。たとえば、東京国立博物館所蔵『地蔵佛感應縁起』および大英図書館所蔵『地蔵菩薩霊験圖』・フリーア美術館所蔵の『探幽縮図』の三絵巻は同一で、フリーア美術館所蔵の『地蔵菩薩縁起』だけが異なるのである。三絵巻の図様は、堂内の地蔵を囲む左右各五人の男女の顔は互いに向かい合い語り合っている者、地蔵を直視する者などで、いずれも意中は中央の地蔵像に注がれていると見られる。ところがフリーア美術館蔵『地蔵菩薩縁起』の絵[17]によると、画面左手の二人の男は左右反対の方向を見つめ、一人は中央の地蔵に、他は外を向いており、左手の僧一人と右手の男一人は外を向き、視線は霊験を聞き伝えて参詣に訪れた老若男女に奇跡を知らせているかのようである。このように『探幽縮図』の絵は、大英図書館本および東京国立博物館本に図様も色彩も一致することから、三書は同系統の略模本であり、フリーア美術館本『地蔵菩薩縁起』とは系統を別にするものと考えられる。絵と詞とは相付随する関係にあるとすると、先の矢代説は一考を要することになろう。別系統の本の存在を想定しなければならないかもしれない。

まとめ

シーボルトは、文政六年（一八二三）に初来日、文久二年（一八五九）に再来日した。

大英図書館蔵『地蔵菩薩霊験圖』は文化五年（一八〇八）の模写であるから、二度にわたる滞在中に求めたのであろう。

本絵巻の出現により明らかになったことが三点ある。

1　梅津次郎氏の推察（「五」項参照。叙述を欠き、それに対応する絵もないことを指す）どおり、東京国立博物館所蔵『地蔵佛感應縁起』には、四行の詞書とそれに対応する挿絵一図とが脱落している。

2　当時矢代氏は『探幽縮図』をフリーア美術館所蔵『地蔵菩薩縁起』の直写と考えられていたが、『探幽縮図』は別系統の模本であり、『探幽縮図』は『地蔵菩薩霊験圖』（模本）および『地蔵菩薩感應縁起』（模本）と同系統のものである。

3　東京美術学校（現東京芸術大学）所蔵『地蔵縁起絵巻』（模本）の実物は未見であり、『絵巻物叢考』による。「五」の検証結果から欠落あるいは省略とみられる部分および構図上の異同はあるものの配列順は諸本に同じである。よって梅津氏が「親本の錯簡をも連続して転写した形跡も見える」（『叢考』一〇七頁）とするのは当たらないと考えられる。

注

（1）Philipp Franz von Siebold（一七九六―一八六六）はドイツの医学者・博物学者。オランダ商館の医員として文政六年～十二年（一八二三―二九）長崎に滞在、安政六年～文久二年（一八五九―六二）に再滞在、幕府の外事顧問を務めた。

（2）辻英子『在外日本絵巻の研究と資料』（笠間叢書328）笠間書院　一九九九（平成十年　三四〇～四一頁／三一九頁／三二一～三二五頁

（3）「注（2）」に同じ。三二八頁、三四四頁

（4）写真については、辻英子『在外日本重要絵巻集成』影印編　笠間書院　二〇一一年　四一―四八頁を参照されたい。

（5）矢代幸雄「フリーア画廊の地蔵縁起」『美術研究』第七十六号　岩波書店　一九三八（昭和十三）年四月

（6）梅津次郎「フリア画廊の地蔵験記絵と探幽縮図」美術研究第百三十一号　一九四三（昭和十八）年四月。『絵巻物叢考』に再録。中央公論美術出版　一九六八（昭和四十三）年

（7）『大和文華』第十三。『絵巻物叢誌』に再録。

（8）「注（6）」に同じ。美術研究　一五～一九頁／『叢考』九八～一〇四頁はじめ、『探幽縮図』については「フリーア畫廊の地蔵縁起」（美術研究七十六号　岩波書店　昭和13年　一～一六頁）により、次いで小松茂美『続日本絵巻大成12』を、後日フリーア美術館で実見する機会を得た。

狩野探幽（一六〇二―一六七四）は鍛冶橋狩野家の祖。幼名宰相、後采女と改める。諱名は守信。探幽斎と号す。法印に叙せられるにおよんで宮内卿法印と称す。右近孝信の長子として京都に生まれ、父に画法を学び、早くから才を認められ、祖父永徳の再生と賞された。十六歳で御絵師を仰せつけられ、江戸城改築の度ごとに障壁画を描いたほか大阪城・二条城・日光東照宮・御所など多くの障壁画を制作、また古画の縮写を行う。池上本門寺南之院に葬る。

（9）判読の「　」を付した。これに関しては、「注（6）」の論文で梅津氏が指摘されている。「注（2）」の影印編参照。

（10）古典文庫　一～四　昭和三十九年。本書は、三井實睿撰『地蔵菩薩霊験記』三巻。続撰、十四巻

（11）「注（6）に同じ。美術研究　一八頁／『叢考』一一二頁

（12）『山王霊験記　地蔵菩薩霊験記』続日本絵巻大成12　中央公論社　昭和59年　一一九～一五九頁。梅津次郎「帝室博物館蔵地蔵縁起絵巻考」（『絵巻物叢考』一九六八年　中央公論美術出版　一〇一頁）

（13）注（5）に同じ。一一頁

（14）注（6）に同じ。美術研究　二二頁。／『叢考』一〇六・一〇七頁

（15）注（12）に同じ。一四三頁

（16）注（12）に同じ。一四二頁

（17）梅津次郎編『新修日本絵巻物全集』第29巻　角川書店　昭和55年　四二頁、口絵36

イギリス

I 3 大英博物館所蔵『ゑんの行者』絵巻等に見る王土王民思想と王法仏法相依論

一　王土王民思想

王土王民思想とは、日本の国土と人々がすべて天皇の所有物であるとする考え方で、『詩経』「小雅・北山」に「溥天《ふてん》の下、王土にあらざるなし。率土《そつと》の浜《ひん》、王臣にあらさる無し」とある。類似の句は、『春秋左氏伝』「昭公七年」、『史記』「司馬相如列伝第後七」、『孟子』「万章上」、『荀子』「君子篇」、『韓非子』「忠孝」など多くの書に認められる。広い天の下、王土でないところはなく、地の果てに至るまで王臣でない者はいないというこの中国の王土王臣思想に、日本の王土王民思想は拠っているが、変質もしている。中国において、王土は空間的に限りのあるものではなく、国家領域を超えて全世界に及ぶものでなくてはならなかった。日本の場合、特に九世紀以降には、王土を、日本国家の支配領域という閉じた空間に限定することが普通となる。

弘仁年間（八一〇～八二四）に成立したとされる『日本霊異記』巻下第三九に、「食《を》す国の内の物は、みな国皇の物なり。針を指すばかりの末だに、私の物かつてなし。国皇の自在の随《まま》の儀なり」とあるのが王土王民思想の確認される最初のものである。ついで『日本三代実録』の貞観五年（八六三）九月六日条に、「夫《そ》れ普天の下、王地にあらざるはなし」とあり、『類聚三代格』所収、延喜二年（九〇二）四月一一日官符に「夫れ普天の下、王土にあらざるは無し。率土の民、何ぞ公役を拒まん」[1]と記されるなど多くの文言が認められる。

二　王法仏法相依論

おうほうぶっぽうそういろん、王法仏法相即論、王法仏法思想などとも。王法は、国王の施す法令や政治ひいては国王の政治支配権力やそのもとでの秩序のこと、仏法は仏の説いた教えあるいは衆生を導く教法のことで、この両者が互いに支え合うことにより秩序は維持されるのであり、ともに欠くことのできないものであるとする理論。

理念的には古代仏教の鎮護国家思想に発しているが、王法・仏法という言葉が対《つい》概念として、史料上に認められるようになるのは一〇世紀末頃からのことであり、また、相依論として明確な形となって現れるのは一一世紀後半からである。すなわち、天喜元年（一〇五三）の「東大寺領美濃国茜部《あかねべ》庄司住人等解」（平安遺文・七〇二）に、「方《まさ》に今王法仏法相双ぶこと、譬《たと》へば車の二輪、鳥の二翼の如し。若《も》し其の一として闕《か》くれば、敢て以て飛輪することを得ず。若し仏法無くんば、何ぞ王法有らんや。若し王法無くんば、豈《あに》仏法有らんや。仍て（仏）法興るの故に王法最も盛んなり」と記されているのが史料で確認される最初のものである。(2)

三　作品から

大英博物館所蔵の『ゑんの行者』絵巻（Jp. 248. 249. 250）に、行者の言葉として、次のように見える。

1　きやうしやきこしめし　さては一言ぬしかさんけんなりとおほしめし　いかになんちら　くさも木もわか大君のくになれは　たとへしゆつけの身なりとても　いかてとかうはそむくへき（中巻第9紙・11〜16行）

2　それ天地のおん　ふかのおん　父母のおん　中にもおもきは国王のおんなり（下巻第1紙・6〜7行）

3　きやうしやきこしめし　こはおもひもよらさる御たつねかな　えきかううちの家として　君の御おんをかうふりし身におゐてのそみなし（中略）もとより仏ほう王ほうのさかへさせ給はんをこそいのる仏ほうなれ　われ毎年にみねにいり　ところ〳〵のさいれい　たに〳〵の御きたうも(3)　まつたく　我ためならす　こくとあんせん長久ならしめんため　いつくかわうちにあらすといふ事なし（下巻3紙・5〜19）

このように「1」に謳われる「くさも木もわか大君のくに」（王土王民思想）、「2」の「天地　ふか　父母　国王のおん」の四恩のうち、国王の恩が最も重い、とすること、「3」の「仏ほう王ほうのさかへさせ給はんをこそいのる仏ほう（仏法王法相依論）」であると、仏法側から主張された視点等が注目される。

先にも述べたように、鎮護国家思想の淵源は、仏法の救護による代々の皇位の永続を願う聖徳太子の遺勅にも示されている。すなわち寛平七年（八九五）の注進状に基づく『大安寺縁起』に、次のように示されている。

太子報二天皇一曰。臣幸以二宿恩一忝生二皇門一欲レ報之徳。昊天罔レ曲。況非二其器一。久執二朝柄一聖恩未レ酬。浮生将レ尽。以レ此為レ恩。亦無レ所レ願。但欲下以二熊凝精舎一。献二朝廷一成中大寺上。是只保二護皇胤一此故也。(4)

これは、大臣蘇我馬子の「私寺」の法興寺（「官寺」説もある）に象徴される氏族権力に対抗する天皇の権力の象徴としての「官寺」（後に、遺勅を継承した舒明天皇により百済大寺の造立をみる）の必要性を示唆するものとみられよう。仏教伝来後も、代々天神社稷の祭拝を事としていた天皇であったが、ここに、即ち王法と仏法との出会いが注目される。このように、日本の仏教は、推古天皇の時代から非常に盛んになったのである。ことに日本における「四恩」に関して、中村元氏は次のような注目すべき見解を述べている。

仏教を人々が遵奉するにいたった目的は君と親との恩に報いるためであった。『日本書紀』によると「皇太子および大臣に詔して、三宝を興《おこ》隆さしむ。このときもろ〳〵の臣・連ら、各々君と親との為に、競ひて仏舎を造る。即ちこれを寺《てら》と謂ふ。」とある。本来仏教的ではない「忠・孝」の思想が、日本では仏教そのものを意義づけることとなったのである。（略）したがって「君」を尊重する思惟方法は、封建社会における身分倫理ともなりうるし、また国家至上主義における天皇に対する服従の倫理思想ともなりうるのである。(5)

また次のように述べている。

『大乗《だいじょう》本生《ほんしょう》心地《しんじ》観経《かんぎょう》』第二巻においては、四恩として、父母の恩・衆生の恩・国王の恩・三宝の恩をあげて、いちいち説明している。そこで国王の恩を説く箇所においては、「人民の幸福は国王にもとづくものであり、国内の山河・大地はすべて国王の所有である。国王は仏にひとしい権威を有し、神々（三十三天の諸天子）の特別な保護を受けている。ゆえに国王に対しては反逆を企ててはならない」とおしえている。このような国王観は、仏典においてはまったく例外的なものである。（略）しかも経典の文においては四種の恩がただ併挙されているだけであり、その内容に関しては三宝の恩に絶対的意義を認めているのに、日本においてはとくに国王の恩が強調され、それに最上の地位が与えられている。（略）『朝恩』がもっとも重い、という思想は『心地観経』説ではなくて、日本人がそれに託して表明しているものなのである。[6]

ここで説話や物語における「君」あるいは「天皇」の語の見える話について瞥見しておこう。まず『日本霊異記』上一、雄略天皇（四一八―四七九）の随身、肺脯の侍者小子部栖軽は、天皇の命で雷神を呼びに行き、雷に向かって「雖二雷神一而何故不レ聞二天皇之請一耶（いくら雷神でも、天皇のお招きを拒むわけにはいくまい）」と叫ぶ。その雷の落ちた場所は雷岡と名付けられた。降って『万葉集』に、「天皇御二遊雷丘一之時、柿本朝臣人麻呂作歌一首」の詞書に続く次掲の一首は持統女帝の歌ともされている。

大君は神にしませば天雲の雷の上に廬せるかも（巻三・二三五）

また、王化にまつろわぬ神を退治する伝承に次の話がある。『常陸国風土記』行方郡条に、孝徳天皇（在位六四五―六五四）の御代、壬生連麿が池の堤を築こうとしたところ、夜刀の神（蛇）が相群れて来て池の辺の椎の株に集まり去らなかった。麿は、「令レ修二此池一、要在活レ民、何神誰祇、不レ従二風化一。」と叫び、天皇の政策に従わない地神（蛇）に詰問し、打殺してしまう。推古紀二十六年是年条に、河辺臣を安芸国に遣わして大船を造らせた。山に入って適材を見つけ切ろうとすると、ある人が「霹靂の宿る木だから、切ってはいけない」と言う。河辺臣は、「其雖二雷神一、豈逆二皇命一耶。（雷神であろうと、皇命に逆らうことがあってよいものか）」と言って、多くの幣帛を捧げて、人夫に伐らせた。雷神は、小さな魚に化して樹の枝に挟まれた。その魚は焼かれ、造船は達成した。

このように、律令制が布かれて以後、土着神の衰退と対蹠的に王化の風が顕著になってくる過程が読み取れる。降って、『竹取翁物語』（平安初期成立）に次のようにみえる。

君の使といはむ者は、命を捨てても、おのが君の仰せ事をばかなへむとこそ思ふべけれ（竜の頸の珠）

汝らが君の使と名を流しつ。君の仰せ言をば、いかがは背くべき（竜の頸の珠）

国王の仰せ言を、まさに世に住み給はむ人の、承り給はでありなむや(7)（御狩のみゆき）

次いで『太平記』巻第十六「正成《マサシゲ》兄弟討死《ノ》事」の段で、楠判官正成と舎弟帯刀《タテハキ》正季《マサスエ》との最期の会話を次に引用する。

「抑《ソモソモ》最期ノ一念ニ依《ヨツ》テ、善悪ノ生《シヤウ》ヲ引《ヒク》トイヘリ。九界《キウカイ》ノ間ニ何カ御邊《ゴヘン》ノ願《ネガヒ》ナル。」ト問《トヒ》ケレバ、正季カラ〱ト打笑《ワラウ》テ、「七生《シチシヤウ》マデ只同ジ人間ニ生《ウマ》レテ、朝敵ヲ滅《ホロボ》サバヤトコソ存《ゾンジ》候へ。」ト申《マウシ》ケレバ、正成ヨニ嬉シゲナル気色ニテ、罪業《ザイゴウ》深キ悪念《アクネン》ナレ共我《ドモワレ》モ加様《カヤウ》ニ思フ也。イザ、ラバ同《オナジ》ク生《シヤウ》ヲ替《カヘ》テ此《コノ》本懐ヲ達セン。」ト契《チギリ》テ、兄弟共ニ差違《サシチガヘ》テ、同《オナジ》枕ニ臥ニケリ(8)。

このように最期の一念は叶えられること必定とする正成・正季兄弟の願いは、七たび生まれ変わって国に尽くすことであった。こうした思想はその後も流れ続き、

＊万朝報―明治三七年（一九〇四）四月三日「前殿広瀬中佐が福井丸船長に与へし辞世の語は〈略〉七生報国
一死心堅　再期成功　含笑上船(9)」

の伝承にも底流をなしている。〈七生報国〉の語は、第二次世界大戦下の戦死者の辞世の句を調査した鶴見和子『漂泊と定住と――柳田国男の社会変動論』（筑摩書房　一九七七）にも収められている。

四　ベルリン国立アジア美術館所蔵『扇面　平家物語』にみる「物怪之沙汰」

『扇面　平家物語』は、ドイツ人医師・ギールケ（Hans Paul Bernard Gierke, 1847.8.19–1886.5.8）の旧蔵品で、紙本金地着色　六〇図（江戸時代（一七世紀）各八・八×二四・八糎）が『美がむすぶ絆』に紹介されている。

ギールケは、ドイツのステッティンに生まれ、ヴュルツブルク大学の助教をしていた。師ケリカー（A. Koelliker）の推薦により、フェノロサより一年早い明治十年（一八七七）年三月、東京医学校が東京大学医学部へ改組となるのに合わせ赴任した。持病のため三年あまりで帰国、明治十八（一八八五）年、日本で蒐集したコレクションを一括して民族学博物館に譲り、翌年、ベルリンのシェーネベルクにて三十八歳で亡くなった。『天稚草紙絵巻』（cat. no. 7）と『扇面　平家物語』（cat. no. 22）とは彼のコレクションの一部である。(10)

この『扇面　平家物語』に描かれた「物怪」について見ていこう。

『平家物語』巻五「物怪之沙汰」（屋代本巻五では「福原怪異事」とあり、「物怪」は「怪異」と同意である）は、福原遷都後、平家の人々は夢見が悪く次のような「変化の物」が多く現れるようになったことが語られる。

この場合「物怪」は、不思議なこと。あやしいこと。「もののさとし」という和語に漢字が当てられたと考えられ、単なる怪異現象ではなく、神仏、その他正体の明らかでない超自然的存在から、人間への譴告であったり、あるいは災いが起こることへの予告であったりする変異である。『平家物語』では、人間に憑依する「もののけ」に対し、憑依せず、なんらかの正体を示し、人に害をなす霊的存在を「物怪」といっている。(11)

例えば次のように語られている。

①ある夜入道（平清盛）のふし給へるところに、ひとまにはゝかる程の物の面いてきてのそきたてまつる。

入道相国ちともさはかす、ちやうとにらまへておはしけれは、たゝきえにきえうせぬ。

②岡の御所と申は、あたらしうつくられたれはしかるへき大木もなかりけるに、ある夜おほ木のたふるゝ音して、人ならは二三十人か声して、とゝわらふことありけり。これはいかさまにも天狗《テング》の所為《シヨイ》といふ沙汰にて、ひきめの当番となつけて、（略）天狗のあるかたへむいてゐたる時は音もせす、ない方へむいてゐたるとおほしき時はとつとわらひなとしけり。（図版一①、後掲）

③又あるあした、入道相国頂台《チヤウダイ》よりいてゝつま戸をゝしひらき、坪《ツボ》のうちを見給へは、死人のしやれこうへともかいくらといふかすもしらす庭にみち〳〵て、うへになりしたになり、ころひあひころひのき、はしなるはなかへまろひいり、中なるはゝしへいつ。（略）かくしておほくのとくろともか、ひとつにかたまりあひ、つほのうちにはゝかるほとになて、たかさは十四五丈もあるらんとおほゆる山のことくになりにけり。かのひとつの大かしらに、いきたる人のまなこの様に、大のまなこともか千万いてきて、入道相国をちやうとにらまへてまたゝきもせす。（略）（図版一②）

④其外に一の厩《ミマヤ》にたてゝとねりあまたつけられ、あさゆふひまなくなてかはれける馬の尾に、一夜のうちにねすみ巣《ス》をくひ、子をそうんたりける。（略）昔天智天皇の御時、竜《レウ》の御馬の尾に、一夜の中に鼡《ネスミ》すをくひ子をうんたりけるには、異国の凶賊蜂起《ケウゾクホウキ》したりけるとそ日本記には見えたる。（図版一③）

⑤又源中納言雅頼《マサヨリノ》卿のもとに候ける青侍《セイシ》か見たりけるゆめも、おそろしかりけり。（略）其後坐《ザ》上にけたかけなる宿老の在《マシ》ましけるか、「この日来平家のあつかりたりつる節《セツ》斗《ト》をは、今は伊豆国の流人頼朝《ヨリトモ》にたはうする也」と仰られけれは、(12)（略）

その他の怪異も、清盛の命運が傾いてきたことへの予告として語られている。

五　オクスフォード大学付属アシュモレアン美術・考古学博物館所蔵の浮世絵にみる「福原怪異」

福原遷都周辺の物怪現象は後の江戸時代の浮世絵師たちによっても絵画化されている。例えば、深尾北為[13]の「福原怪異の図」（図版二①）、歌川広重[14]の「平清盛怪異を見る図」（図版二②）などがある。天保の改革以降、幕末の浮世絵師歌川国芳等により描かれた画題に、『平家物語』のパロディが少なくないことも注目される。

この種の「もののさとし」は、他の作品にも見ることができる。『続日本紀』文武天皇三年（六九九）五月条に、役小角は葛城山の一言主の神の讒言により伊豆国配流の身となると記すが、この伝承は、スペンサー・コレクション所蔵の『役行者絵巻』第七段に次のようにみえる。

そのときにのそんてみやこにはさま
〳〵のさとしともはへりけりかみな
りいなつましきりにして大地おひたゝ
しくゆるきしかは世のめつするにやとしよ
人なけきかなしみけるかたいりには御殿《てん》
のうへに一むらのくろ雲おほひ雲の中に
おそろしきこゑ《コエ》あつてあやまたぬ行者をい
ろ〳〵にさいなみあまつさへ命をうはゝんと
すはなはたひかことなりいそきめし返さる

へしさなき者ならは世はたゝ今にめつし
なんとよはゝりけれはみかと大におとろきさ
はかせ給てかのしまにちよくしをたてられ
行者のつみをゆるし都へめしかへされに
けり[15]（第21紙　1〜14行）

六　オーストリア国立工芸美術館蔵『さゝれいし』

本作品は、室町時代後期に成立されたと推定され、御伽草子二十三編にも収められていて、御伽草子の代表的作品の一つとして知られている。不老長寿を祝う祝儀物の一種で、相似た作品は少なくないが、薬師信仰を中心に据えているところに特色がある。

成務天皇の末の姫君のさゝれいしの宮は、薬師如来を深く信仰していたところ、ある夕暮れ、金毘羅大将が天降って、瑠璃の壺に入った不老不死の薬を授かった。この薬のお陰で、宮は十一代にわたり長寿を保ち、最後は東方浄瑠璃世界に往生した。

なお、薬師如来は東方浄瑠璃世界の主尊で、まだ菩薩であったとき十二の大願をたてて衆生救済をした。現世利益の仏として注目され、ことに江戸時代には、〈朝観音・夕薬師〉といわれるほど信仰された。薬師信仰の日本文学への投影は阿弥陀の信仰との密接な関連のもとに平安中期より顕著になり、その功徳を讃嘆した歌謡は、後白河法皇編『梁塵秘抄』に収められている。[16]太陽の運行からの連想も手伝って、東方の薬師は衆生を西方の阿弥陀の浄土へ導くと考えられたためである。

薬師如来祈願に始まり阿弥陀来迎で結ばれる作品に『更級日記』（一〇二〇―一〇五八）がある。[17]

注

（1）『平家物語大事典』「思想・宗教」の項〈大津雄一）。二〇一〇　東京書籍。
（2）黒田俊雄『王法・仏法―中世史の構図』法蔵館　二〇〇一年　二八頁
（3）拙著『在外日本絵巻の研究と資料』笠間書院　一九九九年　三八七頁・三九〇―三九一頁
（4）『群書類従』第拾五輯釈家部　経済雑誌社　明治三四年（初版明治二七年）四〇七頁。注（2）に同じ。
（5）『中村元選集　第3巻　日本人の思惟方法』春秋社　一九九一年（初版　一九八九）一六七～一六九頁
（6）注（5）に同じ。二六一・二頁
（7）松尾聰校註解説『竹取物語』笠間書院　一九八六年
（8）『太平記　二』日本古典文学大系35　一九八一年（一九六一　一刷）一五九頁
（9）『日本国語大辞典』
（10）郡山市立美術館他編『美がむすぶ絆　ベルリン国立アジア美術館所蔵日本美術名品展』二〇〇八年　一八・一九頁。『平家物語』全編にわたり絵画化した作品としては、林原美術館所蔵『平家物語絵巻』36巻、および江戸時代前期の作とされる根津美術館蔵『平家物語画冊』3冊全120面がある。後者については『コレクション展平家物語画帖諸無常のミニチュール』（二〇一二年九月八日（土）～一〇月二一日（日））で公開された。
（11）森正人「モノノケ・モノノサトシ・物怪・恠異―憑依と怪異現象とにかかわる語誌―」（『国語国文学研究』二七号・一九九一・『平家物語大事典』）。『扇面　平家物語』については図版一②・③・④を参照されたい。
（12）麻原美子・春田宣・松尾葦江編『屋代本高野本対照平家物語二』一九九一　新典社　三五・三七頁
（13）「福原怪異の図」については、図版二を参照されたい。深尾北為（葛飾北為　かつしかほくい。生没年不詳）は、江戸後期の浮世絵師。葛飾北斎の門人で、その作画期は天保より、明治十年代に及ぶ。姓は深尾。名は不詳。白山人と号す。明治二十六年（一八九三）頃、深川に住んだという。「幕末明治の浮世絵師伝」『幕末明治の浮世絵師集成』（樋口弘著　九一頁　昭和三七年　改訂増補版）「日本古典籍総合目録」。
（14）「平清盛怪異を見る図」については図版二を参照されたい。歌川広重（うたがわひろしげ）初代。寛政九年～安政五年（一七九七～一八五八）。安藤広重とも。歌川豊広の門人で狩野派、南画、四条派などにも学ぶ。風景がを得意として代表作は「東海道五拾三次」の作者として、世界的にも有名。広重の作品に見られる鮮やかな青色は海外でも高く評価されている。

(15) 注（3）に同じ。一四九―一五〇頁
(16)『岩波仏教辞典』
(17) 拙著『在外日本絵巻の研究と資料続編【研究編】』笠間書院　二〇〇六年　一八三―一九六頁参照。

図版一①

『扇面 平家物語』

物け
ある夜大木のたをるゝ音
し人ならは二三千人か声
してこくうにとつとわら
ふをとしけりいかさまにも
これは天狗のしよいといふ
さたにてひる五十人夜百人
の番衆をそろへ引めの
番と名付てひきめをい
させられけるに天狗の
有かたへむかひていたる時は
とつとわらひなんと
しけり

Museum für Asiatische Kunst, Staatliche Museum zu Berlin

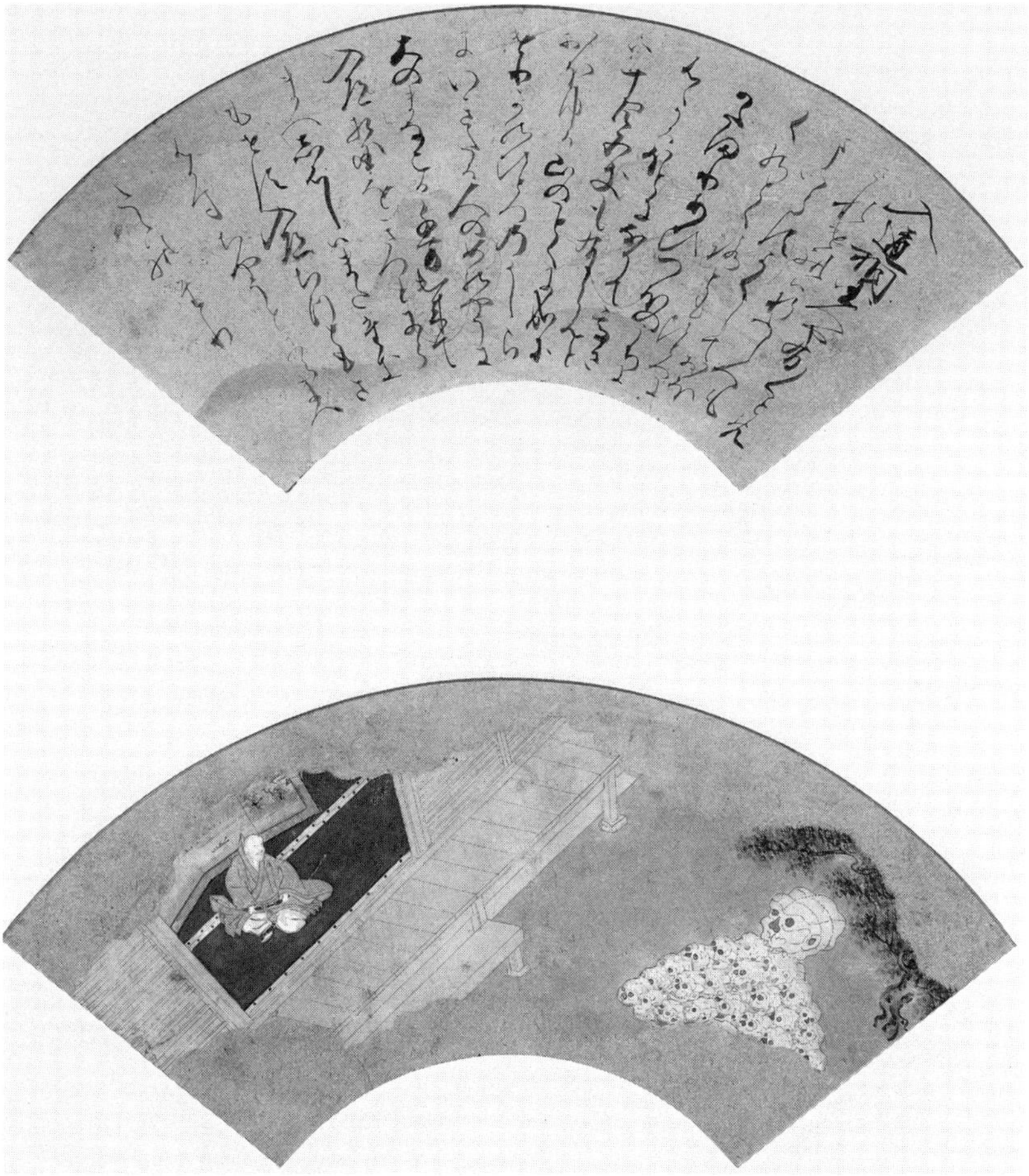

図版一②

『扇面 平家物語』

入道相国人や有〳〵とめ
されけれは折ふし人も
まいらすかくしておほ
くのとくろともひとつに
かたまりあひつほのうちに
はゝかるほとになつて高さ
は十四五丈も有らんと
おほゆる山のことくに成に
けりかのひとつのかしら
にいきたる人のめのやうに
大のまなこか千万出来て
入道相国をきろとにら
まへしはしはまたたき
もせず入道ちつともさ
はかすちやうとにらまへ
たゝれたり

Museum für Asiatische Kunst, Staatliche Museum zu Berlin

図版一③

『扇面 平家物語』

入道相国一のむまやに
たてゝとねりあまた
つけて朝夕なてかはれ
ける馬の尾にねすみ
一夜の中にすをくひ子を
うむたりける是たゝ事に
あらす御うら有へしとて
神祇くはんにして御うら
ありおもき御つゝしみと
うらなひ申す此馬はさかみの
国の住人大はの三郎かけちか
か東八ケ国一の馬とて入道
相国に参らせたりけるとかや

図版二② 「平清盛怪異を見る図」歌川広重

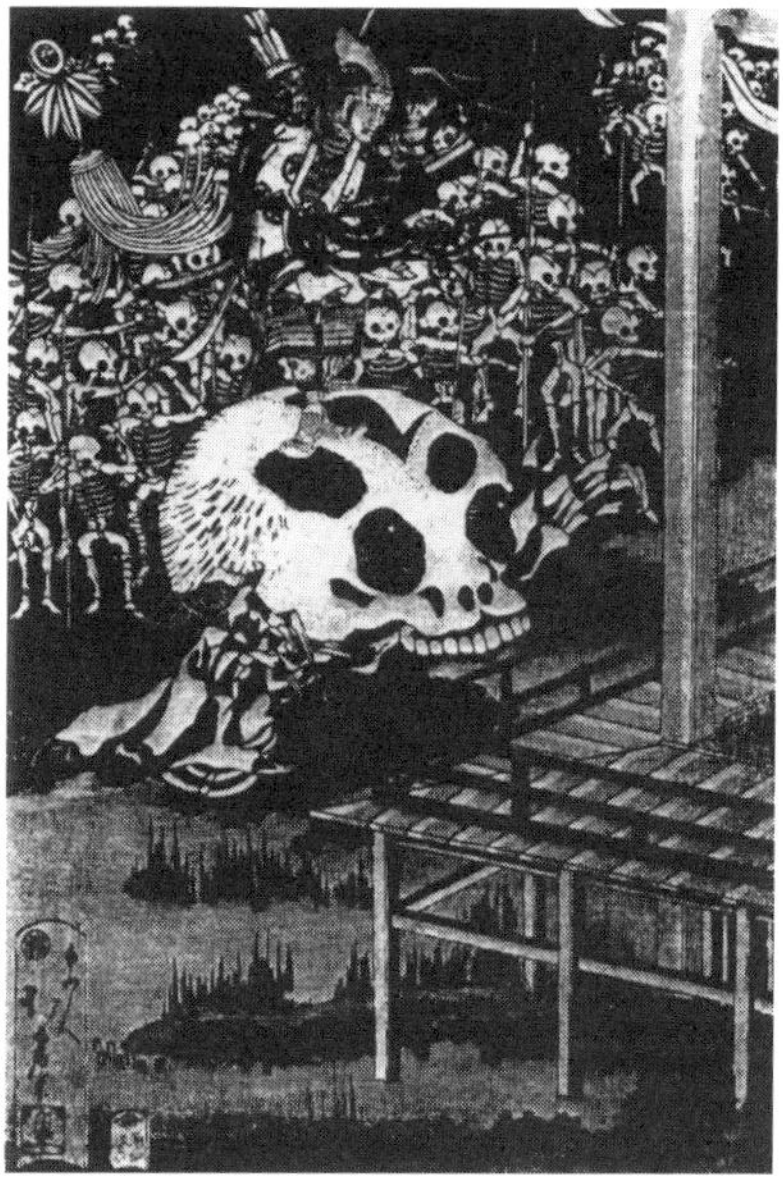

図版二① 「福原怪異の図」深尾北為

Ashmolean Museum, University of Oxford・All
proceed benefit the work of the Ashmolean Museum

Ⅰ　イギリス

4　ケンブリッジ大学中央図書館所蔵『末ひろかり』絵巻の本文と解説

『末ひろかり』絵巻詞書

つたへ聞もろこしの岷江《みんがう》のみなもとをたつぬれはなかれの水わづかにさかつきをうかふるほとの浅瀬《あさせ》なれともそのすゑにをよひては大なる江《え》となり底《そこ》ふかく波たかうしてもし風すこしあらけれは舟をいだしわたる事かなひかたしとかや松子《せうし》の一粒《りう》はそのかたち小《ちいさ》けれとも地に落て生長《しやうちやう》すれはねはびこり枝《えだ》しげり四方にたれしきてすゑなかくその大木となる時には山にひろこり谷にふさかり木すゑは蒼天《さうてん》の雲をしのぎ風のひゝきとをくつたへていく千丈《ぢやう》ともしりかたし山はちりひちのかさなりつむにおこり海《うみ》は苔《こけ》の露したゝりあつまるになれりといふ事是みなこうをかさね年を（第1紙）つもりてやうやく小より大にいたり浅きよりふかきにをよへり鶴《つる》の卵《かいご》のわつかなる日をかさねてひなとなりつはさすてにそなはるときは雲漢《うんかん》の空に羽《は》うちなくこゑ九《きう》かうに聞えとふに追《をふ》事あたはすとゝむるにいくるみのをよふところにあらす小蛇《せうじや》はじめはつま櫛《ぐし》のことくなれとも年久しくつもりぬれは其身大にうろこかさなり地にわたかまれは山のことく時いたつて竜《りう》となりいきほひにのりては雲をおこし雨をくだし九天《きうてん》にのほるにをよひてひぎやう自在《じざい》を得て日のひかりをおほふ物みな時を得れは

すゑひろこりていきほひあり後にさかへ
てめてたきためししな〳〵まことにこ
れおほしかの黄《つ》楊《げ》木《のき》の一とせにわつか
に一寸を長《ちやう》じて閏《うるふ》のある年には又一寸
しゝまると云かゝるたくひは物のはしめに
は見聞たに心うし人のつとむる学《かく》の道《みち》も黄《つ》
楊《げ》の木にならふ事なかれとこそいましめられけれ

（第2紙）

〔絵一〕　（第3紙）

されは世の人の年のはしめをいはふより
してかす〳〵めてたきためしとて物
によせ名によせてよはひをのへ命をの
ふ君かよはひはいつまてもかはらてくめ
る若水や又春日野の雪まをわけ
出てつむらんはつ若な子日の小松引
うへて千とせの春のはしめとて色もと
きはのわかみとり枝にはすたつひな鶴の
すむといふなるほうらいの山のいはねは
うこきなき国ゆたかなるためしとかや

数もしられぬ君か代の久しきかけを千《ち》
尋《ひろ》ある竹のそのふのすゑかけてなかき
ちきりは玉つはき千世に八千世にいつ
まてもたえすむすへる柳の糸くり返し
てやさほひめのをりてさらせる朝ことの
かすみの衣うす氷《こほり》とくる御池にゐる亀
のよろつ世かけてかきりなき浜《はま》のま
さこのかす〳〵にめくれる玉のさかつき
にかけをたゝへてくむ酒のくすりとな
りて君か世をたもつよはひは久かたの　（第4紙）
天《あま》津《つ》御《み》そらとあらかねの地と草木の
あらんかきりつきすましきそのためし
にめてたき事をいはふ也卜部《うらべ》のなに
かしか神前に申せし祝言《のつと》にもよはひ
は松と竹とことふきは鶴《つる》とかめ海老《えび》のこし
かこふて鱒《ます》のます〳〵に銭《ぜに》はつなきな
から綿《わた》はたばねなから鯛《たい》のたいらかに
家さかへましませとよみたてまつり祈
念申せし事も人の世の中物みなあやかる

事なきにあらすよき事にはあやかるへし
麻《あさ》の中のえもきはあさにあやかりて
麻《あさ》のことし　（第5紙）

〔絵二〕　（第6紙）

しかるに今の世にもすゑひろかりとてめでたき名によそへつゝいはふへき所にはゆく人もこれをもち又たてまつる事もあり此日本につくりいたしてもてはやすそのたくみ地紙《がみ》（ママ）（祇）はこれ半月なりほねの数十二本を十二月にたとへたりふたつのかなめは日月をあらはせりひらくときは風すゝしく夏のあつさをわするへし立てまひをまふときはこれやむかしの神あそひあまつ空なる乙女の袖さなからこゝにうつすとかやたゝめは又すゑひろく礼をたすくるとり物なりうこくに風を生《しやう》ずれは人のあつさをとゝむるはこれ仁《じん》の徳なり廉《か》な目《め》のかたくたもちてほねのみたるゝ事なきはすなはち義《ぎ》をまもるなり節会《せちゑ》いはひのおりからにしやうぞくを引つくろひ又は貴人《きにん》のまへにはかならすもちてしこうするこれ礼《れい》の徳なりひらけはひらきたゝ　（第7紙）
めはたゝむ開合《かいがふ》こゝろのまゝなるはこれ智《ち》の徳にあらずやあふけはかならす風を生すこの事さらにたかはさるはこれ信《しん》の徳なりいくさにむかふて敵《てき》をまねきせうふのしるしをあらはすはこれ武勇《ぶゆう》のならす（ママ）や五常《じやう》の道《みち》たゝしく智仁勇《ちじんゆう》の三徳《とく》たゝこのひとつの扇《あふぎ》にそなふむかしたんはの国さえきの郡《こほり》に佐伯《さえき》の宿祢《すくね》豊麿《とよまる》といふ者あり生れてよりこのかたその心つねにさはがしきをきらひしつかなる所をこのみおり〳〵は山ふかくいりて笙《しやう》をふきて心をたのしみけりされはそのころ呂律《りよりつ》にかなひけるにや嶺《みね》の猿《さる》は木のみをもとめてこれをさゝけ岩かけにかくれすむさおしかのたぐひむしなうさぎ

にいたるまてしたしみなれてあつまりき
く雉《きじ》山鳥のたぐひは木するゑにあつま
りてこれを聞けりまことにもろこし
の伯牙《はくが》といふもの琴《こと》をひきしには水にす
むうろくつをとり鄒燕《すうゑん》といふもの笙《しやう》を　（第8紙）
吹しには寒谷《かんこく》あたゝかに春のことくあり
けれはまだ冬なから梅さくらの色をあら
そふ花咲けりそれはもろこしいにしへ
のためしこれは我てうの
豊丸音律《とよまるおんりつ》に
達《たつ》せしゆへ
ぞかし　（第9紙）

〔絵三〕　（第10紙）

かくて豊丸《とよまる》日ことに山に入笙《しやう》をふきて
たのしみとすをのつから仙境《せんきやう》の道にいた
り身もかろく心もすみわたりいよ〳〵
山をこのみてさらに人里をはすみうきも
のにおもひけるほとにこの心さしにひかれ
て猶山ふかく分いりたりけれはひとつの園《その》
に行いたりぬ園のなみ木を見わたせは春
のけしきそのとかなる霞《かすみ》の衣たちわた
り谷のうくひすのきちかく梅かさえだ
につたひてはさへつるこゑも聞ゆなり
池の氷もとけそめてきしの柳の糸
たれて松にかゝれるむらさきの藤もや春
のなこりとてかこちかほにも花咲らん
井出の山吹色ふかくみなみにつゝく夏
の空立石やり水なかれては落くる滝
の音をそへみきはにさけるかきつはた御
はしのもとのせうひの花ほころひそめ
て匂ふらん垣ねに白くみえわた（衍）渡る卯の
はなのよそほひは月か雪かとあやまたる　（第11紙）
雲井に名のるほとゝきすあやめみたるゝ
沼《ぬま》の水こめてふりそふ五月雨にむかし
をしのふ花橘《たちはな》にほひや閨《ねや》にかよふらん沢
辺のほたるみたれてはなれもおもひに
身をこかしきえぬ火をもやうらむらん
こするゑにたかく鳴蝉《なくせみ》のいのちを露

にかけなからもぬけてゆくも心あり西より秋の風落て露をきそふる萩か花ちきりはくちじをみなへし何をうらみにくねるらんまかきに菊のはなさきて窓《まど》のもみち葉《ば》うすくこくそむる時雨の音すこく妻《つま》こふ鹿《しか》のこゑ〳〵に虫《むし》のうらみもたえ〳〵によはり行こそあはれなれ木するゑに冬の色みえて北よりさそふあらしの音木の葉やつれてふる時雨ことゝふみちをうつみつゝかれ野のすゝき霜さえて雪のしたなる谷川もいとゝたえ〳〵こゑむせて嶺《みね》ふくあらしはけしきに羽《は》がひをかはす鴨鳥《かもとり》のをしねの夢やさますらん筧《かけひ》の水もつらゝゐてさひし（第12紙）き空によこをるゝ炭《すみ》かまのけふりのすゑけに冬なれやと心ほそしなをふかくたちいりてあるしのすみかをさしのそけは柴《しば》のとほそ竹のかきさもあやしけにみえけるか内には年ころ七十はかりのおきなの二人さしむかふて心しつかに薬をとゝのへてこかねの釜にてねるとみえしとよ丸をみつけていかにあれは何のゆへにか爰には来れるそとゝふとよ丸こたへていふやう我はたんはの国さえきのこほりのものなるか世のさはかしきをきらひてしつかなる所をこのみ是までさまよひ来り侍へり爰は聞ゆる仙境《せんきやう》とおほえたりねかはくはそれかしにも仙じゆつをさつけ給へと申けりおきなうち聞てさらはこなたへ来るへしとて内にいさなひいれつゝまつ一りうの薬をあたへ侍へり豊丸これをふくするにそのあちはひ心もことはも及はれす心のうちたちまちにすゞやかにおほえてとひ立はかりになりにけりおき（第13紙）な申されけるやうは仙家の道術《だうじゆつ》さま〳〵なりいまはなんちにつたふへしこの法をたもちぬれはまつ地仙《ちせん》となるへしそれより徳をほとこします〳〵道を

おこなへはつゐに天仙となるへきなり
とく〳〵故郷にかへりて人をめくみ徳を
おさめ身をつゝしみ心をとゝのへ天仙と
なり給へとて鋒雪玄霜《ほうせつけんそう》の煉丹長生《れんたんちやうせい》
のくすりを五色《しき》のつほにうつしいれて
豊丸《とよまる》にあたへつゝ谷のほとりにをくり
出れはあとはすなはち雲かすみけふり
の色にうつもれて仙家の四季《き》のよそほひ
はへたゝりてみえさりけりをくりて出し
おきなも雲ちをかけりて帰り
にけり

きたい
ふしき
の事
とも
なり　（第14紙）

〔絵四〕　（第15紙）

さるほとに豊丸《とよまる》は故郷にかへり妻子《さいし》けんそく
をよひあつめてかたりけるは我すてに仙
家にいたりまのあたり長生のみちをうけ
て地仙のかすにくはゝり侍へりなんちらも
これをつたへて我家をおこすへしとてさ
ま〳〵の方術《はうじゆつ》をほとこしをしへたり又
豊丸ある日山中にいりて心をすまし笙
をふくところにかしこにひとつの洞《ほら》ありて
朝な〳〵に雲をおこすしかるにこのほらそ
のふかき事ほとりをしらす豊丸洞《ほら》ちか
く岩のうへに座をしめ笙をふく其こゑ
雲にひゝき地にみつれは山中の鳥けた
ものこと〳〵くあつまりて耳《みゝ》をかたふけつば
さをたれかうへをうなたれひつめををりこ
れを聞こそきとくなれかゝりしまゝに
ほらの内に年へにけりとおほえて色
白き蝙蝠《かうもり》数《す》千百とひ出たり仙家《せんか》の書を
あんするにかうもりむまれて千ざいを
すくれはその色へんじて白しこれを取　（第16紙）
て食《しよく》すれは長生の身となるその大さかさ
さきのことしといへり此書の内にしるしたる

ことはにたかはす大さかさゝきのことく
その色しろきかうもり数千百とひ出
て木にとゝまり岩かとにかゝりてつば
さをのへ又はたゝみ笙《しやう》をきくとおほえ
たり豊丸つら〳〵これをみるに心つく
事あり公卿殿上《くぎやうてんじやう》人真《しん》の束帯《そくたひ》し給ふには
笏《しやく》をとりて礼《れい》をおこなふ又地下のとも
からもこれをとりて礼をたすくもろこし
のくしゆんのつくり給へる五明《みやう》の扇《あふき》をも
ろこし人は手にもちて公卿臣下《くぎやうしんか》の其外は
笏《しやく》にかへてこれをとれり又団扇《だんせん》のうち
わと云はこれさらに礼《れい》のみちにそなへかたし
我てうに又たくみなからんやかたちを
五明によせたくみをこのかうもりのつ
ばさによせて笏にかへて礼のうつはもの
にそなへむとするゑひろかりの扇を此とき
たくみ出しけりそのときのみかとは天
智天皇とそ申けるたんはの国朝倉《あさくら》の　（第17紙）
の（ママ）宮に木の丸殿をたてられこゝにすま
せ給ひけりされは天皇の御歌に
　朝くらや木のまるとのに我すめは
　　名のりをしつゝゆくは誰《た》が子ぞ
と詠せさせ給ふ豊丸するゑひろの扇を
たくみいたして子細をつふさにそうもん
して扇をさゝけたてまつるみかとえ
いかんのあまり豊丸を新中納言に補《ふ》
せられけれ共もとより世の中のさはがし
きをいとひて身は山すみの人となり長
生の道をおこなふゆへに官位《くわんゐ》をはじた
いして地仙となり侍へりつゝ石すいをと
り雲母《うんぼ》をくらひつゐに天仙のみちを
さとり空をかけり雲をわけ飛行《ひぎやう》じさ
いをほどこし
　妻子《さいし》にもろ〳〵の
　　薬方《やくはう》をつたへつゝ
　みつから仙宮に
　　入に
　けり　（第18紙）

〔絵五〕（第19紙）

さるほとに豊丸《とよまる》か子すなはち佐伯《さえき》の郡《こほり》
を給はり父かたくみをえいかんありそ
の名をすくにつけられてさえきの中
将季広《すゑひろ》とそくたされける仙術《せんじゆつ》をぢき
につたへ長生不死の薬をねりてみかと
にこれを奉りけれは君きこしめさるゝ
に御よはひわかやかにきよくたいちから
すくやかにおはしますこそめてたけれ
みかとえいかんあさからす中将をめされ
て施薬院《せやくゐん》にをかせ給ひ典薬《てんやく》の頭《かみ》に
なされたり和家丹波《わけたんば》二流《りう》のうち丹波氏《たんばうぢ》
の典薬《てんやく》はこの時よりはじまれりするゐひろ
子ともあまた出来てくらゐにすゝみ官
にいたり諸国にひろこり名をあらはし君
をしゆこしたてまつるこれより諸こくに
ひろまりてすゑひろの扇とて仙家の
たくみいはれありて此あふきの徳たかく
よはひをのふる松の風あふげはこゝも仙境《せんきやう》
のすみかにかはることもなしおさむる手には（第20紙）
礼《れい》をとゝのへ寿福《じゆふく》のふたつをこめたれ
はすゑひろかりていつまてもさかえ久
しき扇とかやもとより年をつみこうを
かさねてすゑ久しくさかへさかふるその
ためしは鳥けたもの草や木にためし
なきにはあらね共この扇の一徳にはくら
へてすくる事そなき手にとるからに
すゝしむる神の心も舞姫《まひめ》の袖かへすに
やいさむらんあふげは内より吹いたす風
ものとかに四方のうみなみしつかなる
松かえもならさぬ御代のしるしとていはふ
心のすゑひろき君のめくみは久かたの月の
みやこのもてあそひ扇合せのたはふれも
たゝすゑひろの徳とかやされはあふきの
そのかたちをめにみるからにめてたくも
あやからせおはしまして

すゑひろかりてつき
せぬや君か御代

にてしられ
たり
（第21紙）

〔絵六〕（第22紙）

ケンブリッジ大学中央図書館所蔵
『末ひろかり』
書函番号 FJ. 100.23　縦 33.0 糎

紙　数	横（糎）		詞（行）
第 1 紙	47.5		15
第 2 紙	48.6		20
第 3 紙	50.3	絵一	
第 4 紙	47.0		19
第 5 紙	31.2		13
第 6 紙	50.6	絵二	
第 7 紙	47.2		19
第 8 紙	50.4		20
第 9 紙	17.5		7
第 10 紙	49.8	絵三	
第 11 紙	47.9		19
第 12 紙	50.4		20
第 13 紙	49.6		20
第 14 紙	49.8		20
第 15 紙	93.0	絵四	
第 16 紙	47.6		19
第 17 紙	49.6		20
第 18 紙	48.6		20
第 19 紙	50.6	絵五	
第 20 紙	47.8		19
第 21 紙	49.0		20
第 22 紙	50.0	絵六	
計	1,074.0		290
見返し	25.6	軸付紙	0.0

『末ひろかり』絵巻解題

はじめに

絵巻一軸。書架番号（FJ. 100.23）寛文から元禄頃の写か。縦三三・〇糎×本紙全長一〇七四・〇糎。表紙は、綾形文の緑地に草花文様を織り出した錦地。左肩に題簽（金紙縦一六・二×横三・四糎）に「末ひろかり」と記す。見返し（縦三三・〇糎×横二五・六糎）は金紙、象牙軸。鶯色の平打紐が付いている。料紙の詞部分は上質の鳥の子紙で、金箔をおく。挿絵は全六図。本文、ルビともにまま濁点が付されている。漢字は通用字体に改めた。掲載申請許可二〇一〇年十二月一九日取得。

二〇一〇年九月九日に本作品の調査の機会を得た。絵巻の保存箱の中に、「転写ならびに解題について」と題し、一九七八年七月、石井美樹子と記す直筆の原稿がある。未公開のまま今日に至っているようなので、本来なら先行研究として、ご了承をいただいたうえ掲載させていただくところであるがその術もないので、同氏による解説を私に抄出し、解説に替える。

絵は極彩色で、土佐派の系統にあるように見える。（略）

特に第二段絵〔二〕では、九天にのぼるいきおいの竜をびっくりして見ている五人の百姓の表情はその身振りともども見る者を絵巻の世界に誘い込むに十分な魅力と生命力とをたたえている。

内容は豊丸という笙の名人が山深く分け入り仙境に至り、不老不死の薬を仙人に与えられて帰り、人々にそれをほどこし家をおこす。またある日洞窟に数千の白蝙蝠が飛び交うのを見て、唐の五月の扇を改良してすえひろがりの扇を考案し、天智天皇に奉る。そのため官位を授けられるが、豊丸はそれを辞退して、長生の道を行うため山に入り、ついに地仙の道をさとる。豊丸の子孫は天皇より代々長生不死の薬をほどこし伝える典薬の守に任じられ、その家は栄えたという扇の起源を説いた祝儀物語の一つ。

太田武夫校訂『室町時代物語集　第五』（東京大岡山書店　昭和十七年）に横山重氏が、氏の所蔵する絵巻「すえひろ物語」（外題も内題もないため書名は横山氏が付したもの）を転写・解説しているが、そこで、「まだ他に類本のあることを聞かないものである」（六一九頁）としているので、この度ケンブリッジ大学にその類本が発見されたということになる。言葉の上で若干の相違がみられる。

一　『末ひろかり』と『すゑひろ物語』

一九九五（平成七）年の『三田国文』第二十二号に、石川透氏による「『すゑひろ物語』解題・翻刻」が掲載されている。その解題に次のようにある。

> 絵は取られているものの、元は絵の入った巻物である。系統的には、「簡明目録」掲載の三本とほぼ同じであるが、小異もある。

本文の比較に当たり、清濁およびルビの有無、漢字・かな書きの違いなどの区別については略した。

・さかつきをうかふる（かな）ほとの浅瀬《あさせ》なれとも　（第1紙第2〜3行）

・そのすゑにをよひ（ん）ては　（1・3〜4）

・波たかう（ふ）して　（1・4～5）
・ひ（い）となり（る）　（2・3）
・時いたつ（り）て　（2・10）
・雲をおこ（と）し　（2・11）
・閏《うるふ》のあるとしに（「に」ナシ）は　（2・17）
・年のはしめをいはふよりして（にも）　（4・2～3）
・名によせ（そへ）て　（4・3）
・子日（のみ）の小松引うへて　（4・6～7）
・つくりいたして（「て」ナシ）　（7・4）
・たとへ（ふ）たり　（7・6～7）
・ひらくとき（～に）は　（7・8）
※これ武勇の（徳《とく》）ならすや　（8・5～6）
＋山ふかく（～「に」）いりて　（8・11）
・雉《きじ》山鳥のたぐひ（諸鳥なんど）は木するゑにあつ（とゞ）まりて　（8・17～18）
・心もすみわたり（る）　（11・3）
・なれ（に）もおもひに身をこかし　（12・4～5）
・こするゑ（桧《ひのき》）にたかく鳴蝉《なくせみ》の　（12・6）
・妻こ（と）ふ鹿《しか》の　（12・12）
・薬を（のしな〳〵）とゝのへて　（13・7）

・つほにうつしいれて（「て」ナシ）豊丸に（をまねき）あたへつゝ（て）（14・9〜10）

※おきなも雪ちをかけて帰りにけりきたいふしきの事ともなり（12字ナシ）（14・14〜10）

・ほとりをしらす（なし）（16・10）

・白き蝙蝠《かうもり》数《す》千百（をしらす）とひ出たり（16・17）

・つばさをのへ又はたゝみ（〜て）（17・6）

・礼《れい》のみちにそなへ（〜たりとも、かなひ）かたし（17・14）

・みかとえいかんのあまり（〜に）（18・7〜8）

・すゑひろ（は）子ともあまた出来てくらゐに（を）すゝみ（20・12〜13）

・ひろま（こ）りて（20・16）

・こうをかさねてすゑ久しく（ナシ）さかえさかふる（21・3〜4）

※すゑひろかりて（〜いつまても）つきせぬや（ためし今こゝに）君か御世にてしられたり（21・17〜20）

右の検証の結果は、小異を確認するにとどまる。※印を付したのは、カッコ内の文があることにより、より意味が明確になる場合、＋印は、カッコ内の語がなくても意味はとおるが、あることによりニュアンスのある文になる場合などで、「すゑひろ物語」にみられる。なかには※「きたいふしきの事ともなり」（「末ひろかり」〈14・16〜20〉）のように書写者が思わず加筆したかのようにみえる文もある。「仙家の四季《き》のよそほひ」（14・12）から、「四季の庭」は仙境の証を思わせる。

本絵巻は、挿絵のあるのが注目されるところなので図版を掲げた。

ケンブリッジ大学中央図書館所蔵『末ひろかり』絵巻　絵一

絵二①

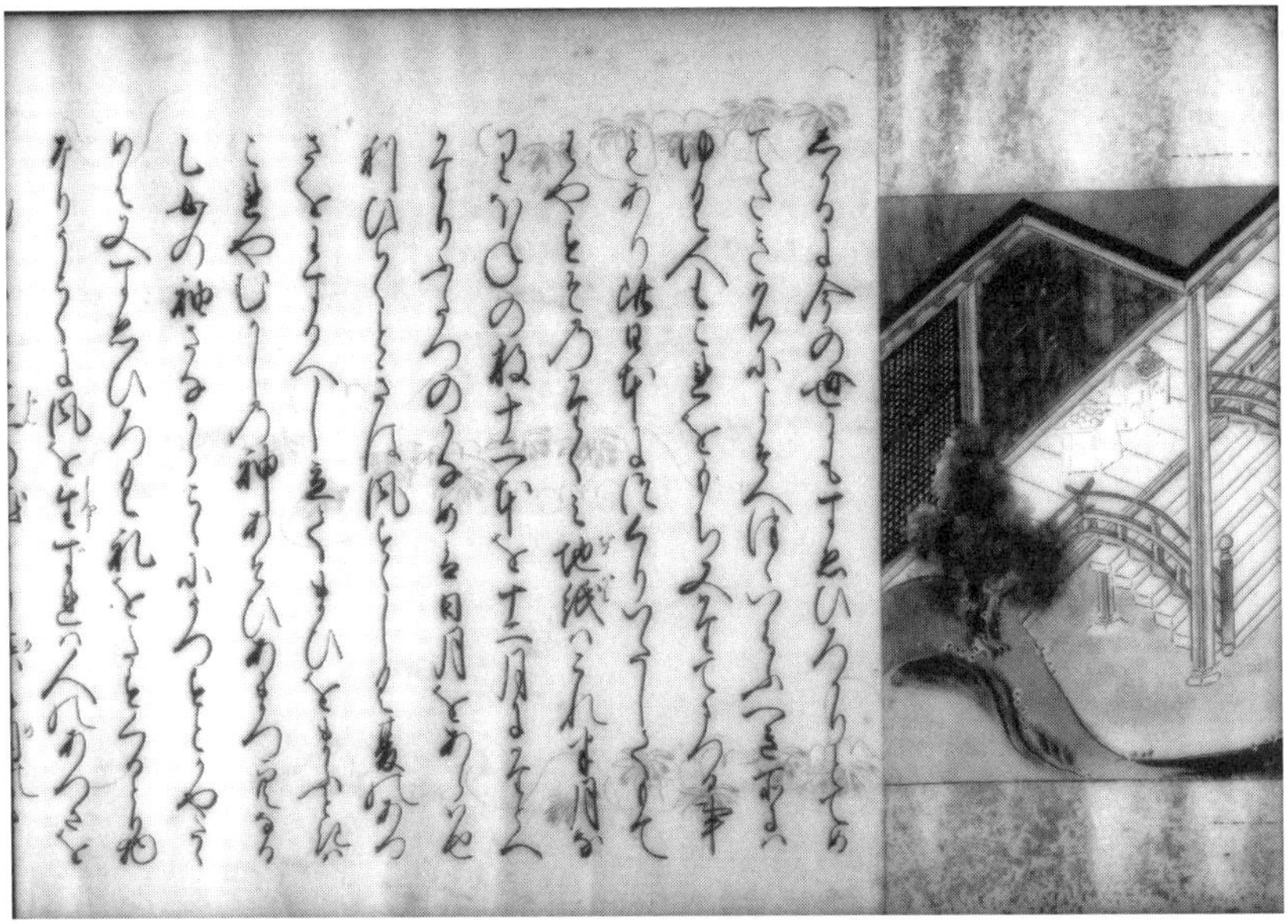

絵二②

絵三

絵四①

絵四②

絵五

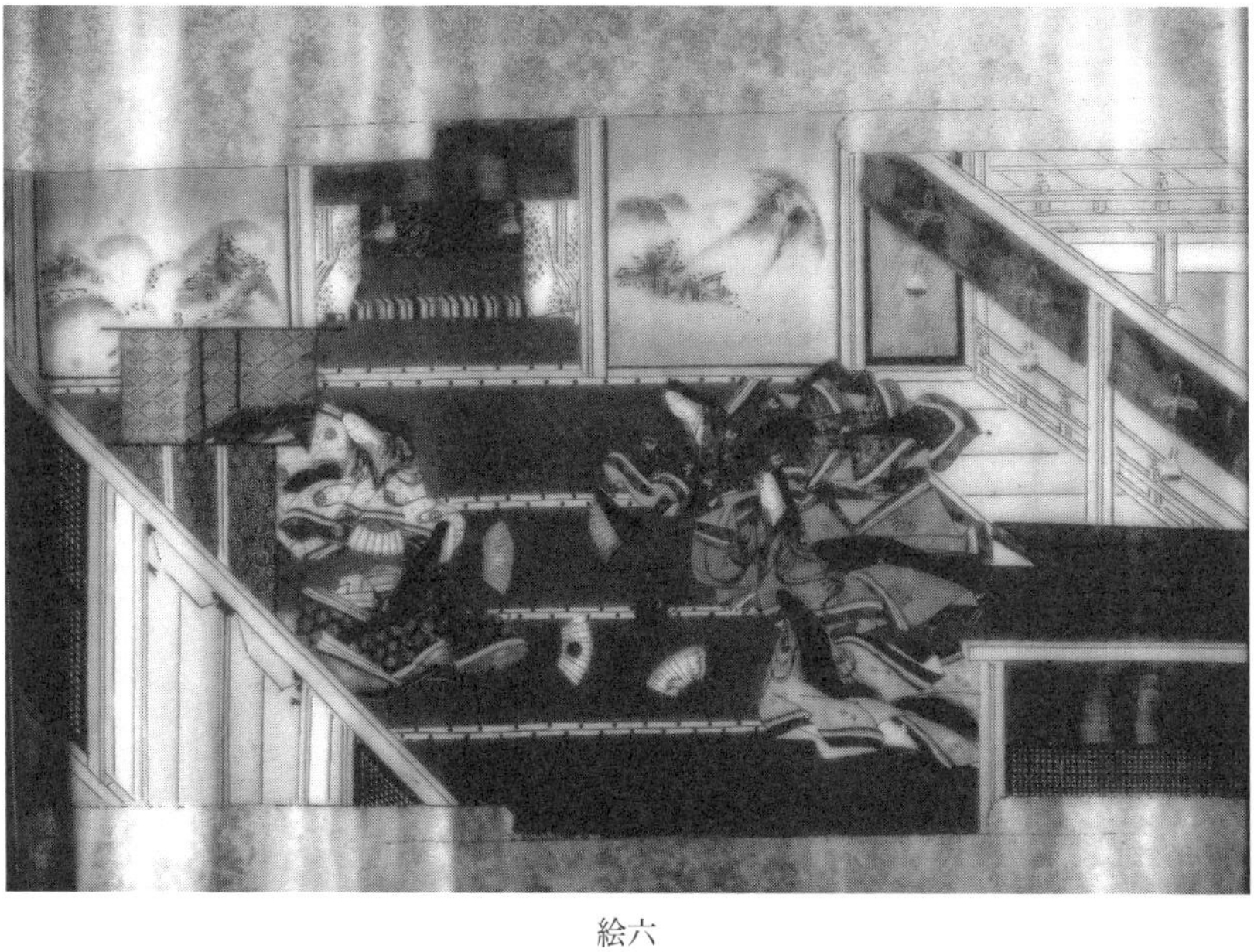

絵六

I　イギリス

5　オクスフォード大学ボドリアン図書館附属日本研究図書館所蔵『長恨哥』絵巻の本文と解説

『長恨哥』絵巻詞書

（上）

此長恨哥《ちやうごんか》のおこりは唐《たう》の玄宗皇帝《げんそうくはうてい》御位《くらゐ》にまします事年久しく一天四海のまつりことをたゝしくしたまへるによつて国しつかに民おさまり何事も御心にかなはすといふ事なかりけれは色をおもんじおほしめさるゝよりほかさらに余《よ》のわさおはしまさす是よりさきに元献皇后《げんけんくはうごう》武淑妃《ぶしゆくひ》なとゝ申してようかんうつくしき美人《びじん》ありてはしめのほとは君の御てうあいをかうふりたてまつりけれともこれものちには寵《てう》うすく色をとろへ侍へりそのほかに臣下大臣のむすめたちれき〳〵おほかりしかともみかとの御心にかなふほとの美《び》（第1紙）

〔絵一〕（第2紙）

人はなししかるにみかと毎年十月になりぬれは驪山《りさん》の花清宮《くわせいきう》という所にみゆきありて女御更衣《にようこかうい》なんとのためにとて温泉《をんせん》のいで湯《ゆ》にいれ給ひて女房《ばう》たちのすかた有さまを御らんしけれともさらに御心にかなふ女一人もなしかくてみかと高力士《かうりきし》といふものにおほせつけて諸方をもとめさせらゝに楊貴妃《やうきひ》といふ美人《びじん》をもとめ侍たまひてよりみかとのまつりことたゝしからすして万事たゞやうきひかいふ事にしたかひ給へりこの

貴妃と申は弘農《こうのう》の楊玄琰《やうげんえん》がむすめなり此
むすめのかたちよしと聞つたへて人こと
にこれをのそみけれとも父さらにゆるし
あたへすこゝに玄宗の御弟《いとこ》（「おとゝ」ノ誤カ）に寧王《ねいわう》と申
すにけいやくし侍へりけりげんそう皇
帝このよしを聞しめしをよひて父の
楊玄琰《やうげんえん》にちよくしをつかはして貴妃《きひ》を
めしつかはるへきよしありけれは寧王《ねいわう》に先《せん》
約《やく》いたし侍へるうへはかなひ申すましきと
ちよくたう申すかさねて仰せつかは　（第3紙）
はし（衍）給ふやうさらはゆく〳〵はかへしつ
かはさるへしおさなきあひた女官にし
てめしつかはるへしとの給へはちからなく
たてまつりけりげんそう一たひ見た
まひてより御こゝろまよひ給ふ事な
のめならすつねに御宿直《とのゐ》をさせ給ふ也
もとよりの御后《きさき》たちは専夜《せんや》の寵《てう》とて
たゝ一人夜をもつはらにして御そはに
ゐ給へりさて後宮《こうきう》三千人の女官《によくわん》に奉行《ぶぎやう》

ありこれを阿監《あつかん》といふ此阿監《あつかん》三千人
の内にこよひはなにかしどの御まいり
あれとはからひて十人ほとつゝえらひ
出して君の御そはにつめさせ侍るを
君御らんして御めに入たるを一人御
とゝめありされとも夜もすからは御前にも
をかれすやかて出しかへさるゝ也やうき
ひはまさしき后《きさき》にてはなけれとも
夜るは申すに及はす昼《ひる》はひねもすにしゆ
えんのみにてくらし給へり　（第4紙）

〔絵二〕　（第5紙）

処に安禄山《あんろくさん》といふものあり貴妃《きひ》のき
にいりてやしなひ子になりたりそ
のさきこの安禄山はなにとやらんむほ
むをくはたつへき人相《にんさう》あるものなれは
かやうのものをはころしすてられよと
臣下のうちに申あけたる人もあり
けれとも君つゐにきこしめしいれす
あるとき西蕃《せいばん》の国にむほんをおこし

けるを安禄山におほせつけられたいらけにつかはし給ふところに禄山うちまけてにけたり唐《たう》のならひとしていくさにうちまけぬれはその大将をころすためしなれはこれこそよきつゐてなれとてろく山《さん》をころすへきよしをさま〳〵うつたへけれとも帝《みかと》はこれ大将のとかにあらすつきしたかふつはものとものとかなりとてこの時もころされすあるとき禁中《きんちう》の後宮《こうきう》にわらひとよめく事ありなに事そととひ給ふ只（第6紙）今わうし御たんしやうありてかくのことくつかまつるなりとてわかき女はうたちにしきのむつきを手にかけてかの安禄山をはたかになしてむつきのうへにのせて愛《あい》せらる大ひけの大おとこのかやうにせられて生れ子のなくまねをしけるををかしかりてわらひとよめくにてそありける後には貴妃と禄山とあだ名のたちけることもありしとなりかやうの事ともみくるしとて臣下のしかるへき人〳〵はまゆをひそめてさま〳〵みかとをいさめたてまつりしかとも君さらに聞いれ給はすあまつさへ大国をたまはりて大臣のくらゐになされけりこれみな貴妃のとりなしに

よりての
事
なり（第7紙）

〔絵二〕（第8紙）

また楊国忠《やうこくちう》とて貴妃《きひ》の兄《あに》ありげんそう皇帝《くはうてい》なに事もこれかいふ事にしたかひ給へりもとより無道なるものなりけれはけんへいにほこりてさま〳〵のいたつら事をくはたつるほとに天下のまつりことみたれ万民うらみをふくみけり安禄山はくらゐもなきやうこくちうを大

臣になさるる事をそねみいかにもして国忠をうちほろほさんとおもひたくみしかともそのつゐてなけれは色にもあらはさすこのおりふし吐蕃《とばん》の国二十万騎の勢にてたてこもりむほんをおこしけりみかとすなはち楊国忠を大将軍として五十万騎のつはものをあひそへてかしこにむけらるゝ処にたゝ一戦《せん》にもをよはすしてこと〳〵くみなにけかへるこのまゝかへりてはさためてみかどの御きしよくあしかりなんとおもひみかたの勢のうちに馬にはなれ手ををひ年よ（第9紙）りたるもの共を敵《てき》のくひなりとて一万騎とかなきにころしそのくひをほこさきにつらぬきて都にかへりのほりけりかのころされしものゝ親類一もんいく千万といふかすをしらすありけるかいかにもしてこのむねんをはらさはやとおもひけり禄山よきつゐてなりとうかゝひすましていくさをおこしやうこく忠をほろほし王位《わうゐ》をかたふけてわか身天下をたもたんとおもひつゝ国忠をうつへきよしひろうせしかはかの一万人の親類ともこゝろをあはせて都へをしよせすてに天下をうはひとりてみつから大延皇帝《たいゑんくはうてい》といふ王号《わうがう》をつきて天子の御座にあからんとしけれは御座大にしんとうしてくつれ侍へりけりといふさて白《はく》楽天《らくてん》は詩文《しぶん》に名をほとこししかもひろくまなひてふかくしれる人なりしかるに唐《たう》のみかとの淫乱《いんらん》なる事をいましめたゝその事のみにあらす末代《まつたい》までも（第10紙）淫楽《いんらく》にしつむものをいましめん為にこの長恨哥をつくり侍へり玄宗皇帝と白楽天《はくらくてん》とはその時代へたゝりて楽天は三四代のちの人なり扨又長恨哥と名つくる事はをはりのこと葉にこのうらみ綿々《めん〳〵》として終《たゆ》る期《ご》なからんと

いふ句《く》をとりてなかきうらみのうたと書《かき》
てこの文《ぶん》の題号《だいがう》とせられ
たり　（第11紙）

〔絵四〕（第12紙）

漢皇《かんくわう》色《いろ》を重《おも》んじて傾国《けいこく》を思ふ

かんくわうとは漢《かん》の武帝《ぶてい》とて色《いろ》このみの帝《みかと》おはしましけり玄宗《げんそう》はこれ唐《たう》の世のみかとにておはしますを唐皇《たうくわう》とはいはすしてなにゆへに漢皇《かんくはう》とはかきたるそなれは白楽天は唐の世の人なれは唐《たう》の字をおそれてさししりそけ漢の字をかりてかくかくいふなりかやうのたくひあまたおほし色をおもんしとは色とは女色とて美人の女をいふなりおもんするとはみめかたちのうつくしき女あらはとおほしめす事なり傾国《けいこく》とは国をかたふくるとよむ一国をもかたふくるほとの美人《びじん》を得たくおほしめすなり一国一城をもかたふくるほとのうつくしき女をは傾《けい》城傾国《せいけいこく》といふ延年といふものわかいもうとの李夫人《りふじん》がことを武帝にかたりし時にりふじんかうつくしき女をは傾城傾国といふいつれもみな美人といはんため　（第13紙）

（脱文①）

れつきたるびじんなり麗質《れいしつ》とはうるはしきすかたとよむうつくしきかほかたちなりみつからすてかたしといふは世にまたむまれつきのうつくしきものもあれともふたしなみなる人もあり又どこにそたらはぬところもあるに今この貴妃はむまれつきのうつくしきのみならすいかにも花車風流《きやしやふうりう》にしてそのすかたうるはしくしんしやうにたしなみのふかきをみつからすてかたしといふかやうの美人なるほとにけんそうも御こゝろまとひ給ふのち〳〵には御おとゝの寧寿王《ねいじゆわう》へ御かへしあるへしとの御やくそくは有けれとも今は中〳〵その事は

おほしめしよらすされとも綸言《りんげん》のいつはり
にならんことをおそれ給ひて韋昭君《ゐせうくん》と云
人の女《むすめ》をげんそうなかたちして貴妃
のかはりに寧王のかたへつかはされけり
ねいわうも内々はらたち給ひけれとも
天子也御兄なりけれはちからをよはす（第14紙）
してうちすきける也さて貴妃はけん
そうのもとへまいり給ひてのち女官にし
て御そはにめしをかれその名を太真と
つけられけり
一朝《てう》に選《えらは》れて君王《くんわう》の側《かたはら》に有《あり》　一朝《てう》
とは天下の事也一天下第一のびしん也
とえらひ出されて君の御そはをはなれす
夜昼《よるひる》をいはず帝《みかど》も貴妃を御てうあい
のほかには又余《よ》の御事なし君王とはみかと
の御事也（第15紙）
〔絵五〕（第16紙）
頭《かうべ》を回《めぐ》らして一《ひと》たび笑《えめ》は百《もゝ》の媚生《こびなる》
かうへをめくらすとは貴妃すてにけんそ

うにうちむかひかほをふりあけ見かへり
て莞尓《につこ》とわらひ給へは百《もゝ》のこびなるといふ
て百しほのえくほなといてきてうつ
くしきありさまこと葉にもつくしかた
きとなり媚《こび》とはしほらしくうつくしき
ことなり生とはおもてにもすかたにもあ
らはるゝ事をいふ
六宮《りつきう》の粉黛顔色《ふんたいがんしよく》なし　六宮《りつきう》とは
禁中《きんちう》のうしろのかたに御殿《ごてん》を六《む》ところ
にたてゝ三千人の宮女ををかるゝなり
これを後宮ともいふなりふんたいと云は
をしろいまゆすみなりかの六宮のうち
にこもりたる三千人の女房たちいかにも
うつくしくけしやうをいたしさま〳〵
きらびやかにいてたち侍へれとも貴妃と
見くらぶれは三千人の女はうたちは色もな
くうつくしからぬと也顔色《がんしよく》なしとは（第17紙）
ようがんのよろしくも見えぬ事也
春寒《はるさむう》して浴《よく》を花清《くわせい》の池《いけ》に賜《たま》ふ

春さむうしてとはいつも春はさえかへり
てさむきものなり浴《よく》とは湯《ゆ》に入給ふこ
と也かほとにうつくしきびじんを得
給ひ何事もおほしめす御ま〻なり
このうへには御身の御やうしやうをのみ
こと〻して御ことふきなかくいつまても
貴妃にそひ給はんために花清の池《いけ》の
温泉《いてゆ》に入給ふなり花清池はりさんと
いふ山にありむかし秦《しん》の始皇《しくはう》と申す
みかとこの山にみゆきし給ふに山の神
うつくしき女となりて始皇にたいめ
むしてあそひ給ところにみかと神
の御こゝろにそむき給ふ事ありしか
は神女《しんちよ》いかりうらみて始皇の御身につ
はきをはきかけられしにそのま〻瘡《かさ》
になりていたみひらゝきけり始皇お
それてさま〳〵御わひことし給へは神
の御こゝろとけて山より温泉《いでゆ》をいたし　（第18紙）

（脱文②）

始《はじ》めて是新《これあらた》に恩沢《をんたく》を承《うく》る時なり
あらたにとは玄宗と貴妃とはしめて
逢給ふにゐまくらのときなりをんたく
とは恩愛恵沢《をんあいけいたく》といふこゝろなり君のなさ
けふかきを恩愛といひ君のめくみの
かたしけなきをけいたくといふ沢《たく》の字
をうるほひとよむ草木《さうもく》は雨露《うろ》のうる
ほひを受て生立《おひたつ》ごとくに君のふかきな
さけねんころなるめくみをうけ奉り
て時を得給へり是を恩沢をうくるといふ也　（第19紙）

〔絵六〕　（第20紙）

雲の鬢《びん》づら花の顔《かほ》はせ金《きん》の歩揺《ほよう》
くものびんづらといふはうるはしくなかき
みたれかみの事也雲の色はもとみとりなる
物なれはひんつらのいろのうつくしきに
たとへたり花のかほはせとはこれもかほ
のうるはしきをいふ花のあらたにえめる
にたとへたり貴妃のかほはせさこそと
おもひやるへし金の歩揺とはこかねのさし

くしとよむ也色〳〵の花なとをつくり
つけてかしらのかさりとすあゆむと
きにはうこきめくりて見事なるもの
なりされは歩揺の二字をつねにはあゆめは
うこくとよむこのこゝろにてかしらのか
さりさしくしの花鳥なんとのあゆむと
きにはゆるきうこくもの也こかねにて
つくりたれは金歩揺《きんほよう》といふなり
芙蓉帳《ふようちやう》暖《あたゝ》かにして春の宵《よ》を渡《わた》る
ふようは草の名也うつくしき花のさく
物也この花をぬひたる几帳《きちやう》をふよう帳　（第21紙）
（脱文③）
〔絵七〕　（第22紙）
歓《よろこび》を承《うけ》て宴《えん》に侍《はん》べりて閑《しづか》なる暇《いとま》なし
いかにもして貴妃のこゝろにいらんとする
をもつはらにし給ひて貴妃のよろこ
ひ給ふやうに万事をもてなし給ふ
をよろこひをうけといふなり宴に侍へ
るとはたゝ酒宴遊興はかりにて日夜

をあかしくらし給ふほとにすこしも
しつかなるいとまなしと也
春は春の遊ひに従《した》がひ夜るは夜を専《もつ》はらにす
はるのけしきは世のつねさへおもしろ
きにいはんや貴妃とともに月花をな
かめたまはゝみかとの御こゝろのうちさこ
そおはしますへき夜るは夜をもつ
はらにし給ふと云は夜るの御とのゐにも
余の女御更衣なとは一人もまいらす
たゝ貴妃ひとりのみまいりたまひて
夜もすからあそひ給ふとなり
後宮《こうきう》の佳麗《かれい》三千人　こうきうとは
さきにいふかことく女はう達ををかるゝ　（第23紙）
（脱文④）
て宮殿をつくり褒姒《ほうじ》といへる美人を
愛して烽火《ほうくわ》をあけてつわものをめ
しよせほうじをなくさめてみせら
れしもこの山宮《さんきう》なり
仙楽《せんがく》風に飄《ひる》かへりて処々《ところ〳〵》に聞ゆ

このりさんきうにてひねもすさかもり
なとしてあそはるゝに哥をうたひ楽《がく》
をそうするこゑふく風にしたかひて
諸方へ聞ゆるはたゝ仙人なとのあつ
まりてをんかくをいたすに似たりと
いふ心なり
緩《ゆる》く歌《うた》ひ慢《みだ》りに舞《まふ》て絲竹《しちく》を凝《こら》す
ゆるくうたふといふは貴妃の哥をうたは
るゝにはさはかしき哥をはうたはすいかに
もゆう〳〵としたる哥をうたふをいふ
みたりに舞とはみたりかはしきことに
はあらすたゝゆう〳〵とまふてしつ
とりとしたる事也絲竹《しちく》とは琵琶《びは》
琴《こと》の類《たぐひ》をは絲《し》といふ笛笙篳篥《ふえしやうひちりき》の
たぐひをは竹といふ惣《そう》じて絃管《くはんげん》をなし　（第24紙）
てうたひまふ時に楽《がく》は急《きう》にはやき
ことあれとも貴妃はいかにもしつかに
まはるゝほとに音楽《をんがく》もこれを待合
するほとなれは絲竹《しちく》を凝《こら》すといふこら
すとは留《とゞめ》てさきへやらぬ也
尽日君王看《ひねもすくんわうみれ》ども足《あか》ず
玄宗《けんそう》は貴妃のまひを見て日はくる
れとも見あき給はぬ躰なりこれ
まてはみかとの貴妃にたはれ給ひて
正躰なきよしをしるせり　（第25紙）

（中）

漁陽《ぎよやう》の鼙鼓《いくさつゞみ》地を動《うご》かして来る
天宝《ぼう》十四年に安禄山《あんろくさん》むほんをおこし吐蕃《どはん》といふ国より十余万騎のつはものをそつしてぎよやうといふところよりうつ立てみなみにむかつてせめよせ禁中《きんちう》にむかひていふやう楊国忠《やうこくちう》をうち奉れとのみかとよりのせんしなりといふてふれめくらしけれはさきにいふところやうこく忠かころし侍へりける一万人のものの親類《しんるい》ともみなこと〳〵く禄山にしたかひつきていくさつゞみといふて大なるつゝみをうちたて鐘《かね》をならし貝をふきたてゝ都へをしよするそのいきをひ天地をひゝかすされは地を（第1紙）うこかしてきたるとは大地もうちかへすことくにとよめきてをしよするなり

驚破《そよ》や霓裳《げいしやう》羽衣《うい》の曲《きよく》
そよやとはおとろきやふるゝといへる文字《もじ》也すはやといふ同し心なりげいしやうういの曲と云はある年の八月十五日の夜けんそう皇帝《くはうてい》と葉法善《せつほうぜん》といふ仙人《せんにん》と物かたりし給ふにこよひの月のさやかなるをみかと御らんしてさていかなれはむかしよりこのかたあまねく世《せ》界《かい》をてらしてかはる事なくひかりをはなち侍へるととひ給ふ葉法善《せつほうぜん》さらは月宮殿《げつきうでん》をみせ奉らんとて白かねのつえをこくうになけしかはそのつえたちまちにしろかねの橋《はし》となりにけりかくてけんそうこのはしをわたりて月の都にゆきのほり給へは月宮殿のうちに天人あまた有ていろ〳〵おもしろきをんかくをそうし舞《まひ》をなし侍へり（第2紙）
（脱文⑤）
九重《きうてう》の城闕煙塵《せいけつえんぢん》生《な》る　九重の

城闕とは天子の御殿のたかきをは九重にたゝみあくるなり又九重とはこゝのへとよむ都の事也都の条里《でうり》は九重にさたまりたりともいふなり城闕《せいけつ》とは城はみやことよむ闕とは大裡《り》の事也金《きん》闕銀闕鳳闕《けつぎんけつほうけつ》なといふはみな仙人の住所なり禁中をいはひたてまつりて闕といふなり煙塵なるとは煙はけふり塵《ぢん》はちりほこり也すてに禄山みやこのうちにせめいりて家々に火をかけて

（脱文⑥）

馬のあし人のいきほひに塵《ちり》ほこりのたちあかるゆへに都のうちには禁中まても上を下にもてかへし物の色めも見えぬを煙塵生といふ也

おほいにみたれたる

ていなり　（第3紙）

〔絵二〕　（第4紙）

千乗万《せうばん》騎《き》西南《せいなん》にゆく

千せうとは車千輌《りやう》なり万騎《ばんき》とは一万の馬のり也かやうにはや都もやけあかりてみえけれは驪山《りさん》より都へは中〳〵けんそうも還幸《くわんかう》なりかたく侍へらんたゝこれよりすくに西南《せいなん》のかたへおち給ひて時節を御まちあるへしと申てつき〳〵の人みな御とも申つゝ揚貴妃楊国忠もろともに落行給ふと也

翠花揺々《すいくわよう〳〵》として行《ゆい》て復止《またとゞ》まる

すいくわは天子の旗《はた》なり揺々《よう〳〵》とはひらめきたるていなり行てまたとゝまるとは立とまり〳〵やすむこゝろなり

西のかた都門《ともん》を出ること百余里《より》

みやこの惣門より西のかたにむかつてやうやくおちゆくこと百余里はかりにをよふとなり

六軍不《りくぐんはつ》レ発《せず》奈何《いかん》ともすることなし

一軍《ぐん》といふはつはもの二千五百人なり　（第5紙）

これを六《む》つ合せたるとき一万五千余

騎《き》なり六にわくるはいくさのそなへ也みやこより西のかた百余里を行て馬《ば》鬼《ぐわい》といふところにつきてつはものともみな飢《うへ》つかれたり発《はつ》せずとはすこしもさきへすゝまぬことなりいかんともすることなしとは一あしなりともさきへはやくおちゆかんとおほしめせともつはものともたちとまりてさきへゆきやらされはせんかたなくおほしめすていなり玄宗のたまはくなにゆへにさきへすゝますしてたちとゝまるやととひ給へは陳玄礼《ちんげんれい》と申すつはものすゝみ出て申すやう軍兵をの〳〵うえつかれたり禄山はしきりにあとよりすゝみて君をつかけをつかけたてまつるわれらたゝ今こゝにてうちじにつかまつるへししかるにこの乱《らん》のおこりをたつぬるに楊国忠かゆへなり国忠に死をたまはらすはわれら御とも申すましといふ（第6紙）

〔絵二〕（第7紙）

みかとちからなく楊国忠を出し給ふ軍兵よろこひて馬より引おろしくひうちきりほこさきにつらぬきさゝけて一同にとつとわらふかやうにはありけれとも猶道をとりしきりてもすゝますこれは又いかなる事そとたつね給へは国のをんてきたいらけいのちをもおします身をすてゝ忠節をつかまつるものには一度のをんしやうもなくして用にもたゝぬ貴妃の姉なりとて女に大分の国をあたへらるゝ事これ又わさはひのたねなりこれらをころし奉らは我らうらみもすこしははらさんと申す玄宗ちからなくゆるし給へはやかて秦《しん》国《こく》韓《かん》国《こく》虢《くわつ》国《こく》の三夫人《ふにん》をもひきいたしてころし侍へりあとよりはせめつゝみをうちて禄山しきりにをつかけたてまつるされとも軍兵さらにすゝますげん

そうこのうへは又何ゆへありてかすゝみ
ゆかさるとひ給ふ陳玄礼《ちんげんれい》また申て（第8紙）
いはく楊国忠ならひに三夫人をはころし
侍へりすへて此おこりは貴妃ゆへなり
もし貴妃をもころさすは一あしも
すゝみゆくへからすといふけんそう聞し
めし高力士《かうりきじ》をもつておほせられけるや
うは楊貴妃の事はふかき御てんの
うちにありてやうこくちうかむほん
の事は露はかりもしらす又あしき
ことをたくみたるにもあらすとてさま
〲なけき給ひて御わひことし給へと
も耳《みゝ》にも聞いれすすてに国忠三夫
人をころして貴妃一人のこり給はゝ
君のあたりちかくありて又いかなる
ことをかし出し給はんとてころさては
かなふへからすといふ貴妃はげんそうの
御衣のしたに顔《かほ》をさしいれてなき
給ふみかとたへかねたまひ朕《ちん》をまづ

ころしてのちに貴妃をもうしなへ
かしと歎きおほせらるれとも高力士御
くるまのうへにまいりて貴妃のかいな（第9紙）
を引たてゆくけんそうはこゝろ
きえてもたへむつかり給ふ御なみた
の血《ち》になり給へとも
せんかたもなき
ありさまいかにも
することなし
書《かき》
と
たり（第10紙）

〔絵三〕（第11紙）

宛転《えんでん》たる蛾眉馬前《がびばぜん》に死《きえ》ぬ
えんでんとはまゆのそりまかりたる
ていなり蛾《が》はひいるといふ虫の事也
このむしは三日月なりにそりたるか

たちなれはそのうつくしきまゆのこの
虫に似たりと也馬のまへにきえぬとは
さしもたくひなくうつくしき美人な
れともあらけなきつはもの〻手にか〻
り兵馬のまへにかはねをさらし給へる
なりされはげんそう皇帝さま〴〵
御わひことありけれともかなはすして
かうりきしすてに貴妃ををしふせ
てしめころし侍へりまことになさけ
なき事也
花の鈿《かんざし》は地に委《すて》て人の収《おさ》むるなし
はなのかんさしとはさきにいふところの
金の歩揺《ほよう》の事也地にすて〻と云は貴
妃の御首《くひ》になはをかけしめころしける
時にとりすてたるを大勢の軍兵　（第12紙）
（脱文⑦）
なき所にかけはしをわたしたる
にさなから雲ちをわけてのほるやう
にたかきを雲のかけはしとかきた
りめくりめくるといふはそのかけはし
のあちこちめくりてすくにもなき
ていなり釼閣《けんかく》にのほるとはそひえたる
山を見あくれは岩石《がんせき》そはたちてつる
きのやうなるうへに又わたしたるかけ
はしをとをりてゆくをけんかくに
のほるといふなり
蛾眉山下《がびさんか》人の行こと少《まれ》なり
がびさんとは成都《じやうと》といふところの山也是
も蜀の国にゆく道なりはなはたそひ
えておそろしき山にて夏の天に
も雪つもりてきえすまことに人跡《せき》
たえたるなんしよなりいかにけんそ
なる山をもあき人木こりなんとはかよ
ふものなれともこ〻はひとりも人のとを
らぬみちと見えたり宇都の山へのうつ〻　（第13紙）
にもとよめる哥まておもひあはせらる
それを人のゆくことまれなりとかき
たり

旌旗《せいき》光りなうして日の色薄《うす》し
せいきは軍のはたなりかちいくさの時に
ははた色もてりかゝやきてうるはしき
物なるにまけいくさになれははたの色し
ほりてはた棹《ざほ》にまとひつき日のひかり
もなにとやらんかすかになりて色う
すきていなり
蜀江水碧《しよくかうみづみどり》にして蜀山青《しよくさんあを》し
しよくかうとは蜀《しよく》の国には中《うち》に江《え》の水
なかれて西のかたの山そひえたり水み
とりにしてとはその江の水も色がせい
〳〵としていとゝ物すごき躰なり
蜀山あをしとは蜀の山は一かうに人の
ゆきゝのたえはてたる所なりきはめ
たる難所なりけれは木こり山かつだに
にも（衍カ）こゝろにまかせてゆきかよはぬこと
なれはたゝしん〳〵とおひしけりた
るをあをしといへるなり谷の水をと　（第14紙）
かすかにして

鳥のこゑも
まれなる
ていを
こゝろを
こめて
かき
たる
なり　（第15紙）

〔絵四〕　（第16紙）

（脱文⑧）
ほえぬところに玄宗第二の皇子《わうじ》粛《しゆく》
宗《そう》と申すおはしましけり諸軍勢
みないはく安禄山にくみしたることは
楊国忠か無道をにくみてほろほさん
かためそかしやうこくちうは今すて
にころされたり禄山ほしゐまゝに
王位をかすめたてまつるこれをそ
のまゝをくならは又国忠か二の舞
なりとて天下のつはもの共をの〳〵

粛宗をとりたてまいらせて安禄
さんをうちほろほして蜀の国へ御
むかひをまいらせくわんかうなしたて
まつりけり
此《こゝ》に到《いた》りて躊躇《ちうちよ》して去《さる》こと不《あた》レ能《はず》
ちうちよの二字をたちもとをるると
よむさても貴妃かなきあとのなこり
とてはこの馬嵬《ばぐわい》よりほかはなしとて
たちもとをりてさきへもゆき給は
さるなりこれを去《さる》ことあたはすといふ（第17紙）

（脱文⑨）

りくれなゐとは
紅葉《こうえう》の
事也
階《かい》とは
御殿の
きさはし
なり（第18紙）

〔絵五〕（第19紙）

梨園《りえん》の弟子《ていし》白髪新《はくはつあら》たなり
りえんとは玄宗はもと梨《り》といふ氏《うぢ》の
人なりこれをあらはさんために梨《なし》の木
をうへらる梨園はなしのそのなり弟《てい》
子とは玄宗はよく音律《をんりつ》に達《たつ》し給へる
人なりけるほとにこゝろよくひやうし
のきゝたる女はう三百人をえらひいだ
して梨園《りえん》にをきて舞楽ををし
へさかもりのおりふし又はつねの御なぐ
さみにもこれらにうたはせまはせて御
らんしけるなり白髪あらたなりとは
そのかみわかき弟子ともなりしか
君のわかれをなけき奉りける物思ひ
にしらかに成たると也あらたなりとは
俄にかしらのかみしろくなりたるこゝ
ろなり魏《き》の韋誕《ゐたん》といふ人たかさ廿五
丈の空に轆轤《ろくろ》をもつて引あけら
れて凌雲台《れうんたい》の額《がく》をかきて地にをり
てかしらのかみみなしろくなれりたゝ（第20紙）

一時がうちにたに身にしみておそ
ろしかりけれははくはつになりけり
ましてこれは一年はかりもへたる
物おもひなれはしらかになりけるもこと
はりなり
椒房《せうばう》の阿監《あくかん》青蛾《せいが》老《おひ》たり
せうばうとは女はうたちををく所也
日本にても后《きさき》かたの宮をは椒房といふ
宮女ををく所には山椒《さんせう》をうゆるなりあ
ちはひからきものはあしき気をはらふ
故なり又さんせうはみのおほくなる物
なりこれにあやかりて子をおほくうみ
てはんじやうするやうにとのこゝろなり
阿監《あつかん》とは宮女の奉行也その阿監もわ
かき女はうなりけるか玄宗をおもひた
てまつりしゆへに年より侍へるとなり
青蛾老《せいかおひ》たりとはあをきはわかき義也
年わかき人はかみもうるはしく春の木
のめのわかたちのことくなるゆへに青蛾《せいが》と
いふ蛾とはうるはしき女の事なり（第21紙）

オックスフォード大学ボドリアン図書館所蔵
『長恨哥　中』
Ms. JA. b4R　縦 33.6 糎

紙　数	横（糎）	幅（糎）	詞（行）
第 1 紙	48.7		14
第 2 紙	49.2		20
第 3 紙	45.6		17
第 4 紙	94.4	絵一	
第 5 紙	48.6		19
第 6 紙	49.7		20
第 7 紙	49.4	絵二	
第 8 紙	49.5		20
第 9 紙	49.5		20
第 10 紙	22.8		9
第 11 紙	49.9	絵三	
第 12 紙	47.7		19
第 13 紙	49.5		20
第 14 紙	49.5		20
第 15 紙	23.8		9
第 16 紙	49.2	絵四	
第 17 紙	47.1		19
第 18 紙	23.1		7
第 19 紙	49.7	絵五	
第 20 紙	48.8		19
第 21 紙	49.7		20
計	995.4		272
見返し	25.8	軸付紙	0

オックスフォード大学ボドリアン図書館所蔵
『長恨哥　上』
Ms. JA. b4R　縦 33.4 糎

紙　数	横（糎）	幅（糎）	詞（行）
第 1 紙	49.4		14
第 2 紙	47.4	絵一	
第 3 紙	49.1		20
第 4 紙	50.0		20
第 5 紙	51.2	絵二	
第 6 紙	48.2		19
第 7 紙	49.2		18
第 8 紙	51.2	絵三	
第 9 紙	48.4		19
第 10 紙	50.5		20
第 11 紙	25.0		8
第 12 紙	94.5	絵四	
第 13 紙	49.5		19
第 14 紙	50.2		20
第 15 紙	25.0		10
第 16 紙	50.6	絵五	
第 17 紙	48.8		19
第 18 紙	50.2		20
第 19 紙	26.2		10
第 20 紙	50.0	絵六	
第 21 紙	49.2		19
第 22 紙	50.8	絵七	
第 23 紙	48.1		19
第 24 紙	50.3		20
第 25 紙	36.0		10
計	1,199.0		304
見返し	33.4	軸付紙	0

『長恨哥』絵巻の解説

『長恨哥』上（中）二軸（書架番号（MS. Jap. b. 4（r））。モーズリー旧蔵。鶯色地金繍模様表紙（市松・丸紋織文様）表紙　三三・四糎×二六・三糎。左上題簽（香色地、金泥雲描模様）。見返し　金布目紙。内題なし。本文料紙は下絵入斐紙。紙背は金切箔散らし雲母引。茶色の平打紐がついている。象牙軸。上巻本紙全長一一九九・〇糎、絵七図。中巻本紙全長九九五・四糎、絵五図。下巻は欠。聖徳大学所蔵の『長恨哥』（上中下）三軸に内容も近似し、筆跡も同一とみられる。石川透氏によると、埼玉県立歴史と民俗の博物館所蔵『太平記絵巻』の書体に近いという。同様の書体であると考えられている聖徳大学所蔵『敦盛』絵巻との比較考察も今後の課題となろう。

一　本文について

本絵巻の詞書の底本はなにであるかについてはこれからの課題であるが、いまのところ「長恨歌抄」が最も近い書であると考えられる。「長恨歌」の一字一句を講説したもののことを長恨歌の抄（注釈書）という。これについての研究は、近藤春雄の『長恨歌・琵琶行の研究』に詳しく[1]、ことに清原宣賢（一四七七〈文明九年〉の天文十二年（一五四三）の識語のある「長恨歌抄」をはじめその他の抄についても述べている。

長恨歌は『源氏物語』の「桐壺」に、

　このごろ明暮れ御覧ずる長恨歌の御絵、亭子院《ていじのいん》（宇多天皇）のかゝせ給て、伊勢、貫之《つらゆき》に詠《よ》ませたまへる、
大和《やまと》言の葉をも唐土《もろこし》の歌をも、ただその筋《すぢ》をぞ枕言《まくらごと》にせさせ給ふ。(2)

とあるように親しまれていた。長恨歌絵についてはのちに「長恨歌、王昭君などやうなる絵」（絵合）とも。また『更級日記』に長恨歌が物語になっていることが見え、文学作品として享受されていたことがしられるが、今では室町以降に講説した「長恨歌」の抄（鈔）といわれるもののいくつかが伝わるだけである。

　詞書は、ルビや濁点を付す点なども共通するが、ルビや濁点をはじめ漢字表記の圧倒的に多いのは「長恨歌抄」で、一見して絵巻のほうは仮名書がおおく古体を留めているかのようにみえるが、成立の前後関係については慎重な検討が必要である。

本絵巻の上・中（下巻なし）巻の二軸には全部で九箇所の脱文がある。錯簡はない。

本絵巻の脱文は長短さまざまで、数項目にわたる場合もある。したがってこれは単なる脱落なのか、底本の抄出なのかは即断しにくい。ところが、聖徳大学所蔵の『長恨哥』絵巻　上・中・下三軸は本文も「長恨歌抄」に一致するので、原形を留めていると考えられる。聖徳大本（以下略称する）もボドリアン本（略称する）も仮名書がおおく濁点は少ない点など表記の上でも共通している。そうした次第で便宜上欠落部分を聖徳大本により補ってみる。詞書の提示は脱落の明らかな同項目（小見出し）内に限定し、項目はゴチック体で示した。独立項目にわたる部分は項目のみをあげる。本絵巻が原本の抄出本か脱文かについては今後の課題とする。なお項目部分の詞書の詳細については、本書所収の聖徳大本の翻刻と影印とを参照されたい。

二　本文異同と脱文

異同は次の一箇所だけである。

「傾国《けいこく》といふ」（上第13紙第16行）～「美人といはんため」（第13紙第19行）の間にボドリアン本と聖徳大本（カッコ内に示す。抄本も同じ）との間に次のような異同がある。

うつくしき女をは傾城傾国《けいせいけいこく》といふ（いつれもみなひしんといはんためなり漢の李）延年といふものわかいもうとの李夫人《りふじん》がことを武帝にかたりし時にりふじんかうつくしき女（さ）をは（「は」ナシ）傾城（「傾城「ナシ」）傾国といふいつれもみな美人といはんため（の色ありといひしを本語《ほんご》としてびしんをはみなけいこくといふ也）

ボドリアン本の「りふじんかうつくしき女をは傾城傾国といふ」では意をなさない。正しくは「李ふじんかうつくしさを傾国の色ありといひしを」とする聖徳大本（抄本も同文）のほうが原本を正確に写しているといえる。

脱文①上巻「**漢皇色《かんくわういろ》を重んじて傾国《けいこく》を思ふ**」の項（小項目をゴチで記す）

「いはんため」（上第13紙第19行）の紙継と「れつきたるびじんなり」（第14紙第1行）との間には次の脱文（異同を含む）があると推定される。

（いはんため）なり漢の李延年《りえんねん》といふものわかいもうとの李夫人《りふじん》がことを武帝にかたりし時に李夫人がうつくしさを傾国《けいこく》の色ありといひしを本語《ほんご》としてびじんをはみなけいこくといふ也日本にて傾城といふもこれよりおこれる也　**（聖徳大本　第13紙第15行～第14紙第2行）　6行**

御宇《あめがしたしろし》めすこと多年求《もとむ》れとも得たまはす　**（14・4～14・10）　7行**

楊家《やうか》に女《むすめ》あり初めて長成《ひとな》れり　**（14・11～15・6）　16行**

養《やしな》はれて深閨《しんけい》に在《あれ》ば人未《いま》だ識《しら》ず　**（15・7～15・13）　7行**

天の生《な》せる麗質なれば自《みづから》棄難《すてがた》し　天のなせるれいしつとは天性にむま　**（15・14～15・15）　2行**

計　38行

「天の生《な》せる麗質なれば…」の項の2行は、ボドリアン本の「第14紙第1行」「れつきたるびじんなり」に続く冒頭の文である。ただしこのわずか二行で一紙をなすことはないので、その前には少なくても「養《やしな》はれて…」の項が書かれていたことはほぼ確実であろう。聖徳大本の第14・15紙は各20行である。それを基準に推察すると、欠部は通計38行でおよそ二紙分相当である。この欠部に先立つ第1紙より第13紙に到る両書の法量表を対照すると各一紙分の寸法と行数がほぼ呼応することは注目しておかなければならない。このように見てくると、二紙分38行の脱文があったことは否定できないが、推定に留める。

脱文②上巻「春寒《はるさむう》して浴《よく》を花清《くわせい》の池《いけ》に賜《たま》ふ」の項

「山より温泉《いでゆ》をいたし」（上第18紙第20行）の紙継と「始《はじ》めて是新《これあらた》に恩沢《をんたく》を承《うく》る時なり」（第19紙第1行冒頭）の間に次の脱文がある。

てあらはせらるゝにその瘡《かさ》すみやかに愈《いへ》給へりそれよりこのかた山中に温泉たえさりけり唐の天宝六年に温泉の上に御殿をたてゝ花清宮と名つけられいでゆをは池につくられたりさてやうきひともろともにこの湯に入給ふ安禄山といふもの金銀珠玉をもつて魚鳥竜蓮花《うをとりれうれんげ》なとをつくりて奉るこれを湯の池にうかへ給へは竜も魚鳥もみなうこきてをよきしかはやうきひおそろしかり給ひしによりて後にはとりあけられけりとなり花清の二字をははなやかにきよしとよむ也これにて御殿のきれいなることはをしはかるへし

（21・2〜21・15）　14行

温泉《をんせん》の水滑《ゆなめら》かにして凝脂《げうし》を洗《あらふ》　（21・16〜22・7）　12行

侍《おもとびとかし》児扶《おもとびとかし》づき起《おこ》して嬌《こび》て力《ちから》なし　（22・8〜22・18）　11行

計　37行

「春寒《はるさむう》して…」の項「てあらはせらるゝに」以下は、同項の後半部の14行である。聖徳大本の同箇所は第21紙・第22紙各20行に照合すると、欠部は全37行で、後の二項も続いていた可能性はある。

脱文③上巻**「芙蓉《ふよう》帳《ちやう》暖《あたゝ》かにして春の宵《よ》を渡《わた》る」**の項

「ふよう帳」(上第21紙第19行)の紙継と「歓《よろこび》を承《うけ》て」(第23紙第1行冒頭)の間に次の脱文がある。

といふなるへし春はいとゝさむけれは風などひき給ひてはいかゝなれはふよう帳をおろしてそのうちへは風もとをらすいかにもあたゝかなるこのうちにしてさむきをもしらす夜をあそひあかし給ふを春のよをわたるといふなり　**(25・19〜26・6)　7行**

春の宵《よ》短《みじ》かきを苦《くる》しみて日高《たけ》て起《おく》　(26・7〜26・12)　6行

従《これ》レ此君王《よりくんわう》早朝《あさまつり》ごとしたまはす　(26・13〜27・7)　15行

計　28行

「芙蓉《ふよう》帳《ちやう》暖《あたゝ》かにして春の宵《よ》を渡《わた》る」の後半にあたる部分は7行である。後述(三　散書について)するが、聖徳大本では少紙幅で一紙をなす場合は散書で、そうでない場合は「上巻第7紙は4行、紙幅一〇・三糎」の例だけである。後に「春の宵《よ》短《みじ》かきを…」や「従《これ》レ此君王《よりくんわう》…」が続いていたかの在否を論じることは慎重を期さねばならないであろう。

脱文④上巻**「後宮《こうきう》の佳麗《かれい》三千人」**の項

「春は春の遊ひに…」の段「女はう達ををかるゝ」(上第23紙第19行紙継)と「て宮殿をつくり」(第24紙第1行)との間に次の脱落があると推定」される。

御殿《ごてん》なりみかとの御殿のうしろに宮殿《きうでん》をたてゝ三千人の宮女ををかるゝなり佳麗《かれい》とはかほよきひとゝよむ
いかにもみやひやかにうつくしきすかたをいふ世にすくれてうつくしき女はうたちをえらひて三千人を後
宮にこめをかるゝ也　（29・18〜30・4）　6行

右の詞書は、「後宮《こうきう》の佳麗《かれい》三千人」の冒頭二行に続く部分の6行にあたる。

三千の寵愛《てうあい》は一身《しん》にあり　（30・5〜30・8）　4行
金屋《きんおく》　粧《よそほひ》成《なり》て嬌《けう》として夜に侍べる　（30・9〜30・19）　11行
玉《ぎよく》　楼宴罷《ろうえんやん》で酔《えひ》て春に和《くわ》す　（30・20〜31・12）　13行
姉妹弟兄皆《しまいていけいみな》列《れつ》　士《し》たり　（31・13〜32・6）　14行
憐《あはれ》むへし光彩《くわうさい》の門戸《もんこ》に生《なる》ことを　（32・7〜32・16）　10行
遂《つゐ》に天下の父母の心をして男を生《うめ》ることをおもくせすして女《ぢよ》を生《うめ》ることをおもくせしむ
驪宮《りきう》の高《たか》き処《ところ》青雲《せいうん》に入　りきうとはりさんにある花清宮の事也この山は一たんたかき山なるゆへにそのう　（32・17〜33・5）　9行
へにたてたる宮殿はをのつから青雲《せいうん》にいるとてあをき雲の内に入たるやうにみゆるとなりこのりさんは
世々のみかとのすみ給へる遊覧の所なり周《しう》の幽王《ゆうわう》といへる帝《みかど》もこの山のうへにし　（33・6〜33・13）　8行
計　75行

右の詞書は「驪宮《りきう》の高《たか》き処《ところ》青雲《せいうん》に入」の項の前半部の8行に当たる。

この「**脱文④**」は全八項目にわたり、聖徳大本の第29紙（18行）から第33紙（第30〜33紙は各20行）に及ぶから、およそ四紙分に当たる。「て宮殿をつくり」（第24紙第1行）は先に提示した「驪宮《りきう》の高き処《ところ》青雲《せいうん》に入」の項の本文「この山のうへにし」を承け、この8行が欠落しているわけである。この8行は単独の紙に書かれていたか、前項「遂《つゐ》に天下の父母の…」の9行を含む一紙に書かれていたか、という問題になる。聖徳大本のこの前後の状態を見ると第30紙〜34紙は各紙20行から成り、第33紙には「驪宮《りきう》の高《たか》き処《ところ》…」と前項「遂に天下の父母の…」の末尾5行を含む。他方、ボドリアン本の前紙・後紙の状態を見ると、第23紙は19行、第24紙は20行でそれぞれ独立した一紙を成している。先述したように両書は紙幅および一紙分の行数取りなどに共通性が濃いことなどを勘案し、ここに8行が単独一紙に収められていたと想定するよりは、少なくとも前の「遂《つゐ》に天下の父母の心をして…」の9行を含む17行一紙に書かれていたとみるほうが自然であろう。同例はボドリアン本中巻第三紙にもある。

他の五項目は通計1紙分にあたるが、含まれていたかどうかはいまのところ手掛かりはない。絵巻全体の法量表から失われた原形を復元する場合に十分しておかなければならない問題を提示している部分と思われる。

脱文⑤中巻「驚破《そよ》や霓裳《げいしやう》羽衣《うい》の曲《きよく》」の項

「舞《まひ》をなし侍へり」（中第2紙第20行）の紙継と「九重《きうてう》の城闕《せいけつ》」（第3紙第1行冒頭）の間に次の脱文があると推定される。

その中にけいしやうういのきよくといふ舞楽《ぶがく》一段おもしろく侍へりけれはけんそうこれをおほえてかへり給ふたゝしその楽《がく》をやう〱半分おほへたまひけりもとより玄宗は音律《をんりつ》にたつし給へはたゝ一たひ聞て半分をもおほえ給ひけるなり爰にまた西京府《さいけいふ》といふ所に楊敬達《やうけいたつ》といふ人ありこの人をんがくの上手にて婆羅《ばら》門《もん》の曲《きよく》といふ楽を天ちくよりつたへていま又けんそうにをしへたてまつるみかどすなはち月宮殿にて半分おほえ給ふ所の曲と今のはらもんのきよくとそのてうしおなしきゆへに二つのきよくをとりあはせて霓《げい》裳《しやう》羽衣《うい》の曲《きよく》をつくり給ひけりこの曲の名ももとよりの名にはあらすけんそうのつけ給ひし名なりかゝる

おもしろき曲をそうし貴妃をまはせてよねんもなかりし所に安禄山か軍兵ともをしよせてうちやふるほとにおとろきさはくを驚破《そよや》といふなり　（2・19〜3・20）22行

右の詞書は22行、「舞《まひ》をなし侍へり」に続く内容で、文の区切りもよい。一紙分相当で本来「第3紙」に当たる箇所であるが、剝落による紛失か略述かの場合が考えられる。

脱文⑥中巻「九重《きうてう》の城闕煙塵生《せいけつえんぢんな》る」の項

「家々に火をかけて」（中第3紙第11行）と「馬のあし人のいきほひに」（第3紙12行）の間に次の脱文がある。

雲けふりとやきあけ軍兵みたれあひかけめくりて　（4・12〜4・14）3行

この脱文は「第2紙」内（聖徳大本も同じ）のことなので紙継に関わりなく、文脈上から意図的省略でもなく聖徳大本にはある箇所なので、書写の際に落としたとみられる。絵巻成立の前後関係に関係してくる。

ボドリアン本の現状17行にこの3行を加えると、計20行となる。聖徳大本の対応箇所の第4紙は20行である。第1・2紙は紙幅、行数とも一致する。

脱文⑦中巻「花の鈿《かんさし》は地に委《す》て人の収《おさ》むるなし」の項

「大勢の軍兵」（中第12紙19行紙継）と「なき所にかけはしをわたしたるに」（第13紙第1行）の間

ともふみこえけちらしてとをりけれともとりおさむるものはなしと也　（11・17〜11・19）3行

これは「花の鈿《かんさし》は地に委《す》て…」の項の末尾の3行で、聖徳大本にはこの部分に散書はみられないし、次の「翠翹《すいげう》金雀《きんじやく》…」が続いていたとみるのが自然であろう。

翠翹金《すいげうきんじやく》雀玉の掻頭《さしぐし》あり　（12・1〜12・7）7行

君王面《くんわうおもて》を掩《おほ》て救《すくふ》ことを得たまはず　（12・8〜13・2）　15行
首《かうべ》を回《めぐら》せば血《ち》と涙《なみだ》と相和《あひくわ》して流《なが》る　（13・3〜13・10）　8行
黄 埃散漫《くわうあいさんまん》として風粛索《せうさく》たり　（15・1〜15・14）　14行
雲の 桟縈《かけはしめぐ》り紆《めぐ》りて剣閣《けんかく》に登《のぼ》る
くものかけはしとは蜀《しよく》の国にゆく道ははなはたけはしき高山をしのぎこゆるなりことさらに谷ふかく水みなきりおちていつ人のとをりたるとも更にそのあとも　（15・15〜16・1）　6行
計　53行

「雲の桟縈《かけはしめぐ》り紆《めぐ》りて…」の6行はボドリアン本（20行一紙分）の前文にあたるので、前項「黄埃散漫として…」が含まれていたとすれば、20行一紙分に当たる。残る二項については在否の確証はない。

右の欠部は合計53行で法量表の第11紙から第16紙の部分である。1行の差が生じるが、改行一文字あるいは二文字を一行に数える際に生じた誤差で、紙幅にして約三紙分である。

脱文⑧中巻

「絵四」（中第16紙）の紙継に続く「ほえぬところに」（第17紙第1行）の間に次の脱文がある。

聖主《せいしゆ》朝々《あさな〳〵》暮々《ゆふな〳〵》の情《こゝろ》　（19・1〜19・8）　8行
行宮《あんきう》に月を見て心を傷《いたま》しむる色　（19・9〜20・4）　13行
夜《よる》の雨《あめ》に猿《さる》を聞は腸《はらわた》を断声《たつこゑ》あり　（20・5〜22・9）　45行
天旋《めぐ》り地転《てん》じて竜馭《れうぎよ》を回《かへ》す
天めぐり地てんじてとは日月をしうつりてあらたまりゆくこと也天は左にめくり地は右にめくりゐんやうたがひにその時をたかへすして年月はうつりゆききはまりてはまたあらたま

るものなり竜駆《れうぎよ》とは天子の御馬の事也かへすとはみやこへくわんかうなるをいへりさてもおもひの外の乱《らん》
にあひ給ひてかゝるあさましきをんこくへおちかくれ給うへはふたゝひ宮古へくわんかうは中〳〵かなふ
へくもお　（22・10〜23・1）　12行

計　78行

右の「天旋《めぐ》り地転じて…」の12行の詞書は、本項の冒頭部分に該当する。そして右の全項目はおよそ四紙分に相当する。ただしボドリアン本の「蜀江《しよくかう》水碧《みどり》にして…」の末尾は「第15紙」で完結し紙継の後には〔絵四〕が続くので、次項の「聖王《せいしゆ》」、「行宮《あんきう》に」、「夜《よる》の雨《あめ》に」の項が原本にあったのかどうかは現状では判らない。ただし「天旋《めぐ》り…」の先の詞書は推定12行とみられるので、最多行数（19〜20行）を基準にすると、「夜《よる》の雨《あめ》に…」の末部の詞書があったことは否定できない。

脱文⑨中巻「**此《こゝ》に到《いた》りて躊躇して去こと不《あた》レ能《はず》**」の項

「あたはすといふ」（中第17紙第19行紙継）と「りくれなゐとは」（第18紙第1行）との間につぎの脱文がある。

○「あたはすといふ（抄本「〜也」トアリ。ボドリアン本・聖徳大学本、「也」ノ一字ナシ）

馬嵬《ばくわい》の坡《つゝみ》の下《もと》泥土《でいど》の中《うち》玉顔《ぎよくがん》見えす空《むなし》く死《し》せし処《ところ》　（25・1〜25・12）　12行
君臣《くんしん》相顧《あひかへりみ》て尽《こと〳〵》く衣を沾《うる》ほす　（25・13〜25・18）　6行
東《ひんかし》のかた都門《ともん》を望みて馬に信《まか》せて帰る　（25・19〜26・14）　15行
帰《かへり》来《きた》れば池苑《ちえん》皆《みな》旧《ふる》きに依《よる》　（26・15〜27・3）　9行
太液《たいえき》の芙蓉《ふよう》未央《びやう》の柳《やなぎ》芙蓉《ふよう》は面《おもて》のごとく柳は眉《まゆ》の如し此《これ》に対《たい》して如何《いかんそ》涙《なんた》垂《たれ》ざらん　（27・4〜28・8）　25行
春《しゆん》風《ふう》桃《たう》李《り》花《はなの》開《ひらくる》日《ひ》　秋《しゆう》露《ろ》梧《ご》桐《とう》葉《はの》落《おつる》時《とき》　（30・1〜31・4）　23行

西宮南苑《せいきうなんえん》に秋の草おほし　(31・5〜31・13)　9行

落葉階《らくえうかい》に満《みち》て紅《くれない》なれとも不レ掃《はらはす》　そのかみは木の葉のひとつも落ちるをはとりはらひさうぢをくはへたりける御殿の階《みはし》なれとも今は落葉こゝろのまゝにちりつもれともはらふ人もなしこれをくれなゐなれともはらはすといへ　(31・14〜31・19)　6行

計　105行

右の「落葉階《らくえうかい》に満ちて…」の6行分の詞書は、ボドリアン本の散書の単独の一紙「りくれなゐとは」「第18紙第1」の前に位置する冒頭の文である。この6行に先立つ項の在否の問題ということになる。前項の「西宮南苑《せいきうなんえん》に…」は約9行、「春風桃李…」は23行で紙継を考慮すると二紙分相当で、存在した蓋然性は否定できない。その他の5項目についてはいまのところ在否を論じる手がかりはない。

三　散書

脱落部分を復元するにあたり、法量とともに散書のことも考慮に入れておく必要がある。また祖本の同定にも関わってくる。ボドリアン本と聖徳大本にみられる散書は次掲のとおりである。

ボドリアン本の場合　上巻　ナシ
中巻第10紙9行〔絵三〕(第11紙)
第15紙9行〔絵四〕(第16紙)
第18紙7行〔絵五〕(第19紙)　三例

紙幅は二二・八糎〜二三・八糎に書かれている。

聖徳大学本の場合　上巻第6紙第19行の文末の9行〔絵二〕（第8紙）
第10紙8行の文末の3行〔絵三〕（第11紙）
第27紙の7行〔絵六〕（第28紙）　三例
中巻第28紙8行の文末の5行〔絵六〕（第29紙）
第32紙7行〔絵七〕（第33紙）　二例
下巻第7紙11行〔絵二〕（第8紙）
第16紙10行の文末の5行〔絵五〕（第17行）
第22紙の8行〔絵六〕（第23紙）　三例

上巻第6紙は以外は散書を主とする場合で、紙幅は二二・一糎〜二二・八糎　五例二四・九糎・二七・〇糎　二例である。

右の内ゴシックで示したボドリアン本中巻第18紙ノ7行（紙幅二三・一糎）の場合は、

（前半は脱文）

りくれなゐとは
紅葉《こうえう》の
事也
階《かい》とは
御殿の
きさはし

なり　（第18紙）

〔絵五〕（第19紙）

聖徳大本中巻第32紙ノ7行（紙幅二三・二糎）の場合は、

くれなゐとはこうえうの事なり（第31紙）

階《かい》とは

御殿《ごてん》の

きざ

はし

の

こと

なり（第32紙）

〔絵七〕（第33紙）

とあり、両書の同場面が散書になっている。後続の〔絵五〕および〔絵七〕の構図はほぼ同じであるが、違いは左右反転図である。

このように先に見てきた事例から明らかなことはいずれも絵の直前が散書になっていることである。煩雑を極めるので詳細は省くが、そのことは末尾に添えた法量表からも知られる。

まとめ

以上見てきたように、ボドリアン図書館蔵本『長恨哥』絵巻　上（中）巻には九箇所の脱文がある。本絵巻と聖徳大本とは同一筆跡で、法量表にみられる一紙分の寸法および行数も対応する箇所がおおいので、欠部の詞書を聖徳大本により推定することは可能である。その場合元来全文を備えていたか、それとも抄出本であったかということも念頭におかなければならない。前者の提示は容易であるが、後者の場合裏付けにつながる例証はないに等しい。文脈の途中で紙継がある場合は継読する文は容易に見つかるが、たとえ同じ項目（同段）内であっても文が完結し紙継がくる場合は後続の詞書は省略されたのか、つまり抄出本なのかどうかは分からない。さらに後続に異なった項目が連なる場合の在否を問うことは困難である。

このような次第で脱文の九箇所をおよそ分類してみると次のようになる。

一　脱文箇所の明らかな場合
　⑥
二　紙継を含む脱落行数から前項あるいは後項があったことがほぼ確実に推定できる場合
　①②
三　「二」を含むが、脱落部分の連続する単独の項目の在否については判定できない場合
　③④⑤⑦⑧⑨

「一」は書写ミスによる場合である。詳細については、先の証左に記したとおりである。

注

（1）近藤春雄『長恨歌・琵琶行の研究』明治書院　一九八一（昭和五六）年　一二八–一五八頁
　○刊行年・著者名なし。近藤春雄『長恨歌と楊貴妃』明治書院　一九九三年　一一三–一六九頁に翻刻されている。十一行本で図版を付す。

＊　同書の中に現れる書について、『国書総目録』によりその概略を記す。

長恨歌抄《ちょうごんかしょう》　一冊　(類)漢詩・注釈　(著)清原宣賢　(成)天文一二　(写)内閣（天正五写、琵琶行抄を付す）・京大（自筆、琵琶行秘抄と合、重文）・天理（室町末期写、琵琶行抄と合）、(版)慶長古活字版—東洋岩崎・大東急、寛永古活字版—慶大・大東急・茶図成簣・竜門、古活字版（刊年不明）—京大・尊経、刊年不明—慶大斯道（古活字版復刻）・東大・尾崎久弥

長恨歌新抄《ちょうごんかしんしょう》　二巻二冊　(類)漢詩・注釈　(成)元禄二年刊　(版)東博（一冊）・大阪市大森（一冊）・岡山大池田・京大・教大・鶴舞・横山重

長恨歌図抄《ちょうごんかずしょう》　五巻五冊　(類)漢詩・注釈　(成)延宝五跋　(版)国会・内閣（「長恨歌抄」）・東博・早大（「長恨歌絵入抄」、三冊）・東大・宮城青柳・岩瀬・茶図成簣・旧三井・仙台伊達家

I

イギリス

6 オクスフォード大学ボドリアン図書館附属日本研究図書館所蔵

『やしま』絵巻の本文と解説

『やしま』絵巻詞書

（上）

さるほとにはうくはんやまふしのすかたをまなひくたらせ給ひけるほとに七十五日と申にははるかおくにきこえたるさたうしのふにつき給ふはうくはんむさしをめされひはやうこくを出てふさうをてらしやう〳〵にしの山のはにかゝるいつくへもたちこえ家のつくりしかるへからんするところをみてやとゝり給へへんけい承てわかおひにはわか君を入申たれはいかゝはおもひけんかめゐかおひにとりかえれんしやくつかんてかたにかけこゝにのほれはゆんてにあたつてまるやま一つそひへりかのまる山のふもとにむねかとたかき家あり此いへにたちこえやととらはやと思ひほりのふなはしうちわたりおひをはいくはによせかけうちのていを見たりけれはいにしへはよしある人の（ママ）けるかすみあらしたるとおほしくてもんはあれともとひらなしつゐちはあれともおほひもなくかはらものきもくちはてゝきうたいはかとをとちむくらはかへをあらそひ

（第1紙）

てのきのひはたはこほれおちちり〳〵水はもりゆけとむすひてとむる人

はなしさてていを見てあれは一
ちやうのことに一めんのひはをは
たてならへてはをきけれともひく
人のあらされはつねに松風ふき
おちてさらりむとひかんほかは
　　ひはこと
　　　しらふる
　　　　人は
　　　　　なし　（第2紙）

〔絵一〕（第3紙）

むかしにかはらぬ物とてはなてんの
さくらほしのひかり月のひかりと日
のひかり水の底にてとしをふるかは
つはかりそねをはなく内のていの
いたはしさに宿とらふする事をは
つたとわすれときをうつして立た
りしかにしおもてをなかむれはち
ふつたうとおほしくてほうきやう
つくりのみたうありたちよりおかみ
申にあみたの三そんと人丸をゐさう
にうつしかけたうのあたりに四せつ
のしきをまなふあれはてゝはあり
けれともその心はかりはたかはつ先（第4紙）
ひかしは春ににて大ゆうれいのむめの
花むかしなからのやまさくらふしみ
さえたの花までもきゝのこするゐに
さきみたれひはこからうくひすかの
きはの梅にはをやすめねをたし
かねたるところにはけい〳〵ほろゝの
きしのこゑけいならはけいとはなく
してなにそや後のほろゝのこゑ
いつも春かとみえにけり南はなつ
ににてすはまに池をほらせたり
いけのそのなかにほうらいほうちやう
えいしうとてみつの嶋をそつかせた
るしまよりろくちへはそりはしを
かけさせはしの下にはうらしま太郎
かつりの舟とうなんくはちよかうつほ

ふねを五しきのいとにてつなかせ
しやうらくかしやうの風ふかはみき
はへよれとつなひたるはいつもなつ
かとみえにけりにしは秋ににて
四方のこすゑも色つきしらきくた
えぬふせい北はふゆかとうちみえさん
かくはかゝとそひへたりはいたんのおき
なはをのかころもはうすけれとふゆを
まつこそやさしけれふゆにもなれ
は
すみを
やく（第5紙）
すみかま
の
けふりの
あほふ
て
ほそくたち
のほるは

いつも
冬かと
みえに
けり（第6紙）

〔絵二〕（第7紙）

あらおもしろやとうちなかめや
まふしのこゑたてゝやとゝるほう
のあらされはこしにつけたるほら
のかひのをゝときのへてむさしや
とゝりのかひをしはらくふけと人
おともせすいや〳〵これはひとはなき
やらんと思ひたちかへらんとせし
ところに風もふかぬにつまとか
きり〳〵となるふしきやと思ひそな
たをきつとみてあれは六十にあ
まり七十におよひたるにこうのくち（第8紙）
はのこ袖かみにかけすいしやうのしゆ
すをつまくりくちにふつこをとなへ
十三人の山ふしたちをつく〳〵と御らん

して何とものをはおほせもなくて
我子の事を思ひいたしてさきたつ
物はなみたなりうけたまはれは御
大将はうくはん此国へ御けこうのよし
を申かわかこのつきのふたゝのふかさい
こくかたにてうたれすし御とも申
てくたるならははにふのこやにたち
よりやととりたつらんもこれにはいか
てまさるへきとおもひまはせはをくる
まのやるかたなきはこゝろかないにし
への山ふしたちはよくつれ給ふときは
五人六人こそ御とをりありしに此
たひは上下十三人御さあるなかに
少人も一人ましますや法は万ほうきや
うは万きやうとてよろつのきやうのその
なかにやまふしのきやうほとにもの
うきことはよもあらしあれほといつ
くしきはなのやうなる少人をむま
にものせ申くたれかしさらすはわかき
やまふしたちのかたにものせてく
たらすしやけんのまなこをふませ
申事のいたはしさよせう人のちゝはゝ
のふるさとにまし〳〵てさこそなけかせ
給ふらめみつからかあけくれ子ともか
事をおもふにそいとゝ思ひのかはらし
（第9紙）
となみたにくれてたち給ふにこうな
みたをとゝめこれはらうたいかすみあ
らしにて候ひのくれさせ給はぬさ
きにたしよにて御やとをめされさ
ふらへ御やとはかなひさふらふましへん
けい聞ていや〳〵此ところにてやと
とりそんし野しゆくとりてかなはし
と思ひすゝかけのえもんひきつくろ
ひあらうたてのにこうの仰や一とをり
一むらさめのあまやとりも百しやう
のきえんとうけたまはるひてうほう
ていれいは鶴のはかひにやとをかる
たるまそんしやはあしのはにめす

ちやうはくはうかいにしへはうき木に
やとをとるとこそうけ給りおよひて
候へわれらはかりと思ひなはとてもね
られぬ月の夜に野にふすとても
ちからなし御らんせられ候へ十羅せつ女
の御あとをつかせ給ふへき少人をたゝ
一人くし申ていとてかいやならはのき
のしたの御はうしの有へきなりとかり
にけりにこうきこしめしてけに〳〵
もつとも御たうり此ところにてみつ
から御やとまいらせすはたれやのもの
か心ありてまいらすへきこなたへ御いて
候へとて十三人の山ふしたちをな
かのていへしやうせらるゝ　（第10紙）
おの〳〵うつらせ給ひれいしせんほう
たつたうあそはすせんほうもすき
ぬれはへいし壱くてう花かたにく
ちつゝませにようはうたちにいたか
せにこういてあはせ給ひ人のおやの

こを思ふみちほとにあはれなる事
よもあらしかれらかゆくゑのきかま
ほしさにしゝんたちいて給ひゆくゑも
しらぬ山ふしたちにそゝろにさけを
そしゐられけるさけもなかはとみえ
しときにこうむさしかたもとをひかへ
ひる御やとめされしときみやこの人
とおほせさふらひしほとにそなたの
かたよりふきくるかせもなつかしくさふ
らふもし御大将はうくはんのゆくゑを
はししろしめされてさふらふかしろし
めされてさふらはゝ夢はかりかたつて御
とをり候へへんけい聞てさてはわか君の御
けかうかおんこくおんりにかくれもなく
てくちあまをいたしとはするそとこゝろ
えにこうをはつたとにらんてあらおかし
のにこうの仰やそれ山ふしの名はよ
のつねおほきと申せとも御大しやうは
うくはんほうといふやまふしはいまこそ聞

て候へさりなからきやくそうは五人は五
（第11紙）
かこく十人とくにのものしつつるかた
もや候らんよの方へ御たつね候へこのほつし
におゐてはいさしらぬさうとなさけなけ
にこたふるにこうきこしめされてけに
〳〵もつとも御たうり人のゆくゑ
をとひ申とて我せんそをは申さすし
御かたりあれと申ほとに御かたりなきは
ことはりさふらふいて〳〵みつからかせんそ
をかたりてきかせ申さんこれは両こくの
ひてひらかいもうとてはのしやうしか
こけつきのふたゝのふきやうたいかわ
れはゝにてさふらふそやひとゝせ御
大将はうくはん此国へ御けかうありて
さとうひてひらをもよほし十万よき
にちやくたうつけ御しやうらくの御時
君はあのむかひにみえたるまる山のふも
とに御ちんをめすつまのしやうしさつ
しやうかまへて参るつきのふたゝのふきや

うたいのもの君の御ともと申さとう殿
きこしめしやあいかにこれよりさいこく
への御ともはくにをへたてせきをこえはる
〳〵のみちそわれまたらうたいにてこと
ものすかたを二度あひみん事かたしあに
御とも申さはおとゝは国にとゝまれおとゝ
御とも申さはあには国にとゝまつてらう
たいのちゝはゝかならふするやうをみはて
よあにか申けるやうは御ちやうもつとも
（第12紙）
にて候にたゝのふは国にとゝまりちゝはゝ
をなくさめ申せなにかし御ともと申
又おとゝか申けるはおとなしやかにつき
のふはとゝまりちゝはゝをなく
さめ
御申
あれ
なにかし
御
とも

と申す（第13紙）

〔絵三〕（第14紙）

これかたとへかや諸仏念しゆしやう衆
生ふねんふつふもじやうねんししふね
んふもととかれたりもろ〳〵の仏は
しゆしやうをおもひ給へともしゆしやうほ
とけをおもひ申さすたかきもいやし
きもおやはこを思へとこはおやをさら
におもはすわかきものともにて候
ほとにみやこをみんするかうれしき
と申たちよかたなよむまものゝく
とよういすさとう殿御らんしてち
からをよはせたまはすしら川二所の
せきまて君の御とも申こまをかしこ（第15紙）
にのりはなつてこともをかんしよへち
かつけやあいかにきやうたいよこれよ
りさいこくのかつせんはおくのいくさに
にへからすけしやういくさにてある間
かくるはやすけれともひくか大事に
あるときくかけうするときもきやう
たいつれてかけ又ひかうするときも
きやうたいつれてひけまはらかけす
るなしろをおとさはかさへまはれかさ
につゐておとすならははるかの
なきさにくたつて小川に付ておと
せ小川なかれは大河にいてよ大河に
付ておとすならはやあかならすさと
に出へしむらからすたつならはて
おひしにんのありとしりてねんふ
つ申とをれおきにかもめおとつれ
はかたきのふねと思へさいこくかたにて
あにをうたせくにもとに候ちゝかみたう
候はゝかみたひなんとゝてあにかかたみを
とりもつてたゝのふくにへくたりてら
うしたわれをうらむるなおとゝをうた
せつゝつきのふくにへくたるなよかく

はいひてあれとはなのやうなるきやう
たいをしねとはさらにおもはぬそたゝ
しゆみとりはなこそおしう候へ人は一
代名はまつたいなにつきたらんその
きすのまつたいまてもよもうせし（第16紙）
とても御とも申ならは命をまたふかう
みやうをきはめ殿はらもなをあけ庄
司かいへの名をもあけてたへとかやう
に仰候て君に御いとま申しゆくしよ
にかへらせ給ひかれらこひしきおり〱
は此ものともかうへをきし花そのやま
にたち入つねはなくさみ給ひしかあ
くれはたゝのふこひしやくるれはつ
きのふこひしや恋し〱とのたまひし
恋かせやつもるらんさてちやうかうや
きたりけん一日二日とすきのまとか
きりのゆかにふし給ふみつからあまり
のかなしさにいまたしやうしそんしやう
に有し時きやうたいのものともに
けきれのしたるよろひきせみやこへ
のほせたりつるか心にかゝり思ふなり
よろひおとしたてよろこはせんと思ふ
とてあにのつきのふこさくらをこのめは
小桜おとしにけつかうす扨おとゝのたゝ
のふはうの花をこのめは卯の花おとし
にけつかうしいまやおそしとかのも
のともまつしるしこそなかりけれ
あらいたはしやしやうし殿いまをかき
りとみえ給ふみつからかなしさに二
りやうのものゝく取いたし二人のよめ
にきせ申ちうもんにたゝせつきのふ
参て候そたゝのふまいりて候そなふ
ちゝこせと申ときいまをかきりの庄（第17紙）
し殿かつはとおきさせ給ひて二人
のよめのすかたをつく〱と御らんし
てそのいにしへのおもかけのありと
のみはかりにていまのこゝろはなくさ
みぬ三月のなこりにはこさくらはか

りや残るらん四月の名残にはうの
花はかりや残けり（第18紙）

〔絵四〕（第19紙）

それてんちくのならひにはこひしき
ひとのおもかけをみんとおもふときに
はせいせきさんにあかりいはのかとをた
たひてえき路のすゝをふるとかや大
こくのならひにはんこんかうをたく
とかやさて我てうのならひには夢
にならてはみえはこそこれはうつゝに
おもかけをみつるうれしさよ恋し
のつきのふやあらこひしのたゝのふ
とこれをさいこのことはにてあした
の露ときえさせ給ふしやうしに
はなれてみとせになりこともに
わかれ七年なふきやくそうとの給ひ
てたもとをかほにをしあてゝはら〳〵
となかせ給ひけりはうくはん御さをた
たせ給ひ弁慶をめされいままては（第20紙）

いかやうのものそと思ひてあれはさ
てはなにかしかいのちにかはりて有し
つきのふたゝのふきやうたいかはゝにて
ありける事よかれら二人に一人めし
つれくたりし身にてもあらす何の
いみしさにいにしへのよしつねとはなのる
へきそむさしこゝろえてかれらかさいこ
をよそなからみたるていにかたりに
こうか心をなくさめてたへ弁慶
承て御ちやうのことくふひんに候かた
りいたしてなくさめうするにて候とて
もとのさになをりおもひよらぬ物
かたりを二つみつかたりさしきのきや
うをもよほしたゝいまおもひいたした
るふせいにてよこてをちやうとあはせ
そのつきのふたゝのふとやらんのさい
こところをこそ此ほうしかみて候ひ
しか御のそみにて候はゝかたりてき
かせ申さんといふにこうきこしめされて

あらうれしやさふらふかれらかゆくゑを
きかんには十物十百物百をなりとも
つむへけれともおりふしもちあはせ
さふらふとてまき物三十疋むさし
かまへにつませらるゝさて又かれらかた
めにとておとしたてたるものゝくを
とりいたしなふこれ〳〵御らんさふらへ
やかれらか恋しきおり〳〵は此ものゝく
（第21紙）
をとりいたし人にもきせかけてもをき
これをみてこそなくさみしにきやく
そうたちにたよりてなくさまんさ
りとてはちからなしかれらかゆくゑ
をきかんにはあすの事をもおもはす
いて〳〵さらは参らせんと二りやうの
ものゝのわたかみとつてひき立てむさ
し殿かまへにをくつきのふたゝのふの
忘れかたみつまのゆくゑをきかんとて
しやきん百りやうみつなりの
たちはな
かたにつま
せ
つゝよまのていへ
出てむさし殿かまへに
をき
（第22紙）

〔絵五〕
（第23紙）

かみから下にいたるまて物かたりきか
むすとて三戸をひそめておともせ
すさいたうのむさしやしまのいその
かつせんをもとよりしたる事なれは
はしめよりをはりまて事こまかに
そかたりける年こうはけんりやく元
年比は三月下しゆん四こくさぬきのや
しまの磯をとをりしとき源平の
かつせんまつさいちうとみゆるそのとき
山ふし六人さふらひしか二人はみんといふ
（第24紙）
三人はとをらんといふなかにも此ほつし
人はなにともおもはゝ思へかやうのことをみ
をきてこそ熊野にまかり帰て人に

もかたらはやとおもひをひをおろしこま
つの枝にかけをきはるかのなきさに
くたりて源平のかつせんをしつ〳〵とみ
たりけれはさるの中はの事なるに
おきの御座舟より六いろはかりのせう
せん一そうさゝめかひておさするをみれ
は人三人のつたりけり一人かかんとり
一人はわつはいま一人は大将大しやうと
おほしき人のはたにはなにをかめさ
れけん大くちのそはたか〳〵とおつ
とりて卯の花おとしのよろひをめ
しなしうちえほうしおつかふてしら
あやたゝんてはちまきにむすとし
めひやうとうつくりの五人はりまん中
にきりよこたへてやはかりをつ取て
そうもんのなきさへふねをさゝめかひ
てさすくか近くなりしかはふな
はりにつゝ立あかつて大おんあけて
そなのりたるたゝいまこゝもとにすゝ
み出たるつはものをいかなるものとお
もふらん一ほんしきふきやうかつらはら
のしんわうに九代のこうゐんかとわき
のしなんのとの守のりつねそうもん
のなきさへとゝにおゐてかよふといへと（第25紙）
いまた東国の大将にけんさんせすとう
こくの大将にけんさんとそなのられ
けるけんへいなりをしつめみやうし
なのりをしつかに聞又けんしのちんよ
りも大将とおほしき人のすゝんて出さ
せ給ふはたにはなにをかめされけんあか
ちのにしきのひたゝれひおとしのよろひ
おなしけの五枚かふとにくはかたうつて
たつかしらすへたるをゐくひにめされ
こんねんとうのこしのもの二尺七寸の
こかねつくりの御はかせあしをなかに
むすんてさけ二十四さいたるきりうの（第26紙）
矢はす高に取てつけ三人はりの真
中にきりたけ七きはかりにてまつ

くろなる馬にきんふくりんのくらを
かせ御身かろけにめされたつしかみかた
のなかをしつ〳〵とあゆませあひちか
くなりしかはあふみふんはりくらかさに
つゝ立あかりて大おんあけてそなのられ
けるたゝ今こゝもとへすゝみいてたるつは
ものをいかなるものとおもふらんことも
おろかやせいわてんわうに十代源九郎
よしつねそうもんのなきさへとゝに
をゐてむかふといへともいまたのとゝの
とやらんにけんさんせすのとゝのならは
花めつらしう見参とそなのられける
のと殿此よしきこしめされて大しやう　(第27紙)
の御めにかゝりたるしるしなくて候へき
かこひやうにては候へともなかさしひとす
ちたてまつらんにいつくとやつほをう
け給てつかまつらんとありしとき
けんしの御たいしやうのかれかたくやおも
ひけんこしよりもくれなゐにひをいた
したるあふきぬき出しはらりとひ
らきむないたをほと〳〵とをとつれやこ
ろはまつほとさうそこゝのほとをあそはせ
とそ仰けるすてに御命あやうくみえ
させ給ふところに又源氏のちんよりも
ふしなはめのよろひきてあしけの
馬にのつたるむしや壱きかけ出て君
の矢おもてにかけふさかつて大おん
あけてなのるやうたゝいまちんとうに
すゝみいてたるつはものをいかなる
ものとか思ふらんおうしうの住人にさ
さ(衍カ)とうしやうしか二人のこあにのつき
のふなりのと殿の大やをまつたゝ
なかにうけとめてしんてえんまの
ちやうにてうつたへにせんとそ
よはつたり　(第28紙)

（下）

のと殿このよしきこしめしあつかうなるつはものかな一きたうせんとはかゝるものをいふらんこゝろさしのさふらひをのりつねか手にかけゐおとしてあれはとてまけうすいくさにかつへきにてもあらす又たすけてあれはとてかたうすいくさにまくへきにもあらはこそ心さしのさふらひをたすけてこそとの給ひてはめたる矢をゆるされたりいしかつゝるところにわつはのきくわう丸かさゝへ申けるやうはなふ御ちやうにては候へともつきのふたゝ信はかうのものにて候そやそれをいかにと申に一のたにのおちあしやしまのおちあしにもこゝにてはつき信かしこにてはたゝのふとなのりて

せんていにようゐんの御さふねをもおそれすさひやをゐかけしらうせきにんにて候そや其うへくんちんにてかたき一きうたるれはみかた千きのつよりみかた一きうたるれはかたき千きのつよりと承て候そやその（第1紙）うへ彼ものともはゐこくのはんくはいちやうりやうをもあさむくほとの人てさういくさかみの御たむけにはやひとやさうとさゝへたりのと殿このよしきこしめしいしうも申たるきくわう丸かなそのきにて有ならはなかさし一すちとらせんと十五そく三かけつるきのやうにみかひたるを五人はりにからりとつかひもとはすうらはすひとつになれときり〳〵とひきしほりまちをこふしにひつかけえいやつとかつてうつたるはとうつきなんとのことくなり一ちんにすゝんた

るさてもつきのふかむないたにはつし
とあたりちけふりかはつとたちをし
つけへくつとぬけにけりむさんやつ
きのふさいこはよかりけりたうのや
をいんすとてゆみとやをつかつて
うちあけてひかんあふはなさんと
二三度四五度しけれともせいひや
うの大矢にきものたはねはとを
されつ何かはもつてこらふへきゆ
みとやをからりとすて
　　　ゆんての
　　　　あふみけはなつ
　　　　　て
めてへかつはと落にけり　（第2紙）

〔絵二〕　（第3紙）

いまおもひあはすれは御身の御し
そくかいたはしさよとかたりけり弐
人のよめ三人のまこにこうもろ
ともに一度にわつとさけひけれは

きけいをはしめたてまつり十三人
のひと〴〵もやしまのかつせんをた
た今みるこゝちしてすゝかけのた
もとをしほられけりにこうなみた
をとゝめつきのふはそのてにてはか
なくなりてさふらふかをとゝのたゝの
ふはさて何となりてさふらふそはう
くはんきこしめされてなをもすゐ
をかたつてきかせよとおほしめし
むさしかかたを御らんすれはへんけ
いやかてこゝろえあらむさんやつきの
ふそのゝちとをあさの事なるに
かふとのしのひのをかきれてたふさ
はなみにゆられぬかゝりけるところに
のと殿のわつはきくわう丸何さまつ
きのふかくひとつてけんさんにまひ
らんと舟より下へとんておるゝたゝ
のふ此よしみるよりもあにのくひ平
家かたへわたしてはゆみやのちしよく

そとおもひ四人はりに十四そくとつ
てからと打つかひよつ引てひやうといた（第4紙）
あらむさんやきくわう丸かいさみにい
さんておりたちたるひさのくちに
したゝかにたつ大事のてなれはうけ
もあへすいぬゐにとうとふすたゝの
ふ此よしみるよりもわつはかくひとつ
てあにのけうやうにほうせんとこま
をかしこにのりはなつてうち物ぬひ
てさしかさしもみにもふてそよつ
たりけるのと殿此よし御らんして
一ときなりともそれかしかうちに
あらんわつはかくひけんしかたへわた
してはゆみやのちしよくそとおほし
めしふねよりもとんておりきくわう
かうはおひをかひつかんてふねのうちへ
えいやつといふてなけられけりあらむ
さんやきくわう丸此てにてかんひやうする
ならはしぬましかりつる者なれとも

大ちからにふねのせかひにしたゝかになけ
つけられてかうへみちんにくたけてつゐ
にはかなくなつたりけり事かりそめ
とは思ひけれともけんしに
さふらひ
うたるれは
へいけにも
らうとう
しんたり
けり（第5紙）
のとの守のりつね此よしを御らんし
てすきまかそへのたゝのふにたゝな
かをとをされ候てはあしかりなんとおほ
しめしおきへふねをおさせらるゝか
とわきのへいさいしやうのとのかみのり
つねこそくかのいくさにしまけてあ
れのりつねうたするなようつゝけつはも
のとおほせけりうけたまはると申て
つくし大みやうに大ともしよきやう

きくちはらたまつらたうこれたう
これすみへつきやますみ此人〳〵
をさきとして七百よきにはすきさ
りけりふね一めんにおしならへむま
ともをはかいしやうにをひひてふな
はらにひつつけ〳〵さゝめかひておよ
かせらるゝくかちかくなりしかはこまを
ひきよせ〳〵ひた〳〵とうちのりていち
まひはきのわたりたてをむまのかし
らにつきかさし七百よきかむれたか
松へ一度にさつとかけあけたりけん
し二百よきおもてのひろきてうた
て一めんにつかせやふすまつくつて
さしとりひきつめさん〳〵にゐたり
けりへいけのくんひやうともはひと
さゝへもさゝへすしなきさへさつと
引たりけりあく七兵衛これをみて　（第6紙）
にくしきたなしかへせもとせとおめ
きさけんてかけにけりけんし二百

きやたねつくれはうちものゝさやを
はつしわつといふてかけあはせへいけ
のをはるゝときもあり源氏のをはるゝ
ときもありをふつまくつつかけつも
といつさるのなかはよりとりのくたり
まてかけあひのかつせんにけんし
平家つかれつゝあひひきにさつと
ひきたりけりさいたうのむさしはう
かこのよしをみるよりもせひそれかし
ひとかつせん
つかまつり
けん
さん
に
まいらんと
このむ
と
ころ
の

なきなた
みつくるま
に
まはひて
さいたうの
弁慶かたゝ
今
かくる
なり（第7紙）

〔絵一二〕（第8紙）

平家かたのくんひやうともにくしき
たなしかへせもとせと大こゑあけて
そかけにけるへいけのくんひやうと
もはへんけいかかくるをみて中をあけ
てとをしけりもとよりへんけいかたき
にあふてはやき事ゑんこうかこするゑ
をつたひあらたかゝとやをくゝつてきし
にあふかことくなり大こくのしうちくは
いはかんこくのせきをやふつてきに
あふかことくなりもとよりむさしうての
ちからはおほえたりなきなたのかねはよし
なきなたをとりのへてむかふものゝまつかう
にくるものゝをしつけほろつけたかこし
とうなかくさすりのあまりをあたるをさ
いはいにはらめかひてそきつたりける
手もとにすゝむつはものを三十六き
はら〳〵ときりふせ大せいにてをお
ふせとうさいへはつとおつちらし長
刀かたに打かたけあふみかたのちんへ
ひきたりけるむさしほうかありさまは
たゝはんくわいもかくやらんへいけの
くんひやうともふねよりもあかりし
ときは七百よきとみえしかとも二百き
はかりにうちなされおきへまはらに
うちなされうりうむさんにあかりおの（第9紙）
〳〵ちんとりしつまりけれはいぬゐの
こくにそなりにけるはうくはんむさし
をめされおうしうのたゝのふはいつくに

あるそくしてまいれへんけいうけたま
はりて御まへをまかりたちこのへんに
おうしうのさたう殿やましますつき
のふはいつくに有そ大将のめしのあるに
とつく御まいりあれとたからかによは
はるあらむさんやたゝのふひるしやきやう
つきのふておひぬるとみるからにかつせん
心にそますとある山のはにそなたはか
りをみをくり心ほそけにてたちたり
しか大将のめしとうけたまはりてむ
さしとつれて君の御まへにかしこまる
はうくはん御らんしていかにたゝのふあに
つきのふかゆくゑはしらぬかたゝのふうけ
たまはりてさん候あにゝて候ものひる
ておひぬるとみ候ひしかともかけあ
ひのかつせんにひまなくしてそのゆ
くゑをもそんせすと申あふそれはさそ
あるらんこんしやうにもあらはとふへき
しさいありましゝても有ならはけう
やうよきにすへしはやとく〳〵との御
ちやうなりたゝのふ承てあらありかた
の御ちやうや候御意くたらすともたつ
ねたく思ひしにまして御ちやうのうへ
おつとこたへて御まへをたちめのとに
しのふの十郎みつとをともとして（第10紙）
はるかのなきさにくたりけりころは三
月廿日あまりの事なれは月は出す
してみちみえすなみたそみちのしるへ
なるたちをつえにつきはるかのなき
さにくたりつゝひるのいくさはは此へ
んそとおもひてむれたか松のにし
ひかしすさきのたうの北南なきさに
そふてたつねけり此へんにおうしう
のさとう殿やおはしますつきのふやまし
ますとしつかによふてそとをりけるいく
さみたれの事なれは手おひしにんの
ふしたるはさんをみたしたことくなり
ておひとものにようこゑみゝにふれて

あはれなりのりこえ〳〵たつぬるにいと
とあはれそまさりけるむれたか松
の事なれはすさきによするなみの
おとはまちとりのともよふこゑわれ
をとふかとおほしくてこゝろほそさはま
さりけりあらむさんやつきのふは大事の
手おひてありけるかおとゝのたゝのふに
さいこのなこりやおしかりけんしにもや
らすしてあけふねのあたりに下人の
男にかんひやうせられてゐたりしかたゝ
のふかこゑときゝいそうつなみともろ
ともにたそよとこそこたへけれたゝ
のふあまりのうれしさにする〳〵と（第11紙）
はしりより御ては大事にましま
すかこゝろはなにと御いり候そつきのふ
聞てわかみの事をは何ともいはすし
てしはらくありていきをつきみかたは
いかほとにうちなされてあるそたい
しやうは御てもおひたまはぬかさておこ
とは手をはおはぬかたゝのふうけ給り
てさん候みかたはわつか八十三きにう
ちなされ候ひぬ大しやう御てもおひ
たまはすなにかしも手もおはす御
こゝろやすくおほしめせつきのふ
きゝてあらうれしひものかなそのきに
てあるならはいまたこんしやうにいき
のかよふとき大将の御めにかゝりたひ
そくしてまいれたゝのふあまりのうれ
しさにすさきのたうよりもやり
とをいそきとりよせつきのふをかき
のせまいらせてさきを

たゝのふ
かきけれは
あとを
しのふ
そ
かきにける
なみたそみちの

しるへなる　（第12紙）

〔絵三〕　（第13紙）

むさし殿ひたち殿亀ゐかたをかす
るか殿ゆみとりと申はけふは人のう
へあすはわかみのうへそかしいさやさとう
をみつかんとはるかのなきさにおり
くたりつきのふをかいしやくしてむ
れたか松にあかりけれはひかしの山
のはに月ほの〳〵と出にけりはやか
ひてまいりたるよしを申はうくはん
きこしめされてちかふかけうけたま
はると申て御さちかくかきよせけ
れはかたしけなくもはうくはん御さを
よせさせ給ひつきのふかかうへを御ひ
さのうへにかきのせ給ひ手は大事
なるかこゝろはなにと有そおもひをく
ことあらはたゝいま申せあすにもなる
ならはおうしうへ人をくたすへしいかに
〳〵と仰けれとも御返事をは申さ
すうちうなつひたるはかりにて
とうのうちにようこゐありわたちゝふ
左右にしてあらむさんやつきのふさこそ
こゝろかうなるむしやと申なからさい
こちかつきぬれはちからなしふひん
なるしたいかなとておの〳〵なみたを
なかされけりあとにてかひしやくつか
まつるおとゝのたゝのふておひにちか　（第14紙）
らをつけはやと思ひあらゝかなるこ
ゑをあけあらゆふにかひなのつきの
ふのふせいや候たとへ事にては候
はねともかまくらのこん五郎かけ
まさはくりや川のしやうにてとりの
うみの弥三郎にゆんてのまなこを
ゐさせそのやをぬかておりかけ三
日三やもつてまはりたうのやをゐ
おふせてこそいまかまくらの御りやう
の宮といはれ給ふとうけたまは
れそれほとこそおはせすともかほと

のほそやひとすちにさやうにやみ
〳〵とよはり給ふかかたしけなくも
まくらもとは三代さうおんのしゆくん
ゆんてはちゝふのしけたゝめてはわた
のよしもりなりあとにてかやうに申
はおとゝのたゝのふにて候そやなに事
もかことも御まへて申させ給へとて
さしもにかうなるたゝのふもいまの
わかれのかなしさにこてのくさり
をぬらしけりつきのふ聞て何と申
そたゝのふこん五郎かけまさはくりや
川のしやうにてとりのうみの弥三郎
にゆんてのまなこをゐさせたうの
やをゐおふせけるよなそれはせうし
の手なれはこそ三日はもつてまは
りつらめかけまさにつきのふかおとる（第15紙）
へきにてあらねとものと殿の大矢
は大こくまてもかくれなきにたゝ
なかをとをされつきのふにてあれは

こそいままてもなからへ御まへてものを
申せえい何事も〳〵みないつはりと
なるそとよ国へかたみをくたすへし
はたのまもりをはらうしてましま
すちゝはゝの二人に壱人なからへても
ましまさはゆきみのまとのをれ竹
のよはさかさまの事なれとかたみ
にこれをまいらせんひんのかみをはわ
かともかはゝにとらすへしむちとゆかけ
をは二人のわかにとらすへしたちをは
しのふにとらするそよろひはけきれし
たりともわとの取てきてつきのふに
そふたと思ふへしかまひてたゝのふよ
つきのふうき世に有やうに心つかひを
仕りてはうはいにくまれ申な御
いとま申てわか君いとま申てはう
はいたちあらなこりおしのたゝのふよ
高声にねんふつ十へんはかりとな
へしかかすかなるこゑをあけむさしと

のはいつくにそおとゝのたゝのふにめ
かけてたへといひすてゝおしかるへし
おしむへしあしたの露ときえにけ
り上下万民をしなへてあはれととは
ぬ人そなき（第16紙）

〔絵四〕（第17紙）

はうくはんふひんにおほしめしたゝ
いまもけうやうすへけれともひるへい
けまけいくさにてあるあひたもし
夜うちにやあからんとようかひかまへ
ようしんひまもましまさすあけゝれ
はしとのとうちやうのひしりをしやうし
けうやうねんころにし給ふあらむさんやな
つきのふたひ〳〵しよもうせし事を
かなへぬ事のむさんさよしよもうと
いつは別のきにて候はすあれに候
大夫くろか事ひとゝせよしつねお
うしうへくたりさとうひてひらをもよ
ほし十万よきにちやくたうつけ

しやうらくのときひてひら入道大黒
こ黒とて二ひきの馬をひさうして
もつこくろといつしはあのむまよりも
たけはつくんにのほつて候ひつれと
も心をくれたるによつてこくろと
なつけ大くろとはあの馬の事ひて
ひら申せしはそれゆみとりのせんちや
うにのそんて高名をきはむる事
馬ものゝくにしくはなしこれに
めされて御代をひらかせ給へとて
ものゝく一りやうをしそへてえさす
なにかしかてにわたりのりこゝろよし
あしのはやき事はとふとりなんとの（第18紙）
ことくなりかくの名によそへてせ
いかひはと名付かまくらとのゝいけ
つきするすみかはとのゝとらつきけ
なにかしかせいかひはとてわかてうに
うへこす馬はなしけんりやく元年正
月廿日にうち河をわたしおなしき

二月七日に一のたにてつかひかみねを
おとし平家のくひおほくとりて
大ちをわたしゐんの御めにかゝり大
夫のはうくはんになされ中其とき
馬もけんしに吉事の馬なれは
とてかたしけなくもりんけんにて
大夫くろにふするされはえんきの
みかとの御ときはしらさきをいたきと
つて五位になされしためしこそ
候へ馬の大夫つかさはためしまれ
なりとて大夫くろにそふせられ
ける東寺よつゝかのへんにてあらむ
さんやつきのふなにかしかあたりへこま
かつし〳〵とあゆませよせあつは
れ御馬候やおくにてみ申せしより
はたけはつくんにのほつて候あは
れ此御馬をたまはれかし君のまつさ
きかけうちしにつかまつらんするゐの
ちはつゆちりほともをしからしとたひ

〳〵しよもうせしかともそのころつき
のふにおとらぬちうのふしおほしし（第19紙）
よのうらみをきしと思ひ今まてとら
せぬ事のむさんさよさいこなれはたゝ
のふひきたふこそ思ふらんよし〳〵お
んをみておんしらさるはきちくほくせ
きにたとへたりいて〳〵よしつねも
大夫黒を引て命のおんをほうせん
とかたしけなくも御てを大夫くろ
かみつつきにかけさせ給ひつきのふか
しかひのまはりをかなたこなたへ
ひきまはしそのゝちたゝのふたま
はれりけにやつきのふ此せにてほ
しゝ〳〵とおもひしねんやつうしけん
むまは北のものなれはほくふうに
いはひてしらあはかふてつゐにむな
しくなりにけり以下のものこれを
みてまさしくつきのふたまはりてめ
いとまてのるよとはいはぬものこそ

なかりけりつたへきく大こくの大そう
くはうていはひけをきりてはいにや
きこうしんにあたへたひにききすを
いやしちをしめしせんしをなてし
かは命は儀によつてかろしいのちは
おんのためにつかはすいかにもそのみ
のころさるゝ事をいたむましほん
てうのきけいはちうあるさふらひに
大夫くろをひかれけりこれをみる
人々いよ〳〵いさみあるへしとかん（第20紙）

〔絵五〕（第21紙）

せぬ人はなかりけりあくる日のかつ
せんに源氏七きにうちなされし
とのうらとかやまつかはなといふと
ころにちんとりてましますくまの
の別当たんとう一千よきのせひに
てみかたにまいらるゝけんしの御せひ
壱千よきになり給ひおこる平家
を事ゆへなくたいらけ三しゆのしん
きことゆへなく都にかへし給ひけり
おとゝのたゝのふよしの山まて御と
もすよしの山にて大しゆたちのこゝ
ろかはりの有しときそのときたゝ
のふはうくはんつかさときせなかを申
たまはり壱人みねにとゝまりはう
くはん殿となのりてよしのほうしを
まちうけさん〳〵にかつせんしそこ
にてもうたれす都へのほつてはら
きつてむなしくなる其人々の事な
らはこんしやうのたいめんはおもひもよ
らぬ事なりねんふつし給へとて
むさし殿かおひよりつきのふのかたみ
たゝのふのかたみをとりいたし候ひて
にこうにこれをたてまつるにこうかた
みとりあけかほにあてむねにあ
てりうていこかれかなしむ

何にたとへんかたも
なし（第22紙）

はうくはん御よし御らんし心つくしに
いつまてつゝむへきと覚しめされける
間これこそいにしへの源九郎よしつね
と御なのりありけれはにこううけた
まはりこともか事はさてをきぬ三
代さうをんの君をおかみ申こそなけ
きのなかのよろこひとよろこふ事は
かきりなしこれにしはらくとゝめ申
てひらいつみへつかひを立にけりひて
ひらよろこふてちやくしにしきと二
なんやすひらをさきとして三千よき
のせいにて御むかひにまいりひらいつ
みへ入申ころも川たかたちと申と
ころにしんさうに御所を立やなきの
御所と申てあいたさかたつかるかつふそ
とのうらひわうはんをかまへていつきかし
つき申かのひてひらか心中をはきせん
上下をしなへてかんせぬ人は
なかりける　（第23紙）

オクスフォード大学ボドリアン図書館所蔵

『やしま　下』

MS. Jap. 53/2（r）

表紙縦 24.8 糎×横 20.3 糎

紙　数	横（糎）	幅（糎）	詞（行）
第 1 紙	55.6		23
第 2 紙	55.7		27
第 3 紙	37.1	絵一	
第 4 紙	54.8		25
第 5 紙	53.9		27
第 6 紙	53.2		26
第 7 紙	55.1		30
第 8 紙	37.2	絵二	
第 9 紙	55.1		25
第 10 紙	55.1		27
第 11 紙	55.7		27
第 12 紙	54.9		26
第 13 紙	37.0	絵三	
第 14 紙	55.0		25
第 15 紙	55.6		27
第 16 紙	55.2		27
第 17 紙	36.5	絵四	
第 18 紙	54.8		26
第 19 紙	55.4		27
第 20 紙	54.8		27
第 21 紙	37.2	絵五	
第 22 紙	54.4		27
第 23 紙	53.2		19
計	1,172.5		468
見返し	24.8	軸付紙	0

オクスフォード大学ボドリアン図書館所蔵

『やしま　上』

MS. Jap. d. 53/1（r）

表紙　縦 24.8 糎×横 20.0 糎

紙　数	横（糎）	幅（糎）	詞（行）
第 1 紙	55.6		24
第 2 紙	26.5		11
第 3 紙	36.8	絵一	
第 4 紙	29.0		13
第 5 紙	55.4		27
第 6 紙	26.6		11
第 7 紙	36.8	絵二	
第 8 紙	28.0		11
第 9 紙	54.9		27
第 10 紙	55.8		28
第 11 紙	52.6		25
第 12 紙	55.2		27
第 13 紙	27.1		13
第 14 紙	36.2	絵三	
第 15 紙	27.0		12
第 16 紙	55.9		27
第 17 紙	55.7		28
第 18 紙	20.3		7
第 19 紙	36.7	絵四	
第 20 紙	34.9		16
第 21 紙	56.1		27
第 22 紙	33.4		16
第 23 紙	35.7	絵五	
第 24 紙	21.7		10
第 25 紙	55.7		27
第 26 紙	25.4		12
第 27 紙	31.3		15
第 28 紙	53.5		22
計	1,119.8		436
見返し	24.4	軸付紙	0

『やしま』絵巻の解説

絵巻上（下）二軸。江戸前期〜中期写。モーズリー旧蔵。請求番号（shelfmark） MS. Jap. d. 53/1・2（r）。表紙（上　縦二四・八糎×横二〇・〇糎、下巻二四・八×二〇・三糎）は紺地に銀繡で雲文を描く。左肩の題簽（朽葉色に金泥文様入）に「やしま　上」「屋志ま　下」と記し、萌黄色の平打紐がついている。字高二〇・四糎。象牙軸。見返しは銀布目紙に金切箔を散らす。本文料紙は鳥の子（金切箔砂子散らし）、紙背は金切箔散らし雲母引、内題はない。上巻本紙全長一一一九・八糎、挿絵五図。下巻本紙全長一一七二・五糎、挿絵五図。木製箱入り、箱上に「八嶋繪　二巻」と記す。

二〇一〇年九月七日に石川透氏と共同調査をしたものである。

寛永整版本との関係

寛永整版本（旧刻）は、東京大学総合図書館蔵霞亭文庫を底本とした新日本古典文学大系『舞の本』（校注者麻原美子　北原保雄）によった。その「凡例」によると、「3　仮名には適宜漢字を当て、その場合にはもとの仮名を振り仮名の形で残した。」また、「5　濁点は、一部底本にあるものはそれを活かし、その他は校注者の判断により付した。」とある。この振り仮名（次掲の「18」のみは例外）により、寛永整版本の言辞を復元し用いた。比較にあたり、ボドリアン図書館所蔵本の詞書を掲げ、異同のある場合は、（　）内に寛永整版本（霞亭文庫本、校異に用いた略号は「霞」）の語句を示した。特記しない場合は、幸若本文「甘木市秋月郷土館黒田文庫所蔵「やしま」（略号「秋」）も同文である。秋月本（『幸若舞曲研究　第七巻』所収による）には濁点はない。異同のある場合に限り各々を挙げた。

上

1 いにしへはよしある人の（霞・秋「すみ」トアリ）けるか（第1紙第19〜20行）

2 水はもりゆけと（も）（2・2）

3 さらりむ（ん）とひかん（より）ほか（同霞。秋「〜に」）は（2・7）

4 え（ゑ）いしう（5・12）

5 つりの（同秋。「の」ナシ）舟（5・15）

6 四方のこすゑも（の）色つき（5・20）

7 あほ（を）ふて（6・3）

8 やとるゝほ（同霞。秋「は」）うのあらされは（8・2〜3）

9 やとゝりのかひ（い）を（8・3〜4）

10 やとゝりたつ（〜たる）らんも（9・11）

11 ていとて（まて）かいやならは（10・21）

12 御やと（を）まいらせすは（10・25）

13 によう（同秋。霞「ねう」）はうたちにいたかせ（11・5）

14 御やと（を）めされ（同霞。秋「〜さふらひ」）しとき（11・13）

15 よのつねおほき（し）と申せとも（11・23～24）

16 十人（は）とくにのもの（12・2）

17 なさけ（あひさう）なけにこたふる（12・4～5）

18 我（が）せんそをは（12・7）

19 くにへくたり（つ）て（16・20）

20 あにのつきのふ（は）こさくらをこのめは（17・18）

21 それてんしくのならひには（「は」ナシ）（20・1）

22 まき物（絹）三十疋（21・23）

23 これをみてこそなくさみしにきやくそうたちに（「まいらせてあすより後のこひしさを何に」以上十八字ナシ）たよりてなくさまん（22・2～3）

24 二りやうのもの〻（ぐの）わたかみとつて（同霞。秋「つかんて」）（22・6～7）

25 よまのていへ（いだき）出て（22・14～15）

26 さるの中（半）はの事なるに（25・7）

27 一人か（は）かんとり（25・10）

28 なしうちえ（忍）ほう（「う」ナシ）しおつか（こ）ふて（25・15）

29 大おんあけてそ（同霞。秋「そ」ナシ）なのり（られ）たる（25・21～22）

30 おなしけの（同秋。霞「～袖」）五枚かふとに（同霞。秋「の」）（26・8）

31 しつ〳〵とあゆませ（出）（27・5）

32 つ〻立あかり（つ）て（27・7）

33 こゝもとへ（に）すゝみいてたるつはものを　（27・8〜9）
34 むかふといへとも（「も」ナシ）　（27・12）
35 ふしなはめのよろひきて（「て」ナシ）　（28・12）
36 むしや壱きかけ出て（「て」ナシ）　（28・13）
37 いかなるものとか（「か」ナシ）思ふらん　（28・16〜17）
38 さとう（同秋。霞「の」）しやうしか二人のこ　（28・18）

下

1 にようゐん（霞「ねうゐん」。秋「にようゐん」）の御さふねをもおそれす　（1・18〜19）
2 ゆみと（同霞。秋「と」ナシ）やを（うち）つかつて　（2・18）
3 ゆみとやを（は）からりとすて　（2・22〜23）
4 ゆんてのあふみ（〜を）けはなつて　（2・24〜26）
5 二百（余）きやたねつくれは　（7・2〜3）
6 とりのくたりまて（は）　（7・7〜8）
7 大こゑ（を）あけて　（9・2）
8 大こくのしうちくは（同秋。霞「わ」）いは　（9・8〜9）
9 おきへまはらに（さつとひく。源氏《げんじ》二百余（秋「余」ナシ）騎も、八十三騎に）うちなされ　（9・24〜25）
10 へんけいうけたまはり（「〜つ」）て　（10・4〜5）
11 たゝのふうけ給り（「〜つ」）て　（12・7〜8）

12 あらうれしひ（い）ものかな（12・12）

13 御さ（ま）ちかくかきよせけれは（14・10～11）

14 うちうなつひ（い）たるはかりにて（14・18）

15 あとにてかひ（い）しやくつかまつる（14・24～25）

16 ゆふ（い）に（同霞。秋「に」ナシ）かひなのつきのふの（同霞。秋「～御」）ふせいや候（15・2～3）

17 なに事もかこと（を）も（15・17～18）

18 かまひ（霞「い」。秋「へ」）てたゝのふよ（16・16）

19 あらむさんやな（「な」ナシ）（18・7）

20 別のきにて（～も）候はす（18・10）

21 こくろとなつけ（く）（18・18～19）

22 わか（「か」ナシ）てうにうへこす馬はなし（19・4～5）

23 おん（を）しらさるは（20・4）

24 大夫黒を（「を」ナシ）引て（20・6）

25 此（同霞。秋「此」ナシ）せ（霞「世」。秋「よ」）にて（20・11）

26 いはぬものこそなかりけり（れ）（20・17～18）

27 はうくはん御よし（三字ナシ）御らんし（23・1）

28 かんせぬ人はなかりける（り）（23・18～19）

まとめ

以上、霞亭文庫本と秋月本の異同は小異である。ボドリアン本には、上巻1・23および下巻8に脱落とみられる箇所がある。「1」（1・19〜20）は「すみ」の語がないと意が通らないないこと。「23」および「下8」については、以下に見るように、幸若舞曲諸本に同文あるいは同内容の文がみられる。

上23「これをみてこそなくさみしに」〜「たよりてなくさまん」の間（22・2〜3）

只今マイラセサムラヒテ　明日ヨリハ後ノ恋シサヲ何ニ（三二七頁）／まいらせてあすよりのちのこひしさをなにゝ（四四五頁）

下8「おきへまはらに」〜「うちなされ」（9・24〜25）

サツトヒク　源氏二百キモ八拾三騎ニ（三三〇頁）／さつとひくけんし二百きも八十三きに（四四九頁）

（京都大学付属図書館所蔵「幸若直熊本」（翻刻　小島明子）／甘木市秋月郷土館黒田文庫所蔵『舞の本』（翻刻　須田悦生『幸若舞曲研究　第七巻』三弥井書店所収）による。）

また上「30」「おなしけの五枚かふとに」（26・8）について、霞亭文庫本（寛永整版本）を底本とする『舞の本』「八島」には、「同《おな》じ毛の袖《そで》、五枚甲《かぶと》に」とあり、脚注二一に、「「袖」とあるのは板本のみ。幸若舞曲諸本は「同じ毛の五枚甲」とする。鎧の大袖をいうか、あるいは誤刻か。」（新日本古典文学大系59・四一四頁）とする。「同毛ノ五枚甲ニ」（幸若直熊本）、「おなしけの五まいかふとに」（黒田文庫本）とみえる。これは、本絵巻が版本によらず、幸若舞曲系といい得る証に数えられるだろうか。なお、22の「まき物」（21・23）は他本では、「まき絹」となっているが、軸に巻いた反物を表す場合に、『御伽草子』・ささやき竹（室町末）「こがね十りゃう、まき物十ぴき、なかのりに下され」（日国）の例がある。

上「12」（10・25）および「14」（11・13）の助詞「を」の用い方、下「9」（10・4～5）・「10」（12・7～8）の促音の用いかたなどは整版本の特徴で、本絵巻にはみられない。異同に関して、秋月本に合う場合は、七例（上5・13・30・38、下7・15・19）、霞亭文庫本に合う場合は六例（上8・14・29、下2・14・23）等である。本文の系統については、さらに、幸若舞曲諸本と対照してみる必要はあろう。

II

アメリカ
スペンサー・コレクション所蔵『百鬼夜行絵巻』について

一　国立国会図書館所蔵『付喪神記』との関わり

はじめに

ニューヨーク公立図書館スペンサー・コレクションで『百鬼夜行絵巻』（請求番号 MS 112）に対面したのは、今から二十年以上も前のことになる。さまざまな妖怪たちが楽しげに行進する様子、淡彩で温かみのある画風、そしてこの類の作品は絵だけのものなのに、詞書付きなのが注目された。それにしてもこの絵巻は、なにを語ろうとしているのであろうか。

一九九〇年の中頃に西安の雑劇で観た演目「大儺」に触発されて、この画は朝儀祭祀の追儺の行事に見立てたもの、と述べたことがある。追儺の行事は中国では、『周礼』の古制にならった扮装をし、季節ごとに行われたが、漢代以降は十二月中に一度行われ、東宋時代は除夜の行事となった(1)。

ところで妖怪絵巻といえば本作品を想起する感があるが、本文中には「妖怪」の語は見当たらない。詞書に「異類異形のあやしきもの」とあるが、その内実を明らかにするために、国会図書館蔵『付喪神記』との関わりについても考えてみたい。

一　スペンサー・コレクション本と詞書の内容

二〇〇八年、小松和彦著『百鬼夜行絵巻の謎』によると、「現在まで六十本を超える百鬼夜行絵巻諸本の画像をほぼ蒐集し終わり」(2)、四つの系統があるとされ、次のように述べている。

Ｉ類・Ａ型（真珠庵本系統の「祖本」の模本群）

①　詞書なし……真珠庵本、伊藤家本、大阪市立美術館本、等

②　詞書あり……国会Ｂ本、スペンサーＢ本

この分類に照合すると、スペンサー本（以下略称する）は「Ｉ類・Ａ型ノ②」にあたり、その内容は、次のとおりである。

治承（一一七七～八一）の末のこと、中御門大路の南、朱雀大路の西の辺にある某中納言の屋敷での出来事。都遷りがあり古京は荒廃し、主人は伏見の郷に逃れた。空家の留守居をしている翁をある人が訪ね物語する。夜も更けた丑三時、表から不思議な声がして奥からこれに応える声がする。都遷りで栖処もなくなったので、住所をもとめてここへ来た、と異形のものたちが言う。奥の方から、ようこそ来た、とうれしげに展転がり出る異類たちの騒々しい大行進は夜明けとともに、逃げまどいつつ消えていった。

二　スペンサー・コレクション蔵本と国立国会図書館蔵本の詞書の比較

平成十八年に、古賀秀和氏により詞書のある国立国会図書館蔵『百鬼夜行絵巻』（国会Ｂ本〈請求番号　す・138〉）の翻刻が発表されたことにより、それまで単独本であったスペンサー本は比較が可能になった。スペンサー本は、通常の絵巻のように詞書の後にその内容を表す画図が交互に描かれており、検証の詳細は省かざるを得ない

が、挿絵は現状の配置の詞書を図像化したものと考えられる。(3)一方国会B本の冒頭には、一二二行にわたる詞書が巻頭にまとめて付されており、形態を異にするが、詞書内容はスペンサー本と同配列であることからも、両絵巻の詞書は制作時から現状の構成で書かれていたと考えられる。しかも冒頭の詞書のすぐ後に描かれている真珠庵本などには見られない画図二場面は両書とも共通している。つまり、屋敷の室内で二人の烏帽子を被った男が対話をしており、その隣室では如意と扇子の異形のもの（これは真珠庵本や書陵部本〈函号B7―430〉はじめその他にも見られない場面）が描かれている。ついでながら書陵部本には、スペンサー本、国会B本等に見られない異形のものが描かれている。これらはスペンサー本と真珠庵本とは先に述べた冒頭の二図を除いて対応するが、国会B本に登場する異形のものの種類はやや少ない。これについては古賀氏の論文に詳述されているので参照されたい。(4)

両書の翻刻を対校し、その異同を示すと次のようになる。すなわちスペンサー本を基軸にし、(5)異同部分に……線を付し、それに対応する国会B本の詞書を（　）内に示した。国会B本にはなくスペンサー本にのみある部分は□で囲んだ。両書に構成上の異同は認められないが、スペンサー本の詞書の方がやや詳しくなっている。

第1紙

イ　治承のすゑのとしかとよ中御門の南（の辺）朱雀のにしのかたに何某の中納言とかやすみ給へる御舘あり家ゐの（あり）さまはつき〴〵しきほとには見え侍れともよゝふりにし跡にてたゝすみあらしたるありさまなり（棟門かたふきつゐちのさまもあらはなりこの何某ももとは官加階よろしきまてに物し給へるにや侍れといつとなく時のおほえもうとくてすみあらしたる家居のさま雨の日のつれつれものうく月の夜はさらても昔をしのふよすかとそなりにける）

ロ　おほうちはいふに及す貴賤（の）ともともに（ともから）心くるしきのみにて（略）時（世）にあひて上につか

へるともから（はみな）つきしたかひたてまつり（略）されはそのゆへにや（このなにかしも）いまの（三字ナシ）みやこの住所も（一字ナシ）物さひしくこのなにかしも（七字倒置）伏見の郷にしるへ有て御舘を家ひさしき翁にあつけ（まかせ）をき（て）いて給へりある人いさゝかたつぬる事（有てとふらひ）侍りて此（しに翁は）翁のかたへとふらひけるに（～「は」トアリ）あれはてたる御舘にひとりのみありけれは（いと）よろこひて物かたりなといと（二字倒置）ねんころにきこえ（三字ナシ）て日もくれかたになり侍れ（りしか）はいまは（さ）かへりなむといふに

第2紙

イ　あすまてはと（なむ）いひてひたすらにと（ゝ）めけれは心にしたかひ（まかせ）ぬ

ロ　うしみつはかりに家のうちなとや覧（四字ナシ）物すこくおほへしに（略）あやしき声に（し）てそと（二字ナシ）あるひは又おくの方より

ハ　近衛河原の大宮殿に有しか（けるかかしこも人しけくすみうきまゝ）此ころの都うつりにてみなわれ〳〵か栖もなくなり侍るゆへ住所もとめまほしく（三十五字ナシ）こゝ（の所）にきたりぬるといひけれは（略）いくらともなく（はしりいて）よくこそきたり（二字ナシ）ぬるものかなとよろこはしけにまろひまは（か）りていひいつるを見れは**異類異形のあやしき**（四字ナシ）**もの**也あまりに（の）おそろしさにいきもせてゐ侍りし（て）

第7紙

イ　しはらく有て家のうちしきりになり侍にいかなる事かはと（二十六字ナシ）その有さまをともし火の影によく〳〵見侍れは内（のかた）より

いてたるもの〻さまはすかた女めきたれともかほかたち**ゑもいはれぬおそろしきもの**也なを奥のかたにもし①
はひたる女の声にてせ〻②わらふこゑ耳のもとにきこえけるゆへ其方を見やり侍れはきちやうのかけよりゑし
れぬかほにて③うそ〳〵さしのそきけるさま見るに身のけもよたちてさらに心地もたゆるはかりにおそろしく
なをおそろしき事やあらんとむねうちさはきけるにまた上のかたに④**うはかれたる声**にてひとふしをうたひけ
るこれも聞なれぬおそろしき声にてしたひに近くきこえけるゆへめもはなたす其かたをみれは
うすきぬかつきたる女の姿にてそのあし音あら〻かに（て）家の中もゆるくはかりにそ有ける（**うはかれたるこ**
ゑにて一ふし〈倒置〉のうたをかなてける）其哥の（二字ナシ）詞には（二字ナシ）我も（と）心はこひする人よ月のあ
る（二字ナシ）夜（ころ）はいとはれてやみにきまさむ人うれしたとひ心はすゑとをらすのあたし男といみしき
人もすかた心にほたされはせし（へたてはなきそ）いてこむ人のいのちとらはやとうたひける声から⑤（しは）ひて
おそろしさいはむ方なく有しに（骨髄にとをりておほえけるにこ〻）かしこの（もの）かけこ〻の檜の下（六字ナシ）
よりいろ〳〵のあやしきこゑにてとつとほめに（一字ナシ）ける

第8紙

イ　翁をおとろかし侍れと（も）いとよくねいり（ける）てはへる（四字ナシ）にや〻をら（三字ナシ）めをもさまさて（略）こゑをたてん（なむ）とするに（せしかとも）いてすいか〻せむと思（ふ）にまた家の（五字ナシ）うち（に）きらめきわたるを（ものあり）見れはわたり（三字ナシ）八（六）尺はかり（の大き）なるか〻みの面（二字ナシ）おく（内）の方より（略）女のかほはせのおそろしけなるを鏡の中に（四字ナシ）うつせり

ロ　完尓⑥とわらひけるあり（二字ナシ）さま見るに心（四字ナシ）たましひもきゆるはかりにそ覚えけるかのちは
そのうつれるかほあかくなりあをくなりあるひはいかり又はうちわらひなきなとあらぬわさともなりしかとも

よのつねに見るへき人はあるましきやうにおほへけるかとかくする
うちにあとかたなくきえ（二字ナシ）うせぬ

第11紙

イ　地にまろひて侍（た）るさまきねか手向るのつとなと（二字ナシ）やうのわさにやさま〱あやしきものかれこれともに（三字ナシ）いてあひて**おとめの袖の**（二字ナシ）**すゝの音**とり〱にしらへぬる太鞁《ママ》（太こ）神にたむくるゆのはなしはしかなてゝはてはゆのはなに調せし釜もうちかつき太鞁《ママ》（こ）もおのれとまろひてゆく方しらす（なく）なりぬ

ロ　こはいかにおそろしき事のはてもなきなをいかなる事にやと見るうちに

ハ　琵琶ことのかたちあるもの（八字ナシ）ひきつれて笙の形あるすかた（もの）はしりいて又（一字ナシ）おそろしけなるものはらつゝみを羯鞁と（し）なして（略）ことはもをよひかたくそ侍りける（し）

第16紙

イ　猶其跡には**説教誦文**なとゆゝしきわさと見えひとへに仏事をいとなむかとおほえけるあるひは**声明の礼賛**おろそかならす仏幡天蓋やうの物さしておくの方へいりぬ

ロ　かゝる所へまたおほきなるふるきかはこやうのもの天井⑦のいたしきの（五字ナシ）うへよりをとしぬ其音ひとへにいかつちといふともこれ程にはと思ところ（につけてまたいかなるおそろしき事もやなす覧とまほりゐるにほともなく）にその（三字ナシ）かわこのうちよりくらひさきつかみやふりてゐもしれさるおそろしきものかすもしれすはひいてゝ（あるいは）

ハ　声をたてなきいかみなとしてうへになり下になりはしりまはりてのちみなこと〱くはこのうちにいりはへりけれは又かはこのうちより　おほきなるくまの手のやうなる（ことき）ものをさしいたして内（いてゝこれもおく）のかたへそまろはしける

第19紙

イ　さるにてもおそろしき事のあるかきりをも見はてぬるよとすくせのことまて思ひやられ侍るに

ロ　又（さてそののちは）草鞋にめくり（ママ）（「ち」ヵ）つきたるもの竹馬に（のり）むちうつてあゆみ（三字ナシ）いつるこれにつきそひてめなれぬあやしきものあるひは（略）かなたこなたとうち（二字ナシ）めくる程に（略）かゝるゑきもなきところへ来りて（おそろしきめをもみる事よと悔しき事かきりなし）侍ることかなと（七字ナシ）（略）一とにとつと時のこゑをあけて（ゝること）おめきける声（六字ナシ）しはしやます（略）いくさのやふれたる（五字ナシ）ことく旗をさゝけうちふせ（四字ナシ）おめきさけひこゝかしこにゝけまとひ（うせ）ぬと思へは程なくしのゝめのそらとそなりにける

三　スペンサー本にみる語彙について

先にみてきた枠囲み内のスペンサー本だけが有する詞書の中に、浄瑠璃や浮世草子をはじめ読本にみる語彙が散見するのは、成立期を推定する上で注目される。例えば、『日本国語大辞典』によると次のようである。

①　しわ・ぶ【皺―】（自バ上に）（「ぶ」は接尾語）

1 しわがよる。また、老いる。しわむ。

＊読本・春雨物語（一八〇八）目ひとつの神「矛とに直して、物まうしの声、皺ぶる人なれば、おかしと聞たる」

②

せせわらふ〔自ハ四〕⇒せせらわらぅ（一笑）

＊浄瑠璃・赤染衛門栄華物語（一六八〇）二「御身のぅたも歌はぅた、是やこしをれ歌ならんとせせわらひての給へは」

＊浄瑠璃・凱旋屋島―「姉君、かほ打ふつてせせ笑ひ」せせらわらう〔自ワ五（ハ四）〕相手を小ばかにして笑う。あざ笑う。

＊浮世草子・魂胆色遊懐男―一・大尽に紋日を括り枕「よいかげんあ事いはんせち、せぜら笑ふてゐる」

＊浄瑠璃・平仮名盛衰記―二「平次景高せせら笑ひ『どいつもこいつも吼面（ほえづら）、ハテ気味のよい事の』」

③

うそうそ〔副〕（「と」を伴う場合もある）

[1]落ちつかない態度で、見回したり歩き回ったりするさまを表す語。きょろきょろ。ぅろぅろ。まごまご。

＊浄瑠璃・百日曽我（一七〇〇頃）三「『祐成やまします、時宗やまします』と小声に呼ふで、うそうそと尋ね廻るは」

＊洒落本・青楼昼之世界錦之裏「『ここにやァ鍵はおざりいせんよ』『ヱヱうそうそしめへョ。手めへゆふべいれたじやァねへか』」

＊湯島詣〈泉鏡花〉二四「狭い路地内へ、紋着の羽織でうそうそ入られたものではない」

④

うわがれ―ごえ　うはがれごゑ【上嗄声】〔名〕しゃがれ声。

＊浮世草子―好色二代男（一六八四）二「夜さへ編笠を着て、つれ節の読うり、うはがれ声のかくれないと、聞て来た人もあり」

⑤

からびる〔涸・枯・嗄〕〔自バ上二〕[文]から・ぶ

4 (嗄) 音声にうるおいがなくなりかすれる。しわがれる。かれる。
＊今昔(一一二〇頃か) 二八「其の時に此の目代(もくだい)、太く辛(から)びたる音(こゑ)を打出して、傀儡子(くぐつまはし)の歌に加へて詠ふ」

⑥ 完尓(ナシ)。オクスフォード大学ボドリアン図書館蔵『長恨哥』絵巻「(貴妃)莞尓《につこ》(聖徳大本「につこ」)とわらひ給へは百《もゝ》のこびなるといふて」(上巻第17紙4行)

⑦「天井のいたしきのうへよりをとしぬ其音ひとへにいかつちといふとも」の文面から想起するのは井原西鶴『諸艶大鑑』副題「好色二代男」巻二の五「百物語《ひやくものがたり》に恨《うらみ》が出る」の次掲の場面である。

(女郎) 心から心の鬼の物すごく、独《ひとり》〱泪《なみだ》に沈《しづ》み、しばし身《み》をふるはして歎《なげ》く時、**天井《てんじやう》のうら板《いた》ひゞき渡り、屏風《びやうぶ》ふすまも・なりやまず、四方《しほう》の角《すみ》より青雲《あおくも》落《おち》重《かさな》りて、**今《いま》申《(まうし)》出《いだ》せし人達のあさましき姿、幻《まぼろし》に顕《あらは》れ、(略) 此《(この)》声《こゑ》聞《きく》と、化《け》したる形《かたち》、消えうせけるとぞ[6]。

このように、天井裏の空間や唐櫃、革篭、壺等は異界であり魑魅魍魎・怪しきものの棲み家なのであった。

四　異類異形のあやしきもの

スペンサー本には「妖怪」という語句はみられない。それに対応する表現に「異類異形のあやしきもの」(第2紙21行) がある。これを「妖怪」ととらえてよいのだろうか。比較の対象として本稿では、国会図書館蔵本『付喪神記』(『室町時代物語大成　九』に翻刻されている) を用い、ここには紙幅の都合上触れることはできないが図画については中野幸一編『付喪神絵詞』[7]を参照した。

内容は、陰陽雑記によると百年を経た器物は化して精霊を得、人々を誑かすという。康保（九六四〜六八）のころ、立春に先立ち年末の煤払いで洛中洛外の路頭に捨てられた古道具が一所に集まり、妖物となって恨みを晴らそうと相談した。物知りの古文先生の意見に従い、陰陽の気の不安定な節分の夜に造化神の力で道具たちは妖物に変じた、という。

詞書はその様を次のように表す。

イ　男女老少の姿を現し、或は、魑魅悪鬼の相に変し、あるいは、狐狼野干の形をあらはすいろ〳〵さま〳〵のありさま、**おそろしとも中〳〵、申はかりなし**

ロ　立烏帽子の**祭文の督**を、神主とし、鈴の八乙女・手拍子の神楽男なと、さためをきて

ハ　余社の法例に准して、祭礼おこなふへしとて、神輿を造立したてまつる、

ニ　諸社の奉幣、顕密の御祈祷、はしめらるへきよし、さためらる

ホ　ある妖物、申しけるは（略）はけ物とも、みな一同に、発心せり

ヘ　一連上人は、（略）けふも暮けるになとゝ、ひとり口すさむところに、柴のとほそを、ほと〳〵とたゝく、誰なるらんと、おもひてみるに、異類異形の、妖物そ来ける

ト　手棒の妖物、ことさらとかをおこたり申けれは

このようにみてくると、スペンサー本「異類異形のあやしきもの」（第2紙ハ）に対応する語句は「ヘ　異類異形の妖物」であり、「ホ　妖物」の内実は前後の文脈にみられる「化生のもの」・「変化の者」・「妖物とも」・「はけ物とも」を指すと考えられる。「妖物」については『諸橋大漢和辞典』に次のようにみえる。

【妖物《エウブツ》】　あやしいもの。ばけもの。〔荀悦、神怪論〕逆二中和之理一則含レ血、失二其節一而妖物妄生。

「異類異形の」・「天怪」については、『太平記』巻二十七「天下妖怪《エウクワイノ》事付清水寺炎上《ノ》事」に天変異事頻りに起こ

る様を次のように叙す。

(貞和五年《一三四九》)又潤《ウルフ》六月五日戌《イヌノ》刻ニ、巽方《タツミノカタ》ト乾方《イヌヰノ》ヨリ、電光《イナビカリ》耀《カカヤ》キ出テ、（中略）余光天地ニ満テ光ル中ニ、**異類異形《イルイイギヤウ》ノ者**見ヘテ、乾《イヌヰ》ノ光退キ行、巽《タツミ》ノ光進ミ行テ互ノ光消失ヌ。此**夭怪《エウクワイ》**、如何様《イカサマ》天下穏《オダヤカ》ナラジト申合ニケリ。(8)

この場合、「異類異形ノ者」と「夭怪」とは同一であり、これを援用すれば「異類異形のあやしきもの」と「異類異形の妖怪」とは対応語彙として用いられていると考えてもよさそうである。

『続日本紀』に「宝亀八年（七七七）辛未「大祓。為三宮中頻有二妖恠一也」とある。宮中に「妖怪」の出没する例として、（漢書、循吏、龔遂傳）久之宮中数數有二妖怪一。（『諸橋』）がある。

この「妖恠」の内容はいかようなものなのであろうか。「イ　おそろしとも中〳〵、申はかりなし」は「おそろしさいはむ方なく有しに」・「ゐもいはれぬおそろしきもの」（第7紙イ）など、その他、「ロ　鈴の八乙女」と「おとめの袖のすゝの音」（第11紙イ）等の妖物どもは、造化神によって妖怪に生まれ変わったのだからその神を祀ろうということになる。その祭礼行列の途中、関白殿下が臨時の除目の行列と鉢合わせになり、殿下が肌身離さず身に着けていた尊勝陀羅尼が火炎を噴きだし、命からがら逃げまどう。その後宮中では修法が行われ、護法童子による異類異形の妖物退治が繰り広げられ、名僧一連上人の導きで妖物たちは真言密教に帰依し、即身成仏する。「ロ　祭文の督」の登場、「説教誦文／声明の礼賛」（第16紙イ）等、祭礼等の「百鬼夜行」に共通する表現は注目される。

治承の末の頃都遷りに始まる冒頭の描写「第2紙ハ」は、『平家物語』延慶本巻四「卅三　入道ニ頭共現ジテ見ル事」が想起されるが関わりがあろうか。少し長くなるが引用する。

抑《そもそも》入道殿、（略）月ノ光クマナケレバ、終夜《よもすがら》詠メテ居給ヘルニ、坪ノ内ニ一《ひとつ》付タル物ノ長《た》ケ一丈二尺バカリナルモノ現タリ。又傍《かたはら》ニ目鼻モ無キモノヽ、是ニ二尺バカリ増リタル物アリ。又目三《みつ》アルモノヽ、三尺計《ばかり》勝《まさ》リタルアリ。カヽル物共五六十人並ビ立テリ。入道是ヲ見給テ、「不思議ノ事哉。何物ナルラム」ト思ヒ給ヘドモ、少《すこし》モサハガヌ体《てい》ニテ、己《おの》レ等ハ何《な》ニ物ゾ。アタゴ、平野ノ天狗メ等《ラ》ゴザンメレ。ナニト浄海ヲタブラカスゾ。罷退《まかりしりぞ》キ候ヘ」と有ケレバ、彼《かの》物共、声〳〵ニ申ケルハ、「畏《おそろ》シ〳〵。一天ノ君、万乗ノ主ダニモハタラカシ給ハヌ都ヲ福原ヘ移《うつす》トテ、年来《としごろ》住ナレシ宿所ヲ皆被レ破テ、朝夕歎キ悲ム事、劫《こふ》ヲ経《ふ》トモ不レ可レ忘。此《この》本意ナサノ恨ヲバ、争《いかで》カ見セザルベキ」トテ、東ヲ指テ飛行ヌ。是《これ》ト申《まうす》ハ、今度福原下向事《げかうのこと》、一《いち》定《じやう》タリシカバ、可レ然御堂アマタ壊《こぼ》チ集メ、新都ヘ可レ移キ巧《たくみ》有ケレドモ、内裏御所ナドダニモ、ハカ〳〵シク造営無キ上ハ、皆江堀《えほり》ニ朽失ヌ。依レ之適《たまた》マ残ル堂塔モ四壁ハ皆コボタレヌ。荒神達ノ所行ニヤ、浅猿《あさまし》カリシ事共也。(9)

まとめ

スペンサー・コレクション蔵『百鬼夜行絵巻』および国立国会図書館蔵『付喪神記』の詞書の語彙には近しい表現が認められる。それらがスペンサー本にはあり、国立国会図書館蔵『百鬼夜行絵巻』(B本)に欠けている詞書部分に集中する傾向からも、前二者の近似性が認められよう。

さて『付喪神記』の、康保の頃だろうか。立春に先立ち歳末の煤払で捨て置かれた洛中洛外の古道具たちが、陰陽が入れ替わる節分の夜に造化の神の力で妖物に変じ、造化神を氏神として祭礼を行い、深夜の一条通りを練り歩く趣向は、『節用集』の「百鬼夜行《ハツキヤギヤウ》〔節分夜也〕」(10)の記述に呼応する事例である。いずれも立春の前日に行われる大晦日の節分行事の大儺あるいは追儺の時間軸に繰り広げられる点で一致し、『百鬼夜行絵巻』の画面に登場するのは、かくして古道具たちが変身した異類異形のあやしきものたちの行列なのであった。

スペンサー・コレクション蔵『百鬼夜行絵巻』の画は幕末の絵師冷泉為恭の筆である。為恭は皇家に仕える身でありながら、攘夷派の過激な浪人につけ狙われる結果となり、元治元年（一八六四）五月五日、大和の国丹波市鍛冶の辻で長州藩士大楽源太郎等の凶刃に倒れ、尊王攘夷の旋風のさなか、新しい時代の幕開けを予感しながら世を去る。本絵巻の世界は、為恭に先駆け、あるいは同時代を生きた幕末の浮世絵師たち、岩佐又兵衛をはじめ歌川国芳、その門下の歌川芳幾、河鍋暁斎、葛飾北斎等の生涯およびその作品と無縁ではなかろう。[11] また浮世絵師たちのおおくは、中国小説の影響を強く受け、怪異性や伝奇性が濃く、化物の活躍する読本や草双紙作家であり、風刺画や戯画、狂画に没頭していたことも忘れてはならない。

天保四年、冷害から大飢饉が起こる。東北地方では多数の餓死者が出て、江戸市中には農村を捨てた無宿人が流れこんできた。天保十二年（一八四一）老中水野越前忠邦による天保の改革が進められた。ちなみに国芳を風刺画家たらしめた「源《みなもとの》頼光《よりみつ》公《こう》館《やかた》土蜘蛛《つちぐも》作妖怪図《ようかいをなすず》」（天保十四年〈一八四三〉版行、大判錦絵三枚続）は、庶民に苛酷な天保の改革を風刺した作品として話題になった。[12] 少し下って、河鍋暁斎（天保二年四月七日〈一八三一〉―明治二十二年四月二十六日〈一八八九〉）が遺作『暁斎百鬼画談』（一八八九年八月刊行）に描いている「骸骨」の軍団が戦っているのは、次に展開する「つくも神」の軍団ということになる。これについて安村敏信氏は、

> この二つの軍団が対峙する絵柄は、先学が指摘するように、暁斎に大きな影響を与えた歌川国芳《くによし》の「源頼光公館土蜘蛛作妖怪図」からアイデアを得たらしい。ところが、さらにその先を繰ると、そこに現れたのは、左から右へと疾走してくる道具の妖怪たちで、（略）いわゆる大徳寺真珠庵系統の「百鬼夜行絵巻」に登場する道具の妖怪たちである。百鬼夜行絵巻の妖怪たちの絵柄は、左方向に行進しているかのように描かれている。ところが、暁斎の妖怪たちの図柄は、左のほうからやって来るように、前者の図柄を左右反転した姿で描かれている。（略）つまり、この作品の大半は百鬼夜行絵巻のパロディなのである。[13]

と述べている。また「風流蛙大合戦之図」(14)は、幕府と朝廷の合戦を蛙の擬人化によって表したものだが、幕府軍の大砲の車に六葉の紋を入れたためか、時勢を誹謗したとして発売禁止となったと伝えられている。(15)さらに明治三年（一八七〇）の秋、上野不忍池にあった料亭三河屋こと長酡亭で書画会が開かれ、新政府の役人を批判する戯画を描いた暁斎は、ただちに逮捕され、入牢三か月の後、ようやく釈放された。痛い思いに後悔し、名前を狂斎から暁斎に改めたのはこの時である。(16)これは、明治五年（一八七三）ウィーン万国博覧会に暁斎が大幟「神宮皇后竹内宿禰図」を送るわずか三年前の出来事であった。暁斎は大徳寺真珠庵所蔵絵巻を規範とし、その系統を継承し化物絵を描き、幕末から開化にかけて展開する人間模様を凝視し動的に描き続けたのであった。それとは対蹠的で静謐さのただよう為恭の『百鬼夜行絵巻』の世界も幕末の浮世絵師たちとともに生きた時代の所産であり、それは明治維新へ向かう封建制から資本制への移行という激動期であった。為恭がその嵐の中に落命したことについては、「冷泉為恭と幕末の浮世絵師たち」の章で述べる。

注

（1）『聖徳大学研究紀要』人文学部　第8号　一九九七年十二月、同紀要　第10号　一九九九年十二月
『貞観儀式《じょうがんぎしき》』は、貞観一四年（八七二）以降、九世紀までには成立されたとされるが、そこに収められた「大儺儀《たいな》」の追儺《ついな》祭文《さいもん》に、「穢《きたな》く悪《あし》き疫鬼《えきき》の蔵《かく》り隠《かくり》ふるをば、千里の外、四方の境、東方陸奥、西方遠値嘉《をちか》、南方土佐、北方佐渡よりをちの所を、なむたち疫鬼の住《すみ》かと定賜《さだめたま》ひ行賜て」と、初めて四境が明記される。」（『平家物語大事典』二〇一〇　東京書籍）とみえる。「百鬼夜行」の禍鬼にみたてた二本足の赤いのっぺらぼうや浮世絵の赤い麻疹絵の考察に臨み、この「疫鬼」の記載に注目しておきたい。二〇一三年二月三日　NHK　BSプレミアム 3 夜九時 韓国史劇「太陽を抱く月」の中で大晦日の「儺礼」の場面が再現されていた。

（2）小松和彦『百鬼夜行絵巻の謎』集英社　二〇〇八年　一三二頁

（3）【資料】「スペンサー・コレクション蔵『百鬼夜行絵巻』の構成」参照。

（4）「国会図書館蔵『百鬼夜行絵巻』（詞書付）について」（『文献探求』第四十四号　平成十八年三月）

（5）拙著『在外日本絵巻の研究と資料』笠間書院　一九九九年　二三七―二六〇頁

『スペンサー・コレクション蔵　日本絵巻物抄　付、石山寺』笠間書院　二〇〇二年　二三六―二六二頁

（6）浮世草子。井原西鶴　寛永十九年～元禄六年（一六四二―一六九三）作。貞享元年（一六八四）刊。新日本古典文学大系による。

（7）中野幸一編『早稲田大学蔵資料影印叢書　国書篇編　第十九巻　室町物語集二』早稲田大学出版部　平成三年。書型　小絵巻一軸。本紙全長約一一一四糎（表紙を除く）天地一九・四糎。模写絵巻。巻尾欠。表紙　幅一四・八糎の紙表紙。縹色水玉文様の表紙。見返し、丁子色布目の斐紙。外題　題簽はなく、表紙左端に「付喪神絵詞」と直記き。本文同筆。内題　なし。料紙　楮紙。本文字高　約一三糎。一行十三字前後。画図　八図。無彩色。奥書　巻末、軸にほど近く、「嘉永元年（一八四八）戊申歳初冬於京都／金門画吏絵所模之／守純」の識語がある。その他小絵巻として岐阜の崇福寺に室町時代製作と推定される伝本（内題は「非情成仏絵」二軸）がある。近年では電子図書館ホームページに「付喪神」が掲載されている（Copyright 2001. Kyoto University Library）。

（8）煤払について、『吾妻鏡』嘉禎二年（一二三六）一二月六日条に次のようにみえる。

召二陰陽師等於御所一、歳末年始雑事日吃勘二申之一。御煤払事有二相論一

（9）『大系』36　一九八〇（初版　一九六二）年　五四・五五頁

（10）桜井陽子編『校訂延慶本平家物語（四）』汲古書院　一四八・一四九頁　二〇〇二年

（11）『節用集』天正十七年（一五八九）『天理図書館善本叢書和書之部　第五十九巻』八木書店　昭和五十八年　二四一頁

（12）文学史上では、寛文・宝暦（一七四八―六四）の頃、上方におこり、寛政の改革以後江戸で流行し、天保（一八三〇―四四）まで続いた小説をさす（『日国』）。

（13）稲垣進一・悳俊彦編『国芳の狂画』平成三年　東京書籍　一八二頁・二〇〇頁　オクスフォード大学アシュモリアン美術館にも所蔵されている。また暁斎の作品の一つに「踊り蛙図」がある（大英博物館蔵ウイリアム・アンダーソンコレクション）。

（14）安村敏信監修・解説『河鍋暁斎　暁斎百鬼画談』筑摩書房　二〇〇九年　一四―一八頁

（15）元治元年、スハキ板、大判錦絵三枚続、河鍋暁斎記念美術館蔵。

（16）注（13）に同じ・一一〇頁

（16）及川茂『最後の浮世絵師　河鍋暁斎と反骨の美学』日本放送出版協会　一九九八年　七五頁

【補足資料】スペンサー・コレクション蔵『百鬼夜行絵巻』の構成　詞書と画の対比一覧

(要旨に番号を付け、それに対応する絵は同番号を付し、詞書にはない事柄が、絵に付加されている場合は＊印を付けた。)

	要旨	絵
第一紙	①治承の末ころ、中御門大路の南、朱雀大路の西の辺にある某中納言の屋敷での出来事。遷都があり、古京は荒廃し、主人は伏見の郷に逃れた。空家の留守居をしている翁をある人が訪ね物語する。	①留守居の翁と語り合うある人。
第二紙	②夜も更けた丑三時、表から不思議な声がして、奥からそれに応える声がする。都遷りで栖家もなくなったので住所をもとめてここへきた、と異形のものたちが言う。奥の方から、ようこそきた、とうれしげに展転がり出る異形たち。	②表から近衛河原の大宮殿の栖を失った扇妖怪と匙妖怪(同図柄は書陵部「13142/1/B7-429」にもある)が現れる。 ＊老懸け付の冠をかぶった青鬼は赤い小旗付きの矛を担ぎ走り、大幣を振りかざした顔には地に転び伏せんばかりになにものかを懸命に追うところ。 ＊頭から白布をすっぽり被った後ろ姿の異形の獣は疫鬼か。白い牙や歯を剥き出した鰐口妖怪の胴体は爬虫類型。払子妖怪、竜頭の青幡を掲げる靴妖怪は白狐の姿。桃色の小袿を着た黒犀。
第三紙	〔絵一〕	
第四紙	〔絵二〕	
第五紙	〔絵三〕 1	

(第五・六紙ノ継目上ニ連続スル挿絵) イ

第六紙　〔絵三〕2

第七紙　③火影に映る女めく恐ろしいもの、奥の方のせせ笑う声は几帳の影よりうそうそ覗き見る顔、うえのほうに上枯れた声で「いのちとらばや」とうたうからびた声。

第八紙　④奥から転がりでてきた女の顔か鏡に映っている。その女は匜盥に向かい鉄漿をふくみ完尓と笑い、やがてその顔は赤くなり青くなり、怒ったり泣き笑いしたり、そうこうするうちにそれらの姿は消えた。

第九紙　〔絵四〕1

（第九・十紙ノ継目上ニ連続スル挿絵）ロ

第十紙　〔絵四〕2

第十一紙　⑤木綿四手の大幣を振り回し、天を仰ぎ地に転がるように走る異形の者が登場、巫覡が手向ける祝詞、乙女の振る鈴の音、太鼓、神に供える湯の花を調じた釜も担ぎ、琵琶、琴、笙、鳥兜ようのものが上方に翻る。

＊右向きの紺布妖怪は竜面。蜥蜴の馬に跨る草履妖怪、高歯を履いた唐傘妖怪、道に跨るような左手に向かう二本足の丸いのっぺらぼうは禍鬼か。

＊三叉戟を持つ馬頭の鬼、槌を振降ろそうと構える大蟻妖怪、舌を出した三眼妖怪たちの目はいずれも右手ののっぺらぼうに注がれる。

③赤い袋を背負い、嗄びた声で「いく《（てカ）》こむ人のいのちとらばや」とうたう女。奥の几帳の影より覗き見る女たち。

④匜盥に向かい鉄漿を含み笑う女。

＊右方に走る桜色の着物に赤い紐を靡かせた女。左向きの大赤鬼が古櫃をこじ開けると中から飛び出す数知れぬ異形の大行進。

＊狼・黒犬・五徳・摺粉木・鍋・杓子・刷毛妖怪。

⑤白い被衣に身を包み、湯立神事の御神楽の秘曲を振り奏でる鳥面の乙女妖怪。

第十二紙　〔絵五〕1

（第十二・十三紙ノ継目上ニ連続スル挿絵）ハ

第十三紙　〔絵五〕2

第十四紙　〔絵五〕3

第十五紙　〔絵五〕4

第十六紙　⑥説教誦文を唱え、仏事法要の声明礼賛もなみなみでなく、仏幡天蓋のようなものをさして奥の方へ消えた。

⑦天井の板敷の上から古びた皮籠のようなものが落ちてきて、食らいつき噛み破り得体知れずの恐ろしいものが這い出しいがみ合い泣き叫び走りまわるうちに、皮籠の中から熊手ようのものが出てきて中へ転がし込んだ。

第十七紙　〔絵六〕1

（第十七・十八紙ノ継目上ニ連続スル挿絵）ニ

第十八紙　〔絵六〕2

＊豪猪姿の浅沓妖怪。

⑤竜の姿の琴妖怪、琵琶、迦陵頻伽姿の鳥兜妖怪、青鬼女房。

⑤右方へ向かう金銅作りの錫杖を担ぎ、翼を生やした笙妖怪。

＊左方へ走る扇妖怪と匙妖怪の再登場。前方の巨大な黒衣妖怪は凶悪鬼か。

＊毛皮を着、湯立神事の笹の葉に熱湯を含ませ、音をたてて振りまわす釜坊主、はては、湯の花を沸騰させた釜の蓋を赤鬼が頭に載せて行く。

⑥鉦・鎮子・紺紙金泥妖怪等、仏具・神具の先頭に立つのは仏幡天蓋を翳す猫妖怪、声明をとなえる子猫妖怪。桃色の着物を着て供養式に目を通す銅鈸子妖怪、赤い衣服を腰に巻いた針鼠。

⑦古びた皮籠を破り中から手を出す熊の手。籠蓋の上には挟み妖怪。転げ落ちるもの。中にはぎっしりつまった魑魅魍魎の類。

第十九紙　⑧竹馬に鞭打つて現れたもの、仏具雑具などの騒々しい行列も夜明けとともに奥の方から「害をなすものが現れた」と大声をあげて叫び逃げまどいつつ消えて行った。　＊大きな目玉に長く垂らした金髪・緑の褌を締め紅旗を掲げ左方に立つ妖怪。

第二十紙　〔絵七〕1　（⑧）熱風の中をあわただしく右方に向け恐れ逃げ惑う瓢箪・兎・白鷺、その後を必死に追う白竜妖怪。

第二十一紙　〔絵七〕2　＊東雲の空に昇る火炎を吹く灼熱の太陽。

本絵巻の詞書および絵の配置について点検した結果、絵は継いだ紙の重なり部分に連続的に描かれている場合（イ・ロ・ハ・ニ）、継目上に絵はかからず独立した一紙内に描かれている場合（第十三紙と第十四紙の間）等から成るが、詞書と絵の繋がりに齟齬はない。以上のことから、スペンサー本の詞書は現状の配置の挿絵に付されたものと考えられる。

二　冷泉為恭と幕末の浮世絵師たち

冷泉為恭はもと岡田為恭（おかだためちか）。江戸時代後期の復古大和絵派画家・歌人　文政六年（一八二三）九月十七日生、元治元年（一八六四）五月五日没。四十二歳。墓、大和丹波市善福寺。名号、初め狩野氏、一時、冷泉氏。名、初め永恭、のち為恭。幼名、晋三。通称、三郎・式部。号、南山隠士・山陰・真蓮・心蓮・神廉・田米知佳等。法号、光阿弥陀仏。文政六年画家狩野永泰（基同）の三男として京都に生まれた。嘉永三年（一八五〇）蔵人所衆岡田恭純の養子となり、岡田姓を称し、菅原姓を名乗った。同年正六位下式部大録となり、安政二年（一八五五）式部少丞に昇った。翌年関白九条尚忠のお付きとなって関白直廬預と称し、安政五年従五位下に昇った。為恭は田中訥言模写の『伴大納言絵巻』を所有していたが、その原本を見たいがため所蔵者であった京都所司代酒井忠義に近づいていた。この結果幕府に通じているという風聞が立ち、尊皇派の浪士に狙われるようになった。厚い親交を結んでいた僧願海のいる紀州の粉河寺へ逃れたが、元治元年五月五日、長州藩士の凶刃のため大和の丹波市で非業の最期を遂げた。画ははじめ父に従って狩野派を学んだが、やがて大和絵に興味をもち、古寺名刹に出入りしてその模写に努めた。その画才との知識は、すでに十代にして国学者西田直養や長沢伴雄の認めるところであり、有職故実和歌を能くした(1)。

一　オクスフォード大学アシュモレアン博物館所蔵の浮世絵から

『平家物語』巻五の「物怪之沙汰」（屋代本巻五では「福原怪異事」とあり、「物怪」は「怪異」と同意である）に関するアシュモレアン博物館所蔵の浮世絵（ASHMOLEAN Japanese Ghosts and Demons Ukiyo-e prints from the Ashmolean による）二点についてはすでに別章[2]に図版を掲載してあるので参照されたい。

屋代本『平家物語』巻第五に、五件の怪異の内の一つに次掲の話がある。

其《ノ》比福原ニハ人々ノ夢ニモ悪ク見ヘ、常ニ心騒《サハ》キシテ、怖《ヲソロシ》キ変化《ヘンケ》ノ物共多カリケリ。或時、入道ノ臥《フシ》給ヘル所ニ、一間ニハ、カル程ノ物ノ面《ヲモテ》出来テ入道ヲノゾキ奉ル。（中略）折節人モ候ハス。坪ノ内ヲキト見給ヘハ、曝《サレ》タル首《ヘ》トモカイクラト云数モ不《ス》レ知ミチ〳〵テ、（中略）後ニハ多クノドクロトモカ一ニ堅《カタ》マリ成テ、坪ノ内ニハゞカル程ノ大頭《カシラ》ニナリヌ。高サ四五丈モヤ有覧《ルン》トソミヘシ。彼一《ノ》ノ大頭《ラ》ニ千万ノ眼《コ》共カ顕《アラハレ》テ、入道ヲマホラヘテマタ、キモセス。（中略）七人ノ陰陽師ニウラナハセラレケリ。「重《ヲモ》キ御慎《ツヽシミ》」ト申《ス》。[3]

これは人も居ぬ館内で、入道清盛の目にだけ映る怪異の光景である。この福原怪異の場面は、二人の浮世絵師により描かれている。一つは深尾北為（葛飾北為　かつしかほくい。生没年不詳）により「大頭髑髏図」（私ノ呼称）として図像化（一八三〇—四〇頃の作）されている。北為は、葛飾北斎の門人で、その作画期は天保より、明治十年代におよぶ。姓は深尾。名は不詳。白山人と号す。明治二十六年（一八九三）頃、深川に住んだ、という。[4]「平清盛怪異を見る図」は歌川広重初代の作。寛政九年～安政五年（一七五七—一八五八）。安藤広重とも。歌川豊重の門人で、狩野派、南画、四条派などにも学ぶ。風景画を得意として代表作は「東海道五十三次」の作者として、世界的にも有名。広重の作品に見られる鮮やかな青は海外でも高く評価されている。

続いて同館所蔵の浮世絵にみる怪異図を挙げてみよう。先ず「百鬼夜行相馬内裏」は歌川芳幾作である。（落

合芳幾　おちあいよしいく。天保四年～明治三十七年（一八三三―一九〇四）の作、幕末から明治にかけて活躍した浮世絵師で、新聞人である。姓は落合、名は幾次郎。画姓は歌川、画号は一恵斎、蕙斎、朝霞籠、洒落斎、蕙阿弥とも号した。また、「東京日日新聞」（いまの毎日新聞）の創立にも参加、同社の付録錦絵や「歌舞伎新報」の表紙絵や挿絵を書いた。歌川国芳一門。「国芳の肖像画（死絵）(5)」を描いた。

三代広重作「東京《とうきょう》第弌《だいいち》名所《めいしょ》銀座《ぎんざ》通《どおり》煉瓦《れんが》石《いし》之《の》図《ず》」（明治七年（一八七四）頃）に乗合馬車や人力車が行き交う銀座のレンガ街に「絵師芳幾、新聞社の前に立つ」図があり、東京日日新聞に浮世絵師落合芳幾が関係していたことを表す図で、右の社屋の前に描かれた創刊の功労者たちの中に、羽織に着物すがたの芳幾がいる(6)。

月岡芳年（つきおかよしとし　天保十年三月十七日～明治二十五年六月九日（一八三九―一八九二））は幕末から明治前期を代表する浮世絵師(7)で五作品を収め、四点は妖怪、一点は幽霊譚である。その一つ、「蒲生貞秀臣土岐元貞甲州猪鼻山魔王投倒画」の魔王は赤一色で描かれている。同じく芳年作「為朝の武威痘鬼神」を退く図がある。為朝を中央に据え、その前に赤い旗、痘瘡に痢かった子が赤い服を着、人の形をした痘瘡神が真っ赤な肌袴を着けている。闇の中に赤色が目立つのは、疫病避けのためであった。悳俊彦『妖怪曼荼羅』に「疱瘡絵」（90　歌川芳藤）が紹介され、「はしかのまもり」（99　歌川芳艶／文久二年）の画面には赤色のだるまを中央にどっかりと描いている。当時の人々はこのような麻疹避けの版画に望みを託したのであった、としている。同じく悳氏は「103　各種新聞図解の内　日新真事誌」（鮮斎永濯／明治八年）」の絵に描かれた痘瘡神について次のように述べている。

本所から浅草までのせた十四、五歳の少女が、車夫が灯をつけようとちょっと車をはなれた間に消えていた……実はそれが痘瘡神だった、という話を描いている。永濯の描く少女は真っ赤な着物を着て、紙袋、着物の柄、すべてが痘瘡よけの柄になっている。人の形をした痘瘡神が老婆であれば重く、少女であれば軽いという迷信もあったとのことである(8)。

スペンサー本の「二本足の真っ赤なのっぺらぼうは禍鬼か(9)」と以前に記したことがあるが、これは疫病神かもしれない。

「美勇水滸伝《びゆうすいこでん》」三作のうち一つは、「高木午之助ら三勇士が古寺で妖怪を見た画」と「黒雲皇子と土蜘蛛」は妖怪譚、「賎の女於百」は幽霊譚である。

歌川国芳の作は六点を収める。国芳は江戸末期の浮世絵師（寛政九年～文久元年〈一七九七―一八六一〉）、文化八年（一八一一）ごろ、初代歌川豊国に入門した。「板鼻御曹司牛若丸」は天狗退治譚、「源頼光公館土蜘蛛作妖怪図《みなもとらいこうやかたつちぐもようかいをなすず》」、「武蔵坊弁慶五条大橋で天狗と戦う」、「猫石」（古山猫老女に化し、死して災石と化す）、他の二点は「小倉擬百人一首」と称し。於岩亡魂譚等である。そのうちの一つ、「源頼光公館土蜘蛛作妖怪図」は風刺的戯画で、「国芳の原作は幕府により発禁とされたが、すぐに多くの復刻・異版が出た。（略）米国スプリングフィールド美術館にも同系統の模写が現存する。(10)」このように幕末の浮世絵師たちのおおくは、中国小説の影響を強く受け、化物の活躍する読本や草双紙作家であり、風刺画や戯画、狂画に没頭していたものもあり、あるものは新聞記者の先がけでもあったことに注目しておきたい。

二　為恭の「百鬼夜行絵巻」と江戸妖怪図

為恭が生きた時代は、歌川国芳や月岡芳年をはじめ国芳一門の歌川芳幾等の生涯と重なり、明治維新へ向かう封建制から資本制への移行という激動期であった。

作者不詳「百気夜興化物評判記《ひやっきやけうばけものひやうばんき》」は、禁令に苦しむさまざまな化け物たちのオンパレード(11)である。

歌川芳幾の「今様擬源氏　十五　蓬生」は勇士大宅太郎「光圀が下総国猿島《しもふさのくにさるしま》の郷将門《きあうまさかど》が故御所《ふるごごしよ》を尋《たづ》ねて妖怪《えうくわい》に逢《あ》ふ事《こと》は山東翁《きやうでんおう》が善知《うとう》ものがたりに委《くわ》しければ元《もと》の心《こゝろ》の深《ふかき》にゆづる」と解説がある、抜け落ちた床、雑草が生

い茂る故御所、群れ飛ぶ蝙蝠妖怪。（悳俊彦　10図）

このように浮世絵師たちの描く画材は『源氏物語』や『平家物語』、『太平記』、『水滸伝』等内外の古典に基づくものであり、ときには風刺的戯画であった。同時期に活躍した河鍋暁斎（かわなべぎょうさい。天保二年四月七日〜明治二十二年四月二十六日〈一八三一—一八八九〉）は、下総国古河（現、茨城県古河市）に生まれた。世相を鋭く批判した戯画・狂画（滑稽画）・妖怪画で有名だが、伝統絵画をはじめ、あらゆる絵画を描きこなす卓越した技量と独特で力強い作風は、国内外で高く評価されている。春廼屋漫筆（一八九一　坪内逍遥）は政界叢話で「大胆不敵なる狂画をつくりしもの」と述べている。

大英博物館所蔵「踊り蛙図」紙本着色（明治12年　ウイリアム・アンダーソン・コレクション）はいろいろな蛙たちのパレードで、ユーモラスで楽しい。鳥羽僧正覚猷筆と伝える「鳥獣人物戯画」（京都高山寺蔵　国宝。第一・二巻は一二世紀後半、三・四巻は一三世紀の作）を思わせる画面は、なにを伝えようとしているのだろうか。

これらの浮世絵師たちのおおくは読本・草双紙作家であった。殊に化物の活躍する草双紙の『化皮太鼓伝』の書かれた時代にみる浮世絵師たちを瞥見[12]しておこう。

注

（1）『国書人名辞典』岩波書店　一九九三年、『国史大辞典』、中村渓男「為恭の生涯と絵画」〈東京国立博物館『冷泉為恭』昭和五四年　六六頁

（2）本書「大英博物館所蔵『ゑんの行者』絵巻にみる王土王民思想と王法仏法相依論」の項。

（3）麻原美子・春田宣・松尾葦江編『矢代本 高野本対照平家物語　二』新典社　平成三年　三四・三六頁

（4）樋口弘「幕末明治の浮世絵師伝」『幕末明治の浮世絵師集成』改訂増補版　昭和37年　九一頁

（5）稲垣進一 悳俊彦編『国芳の狂画』東京書籍　平成三年　二〇三頁。『新増補浮世絵類考』〔大成Ⅱ〕『浮世絵師総覧』参照。

（6）辻惟雄『こんなに楽しい江戸の浮世絵』東京美術　一二三頁

（7）悳俊彦『国芳妖怪百景』二〇〇三年『芳年妖怪百景』二〇〇一年　国書刊行会
（8）悳俊彦『妖怪曼荼羅』国書刊行会　二〇〇七年　一〇二頁
（9）拙著『在外日本絵巻の研究と資料』一九九九年　二四五頁
（10）悳俊彦「注（8）」に同じ。九三頁
（11）「注（8）」に同じ。
（12）『新増補浮世絵類考』（『日本随筆大成　新装版』〈第二期〉11　平成六年　新装版第一刷〈昭和四十九年　新版第一刷〉吉川弘文館）による浮世絵師たちを以下に挙げる。

勝川北岱　浅草ニ住ス。摺物読本多シ。盈斎ト号ス。
勝川北鵞　抱亭ト号ス。摺物読本多シ。
勝川北嵩　島氏。本郷ニ住ス。（略）読本双紙多シ。後唐画トナリ、東居ト号ス。（読本、中国小説ノ影響多シ。）
歌川国満　俗称熊蔵、飯倉土器町桧物町芝口三丁目田所町等ニ住ス。錦絵草双紙有リ。
歌川国次　俗称幸蔵、銀座四丁目住。錦絵草双紙等有リ。
歌川国信　画作草双紙多ク有リ。作名志満山人。
歌川国虎　俗称久条蔵。草双紙有リ。
歌川国輝　一雄斎ト号ス。草双紙アリ。
歌川貞虎　号五風亭、俗与之助、草双紙錦絵多シ。

○葛飾為一
江戸本所の産にして、御用の鏡師の男なりといふ。（中略。後北斎。）明画の筆法を以て浮世絵をなす。古今唐画の筆意を以て、浮世絵を工夫せしは、此翁を以て祖とす。（中略）繍像読本多く画きて世に賞せられ、絵入読本此人よりひらけたり。〔割注〕此頃絵入読本世に流行す、画法草双紙に似寄らぬを以て貴しとす。読本とて別派とす。（略）板刻画手本として、北斎漫画　自初編至十三編、以下二十作品、読本目録として、椿説弓張月　馬琴、以下三十三作品を挙げる）「此外中本草双紙の類殊に多ければこゝにしるさず」とする。（二一七頁）
○歌川豊広
号一柳斎、称藤次郎、江戸の産なり。（中略）草双紙敵討の続き物此人より始れり。（中略）豊広筆絵本枚挙して尽る

にあらず。依て読本のみ記。（俊寛島物語　馬琴、以下十四作品を挙げる）。（二二三頁）

○歌川豊国

号一陽斎、俗称熊吉、豊春門人なり。後一蝶の風を慕ひ、又玉山久徳斎が画風をも慕ひ一家をなす。（中略）当世の風俗を写す事妙を得たり。美人絵役者画似顔此人より行る。中興の祖といふべし。（以下略。同筆読本多く、十二作品を挙げる。二二四頁）

三　『百鬼夜行絵巻』補記

『聖徳大学研究紀要』人文学部（一九九七年　第8号・一九九九年　第10号）に「スペンサー・コレクション蔵『百鬼夜行物語絵巻』について」と題し取り上げ、人のいない暗黒の廃屋に跳梁跋扈する妖怪については『今昔物語集』巻第二十七や中国の六朝小説の影響も考慮しながら考えてみた。

この絵巻はなにを描こうとしたのだろうか。その手がかりを大晦日の追儺（『周礼』の古制、日本へは文武天皇（六八三〜七〇七）のころに伝わった）の行事に見立ててみた。また絵師「冷泉為恭」（文政六年〜元治元年（一八二三―一八六四））については先の両論考で次のように述べている。

この絵巻本文は、場面を治承（一一七七〜八一）末年の福原遷都と思われる時代に設定したのは、平安京四百年の貴族政治への挽歌、すなわち日本中世の開幕に思いを馳せ、重層的にみづからが生きた幕末から維新にかけての時代を語った冷泉為恭の筆としても難はないように思われる。いづれの世もまさに妖怪を入れた古唐櫃のようで、これをこじ開け飛び出した妖怪たちが展転する暗黒の世界であり、その彼方には暁の光への予感をたたえた時代でもあった。(1)

一　治承末年に現れる怪異・物怪――『山槐記』にみる怪異

山槐記（山槐は中山内大臣の意）平安末期、正二位内大臣忠親の日記。仁平元年（一一五一）から建久五年（一一九四）に至る記述がある。一一五一年は近衛天皇の御代、平安朝でいう入末法元年（一〇五二）を下ること百年に当たる。治承四年は高倉天皇（一一六一—八一。在位一一六八—八〇。後白河天皇の第七皇子。在位中は平清盛の最盛期で、清盛と後白河法皇との反目の間に苦しんだ。安徳天皇に譲位後、名目的ながら院政を行った）(2)の治世である。

治承四年（一一八〇）三月

十四日丙寅　朝間陰、及午晴、主上紅御衾、御譲位後自内蔵司献哉之由、事次問師典侍、返事云、未献者、今日辰時昼御座茵為犬被喰損、無（甚カ）怪異也、可有御卜云々、（四三頁）

（同）**十九日**辛未（中略）於蔵人所有御卜云々、（略）去十四日辰時昼御座茵為犬被咋損事也、蔵人左衛門権佐光長奉行之、光長付着所、陰陽頭在憲朝臣、陰陽博士済憲朝臣、天文博士業俊朝臣等参着蔵人所占申、（四五頁）公家御薬可聞食、口舌闘諍事、御卜趣殊重云々、抑御譲位夜、在憲朝臣、泰親朝臣（大膳権大夫、）被付蔵人所簡、而泰親依奉仕御祭不参上、済憲、業俊等朝臣雖不付簡着蔵人座云々、如何、近日如此云々、勘解由次官定経嫡男（割注略）夭亡云々、祖父蔵人頭左中辨経房朝臣辞申禊祭行事、（略）依有神慮恐所辞申也、（四六頁）

○（十月）**七日**丙戌（中略）亥終剋有流星変云々、出於紀伊国方入福原東北山、其大如大土器、渡北斗中、余輝二許丈、挟北斗在東西、流星入山之後其光不消、及一時曲折、又南山方其光不消一道残、長五許尺、伝聞、掃部頭秀弘朝臣曰、本朝無比変、若是可謂天裂歟、希代之変也者、

後聞、前但馬守親弘死去云々、（一二三頁）

今夜前左京大夫康経朝臣、左少将有房朝臣旧都宅群盗人云々、（一二四頁、承前頁）

○（十一月）**六日**使者云、（中略）官兵纔千余騎、更不可及合戦、兼又諸国兵仕（士カ）内心皆在頼朝、官兵互恐異心、暫逗留者欲圍塞後陣云々、忠景等聞此事無欲戦之心之間、宿傍池鳥数万俄飛去、其羽音成雷、官兵皆疑軍兵

之寄来夜中引退、上下競走、自焼宿之座《屋カ》形中持雑具等、忠度知度不知此事、追退帰、（下略）（一三二頁）

○**廿四日**壬申　天陰、自前大相国被仰遣云、東国逆乱及近江国、仍自福原還御事延引、今日右大将宗盛、可着此京、為討江州云々、風聞如此、京中不安閑歟、（下略）（一三五頁）**廿六日**甲戌　陰晴不定、風烈、今日出御木津殿行幸五条東洞院亭、新院御幸御車《注カ》六波羅頼盛卿家、号池殿、法皇御幸御輿《注カ》六波羅入道大相国亭、号泉殿、去六月二日俄遷御福原亭被棄置平安京、而依天台衆徒訴申并東国逆乱俄又有還御也、後聞、自今日三ヶ日熊野那智地震、滝壺石不動自御目上摧破御云々、示法滅相カ、可悲々々、(3)（一三五頁）

奥書に次のように記す。

這山槐記者借請菅中納言為適卿、以自筆本書令書写者也、
慶安二年（一六四九）十二月　日　　藤原隆貞

治承四年六月二日福原遷都の記録は、同年五月卅日の条に「未剋許或者云、来月三日内院新院可令渡福原亭、士女称遷都、子細無知之人、洛中騒動悲泣云々、又云、二日《一イ》云云、（一〇〇頁）」とわずかに記すばかりで、四年六月条は全条空欄となっている。同月、清盛は安徳天皇・高倉上皇・後白河法皇を福原に臨幸させた。

同年十一月那智の地震により滝壺の石不動尊の目上が破れたことを法滅の相かとして山槐（中山内大臣）は悲嘆にくれる。不動明王（不動尊、無動尊、不動使者とも。密教特有の神格で、空海が請来し、その後円珍、文覚などがその信仰を広めた。大日経では大日如来の使者として登場、大日如来が教化し難い衆生を救うために恐ろしい姿をとる教令輪身とする）(4)の破損は、運に見放されたと映ったのであろうか。

二　冷泉為恭の落款・印章・賛について

スペンサー本の末尾の落款・「式部少丞菅原為恭」、印章・「菅」朱文方印（図版2）は、壮年時代のものに一致し、安政二年（一八五五）正月（三十三歳）、式部少丞となり、同五年一月に従五位下となっているので、絵はこの間に描かれたものとみられる。(5) 詞章の書手は未詳。

落款・印章

平成六年（一九九六）敦賀市立博物館『特別展　近世における大和絵の展開〜土佐光起・狩野探幽を中心として〜』(6) に為恭の五幅の図をみることができる。それぞれの落款および印章によりその制作年代を推定している。その中に、「式部少丞菅原為恭」と落款・印章を同じくし、制作年代の近い次掲の作品がある。

62紀貫之図　一幅

落款　「蔵人所衆正六位下式部《しきぶ》少 丞《しょうじょう》菅原朝臣為恭謹図之」

印章　「菅」　朱文方印

賛　「さくらちる木の／した風はさむからて／そらにしられぬ／ゆきそふりける」

画上の色紙型のこの和歌は、『拾遺和歌集巻第一・春』に所収される貫之の詠歌で、書者は内大臣三条実万《さねつむ》（一八五九、五十八歳没）と推定される。

「本図の制作時期は、落款の正六位下・式部少丞とあるところから、安政二年（一八五五）から同五年（一八五八）すなわち為恭の三十三歳から三十六歳までの作品と知られる」（図録の解説者田邊昌平氏の文による）。(7)

ここで絵師と書の関係について考えてみたい。時代は遡ることながら、岩佐又兵衛（天正六年～延宝五年〈一五七八―一六七七〉）の「月見西行図」について、辻惟雄氏は次のように述べている。

笠と杖を手に、笈《おい》を背負った旅僧の姿の西行が、月を見上げている。「月見ばと　契りおきてしふる郷の人もや今宵袖ぬらすらん」という、西行の歌が、特徴ある字体で書かれている。又兵衛の自筆だろう。(8)

この場合、絵も賛も又兵衛が書いている。

為恭とほぼ同時代を生きた江戸在住の浮世絵師の落合芳幾（一八三三―一九〇四）画の「国芳の肖像画（死絵）(9)」は、落款（「一惠斎芳幾謹畫」）と上方の賛とは同筆と認められ、自画賛の例である。

筆跡

冷泉為恭の落款・印章については先行研究もあるが、筆跡については少なく、直筆を見る機会はなかった。ところが、根津美術館の展覧会(10)の折に、同館所蔵の冷泉為恭筆「滝図短冊」を観る機会を得た。次掲の歌がそれである。（図版3）

水ひきに*白いと*はへて織はたは
たひの*衣にたちや*かさねむ　　神廉謹書（印章「菅」朱文方印）

神廉は為恭の号。この歌は、『大鏡』巻第六・昔物語に基づいている。

菅原のおとゞのあそばしたりし和哥、
みづひきのしらいとはへてをるはたはたびのころもにたちやかさねん(11)
（水ひきの白糸を引き延ばして織ったようなこの布は、さっそく裁ち縫いして、わが旅衣の上に重ねて着ようか）

法王（宇多）の上皇時代のこと、昌泰元年（八九八）十月二十一日、吉野の宮滝をご覧になった折に供奉していた菅原道真（この時権大納言右大将）が詠進した歌とある。同歌は、『後撰和歌集』巻第十九　離別 羇旅に、次のような詞書が付いて収められている。

法皇宮のたきといふ処御覧じける御ともにて　　菅原右大臣

1356　水ひきのしらいとはへておるはたは旅の衣にたちやかさねん[12]

「水ひき」は麻を水に浸して皮をむくところから、麻糸の異名。

「思文閣大交換会　入札目録[13]」に為恭筆とする次の懐紙がある。（図版4）

秋日奉　春日社

和歌

蔵人所衆正六位下行式部省大録菅原朝臣為恭

かしこくもきみに*
つかへん道の為みを
や*すかれと*いの*るはかりそ

この懐紙は真筆かという点について、右の短冊に照合すると、「に（尓）」「と（止）」「の（乃）」「や（也）」の字形は近似するとみてよいだろう。そして位署の「為恭」は特徴のある書体で真筆と認めてよいと思われる。落款の「正六位下・式部大録」により、嘉永三年（一八五〇、式部大録）から、安政二年（一八五五）式部少丞に昇る間、すなわち為恭の二十七歳から三十二歳頃までの作品と考えられる。

『百鬼夜行絵巻』の詞書と画図の署名の関係を考える上で、為恭の自画賛のある作品は参考になるだろう。例えば、奈良県立美術館所蔵「天照皇大神宮参拝図」一幅は、天照大神を祭った神社（伊勢神宮か）を参拝する様子を描いた自画賛図である。画面右下には、「天照皇太神宮にたてまつる　いにしへをまなひ伝へん為にこそ身をやすかれといのるはかりそ」と自賛が記されている[14](図版5)。個人蔵「新嘗祭行幸図」一幅は、画面上部には、為恭の自賛が以下のように記されている(図版6)。「新嘗祭中和院行幸の供奉つかうまつりて　あかつきの神のおもののことはててかへりみゆきの御輿おさめす」。

落款　「蔵人所衆従五位下行式部少丞兼近江守菅原朝臣為恭并図」

印章　「菅」朱文方印

落款に記された官位に近江守の名が見られることから、文久二年(一八六二)の正月から八月の間に描かれたものであることが分かる[15]。スペンサー・コレクション本の『百鬼夜行絵巻』と同一の印章で落款によりスペンサー本の数年後の制作と考えられる

以上の作品の真跡に照合して、『百鬼夜行絵巻』の詞書[16](図版1)は細筆で、諸作品の筆致に似ているようにみられるものの、為恭筆とするのはむずかしいかもしれない。

なお、願海(一八二三〜七三)は為恭が生涯敬愛した天台宗の高僧で、数ある経典の中でも特に尊勝陀羅尼経を深く信奉しており、北野社に尊勝陀羅尼の石碑の建立を思い立つ。石碑建立の際も、石碑の中の円輪を挟む双龍の図を為恭が描くなど、大きな役割を果たしている。その時の様子を感動を込めて描いたのが「尊勝陀羅尼碑建立写生図巻」[17]である。

為恭は、願海の求めに応じ、数々の仏画の制作にも携わり、自らもまた滅罪・延命・厄除に効験のあると伝える仏頂尊勝陀羅尼に深く心を傾けていったようである。後、尊攘派の浪士から身を隠すため、一八六二年九月、願海のいる粉河寺を訪ねる。

このような経緯を勘案すると、絵巻最終場面に描かれた闇に浮かぶ火の玉は、明けを告げる太陽に、為恭は「尊勝陀羅尼が吹いた火の玉」(田中貴子説)を重ねていたのかもしれない。

注

（1）『聖徳大学研究紀要』人文学部　第8号　一九九七年十二月　九七頁。同紀要　第10号　一九九九年十二月　一五三頁

（2）『角川・第二版日本史辞典』

（3）増補「史料大成」刊行会編『増補史料大成』第二十八巻（山槐記三）臨川書店　平成元年　第五刷（初版　昭和四十年）による。

（4）『岩波仏教辞典』

（5）注（1）に同じ。第10号　一五三頁を参照。本論文の要旨は、拙著『スペンサー・コレクション蔵百日本絵巻物抄　付石山寺』笠間書院　二〇〇二年　二八二頁に再録。

（6）同図録の七三～七六頁。

（7）同図録の一一一～一一三頁。

（8）『岩佐又兵衛―浮世絵をつくった男の謎』二〇〇八年　文芸春秋　一〇五頁　図22「月見西行図」（群馬県立近代美術館戸方庵　井上コレクション）。

（9）稲垣進一 悳俊彦編『国芳の狂画』東京書籍　平成三年　二〇三頁

（10）「山口県立萩美術館・浦上記念館所蔵東洋陶器と浮世絵の名品」二〇一三年六月一日～七月一五日

（11）日本古典文学大系（一九六〇年　初版本）二五八頁に後撰集所載のこと、「水ひき」の語釈は、同補注（第六巻）「一八」による。四八五頁

（12）『新編国歌大観』第一巻　勅撰集編　一九八三年　角川書店
『後撰和歌集』は、平安中期の二番目の勅撰集。天暦一〇年（九五六）前後に成立した。

（13）同目録（平成二十五年六月）の五〇頁137冷泉為恭）。紙本　軸装。42×32／55×１１９糎。

（14）図録：「特別展　復古大和絵師　為恭―幕末王朝恋慕」大和文華館　二〇〇五年
図版（5）：図録九六頁。解説：一六一頁。「紙本墨画　九七・八×二七・一」
落款：「蔵人所衆関白直廬預正六位下行式部少丞菅原朝臣為恭勤図之」
印章：「菅」朱文方印

（15）注（14）に同じ。図版（6）：同図録同頁。「紙本墨画淡彩　一〇一・四×二九・六」

（16）拙著『スペンサー・コレクション蔵日本絵巻物抄付、石山寺』笠間書院　二〇〇二年　二五五頁

（17）注（14）に同じ。62図、九七頁。本図の解説は一六二頁。同目録の【為恭自記】により「尊勝陀羅尼碑笏奉納願文」（近江葛川明王院蔵）をはじめ、願海の求めに応じ、多くの仏画を制作し、尊勝陀羅尼経を書写したことが知られる。

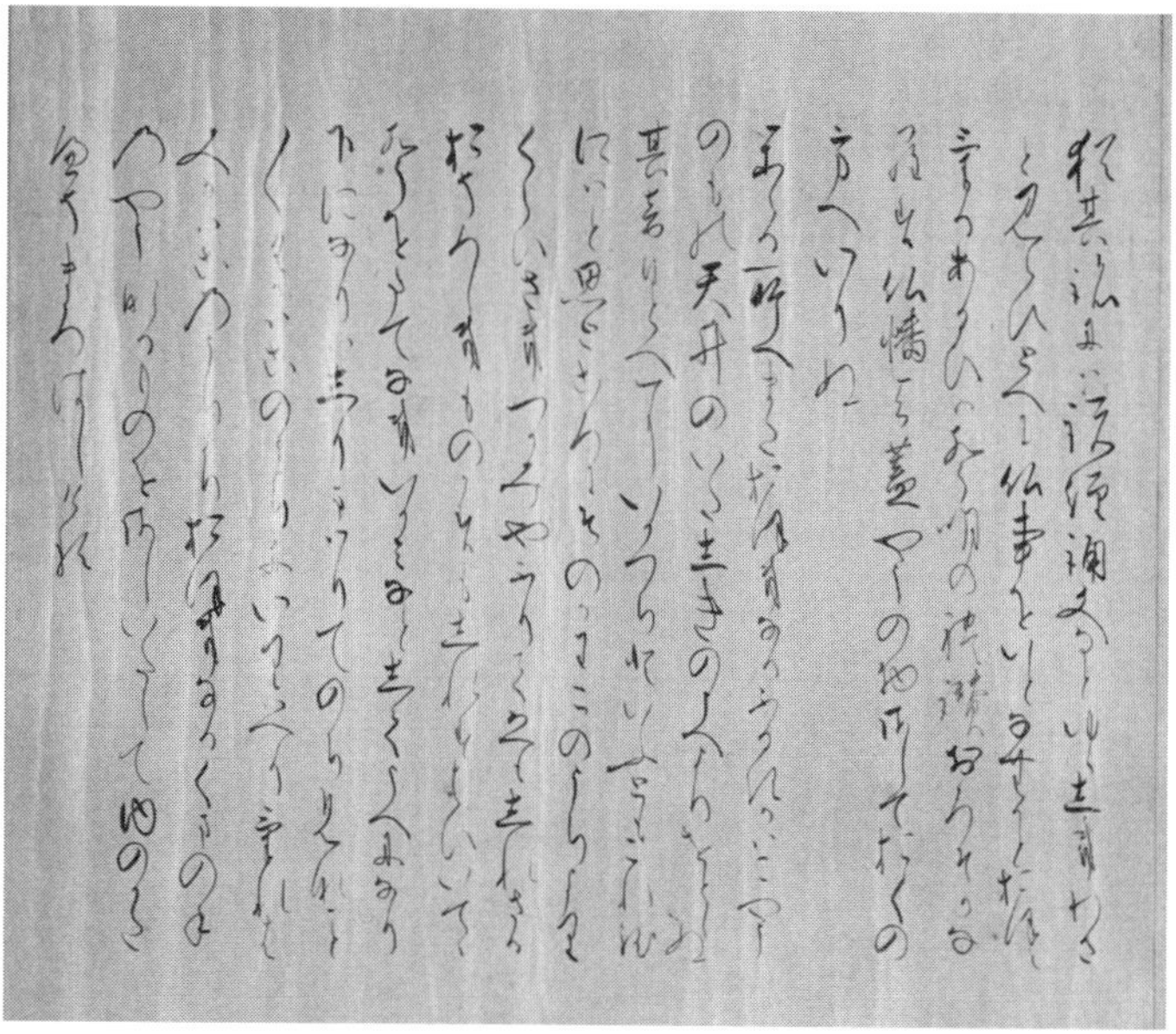

図版1　スペンサー・コレクション蔵『百鬼夜行絵巻』

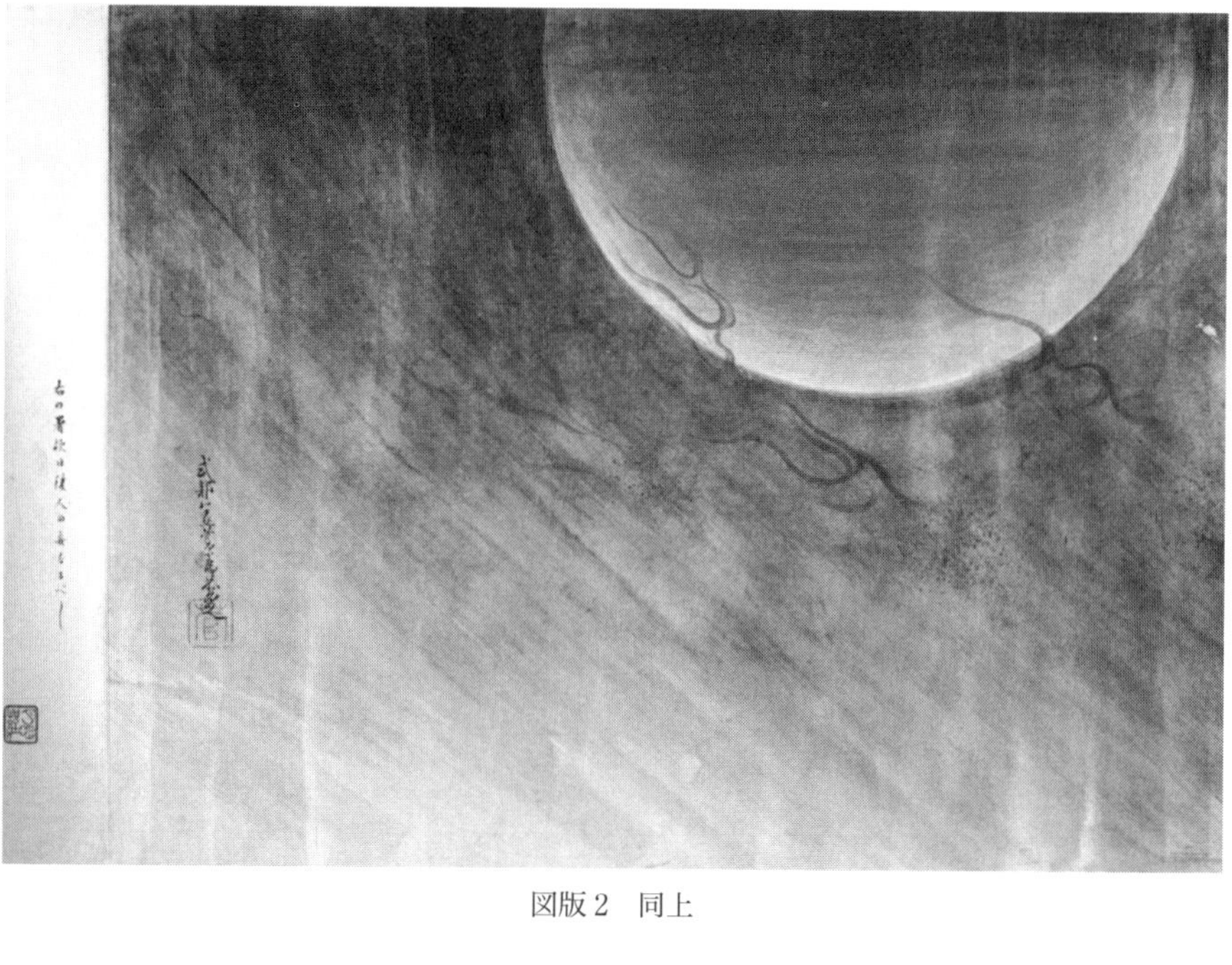

図版2　同上

図版3　根津美術館蔵「滝図短冊」

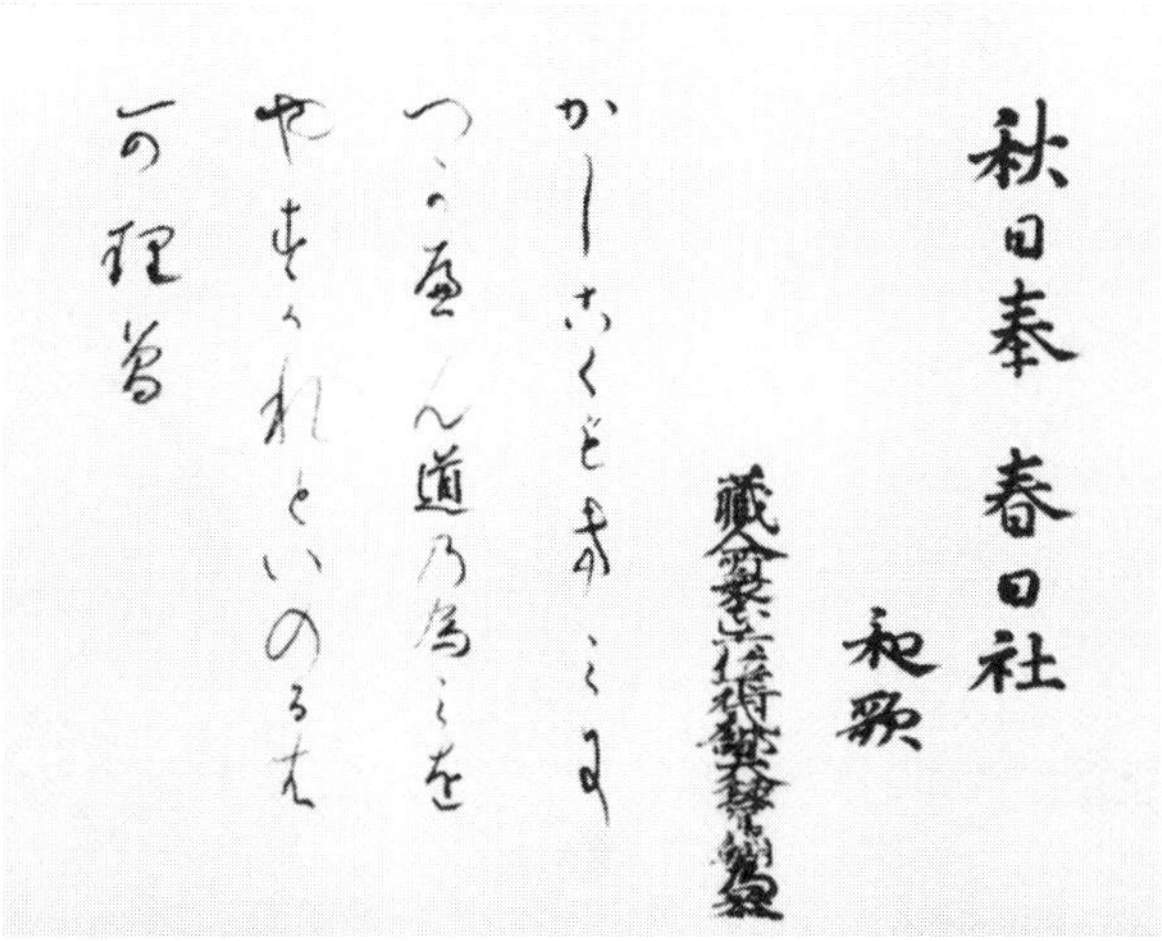

図版4　秋日奉　春日社和歌

図版5　奈良県立美術館蔵「天照皇大神宮参拝図」

図版6　個人蔵「新嘗祭行幸図」

Ⅲ

ドイツ
バイエルン州立図書館所蔵『源氏物語』の本文と解説

『源氏物語』「きりつほ」詞書

いつれの御時にか女御更衣あまたさふら
ひ給けるなかにいとやむことなききはには
あらぬかすくれてときめき給ふありけり
はしめより我はとおもひあかり給へる御
かた〳〵めさましきものにをとしめそね
み給ふおなしほとそれより下臈のかうい
たちはましてやすからすあさゆふの宮つ
かへにつけても人の心をうこかしうらみ
をおふつもりにやありけんいとあつしく（1オ）
なりゆきもの心ほそけにさとかちなるを
いよ〳〵あかすあはれなる物におもほして
人のそしりをもえはゝからせ給はす世
のためしにも成ぬへき御もてなし也
かんたちめうへ人なともあひなくめをそ
はめつゝいとまはゆき人の御覚え也
もろこしにもかゝることのおこりにこそ
世もみたれあしかりけれとやう〳〵あめ
のしたにもあちきなう人のもてなやみく（1ウ）
さになりてやうきひのためしもひきいて
つへうなりゆくにいとはしたなきこと
おほかれとかたしけなき御心はへのた
くひなきをたのみにてましらひ給父
の大納言はなくなりてはゝ北のかたなんい
にしへの人のよしあるにておやうちくし
さしあたりて世のおほえ花やかなる御
かた〳〵にもおとらすなにことのきしき
をもてなし給けれととりたてゝはか（2オ）
はかしき御うしろみしなけれはことゝ

ある時はなをより所なく心ほそけ也
さきの世にも御ちきりやふかかりけん
世になくきよらなるたまのおのこみこ
さへうまれ給ぬいつしかと心もとなからせ
たまひていそきまいらせて御らんす
るにめつらかなるちこの御かたち也一のみ
こは右大臣の女御の御はらにてよせおもく
うたかひなきまうけの君と世にもて（2ウ）
かしつきゝこゆれとこの御にほひにはなら
ひ給へくもあらさりけれはおほかたのやむ
ことなき御おもひにてこの君をはわたくし
ものにおほしかしつき給ことかきりなし
はゝ君ははしめよりをしなへてのうへ宮つ
かへし給へきゝはにはあらさりきおほえいと
やむことなく上すめかしけれとわりなく
まつはさせ給あまりにさるへき御あそひ
のおり〳〵なにことにもゆへあることのふし（3オ）
ふしにはまつまうのほらせ給ある時はおほ
とのこもりすくしてやかてさふらはせ給

なとあなかちにおまへさらすもてなさせ
たまひし程にをのつからかろきかた
にも見えしをこのみこむまれ給てのち
はいと心ことにおもほしをきてたれは坊
にもようせすはこの御子のゐ給へきなめり
と一のみこの女御はおほしうたかえり人より
さきにまいり給てやむことなき御おもひ（3ウ）
なへてならすみこたちなともおはし
ませはこの御かたの御いさめをのみなをわ
つらはしく心くるしうおもひきこえさせ
給けるかしこき御かけをはたのみきこえ
なからおとしめきすをもとめ給ひとは
おほくわか身はかよはくものはかなきあ
りさまにて中〳〵なる物思ひをそし給ふ
御つほねはきりつほ也あまたの御かた〳〵を
すきさせ給つゝひまなき御まへわたりに（4オ）
人の御心をつくし給もけにことはりとみえ
たりまうのほり給にもあまりうちし
きるおり〳〵はうちはしわた殿こゝかしこ

のみちにあやしきわさをしつゝ御をくり
むかへの人のきぬのすそたへかたうまさなき
ことゝもあり亦あるときはえさらぬめたう
の戸をさしこめこなたかなた心をあはせて
はしたなめわつらはせ給ときもおほかり
ことにふれてかすしらすくるしきことのみ（4ウ）
まされはいといたうおもひわひたるをいとゝ
あはれと御らんして後涼殿にもとより
さふらひ給更衣のさうしをほかにうつさせ
給てうへつほねに給はすそのうらみま
してやらんかたなしこのみこみつに成給
とし御はかまきのこと一の宮たてまつりし
にをとらすくらつかさおさめとのゝものをつ
くしていみしうせさせ給ふそれにつけ
ても世のそしりのみおほかれと此みこの（5オ）
をよすけもておはする御かたち心はへあり
かたくめつらしきまて見え給をえそね
みあへ給はすものゝ心しり給人はかゝる人
も世にいておはすものなりけりと浅まし
きまてめをおとろかし給ふそのとしのなつ
御やす所はかなき心ちにわつらひてまかて
なんとし給をいとまさらにゆるさせ給はす
とし比つねのあつしさになり給へれは御め
なれてなをしはし心みよとの給はするに（5ウ）
日ゝにをもり給てたゝ五六日のほとにいと
よはうなれは母君なく〳〵そうしてま
かてさせたてまつり給ふかゝるおりにもある
ましきはちもこそと心つかひしてみこ
をはとゝめたてまつりて忍ひてそいて給ふ
かきりあれはさのみもえとゝめさせ給は
す御らんしたにをくらぬおほつかなさをいふ
かたなくおほさるいとにほひやかにうつくし
けなる人のいたうおもやせていとあはれと（6オ）
ものをおもひしみなからことにいてゝもきこえ
やらすあるかなきかにきえいりつゝものし
給を御らんするにきしかたゆくすゑおほし
めされすよろつのことをなく〳〵ちきり
の給はすれと御いらへもきこえ給はすまみ

なともいとたゆけにていとゝなよ〳〵と
われかのけしきにてふしたれはいかさま
にかとおほしめしまとはるてくるまのせんし
なとの給はせても亦いらせ給てはさらに（6ウ）
ゆるさせ給はすかきりあらんみちにもをく
れさきたゝしとちきらせ給けるをさり
ともうちすてゝはえゆきやらしとの給
はするを女もいといみしとみ奉りて
　かきりとて別るゝみちのかなしきにいかま
ほしきは命なりけりいとかく思ふ給へまし
かはといきもたえつゝきこえまほしけなる
ことはありけなれといとくるしけにたゆけ
なれはかくなからともかくもならんを御らんし（7オ）
はてんとおほしめすにけふはしむへきいのり
ともさるへき人〳〵うけ給はれるこよひより
ときこえいそかせはわりなくおもほし
なからまかてさせ給ふ御むねのみつとふた
かりて露まとろまれすあかしかねさせ
給御つかひのゆきかふほともなきになをいふ

せきをかきりなくの給はせつるを夜なか
うちすくるほとになんたえはて給ぬると
てなきさはけは御つかひもいとあへなくて（7ウ）
かへりまいりぬきこしめす御心まとひなにこ
ともおほしめしわかれすこもりおはします
御子はかくてもいと御らんせまほしけれと
かゝるほとにさふらひ給例なきことなれは
まかて給なんとすなにことかあらんとおも
ほしたらすさふらふ人々のなきまとひうへ
も御なみたのひまなくなかれおはしますを
あやしとみたてまつり給へるをよろしきこ
とにたにかゝる別のかなしからぬはなきわさ（8オ）
なるをましてあはれにいふかひなしかきり
あれは例のさほうにおさめ奉るをはゝ北の
かたおなしけふりにものほりなんとなき
こかれ給て御をくりの女はうのくるまに
したひのり給ておたきといふ所にいといか
めしうそのさほうしたるにおはしつきたる
心ちいかはかりかはありけん空しき御からを

見る〳〵なをおはするものと思ふかいと
かひなけれははひになり給はんをみ奉り（8ウ）
ていまはなき人とひたふるに思ひなりなんと
さかしうの給ひつれと車よりおちぬへう
まとひ給へはさはおもひつかしと人々もて
はつらひきこゆうちより御つかひあり三位
のくらゐをくり給よしちよくしきてその
宣命よむなんかなしきことなりける女御
とたにいはせす成ぬるかあかすくちおしうお
ほさるれはいまひときさみの位をたにとをく
らせ給成けり是につけてもにくみ給人〳〵（9オ）
おほかりもの思ひしり給ふはさまかたちなとの
めてたかりし事心はせのなたらかにめやす
くにくみかたかりしことなといまそ覚し
いつるさまあしき御もてなしゆへこそすけ
なうそねみしか人からのあはれになさけ
ありし御心をうへの女はうなとも恋忍ひあ
へりなくてそとはか〻るおりにやと見え
たりはかなく日比すきて後のわさなとに

こまかにとふらはせ給ふほとふるま〻にせん（9ウ）
かたなうかなしうおほさる〻に御かた〳〵の御
とのゐなともたえてし給はすた〻泪にひ
ちてあかしくらさせ給へはみたてまつる人さへ
露けき穐也なきあとまて人のむねあく
ましかりける人の御覚えかなとそ弘徽
殿なとにはなをゆるしなうの給ける一の宮
をみたてまつらせ給ふにもわか宮の御恋し
さのみおもほしいてつ〻したしき女はう御
めのとなとをつかはしつ〻ありさまをきこし（10オ）
めす野分たちて俄にはたさむき夕暮
のほとつねよりもおほしいつることおほくて
ゆけいの命婦といふをつかはすゆふつく夜
のおかしきほとにいたしたてさせ給てやか
てなかめおはしますかやうのおりは御あそひな
とせさせ給しに心ことなるもの〻音をかき
ならしはかなくきこえいつることの葉も
人よりはことなりしけはひかたちのおもかけに
つとそひておほさる〻にもやみのうつ〻には（10ウ）

なをおとりけり命婦かしこにまかてつきて
かとひきいるゝよりけはひ哀也やもめすみ
なれと人ひとりの御かしつきにとかく
つくろひたてゝめやすきほとにてすくし
給へるをやみにくれてふし給へるほとに
草もたかくなり野分にいとゝあれたる
心ちして月かけはかりそやへむくらにもさは
らすさし入たる南おもてにおろしてはゝ君
もとみにものもの給はす今まてとまり侍（11オ）
ぬるかいとうきをかゝる御つかひのよもきふ
の露わけ入給につけてもはつかしう
なんとてけにえたうましうなひ給ふ
まいりてはいとゝ心くるしう心きもゝつくる
やうになんと内侍のすけのそうし給しを
もの思ひ給へしらぬ心ちにもけにこそいと
忍ひかたう侍けれとてやゝためらひて
おほせことつたえきこゆしはしは夢
かとのみたとられしをやう〳〵おもひしつ（11ウ）
まるにしもさむへきかたなくたへかた
きはいかにすへきわさにかともとひあはす
へき人たになきを忍ひてはまいり給なんや
わか宮のいとおほつかなく露けきなかに
すくし給も心くるしうおほさるゝをとく参り
給へなとはか〳〵しうものたまはせやらすむせ
かへらせ給つゝかつは人も心よはくみたて
まつらんとおほしつゝまぬにしもあらぬみ
けしきの心くるしさにうけ給もはてぬやう（12オ）
にてまかて侍ぬるとて御ふみたてまつるめ
も見え侍らぬにかくかしこきおほせことを
ひかりにてなんとてみ給程へはすこしう
ちまきるゝこともやとまちすくす月日
にそへていと忍ひかたきはわりなきわさに
なんいはけなき人もいかにと思ひやりつゝ
もろともにはくゝまぬおほつかなさをいまは
なを昔のかたみになすらへてものし給へなと
こまやかにかゝせ給へり（12ウ）
　宮きのゝ露吹むすふ風のをとに小萩か
もとをおもひこそやれとえ見給

はてす命なかさのいとつらう思ふ給へしら
るゝに松のおもはんことたにはつかしう思
給へ侍れはもゝしきにゆきかひ侍らん事
はましていとはゝかりおほくなんかしこき
おほせことをたひ〳〵うけ給なから身つ
からはえなん思ひ給へたつましきわか宮
はいかにおもほししるにかまいり給はんことを（13オ）
のみなんおほしいそくめれはことはりに
かなしうみたてまつり侍るなとうち〳〵に
思給へるさまをそうし給へゆゝしき身に
侍れはかくておはしますもいま〳〵しう
かたしけなくなとの給宮はおほとのこもり
にけりみたてまつりてくはしく御あり
さまそうし侍らまほしきをまちおはし
ますらんを夜ふけ侍ぬへしとていそく
くれまとふ心のやみもたへかたきかたはし（13ウ）
をたにはるくはかりにきこえまほしう侍を
わたくしにも心のとかにまかて給へとし比う
れしくおもたゝしきつゐてにたちより

給しものをかゝる御せうそこにて見
奉るかへす〳〵つれなき命にも侍るかな
むまれし時より思ふ心ありし人にて故
大納言今はとなるまてたゝこの人の宮
つかへのほいかならすとけさせ奉れ我なく
成ぬとてくちおしうおもひくつおるなと（14オ）
かへす〳〵いさめをかれ侍しかははか〳〵しう
うしろみ思ふ人もなきましらひ中〳〵
なるへきことゝ思ふ給へなからたゝかのゆい
こんをたかへしとはかりにいたしたて
侍しを身にあまるまての御心さしの
よろつにかたしけなきに人けなきは
ちをかくしつゝましらひ給めるを人の
そねみふかくつもりやすからぬことおほく成
そひ侍るによこさまなるやうにてつゐに（14ウ）
かくなり侍ぬれはかへりてはつらくなん
かしこき御心さしを思ふ給へ侍る是もはり
なき心のやみになといひもやらすむせかへり
給ほとに夜もふけぬうへもしかなんわか

御心なから強に人めおとろくはかりおほされしもなかゝるましき成けりと今はつらかりける人のちきりになん世にいさゝかも人の心をまけたることはあらしと思ふをたゝこの人のゆへにてあまたさるま（15オ）しき人のうらみをゝひしはて〳〵はかうちすてられて心おさめんかたなきにいとゝ人はろくかたくなになりはへるもさきの世ゆかしうなんとうち返しつゝ御しほたれかちにのみおはしますとかたりてつきせすなく〳〵夜いたうふけぬれはこよひすくさす御かへりそうせんといそきまいる月は入かたの空きようすみわたれるに風いと涼しく吹て草むらの虫のこゑ〳〵も（15ウ）よほしかほなるもいとたちはなれにくき草のもと也

すゝむしのこゑのかきりをつくしてもなかき夜あかすふるなみたかなえものりやらす

いとゝしくむしの音しけきあさちふに露をきそふる雲のうへ人かこともきこえつへくなんといはせ給ふおかしき御をくり物なとあるへきおりにもあらねはたゝかの御かたみにとてかゝるようもやとのこし（16オ）給へる御さうそくひとくたり御くしあけのてうとめくものそへ給ふわかき人々かなしきことはさらにもいはす内わたりを朝夕にならひていとさう〳〵しくうへの御ありさまなとおもひいてきこゆれはとくまいり給はんことをそゝのかしきこゆれとかくいまいましき身のそひたてまつらんもいと人きゝうかるへし亦みたてまつらてしはしもあらんはいとうしろめたう思ひきこえ給て（16ウ）すか〳〵ともえまいらせたてまつり給はぬ也けり命婦はまたおほとのこもらせたまはさりけるをあはれにみたてまつるおまへのつほせんさいのいとおもしろきさかりなるを御らんするやうにて忍ひやかに心にくきかきりの女はう四五人さふらはせ給て御物語せさせ

給成けりこの比あけくれ御らんする長恨
哥の御絵亭子院のかゝせ給て伊勢つら
ゆきによませ給へるやまとことの葉をもも（17オ）
ろこしの哥をもたゝそのすちをそ枕ことに
せさせ給いとこまやかにありさまをとはせ給
哀なりつること忍ひやかにそうす御返御
らんすれはいともかしこきはをき所も侍ら
すかゝるおほせことにつけてもかきくらすみ
たり心ちになん
　あらき風ふせきしかけのかれしよりこはきか
うへそしつ心なきなとやうにみたりかはし
きを心おさめさりけるほとゝ御らんしゆる（17ウ）
すへしいとかうしも見えしとおほししつ
むれとさらにえ忍ひあへさせ給はす御らんし
はしめしとし月のことさへかきあつめよろつ
におほしつゝけられて時のまもおほつか
なかりしをかくても月日はへにけりと浅ま
しう覚しめさる故大納言のゆいこんあやま
たす宮つかへのほいふかくものしたりしよろ
こひはかひあるさまにとこそおもひわたりつれ（18オ）
いふかひなしやとうちの給はせていと哀に
おほしやるかくてもをのつからわか宮なと
おひいて給はゝさるへきつゐてもありなん
命なかくとこそおもひねんせめなとの給
はすかのをくりもの御らんせさすなきひとの
すみかたつねいてたりけんしるしのかんさし
ならましかはとおもほすもいとかひなし
　たつねゆくまほろしもかなつてにても
たまのありかをそことしるへくゐにかけるやう
きひのかたちはいみしきゑしといへとも筆（18ウ）
かきりありけれはいとにほひなし大液の
芙蓉未央の柳もけにかよひたりしかたち
をからめいたるよそひはうるはしうこそあり
けめなつかしうらうたけなりしを覚し
いつるに花鳥の色にもねにもよそふへきかた
そなきあさゆふのことくさにはねをならへ
えたをかはさんとちきらせ給しにかなはさり
ける命のほとそつきせすうらめしき風の

音むしのねにつけてものゝみかなしうお（19オ）
ほさるゝに弘徽殿にはひさしううへの御つほね
にもまうのほり給はす月のおもしろき
に夜ふくるまてあそひをそし給なるいと
すさましうものしときこしめすこの比の御
けしきをみたてまつるうへ人女はうなとは
かたはらいたしときゝけりいとをしたち
かと〳〵しき所ものし給ふ御かたにてことに
もあらすおほしけちてもてなし給なるへし
月も入ぬ（19ウ）

雲のうへも泪にくるゝ秋の月いかてすむ
らんあさちふのやとおほしやりつゝともし火を
かゝけつくしておきおはします右近のつかさ
のとのい申のこゑきこゆるはうしに成ぬるなる
へし人めをおほしてよるのおとゝにいら
せ給てもまとろませ給ことかたしあした
におきさせ給ふとてもあくるもしらてと
覚しいつるにもなをあさまつりことはをこ
たらせ給ぬへかめりものなともきこしめさ（20オ）
すあさかれゐのけしきはかりふれさせ給て
大床子の御ものなとはいとはるかに覚し
めしたれはいせんにさふらふかきりは
心くるしき御けしきみたてまつりなけく
すへてちかうさふらふかきりは男女いと
わりなきわさかなといひあはせつゝなけく
さるへきちきりこそはおはしましけめそこら
の人のそしりうらみをもはゝからせ給はす
この御ことにふれたることをはたうりをも
うしなはせ給ひ今はたかく世の中のことをも
おほしすてたるやうに成ゆくはいとたい〳〵
しきわさ也と人の御かとのためしまて
ひきいてゝさゝめきなけきけり月日へて
わか宮まいり給ぬいとゝこの世の物ならすき
よらにおよすけ給へれはゆゝしう覚したり
あくるとしの春坊さたまり給にもいとひき
こさまほしうおほせと御うしろみすへき人
もなく亦世のうけひくましきことなれは（21オ）
中〳〵あやうくおほしはゝかりて色にもいた

させ給はすなりぬるをさはかりおほしたれと
かきりこそありけれと世の人もきこえ
女御も御心おちゐ給ぬかの御おは北のかた
なくさむかたなくおほししつみておはすらん
所にたにたつねゆかんとねかひ給ししるし
にやつゐにうせ給ふぬれは又是をかなしひ
おほすことかきりなしみこむつになり給とし
なれはこの度はおほししりて恋なき給ふ（21ウ）
とし比馴むつひきこえ給つるをみ奉りをく
かなしひをなんかへす〱の給ひけるいまは内
にのみさふらひ給なゝつに成給へはふみは
しめなとせさせ給ひて世にしらすさとう
かしこくおはすれはあまりにおそろしきま
て御らんす今はたれも〱えにくみ給はし
はゝ君なくてたにらうたうし給へとて弘
徽殿なとにもわたらせ給ふ御供にはやかて
みすのうちにいれ奉り給いみしきものゝふ（22オ）
あたかたき成ともみてはうちゑまれぬへ
きさまのしたまへれはえさしはなち給

はす女みこたちふた所この御はらにおはし
ませとなすらひ給へきたにそなかりける
御かた〱もかくれ給はすいまよりなまめか
しうはつかしけにおはすれはいとおかしうう
ちとけぬあそひくさにたれも〱思ひきこ
え給へりわさとの御かくもんはさるものにて
琴笛のねにも雲ゐをひゝかしすへていひ（22ウ）
つゝけはこと〱しうたてそなりぬへき
人の御さま也ける其比こまうとのまいれる
なかにかしこきさうにんありけるをきこし
めして宮のうちにめさんことは宇多の御
かとの御いましめあれはいみしう忍ひて
このみこを鴻臚館につかはしたり御うしろみ
たちてつかうまつる右大弁の子のやう
におもはせてゐて奉る相人おとろきて
あまたゝひかたふきあやしふ国のおやとなりて（23オ）
帝王のかみなき位にのほるへきさうおはします
人のそなたにてみれはみたれうれふる
ことやあらんおほやけのかためとなりて

天下たすくるかたにてみれは又そのさう
たかふへしといふ弁もいとさえかしこき
はかせにていひかはしたることゝもなんいと
けうありけるふみなとつくりかはしてけふ
あすかへりさりなんとするにかくありかたき
人にたいめんしたるよろこひかへりてかなし（23ウ）
かるへき心はへをおもしろくつくりたるにみこ
もいとあはれなるくをつくり給へるをかきり
なうめてたてまつりていみしきをくりもの
ともをさゝけたてまつるおほやけよりもおほ
くものを給はすをのつからことひろこり
てもらさせ給はねと春宮のおほちおとゝ
なといかなることにかとおほしうたかひてなん
ありけるみかとかしこき御心にやまとさう
をおほせておほしよりにけるすちなれは（24オ）
いまゝてこの君を御子にもなさせ給はさり
けるを相人はまことにかしこかりけりとおほ
して無品親王の外尺のよせなきにてはたゝ
よはさしわか御世もいとさためなきを

たゝ人にておほやけの御うしろみをする
なんゆくさきもたのもしけなることゝ覚し
さためていよ〳〵みち〳〵のさえなとを
ならはさせ給ふきはことにかしこくてたゝ人に
はいとあたらしけれと御子となり給ひなは（24ウ）
世のうたかひおひぬへくものしたまへは
すくえうのかしこきみちの人にかんかへさせ
給にもおなしさまに申せは源氏になし
たてまつるへくおほしをきてたりとし月
にそへてみやす所の御ことを覚しわするゝ
折なしなくさむやとさるへき人々をまい
らせ給へとなすらひにおほさるゝたにいと
かたき世かなとうとましうのみよろつ
におほしなりぬるにせん帝の四の宮の（25オ）
御かたちすくれ給へるきこえたかくおはし
ますはゝきさきによになくかしつきゝこえ
給ふをうへにさふらふ内侍のすけはせんてい
の御時の人にてかの宮にもしたしう参り
なれたりけれはいはけなくおはしましし

ときよりみたてまつりいまもほのみたて
まつりてうせ給にしみやす所の御かたち
にゝ給へる人を三代の宮つかへにつたはりぬる
にえみたてまつりつけぬにきさいの宮の（25ウ）
姫宮こそいとようおほえておひいてさせ給
へりけれありかたき御かたち人になんと
そうしけるにまことにやと御心とまりて
ねん比にきこえさせ給けり母きさきの
あなおそろしや春宮の女御のいとさかなくて
きりつほの更衣のあらはにはかなくもて
なされしためしもゆゝしうとおほしつ
つみてすか〳〵しうもおほしたゝさりける
ほとにきさきもうせ給ぬ心ほそきさまに（26オ）
ておはしますにたゝわか女御子たちとおな
しつらに思ひきこえんといと念比に
させ給ふさふらふ人々御うしろみたち御せう
との兵部卿のみこなとかく心ほそくておは
しまさましよりはうちすみせさせ給て御
心もなくさむへくおほしなりてまいらせた

てまつり給へり藤つほときこゆけに御
かたちありさまあやしきまてそおほえ給
へるこれは人の御きはまさりて思ひなし（26ウ）
めてたく人もえおとしめきこえ給はねは
うけはりてあかぬことなしかれは人もゆ
るしきこえさりしに御心さしのあやにく
なりしそかし覚しまきるとはなけれと
をのつから御心うつろひてこよなく覚し
なくさむやうなるも哀なるわさ也けり
源氏の君は御あたりさり給はぬをまして
しけくわたらせ給御かたはえはちあへ給
はすいつれの御かたも我人におとらんと（27オ）
おほいたるやはあるとり〳〵にいとめてた
けれとうちおとなひ給へるにいとわかうう
つくしけにてせちにかくれ給へとをの
つからもりみたてまつるはゝみやす所は
かけたにおほえ給はぬをいとように給へり
と内侍のすけのきこえけるをわかき御心ち
にいとあはれとおもひきこえ給てつねに

まいらまほしうなつさひみたてまつらはや
と覚え給うへもかきりなき御おもひとち（27ウ）
にてなうとみ給ひそあやしくよそへきこえ
つへき心ちなんするなめしとおほさて
らうたくし給へつらつきまみなとはいと
ようにたりしゆへかよひて見え給もにけ
なからすなんなときこえつけ給へれはおさな
心ちにもはかなき花紅葉につけても心
さしを見えたてまつりこよなう心よせき
こえ給へれはこきてんの女御亦この宮とも
御なかそは〳〵しきゆへうちそへてもとより（28オ）
のにくさもたちいてゝものしと覚したり
世にたくひなしとみたてまつり給なた
かうおはする宮の御かたちにもなをにほは
しさはたとへんかたなくうつくしけなる
を世の人ひかる君ときこゆ藤つほならひ
給て御覚えもとり〳〵なれはかゝやく
ひの宮ときこゆこの君の御わらはすかたいと
かへまうくおほせと十二にて御けんふくし
給ゐたちおほしいとなみてかきりある事に（28ウ）
ことをそへさせ給ふひとゝせの春宮の御け
んふく南殿にてありしきしきのよそほ
しかりし御ひゝきにおとさせ給はす所々
の饗なとくらつかさこくさうゐんなとお
ほやけことにつかうまつれるをろそかなる
こともそととりわきおほせことありて
きよらをつくしてつかうまつれりおはし
ます殿のひんかしのひさしひかしむきにい
したてゝくはんさの御座ひきいれの大臣（29オ）
の御座御前にありさるの時にて源氏参り
給みつらゆひ給へるつらつきかほのにほひさ
まかへ給はんことおしけ也大くら卿くら人
つかうまつるいときよらなる御くしをそく
ほと心くるしけなるをうへは宮す所の見ま
しかはとおほしいつるにたへかたきを心つよく
ねんしかへさせ給ふかうふりし給て御やす
み所にまかて給て御そたてまつりかへて
はいし奉り給さまにみな人なみたおとし給（29ウ）

みかとはたましてえ忍ひあへ給はす覚し
まきる〻おりもありつる昔のこととり
かへしかなしくおほさるいとかうきひはなる
ほとはあけおとりやとうたかはしくおほされ
つるをあさましううつくしけさそひ給へり
ひきいれの大臣御子はらにた〻ひとりかし
つき給御むすめ春宮よりも御けしきあ
るをおほしわつらふことありけるはこの君
にたてまつらんの御心也けり内にも御けしき（30オ）
たまはらせ給けれはさらはこのおりの御うし
ろみなかめるをそひふしにもともよほさせ
給けれはさ覚したりさふらひにまかて給
て人々おほみきなとまいるほとみこたちの
御座のすゑに源氏つき給へりおと〻けし
きはみ給ことあれとものゝつゝましき程
にてともかくもあへしらひきこえ給はすお
まへより内侍宣旨うけ給はりつたへておと〻
まいり給へきめしあれはまいり給御ろくの物（30ウ）
うへの命婦とりて給ふしろきおほうちきに
御そひとくたり例のこと也御さかつきの
つゐてに
　いときなきはつもとゆいになかきよを
ちきる心はむすひこめつや御心はへありて
おとろかさせ給ふ
　むすひつる心もふかきもとゆいにこきむ
らさきの色しあせすはとそうしてなかはし
よりおりてふたうし給ふひたりのつかさの御（31オ）
むまくら人所のたかすへて給はりたまふ
みはしのもとにみこかんたちめつらねて
ろくともしな〳〵に給はりたまふその日の
御前のおりひつものこものなと右大弁なん
うけ給はりてつかうまつらせけるとんしき
ろくのからひつともなと所せきまて春宮
の御けんふくのおりにもかすまされり
中〳〵かきりもなくいかめしうなんその夜
おと〻の御さとに源氏の君まかてさせ給ふ（31ウ）
さほうよにめつらしきまてもてかしつき
きこえ給へりいときひはにておはしたるを

ゆゝしううつくしと思ひきこえ給へり女
君はすこしすくし給へるほとにいとわかうお
はすれはにけなくはつかしとおほいたり此
おとゝの御おほえいとやむことなきに母みや
うちの御ひとつきさいはらになんおはしけれ
はいつかたにつけてもものあさやかなるにこの
君さへかくおはしそいぬれは春宮の御おほち（32オ）
にてつゐに世中をしり給へき右のおとゝの
御いきほひはものにもあらすおされ給へり
御子ともあまたはら〳〵にものしたまふ
宮の御はらはくら人の少将にていとわかう
をかしきを右のおとゝの御中はいとよからね
とえみすくし給はてかしつき給ふ四の君
にあはせ給へりおとらすもてかしつきたる
はあらまほしき御あはひともになん源氏の
君はうへのつねにめしまつはせは心やすく（32ウ）
さとすみもえし給はす心のうちには藤
つほの御ありさまをたくひなしとおもひ
きこえてさやうならん人をこそみめにる

人なくもおはしけるかなおほいとのゝ君いと
おかしけにかしつかれたる人とはみゆれと
心にもつかすおほえ給ておさなきほとの御
ひとへ心にかゝりていとくるしきまてそ
おはしけるおとなになり給てのちはありし
やうにみすのうちにもいれ給はす御遊ひ（33オ）
のおり〳〵こと笛のねにきゝかよひほのかなる
御こゑをなくさめにてうちすみのみこの
ましう覚え給ふ五六日さふらひ給ておほ
いとのに二三日なとたえ〳〵にまかて給
へとたゝいまはおさなき御ほとにつみなく
おほしなしていとなみかしつきゝこえ給ふ
御かた〳〵の人〳〵世中にをしなへたらぬ
をえりとゝのへすくりてさふらはせ給ふ
御心につくへき御あそひをしおほな〳〵（33ウ）
おほしいたつく内にはもとのしけいさを御さ
うしにてはゝみやす所の御かた〳〵の人〳〵
まかてちらすさふらはせ給ふさとの殿は修
理識たくみつかさにせんしくたりてになう

あらためつくらせ給ふもとの木たち山の
たゝすまひおもしろき所なるをいけの心
ひろくしなしてめてたくつくりのゝしる
かゝる所に思ふやうならん人をすへてすま
はやとのみなけかしう覚しわたるひかる君（34オ）
（遊び紙）（34ウ）
といふ名はこまうとのめてきこえてつけ
たてまつりけるとそいひつたへたるとなん（35オ）

『源氏物語』「きりつほ」解題

本書はバイエルン州立図書館（Bayerische Staatsbibliothek, Ludwigstraße 16 8000 München 22）所蔵の『源氏物語』（Cod. jap. 18）の写本である。エヴァ・クラフト（Eva Kraft）編纂のカタログ（Franz Steiner Verlag Wiesbaden GMBH, Stuttgart 1986）によれば次のように記載されている。（カッコ内は筆者）

> 小野のお通筆か。成立は一六一五年頃。綴葉装　五十四帖。縦二三・八×横一八糎。字面（Schriftspiegel）二〇・五×一五糎。表紙は濃紺紙に金銀で源氏絵を描く。見返しは金紙の浮かし刷（空押）文様。特別収集 Jin 6.1／小野通／源氏物語／淀の前の絵箱入り／葵紋付き。筆者は高名な女性詩人で、淀の前（一五六七―一六一五。豊臣秀吉の側室。浅井長政の長女。母は織田信長の妹お市の方。淀君・ちゃちゃともいう。浅井氏滅亡後柴田勝家に再婚した母とともに越前北の庄にあり、柴田氏滅亡後秀吉に保護され、のち側室となった。長男鶴松、二男秀頼をもうけた。大阪夏の陣に自刃）、徳川千姫（一五九七―一六六六。父は江戸幕府二代将軍徳川秀忠の娘。母は浅井長政の娘達姫。一六〇三（慶長八）年幼少の身で豊臣秀頼に嫁し大阪城に入る。お通は、小野正秀の娘で淀君の侍女となり、のち新上東門院に仕えて五八歳で没したともいわれるが未詳）。

この「淀の前の絵箱入り」に該当する箱は、表蓋に金銀で源氏絵を描いた蒔絵で、箱表には雲鶴文、その中央に「源氏箱」（図版1および「影印編」DVD 参照）と書いてある。また木札（約縦六・六糎×横三・五糎）には「源氏物語／小野通筆」、「仁　六ノ一／慶長時代／淀前絵箱入」と書かれている。先のエヴァ・クラフトの解説に「葵紋付き」

（図版２）とあるのは、案ずるに、『御紋控書』に徳川家康・秀忠・家光の家紋三つ葉葵（図版３。『国史大辞典』「葵紋」による）と同一（茎の太さが異なるか）であることに注目しておきたい。また手元にある一から五十帖までのDVD版のモノクロ写真には各帖の見返しは残念ながら収録されていないが、五十一から五十四帖までのカラー版の複製写真には各帖とも見返しが付されている。とりわけ注目されるのが、「手ならひ」の見返しである。表紙は、救い出されて小野の山荘に移されたうき舟が、憂慮の情をわずかに手習に託す風景が描かれ、その見返しは金箔（ドイツ語の解説には金紙となっている）押しの紗綾形地に夕顔の丸紋散らしの文様（図版４）を空摺りする。あれこれ勘案するにあるいは秀忠が娘千姫のためにととのえた嫁入り本であったと考えられようか。各帖の朱題簽と本文の筆跡は同筆と思われる。全帖にわたる表紙の源氏絵は美術史のうえからも貴重な存在であるといえよう。

二〇〇六年九月一八・二一日に本帖の調査をする機会を得、二〇〇七年五月二八日付でブリギッテ・ゲラース（Dr.Brigitte Gullath, Abteilung für Handschrihten und Alte Drucke）氏から出版許可をいただきながら延引、二〇一一年三月一四日付けで再許可を交付され、この度ようやくDVDでの公開に至ったのである。

ここには「きりつほ」の巻だけをとりあげる。

本巻は濃紺表紙に金泥で桐壺帝と御前に控える桐壺の女御の場面が描かれ（各帖ともその巻の主場面を描く）、中央の金泥文様入りの朱題簽に「きりつほ」と記されている。内題は、一丁右端上に「きりつほ」、その下方に「壱」と記されている。本文、一丁九行。和歌のみ二字下げ改行。本文は原本のままに写し、漢字、変体仮名は、現在通行の字体を使用した。本文中に片仮名を混用した箇所は、現行の通用字体の平仮名に統一した。

詞書は青表紙本系統に依拠し、その中の三条西家本に一番近いと考えているが、これについては、識者の判断に委ねたい。

図版1

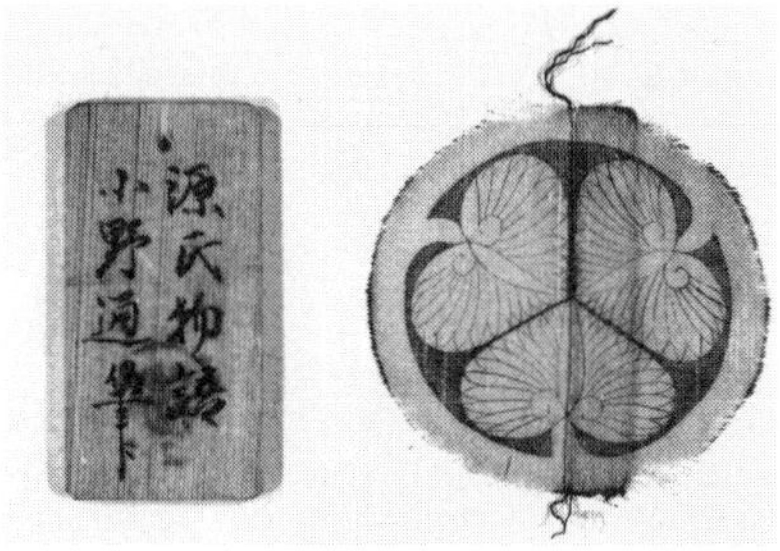

図版2

徳川家康
（家康所用胴服より）

徳川家康・秀忠・家光
（『御紋控書』より）

図版3

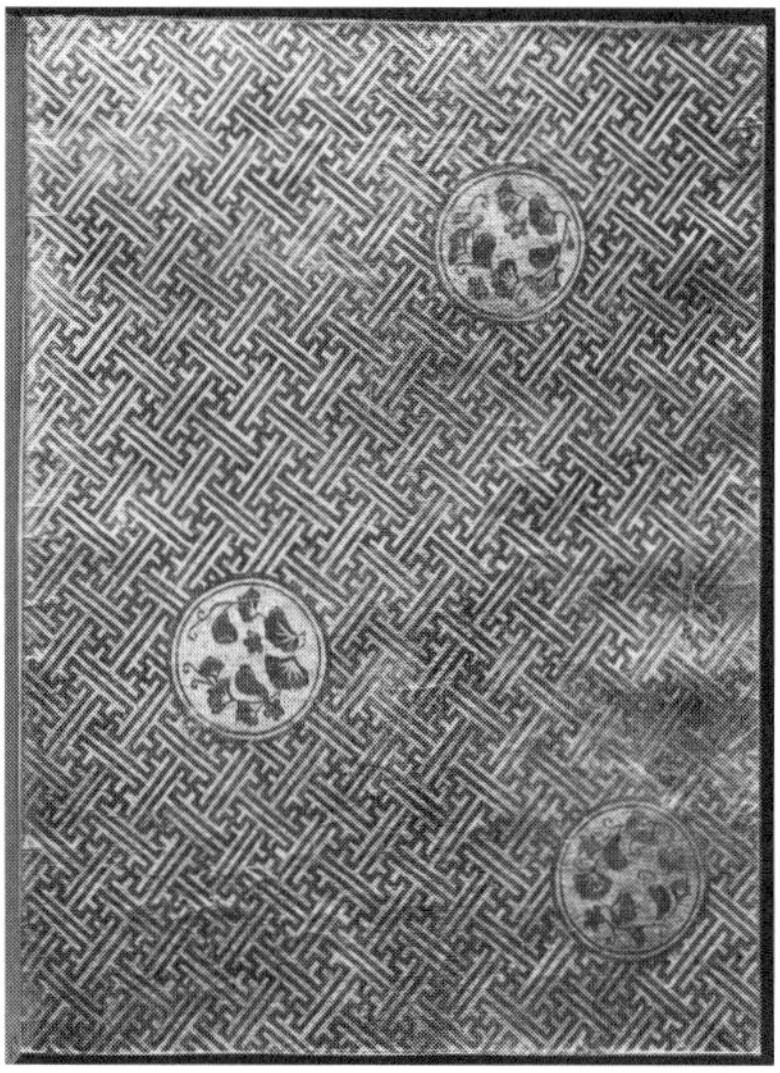

図版4

Ⅳ　日本

1　聖徳大学所蔵の奈良絵本・絵巻

石川　透

一　はじめに

近年、聖徳大学所蔵の奈良絵本・絵巻の存在が明らかにされた。十点前後のきわめて美しい作品ばかりである。幸いにも、私は、平成二十二年を中心に、その多くの作品を調査させていただくことができ、さらには、その年の八月には、聖徳大学に於いて、慶應義塾大学絵入り本プロジェクトを共催とした、奈良絵本・絵巻国際会議を開催させていただいた。今後、それぞれの作品につき、辻英子先生を中心とした報告や翻刻が行われるであろうが、本稿では、その作品群につき、私の観点からの小論を記したい。

私の奈良絵本・絵巻の研究方法は、主に、詞書部分の筆跡による分類である。基本的に、奈良絵本・絵巻には、奥書が記されないために、その制作時期が不明である。したがって、現在でも、同じ筆跡を有する作品が、十六世紀とされる場合もあれば、十九世紀とされることもある。特に絵巻の場合には、美術史の専門家が判定しても、その意見が大きく割れてしまうのである。

これを明らかにするには、詞書でも絵でも、その筆者が判明すればよいのである。そこで、できるだけ多くの奈良絵本・絵巻を調査し、その詞書の筆跡を分類し、その数多い資料の中から、筆者や制作時期の推定を試みたのである。幸いに、二十世紀末からは、デジタルカメラとパソコンが普及し、撮影さえできれば、それらの大量の資料が整理しやすくなったのである。その恩恵もあって、資料の中に、信じられる筆者名が判明し、同筆判定や状況証拠から、浅井了意のような、著名な作家が奈良絵本・絵巻の詞書を執筆していたことがはっきりした。また、女流往来物作家として知られていた居初つなが、やはり、大量の奈良絵本・絵巻を作成していたことも明らかになった。居初つなの場合には、本文も絵も作成しており、おそらくは、日本初の女流絵本作家と言いうる存在である。いずれも三百年以上前に実在した人物とその活動が明らかになったのである。

その過程については、拙著『奈良絵本・絵巻の生成』（三弥井書店、二〇〇三年八月）や『奈良絵本・絵巻の展開』（三弥井書店、二〇〇九年五月）等に記した。本稿では、それらを踏まえて、聖徳大学所蔵の奈良絵本・絵巻を考えてみたい。

二　『酒呑童子絵巻』

最初に、三軸の絵巻物『酒呑童子絵巻』を取り上げる。『酒呑童子』の内容については、あらためて取り上げるまでのない作品であるといえよう。しかしながら、簡単にその梗概を示すと以下のようになる。

伊吹山の鬼神が、都から美しい若い女を奪っていくことが度重なった。源頼光は、貞光・末武・綱・公時・保昌とともに、大江山に赴き、鬼達をうまく酒に酔わせ、酒呑童子の首を斬る。

『酒呑童子』は、鬼の住む場所を大江山とする伝本も多く、一般的には大江山の『酒呑童子』として知られているが、伊吹山を舞台とする伝本も数多く存在している。

そのような中で、『酒呑童子』の奈良絵本・絵巻は数多い。元々挿絵のない写本や、逆に本文がなく、絵だけの屏風まで含めれば、数知れないほど残されている。特に、『酒呑童子』は、おもしろい内容であるせいか、その絵を含む資料は、海外にも相当数持ち出されており、その存在の報告が今後も多くなされることであろう。では、その数多い伝本の内、聖徳大学本と同じ本文の筆跡を有する同じ形の絵巻を掲出すると、以下のような作品が揚げられる。

スペンサーコレクション蔵「酒呑童子・一」一軸（欠絵）
逸翁美術館蔵「大江山絵詞・中下」二軸
本性寺蔵「酒呑童子」三軸

フリーア美術館蔵「酒呑童子」三軸

また、よく似ているが、同じ人物でも少し写した時期が異なると思われる絵巻としては、

古典籍下見展観大入札会目録平成四年「しゆてん童子」三軸

がある。

さらに、やや小さい絵巻で、やはり、少し時期がずれるものに、

慶應義塾図書館蔵「酒呑童子絵巻」三軸

がある。

また、絵巻以外にも、奈良絵本として、

玉英堂稀覯本書目一八一号「酒天童子」三帖・極札菊亭前大納言伊季卿筆

も時期が異なる同筆と考えている。この奈良絵本には、菊亭前大納言伊季卿筆という極札が存在するが、もとより、信じられるものではない。

では、これらの絵巻や奈良絵本の本文の筆者は誰であるかというと、これまで、五点ほどの絵巻に署名が見られる、朝倉重賢であると思われる。これらが朝倉重賢の筆跡であることや、その一覧については、前著に記した通りである。

以上のように、聖徳大学本『酒呑童子』をはじめとして、よく似た筆跡を有する朝倉重賢筆と思われる絵巻は、五点あることになる。また、筆写時期が違う可能性のある作品も複数あることになり、朝倉重賢は、相当熱心に『酒呑童子』を写していたことがわかる。

しかし、これと同じように、朝倉重賢筆と思われる絵巻を多く持つ作品には、『羅生門』や『文正草子』等もある。ということは、朝倉重賢が『酒呑童子』を熱心に写していたというより、江戸時代前期に注文の多かった

作品を注文に応じて写した、と考えた方が良いであろう。要は、写し手には、作品を選ぶことはできなかった、と考えられるのである。もちろん、この分野が得意ということで同じ作品の注文が重なることはあるかもしれないが、それよりも、同時に二つや三つの同じ絵巻を作っていた、と考える方がよいと思うのである。いずれにしても、同じ本文の筆跡を有する絵巻や奈良絵本が複数あるということは、今後は、これらの筆跡のさらなる細かな比較が必要ということになる。

三 『長恨哥絵巻』『七夕絵巻』

聖徳大学が所蔵する『長恨哥絵巻』三軸は、これも私が以前分類した筆跡でいうと、太平記絵巻筆と呼んでいる作品群と同じ筆跡である。『太平記絵巻』の筆跡も、近年次々と発見されている。その人物は、名前はまだ不明であるが、豪華絵巻を中心に多く存在することは、前掲の拙著等に記している。

この太平記絵巻筆と呼ぶ筆跡は、合計十二軸であったと推測される『太平記絵巻』や、近年報告された、水戸徳川家旧蔵の『源平盛衰記絵巻』十二軸、さらには、各地に分蔵されている『舞の本絵巻』等に見られる筆跡である。また、現在、海の見える杜美術館が所蔵する、『保元・平治物語絵巻』十二軸と、府内松平家が旧蔵していた考えられる『舞の本　奈良絵本』四十七冊とも本文が同筆であることになり、その旧蔵者名から、徳川御三家や松平家といった、名門の大名家の収蔵品に見られる筆跡であることがわかる。

ちなみに、『長恨哥絵巻』ということでいえば、

オックスフォード大学図書館蔵「長恨哥」二軸（下欠）

が、本文同筆となり、その比較が重要となる。簡単に比較した限りでは、両者の詞書き本文は、とてもよく似ている。

筆跡にこだわらなければ、『長恨哥絵巻』は、現在数多く確認されており、それらの多くは、浅井了意が自筆版下を記した刊年不明の版本をもとにしたものと考えられる。浅井了意は、自分が創作に関わった版本のうち、平仮名で記した作品については、自らが版本の版下を記していたことが知られていたが、拙著に記したように、奈良絵本・絵巻の本文を筆写する仕事もしていた。

その浅井了意が本文を記していた絵巻の装丁と、この太平記絵巻筆の筆者の絵巻の装丁、さらには、前項で取り上げた、朝倉重賢筆の絵巻の装丁は、それぞれがとてもよく似ている。おそらくは、同じような環境の中で制作された絵巻であると考えられるのである。その時代は、浅井了意が活躍していた十七世紀半ばから後半にかけてであると考えられるのである。このようにして、これらの絵巻の成立時期を判定することができるのである。

聖徳大学には、『七夕絵巻』二軸があり、これも、少し写した時期が異なるかもしれないが、やはり太平記絵巻筆と同筆と思われる作品である。

四　おわりに

これら以外にも、聖徳大学所蔵の奈良絵本・絵巻には、興味深い作品が多く存在している。現段階では筆者は不明であるが、『竹取物語絵巻』や『不老不死絵巻』も、その装丁の類似から、前三者と同じく、十七世紀半ばから後半にかけての制作と考えられるのである。

もちろん、これら以外にも、『竹取物語』の奈良絵を貼った屏風や、『伊勢物語絵巻』『浦島太郎絵巻』『鶴の草紙絵巻』等、興味が尽きないのである。今後は、それぞれの作品を順次紹介してくださることを切に願う次第である。

Ⅳ　日本

2 聖徳大学所蔵『敦盛』絵巻の本文と解説

小林健二

『敦盛』絵巻詞書

（上）

あつもり

そも〳〵此たひ平家一の谷の合戦に御一もんさふら
ひ大しやうそうして以上十六人のくみあしの其中
にもの〻あはれをと〻めしはしやうこくの御をと〻つ
ねもりの御子息にむくわんの太夫あつもりにて物の
あはれをと〻めたりその日の御しやうそくいつにすく
れてはなやか也むめのにほひのはたよせのゆうな
るにからくれなゐをめされねりぬきに色〳〵の
いとをもつてあきの野に草つくしぬふたるひた〻
れゆん手のかいりやうめんのすねあてむらさきすそ
この御きせなかこかねつくりの御はかせ十六さひたる
そめはの矢むらしけとうの弓れんせんあし毛

なる駒になしちまき白ふくりんのくらをかせ御
身かろけにめされたりめされたる御むまよろひの
毛に至るまてけにゆゝしくそ見えられける御
一もんと同主上の御ともをめされはまにくたらせ給ひ
しか　御うんの末のかなしさはかんちくのやうてう
を大裡《り》にわすれさせ給ひわか上らうのかなしさは
すてゝも御いてあるならはさまての事の有まし
きをかつうはこの笛をわすれたらんする事を一
もんのなをりとおほしめしとりにかへらせ給ひて
かなたこなたの時こくにはや御一もんの御座ふねを
はるかのおきへをし出す
あらいたはしや
あつもりしほやの
はたをこゝろかけこまに
まかせて
おちさせ給ふ　（第1紙）

〔絵一〕　（第2紙）

かゝりけるところにむさしの国の住人しのたう
のはたかしら熊谷の次郎直実このたひ一の谷の

せんぢんとは申せともさせる高名をきはめすむねん
たくひはなかりけりあつはれこゝもとをよからん
かたきのとをれかしをしならへむすとくんてふん
とりせはやとおもひなきさにそふてくたりしかあ
つもりを見つけ申なゝめならすによろこふてこま
のたつなうつするゑて大音あけて申あれにおち
させ給ふは平家かたにをきてはよき大将と見え申
て候かう申つはものをいかなる者とおほしめす武
蔵の国のちうにんしのたうのはたかしらくまかへの
次郎なをさねかたきにをひてはよきかたき候そ
まさなくもかたきに鎧《よろひ》のあけまきさかいたをみ
せ給ふものかなひつ返し御せうふ候へいかに〳〵と
てをつかけ申あらいたはしやあつもりくまかへとき
こしめしのかれかたくはおほしめされけれ共こま
にまかせて落させ給ふかゝりけるところにはるかの
おきを御らんすれは御座ふねまちかくうかんてあり
あの舟をまねきよせのらふすものとおほしめし
こしよりもくれなゐに日出したるあふきぬきいては
らりとひらかせ給ひて　おきなるふねをめにかけ

てひらり〳〵とまねかるゝせんちうの人々にひとし
もこそおほきにかとわき殿は御らんしてほろかけむ
しやの船まねくは左馬のかみゆきもりかむくわんの太夫あ
つもりかあれを見よとの御ちやうなり悪七兵衛承り
ふなはりにつつたちあかりなきなたをつえにつき
かふとをぬいてきつと見ていたはしの御事や何と
して御座船にめしをくれさせ給ひけんつねもり
の御子息にむくわんの太夫あつもりにてわたらせ（第3紙）
給ひ候そやめされたる御馬の毛よろひのけにいた
るまてまかふ所はましまさすいたはしさよと申
けりかとわきとのはきこしめしあつもりならは此
ふねををしよせてたすけよすいしゆかんとりうけ
たまはりろかいかちをたてなをし船をなきさへよ
せんとす此ほと二三日ふきしほりたる北風のなこりの
なみはけふもたつかせはきほおつてなみはこうしや
のことくなりはくらうせかいをあらひいさこを天にあく
れはたゝゆきの山のことくなりせうせんこそをのつ
から弓手へもめてへもおもふさまにはあつかはるれことに
すくれたる大せんに大勢はめされたりたゝむなみに

せかれつゝ次第〳〵にいつれとも礒へよるへきやうはなし
あつもりこのよしを御らんしていや〳〵この馬をおよ
かせてあのふねにのらふすものとおほしめしこま
のたつなかいくつて海上にうちひてうきぬ
しつみぬおよかるゝ（第4紙）

〔絵二〕（第5紙）

いたはしやあつもりらうむしやにてましまさはさん
つにのりさかつてとき〳〵こゑをたてたまはゝ
御馬はいちもつなりおきの御座船になんなく馬
はつくへきにわかむしやのかなしさは馬にはな
れてかなはしとおほしめされけるあひたまへかさに
のりかけてさうのあふみをつよくふみたつなにす
かり給ひてうきぬしつみぬをよかせらるゝ馬いち
もつとは申せともたゝむなみにせかれつゝをよき
かねてそ見えにける熊《くま》がへこのよしを見まいら
せまさなの平家やおきの御座ふねははるかにほと
をへたてつゝしかもなみ風あらふしていかてかなは
せ給ふへきひつかへし御せうふあれさなき物ならはなか
さしをまいらせんと弓と矢をうちつかつてそゝろ（第6紙）

《引てかゝりけりあつもり御覧してなか〳〵さひ矢》
に射あてられ一もんの名をりとおほし召こまの
たつなひつかへしてとをあさになりしかはみつ
まりはつとけたてそめはのかふらうちつかひかうこそ
ゐいし給ひけれ

　あつさゆみ矢をさしはけ《て》ひくときは
　返す事をはしるかそもきみ

熊谷もこゝろある弓とりにてあつと思ひさうの
あふみをけはなつて返歌とおほしくてかくはかり

　いたつきのはやはつれんとおもひしに
　やといふこゑにたちそとゝまる

かやうにゐいしてまちうけ申さるあひたあつもり弓
と矢をからりとすて御はかせ
ひんぬいてうけて
見よとてうたれけり　（第7紙）

〔絵三〕　（第8紙）

熊谷さらりとうけなかし取てなをしてちやうと
うつ二うち三うちちやう〳〵と打あはせけれ共いつれ
もせうふ見えされはよれくまんもつともとてたかひ

にうち物からりとすて鎧の袖をひつちかへむすとくん
て二人か両馬のあひにとうとおつる　あらいたはしや
あつもり御こゝろはたけくいさませ給へ共らうむしやの
くまかへにてものゝかすとはせさりけりやす〳〵と
取ておさへ申かふとちきりてからりとすてこしのかた
なひんぬいて首《くひ》をとらんとしたりしかあまり手よ
はくおもひさしうつふひてさうかうを見たてまつ
るにうすけしやうにかねくろくまゆふとうはかせさ
もやことなきてんしやう人の年れいならは十四五かと
見えさせ給ふ熊谷あまりのいたはしさにすこしく
つろけ申上らうは平家かたにおひてはいかなるきん　（第9紙）
たちにてましますそ御名字を御名のり候へあら
いたはしやあつもりらうむしやの熊谷にくみしかれ
させ給ひよにくるしけなるいきをつきけにやくま
かへは文武二道のめいしんとこそきゝつるに何とて
合戦にほうなき事をは申そわれらは天下のてう
しんとしうんかくの座敷につらなつて詩歌くわげん
のみちにちやうしたりし身なりしか共この二三ケ年
は一門のうんつきていとをあこかれ出しよりこのかたふし

のいさめるほうをはあら〳〵聞て候それ人の名乗と
いふはたかひのちんにむらかつていくさみたれのおり
から矢なきえひらをこしにつけつはなきたちをぬ
きもつてこれはそんちやうその国のなにかしたれかし
と名乗てうちもの〻せうふをし又くんてせうふをけ
つするところそき〻つるにわれはかたきにおさへられ
したより名乗ほうとはいまこそ聞て候へあふ心得た
りくまかへ名字をなのらせくひをとつてなんちかし
うの義経に見せんためな　よし〳〵それ世には
かくれもあるましきそた〻それかしかくひを取て
なんちかしうのきけいに見せよ見しる事もあるへし
それかみしらぬ物ならはかはのくわんしやに見せてとへ
かはのくわんしやか見しらすはこのたひ平家のいけと
りのいかほとおほくあるへきに引むけて見せてとへ
それかみしらぬものならは名もなきもの〻くひそと
おもひて草むらにすてておけよすて〻の後はやうもなし
熊谷とこそ仰けれくまかへ承て扨は上らうはふしの
いさめるほうをはくはしくはしろしめされぬや世に
ものうきはわれらにて候君の御意にしたかつて身

（第10紙）

をたすけんとすれは親とあらそひ子とたゝかひ
はからさるつみをのみつくるはふしのならひなり　花
のもとの半日のかく月のまへの一夜のともせいふうらう
けつ飛花落葉《ひくわらくえう》のたはふれ《もこんしやう》ならぬき（第11紙）
ゐんと承るこのたひの合戦に人しもこそおほきに
くまかへか参りあふ事をせん世の事とおほしめし
御名乗候へ御くひを給てたゝ奉公の其ちうに後世を
とふらひ申へし　あつもりは聞召名のらしものとは
おもへともこせをとはんすうれしさにさらは名乗て
きかすへしわれをはたれとかおもふらんかとわきの
つねもりの三なんにいまたむくわんはかり名にて
太夫あつもり生年は十六歳いくさは是かはしめな
りさのみにものな
たつねそよ
はやくひをれや
くまかへ
よ（第12紙）
〔絵四〕（第13紙）
くまかへうけ給はつてさては上らうはくわんむの御す

ゑにて御座ありけるやなに御年は十六さいなにかし
かちやくしの小次郎も生年十六さいにまかりなる扨は
御同年に参候ひけるやかほとなき小次郎みめわろく
色くろくなさけもしらぬあつまゑひすと思へ共我子と
おもへはふひんなりあらむさんや直家なをさねも《ろ》
ともに今朝一の谷のをふ手にてかたきまれいの《三郎》
かはなつ矢をなをいゑかゆんてのかひなにうけ《とめな》
にかしにむかつて矢ぬいてたへと申せしをい《たて》
かうすてかと問《とは》はやとおもひしかいや〳〵熊谷《ほと》
の弓とりかかたきみかたのまのまへにてとふへ《きか》
とおもひはつたとにらんてあらゆいに《かひなの直家》
やその手か大事ならはそこにては《らをきれ又うす》
手にてあるならはかたきとあふ《て討しにをせよ》
味方《みかた》の陣《ぢん》を枕とししのたうの名《はしくたすなとい》（第14紙）
ひてあれはまことそとおもひなにかしかかたを
たゝ一目見かたきのちんへかけ入てよりそのゝち又二
めともみさりしなりさてもくまかへかつれなく命な
からへ武蔵の国にくたりなをいへかはゝにあひてうたれた
るといふならは　かんろのはゝかなけくへしつねもり

とやらんも花のやうなる若君をなきさに一人残しを
きさこそなけかせ給ふらんつねもりの御しうたんと
さてなをさねかおもひをは物によく〳〵たとふれはりう
すいおなし水なれとふち瀬のかはることくなり
熊谷あまりのいたはしさに又さしうつふひて御
さうかうを見たてまつるに　せんけんたるりやうひ
むはあきのせみのはにたくへ　えんてんたりしそう
かは遠山の月にあひおなし業平《なりひら》のいにしへかたのゝ
野辺のかりころも　そてうちはらふ雪のした　すい（第15紙）
たいこうかんきんしうのよそほひを　たとへはゑ
にはうつすとも此上らうの御すかたを筆にもいかて
つくすへき　熊谷心にあんしけるはいや〳〵この
きみの御くひを給てなにかしおんしやうにあつかり
たれはとて千年をたもちさて万年のよはひか
やまつたいの物語りにたすけ申さはやとおもひなふ
いかにあつもり平家かたにておほせらるへき事はむさし
のくまかへと申ものとなみうちきはにてくみはくん
て候へともわかこのなを家におもひかへたすけ申たりと
御物かたり候へととつてひつ立たてまつりよろひに付

たるちりうちはらひ　馬にたきのせたてまつりな
をさねもともにむまにのりにしをさひて五町はかり
ゆきすきうしろをきつと見てあれは近江けんし
の大将にめかたまふちゐはみつ井よつめゆひのはた
さゝせ五百騎はかりてをつかくる弓手を見てあれは
《成》田ひら山ひかへたり《めてのわきには》とひとの七騎て（第16紙）
をつかくるうへの《山に》は九郎御そうししらはたをさゝ
せ御きんしよにとつてはむさしはう弁慶ひたちはう
かいそん亀井かたをか伊勢するかこの人々をさきとし
てこゑ〳〵に申やうむさしのくまかへはかたきとく
むつるかすてにたすくるは二こゝろとおほえたり二こゝ
ろあるならはくまかへともにうちとれとわれも〳〵とをつ
かくるこの君の有さま物によく〳〵たとふれは籠の
うちのとりとかやあしろのひ魚のことくにてもりて
いつへきやうはなし人手にかけ申さんよりなをさね
か手にかけ後世をそれかしとふらははやとおもひて又
むすとくんてとうと落いたはしや御首をみつもた
まらすかきおとし目よりたかくさし上おにのやうな
る熊谷も東西をしらてなきゐたり（第17紙）

〔絵五〕（第18紙）

熊谷なみたをとゝめ御しかいをかなたこなたへをしうこかして見たてまつれはよろひのひきあはせにかんちくのやうてうをしたむのいゑにひちりきをそへてさゝれたり又めてのわきをみてあれはまきもの一くわんおはします是はなになるらんとひらひてはいけん仕候あらいたはしやあつもりのみやこ出のことの葉をくれ〳〵とこそあそはしけれ此きみ都に御座の御時はあんせつしの大納言すけかたのきやうのひめ君十三にならせ給ひしか天下一のひしんにてましますを仁和寺おむろの御所にて月なみのくわけんの有しときあつもりはふえのやくおなしかくこにてことひき給ひし御すかたを一めみしよりこひと成て歌によみふみにかきこさるそのふみかすのかさなりてあふせのなかとなり給ふ中三日と申に平家ていとのくわらくをさつてさいかいのはたうにおもむき（第19紙）給ふあらいたはしやあつもり御身は一の谷に御座有と申せとも御心はさなからみやこへのみそかよはれける　おほしめしいたされし時につくられけるかと

おほしくてしきの　ちやうをそかゝれけるまつせい
やうの朝にはかきねこつたふうくひすの野辺にな
まめくしのひねややけいのかすみあらはれてそと
もの花もいかはかりかさねさくらに八重桜きうか
三ふくの夏の天にも成ぬれはふちなみいとふかほとゝ
きす夜々のかやり火したもえてしのふるこひのこゝ
ろすくわうきくしらんのあきにもなりぬれはおのへ
のしか立田のもみちまくらにすたくきり〳〵すきか
てやはきのさきぬらんけんとうそせつの冬のくれ
にもなりぬれは谷の小川もかよひ路もみなしろたへ
によもなるといへ共きえてあともなしなこりおし（第20紙）
きこきやうの木々の木するゑを見すてつゝ今は又一の
谷のこけちのしたにうつもるゝつねもりのするゑの子
のむくわんの太夫あつもりとかきとゝめてそをかれけ
る　かれを見これを見たてまつるにいとゝなみた
もせきあへす御しかいをは郎等にあつけをき御首
笛まきものともにもたせ大将の御まへにまいりこの
よしかくと申あくる判官御らんしてあらふしきやこ
《のふえはなにかしか》見しるところの候それをいかにと

《申に》一とせたかくらのみや御むほんくわたての時
天下に小えたせみ《をれとて》二くわんの笛ありせみ
おれをは三井寺にて《みろく》にゐかうし給へりこ
えたをは御さいこまてもたせ給ふよしうけたまはる
かみなせくうみやうせ《んにて》うたれさせ給ひしとき
此《ふえ》平《家の手に》わたる一門のその中にふえにき
ようをめされしにしや《くわ》んなれともあつもりは笛
にきようの人なり《とてくたさ》れけると承る
けさ《一のたにのたいりやくしよにて笛のとを音のき》（第21紙）
こえしは此人のふきけるかとて大将なみたをなかさせ
給へは知もしらぬもをしなへて皆なみたをそなかし
ける　あつもりはめい大将くまかへいしくも仕たりこの
たひのけしやうには武蔵の国なか井の庄をとらする
そいそきまかりくたれとの御諚なり熊谷か郎等
とも所知いりせんとよろこふところにくまかへその御
返事にをよはすなみたのひまよりもかくはかり

　人となり人とならはやとそおもふ
　　さらすはつゐにすみそめの袖

かやうにゐいし御まへをまかりたち何としてあつもりの

御しかいをけんしさうひやうのこまのひつめのかよふ処
にすてをき申へきそをくり申てあれはとてよもさ
いくわにはをこなはれしいや〳〵をくり申さはやとおもひ（第22紙）

〔絵六〕（第23紙）

しほやのはたにくたり小船一そうこしらへさつしき
二人さふらひ一人あひそへ状をかきしたゝめ八島のいそへ
そをくられける平家はけんりやく元年二月七日に一の
谷をおちうらつたひしまつたひして十三日の早朝
に八島のいそにつく熊谷かをくりのふねもおなし日
やしまの儀につくかたきみかたの事なれは其あ
ひはるかにろかいをとゝめ大おんあけて申抑源氏
かたよりもくまかへかわたくしのつかひにまかりむ
かつて候かとわきとのゝ御うちなる伊賀の平内左衛門
のせうとのへ申たき子細の候とたからかによははる
あらいたはしや平家は一の谷をおちかいろはるかにお
ちのひたれはさうなふけんしのせいのかゝるへしとも
おほしめされす　只このほとのもう気には　なみ
まくらかちまくら　ゆめおと《ろかす》まつの風
いのちもしらぬまつらふねこかれて物やおもふらんこゝろ

ほそくおほせしに源氏のふねよと聞召我さきに〳〵（第24紙）
とろかいをはやめおちゆけとも東国のけんしにあは
むといへる平家なし　大臣殿御らんしてふかくなり
かた〳〵世はきようきに及て時まつほうにきすと
いふたとへは異国のはんくわいか渡てのつたりともあれ
ほとの小船になにほとの事のあるへきそたれか有
ゆきむかつてまいれとありしとき平内左衛門承て
そんするみち候聞てまいり候はんと屋かたのうちへつ
つと入て出たつその日のしやうそくははなやかにこそ見
えにけれはたにはしろきかたひらみなしろ折て引
ちかへかちんのよろひひたゝれの四のくゝりをゆる〳〵と
よせさせやうはいたうりのさうの小手ひやくたんみかき
のすねあてにしゝにほたんのはいたてしいとひおとし
のよろひのみのときとかゝやくをわたかみとつてひつ（第25紙）
たて草すりなかにさつくと着ゆつて上おひちやう
としめ九寸五ふんのよろひとをしをめてのわきにさ
いたりけり一尺八寸の打かたな十文字にさすまゝに三
尺八寸候ひけるしやくとう作りのたちはひてなしう
ちゑほしにはちまきしらえのなきなたをつえに

つきわれにおとらぬらうとう共を七八人あひくし
はしふねおろしうちのりおもてにたてをしこませ
さゝめかひてをしよするはんくわいかいき
ほひもあふかくやと
おもひ
しられ
たり　（第26紙）

（下）

抑源氏かたよりもくまかへかわたくしのつかひとはそ
も何事の子細そやをくりのもの申さん候あつもりを
熊谷か手にかけ申あまり御いたはしきによつて
御しかいにいろ〳〵の武具とも又はしんしやうをあひそへ　（第1紙）
是までをくり申て候いそき御座船に御うつしあ
れと申もとくに聞てあらふしきやあつもりは一門の
御ふねにめされあはのなるとにましますよしを承
て候かやはかうたれさせ給ふへきもしいつはりにてや候
らんをくりの者申御ふしんはことはりまことといつはり
をはたゝ船中を御らんせよと申基国《もとくに》聞てけに〳〵

これはいはれたり《とて》をくりのふねにわか船をお
しよせなきなたを《つえ》につき　をくりの船をさし
うつふひて見て有けれはけにといろ〳〵のぬいものし
たるひたゝれにあつもりの御しかいとおほしきをし
つゝみてそをきにける　むらさきすその御き
せなか　こかねつくりの御はかせ十六さいたる　そめ
はの矢　むらしけとうの弓もありまかふところは
ましまさすもとくに余りのかなしさになきなたを
からりとすてをくりのふねにのりうつり御しかいに
いたきつきなけ共更になみたなしさけへともこゑ
は出さりけりやゝありてもと国はなみたをなかし申
やういたはしやこの君の一の谷を御いての時このきせ
なかをたてまつるおとなしやかにあつもりのいつしか
御一門世かよにまし〳〵て四海に風のおさまりつゝ
もとくにゝ所知しらせみるとたにおもひなはいかはかり
うれしかるへきと仰られし其時はもとくにかうれしさ
を何にたとへむかたもなしまことの時にはとうてんし
めされさるあつもりを一もんの御船にめされつゝあは
のなるとにましますと申たる基国かこゝろのうちのふかく
（第2紙）

さよいま一度もとくにかとおほせいたされ候へとて
きえいるやうになきけれはをくりのものもとも人もけ
にことはりや道理とてみな涙をそなかしける　をく
りのもの申是は御つかひの身にて候いそき御座船に
御うつしあれと申もと国聞てけに〳〵おもひにはうし
おもひわすれて候とてあつもりの御しかいを我船にう（第3紙）
つし大船にこきよせこのよしかくと申あくるかと
わきとのもつねもりもなにあつもりかうたれたると
いふかさん候と申あらふしきやあつもりは　一もんの
船にのりあはのなるとに有よしを風のたよりに
聞しほとはいかはかりうれしかりつるに熊谷か手に
かゝり　さてはうたれてありけるかと涙なからに出
給ふねうはうたちにとりてはねうゐんをはしめた
てまつりむねとのによくわん百六十人もはかまの
そはをとり皆ふなはたにたちいてゝ御しかいに
いたきつき是は夢かやうつゝかと一度にわつとさけ
はれしを物によく〳〵たとふれはこれやこの釈尊《しやくそん》の
御にうめつのきさらきや十大御弟子十六羅かん五十
二類に至るまてわかれのみちの御なけきかくやとお

もひしられたり　やゝ有て父つねもりはおつる涙の
ひまよりもあらむさんやあつもり一の谷を出しとき
故郷のかたを見おくり心ほそけにて立たりしを
いさめはやとおもひあらふかくなりとよあつもりよ
三代くわいもんの家をはなれかはねを野山にうつみ名を
万天の雲井にあくへき身か　郎等のみる目をも
はちよかしといふてあれはさらぬ体にてなきさまて
くたりしか笛をわすれて候とてとりに帰りし其
時ともにかへらんとおも《ひつ》れともかたきみかたにをしへ
たてられ又二めとも見さりしなりなさけ有熊谷
にてかたみ　これまてをくりたりむなしきしかいこ（第4紙）

〔絵七〕（第5紙）

のかた見けふはみつあすより後のこひ《し》さをたれに
かたりてなくさまんなふ人々とのたまひつゝもたへこ
かれ給ひけり平家かたの人々は今一しほの涙なり
其後くまかへか送たる状をめし出し大将なれは此
状をもし義経はしをくりてあるかつかひは是非をわ
きまへすたゝかとわきとのへとはかり申とても伊（第6紙）
賀の平内左衛門へと書たる状にて有あひた家長ふみ

をつかまつれ　承り候とてふねのせかいにひさまつ
き状を給はりさしあけたからかにこそよふたりけ
れ　直実謹言不慮に此君と参会したてまつし
あひたちきにせうふをけつせんとほつするきさみ俄
におんてきのおもひをはうし却而武芸のいさみき
え剰はしゆこをくわへたてまつる処に多せい一とうに
きほひ懸て東西にこれはゐるかれは多勢是はふせい
はんくわい却而ちやうりうやうかけいをつゝしむたま〳〵
直実は生を弓馬の家に生れたくみをらくせいにめ
くらし命を同すちんとうかゆふへせゝはん〳〵に及て
自他かくのめんほくをほとこせりさても此たひかなし
きかなやこの君となをさねふかくきやくゐんをむす
ひたてまつるところなけかしきかなつたなきかなこ
のあくゐんをひるかへすものならはなかく生死のきつ
なをはなれ一つはちすのえんとならんやかんきよの
ちしよをしめつゝ御ほたいをねんころにとふらい申
へき事まことゝいつはり後聞かくれなく候このをもむき
をもつて御一もんの御中へ御ひろう有へく候よつて
恐惶謹言元暦元年二月七日むさしの国の住人熊谷

の次郎直実進上かとわきとのゝうちなる
伊賀の平内左衛門尉とのへと
よふたりけり　（第7紙）

〔絵八〕　（第8紙）

御一門うんかくけいしやうとうおんにあつとかんし給ひ
けにや熊谷は遠国にてはあほうらせつゐひすなん
とゝつたへしかなさけはふかゝりけるそやふんしやう
のたつしやさよ筆せいのいつくしさよかほとやさし
きつわものに返状なくてかなはしと大臣殿へんしやう
をつねもりの自筆《じひつ》にあそはしてたふつかひはふ　（第9紙）
《みを給はりいそき》一の谷に《こき》もとりくまかへ《とのに》
見せたてまつる熊谷いかんとして弓矢のみやうかなく
しては経盛《つねもり》の御自筆をおかみ申さん《と》三度いたゝ
きひらひてはいけんつかまつるその御書にいはく
あつもりかしかいならひにゆい《もつを》給はり訖此たひくわ
らくを打立しより此《かた》なんそ二度おもひ返す事
のあらんや　さかんなるものゝをとろふるはむしやうの
ならひあへるものにわかるゝ事ゐとのならひ　しやく
そん羅こ羅てんの一子のわかれにあらすや　いはんやほ《ん》

ふをやさんぬる七日《に》打立しより以来　つはめ来つ
てかたらへと其すかたをみす　きかんつはさをつら《ね》
そらにおとすれとをるといへと其こゑをきかす
されは彼ゆいせきの　きかまほしきによつて　天に
あふき地にふしこれをいのる神明のなふしゆふつたの
かんをうをまつところによつて七日かうちにこれを
みる内にはしん〳〵をいたしほかには感涙《かんるい》袖をひたすに
よつて生れきたれるにあへりきゐつのはういなくして
はいかゝそのすかたを二たひ見んすみすこふるしゆみの
いたゝきひきうしてさうかい却而あさしすゝむて是《を》
ほうせんとすれは過去《くわこ》おん〳〵たりしりそきこたへん
とすれは未来《みらい》やう〳〵たる物かはんたんおほしといへと
筆紙につくしかたし是はむさしの熊谷のかへし状とそ
よふたりける　去程にくまかへよく〳〵みてあれはほたい
の心そおこりける今月十六日にさぬきの八島をせ《め》（第10紙）
らるへしと聞てありわれも人もうきよになからへて
かゝる物うき目にも又なをさねやあはすらめ思へは此世は
つねのすみかにあらす草葉にをくしらつゆ水に
やとる月より猶あやしきんこくにはなをゐいしゐい

くわはさき立てむしやうの風にさそはるゝなんら《う》の
月をもてあそふ輩も月《にさき》たつて有《ゐのくも》（第11紙）
にか《くれり》人けん五十《年けてんのうち》をくらふ《れは》
夢まほろしのことくなり一度《しやう》をうけめつせぬも
のゝあるへきかこれをほたいのたねとおもひさためさらん
はくちおしかりき次第そとおもひさためいそきみや
こにのほりつゝあつもりの御首をみれはものうさに
ごくもんよりもぬすみとりわかやとにかへり
御《そうを》くや《うしむしやうの》
けふり《となし申》（第12紙）

〔絵九〕（第13紙）

御こつをつとりくひにかけきのふまてもけふま
てもひとによはけを見せしとちからをそへししら
ま弓今は何にかせんとて三つにきりおり三ほんのそ
とはとさためしやうとのはしにわたしやとをいてゝ
ひかしやまくろ谷にすみ給ふほうねん上人を師しやう
にたのみ奉りもとひきり西へなけその名をひきかへ
てれんしやうはうと申花のたもとをすみ《そめ》のとう
ちのさとのすみころもいまきてみるそよしなき

かくなる事もたれゆへかせにはもろきつゆの《身》と
きえにし人のためなれはうらみとはさらにお《もは》れす
かくてれんしやう黒谷にろうきよししやうねん念仏申
てゐたりしかあるときれんしやう心のうちにおもふやう
きの国に御立ある高野《かうや》山へ参らはやと思ひ上人に御い
とま申つたのふちをひかたにかけたのむものは竹のつえ　（第14紙）

〔絵十〕　（第15紙）

黒谷をまた夜をこめて出けるかみやこ出の名所にひかし
をなかむれはせいかんしいまくま野清水やさか長楽寺
かのきよみつと申はさかのていの御くわんしよすみとも
のさうりう田村まるの御こんりう　大同二年にたてら
れよろつの仏のくわんよりもせんしゆのちかひは頼もしや
あつもりのしやうりやうとんせうほたいとゑかうして　（第16紙）
にしをなかむれはたんはにおひの山おりくちに谷の
たうみねのたう　きたを帰て見をくれは　うち野を
いてゝれんたい野　ふなをかやまの　はかしるし　見
るになみたもせきあへす南をなかむれはとうしさいし
四塚《よつつか》としはゆけともおひもせぬむつたかはらと打なかめ
山崎たから寺せきとのゐんをうちすきやはたの山を

下向してこれたかのみこの御かりせしかたのゝはらを
とをりきんやのきしは子をおもふうと野に三けき
ませかきのやとを過れはいとたのはらくほつのわうし
をふしおかみ天王寺へそまいりける　天わうしと
申は聖徳太子の御くはんなり七ふしきの有さまこう
はふるともつきすまし亀井の水のなかれたえぬそた
つとかりけるとふしおかみ候ひて天野にまいらるゝ大
明神と申は高野のちんしゆておはします御山に法師
をさつけてたはせ給へとねんころにきせい申てはや
高野山へ参らるゝかたしけなくも高野山と申はてい
せいをさつて二百里きやうりをはなれむにんしやう八え
うのみね八つの谷かゝとして
きしたかしせいらん
こすゑをならせと
夕日のかけ
のとか
なり　（第17紙）
〔絵十二〕　（第18紙）
あふかの寺よりみゑいたうの谷た《いさ》うかいの大日百

八十そんをへうせりさて又大たうよりし《おくの院》
へ是も大日の三十七そんをへうせりこんたうのほん尊
はあしゆくほうしやうみた釈迦これ又大師の御さ《く》
なり大たうと申はなんてんのてつたうをまな《んてと》
そつてん《のはんりをか》たとり十六丈のほうた《うかみは》（第19紙）
千たいのあみた中は千しゆの二十八ふしゆしもは薬師の
十二神しやう〳〵世々にきはなく衆生あくしよのつみ
きえらいかうの三尊をおかむそたつとかりけると
ふしおかみ候ておくの院へそまいりける　みちのほとり
の白こつはいさこをまくかことく也　いよ〳〵念仏申
おくのゐんへまいりあつもりの御こつをこめをきれん
け谷のかたはらにちしきゐんと申あんしつをむすひ
みねの花をたおりあかの水をむすひをこなひすまし
れんしやう八十三と申に大わうしやうをとけにけり
あくにつよけれはせんにもつよし文武二道のめい人
かん家はしらすほんてうにかゝるつはものあらしとかん
せぬ人はなかりけり（第20紙）

〔絵十二〕（第21紙）

『敦盛』絵巻解題

辻英子先生より、聖徳大学に所蔵される絵巻の展示に幸若舞曲の『敦盛』が出品されるとうかがって拝見したのは平成二十一年初夏のことであった[1]。ガラス越しの観察ではあったが、平成九年に東京古典会に出品された『敦盛』絵巻である可能性があり、是非とも精査の機会を得たく思っていたところ、幸いなことに、翌平成二十二年に辻先生が科学研究費を得て行った聖徳大学蔵絵巻調査の協力者に加えていただき、熟覧の機会を与えられた。その調査結果をここに報告したい[2]。

一　聖徳本『敦盛』絵巻の書誌

聖徳大学川並記念図書館に所蔵される『敦盛』絵巻（以下、聖徳大本と略記する）の書誌は次のようである。

○書写年時：江戸前期（寛文・延宝頃）の写。
○装幀・数量：巻子装上下二軸。両軸とも保護のため巻末に太巻が添えられる。
○外題：なし。上下巻ともに後補の金箔題簽（縦一五・三糎×横三・一糎）が貼られるが　外題の表記はなし。
○内題：巻頭に「あつもり」と墨書される。
○全体の寸法：紙高、三二・八糎。長さ、上巻　九二一・六糎、下巻　六九四・七糎。
○字高：約二九・〇糎。

○表紙：紺地に梅花紋散らし文様の緞子装。
○見返し：金箔張り。一箇所縦に継ぎ目あり。
○料紙：鳥の子。草花・霞など金泥で下絵文様が描かれる。
○用字：漢字平仮名交じり。一行の字詰めは二十一～二十四字。
○書体：埼玉県立歴史と民俗の博物館等に所蔵される『太平記絵巻』の詞書と同じ筆跡(3)。
○挿絵：図数は、上巻六図で下巻六図の全十二図。画風は『太平記絵巻』の挿絵と似た特長が見受けられる。宮次男氏は『太平記絵巻』挿絵の画家を海北友雪と想定されており(4)、本絵巻の挿絵も海北友雪、もしくは海北派工房の絵師の手になるか。
○補修状況：補修以前はかなりの損傷をきたしていたようで、上巻第7・11・12・16・17・21紙や下巻第2・10・11・12・19紙に剥落の跡が認められる。また、継ぎ目の糊がはがれて料紙はバラバラの状態であったと推測される。そこで、バラバラになった料紙をつないで裏打ちをほどこし、表紙と見返しを後補して上下二軸に仕立ててあるが、錯簡などは認められない。
○各紙の法量
▽上巻
表紙：三七・五糎、第1紙：五〇・〇糎、第2紙：四七・五糎（絵一）、第3紙：五〇・二糎、第4紙：二七・二糎、第5紙：四七・七糎（絵二）、第6紙：二三・四糎、第7紙：二六・五糎、第8紙：四六・八糎（絵三）、第9紙：二四・二糎、第10紙：二四・五糎、第11紙：二六・二糎、第12紙：二三・五糎、第13紙：四七・八糎（絵四）、第14紙：二六・二糎、第15紙：二三・二糎、第16紙：二六・五糎、第17紙：二三・九糎、第18紙：四八・三糎（絵五）、第19紙：二六・四糎、第20紙：二三・一糎、第21紙：二八・二糎、第22紙：二二・六糎、第

23紙：四八・一糎（絵六）、第24紙：二七・八糎、第25紙：二一・三糎、第26紙：二〇・二糎、第27紙：五二・八糎（余紙）。

▽下巻

表紙：三七・八糎、第1紙九・〇糎、第2紙：四一・二糎、第3紙：一〇・〇糎、第4紙：三九・八糎、第5紙：四六・九糎（絵一）、第6紙：一〇・三糎、第7紙：三八・九糎、第8紙：四六・八糎（絵二）、第9紙：一〇・五糎、第10紙：三八・一糎、第11紙：一一・六糎、第12紙：一三・二糎、第13紙：四七・七糎（絵三）、第14紙：二四・八糎、第15紙：四八・〇糎（絵四）、第16紙：一二・二糎、第17紙：三八・二糎、第18紙：四七・七糎（絵五）、第19紙：一一・八糎、第20紙：二〇・二糎、第21紙：三七・〇糎（絵六）第22紙：五三・〇糎（余紙）。

二　聖徳本『敦盛』はCBL本『舞の本絵巻』の連れ絵巻か

本絵巻は幸若舞曲の「敦盛」を絵巻に仕立てたもので、直接には江戸初期に刊行された絵入り版本である舞の本を粉本として製作されている。同時期の舞の本を粉本として作られた豪華絵巻としては、チェスター・ビーティ・ライブラリー（以下、CBLと略称する）が所蔵する『舞の本絵巻』の『ゆりわか大臣』『高たち』『景清』『伏見ときは・常葉もんたう』『笛のまき・未来記・つるぎさんだん』『たいしよくはん』の六軸が知られている。これらはほぼ原装を保っており、題簽や箱書に「舞の本三十六番」とあることから、本来は三十六番の幸若舞曲が絵巻化されていたと想定され、その連れの絵巻として、ニューヨーク公共図書館スペンサー・コレクション蔵『夜討曾我』一軸、慶應義塾図書館蔵『伊吹』一軸、同じく『なすの与市』一軸、國學院大学図書館蔵『きよ重』一軸が確認されている。この内、原装で伝存しているのはスペンサー・コレクション本の『夜討曾我』だけである。慶應本の『伊吹』は現存するのが後半の三分の一ほどで、『なすの与市』は詞書は完存するものの挿絵は抜かれており、両本とも改装がほどこされている。また、國學院大本の『きよ重』も完本であるが改装されており、これら三本は比較すべき原装はとどめていないが、詞書や挿絵の特徴が一致することから、CBL本の連れと判明するのである。

さて、本絵巻であるが、料紙に金泥で下絵が施されること、挿絵の画風が似ていること、挿絵のすやり霞みが金の砂子を撒いたように施されること、詞書の書体が『太平記絵巻』の筆跡と同じであり、一行の字詰めが二一字から二四字であること、巻頭に曲名を内題として記すことなど、CBL本とよく似ている。しかし、平成二十一年の展示の折に一見したところ、CBL本の連れであると断定は出来なかった。その理由として、CBL本系統の絵巻の紙高が三三・五糎であるのに本絵巻が三二・八センチとやや小さいことと、CBL本系統の絵巻は全長が約二十メートル前後と長尺で、一軸のうちに一曲をおさめているのに対して、本絵巻はそれほどの長編ではない「敦盛」を上下二軸に分けて装訂していたからであった。

しかし、調査をしている内にその疑問は氷解した。書誌の項でも述べたが、改装以前の本絵巻はかなり傷んでいたようで、法量に示したごとく、料紙の長さが不揃いであることなどからは、バラバラであった料紙を切り刻んで継ぎ合わせたことを窺わせる。その折に傷んでいた天地を化粧裁ちしたことは十分に考えられ、それによりやや小ぶりになったものと思われる。また、本絵巻の現状は、九二一・六糎の上巻、六九四・七糎の下巻の二軸からなるが、それは改装時に便宜分けられたもので、本来はCBL本と同様に一六メートル強の一軸であったと推測される。これにより、やや小ぶりの紙高と二軸仕立ての問題は解決がつくのであり、本絵巻をCBL本の連れに加えることができよう。さらに、本絵巻の字高が約二九糎とCBL本と同じであることも、それを補強することになる。従って、CBL本系統の『舞の本絵巻』は現在、十一軸十四番が確認できることになる。

ところで、この系統とは別の、舞の本を絵巻にした作例が存在している。日本大学総合学術情報センター蔵の『元服曾我・和田さかもり』一軸、『小袖曾我・十番切』一軸、『文覚・夢あはせ・馬そろへ』一軸、『ゑほし折』一軸、『太織冠』一軸の五軸九番である。これは、紙高が三三・七センチの豪華絵巻であり、詞書の書体がCBL本と同じく『太平記絵巻』の筆跡なのだが、挿絵の画風が異なるのと、料紙の下絵が金泥の霞み引き模様のみであることが異なる。また、その見返しが金箔の網代地に空押し三つ葉葵の丸紋を散らした文様になっていて、徳川家（松平家）の旧蔵であることが窺える点が貴重であり、CBL本とは明かな別本であることを示している。

なお、これと同系統の絵巻として久米アートミュージアムに所蔵される『木曾願書』一軸と『屋し満』一軸が認められる。この二軸は改装されており、見返しの三つ葉葵の丸紋は確認できなかったが、挿絵の画風や詞書の書体、そして何よりも料紙の下絵が金泥の霞み引き模様のみであることなどから日大本の連れであると判断できる。とすると、この系統は日大本五軸九番と久米アートミュージアム本の二軸二番の計七軸十一番が確認できることになるが、これも本来はCBL本系統と同じく三十六番すべてが絵巻とされていたのであろう。ここに舞の本三十六番をすべて大型絵巻にするという事業が二つあったことが認められるのである。しかも、その豪華絵巻の体裁は良く似ており、詞書の筆者が同一であることからも、同じ工房で製作された可能性が出てくるのである。(5)

三　舞の本から絵巻へ――聖徳大本の製作方法

前項で述べたように、CBL系統の『舞の本絵巻』は版本の舞の本を粉本にして製作されており、本絵巻もまた舞の本『あつもり』を粉本、すなわち手本として作られている。そのことを具体的に詞書と挿絵の二面から検証してみよう。

［絵巻の詞書］

まず、詞書であるが、両本の冒頭の一部を並べてみる。

○舞の本『あつもり』

そも〳〵此たび平家《へいけ》一のたにのかつせんに御一もんさふらひ大将そうじて以上十六人のくみあしのそのなかにもの〻あはれをと〻めしはしやうこくの御をと〻つねもりの御子息《しそく》にむくわんの太夫あつもりにてもの〻あはれをと〻めたり

○絵巻『敦盛』

そも〳〵此たひ平家一の谷の合戦に御一もんさふらひ大しやうそうして以上十六人のくみあしの其中にもの〻あはれをと〻めしはしやうこくの御をと〻つねもりの御子息にむくわんの太夫あつもりにて物のあはれをと〻めたり

右を照らしてみるに、傍線部で示したごとく、絵巻の方が読みやすさをはかるために漢字を当てる度合いが若干高かったり、波線部のように舞の本に付された振り仮名を省略したりするものの、ほぼ同じ本文であることが認められよう。ここでは冒頭部をあげたが、この傾向は全体にわたって見受けられる。

さらに、両者の関係を決定づけるのは、舞の本で空欄としている箇所を、本絵巻もそれに従って空けていることである。その例を一部あげよう。

○舞の本『あつもり』

熊谷あまりのいたはしさに又さしうつふひて御さうかうを見たてまつるに　せんけんたるりやうひむはあきのせみのはにたくへ　えんてんたりしそうかは遠山の月にあひおなし業平《なりひら》のいにしへかたの〻野辺《のべ》のかりこ

ろも　そてうちはらふゆきのした　すいたいこうかんきんしうのよそほひを　たとへはゑにはうつすとも此上らうの御すかたをふてにもいかてつくすへき　熊谷こゝろに安しけるは……

○絵巻『敦盛』（上巻第15紙から16紙にかけて）

熊谷あまりのいたはしさに又さしうつふひて御さうかうを見たてまつるに　せんけんたるりやうひむはあきのせみのはにたくへ　えんてんたりしそうかは遠山の月にあひおなし業平《なりひら》のいにしへかたのゝ野辺のかりころも　そてうちはらふ雪のした　すいたいこうかんきんしうのよそほひを　たとへはゑにはうつすとも此上らうの御すかたを筆にもいかてつくすへき　熊谷心にあんしけるは……

右は、敦盛を組み敷き首を取ろうとした熊谷直実が、その面貌の美しさに感嘆する場面である。本文が同じであることはもちろん、六カ所ある空欄を同じように設けて写していることがわかるのである。舞の本の空欄は曲節を付すためのものであろうとの考察もあるが(6)、それはともあれ、絵巻が舞の本の本文をもとに詞書を写していることが認められるのである。

[挿絵]

次に挿絵を見ていこう。『敦盛』絵巻は上巻六図、下巻六図の計十二図を有するが、舞の本『あつもり』もまた全十二図である。後ろに舞の本の挿絵をあげたので【影印編】の絵巻の図柄と対照してご参照いただきたい。図数が同じだけではなく、一見してその構図もよく似ているといえよう。ただし、まったく単純に版本の絵をコピーして描いているわけではない。一般に版本を粉本にして絵巻・絵本を製作する場合は、挿絵に関しては絵師の裁量によって個性を出すことがまま見受けられる。ただその場合も、構図の左右を逆にしてみたり、主要ではない人物や景物を増やしたりと絵柄の本質に触れないようになされる。しかし、『舞の本絵巻』の場合は、挿絵によって本文を読み込んで、独自にその物語内容を表現している場合が見受けられる。聖徳大本にもそれが認められるので、次ぎにその様相を検証していくことにしよう。適宜、絵巻の影印と後掲の舞の本の図版を参照されたい。

まず、舞の本と絵巻の挿絵第四図を取り上げよう。熊谷直実が平敦盛の上に馬乗りになって組み伏せ、首をかこうとする場面である。双方ともほぼ同じ図柄になっているが、版本の挿絵では敦盛は甲を被ったままであるのに対して、絵巻の図では直実が敦盛の甲を取り剥がし、髻をつかんでまさに首を掻き切ろうとする描写となっている。これは本文に、

（上巻、第9紙）

あらいたはしやあつもり御こゝろはたけくいさませ給へ共らうむしやのくまかへにてものゝかすとはせさりけりやすく〳〵と取ておさへ申かふとちきりてからりとすてこしのかたなひんぬいて首《くひ》をとらんとしたりしかあまり手よはくおもひさしうつふひてさうかうを見たてまつるにうすけしやうにかねくろくまゆふとうはかせさもやことなきてんしやう人の年れいならは十四五かと見えさせ給ふ

とある傍線部分を忠実に絵画化したと思われる。

次に挿絵第六図であるが、直実が差し出した敦盛の首を義経が実検する場面である。版本では馬上の義経に向かって、直実が三方の上に首を置いて差し出す場面が描かれるが、絵巻では首を抱えて床几に座った義経に示している。また、絵巻の図柄をよく見ると、義経は笛を手に持っていることがわかる。これは、

（上巻、第21・22紙）

かれを見これを見たてまつるにいとゝなみたもせきあへす御しかいをは郎等にあつけをき御首笛まきものともにもたせ大将の御まへにまいりこのよしかくと申あくる判官御らんしてあらふしきやこ《のふえはそれ

かしか》見しるところの候それをいかにと《申に》一とせたかくらのみや御むほんくわたての時天下に小えたせみ《をれとて》二くわんの笛ありせみおれをは三井寺にて《みろく》にゑかうし給へりこえたをは御さいこまてもたせ給ふよしうけたまはるかみなせくうみやうせ《んにて》うたれさせ給ひしとき此《ふえ》平《家のてにわた》る一門のその中にふえにきようをめされしにしや《くわ》んなれともあつもりは笛にきようの人なり《とてくたさ》れけると承るけさ《一の谷のたいりやくしよにて笛のとを音のき》こえしは此人のふきけるかとて大将なみたをなかさせ給ては知もしらぬもをしなへて皆なみたをそなかしける

と、本文中の傍線部分に見えるように、義経が敦盛の笛を取り上げて、その来歴について詳しく述べていることから、それを絵画化したと思われる。

つまり、これらの場面には、絵巻の挿絵が版本の図柄を模しているだけではなく、物語内容を読み込んで絵の世界に反映させようとする意図が窺えるのである。このことは、『敦盛』絵巻だけでなく、『舞の本絵巻』全般についていえることであり、舞の本の挿絵を縮小再生産するのに終わらず、新たに本文を解釈した図柄を入れることによって、新しい視覚文芸の作品世界を描出していると評価できよう[7]。

注

（1）聖徳大学新1号館竣工記念特別展覧会「「近世の絵巻」展」として平成二十一年四月十八日から八月二十八日にかけて、聖徳大学8号館ギャラリーで開催された。

（2）本稿は平成二十二年度「奈良絵本・絵巻国際会議」千葉大会（八月二十一・二十二日於聖徳大学）で「「舞の本絵巻」研究における諸問題」と題して講演した内容の一部を改稿したものである。

（3）石川透「太平記絵巻筆奈良絵本・絵巻群」（『奈良絵本・絵巻の生成』平成十五年、三弥井書店）。

（4）宮次男・佐藤和彦『太平記絵巻』（平成四年、河出書房新社）。

（5）小林健二「『舞の本絵巻』解題」（『チェスター・ビーティー・ライブラリィ絵巻絵本解題目録』平成十四年、勉誠出版）。

（6） 村上学「毛利家本『舞の本』解題」（『毛利家本　舞の本』昭和五十五年、角川書店）。
（7） 小林健二「幸若舞曲の絵入り本」（『中世劇文学の研究—能と幸若舞曲』平成十三年、三弥井書店）。

※本解題を執筆後に、メラニー・トレーデ氏よりベルリン国立アジア美術館に『舞の本絵巻』の一部である「烏帽子折」一軸があることをご教示いただいた。今後の調査が必要となるが、これまでに紹介されたものに加えると、『舞の本絵巻』は十二軸十五番が出現したことになる。

舞の本『あつもり』絵一

絵二

絵三

絵四

絵五

絵六

絵七

絵八

絵九

絵十

絵十一

絵十二

Ⅳ　日本

3　聖徳大学所蔵『浦嶋』絵巻の本文と解説

中野沙恵

『浦嶋』絵巻詞書

むかしたんこのくにゝうらしまの太郎とてあさゆふつりをしてせいろをいとなミけるかあるときゑしまかいそといふところにて大きなるかめをつりけるかかめハまんねんのよわひをへぬるものをもひしれとてはなしけるさてもその□ろにほへりまたあけの日つりをせんとをもひをきのかたへいてけるにちいさきふね一そうミゆるさてもふしきやひきよせてミはやとをもひひきよせていかなる人にてま□ますそかほとまん〳〵としたるかいしやうを一人ミへ給ふらんふしきさよと申そのときうらしまふしきにをもひて申けれハその

ときひめきみのたまふやうミつからハ
ミやこかたのものにて候かあるふねにひん
せんをして候へハにわかに大風ふきけれハ
ふねのものともさわきあひひとりをん
なをのせたるものよと申ゑたふねを
ろしミつからをのせなかし候へハいかなる
ゑしまかいそへもゆくらんとをもひしに
御ミに
あひ申こと
うれしくおもひ
候へハあわれ
をくりて
たまわれ
かしと
なけき
　けるㅤ〔絵一〕
そのとき
ひめきミ
まことに

たつて申させ
たまへハうらしまも
こハふしきやとハ
おもへとも
さらハをくりて
まいらせ候ハんとて
をなしふねに
のり
いつくをさして
いてけるか
ふねの
はやくゆくこそ
ふしきなれ
さてもこのやうり
うミのうへにて
をかけると
おもへハ
こかねのはまへ
おちつきこなたへ

〔絵二〕

いらせ
たまへと
うちに
よひいれて
申
やうミつからハ
きのふゐしまか
いそにてつられ
まいらせし
かめにて
候か
あまりに御ミの
なさけ
うれしくてその
おんのおくらはやとおもひ
これまてまいり□候なりかすならぬ
ミにて候へともあわれふうふになり申
さんとかたりけれハうらしまふしきや
とハおもへともそのまゝふうふのかたらひ

〔絵三〕

をなしちきりけるかりそめとハ
おもへともはや三とせにこそなりに
ける
あるとき
申やう
四きの
ふしきを
みせ申さん
とて
たち
出
ける
まつ
ひかし
の
もんを
あけ
て
ミれハ

〔絵四〕

梅さくら
さきミたれ
心ことハもおよ
ハれす
さてミなミのもんをあけてミれハ
そりはしをかけさせすはまにいけを
ほらせなか〳〵すゝしきこと申
はかり
なし
さて
にしハ秋の
しらきくたえぬ
ふせいなり
さて
きたハ
〔絵五〕
冬の
けし
き
にて

ミねの
しら
ゆき
たへやらぬ
ふせい
なり
（第1紙）

これハまた
あけすの
もんとて
あけてハ
ついに
ミせぬ
なり
さてうら
しまハ

〔絵六〕

うちに
かへり
女はうに
いとまを
こそこわれ
けるミつから
に
三十日の
いとまを
たまわり
候へ
ふるさとにかへり
ちゝはゝに
いとまこひして
やかてかへり
候ハんと
かたりけれハ
そのとき女はう（第2紙）

〔絵七〕

なミたをなかし
うらめしき
人のこゝろ
やな
ひよくれんりとこそをもひしに
ちからなしとてゝはこをひとつ
まいらせける御ミこのはこのふた
かまへてあけさせたまふなとかた
ミのはこをまいらせける

うらしまもこれを
とりてかたミの
はこをふねに
のせてなミたなから
たちいてける女ほう

〔絵八〕

あまりのかなしさに
て《一》や《しゅ》く《かく》なんたちわかれ
またミん事もかたけれハなミた
をそてにつゝミかねけれ《り》うら

しまうたはするなよわれも
わすれしもろともにたとひ
いのちハかきりありともかやうに
よミてたかひにわかれのふねに
のるとをもへハもとのうミへそあかり
けるさてこれやむかしのすミ
かそとたちよりつかのあたりにて
七十はかりのをきなにゆきあひて
うらしまのことを
とひけれハ
はや七百さい
さきとこそ
　申ける
うらしまふしきにをもひ〔絵九〕
やう〳〵御たうを
たつねてまいりつゝ
こかれたまい
けるさてこれや
むかしのすみかそと

たちより　（第3紙）
つかのあたりにて
一しゆかくなん
ひきうへし
にわのこ
まつを
きてミれハ
いまハ
をひ木と
なるそ
かなしき
かやうによミて
もしこのはこの
うちになにか
あるらんとおもひ
とあるまつのした
にて
このはこのふたあけて

〔絵一〇〕

ミハやとおもひあけてミれハはこの
うちよりけふり三すしたつと
おもへハかほにかゝり
そのまゝ百さいの
おきなとなり
たまふ
それ
より
して
うら
しまか　（第4紙）

〔絵一一〕

はこ
あけてくやしき
とハ
申つたへける
そのゝち
うらしまハつるに
むまれかめに

たハふれを
なしあさ
ゆふ

〔絵一三〕

遊ひ
たハふれ
給ひける

〔絵一二〕

君か
よハ
ちよにや
ちよを
さゝれ
いしの
いわをとなりて
こけの
むすまで　（第5紙）

『浦嶋』絵巻小考

一　『浦嶋』絵巻について

聖徳大学の所蔵にかかる絵巻の『浦嶋』一軸について、その書誌を以下に記す。一巻。紙本着色。表紙は、縦二〇・〇糎、横一四・一糎。焦げ茶色に唐花菱形かと思われる文様があり、外題・内題ともになし。紺色の打紐がある。見返しは鼠色である。全長、二七三・〇糎。五紙継ぎ（第一紙　一三一・〇糎、第二紙　二四・九糎、第三紙　四七・五糎、第四紙　三三・六糎、第五紙　二二・〇糎。各紙の長さは不統一。特に第一紙は、目視の限りでは、長尺の紙と思われる）。本文の元紙は、縦一五・五糎。字高は一三・六糎。絵は、一三図。また、本軸は、黒色の木箱に入り、朱色の平打紐で結ぶ。「浦嶋絵巻」と墨書した長方形の紙片が上箱側面に貼られている。絵師・筆写者ともに不明。成立年次も不明である。なお、書名は、箱に貼付された紙片の『浦嶋絵巻』の呼称によることにする。

二　本文に見られる訂正と補筆

本巻には、本文と同筆による見せ消ちの訂正部分が二か所、一字補入部分が一か所ある。まず、その点につき説明しておきたい。その一は別れの場面で、「女ほうあまりのかなしさに、一しゆかく」とあり、以下第一首目の「たちわかれ」の和歌が詠まれるが、「一しゆかく」を初め「てやく」と書き、見せ消ちの印である「ヒ」を各一字ずつその左に書き、さらに元の「てやく」の右側に「一しゆかく」と訂正したことを示している。この訂された形の「一しゆかく」という文言は、別にもう一か所に見える。それは、浦島太郎が昔の住処に立ち寄り、塚のあたりで「一しゆかくなん」として「ひきうへし」の和歌を詠む場面で、ここでは「一しゆ」の三文字を連綿で記しているため、特に第一字と第二字の「一し」が「て」に読める形にもなっている。前出の別れの場面での例も、おそらくまず原本を写した書写者の書く癖をそのまま写したものの、後出の和歌を詠む場面での「一しゆ」の書きぶりから、「一しゆ」と読むべき事に気がついたことによる訂正ではないか、と思わせる例である。

訂正のその二は、前出の例の二行後に見える。「またミん事もかたけれハなミたをそてにつゝミかねけり」の歌で、「つゝミかねけれ」とあった元の形を、「れ」の左に「ヒ」と書いて見せ消ちであることを示し、「れ」の右側に「り」と記す。こうした抹消符の「ヒ」を使用して見せ消ちであることを示す方法は、江戸時代にひろく行われていたので、この絵巻の書写が江戸時代に行われただろうことを推定させる。(1)

補筆の一例は、箱を開ける場面で、「このはこのふたあけてミハやとおもひ」とある部分である。「ミや」と連綿で書き、「ミ」と「や」の右中間に「ハ」と補っている。こうした訂正や補入は美装の絵巻には、概してあまり多くはないのではないだろうか。この絵巻が、身分の高い人物の読みを想定してはいなかったためではないかと思われる。

三　第二類に属する聖徳大学蔵絵巻

ところで、「浦島太郎」の五〇種類余の諸本を、林晃平は所収の和歌の数によって四種類に分類する。(2)すなわち、第一類は四首、第二類は三首、第三類は一〇首、第四類は五ないし六首の和歌を収載するうえ、各和歌が截然として混同されることがない、という。本絵巻は、三首の和歌を載せるので、いわゆる第二類に相当することが判明する。その三首の和歌は、次の通りである。

たちわかれまたミん事もかたけれハなミたをそてにつゝみかねけり
はするなよわれもわすれしもろともにたとひいのちハかきりありとも
ひきうへしにわのこまつをきてミれハいまハをひ木となるそかなしき

いわゆる第二類の絵巻は、日本民芸館蔵の古絵巻Bで、その絵巻に収載される和歌は、

たちわかれまたみん事もかたけれはなみたをそてにつゝみかねけり
わするなよわれもわすれしもろともにたとひいのちはかきりあるとも
ひきかへしにわのこまつをきてみれはいまはをひ木となるそかなしき(3)

の三首である。比較して明らかなように、三字の異なりを見る以外は、まったく同じといっていい。従来孤本であった第二類に別本が出現したのである。この三首の和歌で、第二首めの冒頭の「はするなよ」(聖徳大本)は、「わするなよ」の写し誤りである。それが、書写した原本にある誤りか、本巻の書写者による誤りかは分からない。又、第五句の「かきりありとも」は、民芸館本に「かきりあるとも」とある。第三首冒頭の「ひきうへし」は、民芸館本に「ひきかへし」とあるが、これは和歌の意味からいっても、和歌の表現から見ても、「ひきうへし」とあるべきであろう。(4) 因みに平成七年古典会新出本には、

ひきうへし庭のさくらもとしをへていまはおい木となるあはれさよ(5)

の和歌を浦島太郎の和歌として載せており、参考になろう。以上、この三例から、この二巻の絵巻がどちらが先に、どちらが後に成立したかは、判断できないだろう。また、民芸館本も書写本である可能性が考えられる。ともあれ、本絵巻が第二類に相当することは、誤りないといえよう。

四　聖徳大学蔵絵巻と日本民芸館蔵絵巻の比較

次に、この二巻の本文を比較してみよう。［聖］は聖徳大学蔵本、［民］は日本民芸館蔵本であることを示す。漢字と仮名の宛て替えは、問わないことにする。

○冒頭部

1　［聖］その□ろにほへり
　［民］そのころにかへり

○一艘の舟に乗る姫君

2　［聖］いかなるひとにてま□ますそ
　［民］いかなるひとにてましますそ

3　［聖］かいしやうを一人ミへ給ふらん
　［民］かいしやうに一人みへたまふらん

4　［聖］そのときうらしまふしきに

［民］　そのときうらしまふしに

5　［聖］　ミつからをのせなかし候へハ

［民］　ミつからをのせなかし申候へは

○同船して姫君を送る

6　［聖］　さてもこのやうりうみのうへにてをかけると

［民］　さてもこの女はううみのうへにてをりけると

○亀であったことを告げ夫婦となる

7　［聖］　これまてまいり□候なり

［民］　これまてまいりて候なり

○四季の庭を見せる

8　［聖］　あるとき申やう四きのふしきをみせ申さん

［民］　あるときこのりうくうしやうとの四はうのしきをみせ申さん

9　［聖］　すはまにいけをほらせなか〳〵すゝしきこと申はかりなし

［民］　すわまにいけをほらせなか〳〵すゝしきこと申はかりはなし

10　［聖］　にしハ秋のしらきくたえぬ

［民］　にしハ秋にして、しらきくたへぬ

○浦島、暇乞いの場面

11　［聖］　ミつからに三十日のいとまをたまわり候へ

［民］　みつからに三ケ日のいとまをたまわり候へ

○浦島の和歌
12 ［聖］ うらしまうた　はするなよわれもわすれしもろともにたとひいのちハかきりありとも
［民］ うらしまのうた　わするなよわれもわすれしもろともにたとひいのちはかきりあるとも
○浦島、翁に会う場面
13 ［聖］ うらしまのことをとひけれハはや七百さいさき
［民］ うらしまのことをといけれは、それははや七百さいさき
14 ［聖］ うらしまふしきにをもひやう〳〵御たうをたつねてまいりつゝこかれたまいける
［民］ うらしまふしきやとをもひ、やう〳〵御たうをたつねてまいりりうていこかれたまいける
○浦島懐古の和歌
15 ［聖］ ひきうへしにわのこまつをきてミれハいまハをい木となるそかなしき
［民］ ひきかへしにわのこまつをきてみれはいまはをい木となるそかなしき
○手箱を開けた場面
16 ［聖］ それよりしてうらしまかはこあけてくやしき
［民］ それよりしてうらしまはこあけてくやしき
○君が代の和歌
17 ［聖］ 君かよハちよにやちよをさゝれいしのいわをとなりてこけのむすまて
［民］ きみかよはちよにやちよをさゝれいしのいわをとなりてこけのむすまて〳〵

以上、二本の比較によると、1・2・6・7・8・12・14のように、聖徳大本の誤りや不審な点を民芸館本で

訂正することができる例がある。一方、4・11・15・16のように逆に民芸館本の不十分な部分もしくは不審な点を聖徳大本により正すことが可能になる。また、8・14・17の例のように民芸館本にありながら、聖徳大本にはない文言も見え、書写の際に目移りによる書き落としの可能性も否定できないが、こうした例を見ると、このいずれかが他方を書写したということは考えにくい。以下、検討を加えていくことにする。

これらの字句の異同を見ると、4・6・8・10・11・14・17の例から、聖徳大本と民芸館本とは、それぞれが別の絵巻を写した可能性があるのではないか、と考えられよう。たとえば、11の「三十日のいとま」と「三ケひのいとま」の場合、「十」を「ケ」と読み誤って書きうつしたか、と考えられるが、聖徳大本の「三十日」の字体から「ケ」と読み誤り、書き誤る可能性は極めて低いと考える。また、8の例の、「りうくうしやう」および14の「りうていこかれ……」の文言の有無も単なる書き落としや誤写とは考えにくい。聖徳本が書写した底本にも欠けていたかもしれない。あるいは17の君が代の歌で、「こけのむすまて〳〵」と繰り返す形をとる民芸館本を底本にした場合、この絵巻の最後にあたるこの部分で、書写の際に書き落とす可能性は極めて低い、とみていいだろう。こうした点と前述の三章の見せ消ちの例から見て、それぞれが別の絵巻を写したのではないかと考えることができるだろう。

つぎに、聖徳大本では「思ふ」という動詞を表記するに当たり「をもひ」と「おもひ」という、ワ行・ア行の両様の表記が使用されている。全一七例のうち、「をもひ」は八例、「おもひ」は九例で、その使用頻度は拮抗している。一方、民芸館本では、「思ひ」が二例のみに対して、「をもひ」の形は十五例見え、前述したようなこの二本の書写関係の有無を示唆する。「女房」に関する表記についても、二本の表記は異なる面がある。聖徳大本は三例のうち「女はう」二例「女ほう」一例である。民芸館本は四例見え、いずれも「女はう」の表記である。なお、聖徳大本では、書写の際の誤りかと思われる6の表記があり、四例にならない。6の「やうり」(6)という形は、意味不通で、底本の「女はう」の字形があまりよろしくなかった、とも考えられるし、また、書写者の理解力の程度を示しているともいえよう。ある程度理解でき、本文の意味をたどることができる場合には起こりにくい書写の結果、ともいえよう。このような推測は、12・14などの場合についてもいいえよう。

挿絵について私見を述べておきたい。『室町時代物語大成』第二巻[7]に収載される口絵写真に、第二類の民芸館本「うらしま」の写真三葉が紹介されている。いま、この三葉の挿絵と聖徳大本とを比較してみよう。

第一図（浦島が亀を釣り上げる図）は、聖徳大本には、柳と思われる木を欠いたり、浦島の立つ岸辺の様相にやや粗略の感があるが、構図や人物の設定など民芸館本と同じといえよう。

民芸館本の第七図は、「あけすのもん」の入り口の図で、聖徳大本の第六図に相当する。浦島と女房の二人の立ち姿、門の屋根の結構、門の形など、きわめて近似している。しかし、門柱の台石や、左手の門塀、浦島太郎の衣の裾などに目立った相異がみられ、明らかにこの二本の直接の関係を云々することはできない。

民芸館本第一二図は手箱を開けて翁となる図、および第一三図の鶴亀の絵、それに第一四図の一部が見え、聖徳大本の第一一図、第一二図、第一三図の一部にそれぞれ相当する。松の木、手箱の位置、浦島の両手を広げた恰好、三筋の煙、向き合った鶴亀の姿など極めて似ており、一見すると直接どちらかがどちらかを見て書写したかと考えられそうである。しかし、これらの絵でも、松の木の形、浦島の年老いた様子、また鶴は民芸館本では羽をひろげかけており、聖徳大本が翼を閉じている鶴を描いている点で、大いに異なる。さらに神社の塀の描き方も異なっており、ここの三図を比べてみても、この二本が直接に写し、写された、という関係ではないことを窺わせている。

まとめ

聖徳大本は、民芸館本と同じ第二類に分類される。それは、分類の拠り所となっている和歌が三首であるという点はもちろん文言や物語の筋、挿絵にいたるまで近似の関係にあることが判明する。絵と文が入り混みの形も同じである。ことに聖徳大本には、話の筋や古典に対する知識が理解十分ではない人間が書写したと思われる誤りがまま見られた。一方で、民芸館本で、「ふしにをもいて」が正しくは「ふしきにをもいて」、夫婦の別れの場面では「三ケ日のいとま」という熟さない措辞であるが、それに比べ、聖徳大本の「三十ひのいとま」の措辞の方がよりよい表現といえよう。因みに、浦島が暇を乞う場面で、「三ケひのいとま」という措辞は管見に入らない。「三十ひのいとま」という措辞は、御伽文庫本や岩崎文庫本などに見える、共通の措辞である。また聖徳大本で不審であった1・6・8・12・14の「その□ろにほへり」が「そのころにかへり」、「このやうりうみのうへにてをかける」が「この女はううみのうへにてをりける」、「四きのふしき」が「りうくうしやうとの四はうのしきを」、「はするなよ」が「わするなよ」、「御たうをたつねてまいりつゝこかれ」が「御たうをたつねてまいりりうていこかれ」であることが判明した。

諸点の異同はあるものの、同じ第二類に分類され、挿絵もきわめて近似するこの二本は、おそらくは、聖徳大本が、民芸館本と同じような、しかし別系統の絵巻を筆写したものと考えられる。大筋で一致するものの、細部で異なる点があることが、右の考えを証してくれるだろう。ともあれ、聖徳大本の出現によって、第二類にさらに一本を加えることができたことになる。

なお、第二類の『浦嶋』につき、[8]付言しておきたい。夙に「あけすの門」につき、他に見られず、第二類特有の場面として林晃平の考察があるが、それ以外にも以下の点を指摘しておきたい。

一そうの舟で現れた女性は、「ミつからハミやこかたのものにて候」と名乗り、二人が同船して「こかねのはま」に着いた、という点も興味深い。その後、この女性を指して「ひめきみ」といい、夫婦になったのちは「女はう」と書かれ、細かな呼称の使われ方がされている。次に、言葉の重複がまま見られ、推敲を経ない、より古い形を伝えているのではないかとも思わせる。たとえば、次のような例がある。

「かほとまん〳〵としたるかいしやうを一人ミへ給ふらんふしきさよと申、そのときうらしまふしきにをもひて申しけれハ」

「はこをひとつまいらせける……かたみのはこをまいらせける」

さらに、巻末に鳥居（聖徳大本）や神社の塀（民芸館本）が描かれるが、これについての説明は、本文に一切、ない。浦島太郎が明神になってまつられることを、あるいは示すのであろうか。

本絵巻は、民芸館本に比べて画品ともに及ばないが、きわめて示唆に富む絵巻といってよいであろう。

注

（1）たとえば、芭蕉は、元禄六年（一六九三）七月七日、弟子の杉風と雨の七夕星の発句の唱和をし、「七夕句文」をしたためたが、「孤燈」を「一燈」と訂正し、抹消符の「ヒ」を用い、また、杉風の発句の中七の「かさぬもうとし」という初案の形を「かさねはうとし」と推敲し、同様に「ヒ」を用いている。その約九十年後、天明元年（一七八一）蕪村門の几董が編した『初懐紙』の蓼太の発句「梅守の資ほしけり古折敷」で、「資」の左に抹消符「ヒ」を、右に「養」を朱書する例などが挙げられ、抹消符「ヒ」を用いた推敲例は他にも散見する。

（2）「浦島伝説の資料と解題・稿―東京大学国文学研究室蔵奈良絵本「浦しま」について―」（『苫小牧駒沢短期大学紀要』第二十一号　一九八九・三）、『浦島伝説の研究』おうふう　二〇〇一年。

（3）横山重・松本隆信編『室町時代物語大成』第二　角川書店　一九八一年　四版（一九七四年二月初版）。
（4）『新編国歌大観』第一巻には、「ひきうゑし」の措辞の形の和歌が二首、「ひきうゑて」の形の和歌が三首見えるが、「ひきかへし」の形の和歌は、ない。
（5）林　晃平『浦島伝説の研究』おうふう　二〇〇一年　一三九ページ。
（6）「やうり」も難読。ただし、「女はう」とは解読しにくい。
（7）注（3）に同じ。なお、第二類本（民芸館本）との細部にわたる比較は後日に譲りたい。
（8）注（5）に同じ。

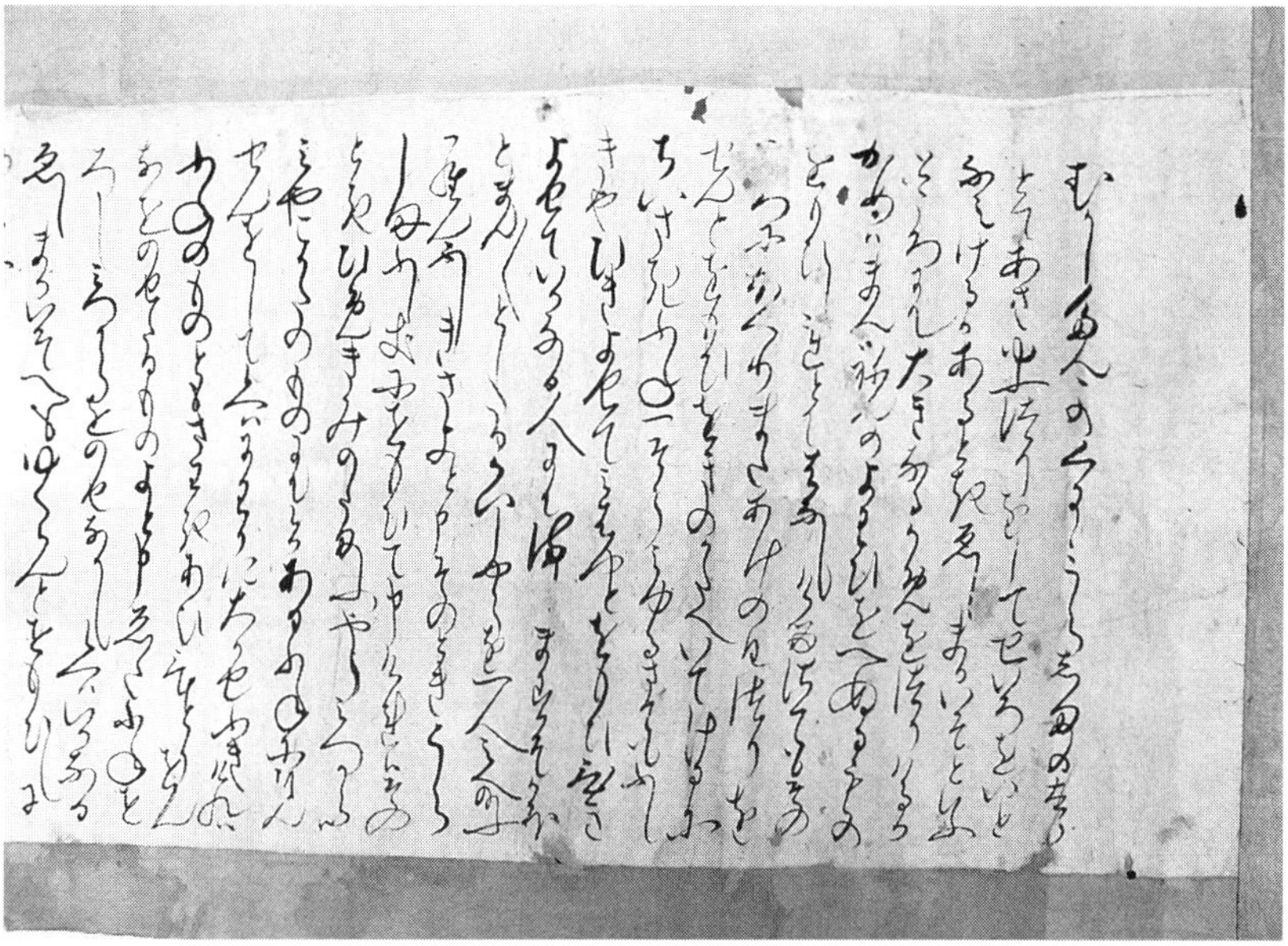

聖徳大学所蔵『浦嶋』絵巻　冒頭

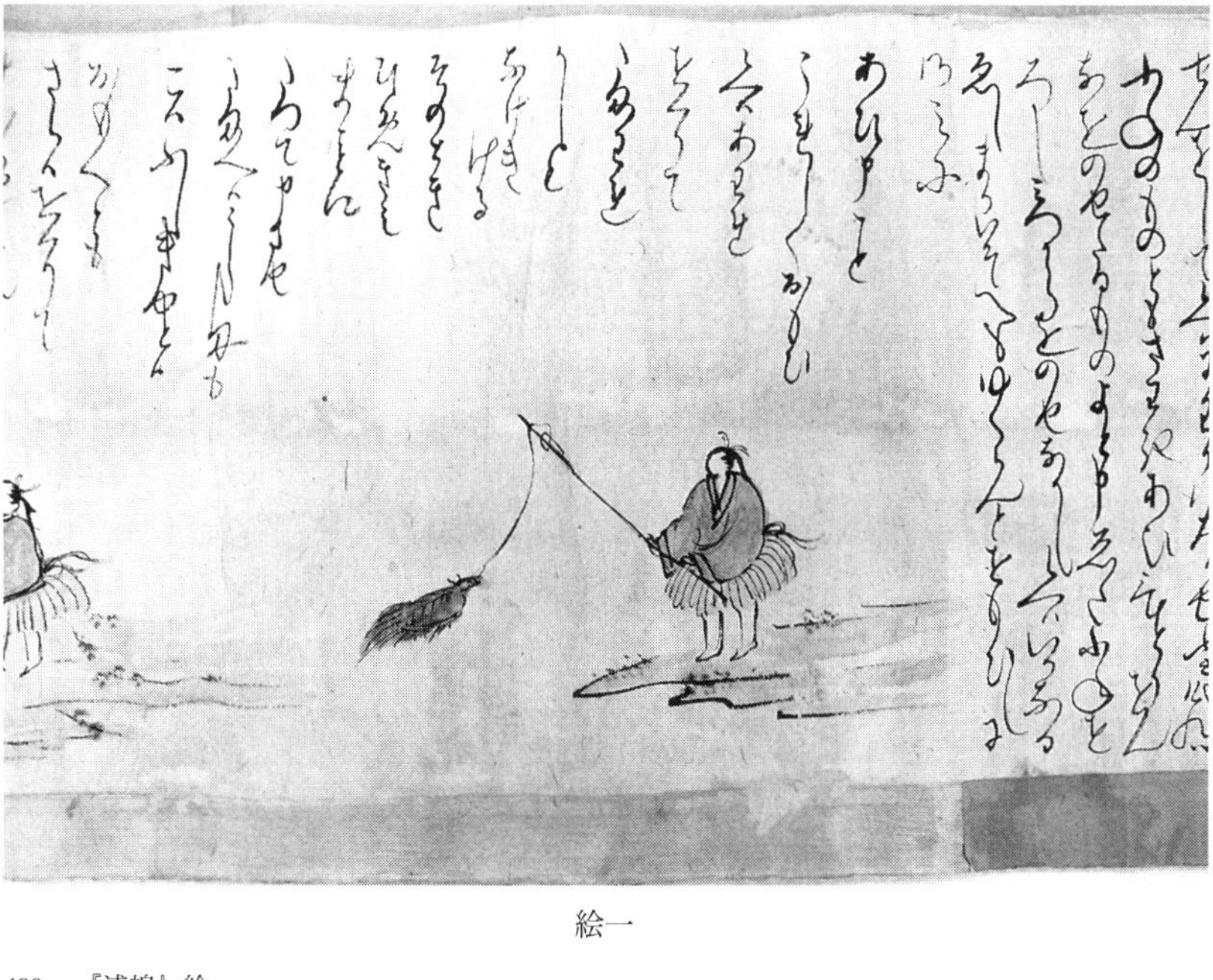

絵一

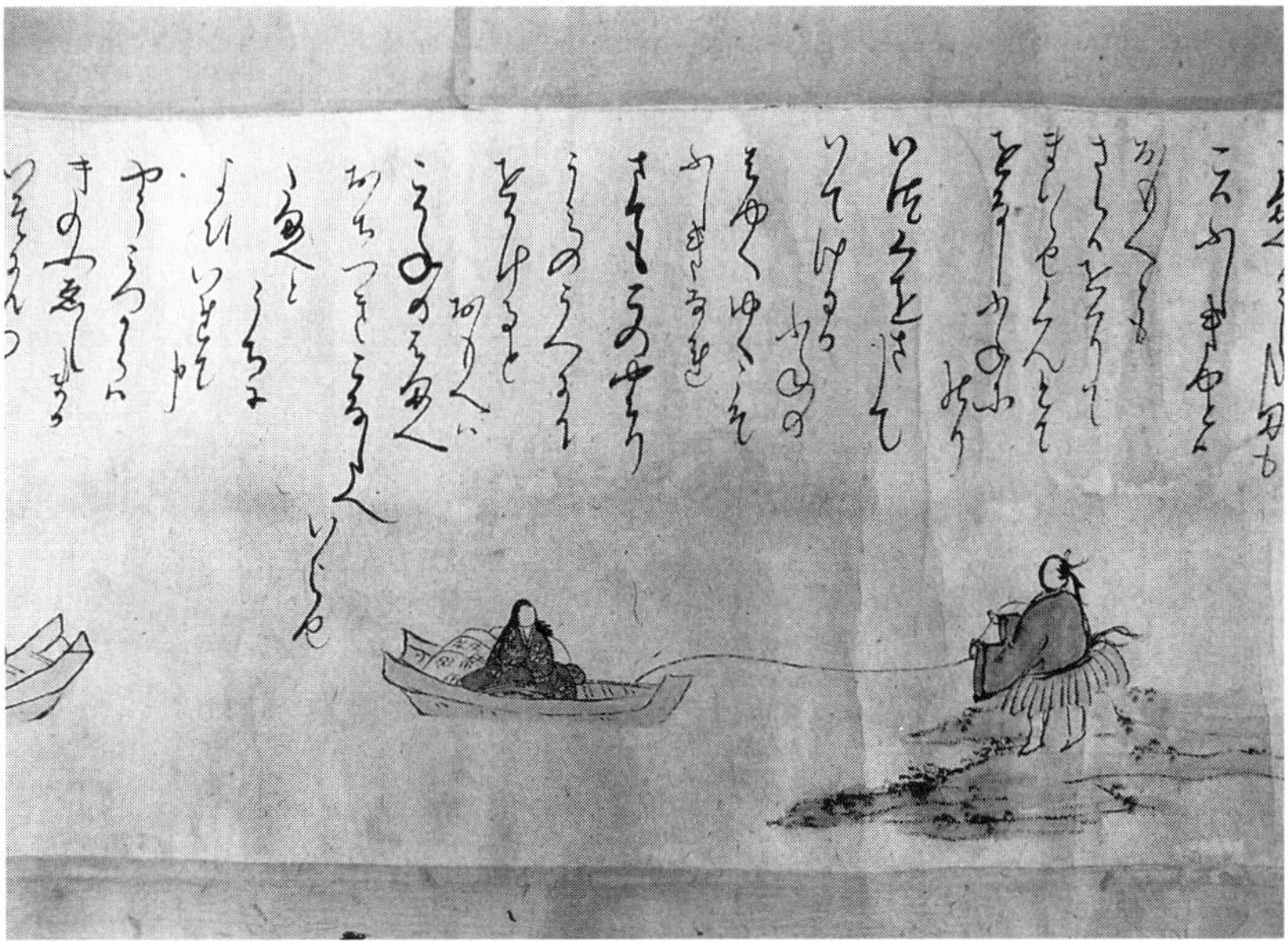

絵二

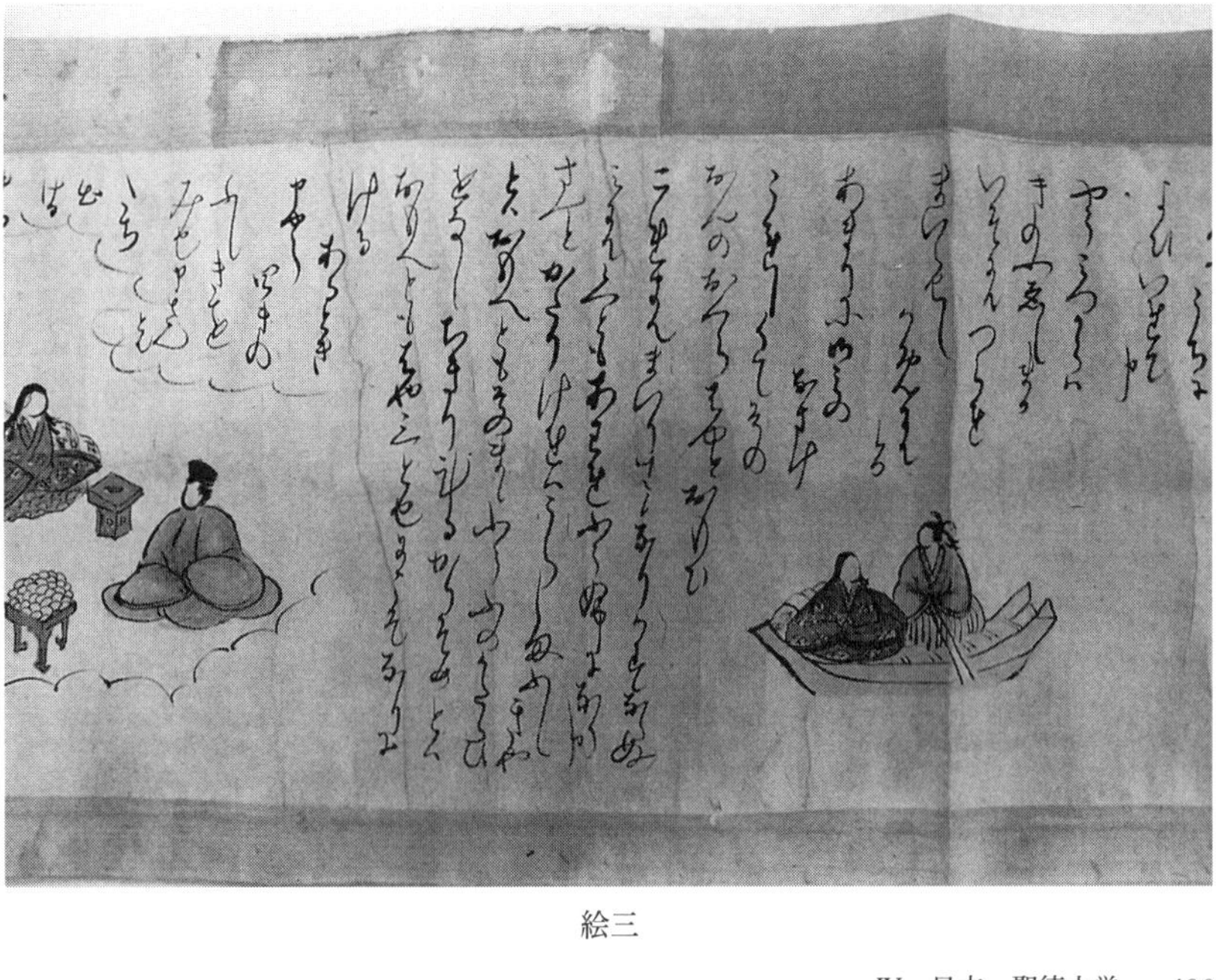

絵三

絵四

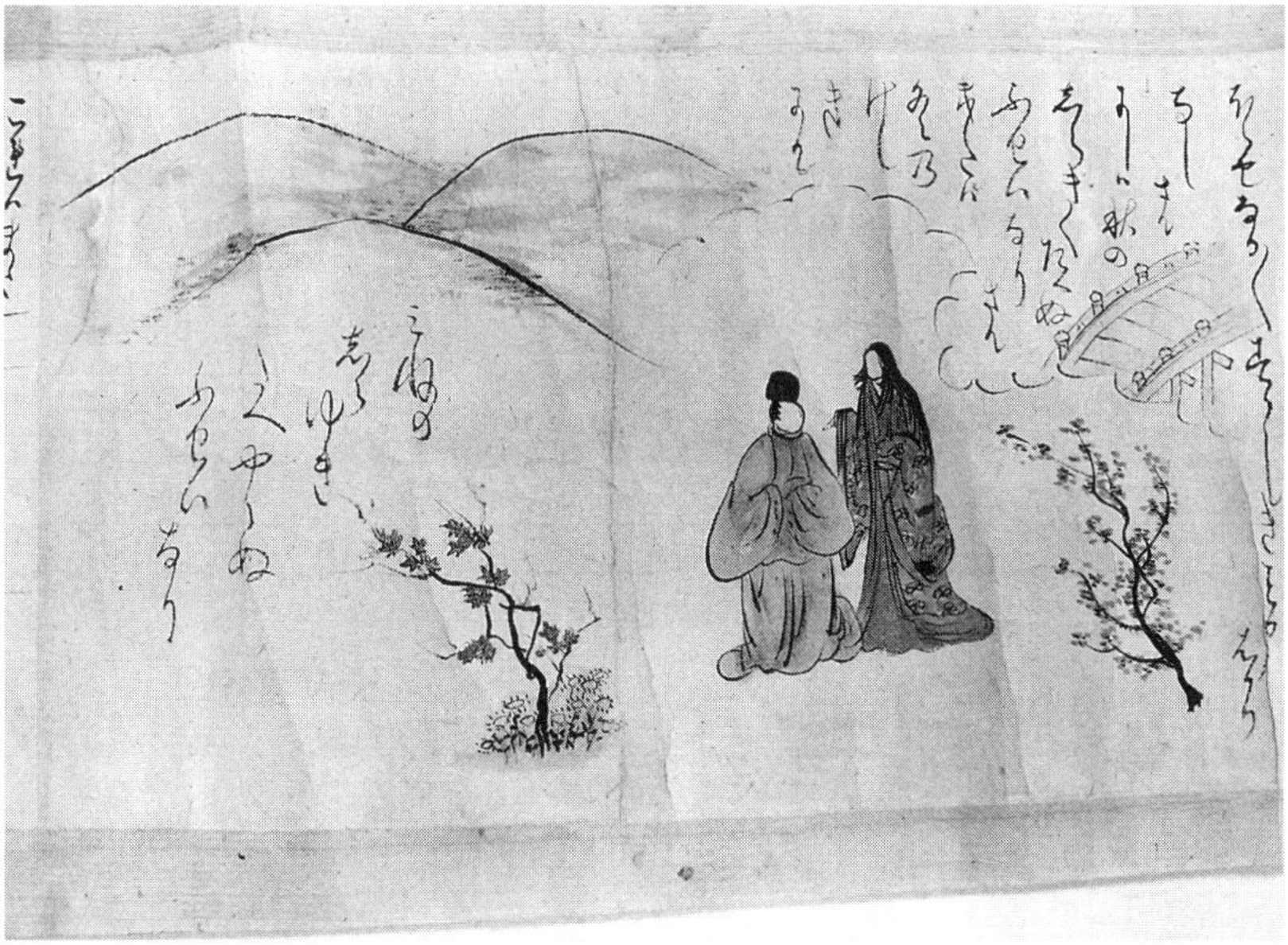

絵五

絵六・七

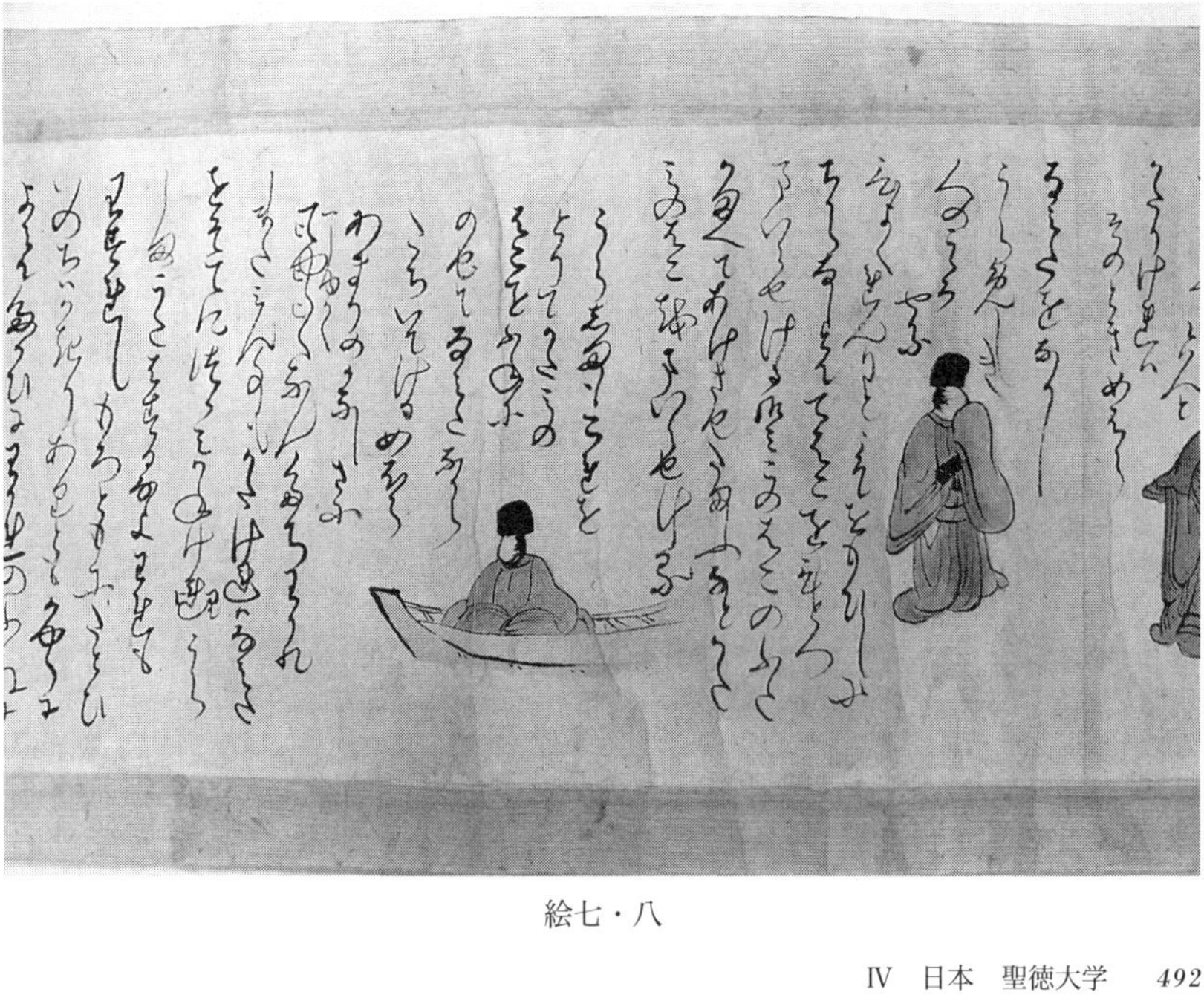

絵七・八

絵九

絵九・十

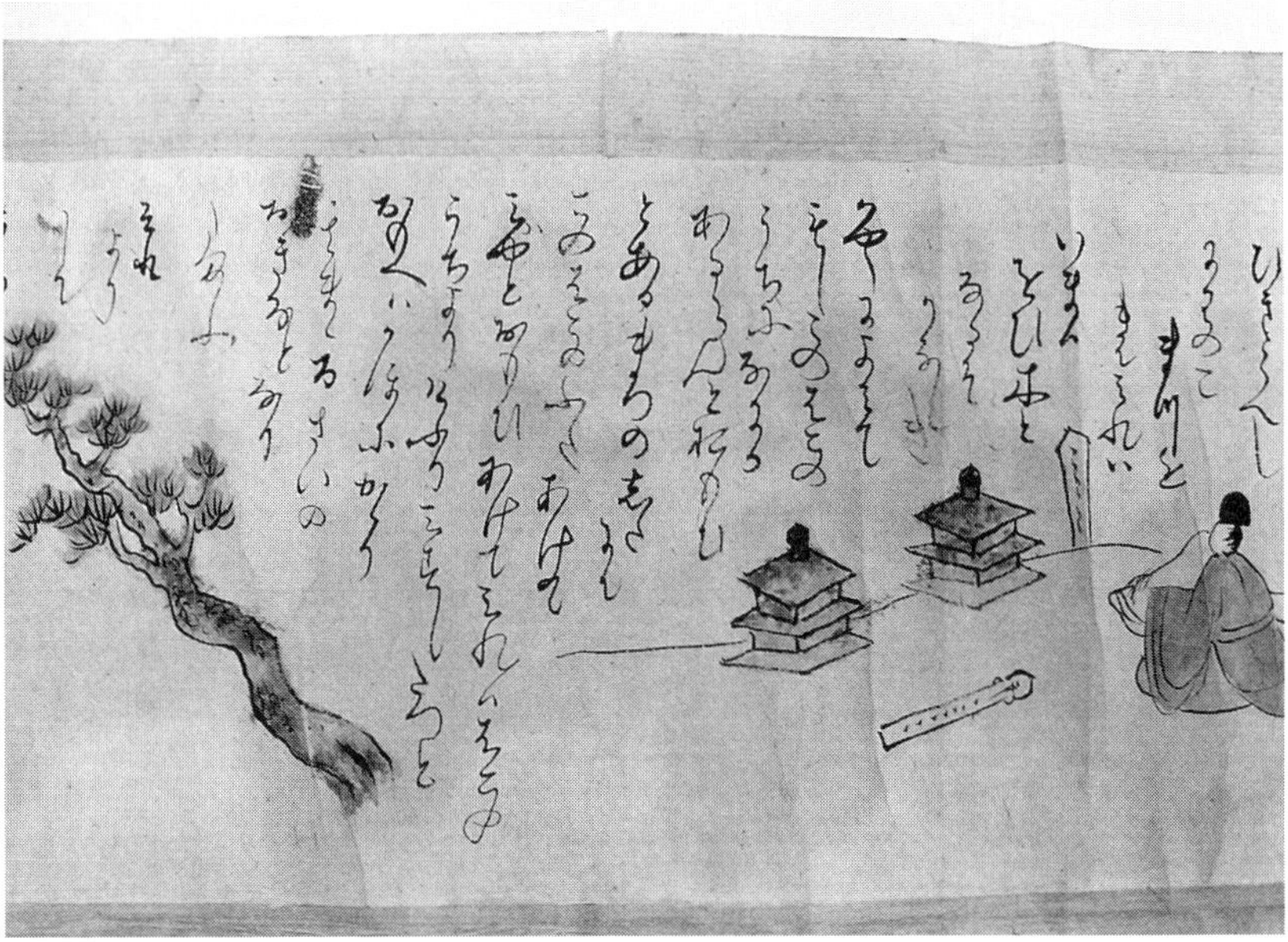

絵十

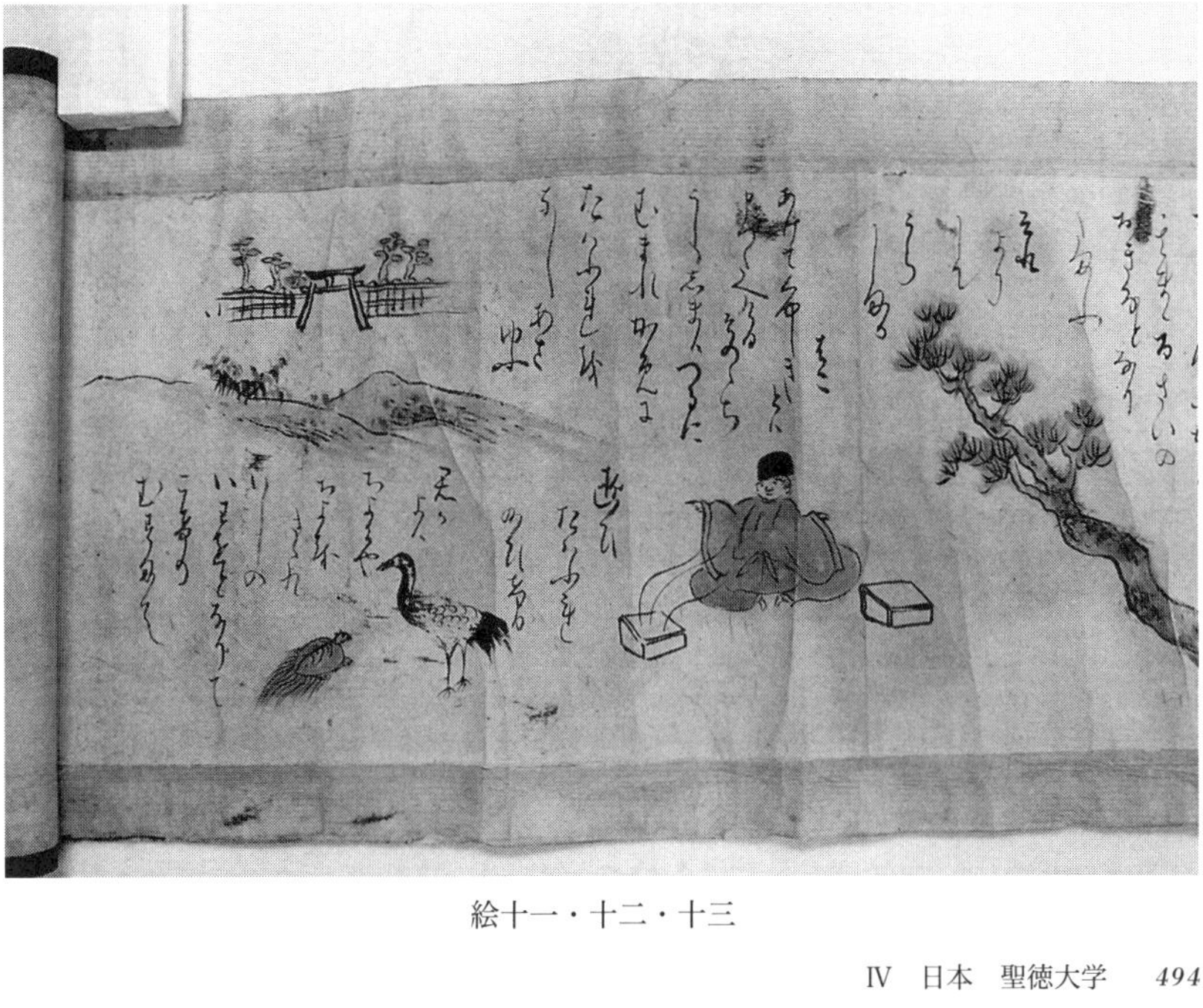

絵十一・十二・十三

IV　日本

4　聖徳大学所蔵『伊勢物語』絵巻の本文と解説

『伊勢物語』絵巻詞書

〔上〕

（一段）
むかしおとこうゐかうふりしてならの京
かすかのさとにしるよしゝてかりにいに
けりそのさとにいとなまめいたる女はら
からすみけりこのおとこかいまみてけり
おもほえすふるさとにいとはしたなくて
ありけれはこゝちまとひにけり男のきたり
けるかりきぬのすそをきりて哥をかきて
やるそのおとこしのふすりのかりきぬを
なんきたりける
　春日のゝわかむらさきのすりころも
　しのふのみたれかきりしられす
となんをいつきていひやりけるついてお
もしろきことゝもやおもひけむ
　みちのくのしのふもちすり誰ゆへに
　みたれそめにし我ならなくに
といふうたのこゝろはへなりむかし人は
かくいちはやきみやひをなむしける

（四段）
〔絵一〕（第1紙）
むかし東の五条におほきさいの宮のお
はしましける西の対にすむ人ありけり
それを本意にはあらてこゝろさしふかゝり
けるひとゆきとふらひけるをむ月の十日
はかりのほとにほかにかくれにけりあり
所はきけと人のいきかよふへきところに

もあらさりけれは猶うしとおもひつゝ
なむありける又のとしのむ月に梅の花
さかりに去年をこひていきてたちて
見いてみゝれとこそにゝるへくもあらす
うちなきてあはらなるいたしきに
月のかたふくまてふせりてこそを思ひ
出てよめる

　月やあらぬ春やむかしのはる
　　ならぬ
　我身ひとつはもとの
　　みにして

〔絵二〕（第2紙）

ふしの山をみれは　**（九段）**
　五月のつこ
　　もりに
　雪いとしろうふ
　　れり

　時しらぬ
　　山は
　ふしのね
　　いつとてか
　かのこまたらに
　　雪の
　ふるら
　　む

〔絵三〕（第3紙）

猶ゆき〱てむさしの国としもつふさの　**（九段）**
国とのなかにいとおほきなる川ありそれを角
田河といふそのかはのほとりにむれゐて
おもひやれはかきりなく遠くもきにける
かなとわひあへるにわたしもりはやふねに
のれ日も暮ぬといふにのりてわたらむと
するにみな人ものわひしくて京に思ふ人
なきにしもあらすさるおりしもしろき

鳥のはしとあしとあかき鴫のおほきさなる水のうへにあそひつゝいをゝくふ京にはみえぬとりなれはみな人見しらすわたしもりにとひけれはこれなん宮古とりといふをきゝて

名にしおはゝはいさことゝはん宮ことりわかおもふ人はありやなしやと

〔絵四〕（第4紙）

むかしおとこ有けり人のむすめをぬすみてむさしのへゐて行ほとにぬすひとなりけれは国のかみにからめられにけり女をは草村のなかにをきてにけにけりみちくる人このゝはぬすひとあなりとて火つけむとす女わひて

むさしのはけふはなやきそわか草のつまもこもれり我もこもれり

（十二段）

〔絵五〕（第5紙）

昔春宮の女御の御かたの花のかにめしあつけられたりけるに

花にあかぬなけきはいつもせしかとも今日のこよひににる時はなし

（二十九段）

〔絵六〕

土佐左近将監光起筆（白文方印）（第6紙）

（下）

（五十八段）

昔心つきて色このみなるおとこなかをか
といふ所に家つくりてをりけりそこ
のとなりける宮はらにこともなき女と
ものゐなかなりけれは田からむとて此男
のあるを見ていみしのすきものゝしわ
さやとてあつまりていりきけれはこの
おとこにけておくにかくれにけれは
おんな

あれにけりあはれいくよの宿なれや
すみけむ人のおとつれもせぬ

といひてこの宮にあつまりきゐてあり
けれは此男

葎おひてあれたる宿のうれたきは
かりにもおにのすたくなりけり

とてなむいたしたりけるこの女ともほ
ひろはんといひけれは

打わひておちほひろふときかませは
われもたつらにゆかましものを

〔絵一〕（第1紙）

（八十七段）

昔おとこ津のくにむはらのこほり芦
屋の里にしるよしゝていきてすみけり
むかしのうたに

あしのやのなたのしほやきいとまなみ
つけのをくしもさゝすきにけり

とよみけるそこのさとをよみけるこゝをなん
あしやのなたとはいひける此男なま宮つか
へしけれはそれをたよりにて衛府のすけ
ともあつまりきにけりこのおとこのこのかみ
も衛府のかみなりけり其家のまへの
海のほとりにあそひありきていさ此山の
かみにありといふ布引の滝みにのほら
むといひてのほりてみるにその滝ものより
ことなりなかさ二十丈ひろさ五丈はかり
なる石のおもてしらきぬに岩をつゝめ
らむやうになん有けるさるたきのかみに

わらうたのおほきさしてさし出たる石
あり其いしのうへにはしりかゝる水は
せうかうしくりのおほきさにてこほれ
おつそこなる人にみなたきの哥よます
かのゑふのかみまつよむ

　我よをはけふかあすかと待かひの
　なみたの滝といつれたかけん

あるしつきによむ

　ぬきみたる人こそあるらししら玉の
　まなくもちるかそてのせはきに

とよめりけれはかたへの人わらふ事にや
ありけむ此哥にめてゝやみにけり

〔絵二〕（第2紙）

かへりくる道とをくてうせにし宮内卿　**（八十七段）**
もちよしか家のまへくるに日くれぬやとりのかたを
見やれはあまのいさりする火おほくみゆる
にかのあるしの男よむ

　晴る夜のほしか川辺のほたるかも
　わかすむかたの海士のたく火か

とよみて家にかへりきぬ

〔絵三〕（第3紙）

其夜みなみのかせふきて波いとたかし　**（八十七段）**
つとめてその家のめのこともいてゝうき
みるのなみによせられたるひろひて
家のうちにもてきぬ女かたよりそのみるを
たかつきにもりてかしはをおほひて
いたしたるかしはにかけり

　わたつ海のかさしにさすといはふもゝ
　君かためにはおしまさりけり

〔絵四〕（第4紙）

むかし右近の馬場のひをりの日むかひ　**（九十九段）**
にたてたりける車に女のかほのしたす
たれよりほのかにみえけれは中将

なりける男のよみてやりける
見すもあらすみもせぬ人のこひしくは
あやなくけふやなかめくらさむ
返し
しるしらぬ何かあやなくわきていはむ
おもひのみこそしるへなりけれ
〔絵五〕（第5紙）
昔男みこたちのせうえうし給ふ　**（百六段）**
ところにまうてゝ竜田川のほとりにて
千早振神よも
きかす竜田川
からくれなゐに
水くゝるとは
〔絵六〕
土佐左近将監光起筆「光起之印」（白文方印）（第6紙）

此伊勢物語画図十二段之
詞書者近衛殿基熙（于時内大臣）公貴墨
也斯誠可謂奇珍仍為後證不
顧魯蒙微官加草名者也
寛文第八暦小春後六日
権中納言藤原基（花押）（軸付紙）

聖徳大学所蔵
伊勢物語（上）
縦 29.8 糎

紙　数	横（糎）		詞（行）	
見返し	28.7			
第 1 紙	115.8	絵一	17	
第 2 紙	132.0	絵二	17	
第 3 紙	100.8	絵三	13	
第 4 紙	115.4	絵四	15	
第 5 紙	91.8	絵五	8	落款・印章
第 6 紙	99.5	絵六	7	
軸付紙	49.5			
本紙計	655.3		77	

聖徳大学所蔵
伊勢物語（下）
縦 29.8 糎

紙　数	横（糎）		詞（行）	
見返し	27.5			
第 1 紙	123.0	絵一	18	
第 2 紙	89.2	絵二	28	
第 3 紙	103.5	絵三	7	
第 4 紙	106.6	絵四	8	
第 5 紙	113.6	絵五	9	落款・印章
第 6 紙	129.8	絵六	6	
軸付紙	47.5		奥書	
本紙計	665.7		76	

『伊勢物語』絵巻解題

はじめに

本絵巻の書誌を記す。『伊勢物語』上（下）二巻。井上公爵家旧蔵。近衛基熙詞書　土佐光起画　絹本着色。表紙（上　縦二九・八糎×横二八・四糎、下　縦二九・八糎×横二八・五糎）は朽葉色に牡丹を描く金欄、左肩の紙題簽に「伊勢物語」（縦一五・〇糎×横三・七糎）と記し（「上（下）」の記載はない）、小豆色の平打紐が付いている。象牙軸、見返しは金紙。料紙は詞書と絵とを連続する一枚の絹に描く。絹本であるが、ここでは第一紙、第二紙と数える。上巻　本紙全長六五五・三糎、詞六段、絵六図。下巻　本紙全長六六五・七糎、詞六段、絵六図、全十二段十二図から成る。本文は、日本古典文学全集本（学習院大学蔵三条西家旧蔵伝定家筆『伊勢物語』を底本とする）と同じく「初冠本（一二五段）」系統で、全集本の章段数によると上巻は、一、四、九・九、十二、二十九段、下巻は、五十八、八十七・八十七・八十七、九十九、百六段に該当する。

上下各巻末の落款には「土佐左近将監光起筆」、印章は「光起之印」（白文方印）とある。三重の箱入り。外桐箱右肩に「伊勢物語 基熙公詞書 光起繪 弐巻」、中箱中央に「伊勢物語 近衛基熙公 土佐光起画　弐巻」、漆塗りの内箱は無題、緑の平打紐、別添の包紙に一枚の大極札が収められている。その表に「近衛大閣（ママ）基熙公 伊勢物語二巻 外題知恩院尊光 「琴山」（墨方印）」（図1　図版は後掲）、裏に「絹地繪土佐将監光起 巳乙 九「了意」（墨印）」（図2）と記す。この筆跡および印章は案ずるに古筆了意（古筆家九代）の極めた極札であると考えられる。即ち『古筆鑑定必携　古筆切れと極札』[1]）の図版7「古筆了意極札〈右〉（図3）に照合すると、両者が符合すると認められるからである。また同書には、慶応三年（一八六七）板行の「和漢書画古筆鑑定家印譜」を掲載しており、それによると「九代古筆了意」の項に次のように記す。

実、神田道僖定武一男了泉没後師家相続伝テ二琴山印一為第九世天保五年（一八三四）八月六日没八十四／名定常　初称半之丞／改最長　鑑覚菴道古[2]

本稿では、主として基熙、基賢、光起の筆跡について吟味していくことにする。

一　染筆者

近衛基熙（慶安一〈一六四八〉―享保七〈一七二二〉）、江戸時代の公卿。尚嗣の子。母は後水尾天皇皇女昭子（女三宮）。法名悠山、号は応円満院禅閤。一六九〇年（元禄三）関白、一七〇九年（宝永六）太政大臣。二二年（享保七）出家、有職故実に精通し、和歌・絵画をよくした。著書に「基熙公百首」等がある。[3]（藤原基賢の）奥書によると、基熙が『伊勢物語』の詞書を書いたのは「内大臣」のときとある。『公卿補任』により任官時をたどると、次のようである。

寛文五年乙巳　内大臣（正二位）近衛藤基熙十八　六月一日任（右大将如元）。
寛文八年戊申　内大臣（正二位）二十一　右大将。十二月廿八日転左大将。
寛文十一年辛亥　内大臣（正二位）二十五　左大将。五月廿五日転任右大臣（左大将如元）。

奥書に「寛文八年十月二十六日　権中納言藤基」とあるのは、内大臣基熙の時に権中納言であった「東園藤基賢」のことで、翌寛文九年十二月二十七日に権大納言に任ぜられている（『公卿補任』）。

基賢については『諸家伝　十三』「東園」の項に次のように記す。

〔基教朝臣男ぃ〕　実権大納言基音卿次男　母谷出羽守衡長女

寛永三九廿三〔廿二ぃ〕誕生

○明暦二正十一三木卅一歳

○寛文元［四月廿五日改元］十二廿四権中納言卅六歳

○同九十二廿七任権大納言四十四歳

貞享三年七〔八ぃ〕月十九日入道五十三〔六十一ぃ〕歳（法名常算）

宝永元年七月廿一日薨七十九歳

このように見てくると、寛文八年当時、基賢は四十三歳であり、同年に基煕公が『伊勢物語』の詞書を書いたとすると二十一歳の時の筆ということになる。

土佐光起（元和三〈一六一七〉―元禄四〈一六九一〉）は江戸前期の土佐派の絵師。光則の子、承応三年（一六五四）宮廷絵所預となり、土佐家を再興。のち落髪して常昭と号し、法橋となる。保守的な土佐派に狩野派の画風を導入し、新様を創造した。代表作「北野天神縁起絵巻」などがある。

『伊勢物語』絵巻上・下巻の画図の落款には「土佐左近将監光起筆」、印章「光起之印」（白文方印）（図4）とある。本絵巻は、画面上に詞書が描かれている箇所もあることから、詞書は画図制作後に書かれたとみられる。基賢の識語によると画図は寛文八年十月二十六日（光起五十二歳）以前の作と考えられる。

「光起」の落款の字形に二種類ある。たとえば、「起」の走繞の書き方に、この『伊勢物語』（図4）と同じくずし様の文字を用いる場合に、「2（右）柳枝小禽図／（左）竹菊小禽図　双幅」（図5）および「3（右）栗に鶉図

／（中）箇狄図／（左）秋草に鳩図　三幅」（図6）の落款がある。その他に、走繞の終筆を交差したように書く（「11　桔梗に鶉図　一幅」）場合[5]（図7）が六例ある。本絵巻の光起の署名は「図6」に近似する。印章の位置は、「起」の半ばにかかる（図4）場合、筆の文字の上に押す（図5・6）、「筆」の冠部分を避け押印する（図7」）などがみられるが、これらは作品の制作年代に関わることであろうか。

二　筆跡

近衛基熈

『伊勢物語』絵巻上巻は初段に二首の歌を載せる。二首目「みちのくの」（図8）の歌は、松井文庫所蔵『小倉山荘色紙和哥』の十四番目に同歌（図9）を載せ、同「筆者目録」によると、「近衛内大臣基熈公[6]」の筆とする。同じく六十四番目の「あさほらけ」（図10）の歌[7]も基熈筆としている。

まず『伊勢物語』「みちのくの」の歌を『小倉山荘色紙和歌』（図9）の筆跡と比較してみると次のようである。

河原左大臣

みちのくの
しのふもち
すりたれゆへに
みたれそめ
わ
れ
にし
なら
なく

に

右の＊印を付した文字は両者に近似性のみられる文字を表す。字母を示すと次のようである。

く（九）の（乃）し（志）も（毛）ち（知）す（春）り（利）ゆ（由）

へ（部）に（尓）み（見）た（多）そ（曽）な（奈）ら（良）く（久）

このように両者は同筆であり、いずれも基熈の真跡であると認めてよいであろう。ついで六十四番目の歌については比較の詳細は省くが、参考のために図版（図10）を挙げておく。

権中納言定頼

あさほらけうちの
川霧たえ〳〵に
あらはれわたる
せゝのあしろ木

以上の検証の結果、『伊勢物語』絵巻の詞書は近衛基熈真筆であると考えられる。なお基熈筆『伊勢物語』の字母の用法にはかなり特徴が見られる。例えば、

宇　果　木　所　遅　都　二　悲　日　布　母　梨　乎

などの文字である。

藤原基賢

先に挙げた下巻奥書の内容は次のようである。

この伊勢物語画図十二段の

詞書は近衛殿基熈《内大臣時に》公の貴墨
なりこれ誠に奇珍と謂うべし仍て後証のために
魯蒙微官を顧みず草名を加ふるものなり
寛文八年十月二十六日
権中納言藤原基（花押）（図11）

基賢に関する信頼できる自筆資料として、宮内庁書陵部所蔵『改元部類記』十五冊（伏―208、縦二八・八糎×横二一・〇糎）（宮内庁書陵部図書課文書研究官 杉本まゆ子氏ご教示）がある。その奥書（図12）に次のように記す。

此一冊右大将殿《広通》自筆本被許歴覧之間
令懇望遂書功訖 可秘〻〻
于時
明暦三年九月十一日　参議藤原基（花押）

これは基賢が明暦三年（一六五七）参議であったときの筆跡である。『伊勢物語』奥書の寛文八年（一六六八）には権中納言で、それ以前の筆跡であるが、署名・花押ともに同筆と認めてよいであろう。

三　その他の資料

その他、基熈筆とされる筆跡としては、

1　宮内庁書陵部所蔵「禁裏御会始和歌懐紙　梅花薫砌」のうちの一作（有栖13）（杉本まゆ子氏ご教示）（図13）、
2　『武家百人一首色紙帖』（500—178）、
3　「近衛基熙消息」（料紙は檀紙）（桂—1219）

などがある。基熙筆であると確定し得ることは、遺品が多くその筆跡の比較が可能なことによる。「1」と「2」の和歌について使用文字の比較をしていく。

（1）

春日同詠梅花薫砌　和歌

右大臣藤原基熙

咲しより御階に
ちかき袖ことにあま
りてふかき梅か香
そする

右の使用文字を先掲の翻刻「八十七段」（図版「下8」）と対照してみる。

1　より　「女かたより」（第4紙第4行）
2　ち（かき）　「家のうちに」（4・4）
　（か）　「1」に同じ。
3　（袖）こと（に）　「めにことも」（4・2）

4　（あ）まりて　「もりて」（4・5）
ま　「おしまさりけり」（4・8）
5　する　「さす」（4・7）

右の点検の結果、「か・よ・り・ち・こ・と・り・て・ま・す」等は一致すると認められる。また「よ」の文字については、書陵部所蔵「近衛基熙消息」（桂1219）と照合の結果（「いわゐ入しよし／滝ものより／とよめりて家にかへりきぬ／男より」（図版省略）の事例から同筆であると認めてよい、と考えられる。

（2）『武家百人一首』

色紙画帖、縦二四・〇糎×横二二・三糎の折帖仕立て、表紙は鉄紺地に雲形の金襴、四隅に蔓草文の浮彫のある銅の金具で止め、見返しは鶯色地に金・萌黄色の箔を置く装丁。中央に煉瓦色の題簽に「武家百人一首」（縦一八・〇糎×四・四糎）と記す。台紙は鳥の子）冒頭の鷹司関白に続ぐ第二首に次の歌がある。

近衛左大臣基熙公（右肩短冊状極書）

贈従三位源満仲

君はよし行するゝ
とをしとまる身
の
待ほといかゝ
あらむとすらむ（図14）

この歌の「よ・し・と・を・ま・ほ・と・か・す・ら」の文字も『伊勢物語』絵巻と同筆である。ことに字母「本」には顕著な特徴がある。

二番目の「贈従三位源満仲」の染筆者近衛左大臣基熙公は、『公卿補任』（第四篇）によれば、延宝五年（一六七七）丁巳十二月八日転左大臣（「基熙三十」）、元禄三年庚午正月十三日詔関白氏長者牛車兵杖。十二月廿六日辞左大臣。冒頭の「経基王」を染筆した鷹司関白房輔公は染筆当時関白（寛文九年己酉関白正二位三十氏長者）で、同職を天和二年壬戌（一六八二）二月十八日（四十六）に辞している。ところで、本色紙帖には「武家百人一首筆者目録」を付随し、「右之目録依所望令書写遣之者也／延宝八暦十月日　基輔写」と記す。本画帖成立の下限を「延宝八暦」（一六八〇年）とすると、基熙三十から三十三歳、房輔公四十一から四十四歳の間の作といえる。

基賢の筆跡としては、漢字仮名交じり文あるいは和歌のみで対応する漢字がないため、漢字奥書の比較対象にはならないが、大英図書館所蔵『源氏物語詞』の「夕霧」帖(8)がある。当時、基賢は中納言であった。また同様の例に、宮内庁書陵部所蔵『武家百人一首色紙帖』（500—178）のうちの一帖に次掲の歌がある。

東園大納言基賢卿

平泰時
朝臣
世中にあさはあと
なくなりにけり心の
まゝの蓬のみ
し

て

その他に同書陵部所蔵「春日同詠梅花薫砌和歌」がある。

権大納言藤原基賢

もろ人のそてに
のとけき嬉しさを梅
も御墻の香にあま
るらむ（図15）

これは署名が対照資料に数えられるだろうか。署名が参考になる例として、次の和歌がある。

538　東園基賢

山家　しつけしな山した庵は松の霧竹の煙も人めへたてゝ　基賢

（『鉄心斎文庫短冊総覧　むかしをいまに』八木書店　二〇一二年　一八一頁）

その他、極書に基賢筆とする作品に「ウィーン国立民族学博物館所蔵『百人一首』」（フランツ・フェルディナンド大公〈Erzherzog Franz Ferdinand von Österreich/Este〉旧蔵。一八九三年入館。縦二五・五糎×二三・八糎）に次掲の33番歌「東園前大納言基賢卿　紀友則（「琴山」黒印）」および83番歌「東園前大納言基賢卿　俊成（「琴山」黒印）」がある。いずれも対照文字はなく参考にはならないが基賢の書写例として記しておく。

紀友則

久かたの光
のとけき

はるの
日に
しつ心なく
花の
ちるらむ

よのなかよ
道こそなけれ
おもひ
いる
山のおくにも
しかそなく
なる

皇太后宮大夫俊成

なお本作品については【影印編】に収載、参照されたい。

基賢については、『葉室頼業記』に年中行事の御下書を拝観した折のことを次のように記す。

寛文四年閏五月二日、晴、法皇御幸、今日先年後光明院へ被遊候テ被進候年中行事之御下書、少々残リ候故法皇御代之様子、近々事之様子被遊被加、法皇宸筆ニテ一冊被遊、今日禁中へ被進候也、園大納言、正親町大納言、東園中納言、頼業四人之外へハ無他見様との仰也、(9)

ここに登場する後水尾法皇の近習四人はいずれも先に述べた大英図書館所蔵『源氏物語詞』の染筆者でもある。当時禁裏では『源氏物語』に並び『伊勢物語』はしばしば読まれていたようで、後水尾院が『伊勢物語』を講釈された様子を『後水尾天皇実録』明暦二年（一六五六）八月条に『伊勢物語聞書』の記述を引いて次のように記している。

後水尾院御講自明暦二年八月廿一（二イ）日、到于同九月廿九日御満座、

聴衆

妙法院宮堯然法親王ヵ聖護院宮道晃法親王ヵ飛鳥井大納言雅章卿ヵ、

初座八月廿一日二―同廿二日三―九月三日四―同五日―五同七日六―同九日七―同十一日―八同十三日九―同十九日十（ママ）同廿日十一―同廿二日十二―同廿九日

奥書 此御講聞書上下二本此抄ト大同小異アリテ、諸説語異アリテ其意同シ、其説少シク詳略互見スモシ同時ノ聞書ニテ其記者異アルカ、可勘龕（マヽ）書云、

此飛鳥井一位秘本拝写之、正徳四年甲午七月十六日初八月七日於簡黙亭書終、随得、

朱書（頭書）又一條禅閤ノ御講抄ト云ヒ、或ハ逍遥院殿聞書、又紹巴聞書序アリ名ナシ、此三部其説簡略ニシテ其意ハ同シ、可併考、(10)

御講釈は八月二十一日にはじまり、九月二十九日に竟る、とある。このように禁裏では後水尾院により『源氏物語』とともに『伊勢物語』は講ぜられていたし、その聴聞者の一人に道晃法親王もいた。書陵部所蔵「伊勢物語天福本　道晃親王御筆　（鷹）一冊　函号　六五一一」(11)があり、次の奥書がある。

天福二年正月廿日己未申刻凌桑門

之盲目連日風雪之中遂此書写

為授鐘愛之孫女也

同廿二日校了

この後に

此物語寛永廿年三月
十四日戊剋筆立翌
日戌下剋書切畢

道晃（花押）

とあるすなわち本書は、天福二年定家本を書き写した道晃法親王筆本である。

まとめ

『基熈公記』によると、先述の基賢奥書の年紀寛文八年をやや降るが、天和二年戊壬（一六八二）四月八日壬子条に「午刻参　新院（霊元天皇ヵ）伊勢物語御講談」、同十二日丙辰条に「参　新院伊勢物語御講談也」とある。左大臣基熈歳卅五であった。貞享二年乙丑歳五月十一日条後西院御遺物目録に「古今集　為相卿筆」「後奈良院宸筆　伊勢物語」等。また同年九月廿一日戊申条に次のように見える。

去年以来伊勢物語講談断絶之処有所望人々
仍今日再興裏松宰相兼連時方行豊光忠等朝
臣時香季盛兼寿其外聴衆数多講談了（下略）

同年十一月六日壬戌条「談伊勢物語聴聞人々如先日
同年同月七日癸亥条「談伊勢物語聴衆如昨日

同年同月十八日甲戌条「談伊勢物語聴衆如例」[12]

このようにみてくると、『基熈公記』に、基熈が『伊勢物語』を直写した記事はいまのところ見出し得ないが、当時禁裏で盛んに講じられていた書であり、「土佐将監光起筆」と当時二十代をむかえたばかりの「近衛基熈」の直筆であるこの絵巻は、まさに東園基賢の記したように「貴墨・奇珍」の書なのである。同時に想起されるのは、大英博物館所蔵『伊勢物語』全五巻[13]・伝土佐光起筆であるが、正真の土佐光起筆である本絵巻の魅力は語り尽くせない。

本文については触れることを控えたが、章段の全文をそのまま引いているのは一段、二十九段、五十八段、百六段等である。その他、四段、十二段、八十七段、九十九段等は、末尾を和歌でとめ、後続の一行ほどの情景の説明あるいは作者の趣向を述べる文言は省いている。例えば、「東下り」九段は「富士の山」以下の「名にしおはば……」までの抄出であり、後続の「とよめりければ、舟こぞりて泣きにけり[14]」と歌によって望郷の思いを触発された舟中の一行が感泣する部分は省かれている。

注

（1）村上翠亭・高橋弘一監修『古筆鑑定必携　古筆と極札』二〇〇四（平成十六）年　淡交社　二四頁
（2）注（1）に同じ。八六・八七頁
（3）高柳光寿・竹内理三編『角川・第二版日本史辞典』角川書店　一九八三（昭和五十八）年
（4）正宗敦夫『諸家伝』三　復刻日本古典全集　一九七八（昭和五十三）年　九六八・九六九頁
（5）敦賀市立博物館編集『特別展　近世における大和絵の展開』一九九四（平成六）年　七七～八一頁。ちなみに「図7」と同じ「落款」および「印章」にボストン美術館所蔵土佐光起筆「王昭君図」（東京国立博物館・他編集『ボストン美術館日本美術の至宝』二五一頁　上段「51」〈知念理解説〉、原画は一五五頁　二〇一二年）がある。左の図版参照。

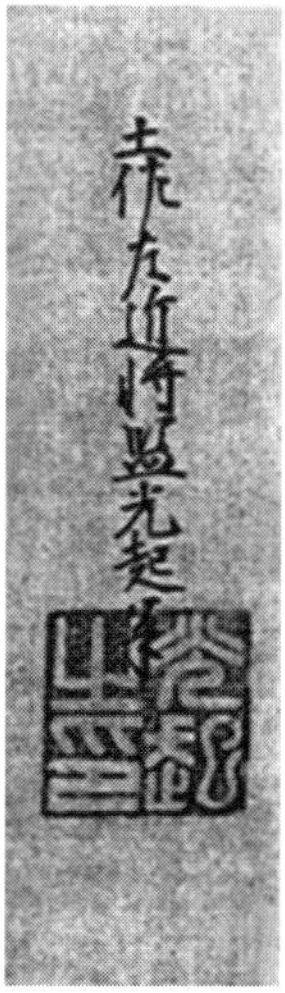

（6）拙著『在外日本重要絵巻集成』【研究編】一三六頁・【影印編】四三六頁　笠間書院　二〇一一年
（7）注（6）に同じ。【研究編】一三八頁・【影印編】四八六頁
（8）注（6）に同じ。【影印編】一一六頁
（9）藤井譲治　吉岡眞之監修『後水尾天皇実録』第二巻　二〇〇五年　一〇〇九頁
（10）注（9）に同じ。九三二・九三三頁
（11）宮内庁書陵部『和漢図書分類目録』一九五一（昭和二十六）年三月　五八六頁
（12）宮内庁書陵部所蔵『基熈公記』番号 19937　冊数 26　函号 256–25。
（13）大英博物館所蔵本については、二〇一一年九月に、次の二作品を調査した。一つは、Add. 5-9（G. B. Dodwell 旧蔵、1920 年度入館）。外桐箱、黒漆内箱入。白紙題簽（外題　縦一四・一糎×横三・三糎）に『伊勢物語　一（二・三・四・五）』と記す。全五巻、無款。江戸前期）折紙の外包紙に、

土佐光起画　折紙極
徳大寺実維卿　詞書

折紙の内包紙の表に、

折紙

と記す。
内書に、

土佐左近将監光起画
伊勢物語絵巻五巻
極彩色　　詞書

徳大寺実維卿
右伝来之通真跡無疑者也
己酉二月　古筆了仲「筆跡関」（朱文長方印）

とある。右の極書については、これまで紹介されていないようなので記しおく。本絵巻については、『秘蔵日本美術大観二　大英博物館Ⅱ』（講談社　一九九二年）に八図（13–8）を掲載している。また、石川透氏が「『伊勢物語』における奈良絵本・絵巻」（山本登朗　ジョシュア・モストウ編『伊勢物語 創造と変容』和泉書院　二〇〇九年　二一八頁）で取りあげている。

一は William Anderson 旧蔵の『伊勢物語画帖』（Nos. 187 ~195）である。形状は折本型式で、『伊勢物語』の佳所の詞を抜き出し左に、右にそれに対応する住吉如慶画を配し、一対としたものである。江戸時代前期、一八八一年度入館。絹本着色　画帖断簡（九図）各一九・六糎×一七・三糎）落款「住吉法橋筆」印章「法橋」（白文方印）。如慶は大英図書館所蔵『源氏物語詞』の五十四図を描いているように、両書は当時禁裏でも盛んに講読・書写されていた。如慶の明るく透明感のある彩色で、『秘蔵日本美術大観　二』に全九図（12–1~12–9）が掲載されている。詞書はない。

（14）堀内秀晃・秋山虔校注『竹取物語　伊勢物語』（学習院大学蔵伝定家筆本）新日本古典文学大系17　岩波書店 一九九七年 九〇頁

（付記）

諸資料の掲載許可をいただいた宮内庁書陵部図書課に厚く御礼申しあげます。また、本絵巻の調査・掲載をご快諾くださった聖徳大学川並弘昭前学長をはじめ同図書館諸氏のご助力に深謝いたします。なお聖徳大学所蔵の絵巻類は一般には公開されていないので、本稿をご参照いただければ幸甚です。

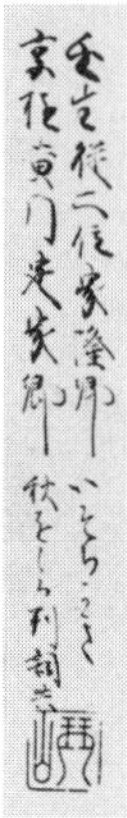

図3

図2　裏

図1　表

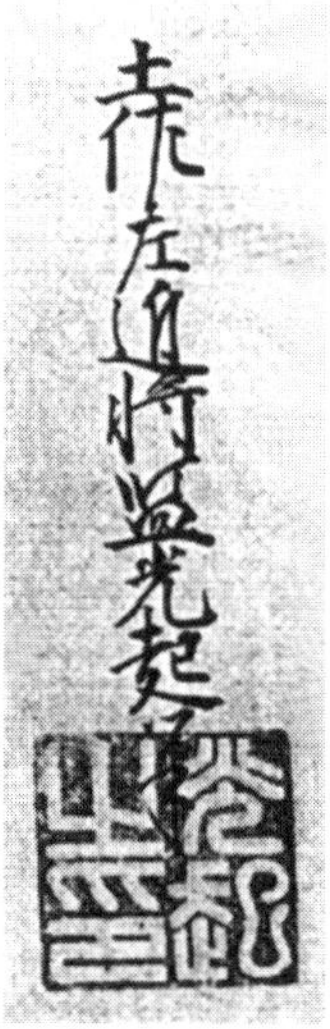

図7

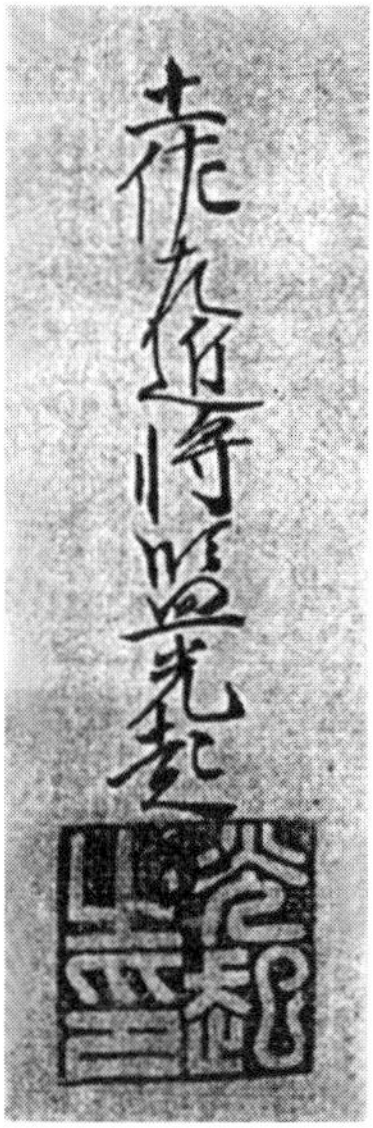

図6

図5

図4

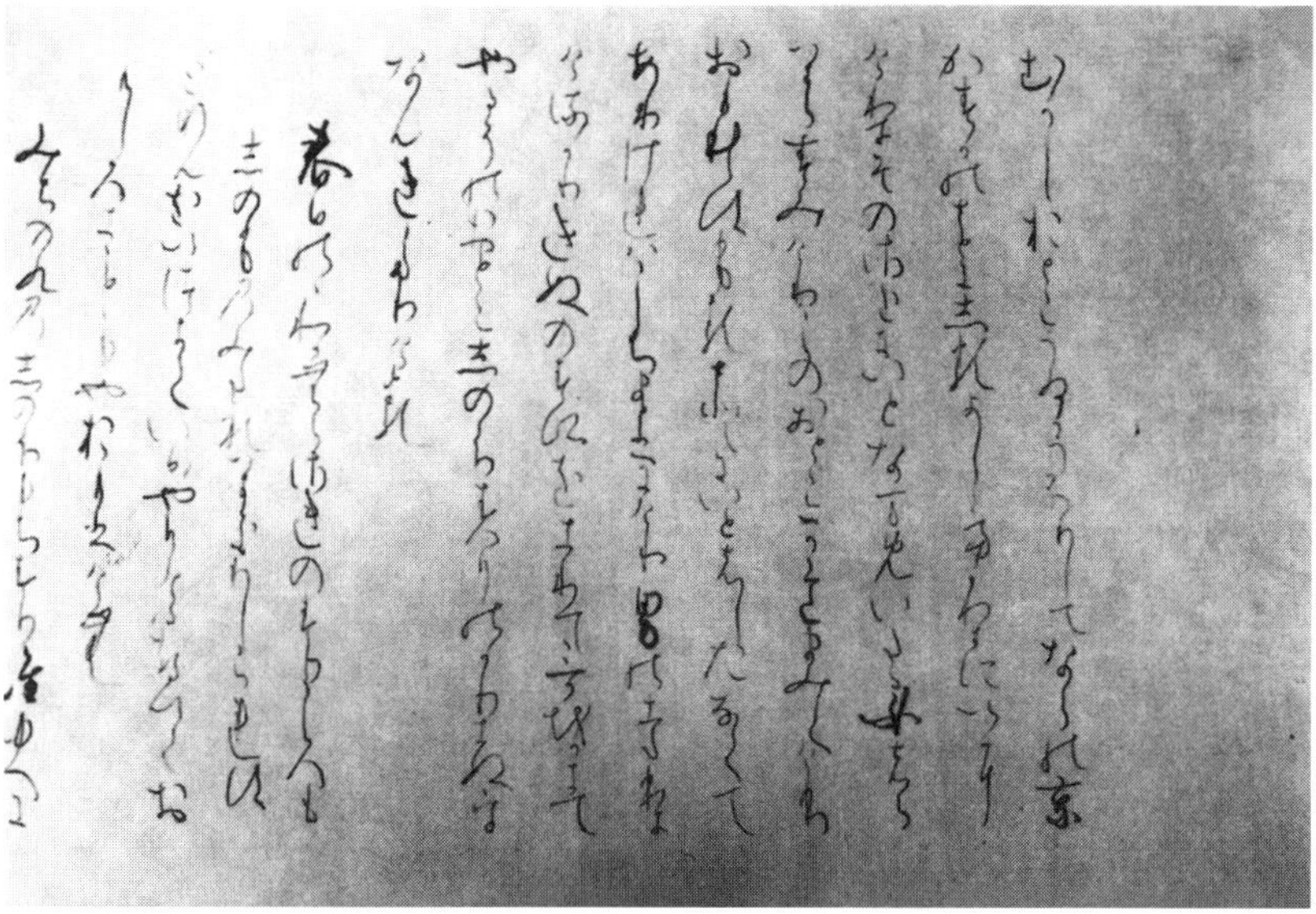

図 8-1

図 8-2

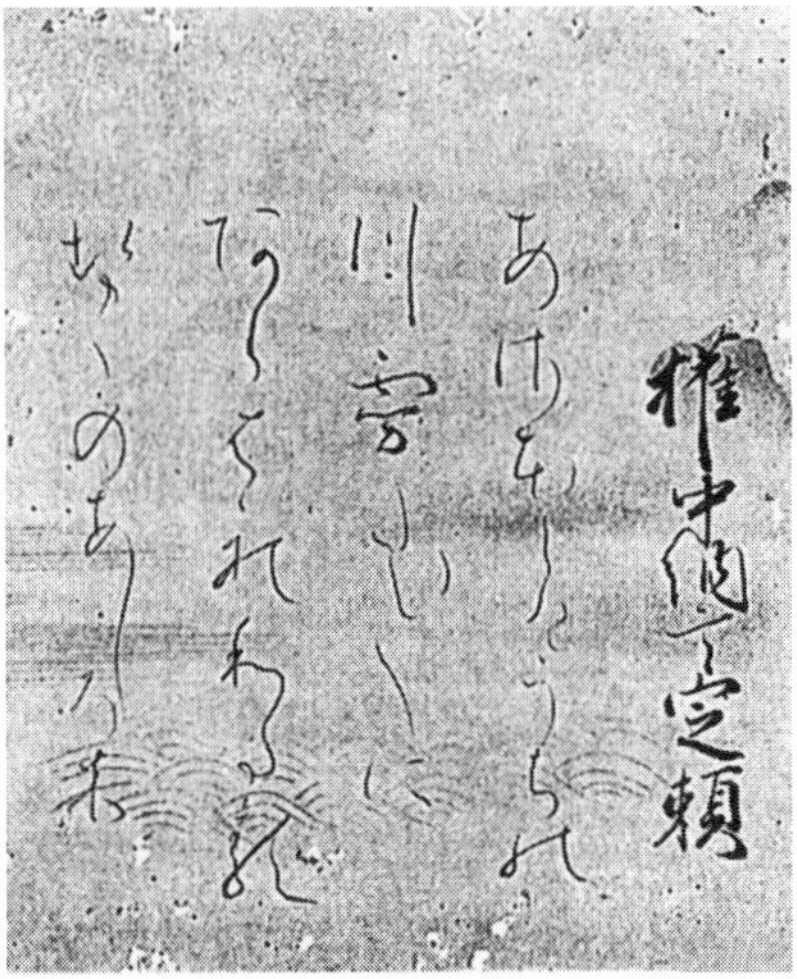

図10

図9

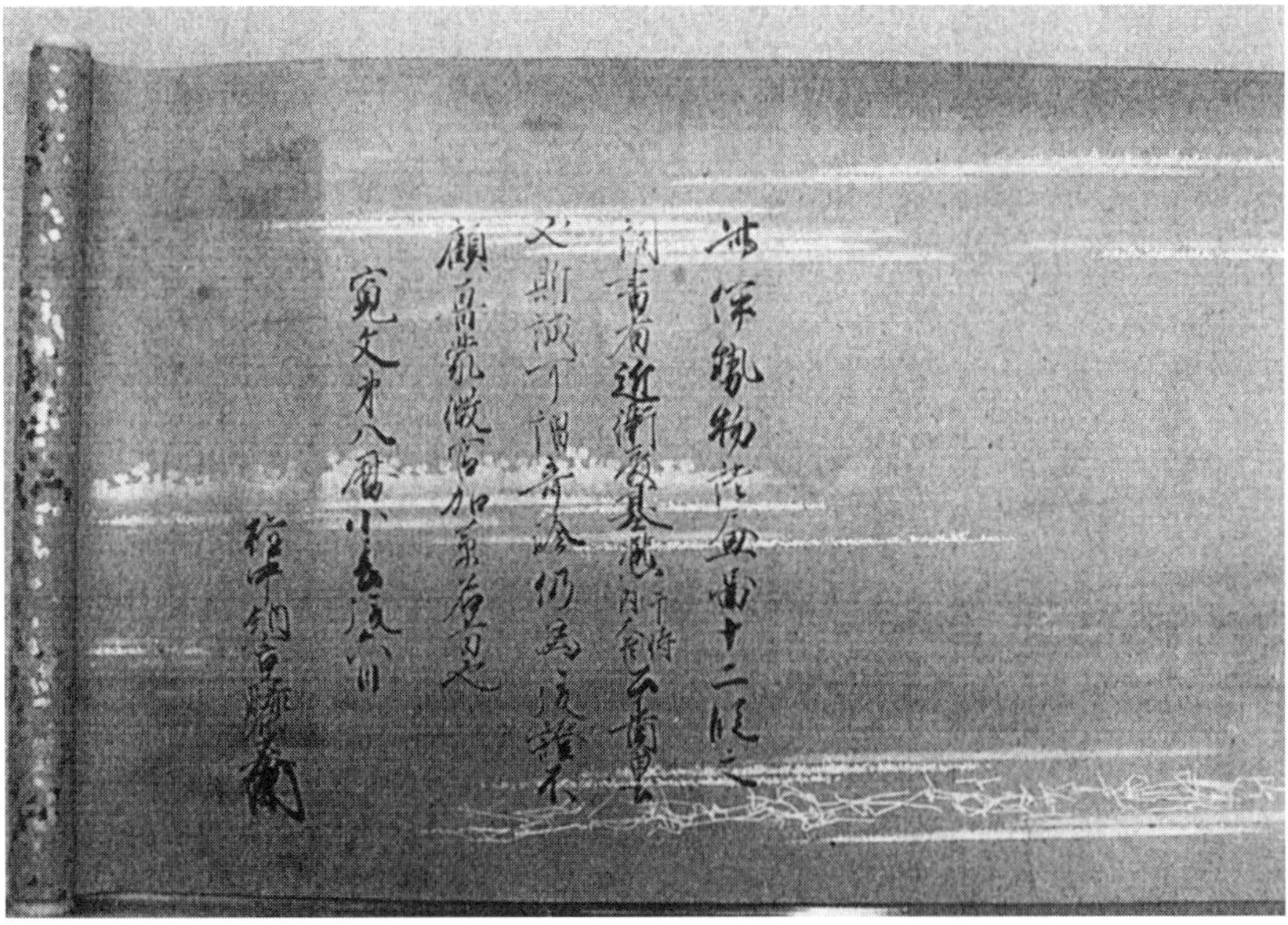

図11

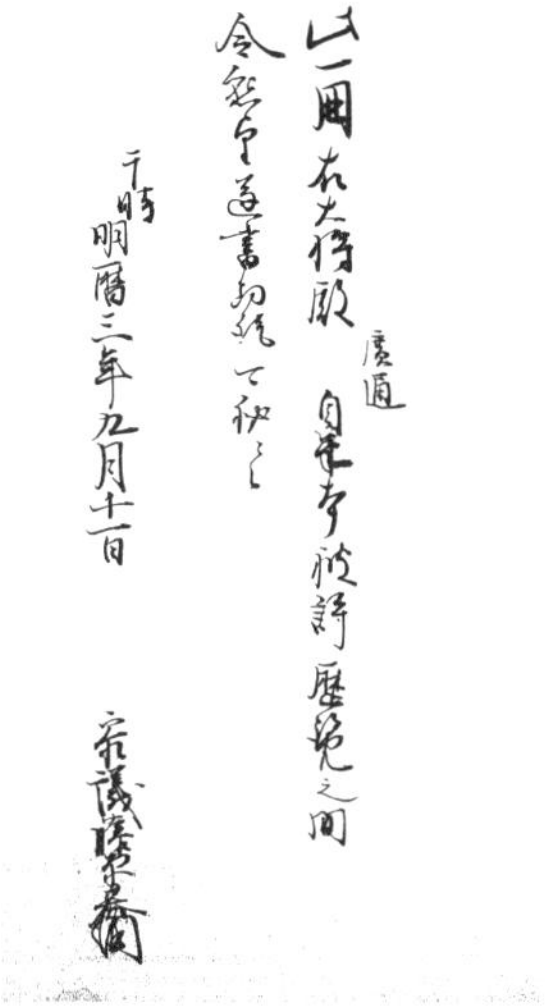

図12

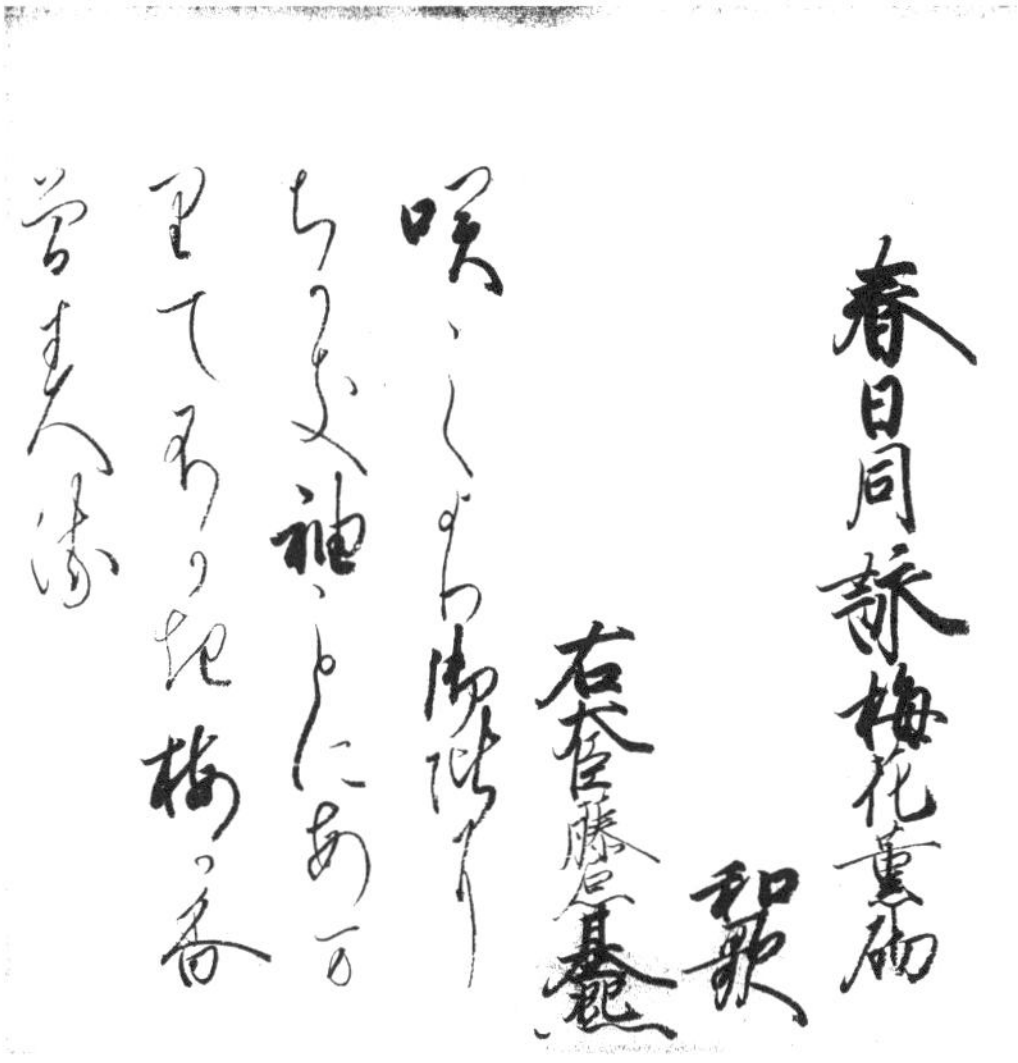

図13

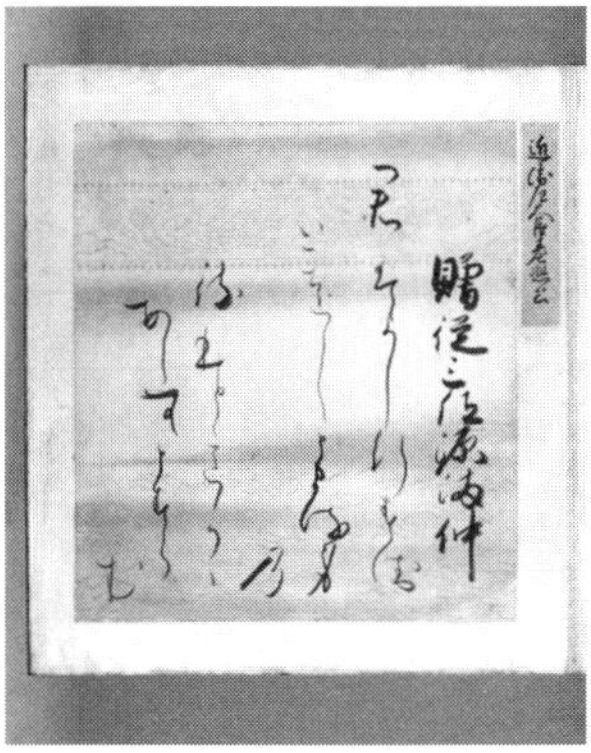

図14

図15

Ⅳ　日本

5　聖徳大学所蔵『七夕』絵巻の本文と解説

『七夕』絵巻詞書

(上)

それ我てうは神代よりはしまりしんむてんわうを人わうのはしめとして国土のはんみんみなこのするにつゝけりされは神国なれはかりに人けんとむまれ給ふといへとも又神とけんしゝよ人のわさはひにかはり給ふ事ありかたき御ちかひなりしかるにてんにましく〳〵てふうふのちきりをふかくまもらせ給ふ七夕のゆらひをくはしくたつぬるに神武天皇より三代の御かとの御宇にあたつて長者一人あり女君を三人まうけかしつきそたてけるさなから人けんのたねともおほえすようかんのうるはしき事天女のけかいにしやうし給ふかとそ見え(第1紙)たりけるあね二人はとしもはやはたちのあとさきにをよへりされともたかきはをそれあり又くたれるはほいなしとてさたむへきつまもなしいもうとは年いまたわかけれはなをしおもひこめたる事もなく三人なからふかきまとのうちにやしなひたてゝいたつらに世の人にまみえむことをいとひしかいもふとはことにいろこのみふかく常のことわさにもいひたはふれけるそれ人のちきりをきくにおもふにはわかれおもはぬにもそふならひさらにこゝろへかたしたまく〳〵あひお

もふ中はいつしかさためなき世のならひ
しやうしやひつすいのことはりをのかれす
さきたつもこゝろうし又をくれてひと
り物おもはんもなをかなしされはとて
ふたりのおつとにまみえんこともことの
人とはいひかたしたゝよろつ世まても
かはらぬちきりこそあらまほしけれと明
くれねかふといへともそのかひあるへきにあ
（第2紙）
らすこゝろにまかせすとし月をそおく
りける其比天たうにやかなひけんふしき
成事こそいてきたれあるとき長者のまへ
なる川に出てめしつかひける女物をあら
ひけるになにとなきいつくしきくち
なはいてゝほそきこはねをあけて云
やうわかたのむ事かなへむやといふ
おんなこはそもおそろしやくちなは
の身として人のことく物いふ事あるへき
ことならねはとかうの返事もせてはし
りのかんとせしときかのくちなはけし

きかはりてうろこさかさまになりまな
こを見ひらきすてにとひかゝらんいきほ
ひ見えけれはをそろしなからのかれぬ事
とおもひ又たちかへりいとやすき事に
て侍るそや身つからこゝろにをよふほ
との事はかなへてまいらせんといひけれは
くちなはうれしけにてくちのうちより
いつくしきたまつさをはきいたしこの
文長ちやに見せよといふ女いよ〳〵おそ
ろしくこゝろへぬことなりとおもひけれ
（第3紙）
ともたまつさをうけとりていそきはし
りかへりしか〳〵とてまいらせぬ御そはち
かき女はうけとりて長者にたてま
つりけるにより此文をみるにけにも
もしのあさやかなる事まことに人けんの
手つさみともみえすをしひらきはい
けんしけれはその文にいはくむすめ三人
のうちわれにこゝろさしふかゝらんを一人ゑ
させよしからはいよ〳〵家とみさかへ行

すゐなをもめてたかるへしもしまた
こくうの事とおもひこの事いなとな
らは七代までその家をほろほしたち
まちめのまへにてうき事をはやく見
すへし川はたに十四けん四めんのつ
り殿をたてよの人ひとりもをかす
ひめ一人をそなへよ
　　あなかしこと
　　　かきとめ
　　　　たり　（第4紙）

〔絵一〕　（第5紙）

長しやこれを見てこはそもいかゝせん
さらにまことゝおもはれすとてかの女に
くわしくたつねけれはいつはりならぬ
よしいろかはりて申けれはたゝあきれ
かなしむ事かきりなし父母さしつと
ひてたとひみかとのせんしなりとも心
にかなはぬ事をそむきたてまつるは
つねのならひこれは行ゐもなき物に
おもひこめられてとかくいふにをよひ
かたしまつ事のよしをとふてこそは
からはめとてむすめ三人をよひてしか
〳〵と聞えけれは一のひめこのよしきゝ
てうらめしき仰かなたとひめのまへ
にてうき事あれはとていかてかしや
しんに身をまかせんこの事かなふへき
ともおほえすとて身をわな〳〵とふる
ひきえ入こゝちしてきぬひきかつきお
もひもよらすとてなきにけりさらは中
のひめはいかにとのたまへはわれもかくこそ
おもふとてすゝむけしきもなかりけり　（第6紙）
ちゝはゝもことはりとおもひ給へはたゝもろ
ともにいのちをうしなふへきなりとてかさ
ねてとふにをよはすなくよりほかの事
そなきいもうとの君つく〳〵ときゝて
さのみなけかせたまひそよそれ人のな
らひけふはたのしみさかへあすはまたを
とろへあしたにむまれ夕辺にしすい

のちのきはさためかたし我いたつらに
くちなんいのちを父母のしそんのため
にうしなはんになにのうらみかのこるへし
みつからとかくいふならはいまゝてさかへし
人々もみなをとろへはてゝおもはさるに
父母はらからともにこゝかしこにまとはん
事うたかふへきにあらすそのときは
くゆるともかひあらし身つからこそま
いらんとおもひ入たるありさまなり父母と
もにあはれとおほしめしけれはとかくの
事ものたまはすたゝなみたにこそは
むせひけれことはりなるかな此姫はすかた
かたちの二人のあねにこえたくひなき
のみならすこゝろさまのかしこき事は　（第7紙）
一をきゝては十をさとりしいかくわんけ
むのみちをたしなみあけくれ佛のみ
ちにさへこゝろをいれかう〳〵をもとゝせり
かゝるいとをしきひめをめのまへにて
うしなはん事たとひわか身はほろふと
もこのひめをそなへむ事おもひもよ
らすといひもはてぬにいつくともなく
なかひつ一えたもちきたりひろには
にかしこまり物申さんといふおとひめ
まうけの人々あやしくおもひいつくよ
りの御つかひとて出あひけれはため（「あ」ノ誤）の
御つかひなりとてかきいれたり長者
このよし聞よりもさてはしんつうしさ
いにてこの事をはやしりたるらんな
けくにかひなき事なりとて
　　　ひめきみの出
　　　たちをこそ
　　　いとなみ
　　　たまひ
　　　けり　（第8紙）

〔絵二〕　（第9紙）

扨あるへきことならねはあまたのはん
しやうをあつめて時刻をうつさすかの
川はたに十四けん四めんのつり殿をた

ておとひめに十二ひとへをきせまゆの
けはひうつくしくさしきにそなへた
てまつり一もんけんそくもなこりをしみ
てあひかまへてかゝるうきめにあふ事
もせんせのなすところなりこゝろをく
れたまふなよたゝ佛の御名をとなへ後
の世をねかふへしすゑの露もとのしつく
となる事もをくれさきたつためし
なりつゐにはおなしはちすをまつへき
そやさのみなかゐしてうき事やあ
らんすらんとてなさけなくもひめきみ
をふりすてゝ母きやうたいもろともにた
ちかへらんとし給へはひめ君あまりのこゝろ
ほそさにしはしとゝまり給へかしわれい
かなるしゆくえんにてかりにおや子と生
れいてかゝるうきめを見せたてまつる事
かう〳〵のそのひとつとならん事こそよみ（第10紙）
ちのさはりともなりぬへしこれをほ
たひのたねとしてこしやうをねかひ給へ

親子は一世と聞なれ共佛のめくみあるな
らは又もやめくりあふへきなりされはつ
たへきくしつた太子はなん天竺のあるし
しやうほんわうの御子としてあめか下
の事こゝろにかなはすといふ事なしさ
れとも母をたすけんためしんみやう
をおします身をいやしきものとなし
水をくみたきゝこりて仙人につかへ
十二年の後つゐにしやかむに佛となり
たまひしゝたる母にあひ二たひ父に
あひたまふことこれかう〳〵のゆへそかし
みつからもおやのためかくなり行こと今一
たひのなけき又一たひのよろこひとや
なるへしとさもおとなしくはのたまへ共
なみたはすゝむはかりなり姫君おもひつゝ
けて
　一世たにちきりもはてぬたらちねの
　　なみたのたねにさきたつそうき
とかく時うつりけれはやう〳〵ねの刻はかり（第11紙）

になりぬ今はこれまてといひもはてぬに川なみしきりにたつてさやかなる月にはかにかきくもり神なりさはきいなひかりして雨しやちくのことし人々をしきなこりもうちわすれわれさきにとそかへりける其後川中よりひかり出ひるのことくにかゝやきなみのうちよりたけ十ちやうはかりなる大くちなは出てすこしもためらはすひめ君の御まへにかうへをうなたれしたをいたしいきつきけるありさままなこはあさ日の山のはよりいてけるにありあけにしにかたふきてひかりをあらそふことくなりされとも姫君はおもひまうけたる事なれはすこしもおとろき給はすなんしこゝろあらはしはらく物をきけみつから父母にかしつかれ人にたにたやすくまみへんことをいとひしにいかなれはちやしんの身として思ひかけゝるこそふしきなれさてなにのさまにゝて我をは恋けんすみやかにさんけしてとくうしなへとのたまへはくちなはいふやうわれになおそれたまひそこれもしゆくこうふかきゆへなりねかはくは我かうへをたちわりてたひ給へまことのす（第12紙）かたをあらはさんといひけれはその時ひめ君まもりかたなをとりいたしかうへを二つにきりたまへはいきやうくんしてひかりかゝやくと見えしかいくわんたゝしくしたる雲の上人出たまふひめ君かほふりあけて見たまふにこの世ならぬふせひなれはいつしかおそろしかりしこともわすれはてれんほのおもひをなし給う（第13紙）

〔絵三〕（第14紙）

かくてくちなはゝ又川なみにしつみけれは雲の上人はつりとのにとゝまりてかたらひふし給ふよるのおとゝには十四けんのかりやすなはちくうてんろうかく

となり七ちんまんほうみち〳〵てさなからせいりやうし〻んてんのたのしみをえたまふいつくよりかきたりけん天女のことくなる女はうあまたひめ君にみやつかへたてまつるなに事も心にかなはすといふ事なしひよくれんりのちきりをこめかたときもたちはなれたまはすあるときひめ君のたまふ様御身はいかなる人なれはかくあり給ふそやつ〻ますかたらせたまへときこゆれは今はなにをかつ〻む（「へ」脱）き我はこれ天上にすむあめわかみこといふものなりされはこ〻ろさしのせつなる事にひかれてかりに人けんかいにくたりおほえすちきりをこめ侍る事あさからぬためしなりされはいつまてかつたなき国に（第15紙）すむへきにもあらす今は天上にかへらんとおもふなりいま七日すきは又まいりあふへきなりこれこそわすれかたみにのこすとていつくしきかろうとひとつとりいたしかまへてこのふたあけたまふなよもしこのふたひらき給は〻ひきやうしさいの雲たえて二たひくたる事あるへからすちきりふかくましまさはあまちはるかにたつねたまへとてたちわかれんとしたまへは姫君こはなさけなきおほせかな千代もかはらしとこそおもひしにあさはかなしさ〻めことうらみてもあまりありとて御たもとにすかりつきなみたをなかしたまへはいやとよこ〻ろのかはるにはあらすまたともなひかへるみちにてもなし御をしはかりもあるへしとてたち出たまふと見えしかは川のおもてにしうんたつて天人をんかくをそうし御むかへにてこくうにあからせたまひけり（第16紙）

〔絵四〕（第17紙）

さるほとに長しやふうふはかゝる事とは
夢にもしらて今ははやひめきみむなし
くなりぬらんしやしんにとられてい
つくへかまよひけんとなきあかした
まへは二人のむすめもともになみたを
なかしけるかこゝにてなけかせ給ふ
ともかひあるへき事ならねは身つから
かの川はたにまいりいかに成たまふを
見てこそまいらめとて夜の明くるを
まちいそきくるまをとゝろかし二人
もろともにありしところへゆき給へは庭
には金銀のいさこをしきしつほう
をちりはめくうてんろうかく玉の
きさはしさなからこくらくしやうと
もかくやとおほえてこはいかに夢に
道行こゝちしてうつゝとはおほえ
す車をさしよせ給へはひめ君は女御
かうゐのことくにてあまたのうへわら
はにかしつかれたゝうちおしほれて

ものおもひたるふせひなり二人の人々
（第18紙）
うれしきにもなみたさきたつてありし
うき事ともをかたりなくさみ給ふひめ
君はわかれしすかたの身にそひてつや〳〵
物ものたまはねは二人の人々かやうにめ
てたきさいわひのうへなにかおもひのまし
ますそやうら山しのひめきみやわれ〳〵
こそあねなれはこのさひはひにあふへき
ものをとねたむこゝろもおほかりけ
りこゝにまたうつくしきはこひとつ
あり此うちこそゆかしけれとてふたをあ
けんとし給へはひめきみそれこそいみ
ふかきはこなれはたやすくあけん事
こそおそれなれとてしは〳〵とゝめ給
へともなにのさはりかあるへきいかは
かりうつくしき物の入たるらんとてふ
たをあけて見てあれはらんしやのに
ほひのみかうはしくしていりたるも
のはなかりけりさらはとくふたをしたま

へとありけれともそこをはらひて見た
まへはうちよりうす雲たちのほりこくう
へあかると見えけれはくうてんろうかく（第19紙）
もみなもとのことくのつりとのとなり
せいしくわんちよもきえうせて

夢のさめたる
ことくにて
夜はほの〲
とそあけに
けり（第20紙）

〔絵五〕（第21紙）

いたはしや姫君はたゝはうせんとあきれ
はていまゝてまたくる七日をまちける
になさけなくもひきやうのくもりき
えさせたまふかなしさよけにやろせ
いかみし五十年の夢のたのしみたゝ
一ねふりのうちそかしこれ人けんのう
ゐむしやうをしめし給はん佛のはうへん
とおほえたりかゝるはかなきうき世に
なからへなにをたのしひなにをうれふ
へきやこんくしやうとのいとなみこそま
ことのみちともなるへきとおもひさため
てまし〲けれは二人のあね君御らん
していかなれはふしきにめてたき御
いのちなからへうらみかほに見えたまふ
そや父母のおもひにしつみてましませは
とくかへらせ給ひてみゝえんとはますひ
め君をいたきくるまにたすけのせた
てまつり父母のまへにまいり給ふされ
はうらしまか七せのまこにあふたる心
ちしてこよひ一夜はちよをあかすより（第22紙）
もなかゝりけりとていたきつきて
よろこひたまひいかに〲との給へとも
たゝうちしほれておはしけりその日も
やう〲暮けれはひめ君はひとまところ
に引こもりきぬひきかつきてふし給へ
ともいをねもこゝろにいらされはありし
夢人の御おもかけの身にそひて心

もそらにあくかれたえてなからふへ
きならねはよしいつはりなりとも仰
にまかせてたつね見はやとおほしめし
父にもはゝにもしらせ給はすつねの
すみかをたち出たまふかいかになけか
せたまはんとおもふにつけて一しゆの哥
をよみをきたまふ

おもひきやうき玉のををなからへて
むすほゝれぬるなけきせんとは

かやうにかきとゝめきちやうにむすひつ
けてそゝろにうかれ出たまひかの川の
ほとりにたゝすみたまふにみきはの松
は物さひしくよせくるなみもをとす
ことくいつくをそこともおほえぬに川（第23紙）
上にあたりてともし火のかすかに見え
けれはそれをたよりにたゝひとりたと
る〳〵とゆき給ふ夕かほの花さきみ
たれいろかほもえならす見えけれは
しはしたちよりたまひて

ちきりしはいかにむなしきことのはの
花なつかしき君のゆふかほ

とうちなかめ給へはそことなくけふり
一むらたちのほるを見たまひて

君かすむあまちときけはなつかしや
けふりとなりてあふよしもかな

とてそらをのみなかめてをはしけれ
はかのけふり姫君のまへにちかつきを
のつからこくうにあからせ給ふさては
ちきりたえせぬ物かはとたのもしく
こそおほしけれおりふししつのめとも
たゝすみてありけるかこれをみて
天人のあまくたりたゝ今てんしやう
にあからせたまふことのありかたさよ
とてあやめもしらすまほりゐけり（第24紙）

〔絵六〕（第25紙）

さるほとにやう〳〵けふりあつくたちの
ほりむらさきの雲となり天路はる
〳〵と行ほとに人かいもはやとをくな

りぬれは雲一むらのうちひかりさし
てかふりきたる人一人ありさてははや
てんしやうなるらんとうれしくおほし
めしかの雲にのりうつりあめわかみこ
の行ゑやしろしめしけんととひ給へは
こたへていはくこゝはまた人界にちかき
ところなれはさやうの人はいま一天のうへ
にこそおはすなれ我は夕みやうしやう
とてよひに世界をてらすほしなり
とて雲にのほりてすき給ふ又雲に
うつりてしか／＼ととひ給へはこれはほ
うきほしとて世のわさはひをしめし
しゆしやうのきつけうをしるほしなれは
みな人あくしやうとて常はかくれ侍るなり
いかてかあめわかみこのおはします天へ
はいたらんとてうちとをりぬさてまた
そこをすきて雲のうちそこはかとなく（第26紙）
ひかりけれはこれなん君のめされけんとの
りうつり見たまふにいつくしきてんとう

し七人のりたまふ此人々にあめわかみ
こやましますらんとのたまへはわれ／＼は
是すまるほしとてかやうになみゐてひ
とりもかけてはかなはぬ身なれは外の
雲にのる事なし今一天のうへにこそ
ありかたき人はおはしけるとて行すき
ぬ姫君あらあさましやみつから人けん
の身としてやことなき雲の上人に
夢のちきりをこめなからその名残を
わすれかねしたひたてまつるともい
かて二たひま見えおはしまさんとな
みたとともにうかれ給ふまたたまのこし
にのりたるとうしにあひたまひあめ
わかみこのありかをしろしめされて
さふらはゝみつからにをしへてたへとて
なきたまふあらいたはしやこれより水
の天をこえこん／＼るりの地に玉をみか
か（衍）きにしきをかさりたる所こそみこのすみ
給ふ天上なりとをしへたまふ（第27紙）

〔絵七〕（第28紙）

姫君なのめならすおほしめし御身い
かなる人なれは我をあはれみてかやう
にをしへたまふそやわれはこれあかつ
きのみやうしやうとて五かうの天にを
よふとき日かけにさきたつて三かい
をてらすほしなり御身わかために
あかつきことのつとめおこたらすゐの
り給ひしこゝろさしいま又そのほう
をんにをしへ侍るなりとてなをね
むころにかたり給ふそありかたき（第29紙）

〔下〕

さるあひた姫君はをしへのことく風にま
かせて行たまふに爰そ風天のさかひと
おほしくて大空の雲たえて風のは
けしき事みつはのそやをいることく
なりこゝにいたりていかゝせんと四方をみ
まはしたまへはとうかいのなみまん
〳〵としてさらにほとりもなく水のそ
こにはとくしやあくきようろこをたて
くちよりくわゑんをはきまなこのひかり
日月のことくそのときひめ君こゝろの
うちにきねんしたまふはなむや日のも
との大小のしんきこのたひふうふしう
しやくにをかされてほんふの身として
天上にあこかれし事しやゐんの御と（第1紙）
かめのかれかたしといへとも一たひちゝ母
のために身ををしますすてたりし
こゝろさしいかてか見すて給ふへきと

たなこゝろをあはせこくうをおかみた
まへはいつくともなくにしのことくなる
五色のひかり一すちさしけれはへう〱
たるなみさうにわかれてみち見えたり
これそあやまたぬ神のちかひとよろこ
ひたまひてかのひかりにのるとおもへは
いとをもつてひくかことくへんしのほ
とに水天しんやのことくなるところを
すき給へは又一つのせかいあり日月常
のことくにあきらかなりこれそたう
りてんとおほしくてもろ〱の佛は雲
にせうしてくわんけんをしらへありかたし
ともいふはかりなしこゝにて天人一人
ゆきあふたりあめわかみこの御ありかは
いつくそとたつね給ふに今すこしゆ
き給へはろくちにつゝきたる所こそみ
このきんちうなりとそをしへけるうれし（第2紙）
くおほしめしいそきたまへはけに
も金銀のいさこをしきくうてんの

みきりにはくせいのふねをうかへかれう
ひんはつはさをならへほうわうは竹の
はやしにまひあそひ四きさうせつは
一時にあらはしこかねのいらかの野へに
は梅のにほひかうはしくかさね桜に
をそさくらかたへちりてさきみたれ
南の庭の木ゝのはへしけりたる卯
の花かき山ほとゝきすこゑそへたり
にしのぬまにはたいゑきのふようの
あたかに水をはなれくわり（「う」ノ誤写）きくしたん（ママ）
の秋の野はむしのこゑ〱ほのめき
けりいつしかもみちは色をそへにしき
の山のことくなり北のたかねには雪白
たえにかせさむしはなふりをんか
くこくうに聞えけれはこくらくせかい
をまのまへにおかみけるこそありかた
けれおほくのくわいろうを行すきて
も恋しき君はいつくにかまします
と宮のうちをさしのそき給へはあ（第3紙）

めわかみここそおはしけりうれしさ
こゝろもきゆるはかりなりするく〳〵と
はしりいりいかにみつからこそこれまて
あくかれ参りたりつれなくもすて
させたまふ物かなといひもはてす御
ひさのもとにふししつみ給へはみこもう
れしけにてさてもこれまてたつね
給はんとはおもひもよらさりきとて
なをしの袖をぬらしたまふしはらく
ありてひめ君なみたをおさへてみつか
らいやしき身のいかなるしゆくえん
にや露はかりのちきりをこめ給ひ
夢のやうにまたも
見えたまは
さる事の
うらみても
あまり
あり（第4紙）

〔絵二〕（第5紙）
されは前世のかいきやうつたなきゆへに
下界の人間とうまれけるこそかなし
けれとかきくとき聞ゆれはみこもあ
はれなること葉にこゝろみたれされは
とよ我てんにもすめは天上のならひ
としてかりにも人間にまみゆる事
かたしされともゆうなるなさけにひ
かれてあまくたるといへともつゐに
そひはつへき身ならねはこゝろな
らすもうちすてぬといつはりなく
のたまへはひめ君ことはのありかた
さにこの程のうきおもひもわするゝ
こゝちしてゑんわうのふすまの下に
まくらをならへ給ふさるほとにかゝる
めてたき天上にも五すい三ねつ
のくるしみとてうき事こそいてき
たれしゆみのはんふくをりやうするそ
くさんわうとてきしんありもとより

しんつうしさいの身なれは此事を聞あめわかみこのまへにきたつてま（第6紙）なこをいらてゝいひけるはいかなれは下界の人間をこれにはとゝめ給ふそてんしやうと申は佛の国にて侍れはほんふの身をかへすしてきたるこ
とかいひやくよりこのかたそのためしなしいそきをつくたしたまへといかりけれはみこのたまはくなんちまゐむの身として我まへにせひなくいたらん事天のおそれはいかゝせんとてあふきをもつてうちたまへは御まへをたちつゐにはをつかへし申へしとてかきけすやうにうせにけり

ひめきみ
あまりの
おそろし
さに
宮をかへ
てそ
すみ
たまふ（第7紙）

〔絵二〕（第8紙）

それ〳〵此あめわかみこと申たてまつるはひるはたうり天にましますといへともよるはにんかいをてらしたまふみやうれんしやうといふほしにておはしけれは暮ぬれは一天さかり給ふ姫君をはありし所にのこしをきて出たまふときにかのきしんひまをうかゝひ来てひめ君をさいなむ事こそおそろしけれなんちしうしやくふかくこのところにきたる事天上のけかるゝこそきくわいなれいさゝせ給へとていたはしくもひめ君の御手をひつたてしゆみせんにとひ行けるひめ君はこはそも命をうしなはるゝよとおほしけるにさはなくて鬼神

のいふやうはわれこのほとしもつかへ
なくして千疋のうしとものうへに
のそみしなりこの牛を野辺につ
れて行草をかふへしさなくはいの
ちをうしなはんとせめけれはちからをよ（第9紙）
はす牛屋のまへにてなきしつみ
たまふなにとしてならはぬわさを
すへしせめて五疋三疋ならはいかに
もつれていつへきに千疋の牛の
我まゝにはなるへきとひとりことして
かなしみたまふまことやきく事有
あめわかみことたにとなふれは万の
ことのしやうけをまぬかるゝときこゆ
物をとてうしやのまへにてあめわ
かみこあめわかみことゝなへたまへは
千疋のうしとも野辺に出ておもふ
まゝに草をはみて又もとのうし屋に
たちかへりけり（第10紙）

〔絵三〕（第11紙）

きしんこれを見てあらふしきや人間
とはいひなからたゝ人にはあらしとおと
ろきけるかやう〳〵しのゝめのそら
もあけかたになりけれはみこのかへら
せ給ふおりなれは御とかめもおそろし
とひめ君をかきいたきもとの所にお
くりけりみこかへらせ給ひていかにつ
れ〳〵になんおはしけるとたつね給
へはものをものたまはすうちしほれ
たるありさまなりやゝありてうき
めにあひしことゝもかたりたまへはみ
こはさらにをとろきたまはすけに
さもありなむ御身ふしやうなる身
なれはあくまのしやうけのかれ給はし
今一七日すきはしやう〳〵の身となりて
天人の位にいたり給ふへし又暮なは
きしんきたるへしその時この袖をも
ちてうきことのあらんおりふしはあ
めわかみこといひつゝ三とふり給へとよ

たとひ千万のきしんきたつてせむ（第12紙）
るとも身のくるしひはのかるへしと
をしへ給て日もやう〳〵暮かたに
なりねれは又たゝひとりをきて出
たまふしこくうつさす鬼きたつて
ひめ君をちうにつかんてとりのとふ
かことくしゆみせんのすみかにつれて
ゆきあるくらのうちに千石の米あり
へんしのほとにこなたのくらへはこ
ふへしさなくは命をうしなはんとい
かりけれはかなはしとおほしけれ共
をしへのことく袖をとりいたして三と
ふり給へはいつくともなく大きなるあ
りわき出てかのくらの米をくはへて
一時のうちにはこひけりきしんはくらの
まへにてさんきをもちててんけんし
けるかいかゝはしたりけん米一りゆうたら
すとてひめ君をせめけれはあまりの
かなしさにたちあかりあたりをたつ

ね見たまふにけにもてあしのそんし
たるあり米一りゆうくわへてよろほい
けりこれかやさんようのふそくはとの（第13紙）
たまへはおにも
さすかたうりに
せめられて
あきれはて
たる
ありさま
なり（第14紙）

〔絵四〕（第15紙）

かくてまたあけかたに成けれはひめ
君をいたきもとの所にをきてかへり
けりみこかへらせたまひてこよひはい
かにととひたまへはされはなんきのお
もひをなすといへとも御をしへにしたか
ひて御袖をふりけれはさらにしさひなし
とかたりたまふみこ聞しめし今ふた
よ三夜のその間いかなる事の侍ると

も身をいたみたまふなといさめを
きてまたくれけれはみこ出給ふとひ
としくきしんきたりていさなひ
ゆきうちたゝきさいなむといへとも
身をくるしみたまふけしきもなし
鬼このありさまを見てなんちは女
なれともつれなきつらたましゐや
をそれむほとせめんとて四方をと
ちたるくらをひらきけれはたけ三
尺はかりなるむかて千万くらよりは
ひ出たりいたはしけもなく姫君をと
つて蔵のうちへなけ入てをのれはくら（第16紙）
のまへにはんをしてこそゐたりける
むかて久しくくらにこめをきた
る事なれは人かのかうはしきをよろ
こひて姫君の御手あしにとりつき
けるをかの袖をもつて三とはらひ給へ
はをそれてさらにはたらかすむかて
のあしうをのおに（「か」脱ヵ）あかれることくにて

いきつきかねたるありさまなりさしも
しんつうしさいの鬼といへともせむへき
しゆつほうつきはてゝいかゝしてかな
やまさんとあんしけるに空も又あけ
なんとしけれはみこのかへらせ給はんを
おそれて又ちうにつかんてひつさけ
宮の中になけいれて我身はしやは
へそかへりける姫君はかのたもとをも
つてよろつをのかれたまふといへ
ともあらけなき鬼神につかまれて
心もよはりはてよし〳〵これとても
人のなすならすされは佛のときた
まふしうしやくのまうねんつもりてすな
はちあつきとなりその身をかいすと（第17紙）
いへりさらになけくへきみちにあらす
とみつからさとりをひらき君をおそし
とまちたまへはみこかへらせたまひ
てすきし夜はいかなるくるしみをか
うけたまふらんとなつかしけにてかた

らひ給へはつみもむくひもわすれて
さてもいつかはこのなんをのかれ一夜
のむつこともあらまほしさよとなき
くときたまふに又日も暮ぬれはみ
こよるのつとめに出たまふ其夜はす
てに七日にまんする夜なれは鬼神
もろ〳〵のあくまけたうをかたらひ
くわしやをひきらいてんいかつちなり
わたつて天地うちかへすことくに時の
こゑをつくり御てんちかくかみなり
ひゝきわたつて雲のうちより大をん
あけてとく〳〵ひつたてゝそのくわしや
にとつてのせしゆみのいたゝきにのほ
れとけちを

なす　（第18紙）

〔絵五〕　（第19紙）

其時袖をとり出しあめわかみこの袖
ととなへ三とふりたまへはきしんにか
たらはれしけたうともあらいま〳〵
しみこのとかめたまひなはわれ〳〵
までもかんにん成かたしとてすゝむ
ものもなかりけるされともかの鬼は
こつせんとしていかにたのみかひなき
ものともかなひころきはをときほ
こてつちやうをひつさけてはうはい
ともときらめきしたるかた〳〵の
その身をみちんにくたかるゝとも一た
ひたのまるゝほとの心にてさやうに
おくひやうにみゆるかきたなしせめい
れといひけれとも更にみゝにも聞
いれすしゆみのかたはらにけさりぬ
よし〳〵かた〳〵かたのまれすとも
此女一人はからはんになにのをそれか
あるへきといふまゝにこかいなを取
てひつたてたりされともひめ君
ことゝもしたまはす又ある蔵をあ　（第20紙）
けゝれはたけ一丈はかりなるくちな

はを数千疋こめをきたり此くらへ
をしいれんとてゆきけるになをし
の袖をひそかにとり出し給へはくち
なはともこれを見てかうへをさけ
夏の日にあへるみゝすのことく鬼この
よしを見るよりもこれもかなはし
とやおもひけんかなたこなたひつたて
まはるほとに又ほの〳〵とあけに
けりその時鬼神いかりをやめいかに
ひめ君いまはこれまてなりさんけ
につみをゆるしたまへ我せんしやうは
人わうのはしめにおうしうにすみし
ものなりむまれなから色くろくた
けたかくさなからきしんのことく也
とてちかつく人もなしましてことは
をかはす事もなく一しやうさいあひ
のみちをしらすとし百年にをよひ
てつゐにむなしくなるされは一しや
うふほんのかいりきにて今天上にむ
まれ佛の国にはすみけれともあくしん
はくちせすきしんのすかたと成けり
しかるに御身ちきりふかくましきます
事我身のむかしをおもふにしつと
たへかたくして此七日かあひたあくき
やうふたうのはたらきをなすといへ共
これよこしまのみちなれは御身をい
たみ給はすこのほとのせめにより
もろ〳〵のあくこうほんなふみなこと
ことくせうめつして御身もけふより
天人と成給ふそやこのきやくえんにひ
かれてあつきのこゝろをひるかへしわ
れもしゆこしんとならんとかうへを
地につけてかいふしけるこそふしき
なれかゝるところにみこおはしまして
いつまて夜な〳〵かよふへきいさゝらは
ふしやうふめつの佛となりみらいやう〳〵
にいたるまてくちせぬちきりをむす
はんとてひめ君もきしんも引くし

（第21紙）

てほしのてんにくたりたまふみこ
のたまふ人かいなるへき身の一所に
あらんことこそよしなけれたゝ月を
へたてゝ七日〳〵にあひたてまつらん（第22紙）
とちきりてにしひかしに別れ給ふ
姫君きこしめしあななさけなき
おほせかな此ほとひめもすにちきり
ふかくまし〳〵て一夜たにあかしかね
つる我中を一年に一とあはんとのた
まふはいかにとてなき給へはおもひの
涙雨となり恋の中川身もうくは
かりに水出てをのつから川をへたてゝ
おはしけるいまのあまの川これ也
きしんもしゆつせのほんくわをとけ
まもり佛となりにけり
いまの世のほこほしと申は
あめわかみこ
おたなはた
これなり
ひめ君はをりひめ
とてめ七夕と
申なり（第23紙）

〔絵六〕（第24紙）

扨こそ御身のうへにおもひあはせしゆ
しやうのちきりをまもり給ふとそそ
も〳〵あめわかみこと申は本地せい
しほさつなり姫君はによいりんくわん
をんのかりに人間とあらはれかゝるふし
きのありさまをしらしめんための
御はうへんなりきしんとはあいせんみ
やうわうの身をわけておにのすかた
になりたまふなりいかなれは月の
七日にあひ給ふへきとありしを
年に一とゝきゝあやまりたまふこ
とふしきなりといふにそれ人けん
のならひあまりむつましき中はつ
ゐにわかれのもとひともさのみうちと

けたらんはりへつのはしめなるへし
たゝこゝろにをこたらすなかきちきり
を人けんにしめし給はんための御
（ママ「か」ノ上、「ち」脱カ）かひありかたかりし事共なりさる
ほとに長者ふうふはひめ君をいつく
ともなくうしなひていたらぬくまも（第25紙）
なくたつねたまふかそのありかを
もとめえすつねは佛神のまへにま
いりて今一たひあはせてたひ給へ
といのりたまふかある夜の夢にこ
のことうつゝのことくに見え給ふさて
こそあんとのおもひをなしたまふ
されはおもはさるにみかとより官
位をたまはり天下のまつりこと
をとりをこなひたまふに国もゆ
たかにたみさかへけれは
天にかなへる
ちうしん
なりとて

大政大臣に
のほり給ふ
三かいひろしと
いへとも
我てうはしんこく
なれはかゝるふしきも
おほかり
けり
とそ（第26紙）

聖徳大学所蔵
七夕（上）

紙　数	横（糎）		詞（行）
第 1 紙	50.7		14
第 2 紙	50.4		20
第 3 紙	53.4		21
第 4 紙	52.8		18
第 5 紙	92.8	絵一	
第 6 紙	53.5		20
第 7 紙	52.5		20
第 8 紙	49.3	絵二	
第 9 紙	52.9		20
第 10 紙	33.1		13
第 11 紙	49.4	絵三	
第 12 紙	52.8		20
第 13 紙	53.9		21
第 14 紙	18.6		7
第 15 紙	49.2	絵四	
第 16 紙	52.5		20
第 17 紙	52.8		21
第 18 紙	52.6		19
第 19 紙	47.4	絵五	
第 20 紙	52.0		20
第 21 紙	53.0		21
第 22 紙	53.0		21
第 23 紙	52.6		19
第 24 紙	49.0	絵六	
第 25 紙	52.8		20
第 26 紙	53.6		21
本紙計	1336.6		376
見返し	24.4	軸付紙	9.5

聖徳大学所蔵
七夕（下）

紙　数	横（糎）		詞（行）
第 1 紙	49.8		14
第 2 紙	51.1		20
第 3 紙	53.1		21
第 4 紙	52.2		19
第 5 紙	49.4	絵一	
第 6 紙	51.8		20
第 7 紙	53.4		21
第 8 紙	52.6		20
第 9 紙	49.4	絵二	
第 10 紙	53.0		20
第 11 紙	53.2		21
第 12 紙	53.2		21
第 13 紙	30.5		12
第 14 紙	49.3	絵三	
第 15 紙	53.1		20
第 16 紙	53.6		21
第 17 紙	92.3	絵四	
第 18 紙	53.1		20
第 19 紙	53.9		21
第 20 紙	20.8		7
第 21 紙	49.0	絵五	
第 22 紙	53.0		20
第 23 紙	53.2		21
第 24 紙	53.0		20
第 25 紙	49.4	絵六	
第 26 紙	52.8		20
第 27 紙	53.4		21
第 28 紙	49.8	絵七	
第 29 紙	27.8		10
本紙計	1470.2		410
見返し	28.2	軸付紙	10.3

『七夕』絵巻解題

「七夕」（仮題）、絵巻二軸。表紙（上巻 縦三二・九糎×横二四・四糎、下巻 縦三二・九糎×横一〇・三糎）は朽葉色に金・紫で亀甲文を浮織りにした綺、紫色の平打紐を付す。象牙軸。見返しは金紙。料紙は鳥の子、金箔を散らす。題簽はない。上巻 本紙全長一四七〇・二糎、絵七図、下巻 本紙全長一三三六・六糎、絵六図、全十三図。

書名を「たなばた」「七夕の本地」「天稚彦草子」「雨わかみこ」などと称する七夕の由来に関する伝本が多い中、本作品の本文は、静嘉堂文庫蔵『七夕もの語』（題簽）（室町時代物語大成八 所収、絵入写本、三冊）京都大学国文学研究室蔵写本「たなばた」や高野辰之氏旧蔵、安永五年写本「牽牛由来記」とごく近い関係にある。翻刻に続いて上・下巻の挿絵全十三図を載せる。

今回は、二〇一〇年九月十四日に調査を行った類話の一つである「天稚彦草紙絵巻」（ベルリン国立アジア美術館所蔵。Inv. No. 6536）の写真を【影印編】に掲載する。本絵巻は室町時代（一五世紀）成立の優品で、一九三一年、秋山光夫氏によりダーレムにあるベルリン国立東洋美術館（Museum für Ostasiatische Kunst, Staatliche Museum Preissischer Kulturbesitz）の収蔵庫にある未整理品の中から再発見され[(1)]て以来、後に子息秋山光和氏[(2)]をはじめ多くの物語絵研究者による先行研究がある。近年、『美がむすぶ絆ベルリン国立アジア美術館所蔵日本美術名品展』（郡山市立美術館・岩手県立美術館・山口県立美術館・愛媛県立美術館編ホワイトインターナショナル 二〇〇八年 三六〜三九頁）に全容が紹介されているが、一般に入手しくいカタログであることから、同館日本美術部長アレクサンダー・ホフマン氏（Dr.Alexander Hofmann）のご厚意により掲載する（掲載許可取得　二〇一〇年九月三〇日）。二〇一〇年七月、徳田和夫氏による「天稚彦草紙」（『別冊太陽　妖怪絵巻　日本の異界をのぞく』平凡社　三八～四三頁）にベルリン本の図版四図が紹介されている。

奥書の「詞　當今宸筆／繪　土佐弾正藤原広周筆」については、書風から伏見宮貞成親王（後崇光院、一三七二～一四五六）の筆、当今は貞成の子である後花園天皇（一四一九～七〇）と考えられている。(3)

『室町時代物語集　第二』に「たなばた」の翻刻（『天稚彦物語』〈独逸国立博物館蔵土佐広周画絵巻下巻本文と東京帝室博物館蔵詞書摸本上巻上文〉）、『たなはた』（京大美学研究室蔵奈良絵本）、『たなばた』（明暦元年刊本）、『あめ若みこ忍び物語』（寛永頃西村伝兵門刊本）と解題、たなばた諸本九点の解題がある。(4)その後の「たなばた」諸本研究については、勝俣　隆氏の『研究成果報告』(5)を参照されたい。また高岸輝氏による「海外所蔵の室町土佐派絵巻について」（「説話文学会　二〇一〇年九月例会　海外所蔵の絵巻・絵入本」二〇一〇年十月二日　於 学習院女子大学）のなかで、同氏が二〇〇九年八月に行った「天稚彦草紙絵巻」調査の報告がなされた。書誌および参考文献等については、当日配布されたレジュメに詳しい。

聖徳大学所蔵『七夕』と静嘉堂文庫所蔵『七夕もの語』の詞書の異同

静嘉堂本（以下略称する）は、絵入写本特大三冊（約縦三〇・〇糎×横二一・〇糎）。題簽に「七夕もの語　上」「たなはた物語　中」「多名浪多物語　下」とある。一〇行本で一行の字数は十五～十八字。上　六図、中　六図、下　七図、計十九図。聖徳大本（以下略称）に比べ、図様はシンプル化されている。先に述べたように静嘉堂本は『室町時代物語大成　第八』に翻刻があるが、校異にあたり同文庫提供の紙焼き写真を用いた。

聖徳大本を基軸にし、静嘉堂本の異同部分をカッコ内に記すと次のようになる。

（上）

・七夕」のならひ（い）を（第1紙第9行）

・人けんのたねともおほえす（て）（1・13）

・さ（け）れとも（2・2）

・世の人にまみえむ（ん）〜いもふ（う）とは（2・7〜8）

・常のことわ（く）さにもいひたはふれける（2・9）

・こゝろへ（え）かたし（2・12）

・しやうしやひすい（めつ）のことはりをのかれす（2・14）

・天たう（理）にやかなひけん（3・2）

・かなへむ（てん）や（3・7）

・まなこを見ひらき（いかり）すてにとひかゝらんいきほひ（3・12〜14）

・此文をみるにけにも（三字ナシ）もしのあさやかなる事（4・4〜5）

・人けんの手つ（す）さみともみえす（4・5〜6）

・一人ゑ（え）させよ（4・8〜9）

・心にかなはぬ事を（は）そむきたてまつるは（6・7）

・しやしんに身をまかせんこの（二字ナシ）事かなふへき（6・14〜15）

・父母のしそんのためにうしなはん（む）（7・9〜10）

・人々もみなを（お）とろへはてゝ（7〜12）

×た（あ）めの御つかひ（8・11）
・あまたのはんしやうをあつめて（一字ナシ）時刻をうつさす（10・1〜2）
・これをほたひ（い）のたねとして（11・1〜2）
・しつ（ち）た太子はなん天竺のあるし（11・5）
・されとも（は）〜たきゝ（〜「を」アリ）こりて仙人につかへ（11・7〜10）
・しんみやうをお（を）します（11・9）
・しゝたる母にあひ（二字ナシ）二たひ父に（二字ナシ）あひたまふこと（11・12〜13）
＊行こと今一たひのなけき（「またひとたひのなけき」ノ十字アリ）又一たひのよろこひとやなるへ（ま）しと（14〜16）
・われさきにとこそかへりける（れ）（12・5〜6）
・なみのうちよりたけ十（一）ちやうはかりなる大くちなは出て（12・7〜8）
＊ひめ君の御まへにかうへをうなたれしたをいたしいき（ナシ）つきけるありさま（12・9〜10）
・姫君は（ナシ）おもひまうけたる事なれは（12・13〜14）
・なんし（ち）こゝろあらは（12・15）
・まみへ（え）んことを（12・17）
・ち（し）やしんの身として（12・18）
・さてなにのさまにゝ（「ゝ」ナシ）て（〜か）我をは恋けん（12・19〜20）
・われに（を）なおそれたまひそ（13・1）
＊よるのお（ほ）とゝ（ナシ）には（ナシ）十四けんのかり（く）やすなはちくうてんろうかく（15・3〜4）
＋御身は（ナシ）いかなる人なれはかくあり（「かたきさまをあらはし我にかたらひ」ノ十六字アリ）給ふそや（15・13〜

14）
×今はなにをかつゝむ（「へ」ノ字アリ）き（15・15）
・今は（二字ナシ）天上にかへらんとおもふなり（16・1）
・いつくしきかろ（ら）うとひとつとりいたし（16・4～5）
・千代も（「八千世も」ノ四字アリ）かはらしとこそおもひしに（16・11～12）
・二人のむすめ（あね君）もともになみたをなかしける（18・5～6）
・ありしところにゆき給へは（「にはかに」ノ四字アリ）庭には金銀のいさこをしき（18・11～12）
＊あまたのうへわらはにかしつかれ（き）～ふせひ（い）なり（18・18～20）
・かやうにめてたきさいわひ（はい）のうへ～このさひ（い）はひにあふへき（19・5～7）
・夜はほの〴〵とそあけにけり（る）（20・5～7）
＋とくかへらせ給ひてみゝえんとは（「おほしめさすやとてふししつみてまし」ノ十七字アリ）ますひめ君をいたきくる
まにたすけのせたてまつり（22・16～18）
・心もそらにあくかれたえ（ナシ）てなからふへきならねは（23・7～9）
・かやうにかきとゝめきちやうにむすひつけて（ナシ）（23・17～18）
・ともし火のかすかに見えければ（り）それをたよりにたゝひとりたとる（り）〴〵とゆき給ふ（24・1～3）
＊そことなくけふり（ナシ）一むらたちのほるを（24・8～9）
・あやめもしらす（あらす）（24・21）
・雲にのほりてすき給ふ又（ナシ）雲にうつりて（ナシ）～ほ（は）うきほしとて（26・13～15）
・此人々に（のりしめ）あめわかみこやましますらんと（27・3～4）

・その名残をわすれかねしたひたてまつると（ナシ）も（27・11〜12）

・こしにのりたるとうしにあひたまひ（三字ナシ）（27・14〜15）

・あかつきことのつとめお（を）こたらす（29・7）

（下）

☆みつはのそやをいる（〜「か」ノ字アリ）ことくなり（二字ナシ）〜と（そ）うかいのなみまん〱として（1・4〜5）

・こゝろのうちにきねん（せい）したまふは（1・10〜11）

＊しやゐ（い）んの御とかめのかれかたし〜身をを（お）しま（み）すてたりし（給ふ）こゝろさしいかてか見すて給ふへきと（ナシ）たなこゝろをあはせ（1・14〜2・4）

・南の庭の木ゝのはへ（ゝ）しけり（〜「あひ」ノ二字アリ）たる（3・9）

・にしのぬまにはたいゐきのふようの（「の」ナシ）〜くわり（う／「り」ハ「う」ノ誤写。黄色い花の咲く菊。きぎく）きくした（ら）んの野は（3・11〜13）

・北のたかねには雪白たえ（へ）にかせさむし（3・15〜6）

・こゝろもきゆるはかりなり（にて）（4・2）

・さても（〜「〱」）これまて〜おもひも（ナシ）よらさりき（4・7〜8）

・見えたまはさる事の（「の」ナシ）（4・14〜5）

・我（わすれ）てんにもすめは（あらね、それ）天上のならひとして（6・5〜6）

・下界の人間をこれにはとゝめ給ふそ（〜「や」ノ字アリ）（7・2）

・いそきを（お）つくたしたまへ〜なんちまゑむ（えむ）の身として（7・6〜8）
・それ（も）〳〵此あめわかみこと申たてまつるは（9・1）
・なんちしうし（ち）やくふかく（9・9〜10）
・ひめ君はこはそも（〜「いかに」ノ三字アリ）命を〜鬼神の（ナシ）いふやうは（ナシ）（9・14〜16）
⊙萬のことの（ナシ）しやうけを〜うしやのまへにてあめわかみこあめわかみこ（ナシ）ととなへたまへは（10・7〜10）
・みこかへらせ給ひ（ふ）て（12・7）
⊙天人の位にいたり給ふへし（ナシ）（12・16）
⊙三とふり給へとよ（ナシ）（12・19）
・あるくらの（「まへに引すへなんちあのくらの」ノ十四字アリ）うちに千石の米あり（13・7）
・袖をとりいたして（ナシ）（13・11）
・米一りゆ（ナシ）うたらすとて（13・16〜17）
・米一りゆ（ナシ）うくわ（は）へて（13・20）
・みこ（〜「の」ノ字アリ）出給ふと（16・10）
・はんをしてこそゐたりける（ナシ）（17・1）
・人かのかうはしきをよろこひて（ナシ）（17・3〜4）
㊉うをのお（くか）にあかれることくにて（17・7〜8）
㊉人のなす（〜「わさ」の二字アリ）ならす（17・19）
＋七日にまんする夜（「のこと」ノ三字アリ）なれは（18・11）

・すゝむものもなかりける（れ）（20・5～6）
・は（ほ）うはいともと（～「め」ノ字アリ）きらめきしたるかた〱の（20・9～10）
・こかいなを（ナシ）取てひつたてたり（20・18・19）
・ことはをかはす（～「る」ノ字アリ）事もなく（21・16～17）
・これよこしまのみちなれは（～「さらに」ノ三字アリ）御身をいたみ給はす（22・6～7）
＊かうへを地につけてかいふ（「け」トアリ。掻伏ガ正姿ヵ）しけるこそふしきなれ（22・12～14）
・あな（ら）なさけなきおほせかな（23・3～4）
・一年に（ナシ）一とあはんとのたまふ（へ）は（23・6～7）
＊恋の中川（〱）身もうくはかりに（23・8～9）
・きしんもしゆつせのほんくわ（～「い」ノ字アリ）をとけまもり佛（の神）となりにけり（23・11～12）
☆いまの世のほ（ひ）こほしと申は（23・13）
・しゆしやうのちきりをまも（ほ）り給ふとそ（25・1～2）
＋きしんと（ナシ）は～おにのすかたになりたまふなり（「ひしゆしやうにみせしめ給ふなり」トアリ）いかなれは
（25・7～9）
＋あまりむつましき中はつゐにわかれのもとひ（～「なりたとひれんりのおもひをなす」ノ十五字アリ）ともさのみうち
とけたらんは（25・13～15）
×人けんにしめし給は（さ）んための御（～「ち」ノ字アリ）かひありかたかりし事共なり（25・17～18）
・つねは佛神のまへ（ナシ）にまいりて（26・2～3）
・天にかなへるちうしんなりと（ナシ）て（26・12～13）

・かゝるふしきもおほかりけりとそ（ナシ）（26・19〜21）

両書間の本文の異同はごく小さい。前述の異同を次のように分けてみた。

＊静嘉堂本より、聖徳大本のほうが分かりやすい。

＋静嘉堂本は説明的な叙述がおおいが、なくても意は通る。

⊙聖徳大本の方が、意が通る。

⊛聖徳大本に語脱、誤記があり、静嘉堂本の方がわかりよい。

×静嘉堂本が正姿。

☆異なった意味になる。

☆印「とうかい」（東海）（下1・5）、「そうかい」（滄海）などがある。また、聖徳大本「ほこほし」（戈星）（下23・13）は、彗星の古称、また一説に、北斗の第七星である破軍星のこと、静嘉堂本「ひこほし」は、男の星の意。うしかいぼし。牽牛星のことで、異なった星を表し、七夕に相応しいのは後者であろう。

＊印箇所は、どちらかといえば聖徳大本の本文のほうが語表現は当を得ているといえよう。例えば、

＊そことなくけふり（三字ナシ）一むらたちのほるを（24・8〜9）

の場合、静嘉堂本には「けふり」の三字はない。後続文に「かのけふり（同、静嘉堂本）姫君のまへにちかつき（24・25）、とあるので、欠部に「けふり」を補って意を採ることは容易ではあるが、「けふり」のあるほうがよい。パリ国立図書館所蔵本にはあり、東洋大学図書館所蔵本にはない（後述する東洋大学本とパリ本との語彙比較「リ」の項参照）。これは聖徳大本がパリ本（以下、略称する）に合う例である。

以上検証してきた異同から、静嘉堂本（冊子本）は叙述がやや詳しくなっている場合（衍字も含む）もあるが、

脱字、誤写とみられる場合もあり、聖徳大本に先行するとは考えにくい。そして聖徳大本は、「×」項により、模本であると言える。

次に東洋大本（以下、略称する）の「天稚彦」（仮題）とパリ本「七夕」との本文の関係についてみていくことにする。両者間の異同については、橘りつ氏の論考[6]に負うもので、聖徳大本の表記を記し、本文がそれぞれに一致する傾向を考察してみたい。その場合、原則として旧・現かなづかいの違いは同じに扱い、（　）内に対照本の異同表記を記した。

東洋大本に合う場合（カッコ内は東洋大本）

(上)・しよ人のわさはひ　・物お（を）もはんも　・見えけれは　・長ちやに見せよ　・女はううけとりて　・（たてまつりけるに）よりて　・たとひみかとの　・それ人のならひ　・すかたかたちの　・聞くなれ共　・雨しやちくのことし　・われさきにとこそ　・したをいたし　・まもりかたなをとりいたし　・きりたまへは　・この世ならぬふせひなれは　・わすれてれんほのおもひをなし給う　・せいいやうしゝんてんの　・天女のことくなる女はうあまた　・御身いかなる人なれは　・こゝろさしのせつなるに事にひかれて　・なみたをなかしたまへは　・またともなひかへるみちにてもなし　・二人もろともに　・ひめ君は女御かうゐのことくにて　・さいわ（は）ひのうへ　・あふへきものを　・なにのさはりかあるへき　・せいしくわんちよ　・くるまにたすけのせ　・ありし夢人の　・いかになけかせたまはんとおもふにつけて　・いろかほもえならす見えけれは　・こゝはまた人界にちかきところ　・きつけうをしるほしなれは　・あくしやうとて　・またたまのこしにのりたる　・ありかを　・なをねむころに

（下）・ふうふしうしやくに　・こゑ（声）そへたり　・おかみけるこそありかたけれ　・いつくにか　・みつか
らこそこれまてあくかれ参りたり　・いかりけれは　・つゐには　・かきけすやうに　・ひるはたうり天にまし
ます　・のこしをきて　・うしとものうへ（ゑ）にのそみしなり　・いのちをうしなはんと　・なるへきと
・いたり給ふへし　・人かのかうはしき　・むかてのあし　・ありさまなり　・いかゝしてか　・空（そら）も
又（また）・心もよはりはて　・わすれて　・其（その）時　・みゆるか　・あるへき　・又ほの〲　・なさ
けなきおほせかな　・いかにとて　・雨となり　・お（を）たなはたこれ（是）なり　・しゆしやうの　・むつ
ましき中は　・あはせてたひ給へ　・このこと　・みえ給ふ　・おもはさるに　・官位（くはんゐ）をたまはり
・天にかなへる　（計75例）

パリ本に合う場合

（上）・御ちかひなり　・うるはしきこと　・ことにいろこのみふかく　・天たうにやかなひけん　・わかたのむ
事　・たまつさをうけとりて　・その文にいはく　・こゝろにかなはす　・ひめ君の御まへに　・姫君は　・く
ちなはゝ又川なみにしつみけれは　・たちはなれたまはす　・天上にすむあめわかみこといふものなり　・いま
七日すきは　・まよひけん　・かの川はたに　・さらはとくふたをしたまへ　・うゐむしやうを　・ひめ君をい
たき　・うらしまか　・ちよをあかすよりも　・むすほゝれぬる　・いま一天のうへにこそ　・しゆしやうの
（下）・行たまふに　・これそ　・あめわかみこの　・くわ（は）いろうを行すきて（過）・ましますと　・あめ
わかみここそ　・う（む）まれけるこそ　・ひかれて　・天のおそれは　・姫君をは　・さいなむ事こそ　・き
くわいなれ　・よろほい（ひ）けり　・せめられて　・かくてまた（又）・その間（あひた）・あつき　・七日
かあひた　・ちきりを　・まもり給ふとそ　・あいせんみやうわうの　・長者（ちやうしや）ふうふは　（計44例）

このように、聖徳大本が東洋大本に合う場合は75例、パリ本の場合は44例である。その他、いずれにも合わない場合は次のとおりである。

（上）

イ　常のことわ（「く」東・パ）さにも（同、パ。「も」ナシ、東。）（上第2紙9行）（「わ（王）」は「く（久）」の誤読か）

ロ　まなこを見ひらき（いかり　東、いかりて　パ）（2〜6・7）

ハ　さのみな（同、東。〜「ゝ」アリ、パ）けかせたまひそよ（同、パ。「ふなよ」、東）（6・5）

ニ　今一たひのなけき（パ「〜と見ゆるも」）又一たひ（東「〜のなけき又ひとたひ」）のよろこひとやなるへし（東「〜ましと」。パ「〜ましやと」）（11・14〜16）（「〜のなげき又ひとたひ」は重複で、不要）

ホ　（パ「されは」）よるのおと（東「ほ」）ゝには（「は」ナシ、東・パ）（15・3）

ヘ　かくあり（東「〜かたきさまをあらはしわれにかたらひ」。パ「かたき御さまをかたらひ」）給ふそや（パ「事」）（15・13〜14）（東・パ本は叙述は詳しいが、なくてもよい）

ト　御むかへにて（東「て」ナシ。パ「と共に」）（16・20）

チ　御いのち（東・パ「〜を」）なからへ（パ「〜おはしまして」）（22・13〜14）（「おはしまして」はなくてもよい）

リ　けふり（東、三字ナシ）一むらたちのほるを（同、東。パ「一むらけふりのたちのほるを」で語順が異なる）（24・8〜8）（「けふり」のあるほうがよい）

ヌ　あやめもしらす（東、「あらす」。パ「わかす」）（24・20）（「しらず」「わかず」どちらでもよい）

ル　（パ「猶ふかく」ノ四字アリ）雲にうつりて（東・パ、ナシ）（「又」ノ字アリ、パ）しか〳〵と（26・13〜14）（「猶ふか

く」と「又」なくてもよい）

ヲ　此人々（東、同。パ、「此雲」）に（東「のりしめ」。パ、同）（27・3）

ワ　をしへてたへとて（東「～たまふそや」。パ「給ふそやと有けれは」）（27・17）

（下）

カ　この大小のしんき（東「～は」。パ「～には」）（1・12）

ヨ　ちゝ母のために身をします（パ、同。東、「み」）すてたりし（パ「～し」。東、「給ふ」）こゝろさし（パ、「のたかはすは」トアリ）いかてか見すて給ふへきと（東、八字ナシ。パ、「いかてか」以下十二字ナシ）たなこゝろをあはせ（東、同。パ「～おはしませと」）（2・1～4）（「をします」のほうがよい）

タ　（パ「水まん〳〵として」トアリ）くせいの（東「たゝへ」ノ三字アリ）ふねをうかへ（3・3）

レ　うきことの（東、「ととなへ」。パ「となへ」）あらんおりふし（12・18）

ソ　あり（パ「～の」）米一りゆ（東・パ「ゆ」ナシ）うくわ（東・パ「は」）へて（13・20）

ツ　はんをしてこそゐたりける（東、二字ナシ。パ「けれ」）（17・1）（係り「こそ」に対し結び「けれ」とある方がよい。聖徳大本「る（類）」は「れ（禮）」の誤記か）

ネ　七日にまんする夜（東。「の夜」。パ「のこと」）なれは（18・11）（「の夜」は誤写か。「のこと」の方が解りよい）

ラ　此女一人（パ「～を」）はからはんに（20・17）

ム　夏の日にあへる（東、「天にあくる」。パ「天きにひあかる」）みゝすのことく（21・6）（聖徳大本、パリ本の方が意は通る）

キ　ほんくわ（東、「～わい」。パ、「はい」）をとけ（23・11）（聖徳本は「い」脱）

ノ　なりたまふなり（東、「ひし」。パ、「ひ」）（25・9）

オ　おほかりけりとそ（東、「とそ」ナシ。パ、「となん」）（26・20〜22）（聖徳本は、文末にあって伝聞の意を表す、…という
ことである。いずれでもよい）

右の特徴の概要は、次のようにまとめられようか。
①　聖徳大本より東洋大本・パリ本のほうが叙述は詳しい…へ・チ（敬語表現）・ル・タ
②　聖徳大本の誤写…イ・ツ、脱字…チ
③　東洋大本の衍…ニ、誤写…ネ
④　パリ本の誤写…ネ
⑤　聖徳大本・パリ本の方が意は通る…ム
①叙述が詳細であるが、なくても意は通る。②・③・④は書写の際に生じ得る事象であろう。

聖徳大学本と静嘉堂文庫本と赤木文庫旧蔵本など

聖徳大本の詞書を考察するに当たり、静嘉堂本との近似性および間接的に東洋大本とパリ本の本文についてこれまでみてきた。その他に注目される一本として赤木文庫旧蔵（現、安城市歴史博物館所蔵）の「七夕の本地」[7]絵巻二軸がある。天稚彦を主人公とした諸本は数多くあるが、松浪久子氏によって、本文系統を「絵巻系」・「冊子系」の二つに分けられている。短文で絵巻の形態をもつものを絵巻系、冊子系は長文で冊子の形態をもつというようにほぼ分類できることによるものである。絵巻系と冊子系とでは本文の長さがだいぶ異なり、後者は前者のほぼ四倍もの長さになる。また同氏は両系統の関係について、松浪氏は「古風素朴な本文をもつ絵巻系」と「読物的に潤色を加えた本文をもつ冊子系」と捉え絵巻系から冊子系へという方向を示された。[8]次いで橘りつ氏は、

松浪氏の分類を踏襲しながらも「絵巻系」を「短文系」、「冊子系」を「長文系」という呼称を用いている。(9)これら二系統の分類に照合すれば、聖徳大本も旧赤木本（略称する）も絵巻の形態をもち図様も絵巻系とほぼかさなり、本文は冊子系（長文系）に属する、ということになる。

次に聖徳大本と旧赤木本の詞書と図様の異同をみていくと、次のとおりである。

天に帰った御子を思いあくがれ出で川上の火をたよりにたどり行く姫君が目にするのは、両書とも本文に「夕かほの花さきみたれ」とあるように、図絵にも「夕顔の花」が描かれている（大阪府中之島本図書館所蔵の奈良絵本「七夕」も同じ。ただし静嘉堂本の図は省略化されており、「夕顔の花」はない。図版参照）。同系の他の諸本にもこの花は描かない。(10)

昇天の場面について聖徳大本に、

ちきりしはいかにむなしきことのはの花なつかしき君のゆふかほ

とうちなかめ給へはそことなくけふり一むらたちのほるを見たまひて

君かすむあまちときけはなつかしやけふりとなりてあふよしもかな

とてそらをのみなかめてをはしけれはかのけふり姫君のまへにちかつきをのつからこくうにあからせ給ふ

〈上〉24・6～14）

とあり、冊子系の静嘉堂本も旧赤木本も同文である。姫君を天上界に連れて行ってくれたものは、絵巻系では「一夜ひさご」であるのに対して、冊子系では「煙」である。

ここで注目しておきたいのは、絵巻系の絵（ベルリン本下巻の欠部を補う上巻の模本・アンベルクロード神父旧蔵、現、専修大学所蔵本）の図様について秋山光和氏は、

農家からみえる藁葺きの家の庭前中央に大きく垣根を結って、ひさごすなわち瓜類の植物がいっぱいにから

んで蔓を伸ばし、緑の葉の間に白い花をつけている。天に向かって勢いよく伸びる蔓の先端に姫君が立って上方に向かい、足元からはさらに白い雲が立ち昇って昇天の進行を示す。右下の賤が家の縁先には老婆と中年、若い娘と三人の女が空を見上げ、姫君を指さして見送っている。[11]と解説される。的確な表現と考える。ほぼ同じ構図をもつサントリー本と旧赤木本について伊東祐子氏は、サントリー本では娘が「一夜ひさご」の蔓の先端に両足をしっかり乗せて、今まさに天上界へと昇っていく途上の図として絵が描かれているのに対して、赤木本では、娘の足は夕顔の蔓に接しておらず、蔓との間に明らかな空間がある。また、絵巻系では視点を高くとり、空中から見下ろしたかたちで、娘よりかなり小さく描かれた西の京の女たちが赤木本では大きめに描き出される。そのため赤木本では、娘は天界に昇っていく途上というよりも夕顔の生い茂っている傍らの大地に立ち、足元には煙が立ちのぼり、煙によってこれから天界に昇る様子を描いた図[12]（図版第七図参照）。

と解説する。サントリー本の図様は、秋山光和氏により紹介されたアンベルクロード神父旧蔵本とほぼ同じである[13]。両論文とも「ひさご」は夕顔など、うり科の蔓性の植物の総称と捉えている。

聖徳大本では図版（上絵六）にみられるように、すでに昇天途上にある娘は左上方に棚引く赤紫色の煙の中央に立ち、右手に娘を見送り立ちつくす七人の男女、その背後にわずかに見える（灯のともる賤家の）柴垣に咲き乱れる白い夕顔の花は、サントリー本・旧赤木本に比べ小さく、傍らを流れる川を隔ててものさびしげな松を描く。小さく描かれた花は、姫との距離がすでに大きいことを想わせる。パリ本は構図上、共通するところもあるが右手下方に白い花はなく、姫は、薄墨色の煙[14]に乗る。静嘉堂本の図絵は、昇天する娘の図様はほぼ同じであるが、右手上方に広がる松の側の川を隔てた田に、農具を手にした二人の男がたまたまこの光景を目の当たりにし驚き視守る様子で、賤家も花もなく図は簡略化されている。

聖徳大本は、姫君の涙で誕生した天の川を隔てて右手に御子、左手に姫を描く。ベルリン本とサントリー本は、本文「瓜をもちてなけうちにうちたりけるか」を受けて、川中に瓜が流れる図の右手に姫、その背後に鬼がたち、左手に御子を描く近似する図様である。旧赤木本は基本的にはこれと同じ図様であるが、鬼の投げた瓜は河中に頭を出す岩の表現になり、鬼の額に縦長の眼が追加される（拙著『在外日本絵巻の研究と資料』参照。大晦日の追儺・大儺の行事に方相氏は黄金の四目の仮面を被る。ネパールのインドラ天もクマリも三目である）静嘉堂本と同パリ本には、天の川の図はない。

詞書については、聖徳大本は四首の和歌を載せ（静嘉堂本・中之島本・京大本も同じ）、旧赤木本もこの四首を共有しているが、両親との別れの場面の歌「一世たにちきりもはてぬたらちねのなみたのたねにさきたつそうき（同、静嘉堂本・東洋大本・パリ本。旧赤木本「なみたの玉とわれそさきたつ」）」に続いて旧赤木本には、「あたし野の…」「よるのつる…」「夜もすから…」「かたみとて…」の四首の和歌が続き、形身に紫の薄様にしたためるとある。これは旧赤木本だけのもので、聖徳大本と旧赤木本との前後関係を考える上で注目しておかなければならない。

これまで本文異同について聖徳大本と静嘉堂本、間接的には東洋大本とパリ本について瞥見してきた。松本隆信氏「室町時代物語類現存本簡明目録」(15)を元に、橘りつ氏が作成した分類(16)を承けた菅原領子氏の「『たなばた』解題」(17)を参照すると、聖徳大本は、分類「(一) ロ」に近い本文を有するといえよう。諸本間の関係について語彙数の上からは聖徳大本と東洋大本の一致数はパリ本より高いといえるが、比較表「リ」にみえる「けふり」の三字は東洋大本にはなくパリ本に合うなど、諸本成立の前後関係を述べるには慎重を期さなければならない。これらにやや離れた特徴のみられる旧赤木本については大月千冬氏が指摘しているように(18)さらなる検討を要するであろう。

まとめ

「一夜ひさこ」から「けふり」へ

絵巻系（短文系）の本文には、

おとこ云様、にしの京に女あり、一夜杓といふ物もちたり、それに物をとらせてのほれ、（略）西の京へ行て、女にあひて、ものともとらせて、一夜ひさこにのりて、空へのほらんとおもふに、ゆくゑなく、きゝなしたまひて」（略）

あふことも、いさしら雲の、中空に、たゝよひぬへき、身をいかにせん(19)

とあり、本文には「夕顔の花」はでてこない。西の京の女が「一夜杓」を持っていた。それを譲り受け、「一夜ひさこにのりて」空にのぼろうと思ふけれども、とあり、「そらにのぼりて行くほとに（下）」の文に続くのであるが、昇る方法については記されていない。また「一夜杓といふ物」および「一夜ひさこ」の内実は前後の文脈から器物（「ひたえのひさこの」『更級』「まことにすぐれて大なる七八は、ひさこにせんと思て」『宇治拾遺物語』三・一六、「杓比佐古水を汲む器也」和名抄）と推測されるがいかがであろうか。

アンペルクロード氏旧蔵本の図様について秋山氏は、「蔓の先端に姫が立って上方に向かい、」と解説されているように絵師は、「蔓の先端に姫を立たせ」、姫を「ひさこ」（乗り物）にのせなかったのはなぜだろうか。それに応えるには、「ひさこ」舟で旅した例話や異境からくる神や特異なものが果実の中に宿るという民俗に遡る必要がある。例えば「瓠公《ホゴン》」は、『三国史記』巻一・新羅本紀一・三十八年条に、始祖赫居世《ヒョッコセ》（瓢のような大卵から出てきたので、姓を朴《バック》（瓠《ひさご》）とした）の使者として馬韓に派遣されたこと、その末尾に「瓠公はその出身の氏族は明らかでない。彼はもともと倭人で、むかし瓠を腰に下げ、海を渡って〔新羅に〕来た。それで瓠公と称したのである（瓠公者未詳其族姓。本倭人。初以瓠繫腰。度海而来。故称瓠公。[20]）、と記す。
瓠公は、脱解に先だって海を渡ってきた人物で、新羅金氏王朝、朴氏王朝とも関係が深い。王脱解尼師今の誕生をめぐる条には、（脱解は卵生だったので）箱に入れて海に流され、阿珍浦の海岸に漂着したとき、一羽の鵲が鳴き従っていた、と『三国史記』は伝えている。

それにしても、絵巻系および冊子系（長文系）サントリー本と旧赤木本の本文及び図像化との間には、人の「ひさこ」（瓠・瓢）に寄せる不思議な力の盛衰に関わる時間が流れているように思う。絵巻系およびサントリー本の図様は、「ひさご」に人が特異な力を認めていた時代の名残で、絵師は姫君を「ひさこ」の蔓の先端に立たせたといえようか。

「ひさご」【瓠・匏・瓢】とは（古くは「ひさこ」）、うり科の蔓性の植物の総称で、一般には瓢箪をいう、とされている。ひさごは古来水神の力を試みるのに用いられ、『仁徳紀』にも、ひさごを河中に投じてその浮沈によって水神を試みた話がある。[21]

『日本書紀』仁徳天皇十一年冬十月条に茨田堤構築の話で人身御供に選ばれた河内人茨田連衫子（ころものこは河伯（中国で河神のこと）の真意を知ろうと「全匏両個（全き匏二箇）の匏の浮沈により占う例で、匏は波の上を転がりながら沈まず、水の速く流れるところを風の吹くままに漂って遠くに流れて行き（「則瀇々汎以遠流」）、衫子は死なず、堤も完成した。同紀六十七年是歳条に、吉備国の川嶋河の大蛇のために多くの人が死んだ。三つの完全な瓠を水に投げ入れ（「臨二派淵一、以二三全瓠一投レ水曰、」（原文は、日本古典文学大系による））、蛇に沈めさせたが、瓠は沈まなかったので、蛇は斬られてしまった。ここには蛇（河神）と瓠のキーワードがみられ、その後「匏の浮沈」が命運を分ける話は昔話の「蛇婿入」[22]に受け継がれている。

ところでこの不思議な力を宿した匏は漂いながら水平線の彼方に流れていったのだが、これを垂直の天界遍歴に仕立てたのが絵巻系（短文系）の「一夜ひさご」譚と考えられるのではないだろうか。文中の「しら雲の中空に、たゝよひぬへき身」と風のままに河中を流れ遠く漂う身（「瀁々汎以遠流」）とは呼応する世界のように思う。

この場面を絵画化した絵巻に長文系のサントリー本と旧赤木本とがある。後者の画の右手の家の縁先には老婆と娘、四人の男が空を見上げ、姫君を指さし見送っている。そしてよく見ると庭前いっぱい四方八方に広がり絡んだ夕顔の蔓の先端は、隣接する右下方の賤家の藁葺屋根の上まで伸び繁り、葉の間に白い花が咲き乱れている（安城市歴史博物館所蔵「口絵」および図版第七図参照）。これは恐らく七夕の季節に先立つ風景で、白い花はやがて大きな丸い果実（瓠）を結ぶ。

まさにこの光景は、三歳以前の私の実体験として鮮明に蘇ってくる。

私は南鮮長渓の官舎の縁先にいた。(23) 当時としては近代的な建物の庭を隔てた向かいに、いわば「〔いやしきしつかかきほ(24)〕」があり、その庭に広がり伸びる蔓は絡まりながら藁葺屋根の全面に生い繁り緑の葉の間に群がり転がる大きな果実〈匏・瓠〉に私は心を奪われ釘付けになっていた。そして和語の「ひさこ」以前に「バガジ」(25)という韓国の音声言語に出会ったのであった。大形の球状の果実を指して官舎付きのオモニ(26)が私に教えてくれた語は、正しくは「バック（Bak）」というべきだったのかもしれない、といまにして思うのだが、いつしかそれは幼い私の朝鮮の風物誌の一頁になったように思う。

瓢の神聖・神秘が忘れ去られると、灯火のともる賤家に「夕かほの花さきみたれいろ(27)かほもえならす見えければ」と初夏の夕がたに咲き、朝にはしぼむ夕顔の白い花が登場し、もはやそこに「ひさこ」の描写はなく、そことなくたちのぼる「けふり姫君のまへにちかつきをのつからこくうにあがらせ給ふ」と本文は、ひさごから煙にとって代わる。煙は白い花のバリエーションだったのかもしれない。

雷神御供――雨乞いの祭

夕顔の生長には、まとまった雨と日射しが必要、筑波山麓栃木県下野市は鬼怒川の上昇気流による雷がもたらす夕立が豊かなユウガオの実を育んだ。大きいものでは十キロにもなる。あまり暑すぎると「親芯（つるのもと）」がいたむ。人々は天狗山雷電神社を「雷さま」と呼び毎日拝む。雷電神社は点在し、人々は雷さまを恐れ敬う暮らしが代々続いてきた。(28) つまり、「七夕」絵巻の背景にあるのは、中国の七夕伝説が伝わる以前から日本にあった民俗に基づくもので、雷（竜神）即ち水の神に供養した女の話ではなかろうか。古くは『古事記』倭建命の東国征伐の際、走水海で妃弟橘比売が渡の神の怒りを鎮めるために人身御供として入水した話に遡る。

夕顔の完熟果を加工して容器（ひさご）として用いる歴史は長く続いているとみられる。「ひさげ（提・提子）」のような高度なもの以前に、乾燥させただけで用いられもした。例えば、現在でもナイジュリア・イビのンウォンヨ湖の「魚捕り祭り」(29) の漁法であるが、一糸まとわぬ男たちが身につけているのは特大の丸い匏だけである。それはいわば舟代わりでもあれば魚入れにもなる。茎の付け根部分を丸くくり抜き、その穴に腹部をあて腹這いになり湖を泳ぎ回り、捕れた魚は瓠に入れる。

先に『三国史記』・新羅本紀に「初以瓠繋腰」とあったが、「瓠を腰に下げ」というよりはむしろ「瓠に乗り」の表現に近い実景であった。夕顔の果実（匏・瓠）の完熟果は加工して容器（ひさご・瓢）に用いた、と解しておく。

注

（1）秋山光夫「天稚彦草紙絵本と住吉広周」『日本美術協会報告』一九三六年（『日本美術論攷』第一書房　一九四三年所収）

（2）秋山光和「天稚彦草紙絵巻をめぐる諸問題―上巻図様の新出を機に―」（『国華』第九八五号　一九七五年十二月　九～一二三頁）に、ベルリン本の影印収載、およびベルリン本上下全段を含む模本「七夕の草紙」絵巻（アンペルクロード本〈現、専修大学所蔵〉）の報告がされている。

（3）秋山光和、注（2）に同じ。一六・一七頁
高岸輝『室町王権と絵巻―初期土佐派研究―』京都大学学術出版会　二〇〇四年を参照されたい。

（4）横山重・太田武夫校訂『室町時代物語集　第二』井上書房　一九六二年　ベルリン本の影印収載　五九三～五九九頁。

（5）①勝俣隆「中世小説の挿絵と本文の関連についての研究」（研究成果報告書　課題番号 10610429　平成10年度～13年度科学研究費補助金〈基盤研究（C）〉二〇〇二年　A5判　全一六一頁）。
②勝俣隆「中世小説の発生と展開、影響についての研究―挿絵と本文の両面―」（研究成果報告書　課題番号 16520108　平成16年度～19年度科学研究費補助金〈基盤研究（C）〉二〇〇八年　A5判　一八五頁）。

（6）橘りつ「パリ国立図書館蔵『七夕』と東洋大学図書館蔵『天稚彦』（仮題）についての小考〈付、東洋大学図書館本の翻刻〉」『東洋大学大学院紀要　文学研究科』第24集　一九八七年　一七二～一七九頁
本文比較にあたっては次の書に拠った。小杉恵子 ジャックリーヌ・ピジョー編「七夕　奈良絵本　上中下三冊　フランス国立博物館」（『奈良絵本集　パリ本』古典文庫第五八二　一九九五年。

（7）『室町時代物語大成　第八』に翻刻が収載されている。解題によれば次のように記す。絵巻二軸。紙高、縦三三糎。料紙は、上質の鳥の子紙に、極薄い藍色の横雲を描いている。見返しは金紙。白茶色紙に金粉を散らした題簽に、「七夕之本地上（下）」とある。絵は、狩野派ふうの専門画家の手になる。本絵巻は、近世初期、寛永を下らない頃のものと思われる（一九八二年）。現在は、安城市歴史博物館所蔵。
安城市歴史博物館　編集・発行『たなばたのほんじ　七夕之本地絵巻』二〇〇四年。

（8）伊東祐子「〈天稚彦草子〉の二系統の本文の展開とその性格―絵巻系・冊子系・赤木文庫旧蔵本・乾陸魏説話をめぐって―（『都留文科大学研究紀要』第65集　二〇〇七年三月　三三・三四頁）による。
松浪久子「御伽草子『七夕』と昔話（『大阪青山短大国文』三号　一九八七年二月）

（9）橘りつ「東洋大学図書館『天稚彦』（仮題）小考」（『文学論叢』62　一九八八年）

（10）冊子系のうち静嘉堂、京都大学文学部美学美術史学所蔵『たなはた』（『京都大学蔵むろまちものがたり　7』に影印と翻刻を収載する。なお『室町時代物語類現存簡明目録』に記すように京都大学には二種類の「たなはた」を有するが、国文学研究室所蔵・枡形二冊は、挿絵欠本である）、仙台市博物館蔵本、パリ国立図書館蔵本の構図に「夕顔の花」は描かれず、「夕顔の花」が描かれるのは旧赤木本と中之島本である。以上、伊東論文「注（8）」の注（18）を参考。

（11）秋山光和氏論考、注（2）に同じ。解説は二四頁。アンペルクロード神父旧蔵（現専修大学所蔵）も図版は同論文の口

絵参照。

(12) 伊東論文「注（8）」に同じ、三八頁。○伊東祐子「〈天稚彦草子〉の二系統の本文をめぐって―絵巻系から冊子系へ―（『国語と国文学』二〇〇四（平成十六）年三月号　三二・三三頁

(13) 注（2）に同じ。口絵。

(14) 『奈良絵本集　パリ本』（注（6ノ〇）参照）「七夕」第十一図　八一頁

(15) 奈良絵本国際研究会議編『御伽草子の世界』所収　一九八二年　三省堂。

(16) 注（6）に同じ。一八三頁

(17) 『天稚彦物語（叢書料本所収写本）』（二〇三～二〇四頁）「『たなばた』解題」（京都大学文学部国語学国文学研究室）『むろまちものがたり　7』臨川書店　二〇〇二年　四九一～五〇六頁

(18) 大月千冬氏「『天稚彦草子』長文系テクスト絵画化における図様の展開過程」（『奈良絵本・絵巻研究』一号　二〇〇三年九月）、伊藤論文「注（8）ノ注（24）」による。

(19) 『室町時代物語集　第二』に「東京帝室博物館詞書模本上巻本文」の解題と翻刻が掲載されている。この上巻の模本とベルリン東洋美術館所蔵下巻（原本）と一致するという。その詳細については「解題」（四八八頁・四八九頁）を参照されたい。また同上・下巻の解題と翻刻は、「天稚彦草子」（『室町時代物語大成　第二』（一三～一八頁）に掲載されている。引用文は両書（同文）に拠った。

(20) 金富軾 井上秀雄訳注『三国史記』1　平凡社　一九八〇年　三～一七頁。原文は『金富軾著／金思燁訳 完訳三国史記 上』六興出版　一九八〇年　三三頁。『三国史記』学習院東洋文化研究所刊　学東叢書　第一　一九六四年　一〇頁、同文。

(21) 『角川古語辞典』

(22) 関敬吾『日本昔話大成　2』四五～六八頁参照

(23) 前橋生まれの両親とともに父の勤務のため、朝鮮に滞在した。時を同じくして恩師久松潜一先生と太田晶二郎先生（東京帝国大学／同史料編纂所）も高麗野におられた。太田先生は戦争終結後も京城大学に留まり、史料の書写に明け暮れ最後の関釜連絡船で帰国した。

(24) 注（19）に同じ。京都大学美学美術史学研究室蔵奈良絵本「たなはた」の本文（イ本）による。（『室町時代物語集　第二』井上書房　一九六二年　二一五頁　上段。

『源氏物語』夕顔には、（随身）「かの白く咲きけるをなむ、ゆふかほと申し侍る。花の名は人めきて、かうあやしき垣根

(25) になん咲き侍りける」とあり、古くから庶民が垣根に植えたりして、親しまれてきた。『源氏物語細流抄・一』には「夕かほをば、さぶらひ以上の家にはうゑざる物也」とある。（『角川古語辞典』）

＊박【열매】명 여름에 흰 꽃이 피는 덩굴에 열리며, 익으면 절반으로 갈라서 그릇을 만드는 둥그런 큰 열매.

〈박【열매】〉

①

박[1] 줄기는 덩굴손으로 다른 물체를 감으며 번고, 바가지나 공예품의 재료로 쓰이는 둥근 열매가 열리는 식물. 또는, 그 열매.

②

바가지 박을 반으로 갈라서 곡식이나 물을 푸거나 담는 데 쓰는 그릇. 요즘은 플라스틱 제품이 많이 쓰인다.

③

①バック（Bak）蔓性の植物で、夏、夕方に白色の花を開き、翌朝にはしぼむ。果実（瓠）は大形で丸い。半分に割って容器を作り用いた。又はその果実。（延世大学校言語情報研究院編『東亜延世初等国語辞典』二〇一三年　五〇四頁）

②バック　巻きひげで他の物に巻きついて伸び、球形の大きな実が生る。その実（瓠）は工芸品（バガジ〈ひさご〉）の材料として使われる。（『プルネッ初等国語辞典』金星出版社　二〇一三年　四七七頁）

③バガジ「瓠」を半分に割って、穀物を入れたり水を汲むのに用いる容器のこと。（②に同じ。四七〇頁）

　右の資料提供と日本語訳とは金鎮国氏（聖徳大学生涯学習課講師）。同氏によると、「ひさご」（バガジ）とは容器のこと、植物「バック」は、大形の丸い実（瓠）をつけ、加工して容器（バガジ〈ひさご〉・生活用具）の材料として使われる、という。

・ゆうがお【夕顔《ユフガホ》】／『最新 日韓辞典（日本版）』大同文化社（発売元 紀伊国屋書店 一九九七年 一八四一頁（①に同じ）／ひさご 同書 一五〇八頁（③に同じ）

安田吉実・孫洛範他編『〔全面改定版〕日韓辞典』民衆書院（発売元 三修社）二〇〇六年（第6刷）もほぼ同じ。

・ひさご【瓢・瓠】ヒサゴ／夕顔《ゆふがほ》・瓢箪《へうたん》・瓠《ふくべ》の類称。またその果実の称。（略）和名は、一説に提子《ヒサゲコ》の転かと。延喜式貢進（匏《ひさこ》・大瓢《なりひさこ》・大匏《おほひさこ》）（木村陽二郎『図説草木辞苑』柏書房 一九八八年 三〇一頁

・ひさこ／ご【瓢・瓠・匏】①瓢箪（へうたん）②夕顔など、うり科の蔓性の植物の総称。また、その果実。一般には瓢箪をいう。『角川古語大辞典』

○夕顔の果実（匏・瓢）の完熟果は加工して容器（ひさこ）に用いた、と解しておく。

『徒然草』一八「なりひさこといふ物」「奈利比佐古」（和名抄）。「ナリヒサコ」（類聚名義抄）。食用として用いられるようになったのは、慶長の初め（一六〇〇年ごろ）、後に苦みの少ない「丸夕顔」（ふくべ）の別称）が伝えられてからとされている。

夕顔は、インド・アフリカを原産地とするウリ科のつる性の一年草。水口岡山城主の長束正家が作らせ、正徳元年（一七一一）、この地の水口藩主・鳥居忠英が、下野国（栃木県）壬生に国替となり移った際に、栽培法を伝えたとされる。

(26)「オモニ」は「お母さん」の意だが、我家では親愛の情を込めて手伝人をそう呼んでいた。

(27)「ひさごをばゆふかほという」（能因歌枕）。「夕かほや秋はいろ〳〵の瓠（ふくべ）かな（曠野・三）（『角川古語辞典』）

(28) ＮＨＫチャンネル1「雷さまの慈雨」『小さな旅 栃木県下野市石橋地区』二〇一三年七月二一日（日）八：〇〇～八：二五

(29) ＮＨＫ総合「ナイジェリア 世紀の魚捕り大会」二〇一〇年六月に六日（土）二〇：〇〇～二〇：四五 イビ・ンウォンヨ魚捕り祭の漁法。王様所有の湖で、魚捕り大会の日だけ漁が許されるという。イビの魚捕り大会では漁法の制限はなく、各種族が得意の漁法で臨む。

その他の先行研究

伊東祐子「〈天稚彦物語〉の二系統の本文について」（『奈良絵本国際会議千葉大会資料集』二〇一〇（平成二十二年）八月）

勝俣 隆「室町物語に於ける挿絵と本文の関係について」『説話論集 第八集』清文堂 一九九八年 二五三～二六五頁

勝俣 隆「お伽草子『七夕（天稚彦物語）』の諸問題（奈良絵本・絵巻国際会議 広島大会資料集 二〇〇六年八月二六・二七

日　一二～三七頁

勝俣　隆「中世小説（お伽草子）『七夕（天稚彦物語）』の本文と挿絵について（第18回欧州日本資料専門家協会年次総会　二〇〇七年九月十九日（水）於　ローマ日本文化会館）全七頁のレジュメの二頁に絵巻系五種、冊子系十三種の伝本の紹介および「本文と挿絵の関係について」。

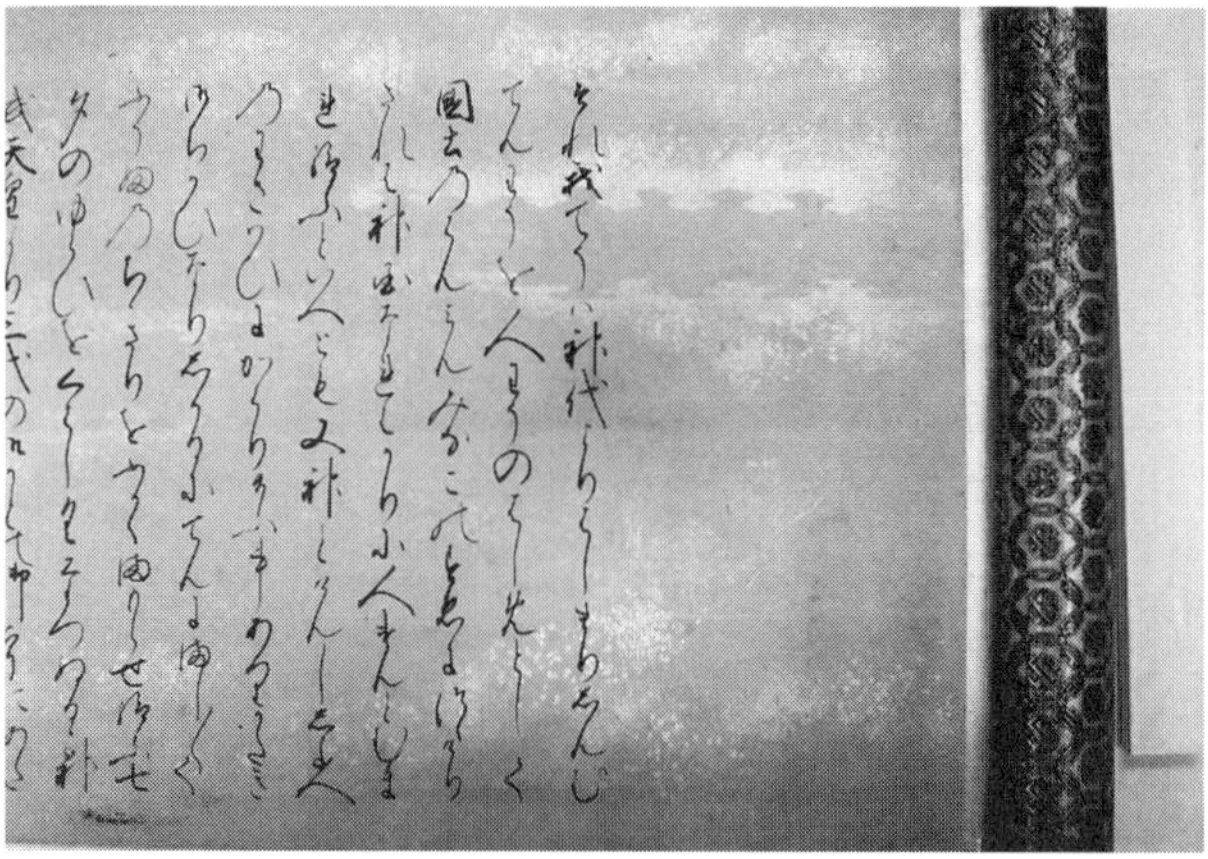

聖徳大学所蔵『七夕』絵巻　上巻冒頭

上　絵一

上　絵二

上　絵三

上　絵四-1

上　絵四-2

上 絵四-3

上 絵五

上 絵六

上絵　七

下巻　絵一－1

下　絵一－2

下絵一-3

下絵二

下絵三

下絵四

下絵五

下絵六

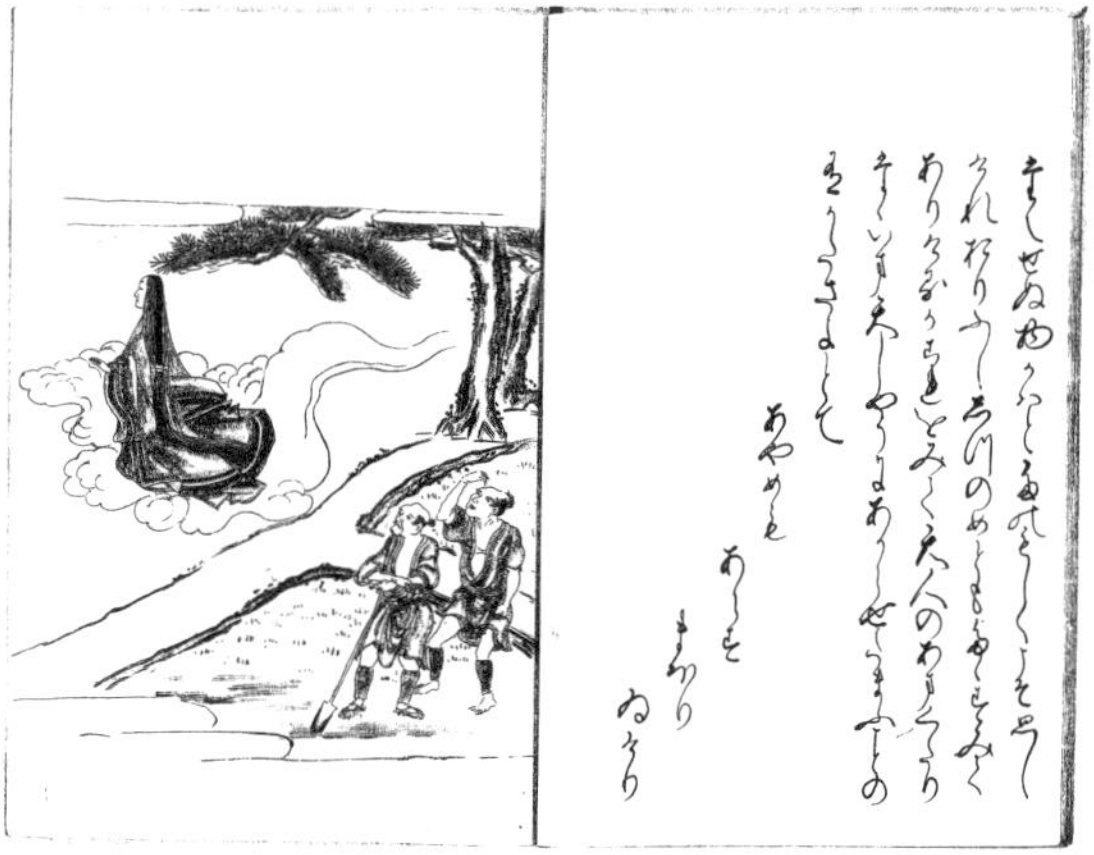

静嘉堂文庫所蔵『七夕もの語』上

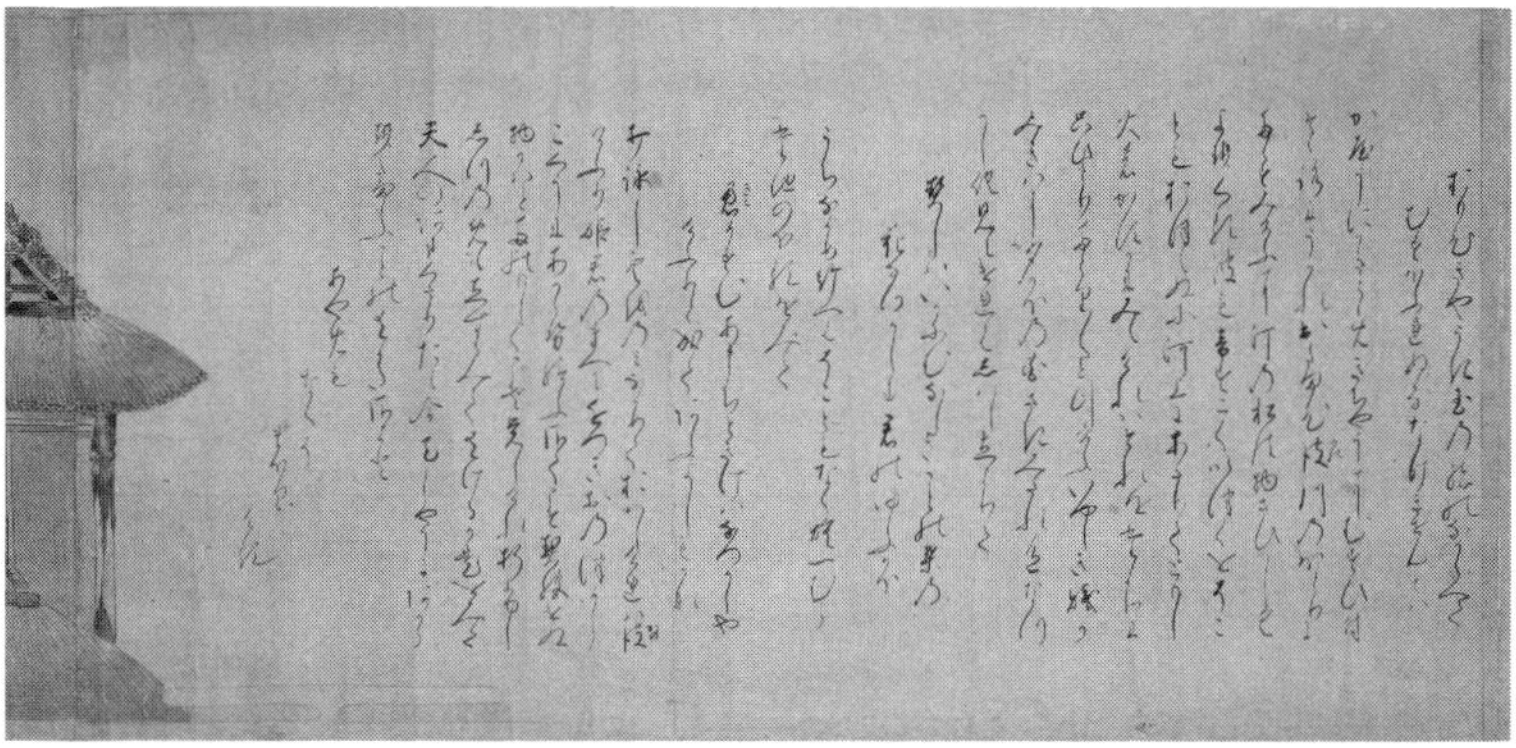

安城市歴史博物館所蔵『七夕之本地』第七段詞書

第七図　夕顔の咲く賎家

Ⅳ　日本

6　聖徳大学所蔵『しゆてんとうし』絵巻の本文と解説

『しゆてんとうし』絵巻詞書

（上）

それ日ほんわかてうは天神七たい地しん五代なり人わうのよとなりてしやうとく太子はしめてふつほうをひろめんかためにわうとなりてれいみんをはこくみしひをたれ給ひしよりこのかたしやうむてんわうえんきのみかとまてもふつほうわうはうともにそなはりてまつりことすなほにして万みんをあはれみ給ひし事たうてうのいにしへけうしゆんにもこえたりされはにや風やはらかにしてえたをならさす雨しつかにしてつちくれをやふらすこくと（第1紙）あんをん人みんまてもたのしみゆたかなりなかんつくに一てうのゐんの御宇になをまつたいにいたれりわうほうもさかりなりしかれは五こくふねうにして四かいにあまねしくわいろくのさいといふ事もきかすてんをくいらかをならへてひまもなしかゝりけれはふけのちうしんしよたうのめいしんゐんやうのまさしきにいたるまてこの時にあつまれりまつたいにもかやうのものともあるへしともお

ほえすてんかのふつきみこのはん
しやう今この時なりされはかゝる
御代にあはん事あるへしともおほ
えすとそ申けるしかるあひた宮
こにふしきの事こそいてきたれ
人みんをもゑらますみめよき女房
たちそうせにけるはしめは五人（第2紙）
十人なりけれはその身のふちやうか
又しゆきやうとんせいかなといひ
てない〱なけきかなしむといへとも
ひろうするにもおよはすあまりに
ことかさなりおほくうせけれはてん
かのわつらひ万みんのなけき申
はかりなしいつれのところよりなに
ものかとるとも又はまえんかしわさ
ともしりたらはこそいかなるはうへん
もあらめたゝいかゝせんとなけきかな
しむよりほかの事そなかりけるされ
はてんかの御ちからにもをよひかたく

ふつしんのはからひもはかりかた
けれはとかくしつへきやうもなかり
けりかゝりけるところにいけたの
中なこんくにかたの卿と申人お
はしけりみかとの御おほえめてたくし
てよろつたからにあき一《（ママ）》みち人に
すくれてなにゝふそくといふ事なし（第3紙）
しかるにかたちなへてならさるう
つくしきひめきみ一人おはしけり
めてたくこゝろさまいみしかりけ
れはくにかたのきやうたくひなき
ものゝやうにもてなし
かしつき給ふ（第4紙）

〔絵一〕（第5紙）

しかるにある夜のやはんにくれにう
せてみえ給はすちゝはゝめのとなけき
かなしむ事なのめならすてんにあふ
き地にふしてもたへこかれ給ふあ
まりの御ことにやれいふつれいしや
にまいりていろ〳〵のくはんをたて
さま〳〵のこゝろさしをいたしなけき
申けり人のならひたかきもいやし
きも子をかなしむ事まことにせ
つなりたとへ五人十人もちてもい
つれをろかはなしときくいはむや
たゝ一人のひめきみをうしなひて
とやせんかくやせましとあんしわつ
らはせ給ふそのころせいめいとて
まさしきさう人侍けりすいちやうは
たなこゝろをさすかことしふうしふう
するところにたかふ事なしてんま
あくしんもおそれをなしうらなひかゝ（第6紙）
みる事すこしもたかふところなしかの

せいめいをしやうしてのたまはくわれ
しつへいけのいゑにむまれゑいくわ
身にあまりくはんらく心にまかせ
たりなにかにつけてもこゝろにふそ
くのうれへなししかるにわれ一人
のひめをもつ身にかへて大事の
たからよりもおもくあらきかせにも
あてしとおもひしに行かたしらす成
ぬれはそれかしの心のうちをしは
かり給ふへしよく〳〵かんかへて今
一とかはらぬすかたをみせ給へとそ
おほせけるせいめい七日七夜をこな
ひてうらなひかんかへてかのくに
かたにたてまつるかのかんもんにい
はくみやこよりきたいふきのす
そのせんちやうかたけといふとこ
ろにいはやありすなはちおにのすみ
かなりかのおにのしわさなりひめ（第7紙）
きみはいまたしゝ給はすわれしんつ

うをもつてかのおにのいわやの
わうしをふうするならはかならす
ちゝはゝのかうかんに
よろこひあらんと
きし申たり　（第8紙）

〔絵二〕　（第9・10紙）
くにかたの卿きみの御おほえならひ
なくしてなに事も申をこなは
れけれはこのかんもんをもつて
やかてそうもんすすなはちくき
やうせんきあつてしよきやうをの
〳〵きをのへられたりあるひは
大しん申されけるはむかしもさる
事ありうけ給はりをよひしは
さかのてんわうの御宇に人みん

おほくうせしかはこくとのなけき
申はかりなしその時こうほう大
しはちょくをうけてしゆそせし
め給ひしにそのゆへにや人のうす
る事はとゝまりき今の世には
さやうのしゆそすへきかうけんの
そうもあるへからすたゝことのこゝろを
あんするにてんかにふしをゝかるゝ
事はいてきのものをはつせられん　（第11紙）
かためなりこゝにせつつのかみらい
くはうと申はせいわてんわうのこ
うゐんとしてふけのきりやう
たりちからは人にすくれたけきこ
とならひなくはんくわいもをよふへ
きことなしまなこのひかり人に
すくれしんつうをそなへしたのせん
あくをさとりみる事たなこゝろを
さすかことしされはしんめいもこれ
をかこしてんまをしりそけぬる事

まことにおそれぬへしせんしをかう
ふりてむかひとむかふところのて
うてきをたいらけすといふ事なし
いにしへも今もありかたきふしや
うなりと申されけれはしよきやう
みな〳〵おなしうしてよりみつ
をめされけりあかちのにしきの
ひたゝれに小くそくはかりにて
さんたいせられけり四てんわうと（第12紙）
きこえしつなきんときさたみつ
するたけめしくしてなんてんにそ
さふらはれけるすなはちくにかた
をもつておほせくたされけるは
なんちてんめいをうけててうて
きをたいらけゐをてんかにふるう
事たひ〳〵にをよへりしかるにわれ
こくとのふほたりされは万みんを
はこくみしひをたれてこくとを
たやかになさんとおほしめさるゝと

ころにかゝる事の出来る事これ
まろかためにはふかきてうてきなり
いふきのすそのせんちやうかたけ
といふところにおにありいそきかの
ところにおもむきてきしんをほ
ろほしてくにかたのいきとをりを
やすめ万みんのなけきをとゝめは
まろかためにはならひなきちうせつ（第13紙）
なんちかためには
きたいの
めいよなるへし
そと
おほせくた
されける（第14紙）

〔絵三〕（第15・16紙）

さるほとによりみつはちよくをうけてわかしゆくしよにかへりて四てんわうのものともにひやうちやうせられけるはよく〳〵ことのこゝろをあんするにほんふのちからにてはをよひかたしふつしんのかこをたのみたてまつるへしくにのためきみのためなれはなとか神明も御あはれみのなかるへきとをの〳〵うちかみにさんけいしていのり申されけりよりみつはやはたにまいり三日三夜こもり給ひしにれいむをかうふりすなはちよろこひのはうへいをたてまつり給ひけりさてつなきんときはすみよしへまいりけりさたみつするたけはくまの三しよをくはんしやうして

きせいのなたこゝろをあはせけり（第17紙）

よりみつの給ひけるはそんするむねあり大せいはかなふへからすなんちらはかりめしくすへしそのほかほうしやうをかたらひ候へしとてつけられけりつかう六人をの〳〵めん〳〵に出たつてみな〳〵山ふしのすかたになりておひを一ちやうつゝかけられたりまつよりみつのおひの中にはひおとしのはらまきにししわうといふかふとをそへて入られたりくもきりちすいとて二のつるきあり二しやく一すんありけるちすいをそ入られたるほうしやうはむらさきいとおとしのはらまきにいはきりといふこなきなたの二しやくあまりありけるをなかこをきりつかを三そくはかりにこしらへて馬のおをもつてひ《(ママ)》たま

きにまかせたりけるをそへて入ら（第18紙）
れけりつなはもえきのはらまき
におにきりといふうちかたな二
しやくあまりありけるを入たりけり
よのものとも思ひ〳〵にこしらへて
入にけり又さゝえとなつけて竹
のよをひとつつゝおひにつけたり
をの〳〵六人宮こをたつてあふ
みのくにいふきのふもとにつき
けれは大江山をたつねてせん
ちやうかたけを人ことにとひけれは
しらすとのみそこたへけるさても
おほくの山をこえのをすきゆく
事かきりなし玉しゐおほれてせん
かたをうしなひめもこゝろもまとひ
身をくるしみすいのうをくたきせん
こをはうせんとしておほしける
野くれ山くれゆくほとにおほき
なるほりありいそき立よりて

みるにさいけあり五十あまりなる（第19紙）
おとこ二人やまふし一人立たりつな
申けるはこのものともはおにのけんそ
くともとおほえ候これらをとらへてこ
とのしさいをたつねはやと申けれは
よりみつの給ひけるはまつしはらく
かれらに心をつけなはあしかるへし
いかにも〳〵しのひよりてよきや
うにあひしらひてこゝろをとりしや
うのうちのあんないをも又みちの
すゐをもをたつねはやとてをの〳〵
立よりての給ひけるやうはこれは
しよこくしゆきやうのものにて候か
みちにふみまよひてきたり候これ
をはいかなる所とか申候そ大臣へは
いつかたへいて候へきそとゝへはあなお
そろしいかなる人たちなれはこのと
ころへ来り給ふらんこれこそよそへも
きこえ候せんちやうかたけおにかいは

屋と申ところにて候へよのつねの（第20紙）
人々きたる事なしあれをみたまへ
ほりのむかひに候山よりせんちやう
かたけと申せ鳥たにもかよひかたし
あの山のあなたにおにかいはやと
てありさやうに候へはこそおにのけん
そくともかいてゝあそひ候へはや〳〵
かへり給へとそ申されけるかやうに申
われ〳〵をおにのふるひと思ふ給ふ
へからすわれ〳〵もさりかたき人をお
にゝとられこのかたきをとらんかため
に此ところに候へともわれらかちから
はかりにてはかなひかたくしてとし
月をこの山にてをくり候なりめん
〳〵も心をき給ふへからすかた〳〵を
みたてまつるにたゝ人にておはせす
これへ入給へくはしく申さんとて
うちへしやうしいれてけりいかにも
此ものゝ心をとらんとてさけをとり

いたしてすゝめけり三人の中にも主（第21紙）
人とおほしくてさしやうにいたるおき
なさかつきをひかへて申やうかた〳〵
のさほうをみるにふかくねんし給ふ
事ありありのまゝにかたり給へわれ
〳〵もちからをあはせ申さんおにか
いはやのありさまをもくはしくそん
して候へはをしへ申へし千き万き
をそつしてむかひ給ふとも人のちから
はかりにてはゆめ〳〵かなふへからす
しんめいのかこをもつてほろほした
まへなとまことに二つなけに心の
ほとをのこさすていねいにかたり
給ひけれはよりみついかさまうち
神のちからをそへ給ふにやとたの
もしくおほしめしてありのまゝにそ
かたり給ふなりそのときさしやうに
ゐたりけるおきな申さくこのおに
もさけをあいしてのみ候へは身の

うする事をもうちとくるものにて　（第22紙）
候なりこのさけをのませてめん〳〵
はあひかまへて一くちもまいり給ふへから
す是はしんへんきとくしゆとてお
にのためにはとくのさけにて候なり
とてうちよりさけをとり出しかた
〳〵のさゝへのあきたるにそいれて
もたせける又ほしかふとをひとはね
とり出してよりみつにたひ候とて
これをはときんのしたにき給ふへ
しこのおにはしんつうのまなこを
もつてその人をよく〳〵見て人の
こゝろのうちをもしるものなりこのか
ふとをたにもき給ひなはこれをしる
事ゆめ〳〵あるへからす又その身の
つゝかもあるましきなりいとたのもし
くおほしめし候へとこそ
申されけれ　（第23紙）

〔絵四〕　（第24紙）

かのおにはしんつうしさいにして
人をたふらかし候そのはかりこと
中〳〵ことはにをよはすよく〳〵
こゝろえ給ふへし又三人の人〳〵
の給ひけるはをの〳〵このいけを
こえ給ひ候はん事なりかたしと
てまつ三人はたやすくとひこえ
てむかひにおほきなるまきの
木のたふれてありけるををし
たふしてはしにうちわたしはや
わたり給へとの給ひけれは
をの〳〵六人めを
見あはせて
すこしもためらはす
わたりけり　（第25紙）

〔絵五〕　（第26・27紙）

かのせんちやうかたけをかゝたるはん
しやくはんてんに雲をひきれう
〳〵たるいはほせんこくにふさかり
て人のかよひちもなしはうせんた
るところにたゝ三人のひと〳〵をさ
きにたつてあるときはさかしきみ
ちをはをのまさかりをもつてあしかた
をうちあるときは手をとりて引
のほせけりこの人〳〵のありさま
たゝことゝもおほえすいよ〳〵行する
もたのもしくおほえたりこゝに大きなる
いはあなありけるにうちにいりてみる
にくらき事かきりなしせんこもおほ
えすおそろしさいふはかりなししかれと
も三人をせんたちとして行とも〳〵
みちもなしかの一きやうあしやりの
るさいのみちにおもむきてあんけつた
うにまよひしもこれにはいかてまさる（第28紙）
へきとそおほえし今は五六里もすき

ぬらんとおもひしところにほの〳〵と
あかきところにそいてたりけるに
川一つなかれたりせんたちの給ひ
けるはこの川につきてのほるへし
しやうのうちにてちからをあはせ申
へしたのもしく思ひ給ふへし我を
はたれとおもふらんやはたすみよし
くま野のこんけんのすいしやくなり
とてかきけすやうにてうせ給ひ
けりかゝりけれはよりみつ以下の
人〳〵ゆくするなをたのもしくお
ほえていよ〳〵いさめる

こゝろつきてこの
川につきてそ
のほり
ける（第29紙）

〔絵八〕（第30・31紙）

ここに十八九はかりなる女はうのすかた
ゆうなりけるか川のはたにきるもの
をあらひてそゐたりける人〳〵たち
よりていかなる人そ又なにとてな
みたをなかし給ふそとゝひけれはも
のをはいはすしてたゝなくよりほか
の事そなきやゝありてなみたを
をさへて申けるはあらおそろしやいか
なる人〳〵なれはこのところまて
きたり給ふらんよのつねの人き
たる事なしもしみちにまよひ給
はゝいそきかへり給ひ候へとこそ申さ
れける六人のひと〳〵これはいかさ
まおにのけんそくわれらをたふら
かさんとてかたちをへんしたるにや
と思はれけるつな立よりて申けるは
いかなる人にておはするそとゝひけれ
は女はうなく〳〵申やうわれはこれ（第32紙）
みやこのものにて侍るなりこその
春のころおにゝとられてすてにえし
きになるへかりしをふしきにいま
まてなからへて候なりみやこより
とられたる女房とも三十よ人いまに
侍るなりしたしくおほしめすくに
かたの卿のひめきみもいまたおはし
まし候なりかやうにとりをきたる
人〳〵をのちには人屋にこめ身
をしほりちをいたしてさけとなつ
けこれをのみしゝむらをきりとりて
ゐしきとすこゝに八てうの中しよ
ときこえける人のひめきみをとり
たてまつり二三年になり候へつる
をけさ身をしほりてちをいたし
いきたえつるところに又くすりを
あたへいのちをたすけぬきるもの
みなちになりて候をはんにかはり
てすゝかせ候けふは（第33紙）

われらのはん
にて
すゝき候いつかわらはも
かやうにしほられて
いのちを
うし
なひ
候はんすらんと
さめ〳〵とそ
なきに
ける（第34紙）

〔絵七〕（第35紙）

その時よりみつの給ひけるはさて
みやこの人とおほせらるゝはいかなる
人にておはするそととひ給へは女房
申けるはわれらは中のみかとの花
そのゝむすめにて候なりせう〳〵
あひしたしく候女はうたち候へとも
たかひにめを見あはせ心をかよはす
はかりにてものおそろしさにことは
をかはしいろにあらはして申出こと
もなし思ひのあまりになき候へは
おほきなるめを見出しにらみ候へは
きもこゝろもきえ入ぬ中〳〵一度
にしゝたらはかやうにおそろしきめ
をはみしものをつゆのいのちのなか
らへてかなしくおそろしき事申は
かりなししかるへくはをの〳〵宮こへ
かへり給ひてふるさとへこのよしかく
とつたへ給ひてあとをもとふらはせ（第36紙）
てたひ給へとなみたをなかし申ける
よりみつの給ひけるはさてもあはれ
なる事也われらをはいかなるものと
思ひ給ふらんせんしをかうふりて
このところにおもむきたりしやうの
うちかのおにのすみかのありさまを

しへてたひ給へしからはおにをほ
ろほして女房たちをみやこへかへし
奉らん女はうたちとの給ひけれは（第37紙）

（中）

女房たちなのめならすによろこひ
て申されけるはこの川かみにいしの
ついちあり又おほきなるくろかね
のもんありうちそとにおそろしき
おにとも二三十人はんをして侍る
なり又そのおくには大きなるいし
をたゝみてたんをつきそのうへに
いしのつゐちをつきまはしてくろ
かねの戸をたてその四はうに春夏
秋ふゆをつくりたり春はやなき
さくらをうへならへてのきはの梅も
かほりつゝひとくとさえつるうくひす
のこゑとり〳〵にそおほゆる夏は
又いけのふちなみさきみたれ山（第1紙）
ほとゝきすの一こゑもむかしなからの花
たちはなたれか袖にかにほふらんに
しは秋のけしきにておきふく風

にゆめさめてなかきよすから月そ
すむ四方のこすゑのもみち葉は
いくしくれにかそめぬらんこゑ〳〵
すたくむしの音にいとゝ宮こそしの
はるゝふゆのけしきはいつしかにみ
きはの氷とちぬれはむれゐる鳥
も入しほにうはけのしもをやいた
むらんくれ行としのつもれるには
木々のこすゑのしらゆきは花に
まかへてちりやすき木からし身に
しむけしきこそことにものうき
たねとなりかやうにめてたきそ
のうちにくろかねのろうあり御すみ
かとなつけて夜はそのうちにすむ
女房十人はかりはんにかはらせよもす
からなてさすられあけくれはけんそく
（第2紙）
ともにかしつかれあかしくらすありさ
ま人のみるめもすさましく身のたの
しみかきりなしとそ申ける又こかうき
りわうあはうらせつとて四てん
わうと名つけてきしんありうみ
川をはしり大わうとなつけてあしは
やのてきゝものなり又かなくまと
うしいしくまとうしとて二人とうし
あり大りきのくせものなりこの
二人をはわか身ちかくをきて
なに事にもめしつかひ候よるはろう
のくちにはんをつとめ候又かれを
はおにとこそ候へとも人のめには身
ふとりたるとうしなり名をしゆ
てんとうしと申まことに身つよく
いかめしきありさま也かやうにおひ
たゝしきうちに石金のもんつゐ
ちありなにとして御やふり候ひて
いらせ給ふへきそのほかけんそくとも
（第3紙）
はんをきひしくしけれはいかてふつ
しんの御はからひにもかなふへきと
てなみたをなかして申されけるかやう

にことこまかにをしへて女はうは
かへりぬさてしやうのあんないは
くはしくきゝたりたけきこゝろを
さきとしてゆくほとにあんのこと
くおほきなるもんに人にもあら
すおにともおほえぬものとも五六
人つゝこの人〳〵にとりつきて
すてにかいせんとそとんてかゝる（第4紙）

〔絵二〕（第5紙）

ちからもつきこゝろもきえてとかく
あらそふへきやうもなしかゝるとこ
ろに一人か申けるはしはしまてかゝ
るめつらしきものをいかてかわた
くしにはからふへきとうしに申
せとてこのよしかくとそ申けると
うしこのよし聞給ひて大きによ
ろこひふしきの事かなこのあひた
女はかりとりをきてさけさかな
としてこゝろをなくさみつれはめ
つらしくもなしおとこはほねこはく
しゝむらもあつくしておもしろきと
ころありなんちらかくわほうそかし
もしおちおそれなは心おくし身
やせしゝむらきえてちもすくなかる
へしよく〳〵すかしてこゝろをもと
り又みやこよりきたれるものならは
みやこのことをもとひみめよき女は（第6紙）
うはいつくにか有なとくはしくたつ
ぬへしまつうちにいれつゝ人屋に
いれてよきやうにこしらへてまいら
すへきといひけれはけんそくとも
これを聞てもんくわいにはしりい
てさきのけしきにやうかはりて
もつてのほかにうやまひこゝろよけ
にみえけるにもいとゝおそろしうそ
おほえけるさてうちにしやうし入
てとをさふらひのやうなるところに
そをきたりけるとうし申けるはこの

ものともにおなしくはたいめんし
てきふんをも見すかして宮この
事をもとはんにさためてわかゐせ
いにおそれておくしわつらひなはそ
れをかこつけにしてみな〳〵いま
しめて一人つゝ人屋へいれへしなに
さまたいめんせんとていてけりとう
しかさきはらひとおほしくて目は三（第7紙）
つはなたかくつねの人ともおほえぬ
いるいゐきやうのおそろしきもの
ともはしりいて大ゆかにかしこま
つて候ひけるさておくのかたとうよ
うしてなまぬるくさき風ふきて
くるに人〳〵身のけよたちきもをけ
してそおほえけるやゝしはらくありて
あさ日のいつることくかゝやききら
めきていつるをみれはたけ一ちやう
はかりなるかかみはかふろにいろしろ
くしてこえふとりようかんひれいにし

てとしは四十はかりにみえたりをり
ものゝこかうしのこそてにあかき
はかまをふみくゝみてわらは二人の
かたにかゝりさうわうのあゆむか
ことくさうをみまはしてとき〳〵
まかけをさしゆすめきいつるその
いきほひことからあたりをはらひて
筆にもつくしかたしかねて思ひし（第8紙）
もいやましに人々せきめんしておはします
さてとうしは人〳〵のゐたりけるに
一けんはかりもへたてよこさになを
り人〳〵にむかひてうちわらひ四
方を見まはしてそゐたりけるより
みつ以下はむかひさにそなをり
けるこの人〳〵たかひにめを見
あはせとやせんかくやせましとあん
するところにとうし申やうそも〳〵
御へんたちはなにことによりこの
ところにはきたり給ふそみ山といひ

かんせきといひみちあらはこそま
よひたるともいはめあら心えすやと
いひちらしときく〳〵まかけをさし見
くらすおそろしさいふ
はかりなし（第9紙）

〔絵二〕（第10紙）

やゝありて又申けるはいかにものと
もめつらしききやくそうたちおは
するにさけひとつまいらせよとい
ひけれはけんそくともうけたま
はつておほきなるつゝにさけを入
てかきもていつるうつすをみれは
人のちなりけりそのいろはきはめ
てあかくくさき事かきりなしまつ
とうしさかつきをとりよりみつに
さすよりみつすこしもおくせすたふ
〳〵とうけてのみ給ふほうしやうの
まへにさしをくほうしやうとりあけ
てのむていにしてをかれけりその
のちつなうけとりてたふ〳〵と
のみけりめつらしきさかなやある
まいらせよといひけれはまないたに
たゝ今きりたりとおほしくてし
ろくうつくしき人のもゝをまないた
にのせしほをとりそへてそをきた（第11紙）
りけるとうし申けるはたれかある
それこしらへてまいらせよといひ
けれはよりみつさしよりてこか
たなをぬきてしゝむらをそひて
しほにさしてそくひ給ふことにす
くれてみゆるものかなとの給ひ
て見たまへはつなさしきをたつ
ておなしくそきてくひたりけり
のこる人〳〵はしやうきやうちり

つの身にて候とてくはさりけり
あたりにありあふおにともよりみ
つとつなかふるまひを見てそゝ
めきけりかくてとうし申けるは御
へんたちはさけもさかなをも心ち
よけにまいりつるものかなとしらけ
たるていなり　（第12紙）

〔絵三〕（第13・14紙）

よりみつの給ひけるはわれらかなら
ひてきやくそうに申さんかために
さゝへと申ものをしよちつかまつり
候かなにかはくるしかるへきひとつ
申さはやとの給ひけれはとうし
大きによろこひてふうけうして
申けるは宮このさけを給はらん御
心さしこそありかたくおほゆれと
申けれはつなやかてしやくにたつ
てこれをすゝめけりとうしは三と
のみくわいせんとなるそのゝちく
たんのとくのさけをさしそへて
しゐけれはさしうけ〱十たひは
かりのみつゝあまりのふうけうにや
とうし申けるはわかさいあいの人
ありよひ出して宮このさけをすゝ
めんとてくにかたの卿のむすめは
なそのゝひめきみ二人よひ出し　（第15紙）
たてまつりとうしかさうにそをきた
りけるさるほとにとくしゆやう〱
身にしみけれは心もみたれゑみを
ふくみて申やうかた〱これまて
の御入まことにおもしろくこそ思ひ
たてまつれしはらくとゝまり給ふへ
しそも〱われをはいかなるものとか
おほしめすむかしよりこのところに
侍りされはけんそくともに申つけ
てみやこよりかたちよき女人をむかへ
とりこゝろをなくさみ候也そのほか
めつらしきものにいたるまてとり

よせ〳〵のみくひたのしみ申は
かりなりなに事につけてもふそ
くといふ事なかりしにこうほう大
しといふゑせものにしゆそせられ
てこのところにはまよひいて大
みねかつらきのかたにかくれゐてこ
そ候ひつれいのちもいかゝあらんと（第16紙）
心のひまなくありしにこのゑせもの
かうやと申ところにこもりぬそのゝち
はみちもひろくなりてこの百よ年
はこのところに侍るなりこの女
はうたちも宮こよりしやうして
候人おほく候へともこれらはさいあ
ひに思ふなりいかなる世までも契
りをむすひ候へし今よりのちは
なに事候へきとおもへともみや
こによりみつといふくせもの有
なりいにしへも今もこれほとの
ふゐにたつせるものはなしふんふ

二たう人にすくれしんきのみちを
心にて天下のまほりなりちからも
世にすくれてまなこのひかりあり
けれはむかひとむかふところたいら
けすといふ事なしと聞ゆこのほとも
けんそくとも申出して候へはおとし候
又かれからうとうになにともしらぬ（第17紙）
ゑせものともあるなり一ちやうこのや
つはらになやまされぬとおほし候さ
りなからようしんつよくしてけん
そくにはんをきひしくさせ候へは
いかなるてんまきしんと申ともこの
しやうをはやふられ候ましをの〳〵
みたまへあのしやうこしらへたるや
うをと申て又いひけるは御へんたち
をよく〳〵みれはかのよりみつとや
らんにゝたるかあらおそろしやとそ
申けりかのほしかふとをもてるゆへ
にいかにみんとすれともみえさり

けりされはこのためにおきなの
あたへたひたるにやよりみつのた
まひけるはそも〳〵そのよりみつ
と申はいかなる人にやすへてそんせす
たうしさやうの人有ともうけ給はり
候はすたゝし宮こひろく候へはさる
こともや候らんわれらはてはのくには（第18紙）
くろのやまふしにて候くまのに
としこもりしてこのほとはしめて
宮こへのほりて候こきやうへけ
かうつかまつり候かみちにふみまよ
ひてまいり御めにかゝり候へはよろ
こひそんし候とまことしやかにの給へは
とうしすいけうといひにうけうの
あまりに心のうちをのこさす申け
るはわれしんつうのまなこにて人
をみるにたかはす御へんのまなこの
ひかりは人にかはりたり同道の人とも
をみるにもつたへきくよりみつか四

天わうのものともにさもにたり中
にもあの殿はつら玉しゐまなこさし
人にすくれてみえたりとてつなを
さしてそ申ける六人の人〳〵はいろも
へんせすとうしはしたいにしやうね
みたれてなにしにさやうのものこの
ところへ来るへきたゝさけを参りて（第19紙）
おもしろくあそひ給ふへしこうほう
大しのいたくいましめられしことゝも
すれは思ひいたしてさやうのくせ
ものもきたるらんとおもへはかくの
ことく申なりなとかくすへきことをも
申ちらしていかにも宮こ人の御さ
かな一つ申候へといふに世にもあら
〳〵しきすかたしたるものうけ給
候とてつい立てあらゝかにふみめく
り宮こ人いかなるあしのまよひにて
さけやさかなのえしきとやなる
と二三へんうたひてまひたりけり（第20紙）

〔絵四〕（第21・22紙）

つな思ひけるはこのさしきにてみなうつとりなんとおもひけれはちまなこになりちすしあらはれて二尺一寸のうちかたなのつかに手をかけけれはよりみつやかて見しりてしりめにかけてにらまれけれはつな思ひとゝまりぬきんときは宮こにきこえたるまひの上手にてありけれはその時すゝみいてゝ申やうわれらなとか御さかな一つ申さて候へきかとてとうしひかへたるについ たつてとしをふるおにのいはやに花さきて風やよのまにふきちらすらんと二三へんこゝろことはもおよはすにまひすましたりたれはとうし聞とれてにうけうのあまりにやことはもえきゝとかめすたゝおもしろしとのみ申けりこゝにえんに候ける（第23紙）おにの四てんわうのけんそくとも又にはになみゐたるものともは此まひのことはをきゝとり又つなかいかりつるていをもよくみしりてけれはさゝめきつふやきけりされともとうしの心にはゝかりてそしつまりけるそのゝちとうしもつてのほかにさけにくたひれわか身の代には女はうたちをゝきてきやく人にさけすゝめ申さ れよ我らはいとま申てあすこそ又けんさんに入候はめとて

とうしは
つねの
すみかへ
入に
けり（第24紙）

〔絵五〕（第25・26紙）

そのゝち四天わうのこかうきりわうをはしめて身ちかきほとの

けんそくとも心にはうちとけぬ
よしなれともとうしか心にたかはし
とてめん〳〵さかなをちさんしてあそ
ひもてなしけりこの人〳〵かていくせ
ものとめをかけてとくのさけを取
出し〳〵かれらにそすゝめ給ひける
一てきといふともなにかはよるへ
きにいはんやそくはくのみけれは
ふしまろひあるひはかうへをかゝへ
てうするもあり又のこれるおに
ともさしきにふしてそねたりける
そのときよりみつ二人の女はうを
ちかつけての給ひけるはくはしくこゝ
もとのやうをかたり給へとありけ
れはなみたをゝさへての給ひける
はたゝ今さかなにいたしつるはほり江の　（第27紙）
ちうしやうといふ人のひとりひめ
なりさいあひかきりなくしてむ
ことりし三とせになりけるを
とられてことし又三とせなりけふ
はこの人のはんにて身をしほり
かやうになりゆきぬる事人のうへ
ともおほえす心うく候そやさて〳〵
ちう〳〵の木戸おにかいわ屋のあり
さまにいたるまてことこまかにかた
り給ふ　（第28紙）

〔絵六〕　（第29・30紙）

さて二人のやつはらか申つるはとう
しのうちとけてかくすへき事をも
あらはし給ひつる事たゝことゝも
おほえすこのとき身をうしなひ
われらもうきめにやあはん夜ふけ
なはさためてこのものともさけに
えひふしなんその時われらかた
はしにうちころしてえしきにすへ
しとやう〳〵にないたんし候そや
御こゝろえわたらせ給へとの給ひけれは
よりみつなにほとの事か候へき

とうしこそ手こはく候へのこりの
やつはらさこそはあらめとたのもし
けにの給へは二人の女はうおほせ
けるは我らは宮このものなりいけ田
の中納言と申人のむすめにて候
ある夜はゝうへのめしそと申をめの
とのこゑときゝなしいそきいて候へは（第31紙）
たれともしらすかいいたきてゆめ
のことくにてかゝるところへきたり
候也けふまてのいのちもあるへし
ともおほえす侍るにかきりありい
のちのならひとてはや三とせあ
まりになりしやらんいかに父母の
御かなしみと思ひやるこそいとゝつみ
ふかくも侍れいかにもして我ら
を宮こへかへしてたはせ給へとて
なき給ふそことはりなりよりみつ
の給ひけるは我らはちよくちやうをか
うふりてこれまてむかひて候へとも

とかくのはかりこともなかりけるに
ふしきにこのうちへもいりてとうし
にたいめんしかれらをも心のまゝに
しふせぬるうへは今はかうとこそお
ほえ候へ女はうたちみちしるへさせ
給へおにかいはやにいり候はゝかれを（第32紙）
うたん事やすかりなんとたのもし
くこそ候へとそ申されける（第33紙）

（下）

さらは出たちし給へいは屋までも
引いれまいらせんとのたまへは人々
よろこひておもひ〳〵に出たちて
みえ給ふよりみつはひおとしのはら
まきにくたんのおきなあたへ給ふ
ほしかふとのうへにしゝわうと申す
五まいかふとにくわかたうつて二
しやく一すんありけるちすいと
いふつるきをそはき給ふほうしやう
はむらさきいとおとしのはらまきに
いしわりといふなきなたをそもち
給ふつなはもえきいとおとしの
はらまきにおにきりといふうちかた
なひきそはめたりのこる人〳〵もお（第1紙）
もひ〳〵にくそくして二人の女は
うをみちしるへにてちう〳〵の木戸
をそとをりける日ころはさしもかたく
おさめし門戸いしのつゐちくろ
かねのもんをもその夜のさけに
えひふしてようしんするものもな
かりしかはふしたるものともをうち
こえのりこえとをり給ふそふしき
なるさてとかむるものもなきまゝに
ちう〳〵のかためをなんなくとをり
てみれはいしはしありあかりてみれ
はくろかねのへいありおなしく
もんあり戸をたてされはこゝを
もとをりぬそのうちにたかさ十
ちやうはかりなるせいろうありくろ
かねのとひらをたてうちよりくはん
ぬきをわたしくるゝをさしかため
たりなにものたりともやふりて
いるへきやうそなきろうのうちを（第2紙）
のそきてみれは四方にともし火たか
くかきたてゝまくらに大まさかり
あとにはかなさいはうそのほかほ

こともたてならへたりとうしかふし
たけ二ちやうはかりなるかかしらは
そらにあかりまつけはあか〻ねのは
りをたてたるかことし手あしを四方
になけまはして女はう十人はかりま
はりにをきなてよさすれよとてたか
いひきをかきてせんこもしらすそ
ふしたりける　（第3紙）

〔絵二〕　（第4紙）

かの女はうたちか人〳〵を見つけて
うれしさかきりもなしもしやおと
ろきあからんときもをけしいか〻し
てか戸をあけんとおもひけれとも
かなふへきにあらすた〻立さはき
てきもをけすよりみつ以下も
今はた〻こ〻ひとへなりとてこ〻
かしこにたちまはりいそきいらん
とし給へともおひた〻しくく
ろかねにてたてたるろうくわく
なれは中〳〵やふらん事おもひ
もよらす六人のひと〳〵これまて
はしのひいり給へとも人けんのしよ
ゐてはかなふましとてもたへこかれ
給ふはかりにてあるひはいか〻あらん
とてた〻こ〻ゐになりてたかひに
めとめを見あはせてまもりゐる
ゐ（衍）るよりほかのことはなしさためて　（第5紙）
おとろきぬるものならはこ〻をせん
と〻人〳〵心をくたくところに有し
らうおう山ふし三人ふときたりて
うれしくもこれまて入給ひぬる
ものかな今はかうとこそおほゆれさ
りなからゆたんあるへからすとてく
ろかねのなわ四すちこの人〳〵に
あたへての給ふやうとうしか手
あしにこのつなをつけて四方のは
しらによく〳〵からみつけたまへ
五人の人〳〵はとうしかたういにか〻り

給ふへしよりみつはくひをうち給へ
今こそせんとなれゆたんありては
あしかるへしいて〳〵もんをあけて
まいらせんとて三人よりておなし心
にをされたりけれはさしもつよく
みえしくはんぬきも一とにくたけ
てもんはさうなくひらけけりさて此三人
はかきけすやうにうせ給ふこそふしきなれ　（第6紙）

〔絵二〕　（第7紙）

六人の人〳〵はをしへのことく十よ
人の女はうたちをよひいたして
かのおにの手あしにつなをつく
れともさら〳〵おとろくこともなし
さて五人の人〳〵よりまつより
みつはまくらのかたよりちすいと云
太刀にてくひをうち給ふかくて
これにもおとろかすさて二うち三
うち打ときにさなからいかつち
のことくなるこゑをあけかのおに申
やうはされはこそは思ひつる事よ
とてかつはとおきあからんとする
ところに四方のくろかねのろうも
やふるゝほとにうこきけれとも
すきもあらすうちけれはやす〳〵
とくひをはうちおとしけりさて
むくろはおきもあからす五人して
うちたまへはあまたになりにけり　（第8紙）
さてかうへはてんにとひあかりと
くをはきてまはりけりやゝ久しく
ひきやうしてそのゝちらいくはう
のかふとのてへんにおちかかりて
くたんのほしかふとをかみつらぬ
くといへともらいくはうのその身に
しさいそなかりけり　（第9紙）

〔絵三〕　（第10紙）

六人の人〱はけんそくのおにともをうたんとてめん〱にかゝり給ふつなはとうしのまくらにありしまさかりをおつとつてそ出にけるさるほとにえひふしたりしけんそくともおとろきあはや思ひつる事よ夜うち入たりひるのやまふしのしわさなるへしあますなもらすなとていしはしのうへにおめきさけんてせめのほるそのこゑははんしやくもくつるゝかとおひたゝしらいくはうほうしやう今はなにともあらはあれとうしをうちぬるうへはかうとおほしめしいさみてたかきところにたちあかり四てんわうの人〱にけちしせられけれはかのいしはしをおひおろしおひのほせ五六とまてこそせめあひたれえんわうは

あしはやの手きゝの大ちから也（第11紙）けれはこゝをせんとゝたゝかひけるかつなはしかゝりてむすとくむたゝかひつかれたりとは申せともつなもと大ちからのしたゝかものなりけれはうへになりしたにうへになりてくみあひけるかされともつなはしたにそなりにけるうたるへかりけるところにらいくわうつとよりえんわうかくひをうちおとし給ひけり又するゑたけにはきりわうよりあひてたゝかひけりさてもするゑたけはうをくきなかにとりなをし（ひ脱カ）はなをちらしていまをせんとゝうちあひけるにきりわうは大ちからなりけれは今はかうとみえけるかいかゝはしたりけんきりわうをうちそはめてゆらりとのる

すゑたけのられてすてけれは
きりわうまつさかさまにそた
ふれけるなにかはおこしもたつ（第12紙）
へきふとはしりかゝりてきり
わうかくひをそとりてけるいま
二人のものともらいくはうに
めをかけてうつてかゝりけれは六
人の人〳〵まん中にとりこめ
てかれらをうつてけりとうしか四
てんわうのものともつゐに一し
よにてほろひにけり（第13紙）

〔絵四〕（第14・15紙）

そのほかのやつはらいまたふし
てゐたるもありさま〳〵におき
おとろきたれともはひありく
はかりなりけれはこゝかしこにて
うちころしさしころし給ひけり

しかしなから神の御はからひなり
とてかたしけなくおもはれける
さるほとにそうもんをかためて
ありつるものともさけをものま
すゐたりしかはるかのゝちにきゝ
つけて廿よ人のおにともいか
つちのなることくにはためきてこ
みいりけり今はこれそかきりの
たゝかひなりけれは又四てんわ
うのともからをまつさきになし
ておめきさけひてかけ入ゆん
てめてくもて十もんしにきり
まはりけれはもとよりかれらは
こおにともなれはこゝかしこにて
こと〳〵くうたれにけりいまはた
てあふものなかりけれはとうし（第16紙）
かすみけるおくのしやうをみた
まふに三十よ人の女はうたち
をこめをきたりこの人〳〵のい

くさよはひのこゑてんちをひゝ
かしけれはいまやかきりときも
を□《(けカ)》しこゝろをくたき給ふとこ
ろにおにともこと〱くうた
れぬときゝてかの六人のひと
〱を見つけぬる心のうちたゝ
ちこくのさい人か地さうほさつ
を見てよろこひたてまつらん
もこれにはいかてかまさるへ
きめん〱手をあはせて
うれしなき
にそ
なき
給ふ　（第17紙）

〔絵五〕（第18・19紙）

さるほとにこの女はうたちを
せんたちとして二ちう三ちう
のもん木戸をうちすきて
み給ふにとうしかありしときは
きん〱をちりはめ七ちんまん
ほうをかさりたりしとみえしも
みな一ときにきえうせぬ又春
なつ秋ふゆのおもしろかりし
ところもたゝかんくつのそひ
えたるはかりなりあるいはやを
みれは人のほねふるきあたらし
き山のことくにうちつみたり又は
人をすしにしたるもありまたは
女はうの手あしもなきしかいあり
これはいかなるものにてか有らん
との給へは女はうたちなく〱
申しけるはこれこそほり江のひめ
きみにて候へこの二三日身をし
ほりちをいたしいきのかよふはか

りにて侍りしをきのふの御さ　（第20紙）
かなにいたし候こそこの人のあし
手にて候へと申されはあなむさ
むやな人こそおほけれこのはん
にあたりてうせぬる事よこの
せにのかれなはみやこへかへり
てなとかはちゝはゝにもあひま
みえ給はさらんと人〳〵なみた
くみ給ひけりさてあるへきに
あらされはもはやのこるおにには
なきかとのたまへは女はうたち
あるよしをのたまへはこゝかしこを
さかしもとめ給へはかなくまとうし
いしくまとうしとて一人たうせん
のわらは二人ありかれは大ちから
の手きゝあしはやのくせもの
なりとくしゆをつよくのみけれ
はせんこもしらすをのかいはやに
ふしてありけるかはるかのゝちに

きゝつけておとろきあひて申
けるはくちおしき事かなすは思ひ
つる事よとて二人のおにほこを　（第21紙）
もちつるきをかさしきつさきをな
らへてはしりいついまはなに事
かあらんとおもふところに思ひもよら
ぬところよりふとはしり出てきつ
てかゝれは又めん〳〵あはて給ふ事
かきりなしされとも心かうに
〔「お」脱カ〕はしませはらいくはうほうしやう下
ちせられけれは四てんわうの人〳〵
おもてもふらすたゝかふあひたすい
ふんの手きゝのくせものなりと
いへともまさるかたきにあひぬれは
いはやのうちへそにけこもりける
らいくはうおほせられけるはこの
かんくつをくつしかたしいさや
めん〳〵引しりそき給へさためて
かつにのつていつへしそのとき

うしろをきりてうつとるへしと
けちし給へはもつともとてひき
給ふ二人のとうしあはやとよ
ろこひて又大手をひろけて
うつていつるかくてとを〳〵とお（第22紙）
ひきいたしてつな以下四人の
ものともめをきつとみあはせ一
人にふたりつゝよりてくみふせ
たりらいくはうほうしやうあまらは
あまさしとて一人つゝとりつき
給ひけれは心はたけしと申せ
ともとうしをいけとりにこそし
給ひけれ（第23紙）

〔絵六〕（第24紙）

かれらはしんつうしさいのものと
もなれは七すちのなわにて
しはりけりこのおにゝかきらす
みつにいり火に入事もたや
すきものなれともかやうにやす
〳〵とほろふるもたゝしんり
よたるゆへなりこと〳〵くほろ
ひうせてたゝもとのいはやと成
にけりましてけんそくともか
つうりきもこと〳〵くうせて
とりのことくにもかけらす地
くゝつてもいらすしてほろひに
けりさらすはいかなるはかりこと
にてもたやすくうたるゝ事
あるへからすとこそおほえけれさる
ほとにちう〳〵にかまへをきたる
かんくつともをくつすへきを
はくつしやふるへきをはやふり
なとしてとうしかくひとむねと
のものともかくひやう〳〵とりて（第25紙）
四てんわうの人〳〵これをかつ
きになひて山中をそ出られける
さるほとに三十よ人の女はうた

ちもよろこひてかなはぬ山ちを
たとりいて給ひけり中にもほり
えのひめの事あはれにおほしめし
てち〻は〻のかたへのかたみにもと
てかひなきひんのかみをきつて
もたせせんちやうかたけをそ出
られけるさるほとにらいくはうほ
うしやうおにをほろほしくひと
りてもたせのほらる〻よしきこえ
しかはそのもんようたる人〳〵は
申にをよはすたもんの大みやう
小みやうわれも〳〵と御むかひに
まいりぬされはつかうそのせい一万
よきとそ聞えし君をはしめたて
まつり上下なんによきんこくた
こくのたうそくのこらすちまたに
出てけんふつすいまにはしめぬ
ことなれともこのたひてんかの（第26紙）
大事万みんのなけきをやすめ

たまひぬる事名をまつたいまて
もあけ給ふよとそ申あひける
三てうかはらより四てうかはらまて
こしくるまたうそくなんによた〻
たうまちくいのことしか〻るためし
上代もまつたいにもあるへしとも
みえすさるあひたこのあひたと
られうせにし人〳〵のおやき
やうたいあねいもうとのかへりのほ
るとはしらされともこしくるまを
むかひにた〻むにももしその人は
うせぬときかは中〳〵又はしめ
てのなけきとならんとかねて
こ〻ろをいたましむ又あひ見る
人〳〵のよろこひしはまさしく
めいとへおもむきし人のいきかへ
りたるにたかはすゆめうつ〻とも
わきまへすうれしきにもかなし
きにもた〻なくよりほかの事は

なし又その人はみえすときゝて　（第27紙）（錯簡①）
侍りとてある女はうとり出しわたさ
れけれはむかひの人〳〵こゑを
たてゝかなしみけりちゝはゝにこ
のよし申けれは日ころの思ひはもの
のかすならすいのちなからへてもよ
しなしとててんにあふき地にふし
てなけき給ふそことはりなりなる今
はなけくにかひなけれはくふつ
せそうのいとなみこゝろのをよふ
かきりそせられけるさてもらい
くはうはいよ〳〵ありかたく思ひ給て
うち神正八まんくうにまいりて
この事い（り）脱カの申さるゝそのほかの
人〳〵それ〳〵のうちかみへたの
み申されしによりかうみやうほま
れものこしけり又せいめいかうら
なひし事ひとつとしてたかはす有
かたき事ともなりある人の夢に

みけるは一てうのゐんと申はみろく
ほさつのけゝんにておはしますらい
くはうはひしやもんてんわうのけしん
なりされはみかとはふつほうをひ
ろめんためにこのくにゝけしやう
し給ふよりみつはしゆこしんとな
りておんてきをかうふくし給ふ
なりこれしかしなから大し大ひの
御ちかひなりさてかのしゆてんと
うしは大六てんのまわうなり
めいわうのゐとくをかうやうしゆ
しやうをこと〳〵くこらしめんた
めなりされともかのくはんおんさ
つたのせいめいとあらはれ給ひこと
のよしをうらなひ給ふとそみえける
これのみならすひたのたくみかな
をかなとも此ときのものともなり
いつれもふつほさつのけしん也
されはみかとはみろくほさつのけ

しんとして百わうのゝちしそんけ
しやうの時までもふつほうわう
ほうともにさかんなるへしわかてう
の行する世にたのもしくそおほえ
ける　（第29紙）（錯簡②）

〔絵七〕（第30紙）

さてもよりみつほうしやうはか
の山中にてのすかたをあらため
すしてみやこへいるへしとのせん
しを下されけれはやまふしの
すかたにてそしゆらくせられける
きたいのけんふつなり中に
もほりえのなかつ（「か」脱カ）さと聞えし人
むすめをとられて三年になりぬ
これもさためてかへりのほらん
とてむかひのこしをそつかはしける
めん〱のむかひの人〱ゆき
あひよろこひをなしやかてむま
のりものをさしよせ〱のする
もあり手にてをとりてゆくも
有けりかのほりえのむかひのも
のとも人〱にとひ申けれは
ちかきころまていのちなからへて
おはせしかむなしくなりたてま
いりぬあまりにいたはしく思ひ侍
てひんのかみをこれまてもちて（第31紙）（錯簡③）
むなしくかへるおや〱のなけきい
ま一しほにてそおほしけるされは
わか身にあたらぬ人までもけふ
のけんふつにいつるほとの上下
万みんをしなへて

なみたをなかさぬは
なかりけり（第32紙）（錯簡④）

（翻刻　見神美菜）

聖徳大学所蔵

しゆてんとうし　（上）

縦　32.4 糎

紙　数	横（糎）		詞（行）
第 1 紙	46.1		14
第 2 紙	49.5		19
第 3 紙	49.5		19
第 4 紙	24.3		6
第 5 紙	92.4	絵一	
第 6 紙	48.6		18
第 7 紙	49.2		19
第 8 紙	23.9		6
第 9 紙	89.1	絵二①	
第 10 紙	45.5	②	
第 11 紙	48.5		18
第 12 紙	48.9		19
第 13 紙	46.5		18
第 14 紙	23.2		6
第 15 紙	46.7	絵三①	
第 16 紙	47.5	②	
第 17 紙	48.2		18
第 18 紙	49.4		19
第 19 紙	49.0		19
第 20 紙	49.4		19
第 21 紙	49.4		19
第 22 紙	49.4		19
第 23 紙	48.8		17
第 24 紙	49.6	絵四	
第 25 紙	48.0		15
第 26 紙	89.6	絵五①	
第 27 紙	47.3	②	
第 28 紙	49.0		18
第 29 紙	49.8		17
第 30 紙	47.0	絵六①	
第 31 紙	46.8	②	
第 32 紙	49.0		18
第 33 紙	49.7		19
第 34 紙	23.5		11
第 35 紙	91.0	絵七	
第 36 紙	48.2		18
第 37 紙	35.0		9
計	1,846.5		417
見返し	30.0	軸付紙	なし

聖徳大学所蔵
しゆてんとうし　(下)
縦　31.7 糎

紙　数	横（糎）		詞（行）
第 1 紙	45.5		14
第 2 紙	49.3		19
第 3 紙	28.1		11
第 4 紙	49.0	絵一	
第 5 紙	49.0		18
第 6 紙	49.5		19
第 7 紙	88.8	絵二	
第 8 紙	47.6		18
第 9 紙	23.6		7
第 10 紙	49.2	絵三	
第 11 紙	52.3		20
第 12 紙	53.8		21
第 13 紙	25.8		8
第 14 紙	91.6	絵四①	
第 15 紙	49.1	②	
第 16 紙	51.7		20
第 17 紙	53.4		18
第 18 紙	90.8	絵五①	
第 19 紙	48.5	②	
第 20 紙	51.8		20
第 21 紙	53.4		21
第 22 紙	53.6		21
第 23 紙	24.0		8
第 24 紙	90.6	絵六	
第 25 紙	51.8		20
第 26 紙	53.6		21
第 27 紙	53.0		21
第 28 紙	54.4		21
第 29 紙	53.2		21
第 30 紙	90.3	絵七	
第 31 紙	53.0		20
第 32 紙	25.4		7
計	1,704.7		394

見返し　31.2　軸付紙　4

聖徳大学所蔵
しゆてんとうし　(中)
縦　31.8 糎

紙　数	横（糎）		詞（行）
第 1 紙	47.0		14
第 2 紙	49.0		19
第 3 紙	49.4		19
第 4 紙	29.8		11
第 5 紙	93.0	絵一	
第 6 紙	48.4		18
第 7 紙	49.0		19
第 8 紙	49.0		19
第 9 紙	49.4		16
第 10 紙	92.9	絵二	
第 11 紙	48.8		18
第 12 紙	49.5		17
第 13 紙	49.0	絵三①	
第 14 紙	47.1	②	
第 15 紙	48.5		18
第 16 紙	49.1		19
第 17 紙	49.0		19
第 18 紙	49.3		19
第 19 紙	49.9		19
第 20 紙	31.5		12
第 21 紙	47.2	絵四①	
第 22 紙	50.8	②	
第 23 紙	48.2		18
第 24 紙	49.1		16
第 25 紙	92.9	絵五①	
第 26 紙	48.8	②	
第 27 紙	38.5		18
第 28 紙	26.2		10
第 29 紙	47.7	絵六①	
第 30 紙	46.2	②	
第 31 紙	48.2		18
第 32 紙	49.0		19
第 33 紙	7.5		1
計	1,628.9		376

見返し　＊無記入　軸付紙　なし

『しゆてんとうし』絵巻解題

『しゆてんとうし』仮題、絵巻三軸。上巻 縦 三三・四糎×本紙全長一八四六・五糎、絵七図、中巻 縦 三一・八糎×本紙全長一六二八・九糎、絵六図、下巻 縦三二・七糎×本紙全長一七〇四・七糎、絵七図、全二十図から成る。表紙は紺地に金糸で菊花文を織り込み、紫地に黒と白糸で模様を織り込んだ平打紐を付す。見返しは金箔をおいた金紙。料紙は鳥子、題簽・外題はない。箱書に「酒顚童子繪巻 三巻 伊吹山系 近世初期写」の記載があるが、後のものと思われる。外題はない。本文中に「名をしゆてんとうしと申」（中巻第3紙14行）の記述があることから、ここでは仮に『しゆてんとうし』と称する。

書名を『（伊吹山）酒顚童子（絵巻）』『酒伝童子絵巻』『（伊吹山）しゆてん童子』『伊吹山酒呑童子絵巻』などと称する酒呑童子の物語に関する伝本が多い中、聖徳大学所蔵本（以下、聖徳大本と略称する）の詞書は、大東急記念文庫蔵本『（伊吹山）しゆてん童子』（室町時代物語大成第二 所収 土佐絵本、上中下三冊）に近い。人名・固有名詞もほぼ同じで、大東急本（略称する）に比べ仮名表記が多い。これに対し、岩崎文庫蔵「酒顚童子」（『大成』第二所収）も筋立ては大東急本に近いが、文字は漢字を用いた場合が多く、例えば、前者では「かなくまとうし いしくまとうし」（中巻第3紙7・8行）とあるところ、後者では、「金熊童子、石熊童子」（前掲書 三八七頁 下段）となっている。

本絵巻の上巻は、「～との給ひけれは」（上巻第37紙9行）と文の途中で終わるが、大東急本では、「春夏秋ふゆをつくりたり」（中巻第10〜11紙）までが上巻である。下巻の冒頭「さらば出たちし給へ」（下巻第1紙1行）は、後者の中巻末尾に当たる。巻の分け方は作品の成立にかかわる問題であるがいまは触れない。

大東急本には下巻に二箇所の脱文があり、静嘉堂の松井文庫の写本によって補っている。その一つは、下の二百八十字（十六行分、『大成』四二四頁）で、聖徳大本には、小異はあるが、同内容「ひんのかみをきつて〜上代もまつたいにもあるへしともみえす」（下第26紙8行〜27・8）の文を有する。一つは、聖徳大本「さしよせ〳〵のするもあり手にてを」（下巻第31紙13〜14行）の十五字（『大成』四二五頁）で松井本と同文である。また、大東急本の上「よりみつ〜いさみてこそはおほせけり」（『大成』四〇五頁）の五行九十五字分を松井本も聖徳大本も欠いている（「おひにつけたり」（上巻第19紙6行）と「をの〳〵六人」（上巻第19紙7行）の間に当たる）点、あるいは、『大成』には松井本との相違は本文脇に注記しており、聖徳大本は、上巻の場合は全て、中下巻は小異はあるが、松井本の語彙に一致するなど、松井本との近さがうかがわれる。

本絵巻の中巻に、次の二首の和歌を載せる（大東急本も同文）が、段落はなく地の文と判別しくい。

宮こひといかなるあしのまよひにてさけやさかなのえしきとやなる（中巻第20紙21・22行）

としをふるおにのいはやに花さきて風やよのまにふきちらすらん（中巻第23紙12〜14行）

本絵巻および大東急本、松井本は同系の作品といえる。

本絵巻の下巻第27紙以下に錯簡がある。私に施した整理番号により錯簡の復元をすると①④③②の配列になると考えられる。下巻第31紙と第32紙の内容は（さてもよりみつほうしやうは〜なかりけり）、「よりみつ」と「ほうしやう」が京に入洛する場面からはじまり、「ほりえのなかつさ《「か」脱カ》」がむすめを迎えに来て形見を受け取る場面である。話の展開からすると、話がここで終わるのは不自然で、「わかてうの行するゐ世にたのもしくおほえける」（第29紙20〜21行）で結ぶのが一般的であろう。

このように考えると、「第31・32紙」は、下巻「侍りとてある女はう」（第28紙1行）の直前に入れるのが妥当と考えられる。

（担当　見神美菜）

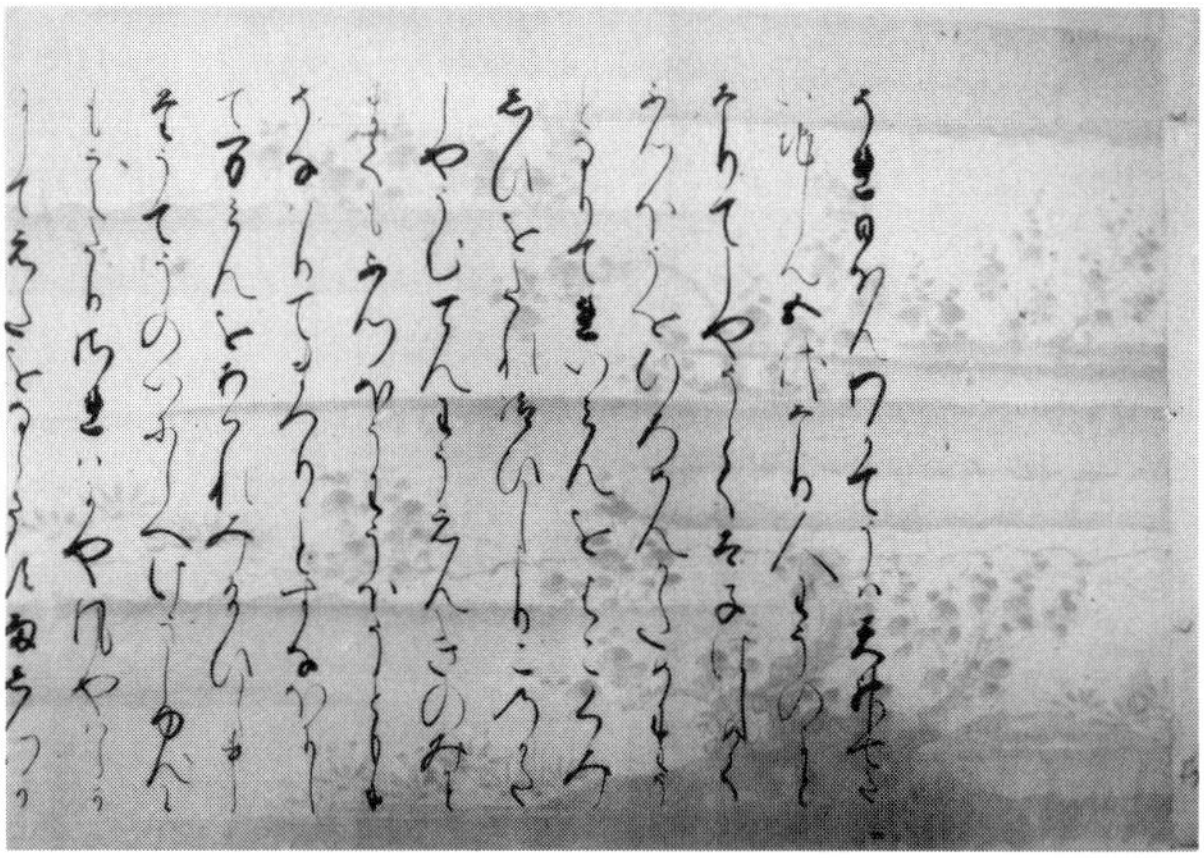

聖徳大学所蔵『しゅてんとうし』絵巻　上巻冒頭

上　絵一-1

上　絵一-2

上絵一-3

上絵二①-1

上絵二①-2

上絵二①-3

上絵二②-1

上絵二②-2

上　絵三①—1

上　絵三①—2・②—1

上　絵三②—2

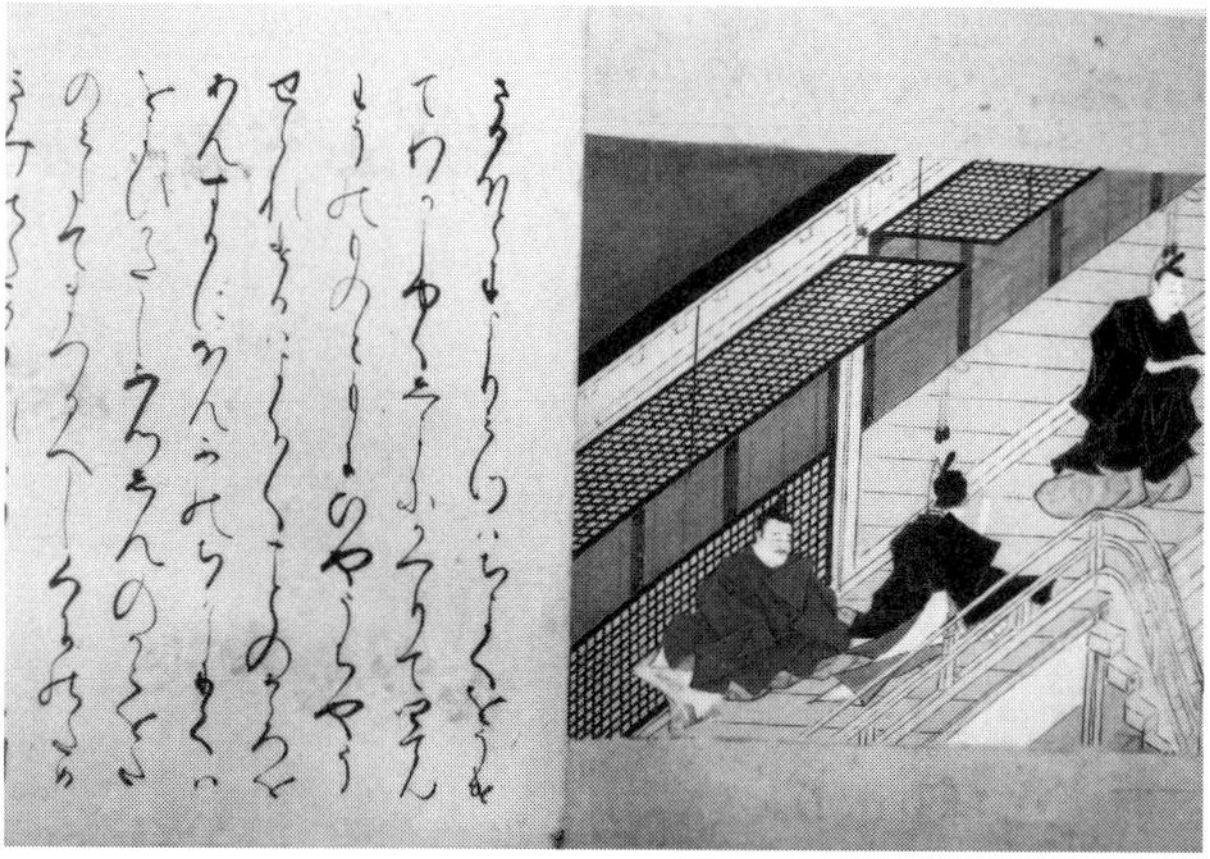

上 絵三②-3

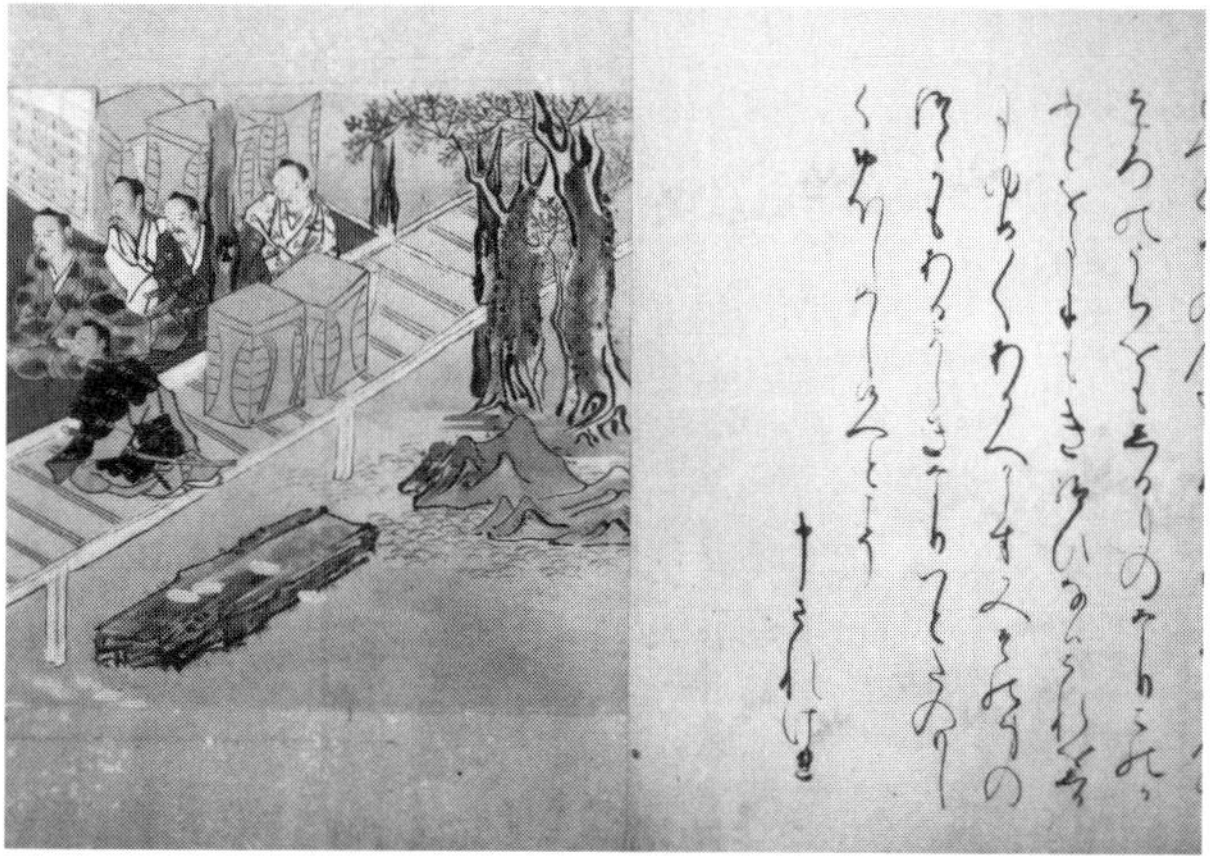

上 絵四-1

上 絵四-2

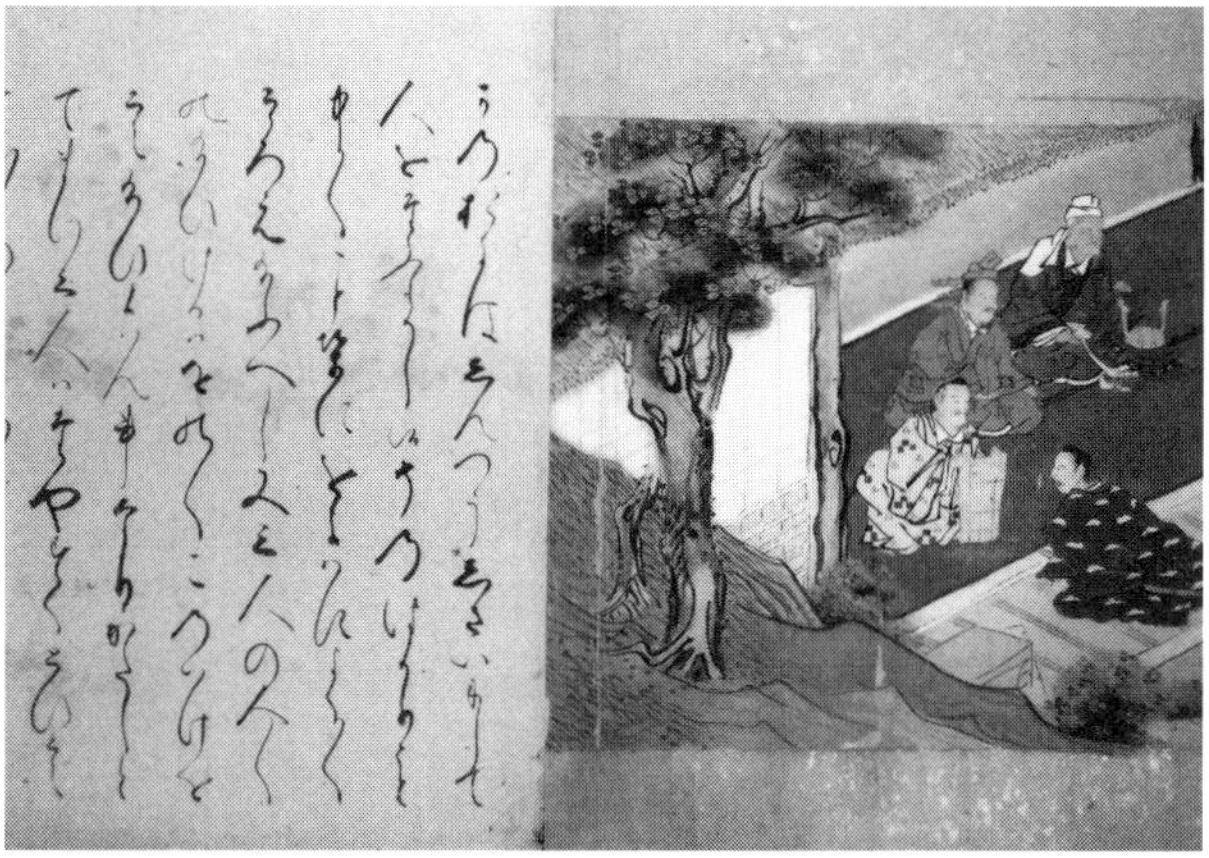
上　絵四-3

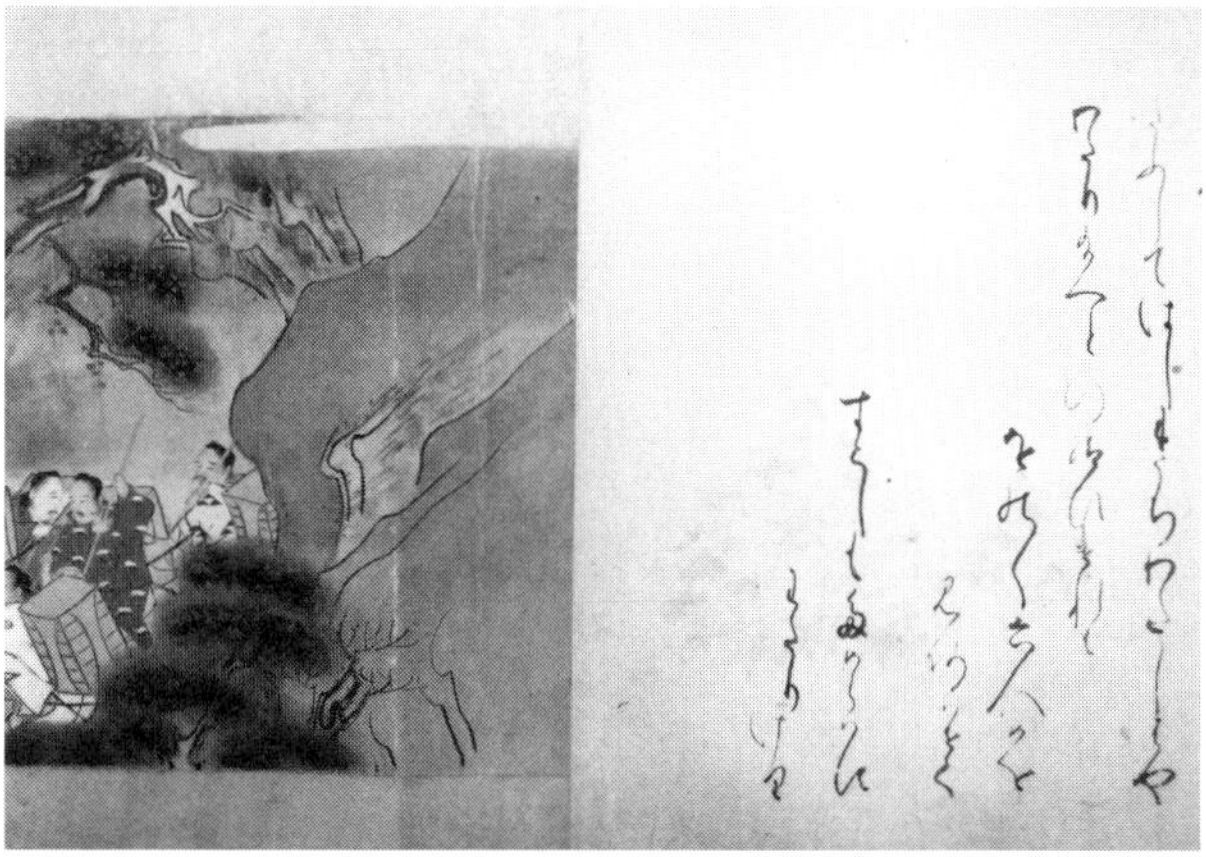
上　絵五①-1

上　絵五①-2

上 絵五①-3・②-1

上 絵五②-2

上 絵五②-3

上　絵六①-1

上　絵六①-2・②-1

上　絵六②-2

上 絵七－1

上 絵七－2

上 絵七－3

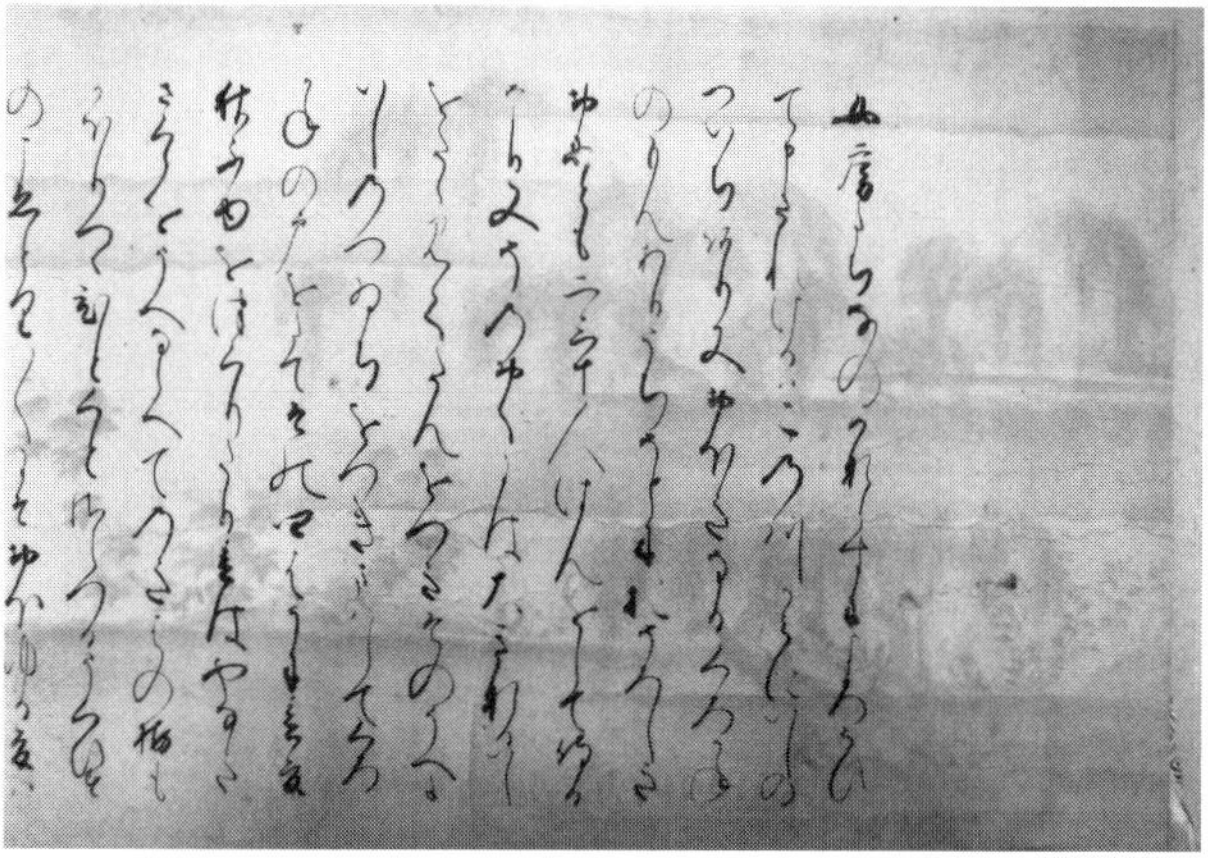

中巻冒頭

中絵一-1

中絵一-2

中絵一-3

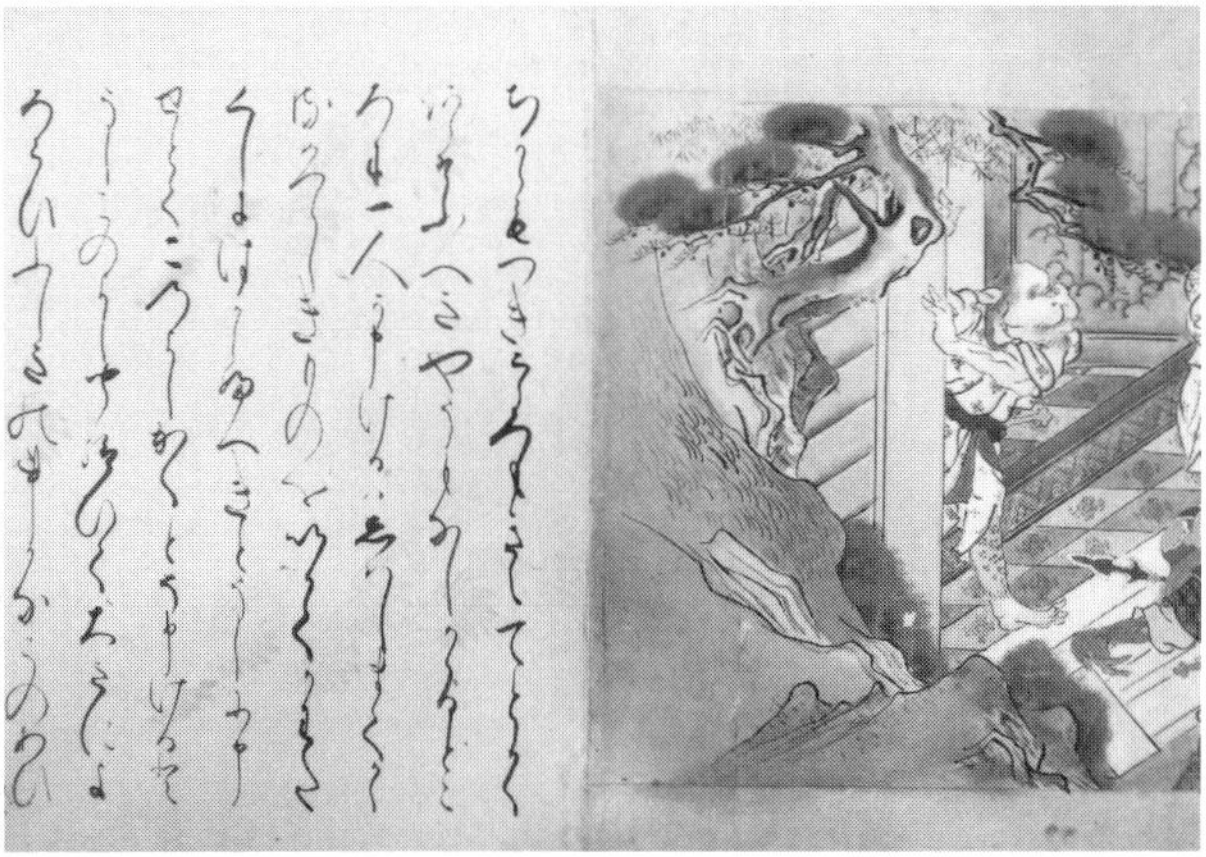

中絵一-4

中絵二-1

中絵二-2

中絵二-3

中絵二-4

中絵三①―1

中絵三①―2

中絵三①―3・②―1

中　絵三②-2

中　絵四①-1

中　絵四①-2

中　絵四①－3・②－1

中　絵四②－2

中　絵四②－3

中　絵五①-1

中　絵五①-2

中　絵五①-3・②-1

中　絵五②—2

中　絵五②—3

中　絵五②—4

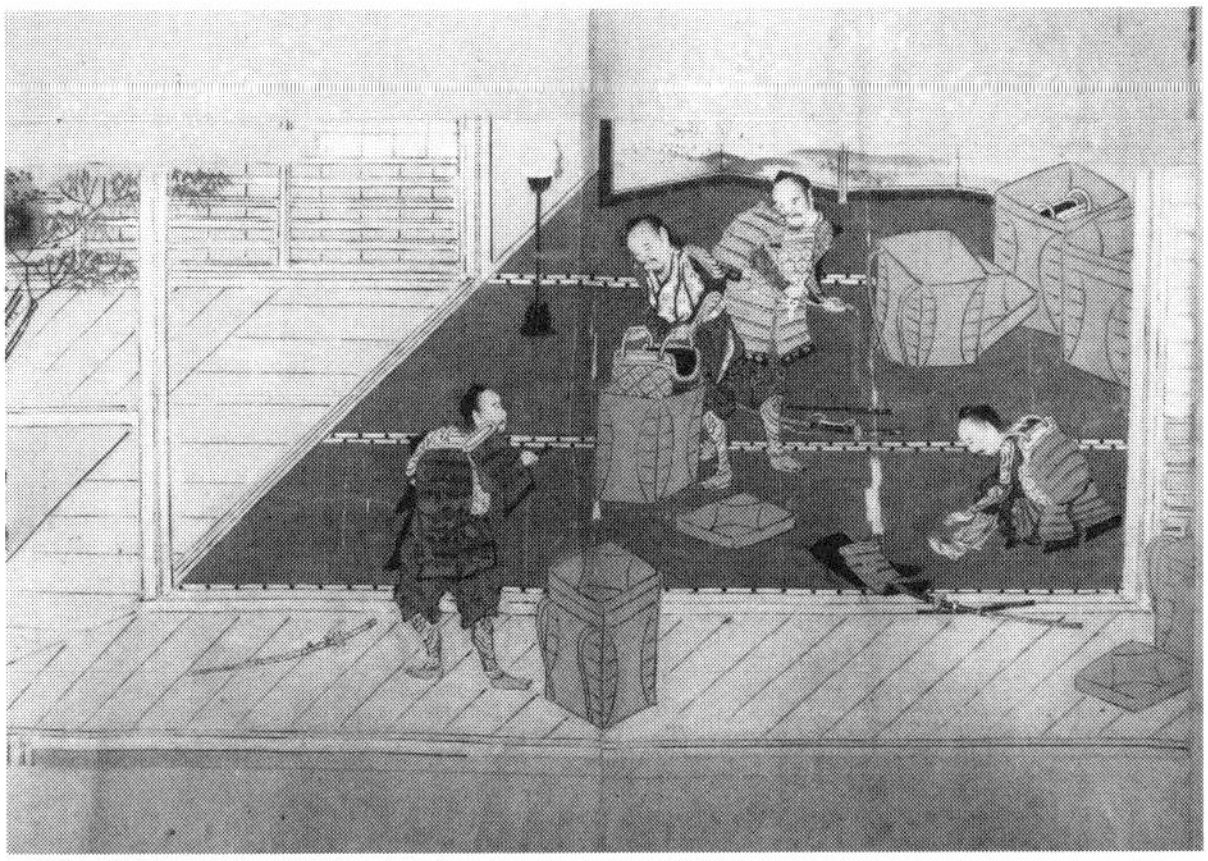

中　絵六①―1

中　絵六①―2・②―1

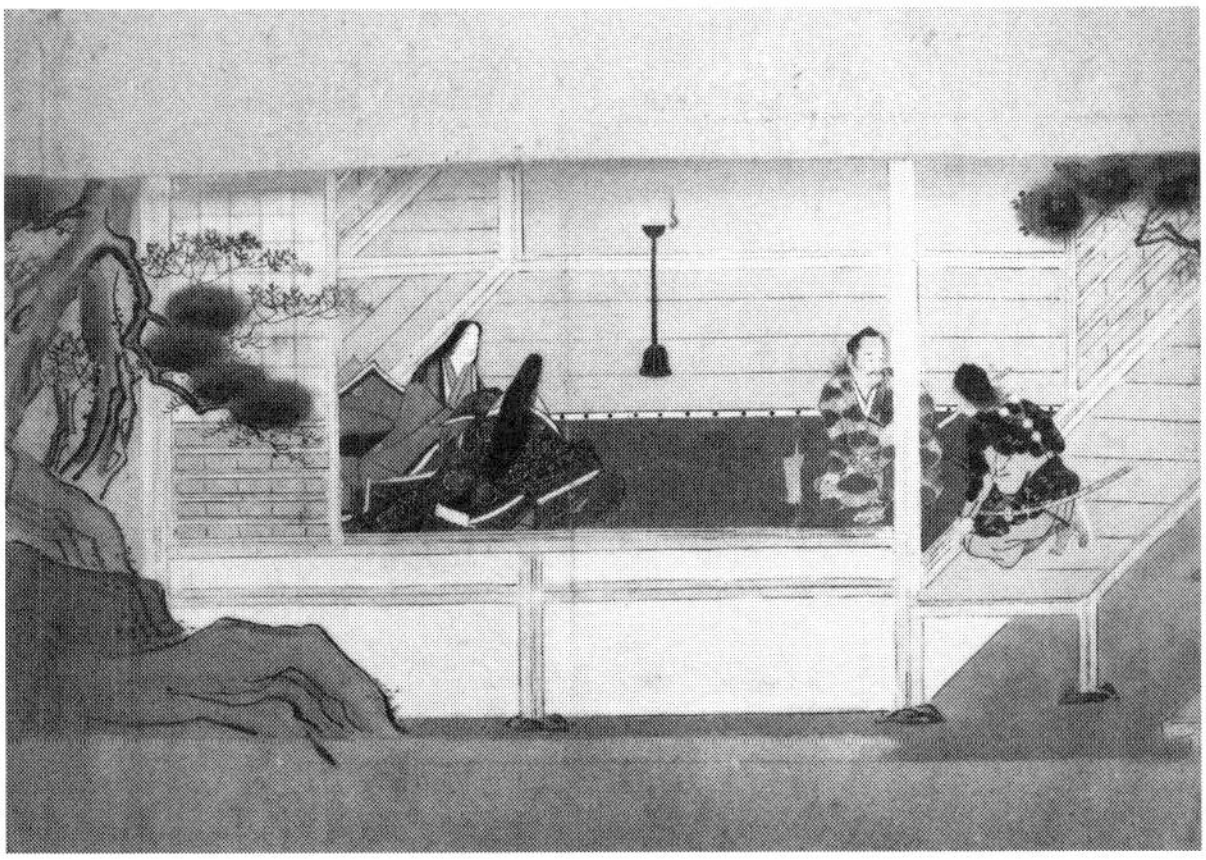

中　絵六②―2

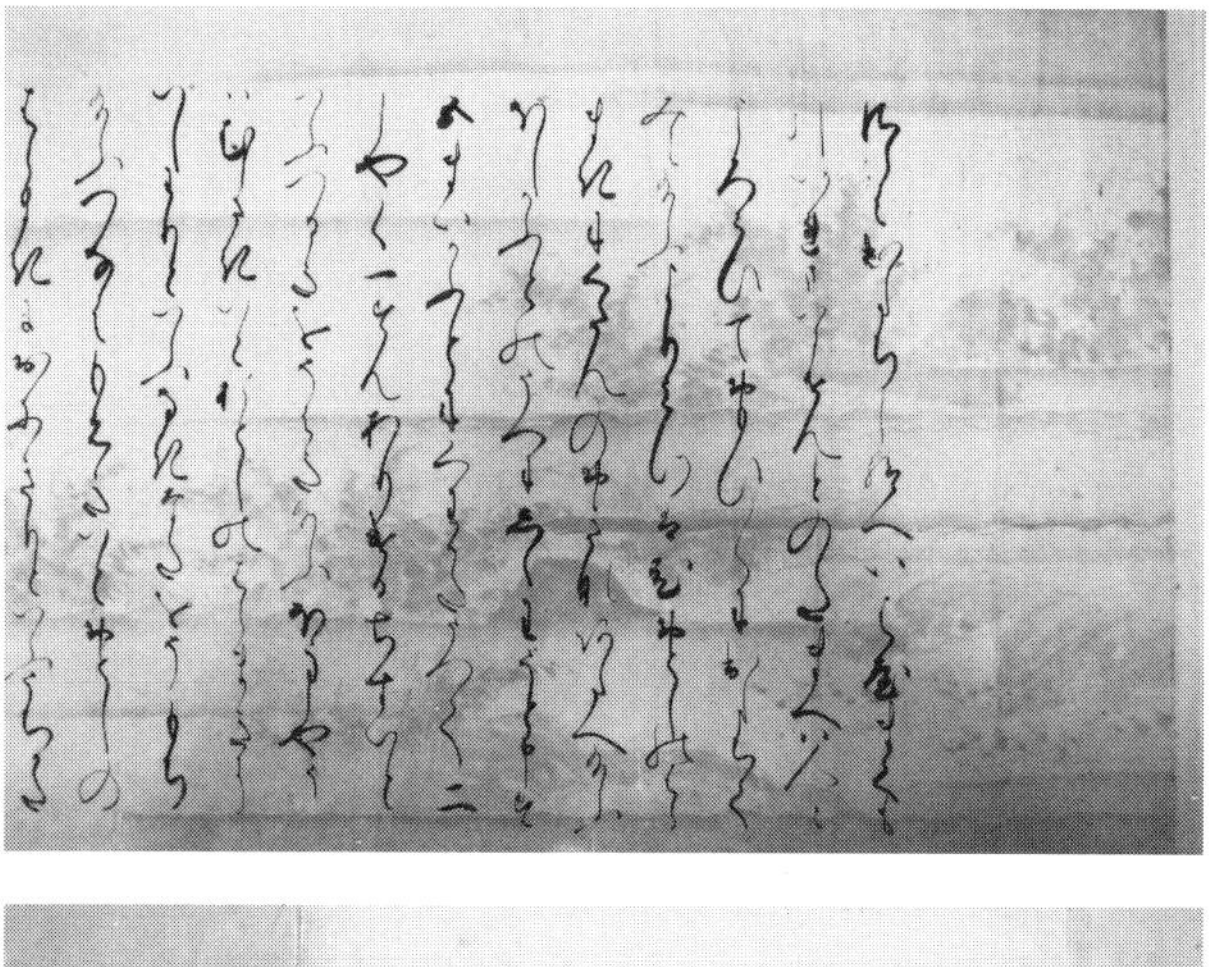
下巻冒頭

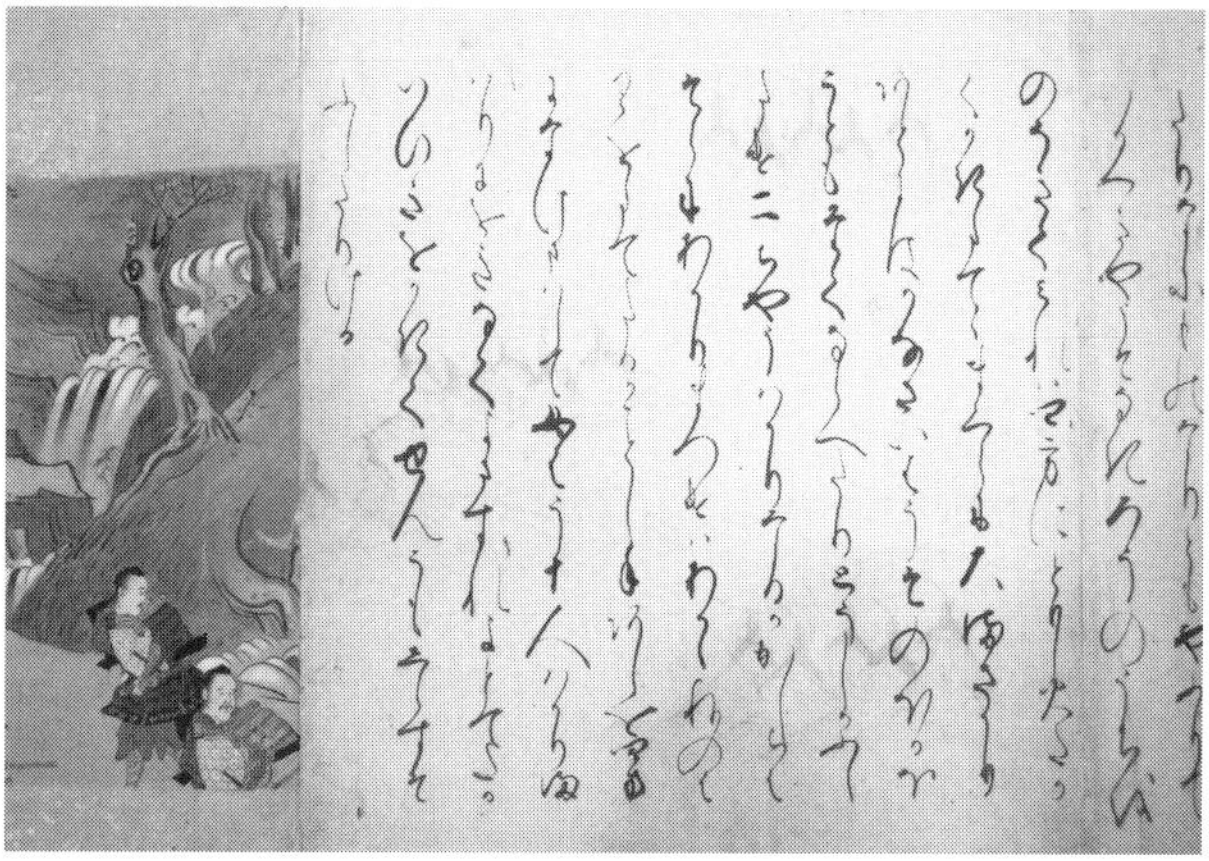
下 絵一-1

下 絵一-2

下　絵二-1

下　絵二-2

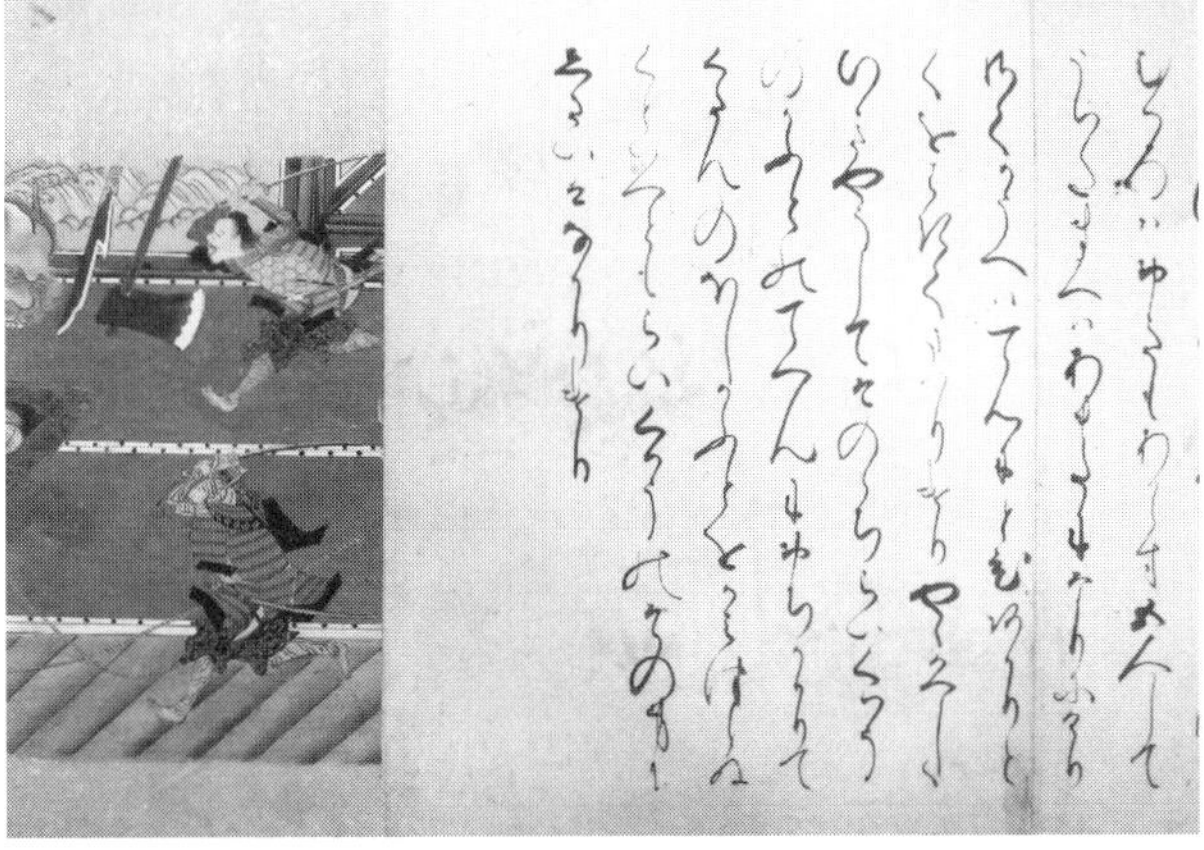

下　絵三-1

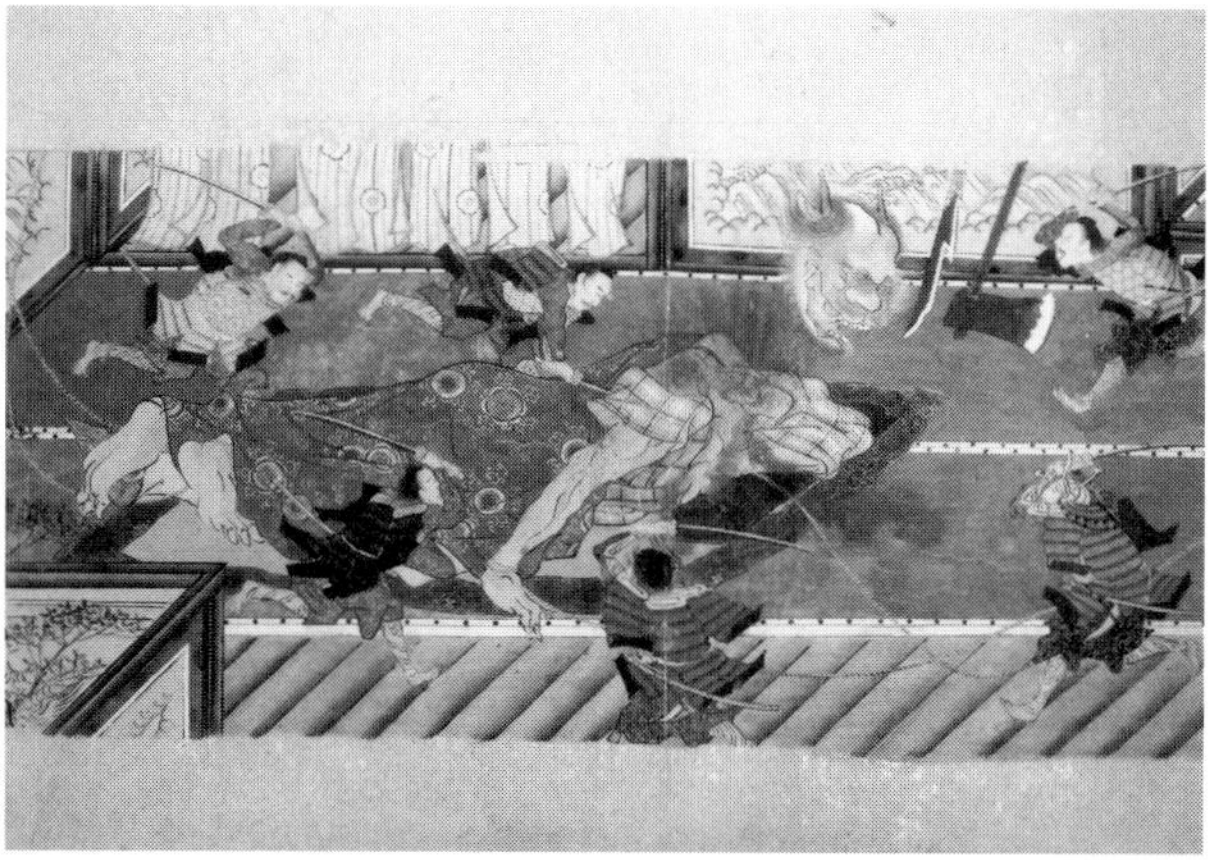

下 絵三-2

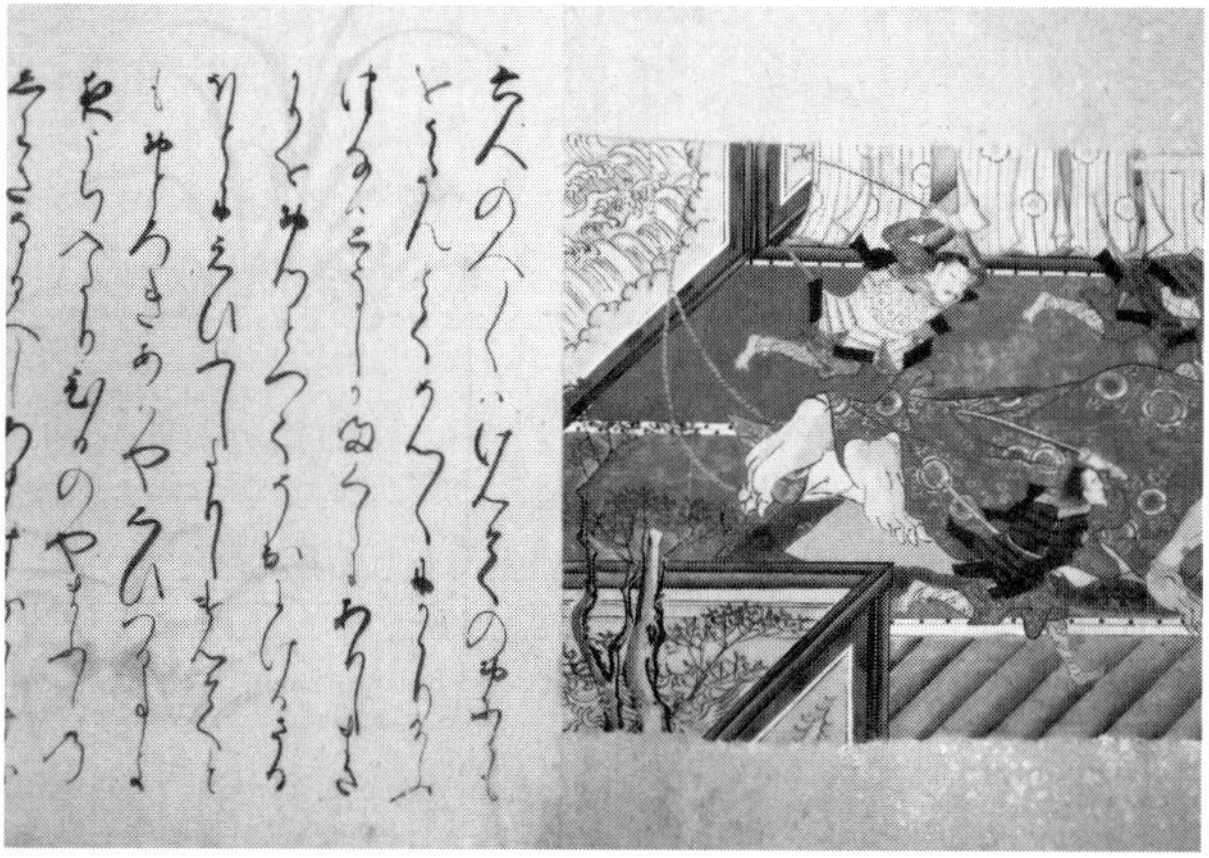

下 絵三-3

下 絵四①-1

下　絵四①-2

下　絵四①-3・②-1

下　絵四②-2

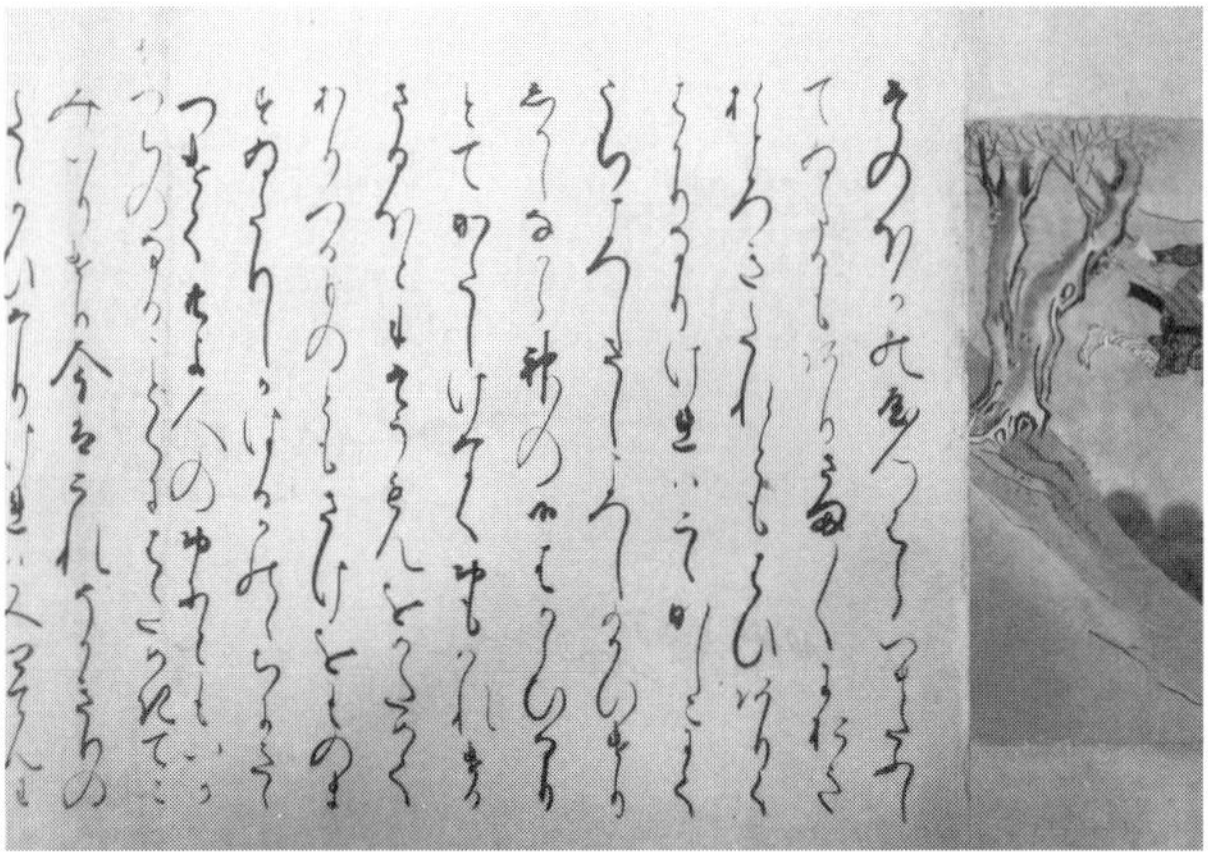

下絵四②-3

下絵五①-1

下絵五①-2

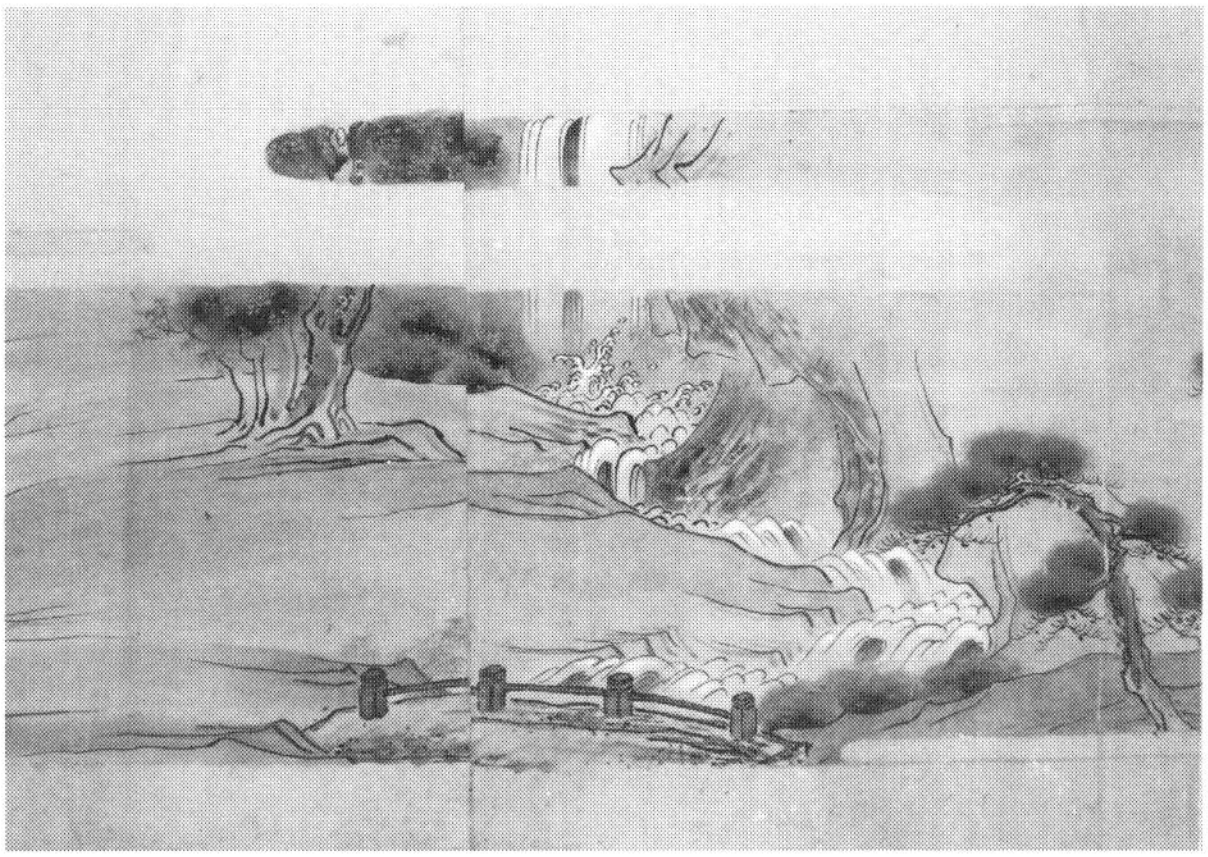

下　絵五①—3・②—1

下　絵五②—2

下　絵五②—3

下絵六-1

下絵六-2

下絵六-3

下　絵七－1

下　絵七－2

下　絵七－3

下 絵七-4

下 絵七-5

下 絵七-6

Ⅳ　日本

7　聖徳大学所蔵『長恨哥』絵巻の本文と解説

『長恨哥』絵巻詞書

（上）

此長恨哥《ちやうごんか》のおこりは唐《たう》の玄宗《げんそう》皇帝《くはうてい》御位にまします事年久しく一天四海のまつりことをたゞしくしたまへるによつて国しつかに民おさまりなに事も御心にかなはすといふ事なかりけれは色をおもんじおほしめさるゝよりほかさらによのわざをはしまさすこれよりさきに元献《げんけん》皇后《くはうごう》武淑妃《ぶしゆくひ》なとゝ申てようがんうつくしきひしんありてはじめのほとは君の御てうあいをかうふりたてまつりけれともこれも後には寵《てう》うすく色をとろへ侍へりそのほかに臣下大臣のむすめたちれき〳〵おほかりしかともみかどの御心にかなふほとの美人《びじん》はなししかるにみかと毎年十月になりぬれは驪山《りさん》の花清宮《くわせいきう》といふ所（第1紙）にみゆきありて女御更衣《によう ご かう い》なんとのためにとて温泉《をんせん》のいて湯《ゆ》にいれ給ひて女ばうたちのすかた有さまを御らんしけれともさらに御心にかなふ女一人もなしかくてみかと高力士《かうりきじ》といふものにおほせつけて諸方をもとめさせらるゝに楊貴妃といふ美人《びじん》をもとめ侍たまひてよりみかとのまつりことたゝしからすして万事たゝやうきひかいふ事にしたかひ給へりこの貴妃《きひ》と申すは弘農《こうのう》の楊玄琰《やうげんゑん》かむすめなり此むすめのかたちよしと

聞つたへて人ことにこれをのそみけれとも父《ちゝ》さらにゆるしあたへすこゝに玄宗の御弟《おとゝ》に寧王《ねいわう》と申すにけいやくし侍へりけりけんそう皇帝このよしを聞しめしをよひて父のやうげんえんにちよくしをつかはして貴妃をめしつかはるへきよし有けれは寧王に先約いたし侍へるうへはかなひ申すましきと勅答《ちよくたう》申す重（第2紙）ねて仰せつかはし給ふやうさらはゆく〱はかへしつかはさるへしおさなき間女官にしてめしつかはるへしとの給へはちからなくたてまつりけり玄宗一たひ見たまひてより御こゝろまよひ給ふ事なのめならすつねには御宿直《とのゐ》をさせ給ふなりもとよりの御后たちは専夜《せんや》の寵《てう》とてたゝ一人夜をもつはらにして御そはに居給へりさて後宮《こうきう》三千人の女官に奉《ふ》行《ぎやう》あり是を阿監《あつかん》といふ此あつかん三千人の内にこよひはなにかしどの御まいりあれとはからひて十人ほとつゝえらひ出して君の御そはにつめさせ侍るを君御らんして御めに入たるを一人御とゝめありされとも夜もすからは御前にもをかれすやかて出しかへさるゝ也やうきひはまさしき后にてはなけれとも夜るは申すに及はす昼《ひる》はひねもすにしゆえんのみにてくらし給へり（第3紙）

〔絵一〕（第4紙）

こゝに安禄山《あんろくさん》といふものあり貴妃《きひ》のきにいりてやしなひ子になりたりそのさきはこの安禄山はなにとやらんむほんをくはたつへき人相《にんさう》あるものなれはかやうのものをはころしすてられよと臣下のうちに申あけたる人もありけれとも君つゐにきこしめしいれすあるとき西蕃《せいばん》国にむほんをおこしけるを安禄山におほせつけられたいらけにつかはし給ふ処に禄山うちまけてにげたり唐のならひとして軍にうちまけぬれ

はその大将をころすためしなれはこれこそ
よきつゐてなれとてろくさんをころすへ
きよしをさま〳〵うつたへけれとも帝《みかど》は
これ大将のとかにあらすつきしたかふ
つはものとものとかなりとてこの時
もころされすあるとき禁中《きんちう》の後宮《こうきう》
にわらひどよめく事ありなに事そ
ととひ給ふたゝ今皇子御たんじやう
ありてかくのことくつかまつるなりとて（第5紙）
わかき女はうたちにしきのむつきを
手にかけてかの安禄山をはだかになして
むつきのうへにのせて愛せらる大ひげの
大おとこのかやうにせられて生れ子のなく
まねをしけるををかしかりてわらひど
よめくにてそありける後には貴妃と禄
山とあた名のたちけることもありしと
なりかやうの事とも見くるしとて臣下
のしかるへき人〳〵はまゆをひそめて
さま〳〵みかとをいさめたてまつりしか
とも君さらに聞いれたまはすあまつさ
へ大国を給はりて
大臣のくらゐに
なされけり
これみな
貴妃のとり
なしに
よりての
事
なり（第6紙）

〔絵二〕（第7紙）

また楊国忠《やうこくちう》とて貴妃《きひ》の兄ありけんそう皇
帝なに事もこれかいふ事にしたかひ給へり
もとより無道なるものなりけれはけんへいに
ほこりてさま〳〵のいたつら事をくはたつる
ほとに天下のまつりことみたれ万民うらみをふく
みけり安禄山《あんろくさん》はくらゐもなきやうこくちうを
大臣になさるる事をそねみいかにもして
国忠をうちほろほさんとおもひたくみし

かともそのつゐてなけれは色にもあらはさ
すこの折ふし吐蕃《とばん》の国二十万騎の勢に
てたてこもりむほんをおこしけりみかと
すなはち楊国忠を大将軍として五十万
騎のつはものをあひそへてかしこにむけ
らるゝ処にたゝ一戦にもをよはすして
こと〳〵くみなにけかへるこのまゝ帰りて
はさためてみかとの御きしよくあしか
りなんとおもひみかとの勢のうちに馬には
なれ手ををひ年よりたるものともを
敵《てき》のくひなりとて一万騎とかなきにころし（第8紙）
そのくびをほこさきにつらぬきて都
にかへりのほりけりかのころされしものゝ
親類一もんいく千万といふかすをしらす
ありけるかいかにもしてこのむねんを
はらさはやとおもひけり禄山よきつゐ
てなりとうかゝひすまして軍をおこし
やうこくちうをほろほし王位をかたふけ
てわか身天下をたもたんとおもひつゝ国
忠《ちう》をうつへきよしひろうせしかはかの一
万人の親類ともこゝろをあはせて都へを
しよせすてに天下をうはひとりてみつ
から大延《たいゑん》皇帝といふ王号《がう》をつきて天
子の御座にあがらんとしけれは御座大
にしんどうしてくつれ侍へりけりといふ
さて白楽天《はくらくてん》は詩文《しぶん》に名をほとこしし
かもひろくまなひてふかくしれる人なり
然るに唐のみかとの淫乱《いんらん》なる事をいま
しめたゝその事のみにあらす末代ま
ても淫楽《いんらく》にしつむものをいましめん
為にこの長恨哥をつくり侍へり玄宗皇（第9紙）
帝と白楽天とはその時代へたゝりて
楽天は三四代後の人なりさてまた
長恨哥と名つくる事はをはりのこと葉
にこのうらみ綿々《めん〳〵》として終《たゆ》る期《ご》なからん
といふ句をとりてなかきうらみの哥とか
きてこの文《ぶん》の　題号《だいがう》とせられ

たり　（第10紙）

〔絵三〕　（第11・12紙）

漢皇《かんくわう》色を重《おも》んして傾国《けいこく》を思ふ

かんくわうとは漢《かん》の武帝《ぶてい》とて色このみのみかとおはしましけり玄宗《げんそう》はこれ唐《たう》の世のみかとにておはします唐皇《たうくわう》とはいはすしてなにゆへにかんくはうとはかきたるそなれは白楽天は唐の世の人なれは唐《たう》の字《じ》をおそれてさししりそけ漢《かん》の字をかりてかくいふなりかやうのたくひあまたおほし色をおもんしとは色とは女色とて美《び》人の女を云なりおもんするとはみめかたちのうつくしき女あらはとおほしめす事なり傾国とは国をかたふくるとよむ一国をもかたふくるほとの美人《びじん》を得たくおほしめすなり一国一城をもかたふくるほとのうつくしき女をは傾城傾国《けいこく》といふいつれもみなひしんといはんためなり漢の李《り》延年《えんねん》といふものわかいもうとの李夫人《りふじん》がことを武帝にかたりし時に李夫人がうつくしさを傾国《けいこく》の色ありといひしを本語《ほんご》（第13紙）としてびじんをはみなけいこくといふ也日本にて傾城といふもこれよりおこれる也

御宇《あめがしたしろし》めすこと多年求《もとむ》れとも得たまはす　あめがしたしろしめすとはこの帝《みかと》天下をおさめ給ふ御代といふ事なり多年とは数年のあひたといふこゝろなりもとむれとも得たまはずとはよき美人やあると御たつねありけれともさらに世にすくれたる美人はなかりしとなり

楊家《やうか》に女《むすめ》あり初めて長成《ひとな》れり　ある人申けるはさるところにびじんあり勅使をたてゝこれをめしあけらるへしといふ楊家といふはやなきの木のしたに家つくりしてすみけるゆへにすなはち楊《やなぎ》を氏として楊氏《やううぢ》といふといへりこの説はよろしからす先祖はよき人なり漢《かん》の世に楊震《やうしん》と

て三公《こう》のくらゐにのほりし人ありそれ
のみならす楊氏《やううぢ》に名たかきことのおほかりし
そのするゑにてあるへきなりされは弘農《こうのう》と（第14紙）
いふところに楊氏《やううぢ》の玄琰《げんえん》といふもののむす
めなりこのゆへに楊貴妃《やうきひ》と名つけ兄をも
楊国忠《やうこくちう》とはいふなりされは楊家《やうか》にむすめあ
りとはやうきひの事なり小字《おさなゝ》をは玉《ぎよく》
環《くわん》とそいひけるはしめてひとゝなれり
とは成人《せいじん》したる事也
養《やしな》はれて深閨《しんけい》に在《あれ》ば人未《いま》だ識《しら》ず　やし
なはれてしんけいにありとは親の家にや
しなはれておくふかく人のみぬやうにして
をけは人もしらさるなり深閨とはふかき
ねやとよむはしちかくいたさゝるほとに
世に人はいまたこれほとうつくしきむすめ
ありとはしらさるなり
天の生《な》せる麗質《れいしつ》なれば自《みづから》棄《すて》難《がた》し
天のなせるれいしつとは天性にむまれ
つきたるびじんなり麗質とはうるはしき

すかたとよむうつくしきかほかたちなり
みつからすてかたしといふは世にまたむま
れつきのうつくしきものもあれともぶたし
なみなる人もあり又どこにそたらはぬと（第15紙）
ころもあるに今この貴妃はむまれつきの
うつくしきのみならすいかにもきやしや
ふうりうにしてそのすかたうるはしく
じんじやうにたしなみのふかきをみつから
すてかたしといふかやうのびしんなるほと
にげんそうも御こゝろまよひ給ふのち〱
には御おとゝの寧寿王《ねいじゆわう》へ御かへしあるへし
との御やくそくは有けれとも今は中〱
その事はおほしめしよらすされとも綸言《りんげん》
のいつはりにならんことをおそれ給ひて
韋昭訓《ゐぜうくん》と云人の女《むすめ》を玄宗なかたちして
貴妃のかはりに寧王のかたへつかはされけり
ねいわうも内々はらたち給ひけれとも天
子也御兄なりけれはちからをよはすして
うちすきける也さて貴妃はげんそう

のもとへまいり給ひてのち女官にして御そはにめしをかれその名を太真《たいしん》とつけられけり

一朝《てう》に選《えらは》れて君王《くんわう》の側《かたはら》に在《あり》　一朝《てう》とは天下の事也一天下第一のびしん也とえら（第16紙）ひ出されて君の御そはをはなれす夜昼《よるひる》をいはすみかとも貴妃を御てうあいのほかには又よの御事なし君王とはみかとの御事なり　（第17紙）

〔絵四〕（第18紙）

頭《かうへ》を回《めぐ》らして一《ひと》たび笑《えめ》ば百《もゝ》の媚《こび》生《なる》

かうへをめくらすとは貴妃すてにけんそうにうちむかひかほをふりあけ見かへりてにつことわらひ給へは百のこひなるといふて百しほのえくほなといてきてうつくしきありさまこと葉もつくしかたきとなり媚《こび》とはしほらしくうつくしきことなり生《なる》とはおもてにもすかたにもあらはるゝ事をいふ

六宮《りつきう》の紛黛顔色《ふんたいがんしよく》なし　六宮とは禁《きん》中《ちう》のうしろのかたに御殿を六ところにたてゝ三千人の宮女《きうぢよ》をゝかるゝなりこれを後宮《こうきう》ともいふなりふんたいといふはおしろいまゆずみなりかの六宮のうちにこもりたる三千人の女ばうたちいかにもうつくしくけしやうをいたしさま〳〵きらび（第19紙）やかに出たち侍へれとも貴妃と見くらふれは三千人の女はうたちは色もなくうつくしからぬと也顔色《かんしよく》なしとはようかんのよろしくも見えぬ事也

春寒《はるさむう》して浴《よく》を花清《くはせい》の池《いけ》に賜《たま》ふ

春さむうしてとはいつも春はさえかへりてさむきものなり浴《よく》とは湯《ゆ》に入給ふこと也かほとにうつくしきひしんを得給ふて何事もおほしめす御まゝなりこのうへには御身の御やうしやうをのみことゝして御ことふきなかくいつまても貴妃にそひ給はんために花清の池の温泉《いでゆ》に入給ふなり花清

池はりさんといふ山にありむかし秦《しん》の始皇《しくはう》と申すみかとこの山にみゆきし給ふに山の神うつくしき女となりて始皇にたいめんしてあそひ給ふところにみかと神の御こゝろにそむき給ふ事ありしかば神女いかりうらみて始皇の御身につばきをはきかけられしにそのまま瘡《かさ》になりていたみひらゝきけり始皇おそれてさま〳〵（第20紙）御わひことし給へは神の御こゝろとけて山より温泉《いでゆ》をいたしてあらはせらるゝにその瘡《かさ》すみやかに愈《いへ》給へりそれよりこのかた山中に温泉たえさりけり唐の天宝六年に温泉の上に御殿をたてゝ花清宮と名つけられいでゆをは池につくられたりさてやうきひともろともにこの湯に入給う安禄山といふもの金銀珠玉をもつて魚鳥竜蓮花《うをとりれうれんげ》なとをつくりて奉るこれを湯の池にうかへ給へは竜も魚鳥もみなうこきてをよきしかはやうきひおそろしかり給ひしによりて後にはとりあけられけりとなり花清の二字をははなやかにきよしとよむ也これにて御殿のきれいなることはをしはかるへし

温泉《をんせん》の水滑《ゆなめら》かにして凝脂《げうし》を洗《あらふ》

をんせんはあたゝかなるいつみとよむ津《つ》の国有馬の湯とおなしことなりされは温泉のいでゆとよめり水なめらかにしてとは世のつねの湯水はこれにてあらへは人のはた（第21紙）えやはらきてうつくしくなるにこれは貴妃のいり給ふゆへにかへつて湯かなめらかにやはらきてたゝすべ〳〵とするなり凝《げう》脂《し》をあらふとはげうしの二字をはこれるあぶらとよむ身のつやのことなり貴妃のはたえのきら〳〵とうるはしくみゆるつやをあらふに湯のかたにつやかいてきたるとなり

侍児《おもとびと》扶《かし》づき起《おこ》して嬌《こび》て力《ちから》なし

おもとひとゝはめしつかはるゝ女房達の事也かしつきおこされてとは湯よりあかり給ふ時

手をとりこしをかゝへなとして奥にいれた
てまつるにこれによりかゝりてなよ〳〵とし
給ふ有さまたとへは春のあをやきの風に
したかひてなひくかことしこびてちからなし
といふはいはんかたなくうつくしうたをや
かなるをこびといふおもとひとによりかゝ
りたすけおこされてなよ〳〵とし給ふ
をちからなしとかきたり
始《はじ》めて是新《これあらた》に恩沢《をんたく》を承《うく》る時なり
あらたにとは玄宗と貴妃とはしめて逢給ふ　（第22紙）
にゐまくらのときなり恩沢《をんたく》とはをんあい
けいたくといふこゝろなり君のなさけふか
きををんあいといひ君のめくみのかたし
けなきをけいたくといふ沢の字をうる
ほひとよむ草木は露のうるほひをう
けて生立ことくに君のふかきなさけ
ねんころなるめくみをうけ奉りて時を
得給へりこれを恩沢をうくると
いふ也　（第23紙）

〔絵五〕　（第24紙）
雲《くも》の鬢《ひん》づら花の顔《かほ》はせ金《きん》の歩搖《ほよう》
くものひんつらといふはうるはしくなかき
みたれかみの事也雲の色はもとみとりなる
物なれはひんつらのいろのうつくしきに
たとへたり花のかほはせとはこれもかほの
うるはしきをいふ花のあらたにえめるに
たとへたり貴妃のかほはせさこそと思ひ
やるへし金の歩搖とはこかねのさし
くしとよむ也色〳〵の花なとをつくり
つけてかしらのかさりとすあゆむとき
にはうこきめくりて見事なるものなり
されは歩搖の二字をつねにはあゆめはうご
くとよむこのこゝろにてかしらのかさり
さしくしの花鳥なんとのあゆむときに
はゆるきうこくもの也こかねにてつくり
たれは金歩搖といふなり
芙蓉帳《ふようちやう》暖《あたゝ》かにして春の宵《よ》を渡《わた》る
ふようは草の名也うつくしき花のさく物

なりこの花をぬひたる几帳《きちやう》をふよう帳と　（第25紙）
いふなるへし春はいとゝさむけれは風などひ
き給ひてはいかゝなれはふよう帳をおろして
そのうちへは風もとをらすいかにもあたゝか
なるこのうちにしてさむきをもしらす
夜をあそひあかし給ふを春のよをわた
るといふなり

春の宵《よ》短《みし》かきを苦《くる》しみて日高《たけ》て起《おく》
あさからぬちきりの中には秋の夜の千夜を
一夜になそらへてもなをあかすおもふなら
ひなれはまして春の夜のみしかけれは
いかてかはやくおき出させたまはんやこの
ゆへに日たけておき給ふとかきたり

従《これ》レ此君王早朝《よりくんわうあさまつり》ごとしたまはす
君王とは玄宗の御事なりあさまつり
ことはみかとの御くらゐにまし〳〵て
天下をおさめ給ふ明君《めいくん》は日ことに朝とく
おき給ひ南殿《なんてん》に出御《しゆつぎよ》なりて百官《くわん》百寮《りやう》と
てそれ〳〵のやく人にたいめんあり万事
のまつりことをおこなひ給ふとなりしかるを
げんそうは貴妃にまよひおぼれ給ひて　（第26紙）
この事はおほしめしも
いたさす大昼《ひる》
までも
御やすみ
あり
けると
なり　（第27紙）

〔絵六〕　（第28紙）

歓《よろこひ》を承《うけ》て宴《えん》に侍へりて閑《しづか》なる暇《いとま》なし
いかにもして貴妃のこゝろにいらんとするを
もつはらにし給ひて貴妃のよろこひ給ふ
やうに万事をもてなし給ふをよろこひを
うけといふなり宴に侍へるとはたゝ酒宴《しゆえん》
遊興はかりにて日夜をあかしくらし給ふ
ほとにすこしもしつかなるいとまなしと也
春は春の遊《あそ》ひに従《した》がひ夜るは夜を専《もつ》はらにす
はるのけしきは世のつねさへおもしろきに

いはんや貴妃とともに月花をなかめたまはゝみかとの御こゝろのうちさこそおはしますへき夜るは夜をもつはらにし給ふと云はよるのとのゐにも余《よ》の女御更衣なとは一人もまいらすたゝ貴妃ひとりのみまいりたまひて夜もすからあそひ給ふとなり

後宮《こうきう》の佳麗《かれい》三千人　　こうきうとはさきにいふことく女はうたちををかるゝ御殿《ごてん》なりみかとの御殿のうしろに宮殿《きうでん》をたてゝ三千人の宮女ををかるゝなり佳《か》（第29紙）麗《れい》とはかほよきひとゝよむいかにもみやひやかにうつくしきすかたをいふ世にすくれてうつくしき女はうたちをえらひて三千人を後宮にこめをかるゝ也

三千の寵愛《ていあい》は一身《しん》にあり　　てうあいの二字をいとおしみとよむかの三千人のてうあいを貴妃たゝ一人の身にもちたりとなり

金屋《きんおく》粧《よそほひ》成《なり》て嬌《けう》として夜に侍べる　きんおくとはこかねをちりはめて奇麗《きれい》につくりたてたる宮殿《きうでん》の事なりよそほひなつてとは万事こと〳〵くとゝのをりてけつかうにかさりたるこゝろなり嬌《けう》としてとはそのけつかうなる金屋《きんおく》のうちに貴妃のうつくしきすかたにてみかとの御そはに夜もすからおはしけるを夜に侍へるといふなり嬌《けう》とはうつくしきすかたなりこのきんおくも貴妃のためにつくられたるなり

玉楼《ぎよくろう》宴罷《えんやん》て酔《えひ》て春に和《くわ》す（第30紙）ぎよくろうとは玉をちりはめたる御殿なり又楼《ろう》とはろうかくとてたかくきれいにたてたるところよく四方をとをく見はらすなり宴罷《えんやん》てとは宴はさかもりの事也はやさかもりの過たるを罷《やん》てといふ酔《えひ》て春に和《くわ》すとはつねの人は酒にえひぬれはこゝろもたかくなりくちをたゝき身もちもみたるゝもの也しかるを貴妃は

酒にえひてもすこしもみたれすいかにも
しつかに物やはらかに心よけなる事春
の日のひかりのことくなれは春に和《くわ》すと
いふなり
姉妹弟兄皆列士《しまいていけいみなれつし》たり　　姉妹《しまい》はあねい
もうと弟兄《ていけい》はあにおとゝなり列士《れつし》たり
とは士《し》とは官《くわん》にあつかりたるものをいふ
列はつらなるとよむ官にあつかりてそ
の座につらなるこゝろなりやうきひの
ゆかりのものともはみなこと〱く国郡《こくくん》に
所領を給はりけり貴妃のあね三人あり
晋国夫人韓国夫人虢国夫人《しんこくふにんかんこくふにんくわつこくぶにん》とて三人　（第31紙）
なから国のあるしになしその国の名をす
なはち官《くはん》の称号《せうかう》にもちひられ侍へり
楊国忠は貴妃の兄なりこれをめしいたして
丞相《せうじやう》の官《くわん》とて大臣になし給へりかくのこと
くに貴妃の一門はみなれき〱の大名に
なし給へりと云心也
憐《あはれ》むへし光彩《くわうさい》の門戸《もんこ》に生《なる》ことを

あはれむへしといふにふたつのこゝろあり
一にはものゝかなしき事をいふ二には
愛《あい》することをいふ爰は愛すへきのこゝろ
なりくわうさいとはてらしいろとると
よむ字なり貴妃の親類の門をみれはかゝ
やきて威勢《ゐせい》のあるをいふ門戸になるとは
諸方の人どもか貴妃のしんるいの門《かど》にゆ
きて腰《こし》ををり手をつかね追従《ついせう》をい
たしける事也
遂《つゐ》に天下の父母の心をして男《なん》を生《うめ》る
ことをおもくせすして女《ぢよ》を生《うめ》ることをおもく
せしむ　　天下の人の父母たるもの貴
妃の一門みなふうきえようにほこるを見　（第32紙）
てうら山しかりておのこゝはいらぬものな
りむすめの子こそよきさいはひをもひ
きてめてたきものなれといふて神仏
にもむすめをうませて給はれといのり
けるとなり
驪宮《りきう》の高《たか》き処《ところ》青雲《せいうん》に入　　りきう

とはりさんにある花清宮の事也この山は
一たんたかき山なるゆへにそのうへにたて
たる宮殿はをのつから青雲《せいうん》にいるとてあ
をき雲の内に入たるやうにみゆるとなり
このりさんは世々のみかとのすみ給へる
遊覧の所なり周《しう》の幽王《ゆうわう》といへる帝《みかど》もこ
の山のうへにして宮殿をつくり褒姒《ほうじ》と
いへるびじんを愛《あい》して烽火《ほうくわ》をあけて
つはものをめしよせほうじをなくさめ
みせられしもこの山宮《さんきう》なり
仙楽《せんがく》風に飄《ひる》がへりて処々《ところ〱》に聞ゆ
このりさんきうにてひねもすさかもり
なとしてあそはるゝに哥をうたひ楽《がく》
をそうするこゑふく風にしたかひて諸方　（第33紙）
へ聞ゆるはたゝ仙人なとのあつまりて
をんかくをいたすに似たりといふ心也
緩《ゆる》く歌《うた》ひ慢《みだ》りに舞《まふ》て糸竹《しちく》を凝《こら》す
ゆるくうたふとは貴妃の哥をうたはるゝには
さはかしき哥をはうたはすいかにもゆう
〱としたる哥をうたふをいふみたりに
舞《まふ》とはみだりかはしきことにはあらすたゝ
ゆう〱とまふてしつとりとしたる事也
糸竹《しちく》とは琵琶琴《びはこと》の類《たくひ》をは糸《し》といふ笛《ふえ》笙《しやう》
篳篥《ひちりき》のたくひを竹といふ惣して絃《けん》
管《くはん》をなしてうたひまふ時に楽《がく》は急《きう》に
はやきことあれ共貴妃はいかにもしつ
かにまはるゝほとに音楽《をんがく》もこれを待合
するほとなれは糸竹《しちく》を凝《こら》すといふこらすとは
留《とゞめ》て前《さき》へやらぬ也
尽日《ひねもす》君王《くんわう》看《みれ》とも足《あか》ず　玄宗は
貴妃の舞を見て日はくるれとも見あき
給はぬ躰《てい》なりこれまてはみかどの貴妃
にたはれ給ひて正体《しやうたい》なきよしを
しるせり　（第34紙）

（翻刻　見神美菜）

（中）

漁陽《ぎよやう》の鼙鼓《いくさつゞみ》地を動《うご》かして来る

天宝《ほう》十四年に安禄山《あんろくさん》むほんをおこし吐《ど》蕃《ばん》といふ国より十余万騎のつはものをそつして漁陽《ぎよやう》といふ所よりうつて出みなみにむかつてせめよせ禁中《きんちう》にむかひていふやう楊国忠《やうこくちう》をうち奉れとのみかとよりのせんしなりといふてふれめくらしけれはさきにいふところやうこく忠かころし侍へりける一万人のものの親類ともみなこと〱く禄山にしたかひつきていくさつゞみといふて大なるつゝみをうちたて鐘《かね》をならし貝をふき立てゝ都へをしよするそのいきをひ天地をひゝかすされは地をうこかして来るとは大地もうちかへ（第1紙）すことくにとよめきてをしよするなり

驚破《そよ》や霓裳《げいしやう》羽衣《うい》の曲《きよく》　そよや

とはおとろきやふるゝといへる文字也すはやといふ同し心なりけいしやうういの曲と云はある年の八月十五日の夜げんそう皇帝《くわうてい》と葉法善《せつほうぜん》といふ仙人と物かたり給ふにこよひの月のさやかなるをみかと御らんしてさていかなれはむかしよりこのかたあまねく世界をてらしてかはる事なくひかりをはなち侍へるととひ給ふ葉法善さらは月宮殿をみせたてまつらんとて白かねのつえをこくうになけしかはそのつえたちまちにしろかねの橋《はし》となりにけりかくて玄宗このはしをわたりて月のみやこにゆきのほり給へは月宮殿《げつきうでん》のうちに天人あまた有ていろ〱おもしろきをんかくをそうし舞をなし侍へりその中にけいしやうういのきよくといふ舞楽《ぶがく》一（第2紙）段おもしろく侍へりけれはけんそうこれをおほえてかへり給ふたゝしその楽《がく》

をやう〳〵半分おほへたまひけりもとより玄宗は音律《をんりつ》にたつし給へはたゝ一たひ聞て半分をもおほえ給ひけるなり爰にまた西京府《さいけいふ》といふ所に楊敬達《やうけいたつ》といふ人ありこの人をんがくの上手にて婆羅門《ばらもん》の曲《きよく》といふ楽を天ちくよりつたへていま又けんそうにをしへたてまつるみかどすなはち月宮殿にて半分おほえ給ふ所の曲と今のはらもんのきよくとそのてうしおなしきゆへに二つのきよくをとりあはせて霓裳《げいしやう》羽衣《うい》の曲《きよく》をつくり給ひけりこの曲の名ももとよりの名にはあらすけんそうのつけ給ひし名なりかゝるおもしろき曲をそうし貴妃をまはせてよねんもなかりし所に安禄山か軍兵ともをしよせてうちやふるほとにおとろきさはくを驚破《そよや》といふなり　（第3紙）

九重《きうてう》の城闕《せいけつ》煙塵《えんぢん》生《な》る　　九重の

城闕《せいけつ》とは天子の御殿のたかきをは九重にたゝみあくるなり又九重とはこゝのえとよむ都の事也みやこの条里《でうり》は九重にさたまりたりともいふなりせいけつとはみやことよむ闕《けつ》とは大裡《り》の事也金闕銀闕鳳闕《きんけつぎんけつほうけつ》なといふはみな仙人のすみ所なり禁中をいはひたてまつりて闕といふなり煙塵《ゑんじん》なるとは煙《ゑん》はけふり塵《ぢん》はちりほこりなりすてに禄山みやこのうちにせめいりて家々に火をかけて雲けふりとやきあけ軍兵みたれあひかけめくりて馬のあし人のいきほひにちりほこりのたちあかるゆへに都のうちには禁中まても上を下にもてかへし物の色めも見えぬを煙塵生といふ也おほひにみたれたる　躰なり　（第4紙）

〔絵一〕　（第5紙）

千乗《せうはん》万騎《き》西南《せいなん》にゆく　　千せうとは車《くるま》 千輛《りやう》なり万騎とは一万の馬のり也かやうにはや都もやけあかりてみえけれはりさんよりみやこへは中〱げんそうも還 幸《くわんかう》なりかたく待へらんたゝこれよりすくに西南《せいなん》のかたへおち給ひて時節を御まちあるへしと申てつき〱の人みな御とも申つゝやうきひやうこくちうもろともに落行給ふと也

翠花揺々《すいくわよう〱》として行《ゆい》て復止《またとゞ》まる

すいくわは天子の旗《はた》なりよう〱とはひらめきたりていなり行てまたとゝまるとは立とまり〱やすむ心也

西《にし》のかた都門《ともん》を出《いづ》ること百余里《より》

みやこの惣門より西のかたにむかつてやうやくおちゆくこと百余里はかりにをよふとなり

六軍不《りくぐんはつ》ㇾ発奈何《せずいかん》ともすることなし

一軍といふはつはもの二千五百人なりこれ（第6紙）を六つ合せたるとき一万五千余きなり六にわくるは軍のそなへなり都より西のかた百余里を行て馬塊《ばくわい》といふところにつきてつはものともみな飢《うへ》つかれたり発《はつ》せずとはすこしもさきへすゝまぬことなりいかんともすることなしとは一あしなりともさきへはやくおちゆかんとおほしめせともつはものどもたちとまりてさきへゆきやらされはせんかたなくおほしめすていなり玄宗のたまはく何故にさきへはすゝますしてたちとゝまるやとゝひ給へは陳玄礼《ちんげんれい》と申すつはものすゝみ出て申すやう軍兵をの〱飢《うへ》つかれたり禄山はしきりに跡よりすゝみて君ををつかけたてまつるわれらたゝ今こゝにてうちじにつかまつるへししかるにこの乱のをこりをたつぬるに楊国忠がゆへなり国忠に死をたまはらすは我ら御とも申すましと

いふみかとちからなくやうこくちうを出し（第7紙）
給う軍兵よろこひて馬より引おろし
くひうちきりほこさきにつらぬきさ
さけて一同にとつとわらふかやうにはあり
けれとも猶道をとりしきりてもすゝま
すこれはまたいかなる事そとたつね
給へは国のをんてきをたいらけいのちをも
おしまます身をすてゝ忠節をつかま
つるものには一度のをんしやうもなくして
用にもたゝぬ貴妃の姉《あね》なりとて女に大分
の国をあたへらるゝ事これ又わさはひの
たねなりこれらをころし奉らは我らうら
みもすこしははらさんと申す玄宗ちから
なくゆるし給へはやかて秦国《しんこく》韓国《かんこく》虢国《くわつこく》
の三夫《ふ》人をも引いたしてころし侍へり
あとよりはせめつゝみをうちて禄山しきり
にをつかけたてまつるされとも軍兵さ
らにすゝますげんそうこのうへは又何
ゆへありてかすゝみゆかさるととひ給ふ

陳玄礼また申ていはくやうこくちうなら
ひに三夫人をはころし侍へりすへて此お（第8紙）
こりは貴妃ゆへなりもし貴妃をもころ
さすは一あしもすゝみゆくへからすといふ
けんそう聞しめし高力士をもつて仰
られけるやうは楊貴妃の事はふかき御てん
のうちにありてやうこくちうかむほんの
ことは露はかりもしらす又あしき事
をたくみたるにもあらすとてさま〳〵
なけき給ひて御わひことし給へとも耳《みゝ》
にも聞いれすすてに国忠三夫人をこ
ろして貴妃一人のこり給はゝ君のあたり
ちかくありていか成ことをかし出し給はん
とてころさてはかなふへからすといふ貴妃
はけんそうの御衣《ぎよい》のしたにかほさし入
てなき給ふみかとたへかね給ひ朕《ちん》をまつ
ころしてのちに貴妃をもうしなへかしと
なけきおほせらるれとも高力士御くるま
のうへにまいりて貴妃のかいなを引立て

ゆくけんそうはこゝろきえてもたえむつ
かり給ふ御涙の血《ち》になり給へ共せんかたもなき
有様いかにともすることなしと書たり　（第9紙）

〔絵二〕　（第10紙）

宛轉《えんてん》たる蛾眉馬前《がびばぜん》に死《きえ》ぬ

えんでんとはまゆのそりまかりたる躰也
蛾はひいるといふ虫の事也この虫は三日月
なりにそりたるかたちなれはそのうつくし
きまゆのこの虫に似たりと也馬のまへに
きえぬとはさしもたくひなくうつくしき
美人なれともあらけなきつはものゝ手
にかゝり兵馬の前にかばねをさらし給へる
なりされはげんそう皇帝さま〱御わ
ひことありけれともかなはすして高力
士すてに貴妃をしふせてしめころし
侍へりまことに情《なさけ》なき事也

花の鈿《かんざし》は地に委《すて》て人の収《おさ》むるなし

はなのかんさしとはさきにいふところの
金の歩揺《ほよう》の事也地にすてゝと云は貴妃
の御首《くび》になわをかけしめころしける時
にとりすてたるを大勢の軍兵とも
ふみこえけちらしてとをりけれともとり
おさむるものはなしと也　（第11紙）

翠翹金雀《すいげうきんじやく》玉の掻頭《さしぐし》あり

すいけうは翡翠《ひすい》といふ鳥のつはさのことく
うつくしきかんさしの事なり金雀はこ
かねにて鳥なとをつくりてかしらにさ
すかさり物也玉のさしぐしはかうがいの
類なりこれらもあそこ爰に打ちりて
あるていなり

君王面《くんわうおもて》を掩《おほふ》て救《すくふ》ことを得たまわず

かうりきじすてに貴妃を御車より引
おろしてしめころさんとするときにけん
そうはまつ朕《ちん》をころしてのちに貴妃を
はともかくもはからへとてなけかせ給ふ
をせひなく引おろしをしふせさしもう
つくしき楊貴妃を佛堂《ぶつだう》の李樹《りじゅ》とて
馬嵬《ばぐわい》のつゝみのほとりこたかき李《すもゝ》の木

のあるになはをつけて貴妃をくびり
ころすなりけんそうはその躰《てい》を見て
たもとをかほにおほふて二目ともえ見た
まはぬとなり又ある説《せつ》には花のかんざし
玉のさしくしの地におちちりてある　（第12紙）
をみかとはたもとをかほにおほふてえ
見たまはぬといふなり
首《かうべ》を回《めぐら》せば血《ち》と涙《なみた》と相和《あいくわ》して流《なが》る
かうへをめくらせはといふはげんそう
あまりのかなしさに御かほをめく
らして貴妃をころすところを御覧
すれはきひの目より涙と血《ち》とまじり
てなかるゝとなりある説にはげんそう
かなしさの御まゝに御目より血と涙と
ましりてなかし給ふと云なり　（第13紙）

〔絵三〕　（第14紙）

黄埃散漫《くわうあいさんまん》として風蕭索《せうさく》たり
くわうあいとは黄《き》なるちりほこり也惣じ
てまけいくさになりておちゆく時には
黄なるちりほこりたつといへり散漫と
は風に吹たてられてはつ〳〵とちる
躰なり蕭索とは風の身にしみてう
れへの色あるかことくなるをいふなり世
のつねおちぶれておはしまさんにたに
御心ほそく吹風も一しほに玉躰に
しみわたりて何となく物かなしかるへき
にまして貴妃にははなれ給ふまけ
軍の落人にはなり給ふさこそ御心のう
ちおもひはかりたてまつるもかたしけ
なし
雲の桟《かけはし》縈《めぐ》り紆《めぐ》りて剣閣《けんかく》に登《のぼ》る
くものかけはしとは蜀《しよく》の国にゆく道は
はなはたけはしき高山をしのぎこ
ゆるなりことさらに谷ふかく水みなきり
おちていつ人のとをりたるとも更にそ　（第15紙）
のあともなき所にかけはしをわたしたる
にさなから雲ぢをわけてのほるやうに
たかきを雲のかけはしとかきたり

めくりめくるといふはそのかけはしのあちこちめぐりてすくにもなき躰なり剣閣《けんかく》にのほるとはそひえたる山を見あくれはがんぜきそはたちてつるきのやうなるうへに又わたしたるかけはしをとをりてゆくを剣閣にのほるとはいふなり

蛾眉山下《がびさんか》人の行こと少《まれ》なり

がびさんとは成都《じやうと》といふところの山也是も蜀《しよく》の国にゆく道なりはなはたそひえておそろしき山にて夏の天にも雪つもりてきえすまことに人跡《じんせき》たえたる難所なりいかにけんそなる山をもあき人木こりなんとはかよふものなれともこゝはひとりも人のとをらぬみちと見えたり宇都の山へのうつゝにもとよめる哥ておもひあはせらるそれを人のゆくこと（第16紙）まれなりとかきたり

旌旗《せいき》光りなうして日の色薄《うす》し

せいきは軍のはたなりかちいくさの時にははたいろもてりかゝやきてうるはしき物なるにまけいくさになれははたの色しぼりてはた棹《ざほ》にまとひつき日のひかりも何とやらんかすかになりて色うすきていなり

蜀　江水碧《しよくかうみづみどり》にして蜀山青《しよくさんあを》し

しよくかうとは蜀の国には中に江の水なかれて西のかたの山そひえたり水みとりにしてとはその江の水も色がせい〳〵としていとゝ物すこきていなり蜀山あをしとは蜀の山は一かうに人のゆきゝのたえはてたる所なりきはめたる難所《なんじよ》なりけれは木こり山かつたにもこゝろにまかせてゆきかよはぬ事なれはたゝしん〳〵とおひしげりたるをあをしといへるなり谷の水をとかすかにして鳥のこゑもまれなるていを心をこめて書たる也（第17紙）

〔絵四〕（第18紙）

聖主《せいしゆ》朝々《あさな〳〵》暮々《ゆふな〳〵》の情《こゝろ》
せいしゆとは玄宗をさす也蜀の国なとは
まことに遠きかた田舎《ゐなか》の山中にて
侍れは田夫野叟《でんぶやさう》のいやしきものたに
もゆかさる道なるにいま天下の聖主《せいしゆ》
行幸《ぎやうがう》ましますあさなゆふなの御こゝろ
のうちいたはしき御ありさまをし
はかり奉るへしとなり
行宮《あんきう》に月を見て心を傷《いたま》しむる色
あんきうをはかりのみやとよむみかとの
旅たち給ふとまり〳〵に御座所をたつ
るこれをあんきうと申すはる〳〵の道
なれはいくとまりをもなし給ふへし
爰にて月を御らんあれは物すさましく
すみのほりてこゝろもきえゆくやうに
かなしくおほしめすなりむかしは玉《ぎよく》
楼金殿《ろうきんでん》のうちに貴妃ともろともに月 （第19紙）
なかめ給ふに今はあやしき草屋《さうおく》に
てひとり月を御らんありける御心の
うち月やあらぬ春やむかしの哥のこゝ
ろまておもひあはせらる
夜《よる》の雨《あめ》に猿《さる》を聞は腸《はらわた》を断声《たつこゑ》あり
よるの雨とはしよくの国はふたん雨のふる
国なりいつくにても雨の夜は物さひし
きにこれはことさら御身おちふれ給ふ
のみならす貴妃にはなれさせ給ひし
物おもひにぎよしんもなられす御ま
くらのうへに御涙の滝おちていとゝか
なしき折から蜀山の木するに猿《さる》の
なくこゑをきこしめして猶々あはれ
に御心ほそくおほしめさるゝなり惣し
てさるのなくこゑはあはれなるものなり
後夜《ごや》の哀猿《あいゑん》とも猿啼《さるない》て涙巾《なみたきん》をぬら
すともいへりはんくわいほとのたけきつ
はものも夜る山中をゆきて猿のなき
けるをきゝてあはれをもよをして涙
をなかしけるとなりまして身のうへの （第20紙）
物おもひある人この猿のなくこゑをきゝ

てはいとゝかなしみをもよほし侍へらん
又ある本にはよるの雨に鈴《すゞ》をきゝては
といへり蜀の国はとを田舎なりことさ
ら軍中のことなれはもし夜うちがうだう
もあるへきようじんのためによる陣屋
にすゝをふりて御用心〳〵とよはゝる
こゑを聞しめして旅の御ものおもひを
一しほにもよほし給ふといへる也はらわ
たをたつこゑといふは猿腸《さるはらわた》をたつと
いふ古事《こじ》よりおこれりむかし鄧艾《とうがい》と云
ものつねにせつしやうをこのみて山に
入つゝ鳥けたものをころしけりあると
きひとつの猿あり子をいたきて木すゑ
をつたひけるを鄧艾その子を追おとし
てとらへたり親の猿なきかなしみて跡
ををひきたるほとにとうがいこれをに
くみておやざるの目のまへにていきな
からその子猿のかわをはきてなけすて
たりそれをかのおや猿見て大になき（第21紙）
かなしみてもとの山にたちかへり木の
上より身をなけて死《し》にけりとうか
いあやしみてそのおや猿のはらをあけ
てみれははらわたづだ〳〵にきれて有
とうかいこれをかんしてなかくせつしや
うをとゝめけりそれよりして人の物
おもひすることをはらわたをたつとは
いふなりおもひのたへかたくふかきとい
はんためにいへること葉なり
天旋《めぐ》り地転《てん》じて竜馭《れうぎよ》を回《かへ》す
天めくり地てんじてとは日月をしう
つりてあらたまりゆくこと也天は左に
めくり地は右にめくりゐんやうたがひに
その時をたかへすして年月はうつりゆ
ききはまりてはまたあらたまるもの
なり竜馭《れうぎよ》とは天子の御馬の事也かへ
すとはみやこへくわんかうなるをいへりさ
てもおもひの外の乱《らん》にあひ給ひてかゝ
るあさましきをんこくへおちかくれ給

うへはふたゝひ宮古へくわんかうは中〳〵か　（第22紙）
なふへくもおほえぬところにげんそう
第二の皇子粛宗《しゆくそう》と申すおはしまし
けり諸軍勢みないはく安禄山にく
みしたることはやうこくちうか無道
をにくみてほろほさんかためそかし
やうこくちうはいますでにころされ
たり禄山ほしゐまゝに王位をかす
めたてまつるこれをそのまゝをくなら
は又国忠か二の舞なりとて天下の
つはものともをの〳〵粛宗をとり
立まいらせて安禄山をうちほろほし
て蜀の国へ御むかひをまいらせくわん
かうなしたてまつりけり
此《こゝ》に到《いた》りて躊躇《ちうちよ》して去こと不《あた》レ能《はづ》
ちうちよの二字をたちもとをるとよむ
さても貴妃かなきあとのなこりとて
はこの馬嵬《ばぐわい》よりほかはなしとてたち
もとをりてさきへもゆき給はさる也

これを去《さる》ことあたはすといふ　（第23紙）
馬嵬《ばくわい》の坡《つゝみ》の下《もと》泥土《でいど》の中《うち》玉顔《ぎよくがん》見えす空《むなし》く
死《し》せし処《ところ》
〔絵五〕（第24紙）
さてもこのはくわいのつゝみのもとでい
どのうちにてとはとろ土《つち》のうちに貴
妃のかはねをうつみぬるこゝそその所よ
とてなきかなしみ給へともそのおも
かけも見えすむなしく死たまへると
ころはかりのこりてあるをぎよくがん
を見ずといへり玉顔とはたまのかほ
はせとよむうつくしきかほはせの事
なりばぐわいのつゝみは貴妃をころせ
し所の名なり
君臣《くんしん》相顧《あひかへりみ》て尽《ことごと》く衣を沾《うる》ほす
くんしんは君と臣下となり君の御事
は申すに及はす御とものの臣下其外
の軍兵ともまてたかひに目を見あは
せもろともに涙をなかし待へるをこと〳〵

く衣をうるほすと云也
東《ひんかし》のかた都門《ともん》を望みて馬に信《まか》せて帰る　（第25紙）
ひんかしのかたとは蜀の国より都へはひかし
にむかふてゆくなり都門とはみやこの
惣門なりこのばぐわいにいかほとゝ
まりおはしますとも御なこりおしき
事はつきすましけれはたゝ寮《れう》の御馬
をすくめたてまつれとて馬にまかせ
て都へくわんかうなしたてまつるてい
を馬にまかせてといへりけにも我身
に物おもひもなくゆきたき所へゆくにこ
そ馬をもはやむへけれさしも御な
こりおしきはくわいをうしろになし
てかへらせ給ふ御心のうち馬のゆき次第
にせられし事おもひはかりたてまつ
るへし
帰来《かへりきた》れば池苑皆旧《ちえんみなふる》きに依《よる》
これより以下は二たひ御殿にかへりいら
せ給ひてのありさまをしるせり池《ち》
苑《えん》とは御庭《には》の池花苑《はなぞの》なりふるきに
よるとは御池花そのはみなもとのことく
にてありと也これもしたこゝろには　（第26紙）
池苑はもとのことくにしてあれとも貴
妃はかりはなくなりたりといはんと
する心を内にふくめり
太液《たいえき》の芙蓉《ふよう》未央《びやう》の柳《やなぎ》芙蓉《ふよう》は面《おもて》のごとく
柳は眉《まゆ》の如し此《これ》に対《たい》して如何涙垂《いかんそなんたたれ》ざ
らん
金殿玉楼《きんてんぎよくろう》はこのとし月のうちにあれは
てゝものすこくなりゆきかはらぬもの
とては御池花苑《その》にて待へり太液は御
庭の池の名なりふようは蓮《はちす》の花なり
陸《くが》にさく草花にふようといふもの有
はちすの一名をもふようといふいまは
これ蓮華の事也未央《びやう》は御殿の名な
りびやうきうの庭のおもてには柳をうへ
られたり宮殿《きうてん》もあれはてゝばう〳〵たる
中にむかしをわすれすして池におひ

いつるはちすの花庭になびく柳のえた蓮《はちす》のうるはしく咲出たるは貴妃のまゆにたりとなりこれにたいしてとはこれらをみれはおりにふれことによそへて（第27紙）貴妃のおもかけ御身にそひてはなれもやらすかなしむまし思ふましとおもひたまへともなを〳〵たへかたくしてなみたのこほれ

させ給ふをいかんそ
なみた
たれさらんと
いへり　（第28紙）

〔絵六〕（第29紙）

春《しゆん》風《ふう》桃李《たうり》花《はなの》開《ひらくる》日《ひ》　秋露《しうろ》梧桐《ごとう》葉《はの》落《おつる》時《とき》

春の風やはらかに吹て桃《もゝ》の花なとのひらきたる折からはこゝろもうきたちていか成人もおもしろきそかししかるを玄宗はふたゝひ都にくわんかうなりて御ほんまうはとけ給へとも貴妃にはなれ給ひてひとり花をなかめ給へは春の風うららかにして花のうるはしきも更におもしろからすとなりまたさなきたに秋はものかなしきにまして貴妃の事のみ御物おもひとなりおもかけにたちそひ給へは秋の露草葉におもく虫のこゑいとゝかこちかほに桐《きり》の葉のはら〳〵とおつる折からを御らんしきこしめしてはおりにふれて御なみたをもよほす種《たね》とそなりにける此一聯《れん》の句はあまねく世の人おほえてくちにとなへつたふ春風といふうちに夏をこめ秋露といふうちに冬をこめ四季《き》のあひたを一れんの句の（第30紙）うちにふくめり桃李《たうり》はもゝすもゝ也別して春の花といはんためなり梧桐《ごとう》は二字ともにきりとよむ秋のしるしにはまづ桐の葉よりちりそむるとなり

西宮南苑《せいきうなんえん》に秋の草おほし

にしのかたの宮殿みなみのかたの花その

に御出ありて御らんすれはさしもむかし
はきれいなりけるも久しくさうぢをも
せさりしかはばう〳〵とあれはてゝ草
たかくおひしけりたるていを秋の草
おほしといふなりふくろふ松桂《せうけい》のえたに
すみきつね蘭菊《らんきく》のくさむらにかくるゝ
といへるもこの有さまなるへし
落葉階《らくえうかい》に満《みち》て紅《くれない》なれとも不《はら》レ掃《はず》
そのかみは木の葉のひとつも落ちるをは
とりはらひさうぢをくはへたりける御
殿の階《みはし》なれとも今は落葉こゝろのまゝ
にちりつもれともはらふ人もなしこれ
をくれなゐなれともはらはすといへり
くれなゐとはこうえうの事なり　（第31紙）

階《かい》とは御殿《ごてん》のきざはしのことなり　（第32紙）

〔絵七〕　（第33紙）

梨園《えん》の弟子《ていし》白髪新《はくはつあら》たなり
りえんとはげんそうはもと梨《り》といふ
氏の人なりこれをあらはさんために
梨《なし》の木をうへらる梨園はなしのその也
弟子とは玄家はよく音律《をんりつ》に達《たつ》し
給へる人なりけるほとに声よく拍子《ひやうし》
のきゝたる女はう三百人をえらひいだ
して梨園にをきて舞楽ををしへ
さかもりのおりふし又はつねの御なくさ
みにもこれらにうたはせまはせて御らん
しけるなり白髪《はくはつ》あらたなりとはその
かみわかき弟子ともなりしか君のわ
かれをなけき奉りけるものおもひに
しらがになりたるとも也あらたなりとは

俄にかしらのかみ白くなりたるこゝろ
なり魏《ぎ》の韋誕《ゐたん》といふ人たかさ廿五丈
の空にろくろをもつて引きあけられ
て凌雲台《れううんたい》の額《がく》をかきて地にをり
てかしらのかみみなしろくなれりたゝ一（第34紙）
時かうちにたに身にしみておそろしか
りけれははくはつになりけりまして
これは一年ばかりもへたる物おもひ
なれはしらかに成けるもことはり也
椒房《せうばう》の阿蘭《あくかん》菁蛾《せいが》老《おひ》たり
せうはうとは女はうたちををく所也
日本にても后《きさき》がたの宮をは椒房《せうばう》と
いふ宮女ををく所には山椒《さんせう》をうゆる也
あちはひからきものはあしき気をは
らふゆへなり又さんせうは実《み》のおほくな
るものなりこれにあやかりて子をおほ
くうみてはんしやうするやうにとの心なり
阿監《あつかん》とは宮女の奉行《ぶぎやう》也その阿監もわ
かき女房なりけるかけんそうをおもひ
たてまつりしゆへに年より侍へると
なり青蛾老《せいかおひ》たりとはあをきはわかき義
なり年わかき人はかみもうるはしく
春の木のめのわかたちのことくなるゆへ
に菁蛾《せいが》といふ蛾《が》とはうるはしき女の
事也（第35紙）

（翻刻　石原洋子）

（下）

夕殿《せきでん》に蛍飛《ほたるとん》で思《おも》ひ悄然《せうぜん》たり
ゆふくれかたに宮殿《きうでん》のはしちかく出御《しゆつぎよ》なり
ていかにも物かなしくさひしきおり
ふしほたるのひら〳〵とうちつれてとふ
を御らんしても此虫だにもひとりは
とはすうちつれてとふに扨わか身は
ひとり身になりけることよ悄然《せうぜん》と
してかなしひ給ふなりせうぜんとは
うれふるかたちなり
孤灯《ことう》挑《かゝ》け尽《つく》して未《いま》だ眠《ねふ》ること能《あた》はす
ことうはひとりのともし火とよむ貴妃に
はなれ給ひて後は御とのゐを申すもの
もなしたゝひとりともし火をかゝけ
つくしてすこしのあひたも御しつ　（第1紙）
まり給ふこともなしとなりそれをいま
たねふることあたはすといへり
遅々《ちゝ》たる鐘漏《せうろう》初《はじ》めて長き夜
ちゝとはをそしといふ字をかさねたる
なり鐘漏《せうろう》とは時の鐘《かね》太鼓《たいこ》の事なり
はしめてなかき夜とはそのかみ貴妃
にそひ給ふときは夜のみしかき事を
くるしみ給ひしに今はひきかへて
ことあたらしく夜のなかきことを初
めてしろしめし給ふとなり鐘《せう》は時の
かね漏《ろう》は漏剋《ろうこく》とて一日一夜を百剋《こく》に
つもりて水のとく〳〵ともりしたゝ
るつもりによりて十二時をしる物なり
一時〳〵に鐘をならし太鼓をうつにも
ひとゝきのあひたのあけかぬるをいかに久
しきものとかはしるとかこち給ひ夏
の夜のねぬにあけぬといひし人を
うらやみ給ふ心なり
耿々《かう〳〵》たる星河《せいが》曙《あけ》なんと欲《ほつ》する天
かう〳〵はすこしあきらかなるていなり　（第2紙）
星河《せいが》とはあまの川の事也あけなん
とほつする天とはあまの河がうしとらの

かたになる時にひかしのかたあかくなりて
夜かあくるなりされはあまの川かうし
とらのかたになれはあらうれしやとおほし
めすにいまたあけはなれもせすねやの
ひまさへつれなしと御こゝろいられした
まひてさてもあけやらぬ空かなと待かね
給ふ躰なり　（第3紙）

［絵二］　（第4紙）

鴛鴦《えんわう》の瓦冷《かはらすさま》じうして霜《しも》の花重《おも》し
えんわうのかはらとはをし鳥をつくり
て御殿のうへにをかれしこの鳥一段
ちきりふかきものなれは瓦《かはら》につくり
てをかれしなり又ある説にあなかちに
をしとりの事にもあらす御殿のかはら
に女瓦《めかはら》男瓦《おかはら》とてありをしとりは雌《めとり》雄《おとり》
はなれてはすまぬものなれはこれになそ
らへてえんわうのかはらといふ秋もふかく
成まゝにかはらのうへに霜のをくなり冷
ましくとはひやゝかなることなりひや
やかなることの身にしみとをるを重《おも》し
といへるなり

翡翠《ひすい》の衾寒《ふすまさや》かにして誰《たれ》与《と》共《とも》にかせん
ひすいは鳥の名なり天子のよるの物をは
ふすまと申す也ひすいはうつくしき
鳥なりこの鳥なとをりつけ縫《ぬい》物に
したるふすまなりけんそうの御そはに
あまたの人は有けれとも御とぎになるへ　（第5紙）
き人はなきなりたゞ貴妃のおもかけ
のみ御めにみゆるやうにてたゝひとり
おはしますほとに御おきふしを誰《たれ》
とともにかせんとなりさやかにしてとは
ひとりおきふしし給ふほとにことさら霜
夜なとには御ふすまもさえかへりてさ
むくおほしめすといふこゝろなり

悠々《ゆうく》たる生死《せいし》別《わか》れて年を経《ふ》
ゆう〳〵とははるかなるていをいふなり
貴妃にわかれ給ふ事は三とせはかりに
やこれをはや年久しくなりたるやう

におもひなし給へる也生死《せいし》の二字をは
いきしにとよむけんそうはいまたいき
てまし〳〵貴妃はすてに死せり我は
生て彼は死せりすてに年久しきを
としを経《ふ》といへり
魂魄《こんはく》曽《かつ》て来りて夢にだも入《いら》す
こんはやうのせいなりはくはいんのせい也
こんはくの二字ともにたましゐとよむ
貴妃のかたちこそばぐわいの草の露とも（第6紙）
きえ侍へらめせめては
たましゐ
なりとも
きたつて
夢に
さへみえぬ
となり歎き
あまりて
かやうにおほし
めさるゝ
なり（第7紙）

〔絵二〕（第8紙）

臨卭《りんげう》の道士《たうじ》鴻都《かうと》の客《かく》
りんげうは蜀《しよく》の国のこほりの名なり
道士《だうし》とは仙人《せんにん》のみちをえたるなり鴻都《かうと》
の客《かく》とは鴻《かう》は大といふ義なり客《かく》とは旅
人なりおりふしりんげうの道士《たうじ》楊通幽《やうとうゆう》
といふものかみやこへのほりてゐたる事也
能精神《よくせいしん》を以《もつ》て魂魄《こんはく》を致《いた》す
せいしんとはたとへはこゝろをまことにし
て仏神にきせいなとをするやうなる
事也ぜひに貴妃のこんはくをあらは
し見せ給へといのるなりかやうにすれは
こんはくのあらはれ出るおこなひをこの
道士かしれるとなり魂《こん》は陽《やう》のたまし
ゐなり天にかへる魄《はく》は陰《ゐん》のたましゐ也
地にかへるこんはくすてに天地にかへ
るこれを死すといふなりこんはくを
いたすとは天地にかへりたるこんはく

を又一所にあつめかへしてあらはす
事なり　（第9紙）

〔絵三〕（第10紙）

君王展々《くんわうてんぐ》の思ひを感《かん》ずるかために

くんわうはげんそうの事也てんぐ〳〵のおもひといふはとありしものをかく有しものをなとおもひいたし〳〵て貴妃の事をしはらくも御わすれなくなけき給ふありさまを見たてまつりてはさて〳〵いたはしき御事かなとかんしおもひたてまつりさらはそれかし貴妃のこんはくのありところをたつねてまいらせんと申す也

遂《つゐ》に方士《はうじ》をして殷勤《いんぎん》に覓《もとめ》しむ

方士とは道士の事なりこの方士かそれかしこんはくのあり所をたつねまいらせんと申すをよろこひおほしめしてさらはたつねてまいらせよとおほせありけるをもとめしむといふなり方士の方の字は仙人の方術《はうじゆつ》をしるゆへに方士と云仙人の道をまなひしれるゆへに又道士とも云なり士とは男といふ心におなし　（第11紙）

〔絵四〕（第12紙）

風を排《をし》ひらき氣《き》に馭《のり》て奔《はしり》て電《でん》の如《こと》し

かせををしひらきとは風にのりてたゞよはぬ事なり氣にのりてとは物の氣にのるなり雲は山川の氣也といへり雲にのり風をわけてこくうをはしる事いなひかりのことし電《でん》のことしとはいなひかりのひと所にたまらぬかことくはやしといふこゝろなり

天に升《のぼ》り地に入《いり》て求《もとむる》レ之《これを》こと偏《あま》ねし

もとより方士か得たる所の通力《つうりき》なれは雲をわけ風をはらつて天にのほり土《つち》をうかち水をくゝりて地にいりのこるところなく尋ね侍へるをこれをもとむることあまねしといふなり

上《かみ》は碧落《へきらく》をきはめ下《しも》は黄泉《くわうせん》両所茫々《しよばうく》とし

て皆見えず
へきらくは天上をいふ黄泉は地のした
をいふ上は四王切利《わうたうり》の雲のうへ下は金輪《こんりん》
のそこまてもたつぬるなり両所とは（第13紙）
天地なり茫々《ばうく》ははるかにひろくみゆる
ていなりじんべんきとくの道士なれは
いたらぬところもなくきはめたつぬ
れとも貴妃のこんはくは見えさるなり
忽《たちまち》に聞海上《きくかいしやう》に仙山《せんざん》有ことを山は虚無縹緲《きよふべうばう》
の間《あひた》にあり
仙山とは仙人のすむ山なりきよぶとは
その山こくうのあひたにあるかことく
目には見えなから手にとりかたき躰なり
べうばうのあひたとはうき雲のべう
〳〵とそひえたるやうにみゆるなり
大なる水のおもてにあふらをうかへた
るやうなるをいふ方士すてに天地の間
をあまねくたつねしかともこんはくを
見すこのまゝむなしくかへるへき事

ものこりおほしさていつくをかたつね
むとおもふ所にある人申けるは大海の
中に仙人のすむ山あり人のゆきゝ絶
たるところなり海中なれとも波もさ
はかしからす風もしつかなりこくうの（第14紙）
うちにたなひきそひえて雲霧のこ
とくありとは見えて手にはとりかたし
とをしへ申侍へりすなはちかしこにお
もむきみれはこと葉にたかはぬと也
楼殿玲瓏《ろうてんれいろう》として五雲起《うんおこ》る
楼《ろう》はろうかくなり殿《てん》は宮殿《きうてん》なり玲瓏《れいろう》は
玉にてかさりたてたる躰なり五雲は
五色の雲也をしへにまかせてゆきて
みれは山の上にはろう殿《てん》玉をかさりて殿《でん》
の上には五雲たな引侍へりと也
其中《そのなか》に綽約《しやくやく》として仙子《せんし》多《おほ》し中に一
人有り玉真《きよくしん》と字《あざな》す
綽約とはいかにもゆう〳〵とつまやかに女
房の礼儀とゝのをりたるをいふ楼殿《ろうてん》

のうちを見れはいかにもうつくしき仙女おほくあるを仙子おほしといふそのろうてんのうちに玉真門《ぎよくしんもん》といふ門あり太真院といふ額《がく》をかけたり此玉真は貴妃の名なりけんそうの女官にしてめしつかひ給ひし時の名なり　（第15紙）

雪の膚《はだへ》花の貌《かたち》参差《しんし》として是《し》なり

この太真院のうちに一人おはします仙女をみれはしろきはたえ雪のことくうるはしき事花のことくうすくれなゐのかほはせ入ましへたるかたちを参差《しんし》といふなり是《し》なりとは貴妃ならては

又たれにて
あるへきと
いへるこゝろ
なり　（第16紙）

〔絵五〕　（第17紙）

金闕《きんけつ》の西の廂《ひさし》に玉の扃《とほそ》を叩《たゝ》く

きんけつとはさきにいふかことく闕《けつ》は門のかたはらなり黄金《わうごん》をちりはめて鳥けたもの草花なんといろ〳〵かさりたてたる所をいふ也西《にし》のかたのひさしにゆきて玉のとほそをたゝきて案内するなり

転《うたゝ》小玉《せうぎよく》をして双成《さうせい》に報《ほう》せしむ

せうきよくとは貴妃のめしつかはるゝ小《こ》女房なり日本にてごだちと源氏にかきたるたくひ也又双成といふも女はうたちの名なり貴妃の御身ちかくめしつかはるゝに小玉その双成にかやうの御つかひありと申給へといふことをさうせいにほうせしむといふなり

聞道《きくならく》漢家天子《かんかてんし》の使《をんつかひ》なりと

聞ならくとはけんそうよりの御つかひなりときゝ給ふなり折ふし貴妃はひるねをしておはしけるかほのかに漢家《かんか》天子　（第18紙）の御つかひなりと申すを聞てにはかに目をさまし給へりとなり

九華帳《きうくわちやう》の裏夢魂《うちぼうこん》驚《おどろ》く
きうくわのちやうとは花のもんを縫《ぬい》ものにしたるきちやう九重はかりかけまはしたるうちにひるねをしておはせしにかくと申すなりさて夢魂《ぼうこん》おとろくとは漢家《かんか》のみかとよりの御つかひと聞て夢のたましゐおとろきさめたりといへり

衣を攬《かひ》とり枕を推《をし》て起《たつ》て徘徊《はいくわい》す
ひるねのとき引かけて着たまへるころもをとりのけ枕ををしやりておきあかり給ふなりはいくわいとはそこもとをあるきめくりていまた立いてさる躰なり

珠箔銀屏邐迤《しゆはくぎんへいりゐ》として開《ひら》く
しゆはくぎんへいはたまのすたれ銀のびやうぶなりすたれをたれ屏風を引まはしてその内に九花帳をたれてね給ふとおほえたりしかすだれをあ（第19紙）け屏風をしひらきて出らるゝなり

邐迤《りゐ》とは引かこむ心也

雲の鬢《ひんづら》半《なかは》偏《みた》れて新《あらた》に睡覚《ねふりさめ》たり花の冠《かふり》整《とゝの》へすして堂《だう》より下来《をり》る
かみのうつくしうわかりたる躰を雲のうすまきたるにたとへたり半はみたれてとは一方かすこしそゝけて見えけるはたゝ今おきあかりたるすかたなりそれをあらたにねふりさむといふなり花のかふりもすこしゆかみたるをなをさすしてたかき堂《だう》の上よりおり給ふを整《とゝのへ》のへすしてといふなり貴妃はみつからすてかたしとさきにかきたるほとに只今もたしなみふかくてみたりにはあるましきをいかにとしていまは雲のひんつらもそゝけ花のかふりもゆかみなからとゝのへなをさすしては出られたるやといへはみかとの御つかひと聞てとし月ゆかしくおもひ給ひける折からなれはたしなみのこゝろもうちわすれてとる物もとりあへす（第20紙）

ふた〳〵として出給へるこゝろなるへし
風《かせ》仙袂《せんくわい》を吹《ふい》て飄《へう》々として挙《あが》る猶霓裳《けいしやう》
羽衣《うい》の舞《まい》に似《に》たり
せんくわいとは仙人のたもとなり貴妃いま
は蓬莱山《ほうらいさん》の仙人にて侍へるほとに仙袂
といふなりへう〳〵とはいかにもかろ〳〵
としたるていなり風か貴妃のたもとを
ふけはかろ〳〵と吹あかるはなをいにしへ
けいしやううい のまひもかくこそありつ
らんと方士もおもひ合せ侍へるなり
玉《たま》の容《すがた》寂寞《せきばく》として涙欄干《らんかん》たり
たまのすかたとは貴妃をさすうつくし
き事をはみな玉といひ花といふ玉の
かほはせ花のすかたなといへりせきはく
とはいかにもしつかなる事也涙欄干《らんかん》
とはいかにもあはれけに涙のはら〳〵と
こほるゝ義也
梨花《りくわ》一枝《いつし》春雨《はるあめ》を帯《をぶ》
梨花はなしの花なり貴妃のうつくし
きかほはせに涙のはら〳〵とこほるゝは （第21紙）
春雨の梨《なし》の
花に
はら〳〵と
ふり
かゝるに
似たり
と
なり （第22紙）

〔絵六〕 （第23紙）

情《なさけ》を含《ふく》み眸《まなしり》を凝《こら》して君王《くんわう》に謝《しや》す一《ひと》たひ
別《わか》れて音容《いんよう》両《ふたつ》なから渺茫《へうばう》たり
なさけをふくみまなしりをこらすとは
貴妃のうつくしきまなしりをもつて方
士を見らるゝうちにかきりなきなさけ
をふくみてこのあひた恋しくなつかし
かりし色〳〵をかたり給ふなり君王に
謝すとは方士に君よりこれまでの御た
つねはかたしけなしと礼義をなすこと

なりひとたひわかれてとは馬嵬《ばぐわい》がつゝみ
にてむなしくなりしよりこのかたは音つ
れもなくあひ奉る事もなしとなり音
容は音《いん》は音信《おとつれ》なり容《よう》は拝容《はいよう》とて対
面する事なり両《ふたつ》なからべうばうた
りとはをとつれもたいめんもふたつ
なからむなしきとなりへうはうはむな
しきと云心也
昭陽殿《せうやうでん》の裏《うち》恩愛絶《をんあいたふ》蓬莱宮《ほうらいきう》の中《うち》日月
長《なが》し　（第24紙）
せうやうてんは花清宮のみなみにある
御殿なり爰にてはつね〳〵君とあそ
はれし也恩愛絶《をんあいたふ》とはさしもわれを君
のいつくしみおほしめしけるも今は
たえはてたるとなり今蓬莱宮《ほうらいきう》の
うちにひとりのみあれはむかし春
の日秋の夜もみしかきをくるしみた
りしに爰にあれは中〳〵月日も
なかふしていはんかたなしとなりこ

れにつきて蓬莱《ほうらい》方丈《はうぢやう》瀛州《えいじう》といふ
この山は仙人のすむところにして
山のうちには不老不死の薬あり
といふこの山大海の中にありこれ
日本をさすとなり日本にするが
の富士《ふじ》尾張《おはり》の熱田《あつた》紀伊《きい》の熊野《くまの》也
秦《しん》の始皇《しくはう》のとき徐福《ぢよふく》と云道士《だうし》が不死《ふし》
のくすりをもとめに紀州《きしう》の熊野《くまの》に
きたれりと也又玄宗のとき方士《はうし》
楊通幽《やうとうゆう》が貴妃をたつねて尾州《びしう》の
あつたにきたれりと也唐《たう》のげんそう　（第25紙）
のときあまりしつかに天下おさ
まりけれはみかと内々この日ほんを
うちとらんとうかゝひ給ふを熱田《あつた》の明
神貴妃と成て世をみたし日本をす
くひたすけ給ふといふ事侍へる也
頭《かうべ》を回《めぐ》らして人寰《じんくわん》の処《ところ》を下《くだ》し望《のぞ》めば長《ちやう》
安《あん》を見ず塵霧《ぢんぶ》をみる
人寰は人界の事也君の御事のあま

りにこひしけれはもしおもかけをもみたてまつることもやとおもひ人間世界のところをくだしみれは長安の都は見えもせすたゝ塵霧《ぢんぶ》とてちりほこり雲霧にのみへたてられて待へるとなり
唯旧物《たゝきうぶつ》を将《もつ》て深情《しんせい》を表《あら》はす
方士かさらはかへりて君にこのよしを申すへしそのしるしをたまはれと申けれは貴妃の旧物《きうぶつ》とてむかし手なれしものをとりいたし深情とはふるきなさけをあらはしてそれをしるしにとてさしいたさるゝなり　（第26紙）
鈿合金釵寄将《てんがうきんさんよせもつ》て去釵《さるさん》は一股《こ》を留《とゞ》め合《がう》は一扇釵《せんさん》は黄金《わうごん》を劈《つんざ》き合《がう》は鈿《てん》をわかつ但心《たゝこゝろ》をして金鈿《きんでん》の堅《かた》きに似《に》せしむ
てんかうきんさんはみなかんさしの名なれとも今そのかたちをわけて書侍へり鈿合とは戸ひらなとをふたつあわせてみるやうなる物なり金釵は股《また》ありて角《つの》なとのあるやうなるものなりみなこれかしらのかさりもの也寄将て去《さる》とはこのやうなるものをは我これまてもちてきたれりとははうじにかたらるゝなり此色〱のかんさしをしるしのためにたまはんとて深情《しんせい》のふかきなさけをあらはすとなり釵《さん》は一股《こ》とはまたのある物をはかた〱のまたを引わけてとゞめ合は一扇《せん》とは戸ひらなとのやうにふたつある物をは又かた〱引わけてとゝめ釵《さん》は黄金にてつくりたるものなれは二またなるを引わけてかた〱をくり給ふほとに黄金《わうごん》をつんざきと云　（第27紙）なり合は鈿をわかつとはこれもわけてふたつとせしこと也貴妃と玄宗との御ちきりのこゝろさしのかたき事は此黄金のことくなりとしらしめんかため也といへりこれを金鈿《きんでん》のかたきに似《に》せしむといふなり

天上人間《にんげん》会《たま〱》相見《あひみ》る
もはやこんしやうのちきりはむなしく
なれり天上にんげんのうちいつれの生
なりともうけ侍へらはかさねて一所に
むまれあひて夫婦とならんといふこゝ
ろなり
別《わか》れに臨《のぞ》みて殷勤《いんぎん》に重《かさ》ねて詞《ことば》を寄《よす》
かんさしを方士に給はりて御いとま申
けるかなにとやらんものゝたらはぬやう
に見えけれは貴妃方士をしはらくとゝ
められてかさねてねんころに御ことつ
てをいたし給ふとなり
詞《ことば》の中《うち》に誓《ちか》ひあり両心《りやうしん》のみ知《し》れり
このかんざしは世にあまたあるものなれば　（第28紙）
さためてみかとまことゝもおほしめす
ましとてかさねて方士をよひかへし
て御ちきりのふかきちかひありこれ
はけんそうと貴妃と両心とてふた
りのこゝろにのみしりて人はまたしら
さる事ありとなり
七月七日長生殿《ちやうせいてん》夜半《やはん》に人なくして私語《さゝめこと》
せし時
かのちかひたりしことの葉はいつの夜の
事そといふに天宝十四年七月七日の
夜半はかりの事なりこの夜は牽牛《けんぎう》
織女《しよくぢよ》の銀河《あまのかは》をわたりてちぎりふかき
御事むかしよりこのかた今にかはらぬた
めしを御うらやましくおほしめしげん
そうくわうてい楊貴妃の肩《かた》によりかゝ
りたまひて天上にんけんの事は
申すにをよはす非情《ひじやう》草木鳥けだ
ものになるともちきりはかはらす世々
生々願かはくは夫婦《ふうふ》とならんとちかご
としたまふそのこと葉に　（第29紙）
天にあらはねかはくは比翼《ひよく》の鳥と作《なり》
地にあらはねかわくは連理《れんり》の枝とならん
ひよくのとりはかた羽かひの鳥なりめ
とりをとりふたつあひならひてとぶ

なり連理のえたとはふたつのえだか
ひとつにとぢつきてはなれぬものな
り鳥とならはひよくの鳥のことくあひは
なれす木とならはれんりのえたのこと
くわかれすして常にひとつところに
ありて立のき侍へらしとのちかこと
をたて給ふこの事はそのときあた
りに人もなし夜半はかりの事なれは
しつまりて聞ものもなし又ふたゝび
こと葉にいたさねは世にしるものは有
へからすたゝ君と我との両心にのみ
こもりてありと
かたられたる
なり　（第30紙）

〔絵七〕　（第31紙）

天なかく地久しきは時ありてつくるとも
天地ほとになかく久しきものはなけれ
ともこれはまたたとひつきはつる事
ありともといふなり

此恨《このうらみ》は綿々《めん〳〵》として絶る期《ご》なからん
めん〳〵とはなかくつゝきたるこゝろ也
されはこのうらみは生々世々をふるとも
つねに夫婦とむまれあひて絶る
時あるへからすとなり此かんさしを君に
見せ奉りこのちかひを御わすれなく
世々生々御ちきりのくちせさるやうに
申給へといへるなりこの事をかたりつ
たへむためによひかへし侍へりとかたらる
るなり貴妃とけんそうの御ちきりの
ふかき事かくのことしさて長恨哥と云
はいかなるゆへに名つけたるそなれば
このうらみはめん〳〵としてたゆる期《ご》有
ある（衍）ことなからんといへるこの篇《へん》のをはり
の一句をもつてなりされはめん〳〵とし　（第32紙）
てとはめん〳〵はなかき義也この故に
なかきうらみの哥とかきて長恨哥
とは名つけられ侍へりしかるに玄宗皇
帝は天宝十五年に安禄山《あんろくさん》にをそ

はれて蜀《しよく》の国におち給ひそのあくる
とし二たひみやこにかへり給ふ爰に玄
宗第三の皇子《わうじ》粛宗《しゆくそう》皇帝《くわうてい》くらゐに
つき給ふ安慶緒《あんけいしよ》といふもの禄山《ろくさん》をこ
ろして天下をとらんとす史思明《ししめい》と
いふものあんけいしよをころしてまた
むほんをおこしけるを史朝義《してうぎ》といふも
の史思明をころすこれより天下おさ
まり四海たいらかにして粛宗《しゆくそう》より
太宗《たいそう》皇帝に天下をゆつらせ給へは
いよ〳〵国とみ民ゆたかにして唐の
世なかくおさまりけるまつりことこそ
ありかたけれ　（第33紙）

（翻刻　石原洋子）

第 33 紙	49.7		20
第 34 紙	49.0		20
計	1,593.9		472
見返し	25.6	軸付紙	なし

聖徳大学所蔵

長恨哥　（上）

縦　33.5 糎

紙　数	横（糎）		詞（行）
第 1 紙	48.8		14
第 2 紙	50.4		20
第 3 紙	48.3		19
第 4 紙	94.2	絵一	
第 5 紙	48.0		19
第 6 紙	49.5		20
第 7 紙	48.8	絵二	
第 8 紙	47.9		19
第 9 紙	50.0		20
第 10 紙	22.7		8
第 11 紙	50.3	絵三①	
第 12 紙	49.8	②	
第 13 紙	47.4		19
第 14 紙	49.9		20
第 15 紙	49.9		20
第 16 紙	49.8		20
第 17 紙	10.3		4
第 18 紙	50.0	絵四	
第 19 紙	39.2		16
第 20 紙	49.7		20
第 21 紙	50.1		20
第 22 紙	50.1		20
第 23 紙	25.4		9
第 24 紙	49.7	絵五	
第 25 紙	47.1		19
第 26 紙	49.8		20
第 27 紙	22.8		7
第 28 紙	49.2	絵六	
第 29 紙	47.6		19
第 30 紙	49.0		20
第 31 紙	50.3		20
第 32 紙	49.2		20

第33紙	49.0	絵七	
第34紙	49.0		19
第35紙	49.0		20
計	1,694.5		508
見返し	26.0	軸付紙	なし

聖徳大学所蔵

長恨哥　（中）

縦　33.4糎

紙　数	横（糎）		詞（行）
第 1 紙	49.4		14
第 2 紙	49.7		20
第 3 紙	50.0		20
第 4 紙	49.9		19
第 5 紙	95.5	絵一	
第 6 紙	48.5		19
第 7 紙	49.8		20
第 8 紙	50.0		20
第 9 紙	50.0		20
第10紙	48.8	絵二	
第11紙	50.0		19
第12紙	49.8		20
第13紙	25.5		10
第14紙	49.2	絵三	
第15紙	48.8		19
第16紙	50.5		20
第17紙	50.3		20
第18紙	47.8	絵四	
第19紙	44.2		17
第20紙	49.3		20
第21紙	50.0		20
第22紙	49.8		20
第23紙	49.4		19
第24紙	49.0	絵五	
第25紙	49.2		19
第26紙	50.0		20
第27紙	49.8		20
第28紙	22.1		8
第29紙	49.8	絵六	
第30紙	49.0		19
第31紙	50.2		20
第32紙	22.2		7

聖徳大学所蔵
長恨哥 （下）
縦　33.6糎

紙　数	横（糎）		詞（行）
第 1 紙	48.8		14
第 2 紙	50.1		20
第 3 紙	26.1		9
第 4 紙	49.8	絵一	
第 5 紙	49.1		19
第 6 紙	49.8		20
第 7 紙	24.9		11
第 8 紙	50.0	絵二	
第 9 紙	49.4		19
第 10 紙	49.7	絵三	
第 11 紙	48.9		19
第 12 紙	49.1	絵四	
第 13 紙	48.8		19
第 14 紙	49.8		20
第 15 紙	50.0		20
第 16 紙	27.0		19
第 17 紙	49.6	絵五	
第 18 紙	49.2		19
第 19 紙	49.7		20
第 20 紙	49.8		20
第 21 紙	49.8		20
第 22 紙	22.7		8
第 23 紙	48.8	絵六	
第 24 紙	49.0		19
第 25 紙	49.8		20
第 26 紙	49.7		20
第 27 紙	50.0		20
第 28 紙	49.6		20
第 29 紙	49.6		20
第 30 紙	50.0		18
第 31 紙	49.0	絵七	
第 32 紙	48.8		19
第 33 紙	48.2		17
計	1,534.6		469
見返し	26.3	軸付紙	なし

695　『長恨哥』絵巻詞書

『長恨哥』絵巻解題

一　聖徳大学図書館所蔵『長恨哥』絵巻の書誌

聖徳大学には『長恨哥』と題する大型の絵巻三巻が所蔵される。その書誌は次の通り。

○書写年時：江戸前期（寛文・延宝頃）。

○装幀・数量：巻子装、上・中・下、三軸。

○外題：水色地に金泥と金砂子の雲霞模様が施された題簽に「長恨哥　上（中・下）」と墨書。

○内題：なし。

○寸法：紙高三三・五糎。各巻の全長と各紙の長さは別掲の一覧表を参照のこと。

○字高：約二七・三糎。

○表紙：薄藤色地に瑞雲文様の金襴装。

○見返し：布目押し金箔張り。

○料紙：金泥で草花木等の下絵が描かれた鳥の子。

○用字：漢字・平仮名交じり。一行字詰めは十六字前後。

○書体：石川透氏が認定する『太平記絵巻』詞書筆者の筆跡の特徴を有する。(1)

○挿絵：上六図・中七図・下七図、全二十図。（上に二図、中に一図づつ二紙分の挿絵）。画風は濃彩細密な大和絵風。天地に金箔を散らしたすやり霞をほどこす。

○箱：桐箱。箱蓋表に「長恨哥　三巻」と墨書。

二　『長恨哥』絵巻と絵入り版本『やうきひ物語』

本絵巻は、創作された物語絵巻ではなく、以前に考察したことがあるが、(2)実は寛文頃に刊行された絵入り版本『やうきひ物語』を粉本として作られた豪華な大型絵巻である。粉本となった『やうきひ物語』の書誌を、国文学研究資料館に所蔵される本で示すと次の通り。

○整理番号：ナ7／83／1―3。

○刊行年時：刊記等はなく、版式や挿絵の画風などから寛文頃と推定される。ただし、国文学研究資料館本はやや後の刷り。

○数量：三巻三冊。

○装幀：袋綴じ。

○外題：表紙左上に貼られた双辺題簽に「楊貴妃物語　上（中・下）」と刷られる。(3)

○内題：上、なし。中「長恨歌抄中」。下「長恨歌抄下巻」。

○寸法：縦二五・九×横一八・九糎。

○胸郭：単辺、二〇・〇×一七・二糎。

○表紙：薄縹色無地。

○見返し：本文料紙と共紙。

○料紙：緒紙。
○用字：漢字・平仮名交じり。一行字詰めは二十字前後。
○字体：浅井了意の筆跡の特徴を有するとされる。
○柱刻 ｜長恨哥　上（中・下）　　一～（丁付け）｜。
○半丁行数：十一行。
○一行字詰め：約二十字。
○丁数：上二十三丁・中二十四丁・下二十丁。
○挿絵：上六図・中五図・下四図、全十五図。

以上であるが、『やうきひ物語』は中・下巻の内題を「長恨歌抄」とし、柱刻の題は「長恨哥」とする。また、外題を『長こん哥の抄』（愛知県立大学図書館蔵三冊）とする本もあることから、本来の作品名は『長恨歌抄』であって、『やうきひ物語』は後の改題本のようである。聖徳大学図書館蔵『長恨哥』絵巻（以下、聖徳大本）が外題を『長恨哥』とするのも、『長恨歌抄』と題する版本を粉本とした可能性が考えられる。

『やうきひ物語』は、一応仮名草子に分類されようが、内容は上巻の約四分の一で玄宗皇帝と楊貴妃のこと、安禄山のこと、貴妃の兄の楊国忠のことを略述し、その後に白楽天の著名な詩文『長恨歌』の各句をあげて、その注釈を記したものである。注の内容は清原宣賢の『長恨歌抄』によりながら、作者の博識によると思われる記事を付け加えており、その作者については、坂巻甲太氏と菊地真一氏に考察がある。

坂巻氏は、朝倉治彦氏の説(4)をうけて、『やうきひ物語』は浅井了意の自筆版下であること、そして挿絵も『堪忍記』との相似性から了意が作画した可能性があり、さらに、了意が『伊勢物語抒海』等の古典の注釈を試みていることから、了意の著作であると考証された。また、刊行年時を万治・寛文頃と推定されている(5)。

一方、菊地氏は、『やうきひ物語』の注釈部分に独自に増補された故事や説話、たとえば第一句注の「李延年と李夫人」や、第二十七句注の「幽王と褒姒」、第五十句注の「鄧艾」、第十五句注の「韋誕白髪」のそれぞれの記事が、了意の著述とされる他の作品の記事と重なることを突き止め、従って『やうきひ物語』の作者が浅井了意である可能性が極めて高いことを考証された(6)。

右のように、『やうきひ物語』は浅井了意の作とする説が有力であるが、このことは『長恨哥』絵巻の制作を考える上でも参考となる。近年、石川透氏は、仮名草子の作者として著名な浅井了意が、実は絵巻や絵本の詞書筆者として活動していたことを指摘し、大阪大谷大学図書館蔵『俵藤太絵巻』三軸、海の見える杜美術館蔵『義経都話絵巻』二軸、チェスター・ビーティ・ライブラリー蔵『義経地獄破り』大型横本二冊など、江戸時代前期に製作された幾つかの絵巻・絵本の詞書が浅井了意の筆跡であることを考証された。石川氏はその上で、『源平盛衰記』巻十二の「大臣以下流罪の事」「師長、熱田社琵琶の事」をもとに物語化した上野学園日本音楽資料室蔵『琵琶の由来』一軸の詞書が了意筆跡の特徴を有しており、了意がその絵巻のもととなった無刊記整版本系統の『源平盛衰記』を書写していることから、詞書筆者としてだけではなく、『琵琶の由来』の制作に物語作者として関わっていた可能性を追究されている(7)。

この事例は『長恨哥』絵巻の成立を考える場合も示唆的である。今のところ自筆の絵巻や絵本は見つかっていないが、多くの絵入り本の詞書を担当し、『琵琶の由来』を作った了意が、自作の『やうきひ物語』をもととした絵巻・絵本の制作に関わっていたことは十分に考えられよう。その意味で、本絵巻は浅井了意の作家としての活動を考える上でも興味深い作品と言えるのである。

十七世紀の後半は絵巻や絵本が盛んに製作された時期であるが、文芸の新しい享受者達はそれまでの『伊勢物語』などの古典作品や『文正草子』『酒呑童子』など御伽草子だけでなく、これまでにない刺激的な物語を望んだと思われる。物語作者でもあった了意は、その要請にこたえるべく『長恨歌』の抄をもとに異国種である楊貴妃の物語を作り上げ、絵入り版本として刊行したのであるが、注文があれば絵巻や絵本にも仕立てたのであろう。謂わば、『長恨哥』絵巻は時代に求められて誕生した文芸作品と言えるのである。

【諸本】

『やうきひ物語』など『長恨歌抄』を絵巻や絵本に仕立てたものは、この聖徳大本だけではない。現在までに確認できた伝本をあげると、次のような諸本がある。

［絵巻］

①大阪大谷大学図書館蔵『長恨歌絵巻』。寛文・延宝頃。三巻。挿絵、上六図・中六図・下七図、全十九図。

②吉田幸一旧蔵国文学研究資料館蔵『長恨歌の抄』。寛文・延宝頃。三巻。挿絵、上五図・中四図・下五図、全十四図。

③九曜文庫旧蔵『長恨哥』。万治・寛文頃。三巻。挿絵、上八図・中六図・下七図、全二十一図[8]。

④九曜文庫旧蔵『長恨歌』(小型絵巻)。貞享・元禄頃。三巻。挿絵、上六図・中五図・下五図、全十六図[9]。

⑤日本大学総合学術情報センター蔵『長恨歌絵巻』。江戸前期。三巻。挿絵、上六図・中六図・下七図、全十九図。

⑥東洋大学附属図書館蔵『長恨歌抄』。万治・寛文頃。三巻。挿絵、上六図・中五図・下四図、全十五図。

⑦立教大学蔵『長恨歌絵巻』。江戸初期。一巻(下巻のみ端本)。挿絵、五図。

⑧ライデン民族博物館蔵『長恨歌』。江戸初期。三巻。挿絵、上六図・中六図・下七図、全十九図[10]。

⑨オックスフォード大学ボードリアン図書館附属日本研究図書館蔵『長恨哥』。江戸前期。二巻(存上・中巻)。

挿絵、上七図・中五図。

⑩弘文荘待價古書目第三十三号『長恨歌絵巻』。寛文頃。三巻。挿絵、上六図・中六図・下七図、全十九図。

→大阪大谷大学本の可能性あり。

⑪思文閣古書資料目録善本特集第八輯所載『長恨歌』。寛文頃。三巻。挿絵、上七図・中六図・下五図、全十八図。

［絵本］

⑫東洋文庫蔵『長恨歌』。寛文・延宝頃。横本五冊。挿絵、一冊六図・二冊五図・三冊五図・四冊五図・五冊四図、全二十五図。

⑬東洋大学附属図書館蔵『ちやうごんか』。貞享頃。三帖。挿絵、上四図・中六図・下五図、全十五図。

⑭龍谷大学図書館蔵『ちやうごんか』。寛文・延宝頃。三帖。挿絵、上五図・中五図・下四図、全十四図(11)。

⑮オックスフォード大学ボードリアン図書館附属日本研究図書館蔵『長恨哥』。江戸前期。特大本三冊。挿絵、上六図・中六図・下七図、全十九図。

⑯思文閣古書資料目録善本特集第六輯所載『長恨歌』。寛文頃。三冊。挿絵、上五図・中五図・下四図、全十四図。

以上、絵巻が十一本、絵本が五本ということになるが、これに聖徳大学蔵『長恨哥』絵巻三巻三軸が加わるので、絵巻の数は十二本になろう。この手の絵入り本はまだまだ出てくる可能性がある。

聖徳大本を含めこれら絵巻と絵本の多くは絵入り版本『やうきひ物語』を粉本に作られているが、④⑧⑫⑭は他本と同様に『長恨歌』の抄物によって作られてはいるものの、本文や挿絵の図柄が『やうきひ物語』とは異なっており、③もまた本文や挿絵に独自の異同が見られ、それぞれ別のテキストによったことが推測される。従って、『長恨歌』の絵入り本諸本は大きく一系にまとめることはできるが、本文を丁寧に対照していけばさらに細分化されることになろう。なお、制作された時代は十七世紀の後半に集中している。

三　聖徳大本『長恨哥』絵巻の方法

聖徳大本が『やうきひ物語』を粉本としてどのように作られているか、本文と挿絵にわけてその方法について見ていこう。

まず、本文であるが、両者の冒頭部分を次にあげる。

○『やうきひ物語』

この長恨歌《ちやうごんか》のおこりは唐《とう》の玄宗皇帝《けんそうくはうてい》御位《くらゐ》にまします事久しく一天四海《かい》のまつりこをたゝしくしたまへるによつて国しづかに民おさまりなに事も御こゝろにかなはずといふ事なかりければ色をおもんじおぼしめさるゝよりほかさらに余《よ》のわざおはしまさず

○聖徳大本『長恨哥』絵巻

此長恨歌《ちやうごんか》のおこりは唐《たう》の玄宗皇帝《げんそうくはうてい》御位にまします事年久しく一天四海のまつりことをたゞしくしたまへるによつて国しつかに民おさまりなに事も御心にかなはすといふ事なかりけれは色をおもんじおほしめさるゝよりほかさらによのわざをはしまさす

右の二つを比べると、絵巻の方に振り仮名を省略するなどの小異が見られるものの、ほぼ同文であることがうかがえよう。ここでは冒頭の一部をあげたが、最後までこの方針は貫かれている。他の『やうきひ物語』による絵巻・絵本も同様で、漢字を当てたり仮名に開いたり、また振り仮名を施したり、濁点を付すなど、多少の改変は認められるが、大きな異動は認められない。ちなみに、聖徳大本の詞書筆者は、石川透氏が『太平記絵巻』の詞書筆者と認定する筆跡の特徴を有しており、同人の筆である可能性が高い。

次に挿絵であるが、各図が粉本である『やうきひ物語』の図柄をどのように踏襲しているかを検証しよう。三図までが序にあたる物語部分、四図以降が注釈部分の挿絵になる。

なお、聖徳大本絵巻と『やうきひ物語』の挿絵との関係を以下に記号で示した。○は挿絵が『やうきひ物語』と同位置にあり、図柄もほぼ同じもの。△は挿絵が入る位置は同じであるが、図柄が異なるもの。●は『やうきひ物語』にない挿絵が新しく入れられるケースである。

【上巻】

○一図　玄宗と楊貴妃が後宮で女官を侍らせてくつろぐ図。二紙分の長尺な挿絵になっているが、版本の挿絵の図柄を踏襲。

○二図　玄宗と楊貴妃の前で、赤子の真似をして裸になった安禄山が女官達に取り囲まれて産湯につかる図。

○三図　帰還する楊国忠の軍を城中から安禄山の軍が襲う図。二紙分の長尺な挿絵になっているが、版本の挿絵の図柄を踏襲。

△四図　玄宗が楊貴妃を溺愛して後宮で夜昼を問わず側に侍らせる図。帳の内に玄宗と楊貴妃が寄り添う姿が描かれる。版本の挿絵第六図の図柄を踏襲。

○五図　玄宗に見守られ、花清の温泉で湯浴みした楊貴妃がお供に支えられて湯から上がった図。

△六図　玄宗が楊貴妃を溺愛して昼まで寝屋を出ず、朝の政治をないがしろにする図。玄宗と楊貴妃が侍女を侍らせてくつろぐ様子に描かれる。版本の挿絵の第四図の図柄を踏襲。

【中巻】

○七図　安禄山が軍勢をひきいて楊国忠の軍を破り、宮中に乱入して霓裳羽衣の曲を舞う楊貴妃とそれを見る玄宗に迫る図。二紙分の長尺な挿絵になっているが、版本の挿絵の図柄を踏襲。

○八図　馬嵬が原で楊貴妃が玄宗の乗る馬車から引き降ろされ、高力士に連れ去られる図。

○九図　木の下で高力士に絞め殺された楊貴妃の遺体を後にして、玄宗が泣く泣く馬車で去る図。

○十図　蜀に向かって馬車を進める玄宗とその一行の図。

●十一図「此に到りて躊躇して去ること不能」の注釈箇所。蜀から都に帰還する玄宗が楊貴妃を殺された馬嵬が原で足を止める図。玄宗は乗馬の姿。『やうきひ物語』になし。

○十二図　都に戻り宮中の太液の池に咲く蓮の花を見て、楊貴妃を思い出し涙ぐむ玄宗の図。

●十三図「西宮南苑に秋の草おほし、落葉階に満て紅なれとも不掃」の注釈箇所。玄宗が西宮より南苑の紅葉をながめる図。『やうきひ物語』になし。

【下巻】

●十四図　挿絵より二句前の「孤燈挑げ尽して未だ眠ること能はず」の内容を描く。宮中の玄宗が燭台を灯し長い夜を過ごす図。『やうきひ物語』と別の図。

△十五図　玄宗が楊貴妃の魂魄をたずねさせるため方士を召し出すよう廷臣に命じる図。版本の図柄を踏襲するが、描かれるのは方士ではなく廷臣。版本ではこの位置に下巻の第一図がくるが、宮中より蛍の飛び交う庭を見る玄宗を描いたもので、下巻冒頭の「夕殿に蛍飛で思ひ悄然たり」の内容をあらわした図柄である。

●十六図　玄宗の求めで方士が宮中にやってくる図。方士は老人の姿で描かれる。「臨の道士鴻都の客。能精神を以て魂魄を致す」の注釈の後に位置する。『やうきひ物語』になし。
○十七図　玄宗が方士と対面する図柄。版本の下巻第二図の図柄を踏襲する。
●十八図　方士は楊貴妃のいる蓬莱仙の宮殿にいたる。太真院の額がかかる玉真門の外から宮殿を眺めやる図。「金闕の西の廂に玉の扃を叩く」の前に位置する。『やうきひ物語』になし。
○十九図　方士が姿をあらわした楊貴妃と対面する図。
○二十図　楊貴妃が玄宗と契りを交わした証しとして、金の簪を方士にあたえる図。

このように一覧化すると、基本的には『やうきひ物語』の挿絵と位置を同じくし、図柄を踏襲して描かれていることがわかろう。ただし、『やうきひ物語』では図版が十五図であるのに対して絵巻は二十図に増えているから、五図は新しく描き入れられたものである。十一・十三・十四・十六・十八図がそれにあたるが、後半に集中するのは、三巻本のバランスを考えて増補したと考えられる。

興味深いのは、第四図と第六図の図柄が粉本と入れ替わっていることである。これは両図ともに、玄宗が楊貴妃を溺愛し側に置いて離さないという内容であるから、似た図柄となるのはやむを得ないが、あるいは絵巻として製作する最終段階、つまり各紙を繋ぐところで誤って継いでしまったことも考えられよう。絵巻にまま見られる錯簡は、このような単純な事由で起こり得るものなのである。

もう一つ、十五図も面白い図柄である。ここは版本の図柄と違っており、その意味では聖徳大本は六図の新しい挿絵を描き入れていることになる。ここは他の絵巻や絵本に見られる、宮中より蛍の飛び交う庭を見る玄宗の姿をあえて描かず、第十四図の夜中に玄宗が灯火のもとで孤独をかこつ姿に、楊貴妃をしのぶ玄宗の心情を凝縮したと読めよう。

以上、聖徳大本は『やうきひ物語』の挿絵を粉本としながらも、新しい挿絵を描き入れて、物語絵としての世界を増幅させているが、これは他の『長恨哥』絵巻でも行っていることである。先の諸本一覧で示したように、各本とも挿絵を数図増やしており、それぞれに『長恨歌』の物語を視覚化しようとする意図がうかがえるのである。

（担当　小林健二）

注

（1）石川透「太平記絵巻筆奈良絵本・絵巻類」（『奈良絵本・絵巻の生成』平成十五年、三弥井書店）。
（2）小林健二「『やうきひ物語』と『長恨歌絵巻』―江戸時代前期における絵巻製作の一様相―」（『大谷女子大国文』十六、昭和六十一年三月）。山崎誠「長恨歌抄と長恨歌絵巻……漢籍注釈」（『中世の知と学―〈注釈〉を読む』森話社、平成九年）も、拙稿を引きながら『やうきひ物語』と『長恨歌』絵巻について言及する。
（3）筑波大学図書館本・吉田幸一旧蔵本の外題は「やうきひ物語」であり、こちらがもとの表記と思われる。なお、吉田幸一旧蔵本は、倉島節尚編『やうきひ物語』三冊（古典文庫四七八。昭和六十一年）に影印と翻刻が収録される。
（4）朝倉治彦『江戸名所記』（名著出版、昭和五十一年）解説。
（5）坂巻甲太「浅井了意関係新資料『やうきひ物語（長恨歌抄）』について」（『近世文芸』25・26合併号、昭和五十一年八月）、「新資料『やうきひ物語（長恨歌抄）』について」（『仮名草子新攷』昭和五十三年、笠間書院）、「『やうきひ物語（長恨歌抄）』解題」（『東横国文学』11号、昭和五十四年三月）。
（6）菊地真一「『やうきひ物語』の作者について」（『近世文芸』32、昭和五十四年九月）。愛知県立大学図書館蔵『長こん哥の抄』三冊。
（7）石川透「浅井了意筆『琵琶の由来』をめぐって」（『奈良絵本・絵巻の生成』平成十五年、三弥井書店）。
（8）中野幸一編『奈良絵本絵巻集』九（昭和六十三年、早稲田大学出版部）。
（9）〈注8〉と同じく。
（10）國田百合子『長恨歌・琵琶行抄諸本の国語学的研究』資料篇（昭和五十七年、ひたく書房）。影印が載るが、挿絵は省かれている。
（11）糸井通浩編『龍谷大学善本叢書22　奈良絵本』（平成十四年、思文閣出版）。

聖徳大学所蔵『長恨哥』絵巻

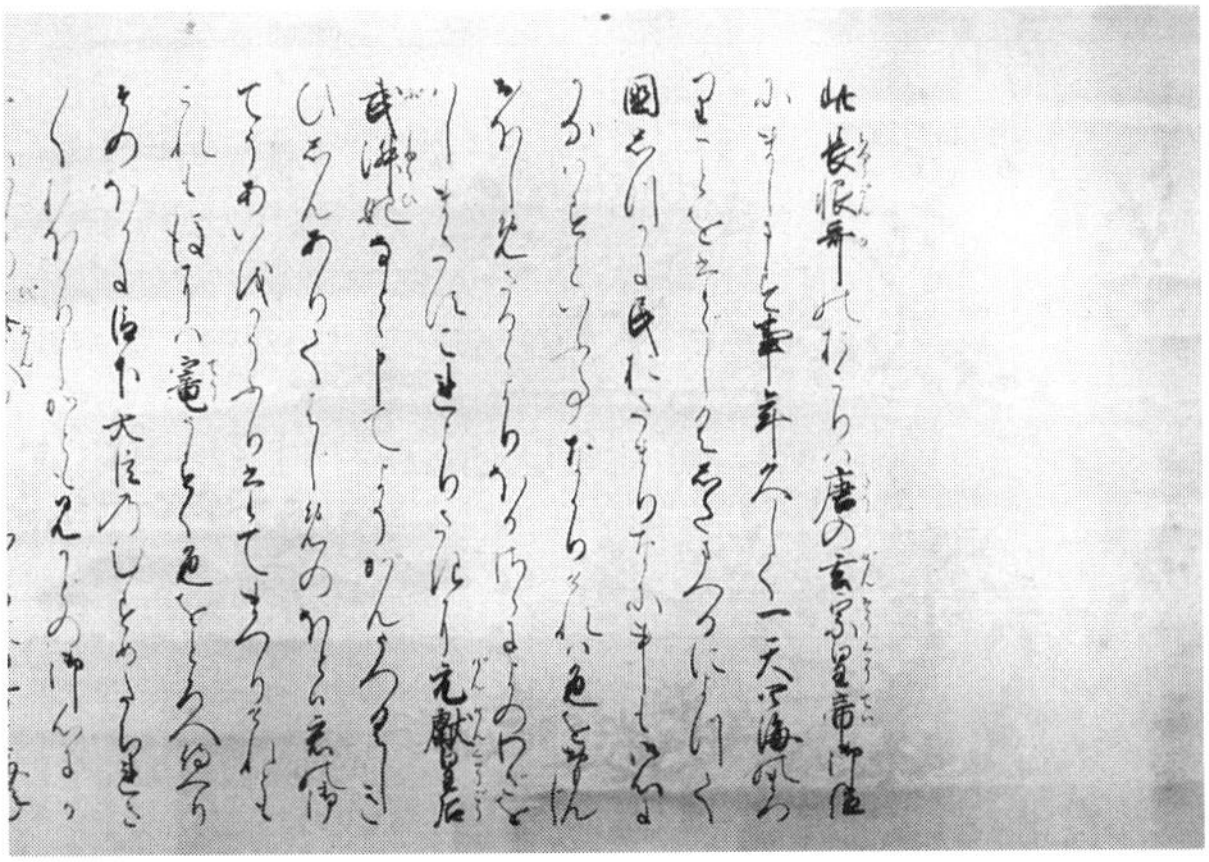

上巻冒頭

上　絵一—①

上絵一―②

上絵一―③

上絵二

上　絵三―①

上　絵三―②

上　絵三―③

上　絵四

上　絵五

上　絵六

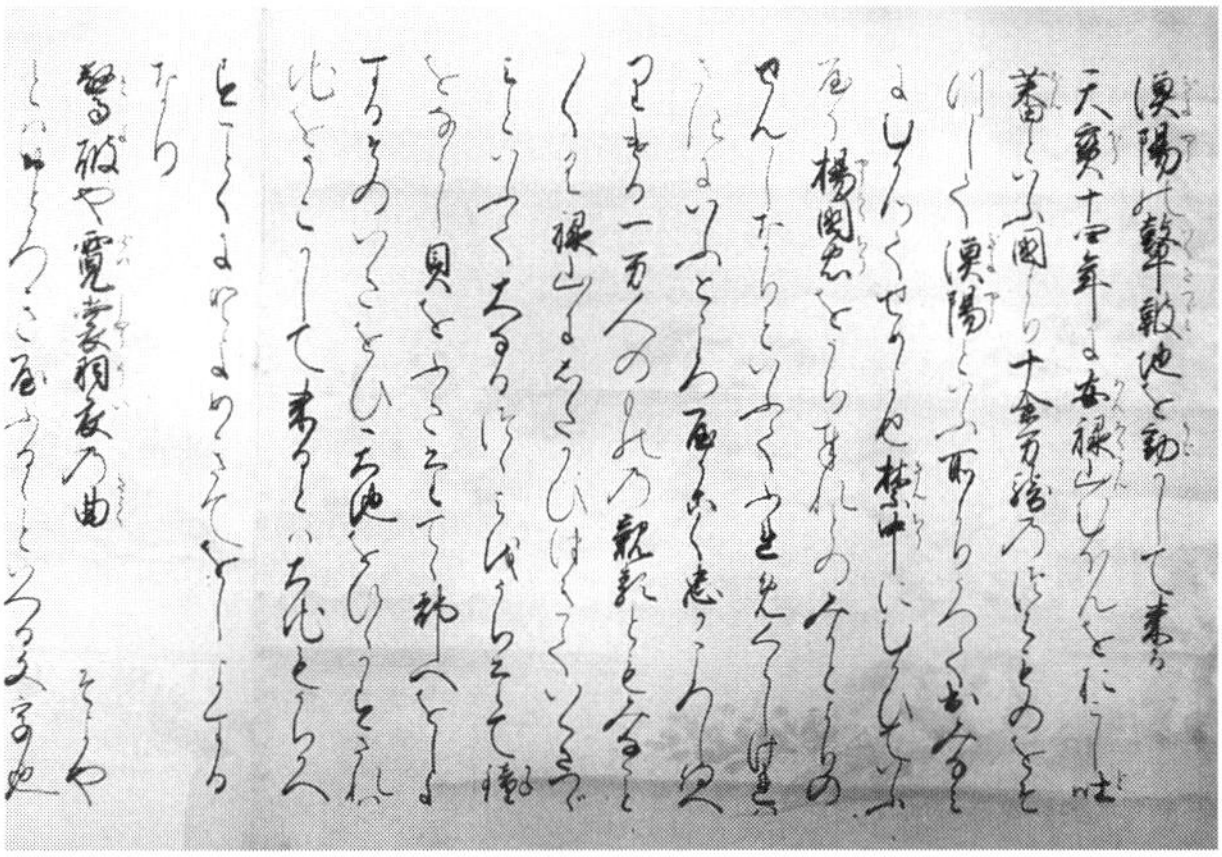

中巻冒頭

中　絵一—①

中　絵一—②

中絵二

中絵三

中絵四

中　絵五

中　絵六

中　絵七

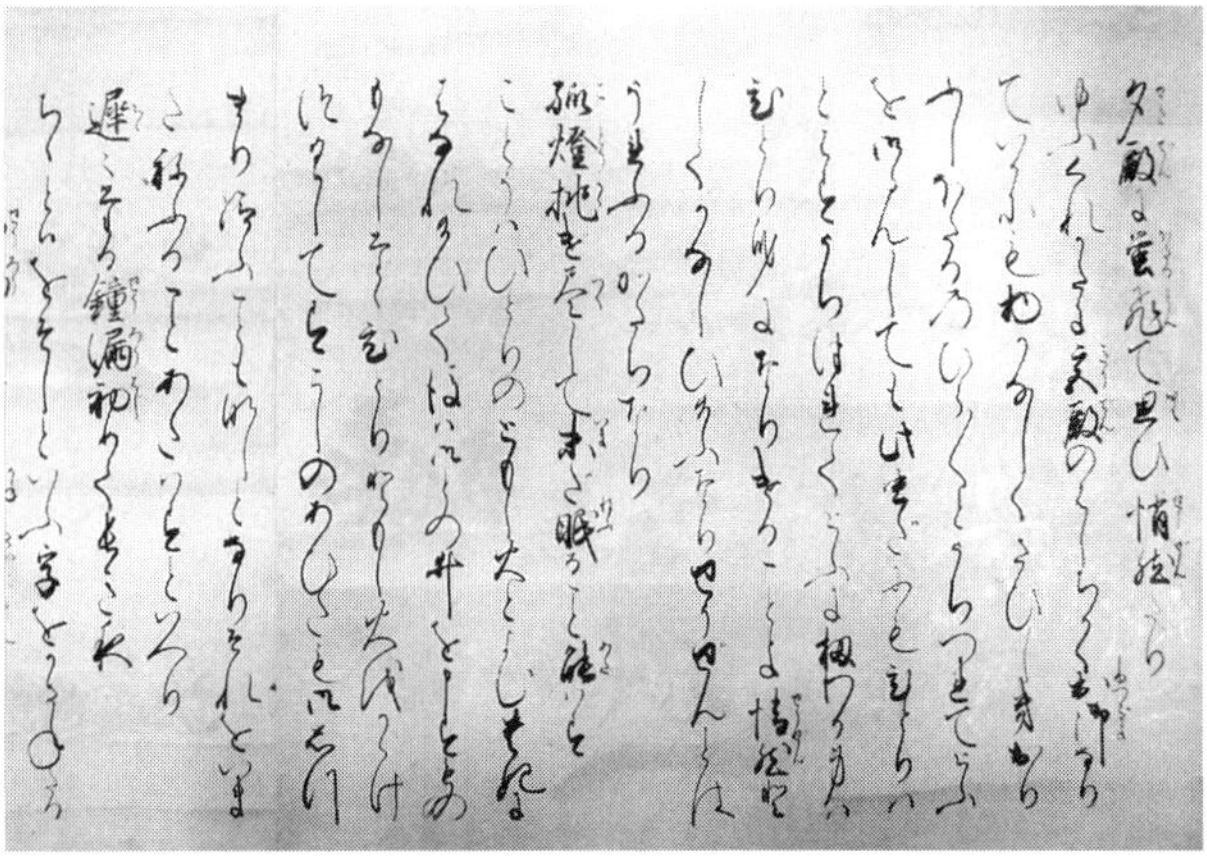

下巻冒頭

下 絵一

下 絵二

下　絵三

下　絵四

下　絵五

下絵六

下絵七

Ⅳ 日本

8 聖徳大学所蔵『鶴草紙』絵巻の本文と解説

『鶴草紙』絵巻詞書

【第一段】

それじひはもろ〱のせんこんの中にもともすぐれたり。殺生《せつせう》はよろづの。あくごうの中にことにをもし。されば経《きやう》にはほとけの御心はたゞこれじひなり。じひにそむけるのいたりは。殺生《せつしやう》なり一《いつ》切《さい》のいのちあらんものことさらにころすことなかれといへり。殺生のものはいのちみじかく。まづしく。いやしきのむくひをうけ。じひある人はいのちながく。とみたときふくをまねくものなり。いつころの事にかありけむ。あふみ（第1紙）の国いかこのこほり。かた山さどに一人のおのこ侍りけり。つまにをくれてなにとなく世のなか物うくおぼしければ。人にもまじはらずあやしのすみかにながめすくしける。つれ〱いゑを出てふもとのさと木こり山かつなとのすみかをみてなぐさみ侍りけり。あるときれうしの鶴《つる》をとりて。すでにころさむとするを。見てかなしひの心おこれりけれはことさらけふは。わがつまのうせし日なり。これをはなちたらんはよきくとくにやとおもひその鶴《つる》ころさてわれにたべといふ。かなふまじきよしいひければ。たゞこはゝこそあらめ

とてはだにきたりけるかたひらをぬぎてこれにかへよといひければさらばとてつるをやかてとらせける（第2紙）

〔絵一〕（第3・4・5紙）

（画中詞）

おのこ是をいたきて人も見ぬかたはらにゆきてなんちすてに殺さるへかりしをかく是
ゆるし
侍るそちく生
なれとも
思ひしれ
とて
はなち
ける（第4紙）

【第二段】

かくてなか一日ありけるくれほとにうつくしけなる女はうのよはひ十七八はかりなるかめのわらはひとりくしてかのおのこのもとにきたりつゝ申やう物まふてしけるか日くれて行さきもしらすやとかしたまひなんやといへはおのこたゝ人とも見えさせたまはぬ御すかたなるにわかいゐはあやしけにてしきものなとも有すいかゝといひけれはなにかくるしかるへき只一夜としきりにのたまへはともかくといひつゝあたりなるいゐにてしき物をかるにあたらしきむしろ一かしたりけるをしきてとゝめぬくひ物なともいかゝすへきとおもひけるところにようゐして侍とてめのわらはをよひていろ〳〵の物ともとりいたしていましはしとてとうりうしぬさて女はうのいふやうわれはちゝはゝあれともとをきほとにてへたゝりけりたのめし人にもはなれぬいつゝをさすともなくまとひきて侍る御へんを頼

たてまつらはやといへはおのこないく〳〵いかてとおもひけるにこれをきゝて夢うつゝともおもほえすやかてちきりをむすひて日かすふるほとにいゑのうちやうく〳〵ともしからすなりて人あまたつかはれけりこの女はうみるめのうるはしきのみならすこゝろさまもやさしく人のためなさけあさからさりき（第5紙）

〔絵二〕（第6紙）

かゝりけるほとにその所のちとう【第三段】しやうくわん以下しかるへきものともきゝおよふ人の心をいたましめすといふことなしそのちとうの子に廿五六はかりなるかことにこゝろをうつしてはゝめのとなとにいかゝすへきこのおのこのまうけたる女はう見めかたち心はへの人にすくれたるをいかゝしてかはあふへきとつねく〳〵なけきけるをちゝもれきゝてさらはいかにもしてとれかしといへはこの子はかりことをめくらしてかのおのこになたね千こくまいらせよそれかなはぬものならはなんちか女房をしはしめさむするそといふにすこしなりともかなひかたしいはんや千こくはいかにしてまいらせんとおもひなからたつねてみむとてまかりかへりぬおのこのうちなけきたるふせいを見て女はうなにとそとゝへはへちのしさいにあらすちとう殿よりわこせをおもひかけてかゝる大事をのた（第7紙）まひてさらすはわこせをめさむするそとおほせあるなりいかゝすへきといひけれはきゝもあへすやすきことにこそなたねはふるきあたらしきにいつれにてもおほせにしたかはんと申たまへといふおのこちとうへまいりこのやうを申せはさてはかなはし

とてなたねはをきぬへしさらは
わさはひといふ物のあらんするを
たつねてまいらせよと又おほせ
うけたまはりてなたねは世にあ
るものなりわさはひといふことは
世のなかにあしきことをこそいへ
すかたあるものならはこそりやう
しやうもせめとおもひなからいゑに（第8紙）

〔絵三〕（第9紙）

（画中詞）

おのこかへりて又女はうにかたれはさ
る物有さらはおやにてある人のも
とへこのやうを申て見んこのめのわら
はをくしておはしませとてふみ
かきとらせぬこれよりうしとら
のはうをさして山のなかへ行
へしとそをしへける

をしへけるまゝに行侍りしかはいとを
からすしてゆゝしけなる所あり
まへにたてすなまきなとしてしゆ（第9紙）
てんちうもんつり殿まてきん〳〵を
ちりはめ目もおよはぬさまなるに
おのこをはまつ門のほかにをきてめ
のわらはふみもちていりぬしはし
ありてしんしやうなるおとこ女はう
出きたりてこれへいらせたまへとて
うちへよひいれあしなとあらはせて
きよらかなるさしきへしやうし
つゝおとこおんなあまたさふらひて
さま〳〵にもてなす事かきりなし（第10紙）

〔絵四〕（第10・11紙）

夜にいりて月くまなかりけるにわか【第四段】
きおとこともくわけんのくそくとも
もちて出きてさけをよもすからもて
なしけり夜ふけてのち六十はかり

なるおとこ四十あまりなる女はう
わかつまのちゝはゝとおほしきか
わかいとをしとおもふひめをたすけ
たまへる人をはいかておろかにおも
ひたてまつるへきなといひてやう
〳〵にもてなして御なこりこそお
しくおもひたてまつれともさら
はとくかへりたまふへしとてさふ
らひともよひいたしてよのわさは
ひくしてまいれといへはうけたまはる
とておほかみのことくなるおそろ
しけなる物のうしのせいなるか
つのふりたてゝすゝつけたるをから
めかして出きつゝやれわさはひと
いへはすゝつけたるかしらをさ
しあけてふりぬかまへてこの殿の
おほせのまゝにふるまへといへは又
かくとうちうなつくさらはこれを（第12紙）
〔絵五〕（第13紙）

つれておはしませといへはやかてさ
きにたてゝわかいゑにかへりぬ

（画中詞）【第五段】

女はうこれを見て
かまへてなんち殿の
おほせにすこしもたかふなよ
あやまり
なくふるまへといひふくめぬ（第13紙）

即これをくしてちとうのもとへ
まいりおほせしわさはひくしてまいり
て候なんちのふつくせと申けれは
つのを二ふり三ふりうちふるとも
見えしにはかにそらかきくもりかせ
おひたゝしくふきてしとみかうし
みなふきやりぬさるほとに四はうへは
しりまはりまつついぬのありけるを

すこしもとゝこほらすかみくらふそのゝちけらふよりはしめてとねりさうしみつしの女はうともうちたをしくらふ物とゝこほりなしはしりまはることいかつちのことし上下なんによけうをさましておちまとふことかきりなししたひにさしきへせめのほるにちとうさはきまとひてかゝるよしなき事いひ出てうきめをみることいかゝすへきあれしつめなんやといふにこのおのこわさはひいまはしつまれといはれてかのおのこのそはにかゝまりゐたりさてほともなくそらもはれかせしつまるちとうこれを見ておのこにむかひてなんちはたゝものにあらすわれ（第14紙）もしいかなるふしきもあらんときは一方のたいしやうをすへきかととへはしさいにおよはすとこのくせ物候はんかきりはこの御りやうにいさゝかもらうせきはましますましきと申せはなんちさらははんしのうしろみせよとてひきて物とらせてかへしけり（第15紙）

〔絵六〕（第15・16・17紙）

さいしよに行てこのやうをかたれは【第六段】この女はうまことにはわれはたすけられたてまつりし鶴なりその御おんをほうせむかためにかやうにちきりをこめぬいまはたのしみさかへいのちも百さいまてたもちたまふへしなこりはおしけれともいまはわかれたてまつるへしとて鶴のすかたとなりてひんかしをさしてとひさりぬなみたせきあへさりけり

〔絵七〕（第18紙）

もろこしにもさるためし有子安といひしものみちのほとりにて人のつるをころさむとするを見てころもに

かへてはなちけるに子安ほとなく
身まかりにき陵陽山のふもとに（第18紙）
おさめしにそのつかのうへの木へ
鶴きたりつゝみとせのあひた子安
々々とよひつゝつゐにむなしくなり
ぬれは子安よみかへりわれ鶴を
たすけしむくひにて鶴又わかい
のちにかわれりといふそのゝち仙の
ほうをならひつゝ久しきよはひを
たもてりとなん申めるされはかゝる
てうるいまてもあはれひのこゝろある
はをのつからそのむくひあるへき
ことゝそ
文化元年二月二日
右鶴草紙土佐光信筆　末流
詞書飛鳥井雅俊筆　　具慶誌之（朱文方印）（第19紙）

（翻刻　森垣英子）

聖徳大学所蔵

鶴草紙

縦 26.6 糎　横 26.6 糎

紙　数	横（糎）	幅（糎）	詞（行）
第 1 紙	33.1		13
第 2 紙	28.6		19
第 3 紙	38.6	絵一①	
第 4 紙	39.3	②	10
第 5 紙	66.0	③	26
第 6 紙	61.2	絵二	
第 7 紙	38.4		23
第 8 紙	38.2		15
第 9 紙	118.0	絵三	10
第 10 紙	38.7	絵四①	10
第 11 紙	78.0	②	
第 12 紙	39.4		22
第 13 紙	112.8	絵五	7
第 14 紙	37.2		23
第 15 紙	74.6	絵六①	7
第 16 紙	37.0	②	
第 17 紙	37.2	③	
第 18 紙	61.3	絵七	16
第 19 紙	24.0		11・奥書
計	1,001.6		212
見返し	24.6	軸付紙	0.0

『鶴草紙』絵巻解題

書誌

絵巻、一軸。表紙、紫地。題簽なし。名称『鶴草紙』は奥書による。見返しは白紙。紫の平行紐が施されている。表紙、縦二六・六糎×横二六・六糎。見返し、二六・六糎×二四・六糎。本紙全長一,〇〇一・六糎。全体は、詞書、画中詞、挿絵の体裁を成しており、奥書に「文化元年」の表記がある。本文には、まま濁点とルビが付されており、また、第一段にのみ、句読点に当たるとみられる「。印」が語句の右傍に付されているが、いずれもそのまま写した。変体仮名、漢字は現行の通用字体に改め、本文中の仮名に片仮名が混用されている個所は、現行の平仮名に改めて記した。

一　本文について

聖徳大学所蔵『鶴草紙』（以下、聖徳大本と略称する）の内容は、類話の中でも京都国立博物館蔵（下条佳谷旧蔵。以下、京博本と略称する）の「鶴草子」に酷似する。その共通点は、一　冒頭に殺生と慈悲を説く十二行の詞書があること、二　最終場面に中国の類話子安の話が書かれている点、かつ京博本と全く同文であること等があげられる。所謂「別本鶴の草紙」（『未刊中世小説　二』所収（以下、別本））・フリーア美術館蔵『鶴草紙』（以下、フリーア本）については、別本は冒頭の文言が異なっており、フリーア本は冒頭の十二行の詞書がない(1)。また最終場面の中国の話はいずれにも記載されていない(2)。

登場する物語の主人公も、聖徳大本、京博本およびフリーア本は「近江国伊香郡に住む男」とあり、別本では、「筑後の国のかうのしやうの大屋兵部補」としている。

用語の表記について、例えば聖徳大本および京博本の場合「おほかみ」「わさはひ」に統一されている。一方フリーア本・別本とも「わさわひ」各二例がみられ、ハ行点呼の跡を留める。「わさはひ」は『徒然草』一六七段にも「わざはひを招くは、ただこの慢心なり」とあり、「わさわひ」に転じた。よって聖徳大本・京博本の両者の「わさはひ」は、古形を留めていると言えよう。また、「おほかみ」についてであるが、「おほかみ」の訛りが「おほかめ」であると言われる。『下学集』（文安元年（一四四四）成立）に見える「ヲ、カメ」はその転訛であろう。「おほかみ」「わさはひ」の表記で統一されている聖徳大本および京博本は、詞書の上からはフリーア本および別本より古形を留めていると言えそうである(3)。

他にも本文に登場する人々の年齢や「数」を示す用語が、聖徳大本は、京博本に全て一致している。例えば、第二段「女はうのよはひ十七八（フリーア本・別本、「廿」）はかりなるか」、第三段「ちとうの子に廿五六（同別本。フリーア本、「廿」）はかりなるか」、同段「なたね千こく（フリーア本・別本、「一石」）まいらせよ」、第六段「いのちも百さい（同別本。フリーア本、「八十歳」）またもちたまふへし」等である。

以上が聖徳大本が京博本に近似するとした概略である。

狩野博幸氏（以下狩野氏）は論考「土佐光信筆　鶴草子について」の中で、京都国立博物館所蔵の「鶴草子」は画風からみて『訂正増補考古画譜』に載せる「土佐光信筆　鶴草子」がそれに相当すると見てまず齟齬はないであろう(4)、としている。

聖徳大本の奥書には次のようにある。

文化元年二月二日

右鶴草紙土佐光信筆　末流

詞書飛鳥井雅俊筆　　具慶誌之（朱文方印）

京博本の挿絵の筆者は、土佐光信（一四三四頃～一五二五頃）であることから、奥書の文化元年（一八〇四）の記述に従えば、京博本が先に作られたと言えよう。また、奥書に「具慶誌之」とあるが、具慶とは、住吉具慶（一六三一～一七〇五）を指すとすると文化元年（一八〇四）とは時間に開きがありすぎる。あるいは同名異人であろうか。

二　本文異同

聖徳大本を基軸に、京博本（狩野氏論考付、影印による）[5]の異同をカッコの中に示すと次のようになる。ただし、歴史的仮名遣、漢字表記と仮名表記の違いは対象とせず、省いた。

【第一段】

・かく是（こひ）ゆるし侍るそちく生なれ（り）とも（第35～38行）

【第二段】

・ともかくと（もと）いひつゝ（第10行）

【第三段】

・つねく〵（に）なけきけるを（第9・10行）
・なに（〜「こ」）とそとへは（第20・21行）
・わさはひといふこと（もの）は（第35行）
・おのこ（三字ナシ）かへりて（第39行）
・うしとら（〜「とら」トアリ。衍カ）のはうをさして山のなかへ行へしとそ（「そ」ナシ）をしへけるをしへける（をしふる）まゝに行侍りしかはいととをからすして（行ほとにいととをからす）（第43〜47行）

【第四段】

・おそろし（〜「き《ママ》」）けなる（第15・16行）

【第五段】

・うちたをしくらふ物（に）とゝこほりなし（第16・17行）
・およはすと（「と」ナシ）このくせ物（〜「か」トアリ）候はん（第31行）

【第六段】

・あはれひのこゝろある（ら）は（第25・26行）

このように、助詞の出入、活用形・形式名詞・衍字等のわずかな異同に留まる。なお、聖徳大本の詞書には先述のように、第一段にのみ、濁点、ルビ、文中文末に句読点を表すとみられる「。印」が右傍に付されている箇所がある。一見するに、本文と同筆と考えられる。京博本には全体を通して、濁点、ルビ、句読点がない。

三　挿絵など

聖徳大本の挿絵と京博本の挿絵とを比較検討した。表情や背景など不分明な箇所もあるが、画面に登場する人物の位置や所作、背景等は近似しているといえよう。ただし、京博本の絵は全て独立した料紙に描かれているが、聖徳大本は、料紙を継いでから図画を描き、最後に詞書を描いたものとみられる。例えば、

・（やかてとらせ）ける（第2紙第18・19行）

・つれておはしませといへはやかてさ（第13紙第1行）

右の場合は紙継上に書かれているからである。詞書も絵も京博本に近いことは、すでに見てきたとおりであるが、詞書自体を所謂画中詞のような体裁に書いた場合がある。翻刻に（画中詞）と記した箇所はいずれもその類である。

京博本と諸本（別本、フリーア本）との関係については、すでに述べたとおりであるので[6]立ち入らないが、「おほかみ」「わさはひ」の表記で統一されている京博本は、詞書の上からはフリーア本および別本より古形を留めていると言えそうである。京博本が別本、フリーア本に先行すると想定すれば、末尾の唐土の話は後日削除されたことになる。しかしいずれも「室町時代物語類現存木簡明目録」の「鶴の草子」の項目C市古貞次・奈良絵本特大一冊《未刊二・御伽草子名作選》に属する作品であることは確かであろう。

注

（1）辻英子『在外日本絵巻の基礎的研究　研究編』慶應義塾大学平成18（2006）年度学位請求論文　一四二一～一四七頁

（2）注（1）に同じ。

（3）注（1）に同じ。

（4）狩野博幸「土佐光信筆　鶴草子について」（京都国立博物館『学叢』第5号　一九八三（昭和五八）年　八七・八九頁、九七～一一〇頁。

（5）注（4）に同じ。

（6）辻英子『在外　日本絵巻の研究と資料』笠間書院　一九九九（平成一一）年　二七一～二七五頁

（担当　森垣英子）

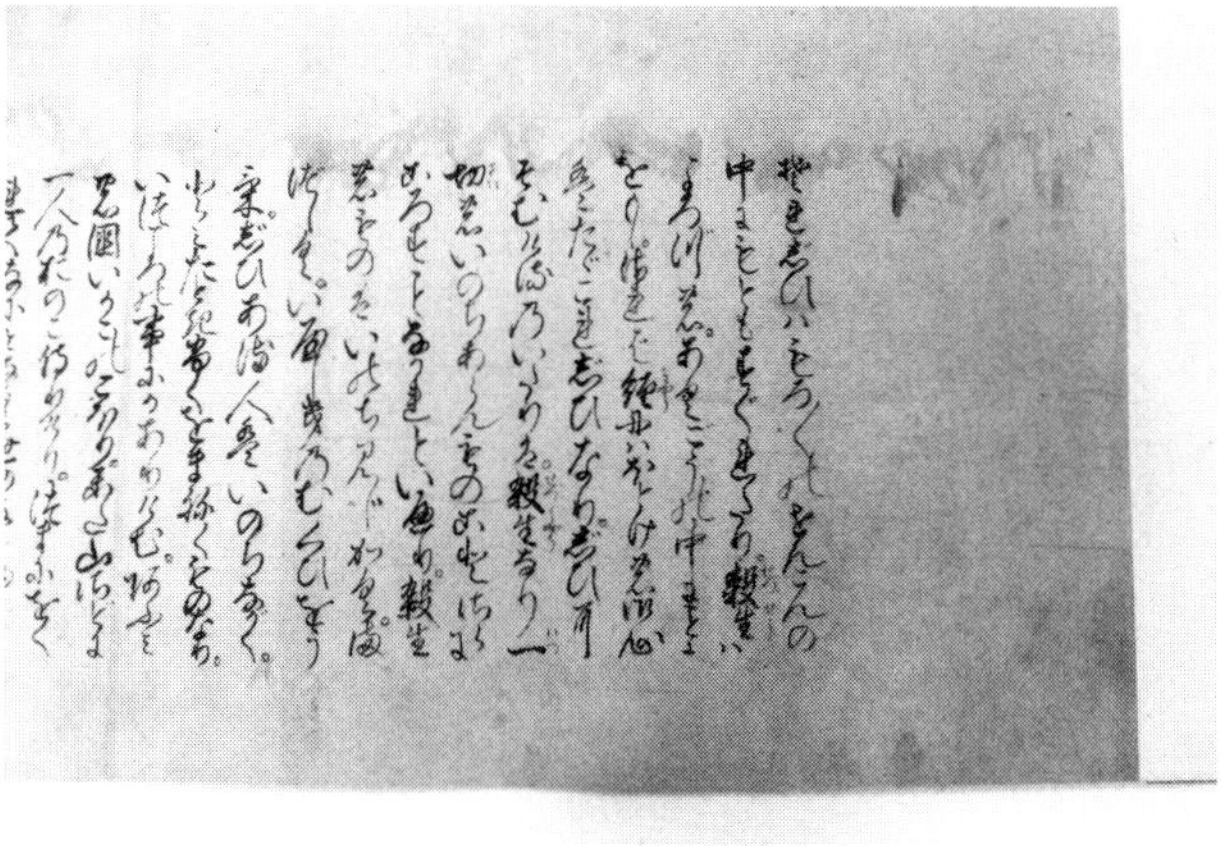

聖徳大学所蔵『鶴草紙』絵巻　冒頭

絵一①

絵一②

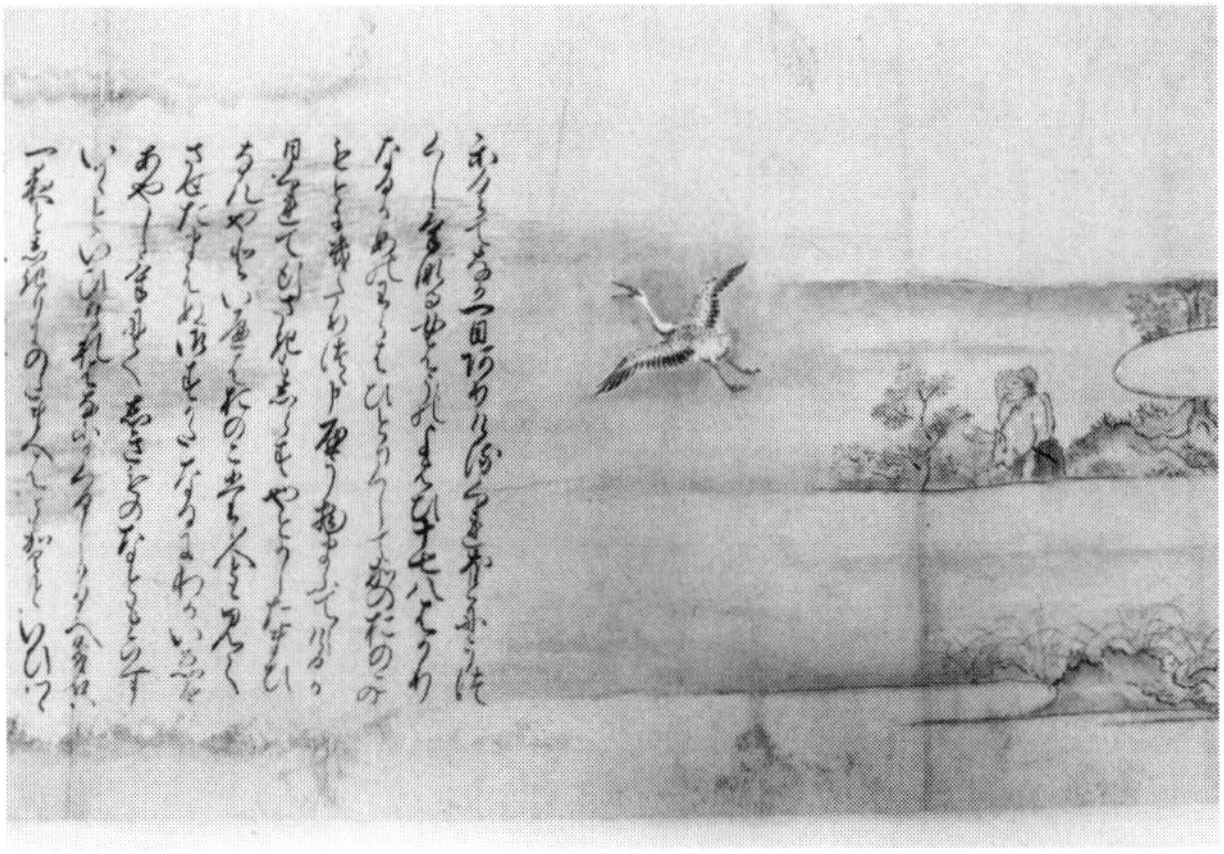

絵一③

絵二-1

絵二-2

絵三-1

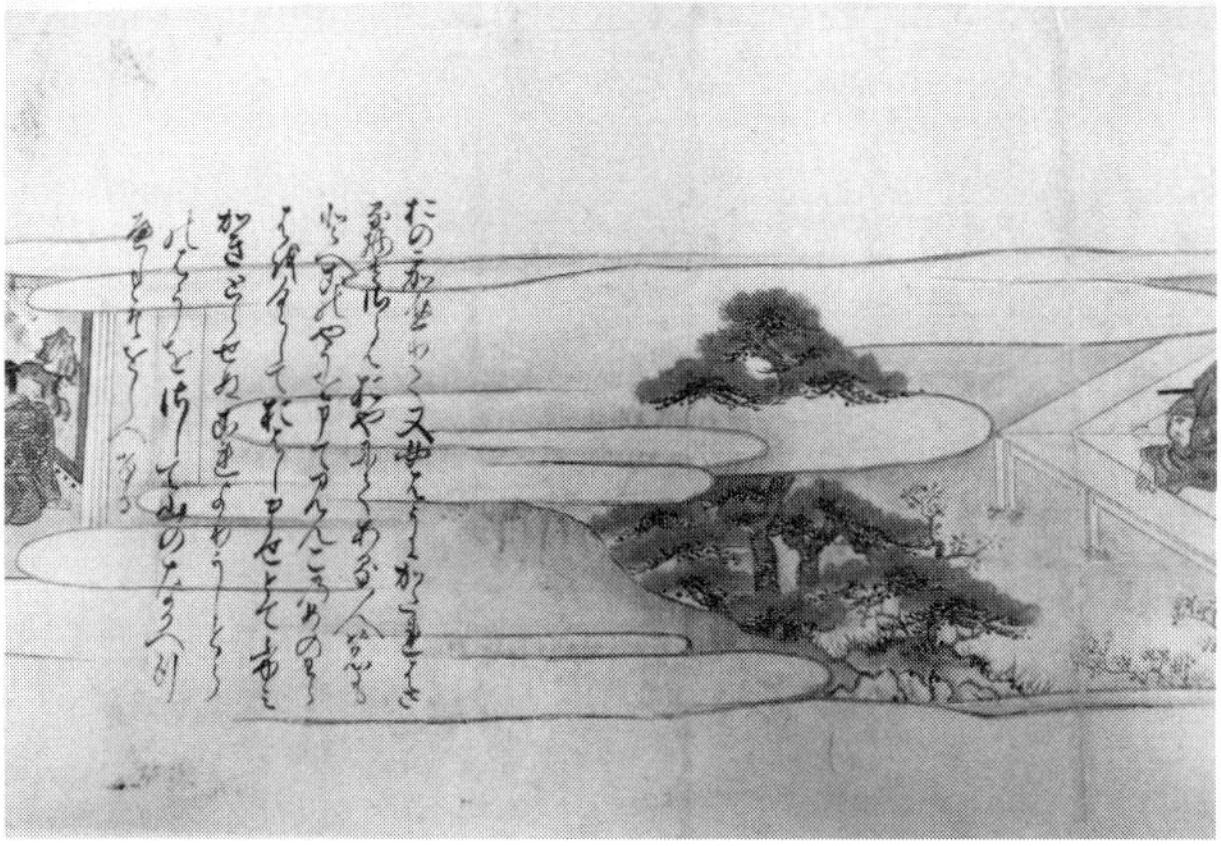

絵三-2

絵四①-1

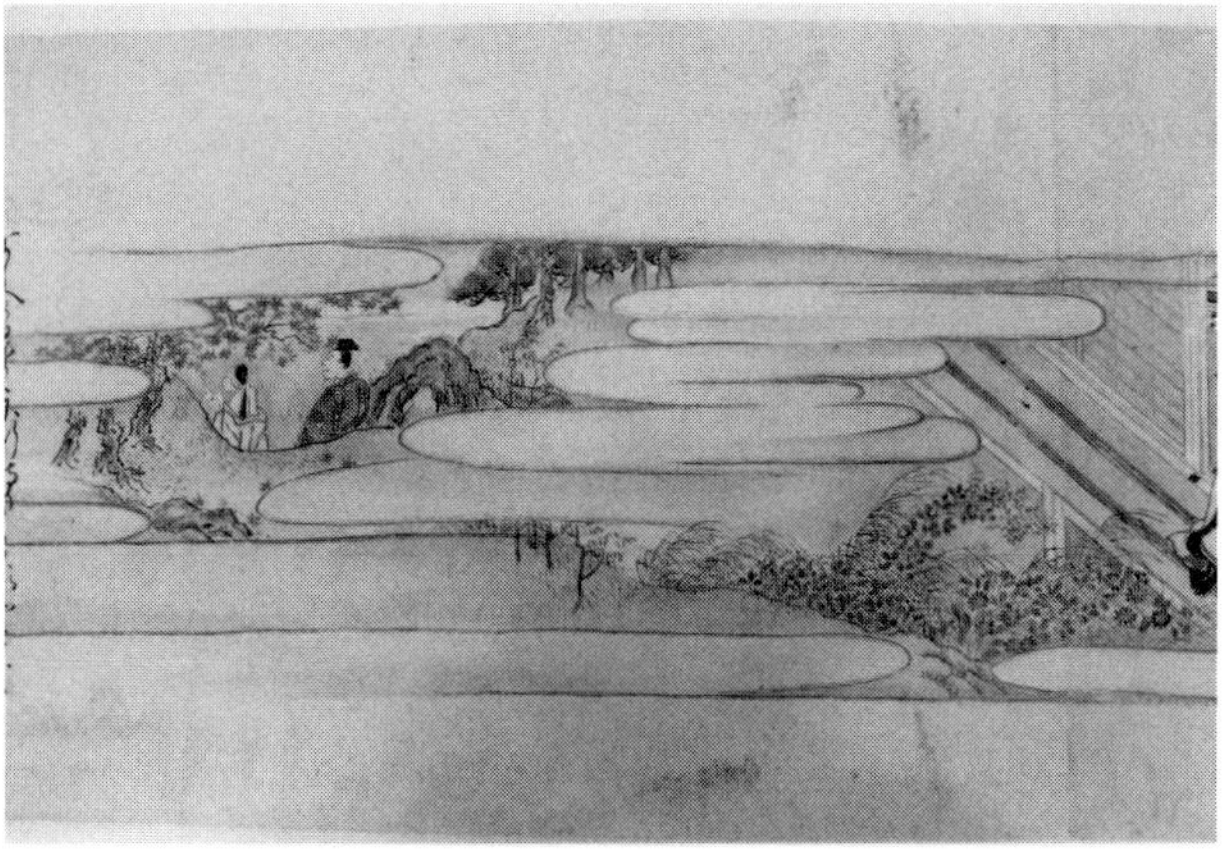

絵四①－2

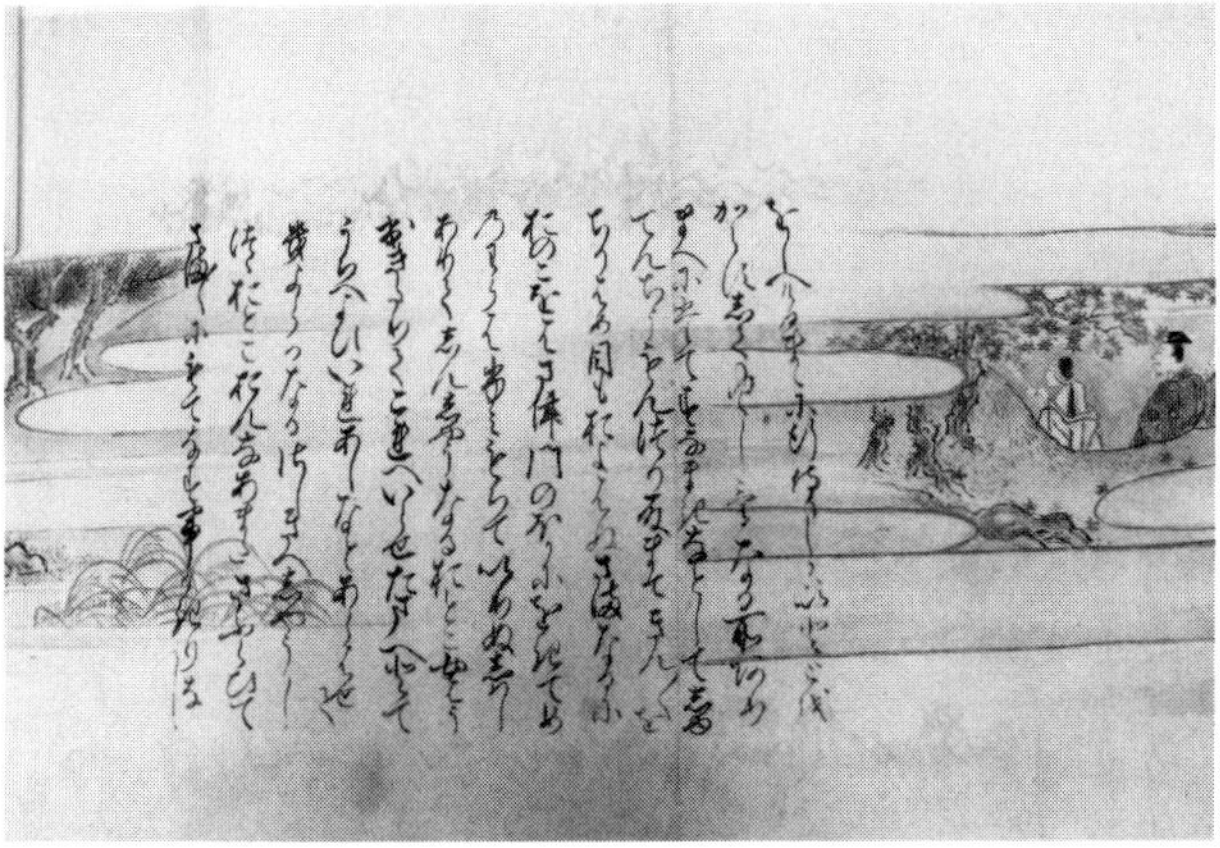

絵四①－3・②－1

絵四②－2

絵四②−3

絵四②−4

絵四②−5

絵五−1

あそく当りぬ〔か〕すへてさはる
花もぬ〳〵ふらすまゐらへ〔く〕又
あくとうらうかほくいるここまさ
いてきたり中せし〳〵やうさ
あまたたくさ、いさをうります

絵五−2

絵五−3

せとうこまはやかく
かてらんちやる
たいひせまもあゆたくふるよ

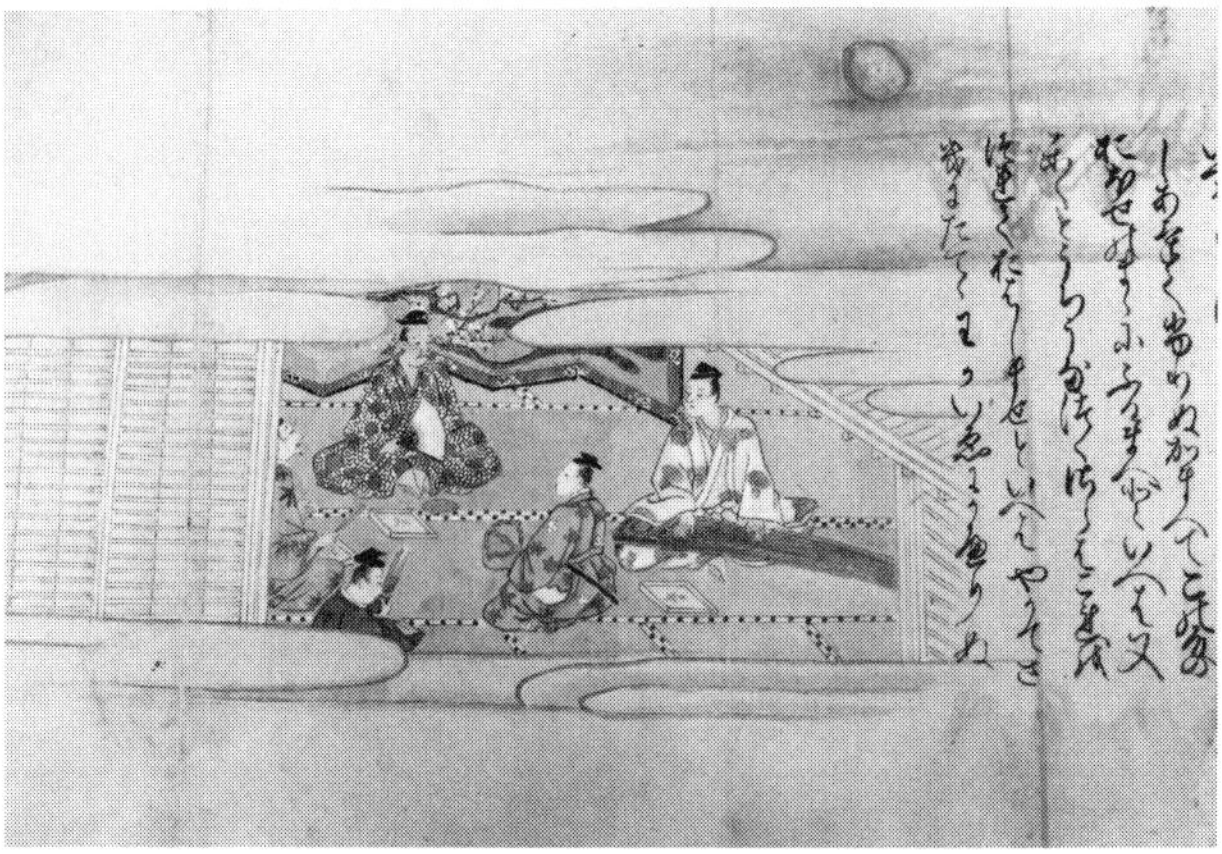

絵五-4

絵六①

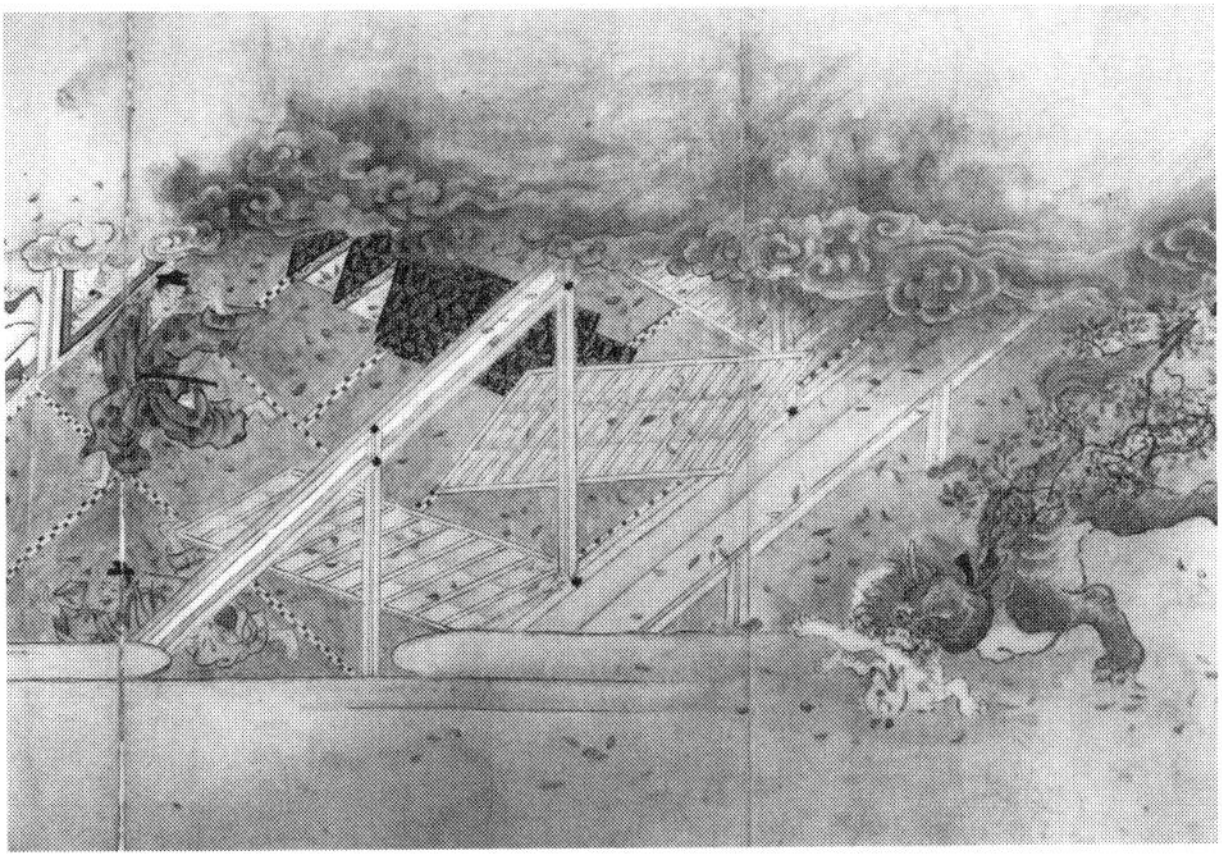

絵六②-1

絵六②-2・③-1

絵六③-2

絵六③-3

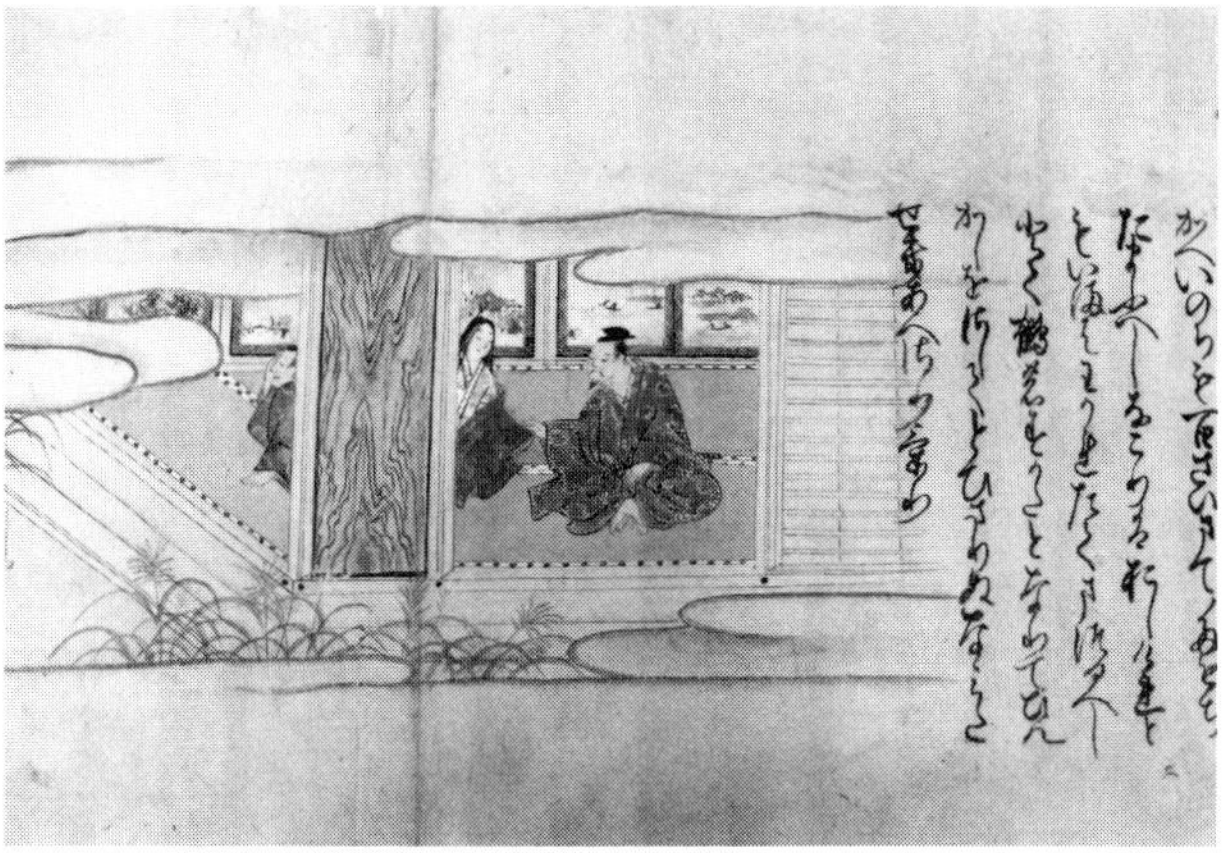

絵七−1

絵七−2

Ⅳ　日本

9 聖徳大学所蔵『ふ老ふし』絵巻の本文と解説

『ふ老ふし』絵巻詞書

（上）

むかしか今にいたるまてめてたき事にいひつたへ侍るはかの不老ふ死の薬にまさる物はなしそのかみ天ちくには耆婆といひける人こそ此くすりをつたへしりてみつからこれをふくしつゝいきなから天上にありて大仙人となりにけれこの人は中天ちく王舎城の御あるし瓶沙王の御ためには手かけはらの皇子なり母をは奈女とかや名つく此女には父もなく母もなくすもゝの木のもとよりあらはれ出たりけるうつくしき姫なりけれはある人これをひろひとりてやしなひそたて侍りしに日にそへておひたちつゝ世にたくひなくうつくしう光出るはかりにみえたり五てんちくにならひなきひしんのほまれかくれもなし八かこくの大わうたちをの〳〵聞をよひ給ひてこなたへ参らせよあなたへつかはせとて御つかひは隙もなし女はたゝ一人也もとめ給へる御かたは又八かこくの大王たちなれはいつかたへたてまつらんとも更に思ひわけさりけれはかの女を高き楼閣をつくりて其上にのほせ置て申やう八か国の大王いつれをとりわきてをろかにしたてまつるへからす女はたゝ一にん也此うへはいつかたへ成ともちからくらへに取給へとそ申けるかゝりしかは八かこくの大わうよりつはものをもよほし女をきたる

（第1紙）

ろうかくのもとにをしよせをの〳〵これを
うはひとらむとする程にすてにいくさにをよ
ひつゝいつれを敵と云事もなくたかひに
打あひたゝかふてその日もすてに
くれに
けり　（第2紙）

〔絵一〕　（第3紙）

こゝに瓶沙王はかりことをめくらし夜
にいりてひそかにろうかくの上にあかり
女をとりて王舎城にかへり給ふにさらに
しる人なし夜あけて後又ろうかくの
もとにをしよせてみるにかの女行方なし
八かこくのつは物ともはほいなき事に思
ひなからちからなくをの〳〵本国にかへり
けり後に瓶沙王こそ此女をはとりたまひ
けれと世に聞えしかとも今は力なしと
て諸国の大王たちものこりおほき事に
思ひ給へり又かたはらには王舎城にをし
よせて軍せんと云ひやうちやうもあり
けれとも女ゆへにいくさして国をみた
し侍りけりと後のよまてもいひつたへ
む事もくちおしかるへしとてとゝまり
給ふ大王も有りけるとかやさても瓶沙大王
ははかり事をもつて女をとりて帰らせ給ひ
かきりなくてうあひし給ひしにつゐに
皇子をはらみてこの耆婆をうみ侍けり　（第4紙）
生るゝ時に両の手にくすりのふくろをに
きりてうまれしかはまことにきとくの事
なりとて西天ちくの山中に弥婁乾陀と云
仙人のもとにつかはしてくすりをならはせ
給ひけるにたゝ九十日のうちにこと〳〵くあき
らめたり家にかへりて後ます〳〵くふうを
つとめしかは七表八裏九道の廿四脉を通
達し十四経一五絡の人の身の経絡たて
よこのちすちをわかち四百四しゆの病のも
とをしり温涼補瀉のくすりをさとり君
臣佐使の方をさとりて人のやまひをれう

ちするにさらにいへすといふ

ことな
し　（第5紙）

〔絵二〕　（第6紙）

ある時耆婆たかきろうかくにあかりて市のたなを見たりしに廿はかりの男柴をになふてうりけるか此男の身のうち十四経十五絡三百六十の血の道九百分のしゝむら四十九重の皮のへたて十二のほねのつかひ三百六十のほねのふし〳〵五そう六ふすきとをりてさなからすいしやうの玉をみかきて物をすかしたるかことし耆婆は此よしをみ給ひてまことや大雪山のみねには薬王樹とてこれあり此木のえたを人にさしよすれは人の身のうちすきとをりてやまひのあり所かくれなしされとも此山は人の行へきところならねは名のみ聞て世には持たる者なしと仙人のかたりしは此柴の中にこそ薬王樹は有らめと思ひこの柴を買とりつゝつかねをときて一もとつゝ人の身にあてしかは其中に枝ひとつさしも見なれぬ柴成けるか此えたをあてゝ見れはまきるゝ所なく人の五さうすきとをりてみえにけり此やくわうしゆをもとめ　（第7紙）

えてよりいよ〳〵病をれうちするにたなこゝろをさすかことし然るに此人はまさしき大王の子なれとも手かけ腹にて生れつゝ王に成へき事ならすとて后はらの皇子阿闍世太子御弟なから春宮に立給ひ耆婆は大臣の官をなされて国を給はり侍りしか共まさしき兄なから御弟に引たかへられて位をふまさる事をうらみてみつから不老不死の薬をなめて生なから忉利のくもにわけのほり天仙と

成にけり　（第8紙）

〔絵三〕（第9紙）

又もろこしのいにしへは三皇五帝のそのかみ神農と申せし聖人まし〳〵けり天下をたもち国をおさめ民のやまひをあわれみて草木のあちはひをなめわけて薬といふ事をはしめてほとこし給ひけり躰をやしなひ性をやしなひ命をのふる事上中下のくすりのしな三百六十日にかたとりて三百六十しゆ上中下合せて一千八十種のくすりに寒熱補瀉をわかちて本草経三巻をつくり給ふそありかたきさて其後軒轅氏黄帝と申すみかとのとき天老岐伯と云仙人臣下と成てまつりことをつとめしかこれに対して人のやまひ身のやうしやう天地のめくりくすりわかちをさま〳〵問答し給ひけり是を書しるして素問内経と名付らる黄帝すてにふ老不死のくすりをつたわり鼎湖と云ところにして是をなめ給ひしかはたちまちに天上の仙人と成給ふすてに天上よりふしたけ十丈はかりの大しやあまくたり侍りしかは黄帝（第10紙）これにのり給ひ御ともの臣下十余人おなしく天上にあかりたまへり山のうちにはあまたせん人もかくれすみけれとも人里のさはかしきをきらひて立出る事もなきを秦越人扁鵲といふもの薬の道をさとり人の身のうちをあきらめわかちて八十一難経をつくりて名医のほまれ世にたかくふ死のくすりをふくして仙境にかくれたり中にも又きとくの事に云つたへ侍るは准南王劉安と云人はちゑひろく学をきはめて命をのふる薬をもとめ山の中にわけ入つゝ黄精伏兎なんと云もろ〳〵の薬種をたつね侍りし所に八人のおきなに行あひたりこのおきな岩のほらに立よりつゝ薬をねりてふくせしかはたちまちに老たるかたち若やきて十六七なる童子のすかたに成にけりりうあん是をみていかさまにも此八人の翁は此山中にすむ仙人なりと思ひてちかく立よりさま〳〵礼儀をとゝのへこのくすりの方術をしへ給

へと望みしかはすなはちねんころにこれを
をしへて八人のせんにんは雲にのりてとひさ　（第11紙）
さり（ママ）けりりうあんはをしへのことくに
此くすりをねりつゝみつからこれをふくせ
しかはこゝろもいさきよく身もかろらかに
おほえしかはこゝろみにこくうにとひあか
れは鳥のことくにかろくあかるやうやく
仙術をまなひえてつゐに天上にあかり
けりかのくすりをねりたりけるしろかねの
鍋こかねの臼にのこりたりしくすりを犬
にはとりあつまりくらひしかはそのいぬも
庭鳥もみな天上にとひあかるされはこそ
犬は天上にほえにはとりは雲間に
なくといへるは
此事
なり　（第12紙）

〔絵四〕　（第13紙）

また尸解仙と申せし仙人はかたちをとろ
へよはひつゝまれは其かはね地にふせりてうしろ
よりわかきとうしとなりて蝉のもぬけて出
ることくにせなかさけてもぬけ出たりのこるか
はねはすきとをりて空蛻のからのことくなり
鉄械といふ仙人はつねにくろかねのかせつえに
薬のふくろをむすひ付てこれをになふて
ゆきけれはくろかねのかせつえと文字にかきて
てつかいとは名付たるくすりをねりて食と
し五こくをくらふ事なし山中をすみかと
して心をたのしみ侍り其かたち年つもりて
よはひやう〳〵をとろふれはたかき岩ほに腰を
かけてかのくろかねのかせつえにすかりてこく
うにむかつて大いきをふき出せは其いきうす
雲のことくにして息のはしに十五六なる童
子のかたちあらはれうつりて跡なるかたちはも
ぬけのからと成にけり年つもりよはひかた
ふけはいつももぬけて若やきしかは不老ふ
しの方術まことにいつはりなかりけり其　（第14紙）
外に東方朔ひちやう房ていれいゐなんといふ

ともからみな長生ふ死のみちをさとりめいよの
ほまれ世にたかしこゝに又孫子邈と云者有
をのつから薬の道に心かしこく人のやまひをいや
すにその発明なる事いふはかりなしあるとき
道を行に俄に空かきくもり黒雲四方にたれお
ほひつゝふすまをたれてすみをすりなかしたる
ことく方角も見えすたゝくらやみに成て雲の
うちよりかゝやき出るいなひかりはさなから火のふ
りくたるににたり鳴はためくいかつちの音は
山もくつれ岩もくたくるかことし雨しきり
にふりてうつすかとおほえ車軸をなかしつゝ
けしからすしたらてんし侍り孫子邈きも
たましゐもうすする心ちしてしけりたる木かけ
に立よりけるに又いかつちはたく〳〵と鳴ひゝき
て何とはしらす立よりたりける木のもとにと
うとおつる物ありそんしはくはみゝもつふるゝ心
地して心もとをく成にけるか思ひしつめて
見ゐたれは雲はれ雨もやみにけりこゝに十四
五はかりとみえつるうつくしきとうし左の（第15紙）
あしをいたみけるよとおほしきかそんし
はくに向ふて申けるやうは我はこれ海中
のりうくうせかいにすみて阿香竜王といふ
もの也雲をおこし雨をふらして人けん界
の草木五こくをやしなふもの也今日もまた
雲をおこしこれに乗てこくうをめくり雨を
下かいにほとこす処におもひかけすふみた
かへて岩ほの上におちかゝりひたりのあし
をそんし侍り君ねかはくはこのうれへを
いやして給はれといふそんしはくそれこそ
やすき事なれとてくすりをあたへしか
はたちまちにそのいたみ
いへに
けり（第16紙）

〔絵五〕（第17紙）

とうし大きによろこひいさや此大をんに

我かすむ所をみせたてまつらんとてそん
しはくと打つれて海のほとりにおもむき
けれは大海の水両はうにわかれて中に一つの
道そ出きたるその道をゆき過る事二三里
にもや成るらんとおほえしかはひとつのろう
もんにつくあかゝねのつゐちたかくそはたち
七ほうのはたほこおほくたてならへたり門の
内に入て見れはこかねの砂をしきるりのいし
たゝみを引はへたり猶そのおくに入てみるに
むね数三十六あひならひ廊よりろうにつ
たひておひたゝ敷事いふはかりなし鳳のい
らか高くそはたちて虹のうつはりなかくのえ（マヽ）
ふしたりえんわうのるりの瓦つらをみたれす
空には白かねのあみをはりしてんのうてなには
しつほうの花幢をたてたりくうてんろうか
く重々なる珊瑚のたる木めなふのなけし
すいしやうのらんかんにはわうこんのこしり有
白かねのきさはしるりの大ゆか奇麗みめう（第18紙）
なる事いふはかりなししやこのすたれに琥
珀のへりをぬひしんしゆのようらくをたれ
たりちんたんめいかうのそらたきのかほりお
くゆかしくいふはかりなし半はかりまき上
たるすたれの内を見入たれはらてんの曲ろ
くにはへう虎の皮をかけしよつこうの錦の
しとね呉郡のあやの床有其かたはらには
もろ〳〵のをんかくのうつは物数をつくし
てたてならへたり第三のろうかくは遊覧
の時の御殿也と打みえて庭には金銀の砂を
しき四季の有様まのまへ也東は春の気色
にて軒はにちかき梅かえの花はこそふる
白雪のきえぬ色かとあやしまれにほひにめ
てゝ鶯やたにのとほそをはなれきてこゐめ
つらかに鳴ぬらんさむきなこりのうすゆきに
きぬをかさねてきさらきや山は霞のたな
引て岸の青やきめもはるにほころひそ
むる桜花さかりをそしとわひぬらん松に
かゝれる藤の花春のなこりもおしけ也みな
みに夏の時をえてたてたて石やり水そこ清く（第19紙）

みきはにおふるかきつはたいろもひとしほこ
むらさきの花の匂ひそいとゆかしき御はしの
もとのさうひまておりしりかほにうるはしや
かきねにさける卯のはなは月か雪かと白たへに
明ほのしるきよこ雲のうちより名のるほとゝ
きすぬまのいはかき水こめてあやめ乱るゝさ
みたれに昔の跡をしのへとや花橘の香そ
きこゆるさはへにみたれとふ蛍なれも思ひ
のあるにこそ身をこかすらんゆふまくれ木するゐ
涼しき蝉のこゑもぬけて行も心有西には秋
のかせさえて萩か花ちるまかきにはさすかに
くねる女郎花たれまねくらん花すゝきおは
な荻はら打そよき声をもけなるひくらし
の音をふきをくるゆふ嵐ふけともちらぬ白
菊の花よりつゝく紅葉はの時雨にそめて
うすくこくむら〳〵まよふ雲まよりもれ出る
月のかけさえて夜さむになれはさをしかの
つまこふ声も物すこく虫のねもはたよはり
ゆくあはれは秋そまさりける北には冬の空さ

むくをしやかもめの羽をかはして霜よやよい（第20紙）
とゝわひぬらんやけ野の薄かれ〳〵にふり
つむ雪のふかけれはことゝふ道もうつもれて
軒のかけひもつらゝせりこれを見かれを
みるにつけてもいとゝ見あかぬけしき也
こはそも天地の外にしてまたいかなる国そや
とおもふ心もをのつからためしなきたのし
みをそおほえたる東にはこかねの日輪を
しろかねの山のうへに三十よ丈のはたほこの
上にかけ西には白銀の月りんをこかねの
山のうへに卅よ丈のはたほこのうへにかけた
り門には不老門殿には長生殿とかきたる
額をそかけにけるみめうきれいのしやう
こんは心も
ことはもをよ
はれす（第21紙）

（翻刻　石原洋子）

（下）

かくておくにいさなひ入しかは竜神はいくわんたゝしくして出あひつゝそんしはくを七ほうのきよくろくにすへみつからきよくろくの座をならへ礼義みたれぬありさま也海中にふれつかはしめつらしき客人をまうけたりをの〳〵まいりて御もてなしをいたすへしと此おはせにしたかひてあつまるものそおひたゝしきうしほをのみて気をふけは雲となり雨となるいきほひたかき鯨のうを青うなはらのみなそこはかきりしられぬふかの魚おに一くちやまなふらんその名もしるき鰐の魚とり〳〵めくるさかつきをしたゝみくむや鮭のうを酔ては波をとひ魚やねふりの夢は鮫の魚みちくるしほにもまれてもくたけもやらぬかなかしら甲（第1紙）貝の緒をしめて腰にさしたるたち魚のかまつかに手をかけて名のるをきけは鰡のいを敵たにあらは銑ていつもいくさに鰹やこのしろぬしの手からとしてやかて天下をたいらきや民のかまともにきはふはえいと云うをならんおさまれる世のしるしとてみつきさゝくるたこの手におなし数ある烏賊の手は色もひとしほ白いをの糸よりかくる柳魚君かたもとを熊引にまてと契りし貝もなく恋ちに忍ふ君かかとちかくさよりてやすらへとなとつれなくもあはひかい月は海月のよもすからなかきをわふる夜なき貝ひとりまろねのあちきなく音をのみそするはまちとり床さへいとゝつへたかい暁かけて鳥かいの八こゑに東は赤かいやよこくもたこもたなひけは明ぬとつくる烏貝世わたる舟のほたて貝うしとは鰯かきりなきたからをもつか鯀の魚ほに穂さかゆるたなこの魚かりいれてつむたいらこのよねを鯖のうをとかやたゝ何事もさはらかにめて（第2紙）鯛〳〵と云てあつまりけるほとにその外

海老かさめにしさゝい牡蠣はい蛤にいたる
まて名あるたくひはのこらすきたつてり
うくう城の大にはにむらかる事
幾千万といふ
かすを
しらす　（第3紙）

［絵二］（第4紙）

かゝりし所におくの方よりうつくしき竜
女廿よ人花をかさり裳すそを引て出来り
まつくはんけんをそそうしける蠏竹のよこ
ふえ泗浜のはうけいるりの琴には師子
筋の絃をはりわうこんの柱を立たりこは
くのひはには珊瑚のこうめなうの腹水精
のはちをそへたり鐘山鸞竹のひちりきに
は白かねの口に湘江の芦の葉を舌とせり
へきかいたうの緑竹の笙には鳳髄をもつ
て管をかためたいまいの太鼓を海馬のかわに
に（衍カ）て張たりけり七ほうのへうをならへせんた
む木を撓とせり其ほかわこんけいろうかつこ
せいくしうきよかくいんくことひやうしふり
つゝみ腰つゝみもろ〳〵の楽器を思ひ〳〵に
取もちてそうし初る楽の名は春の遊ひ
にたのしみをきはむる庭の春庭楽のとけ
き空のいとゆふにつれてちりとふ柳花苑梅
かえにほふ軒端には谷のうくひすさえつる
を春わうてんと名付たり玉のうへ木に咲花の　（第5紙）
さかりはいまそ後庭花めくるや酒の廻杯楽
雲の上なる十天楽ひしりのみちをまなふと
はこれやまことに五常楽恋ちを知する想夫恋
竜の宮古に名をえたる海音楽そおもしろ
き命はつきぬ万歳楽よはひ久しき採桑老
まひ人はたそくわとう楽おさまる御代の太平
らく時もうつれは今はゝや夜半楽をそうし
ける舞楽もやう〳〵過にけれは百味の膳をと
とのへてそんしはくにすゝめたりさしも故郷
にては竜馬の肝、熊のたなこゝろくしかのはら
こもり猿のことり猊のしゝひしほ人魚のあふ
り物とてあちはひよき肉のたくひ又東門り

うていの瓜けいしんさいようの棗くわいこうの
かちくり大えんのあんせきりう桑郎の名酒
れいしりよくの酒なとこそ名たかき物なりと
もてはやして世にはまれなる事そかしそ
れにはあらて名をたにもしらぬめつらし
木のみめてたき酒のあちはひ哉と食する
にしたかひのむにしたかふて心もはれやかに
身もかろくとひたつ計におほえたりすてに（第6紙）
事をはり時うつれはりうしん座をたつて
ひとつのまきものをとり出しそんしはくにあ
へて君わか子のうれへをいやし給ふほうをんに
くすりのみちをつたゆる也よく此方にしたか
ふて人のやまひをいやし給へとて又ひとつのま
き物をひらき不老ふ死の薬の方をそさつけ
ける今は御いとま申すとてそんしはく立出つゝ
時のまに海をしのきわか家にこそかへりけれ
すなはちりうくうの神方にしたかひ千金
翼方といふ書をつくりてめいゐの名をほと
こしつゝみつからふしの薬をふくして
天上にのほり
けり（第7紙）

〔絵二〕（第8紙）

また秦の始皇は徐福といふ仙人に仰せて
ほうらいさんのふ老不死のくすりをもとめさ
せ給ひしに海まん〳〵として雲の波けふり
の波たちまよふてほとりもなかりしを風
にまかせ舟にまかせて行けるに南の海の中
にひとつの山をみつけたりけれ共鮫竜と
いふものに舟を領せられて心のまゝに行つく事
のかなはさりけれは始皇此事をいかりて連
弩の石ゆみにてかうりやうをは打ころし
給ひけり然れとも徐福はなを行つく事
のかなはすして日本紀伊の国くまのゝうら
ににけ来り侍るとかや云つたへし其後又かん
の武帝と申せしみかとは道士に五利文成と云
ものにあふてふらうふしの薬をもとめ給ひ
しに五利文世申やう是より西にあたつて
太山のうちに仙にん有西王母と名つく此仙

人はよく長生不老の方術をもつてくすり
をふくしかたちをとろへすよはひかたふかす
いのちなかくたもちてをはりつくる事なし
（第9紙）
ねかはくはこの仙人をめしてつたえまなひ
給へかしと申すさらはいかにしてよひちかつ
くへきやとの給ふ五利ふんせい申やうあた
らしく御殿をたて内ににしきのしとね
をしき七ほうのつくえに百味の食をそな
へみかとの御身をつゝしみ物いみし給ひて
待給ふへしそれかし行てみかとのせんし
を申入れてむかへ奉らんと申すみかとすな
はち五利文世かことはのことく御殿をたてそ
なへものをとゝのへて相まち給ふかくて御物忌
七日と申す午のこくにこくうの間に五色
の雲たな引て鸞鳥孔雀其外山鳥のた
くひ雲にしたかひてとひかける雲のうちに
はをんかく聞えいきやうくんして西王母あま
くたり来り給ふ仙子十よ人御ともして手に
〳〵さゝくる其中に園の桃七つをるりの鉢
につみあけてこれをみかとにさゝけたりみ
かとの給ひけるやうはかゝる大なるめてたき桃
は我国には名をもきかすこのもゝをうへ侍
らんとの給ふ西王母こたへて申すやう此桃
（第10紙）
は人けんの食すへき物にあらすそのゆへは
地にうへて後三千年に生出三千年にして
花をひらき三千年にして実をむすふ也
されは九千ねんをへされはこのもゝなる事
侍らねは人さらに食する事かなひかたし
さて此もゝはわかすむ所の園にあり桃ひ
とつを食すれは三千年をたもつ也又長生
不死のくすりをはみかとにをしへ奉るへし
とてみつからひそかにつたへ奉り三日三
夜の御遊ありて西王母は雲にのりてわか
すむ山に帰り給ふ武帝の臣下に東方朔
と云ものひそかに此事を立聞つゝかの西
王母か園の桃をぬすみ取て其数三つまて
くらひけりのこる四つの桃もいつちにか取
去ぬらん行かたなし此ゆへに桃を三つ迄

くらひけれは東方朔は九千年まて命を
たもち侍りけり武帝はふしの薬をなへて
常に仙人にましはりつゝ天下をおさめ給
ひけるか御子の宣帝に御代をゆつり給ひて
五柞官といふ御殿より天上に上らせ給ひ（第11紙）
けりそも〳〵日本につたはりて不老ふ死
のくすりありとしる事神世のいにしへは
少彦命と申せし御神くすりの道をもつ
て天上下地にほとこしてやまひをいやし
もろ〳〵の御神たちに不老ふしの妙方
をさつけ奉り給ひけるによりて御神は
みなこと〳〵く長生不死の御よはひをた
もち給ふこれを人の世につたへのこし給は
さる事は世の人この薬をたのみてまつりこと
をみたりにしほしゐまゝにおこりをきはめ
世をみたし悪をつくらん事をおそれて
人にはつたへ給はすといへりされは今の世迄
もかの少彦の命は此平安城に跡をたれて
五条の天神と申す年ことの節分の夜は餅

朮を出さるゝも人の疫気をはらひ給ふふ老
ふ死のくすりのかたはしなりとかやまさ
しく人皇の世に成てそのかみ雄略天皇
と申すみかとの御時これより南海に蓬莱
方丈えい洲とて三の嶋ありこの山はもろ
〳〵の仙人のすむ所也その内にこそふ老不（第12紙）
死の薬ありてよはひもかたふかす命もつき
すいつ迄もかはらぬ世をたもつに常にたのし
みある所なれは常世の国とも名付たる御門
あるときの給ひ出されけるはあまたの臣下
の中にたれかほうらいの山に行てふらうふ
しの薬ならひに香菓のくた物をとり求
めてきたるへきやとの給ふ公卿殿上人おほき
中に田道の間守の命と申せし臣下す
すみ出て君の仰ならは雲に上り地をくゝり
てもちからのをよはん事をはいかてかそむき
奉らんそれかし一葉の舟にうかひ南海にお
もむきて蓬莱山にたつね行て不らうふ
しの薬をもとめ香菓のくた物を取て帰り

申へしとてやかて御前をまかり立て大船を
こしらへ二百よ人のともをめしつれなんかいの
浜におもむき北風を待えて帆をあけ梶
をめくらしてほうらいさんにそ
おもむき
ける　（第13紙）

〔絵三〕　（第14紙）

かくて順風にまかせて南のかた二万余里を
行けるよとおほしきに大海のうちにひとつ
の山を見つけたり是こそ聞ゆるほうらい山
なりとてみな一とうによろこひつゝ舟をよせ
むとする処にあらき風ふきおちて波たかく
あかる事たとへは雪の山のことし舟はうし
ほにもまれて波にのる時には天にあかる心
地し浪ををるゝ時には水そこにしつむかこ
とくなれは水主かんとりも力をうしなひい
かゝすへきとあきれまとふ田道の間守の命
はふなはりにたち出つゝ北の方にむかひ手を
合せて日本国あまてらす御神われ今君の
ちよくしとしてほうらい山常世の国にお
もむく也ねかはくは此風をとゝめ給ひ此山
にわたし給へと念願し給へはけにも神の
御めくみにあらきかせしつまり波もとゝま
りけれはろくちに舟をあくるかことくに
して程なくほうらいの岸につきたりかの
山の有様みとりの海の内より六の亀六方　（第15紙）
にならひて其せなかに山をのせてうかひ
出たり山は水精輪にして岩をたゝみ麓
より峯にいたりあやしき草木に花さき
みたれあたゝか成事いつも春のけしき也
木末にはみなれぬ鳥の色音よきかさえつる
を聞にもいとめつらかに覚えたりかゝる所に
年のころ十六七とみゆるうつくしき仙子の
女房五六人岩まをつたふて出きたるたみちの間守袖をひかへて我はこれ日本天子の
御つかひ也此山にあると云ふらうふしのく
すりをもとむるために来りてあり道しるへ
し給へと有しかは日本てんしの御使と

聞からにこの所は此所（ママ）はたやすく人けんの
来るへき山にあらすはる〳〵の波をしのき
渡り給ふはこれたゝ人におはしまさすこなた
へ来り給へとて道しるへ申つゝ岩まの苔ち
をつたひゆき谷をこえ坂をのほる道すから
の有様たくみつくれる山也ともいかてか是ほ
との風景あらんとおもしろさ限りなし
やう〳〵ゆく事二三里はかりにしてひとつの（第16紙）
門にいたりけり楼門のうへに額あり太真院
とかきたり門には五色のおにあまたきひし
く番をつとめたりけるか仙子のかへり来るを
見てみなかうへを地に付たり田道の命門の内
に入給へは七ほうの宮殿玉をちりはめ金を
えりていれちかへ軒と軒とはたる木をなら
へ廊とろうとはなけしをつゝけて楼かく重
重にそはたち五色の雲は空にたな引音かく
はをのつからなす人なしにひゝき聞ゆいきやう
みち〳〵てひかりかゝやく壺中の天地といふ
共こゝをはなれては又いつかたに仙境あらん
乾坤の外に来れる心ちして仙子につけて
かくと申入たりしかは仙にんあまた出合つゝ
日本天子の御つかひこなたへとておくの方
にしやうしいれたり奇麗みめう成事は心
もことはも及はれす黄金の池のうちには八
くとくの水をたゝえ岸をあらふ波の音は
琴のしらへみきはの松に通ひ白かねのいさ
このうへにはかれうひんほうわうくしやく
あふむなんと云鳥羽さきをならへてさえつ（第17紙）
り舞あそふもおもしろや山よりおつる滝の
有様はりうもん三きうの水さなからいちし
るくしろき布をさらすかことくみとりの
水は川をなかして内にはあやしき魚す
めりしけりあひたるうへ木にはいろ〳〵の花
色をあらそひ木たちは絵にかくともをよふへ
からす世にはみなれぬくた物は枝をわかちて
なりこたれたり是を見かれをみるにつけてい
とゝめてたさまさりけりしはらく有て
をんかく聞えてほうらい宮の大仙王たい真

君たち出給ひ日本の御つかひにむかつて礼義をつくしさま〳〵もてなし扨其後にるりの壷に不老ふしの薬をいれ香の菓のくた物とりそへてちよくしに

たてまつり

たまひ

けり　（第18紙）

〔絵四〕　（第19紙）

田道の間守の命これをとりもちやかて舟にとりのりけれはあまたの仙人は道をくりのはなむけしつゝ岸まてそ出にけるみなみの風に帆をひきて程なく日本の地につきたりはしめ日本の地を出てほうらいさんにおもむき今すてに日本の地に帰朝せしを久しからす覚えしか三十余年にをよひけりみかと待つけ給ひしか御よはひの事の外にかたふかせ給ひしか田道は此薬を天皇にさゝけ奉る天わう是を聞し

めし給ふに御よはひたちまちにわかやかせ給ふまた香の菓のくたものをはすなはち南殿の右近衛のちんの座にうへさへ給ふ

いまの右近衛の

たちはな

なり　（第20紙）

〔絵五〕　（第21紙）

たち花はほうらい宮のくた物成しを日本につたはる事は此御世よりもはしまれり天皇と間守の命たゝ二人この方術をつたへて不老ふ死のことふきをたもたせ給ひて四海なみしつかにおさまる御代のしるしとて麒麟は御園生にきたりほうわうは御溝の水にかけをうつし天下太平の徳をあらはし国土あんをんのめくみをしめし五日のかせえたをならさす十日の

雨つちくれをやふらす五こく成就し民
さかへてつきせぬ
御世とそ
きこえ
し（第22紙）

（翻刻　松本奈々）

聖徳大学所蔵
ふらうふし（下）
縦　32..0 糎

紙　数	横（糎）		詞（行）
第 1 紙	47.8		15
第 2 紙	49.1		20
第 3 紙	24.2		7
第 4 紙	49.0	絵一	
第 5 紙	48.8		19
第 6 紙	49.0		20
第 7 紙	49.7		13
第 8 紙	49.0	絵二	
第 9 紙	48.6		19
第 10 紙	49.4		20
第 11 紙	49.2		20
第 12 紙	48.7		20
第 13 紙	50.1		19
第 14 紙	49.0	絵三	
第 15 紙	49.2		19
第 16 紙	49.0		20
第 17 紙	49.8		20
第 18 紙	49.6		17
第 19 紙	49.4	絵四	
第 20 紙	48.9		16
第 21 紙	48.9	絵五	
第 22 紙	48.8		14
計	1,055.2		298
見返し	25.6	軸付紙	3.5

聖徳大学所蔵
ふ老ふし（上）
縦　32..3 糎

紙　数	横（糎）		詞（行）
第 1 紙	47.4		15
第 2 紙	49.3		17
第 3 紙	49.2	絵一	
第 4 紙	49.3		19
第 5 紙	48.8		14
第 6 紙	47.3	絵二	
第 7 紙	49.2		19
第 8 紙	24.8		10
第 9 紙	49.2	絵三	
第 10 紙	49.2		19
第 11 紙	49.1		20
第 12 紙	49.0		14
第 13 紙	49.0	絵四	
第 14 紙	49.4		19
第 15 紙	49.0		20
第 16 紙	49.5		14
第 17 紙	49.2	絵五	
第 18 紙	49.5		19
第 19 紙	49.0		20
第 20 紙	49.2		20
第 21 紙	49.0		15
計	1,004.6		274
見返し	26.2	軸付紙	2.1

『ふ老ふし』絵巻解題

書誌

聖徳大学所蔵本は上下二巻。表紙は金糸で麒麟の姿を織りだした金蘭地、左肩の紙題簽に「ふ老ふし　上」「ふらうふし　下」と記し、小豆色の平打紐が付いている。料紙は金泥で下絵に秋草や水辺の模様を描いてある。この絵巻は、不老不死の薬菓を求めるという物語である。内題・奥書はない。上巻　縦三二・三糎×本紙全長一〇〇四・六糎、詞　六段、絵　五図。下巻　縦三二・〇糎×本紙全長一〇五五・二糎、詞　六段、絵　五図、全一二段一〇図から成る。一行の字数は一七字から二〇字である。

本作の伝本は少なく、横山重編『室町時代物語集』五　井上書房　一九六二（昭和三七）年　四六八・四六九頁所収（不老ふし　上、ふらうふし　下）の解説によれば大阪市立美術館所蔵本、および上巻を欠く奈良絵本二帖（高安六郎氏旧蔵）と奈良絵本二帖（個人蔵）があるとされている。内容は、天竺・震旦・本朝における不老不死の薬をめぐる神仙たちの逸話集。中国では紀元前三世紀頃の始皇帝が不老不死を求め、徐福に仙薬を探してくるよう命じる。仙薬が得られなかった代わりに「延年益寿」（『史記』）の薬の名が登場する。漢の武帝は西王母から不老不死の薬の作り方を教わり、家臣の東方朔は三千年に一度だけ実る仙桃を三つ盗んで食べたため九千年の齢を得た。仙人から仙薬の術を学んだ劉安は天に昇り、その薬をなめた犬も鶏も天上に飛んだ。仙薬作りの孫子邈は天空を駆ける水神阿香竜王の足の疵を癒し、竜宮城へ招かれる話、本朝では雄略天皇（『古事記』には垂仁天皇の御代とある）の命により、田道の間守は蓬萊山より不死の薬と香果（橘）をもたらした話等から成る。

本絵巻は、大阪市立美術館所蔵本と本文が一致するうえ、画図も上・下巻各五図ずつと同じであるので、比較調査のため、大阪市立美術館所蔵本の閲覧申請をしたところ「現在所蔵していない」（知念理氏　二〇一一・十二月大阪市立美術館）との回答があり、現在の所在は不明である。したがって、大阪市立美術館所蔵本については、『室町時代物語大成　第十二』所収（不老ふし　上、ふらうふし　下）の翻刻により本文の比較をすると、次の異同が見られる。

・家にかへりて後（「後」ノ字ナシ）ます〱くふうをつとめしかは（上第5紙6〜7行）
・十六七なる（の）童子のすかたに成にけり（上第11紙15行）

上下二軸揃いであること、伝本は少なく貴重な作品なので、ここに翻刻を記す。

（担当　石原洋子）

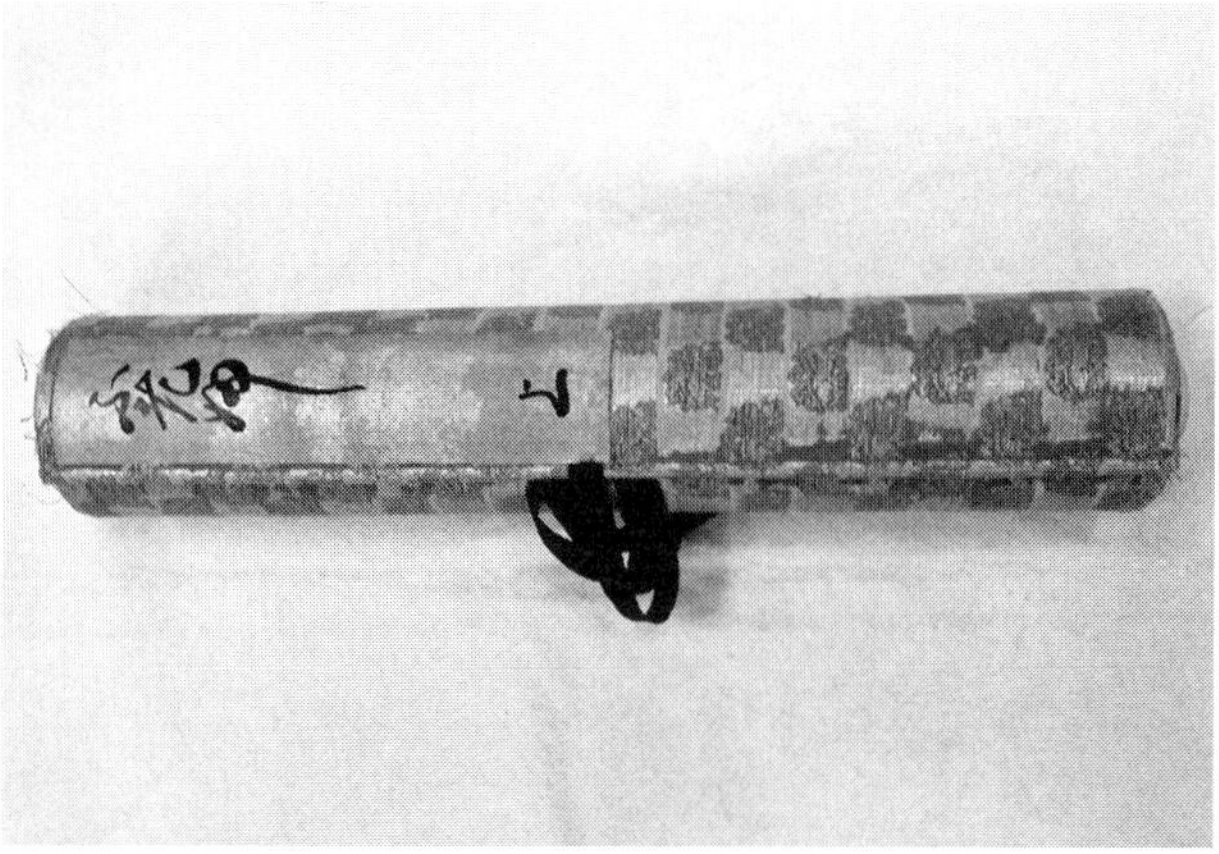
聖徳大学所蔵『ふ老ふし』絵巻　上巻

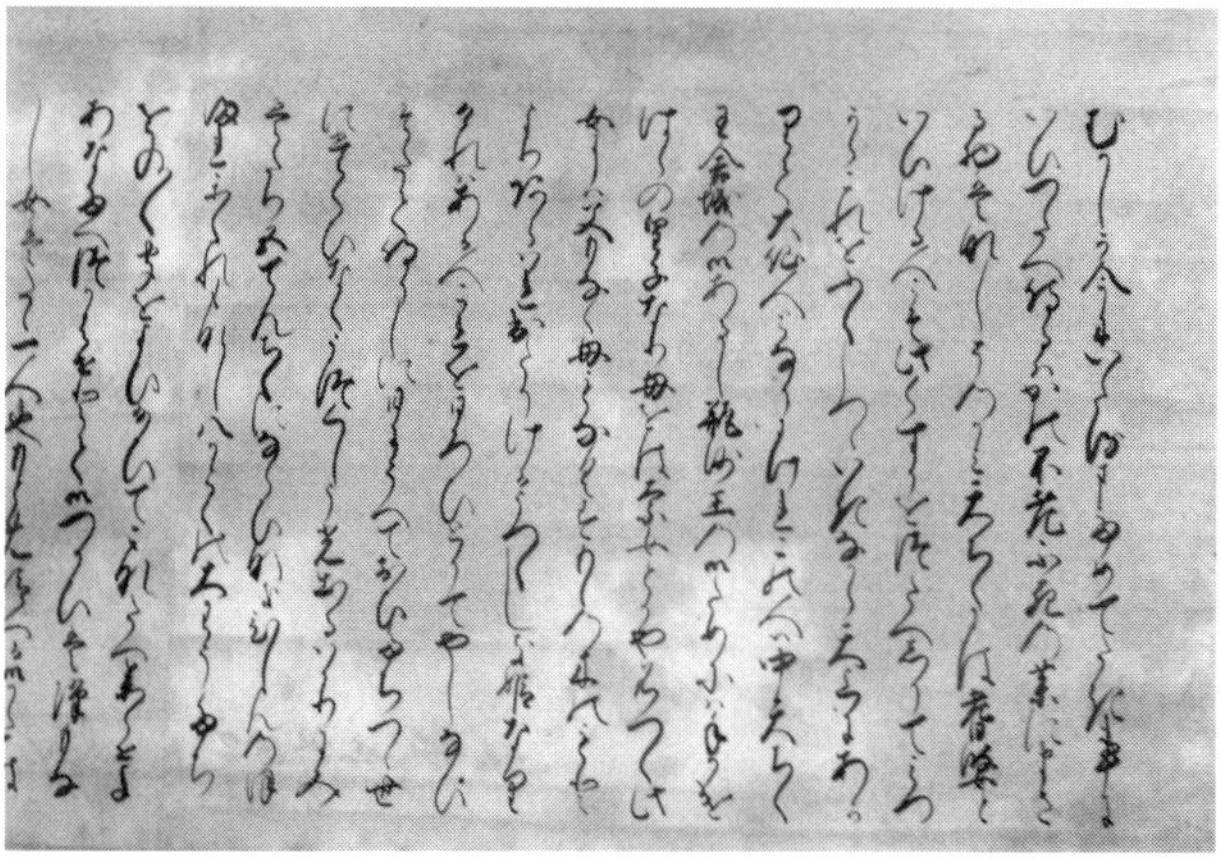
上　冒頭

上　絵一

上 絵二

上 絵三

上 絵四

上　絵五

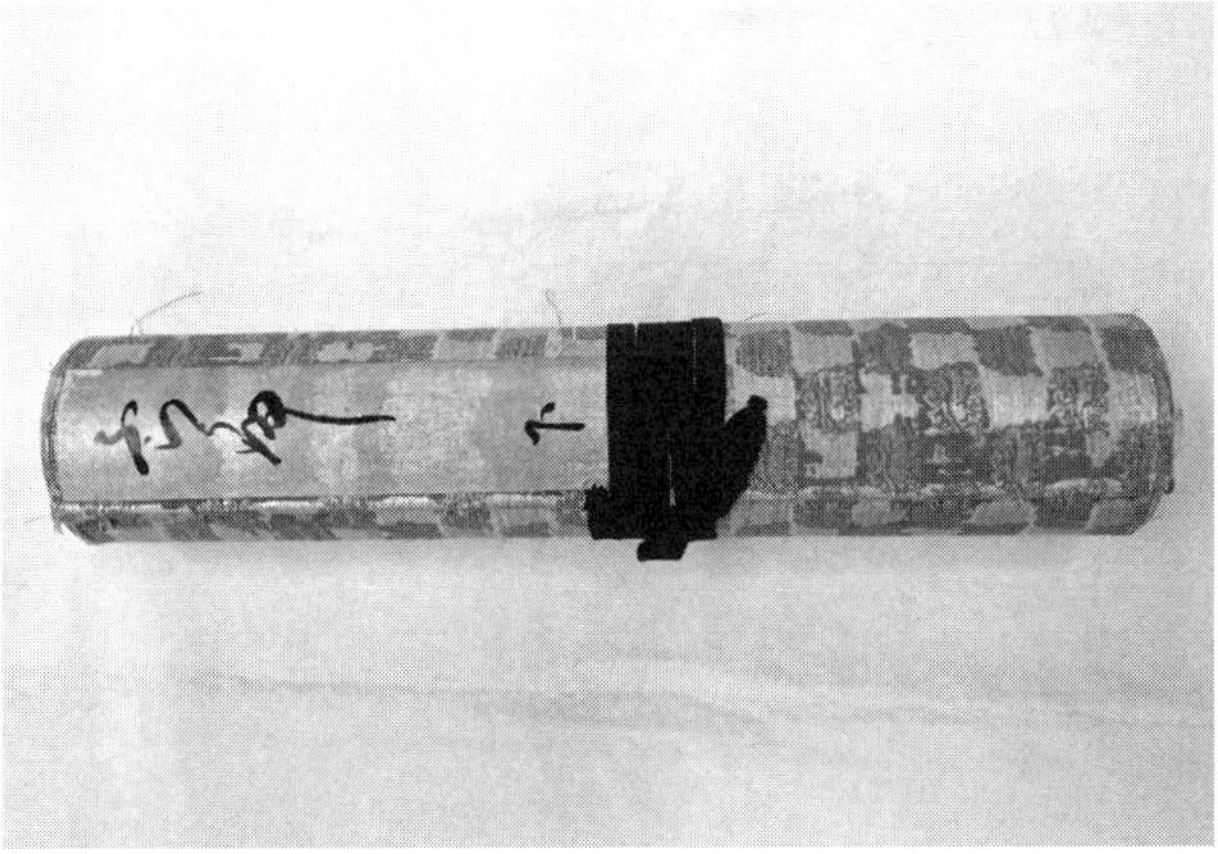

下巻

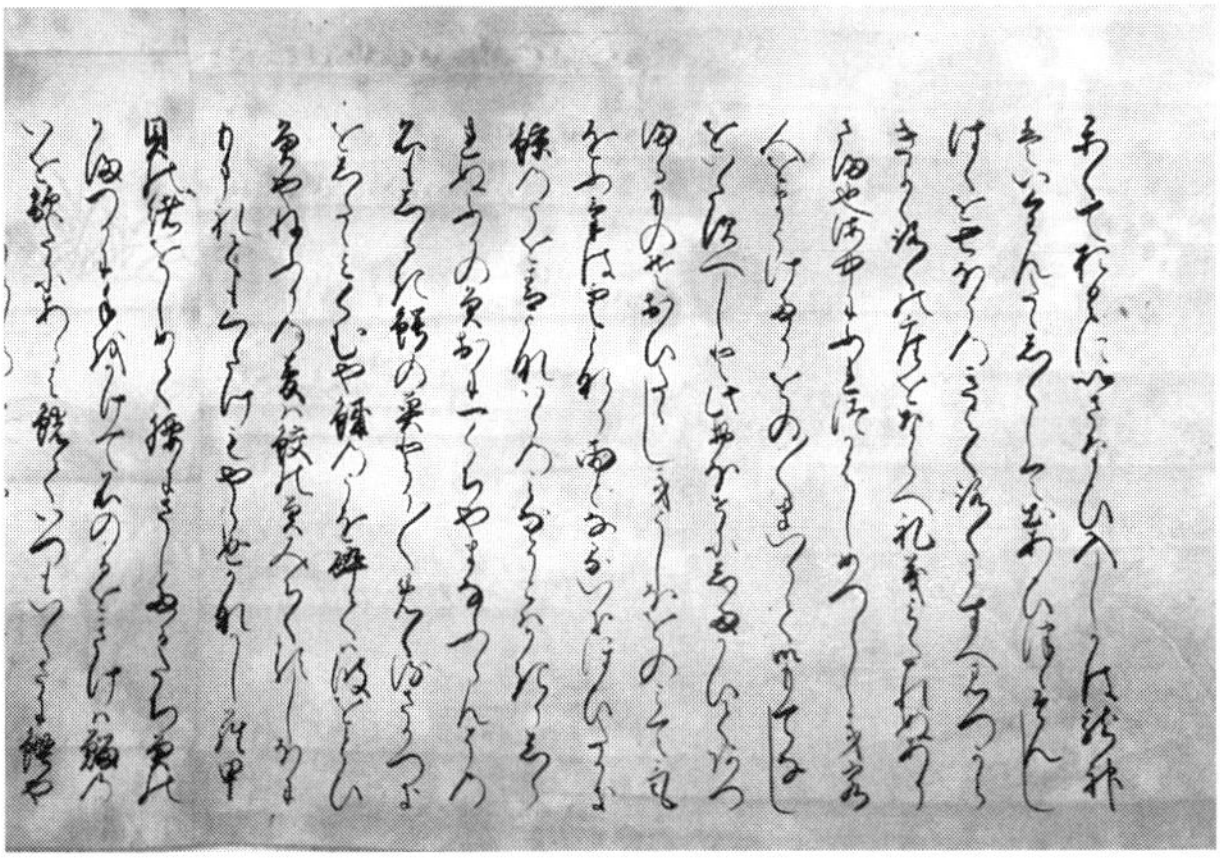

下　冒頭

下絵一

下絵二

下絵三

下 絵四

下 絵五

付論Ⅰ　『扶桑略記』

一　『扶桑略記』舒明朝の天変異事

はじめに

『扶桑略記』[1]舒明朝、元年から十三年に至る条には、長星・日蝕・天狗・大風雨・星入二月中一などの天変に対し、蝉の聚散・大飢・大火などの災異が集中する。これらの現象は蘇我蝦夷による舒明即位前紀の蘇我境部摩理勢及び二子殺害と九年の謀反に前後して頻出することから推古天皇崩後の蘇我蝦夷の周辺と深く関わっているものと考えられる。当時蘇我氏は推古天皇の御遺勅どおり田村皇子（押坂彦人大兄皇子の子）を推す蝦夷と山背大兄王（聖徳太子の子）を推す摩理勢に分裂していた。

本稿は、『扶桑略記』舒明朝の主たる典拠とみられる『日本書紀』『聖徳太子伝暦』『大安寺縁起』『大安寺伽藍縁起并流記資材帳』とを照合しながら、天変異事と讖緯思想との関わりを考察するものである。天変異事は瑞祥とともに讖緯思想の骨子をなしている思想であり、その背景に『略記』（以下、略称する）編者の編纂意識の一端をみることができるのではないだろうか。

『略記』の典拠の一つである『伝暦』（以下、略称）については、平田俊春氏の『日本古典成立の研究』があり、次のように述べている。

欽明天皇三十二年の条から皇極天皇に至る部分―『聖徳太子伝暦』の扱っている部分―においては『聖徳太

子伝暦』が基になり、『書紀』の記事はそれに付加された形になっている。（略）『略記』が『伝暦』によることを注記しているのは、推古天皇二十九年太子薨去の条に「已上太子薨年二説、共出二伝文一」とある記事だけであるが、（略）舒明天皇前期、六年～十年、十一年閏正月、十二年二月、同十月などは『伝暦』に拠るとみられる。(2)

としている。私に記すと、即位前期（田村皇子也マデ）、六年三月・八月、七年春、八年六月（田中宮遷居ハ書紀）、九年二月・是歳、十一年同正月・同月（十一月）、十二年二月・十月（「封二百五十戸」は『大安寺縁起』(3)は『伝暦』、前紀五月、二年正月・十月、三年九月・十二月、四年十月、十年、十一年七月・十月（十年十月の誤〈平田〉(4)）・十一月・十二月、十三年十月は『書紀』前紀正月、十一年正月・十二月大安寺記云（「子部大神」ノコトハ『大安寺伽藍縁起并流記資材帳』ニ拠ルカ）は『大安寺縁起』、その他「件年」（玄弉）、元年（如来滅後一千五百七十年）、四月八日（潅頂大師）などは撰者に拠るとみられる。

なお、『日本書紀』に現れた災異記事を扱った論考に、江畑武氏の「推古・舒明・皇極三紀の災異記事――天皇氏と蘇我氏の抗争(5)――」と題する論文がある。同論文は先行の京口元吉氏の「日本書紀にみられる祥瑞思想」（『史観』、田村圓澄氏の「陰陽寮成立以前」（『史渕』）、重沢俊郎氏の「董仲舒研究」（『周漢思想研究』）などを承け、解釈の基準を『後漢書』五行志におき論究するもので、教示されるところ多い。なかでも、舒明朝の災異を仲介として、僧旻が天皇氏側に立って蘇我氏への批判を開始したとする論(6)には推服する。

一　舒明朝の天文・人文の変

『文選』に「星辰不レ孛　日月不レ蝕」とあるように、聖人が国を治めるときには、日月蝕むことなく、星辰みだれることなし、と言い、地上の邪乱の気が天に現れるという考えが古く中国にあった。突如と出現し、ときには長期にわたって出没する彗星は、日・月とともに人々の恐怖の的となり、それを外に大兵、天下合謀、旧きを除き、新しきを布く災禍の表象として、あるいは大風・大旱・地震・災疾・飢饉などの凶兆（『晉書』天文志）と信じていた。天狗（有声流星）も同様で、その発する大爆音は天の怒りの象とみる。こうした天人相関の観念は日本へも伝わって、その初出が舒明天皇六年（六三四）である。六年から十二年にかけて天変の記事が続く。九年春二月雷のような声のする流星について『日本書紀』には、「時の人」がそれを「流星之音」あるいは「地雷」と理解したのに対し、僧旻（推古十六年（六〇八）に遣唐使として大陸に渡った僧日文もこと、のち僧旻）は「非二流星一。是天狗也。其吠声似レ雷耳」と、詳細な知識をもって答えている。『扶桑略記』には時の人は登場せず、天狗出現の事実だけを記載する。また、十一年正月の「長星」については両書とも同じで、旻師は「彗星也。見則飢之。」と説いている。また、十三年十月九日の天皇崩御のことは、書紀・伝暦・略記ともに同じであるが、『扶桑略記』だけは同記事に先立ち、十一年十二月条に『大安寺縁起』を引用して、「天皇愁悶の間、寝膳 常に乖くこと月を経たり」と書紀・伝暦にはないその原因を明らかにする重要な一文を記している。すなわち、聖徳太子の遺訓を受けて修造したばかりの百済大寺と九重の塔とが雷火で焼失したため天皇は懊悩され、何カ月も病に臥された。隣接する子部社の樹を伐ったので、祭神の雷の怨火を被ったのだと考えたからである。

このように、天文異変がたんに自然現象に対する興味に留まらず、地上の災異と対応させて記載することは舒明天皇条の特徴である。そして『略記』撰者は『伝暦』を軸とし、『書紀』や『縁起』からとりわけ天変異事だけを取り出し加え、記事を構成することにより、天皇の死因は明らかに「愁悶」の結果ととらえなおした観がある。こうしたことは、舒明四年（六三二）に僧旻が在唐二十四年の中国留学から帰国後顕著になった一つといえる。推古紀十年（六〇二）条に、百済僧観勒が来朝し、暦本・天文・地理・遁甲・方術の書が奉献されたものの、同紀には、霖雨飢饉・群蠅上空に雷鳴をなす（推古三十四・三十五年条）、日蝕の初見（推古記三十六年三月条）などを記すにとどまる。

このようにみてくると、舒明紀ごろまでは、中国の『漢書、天文志』・『晉書、天文志』・『史記、天官書』などの天変異事などの知識は、まだ十分に理解されるには至らなかったと思われる。当時、隋唐文化を学ぶこと二十四年に及んだ旻法師だけが、「長星」(彗星の名)・天狗(有声流星)などの類別と大音響を中国では天の怒りの表象であることを知っていたのであった。以下その様子を記載順にみていく。

冒頭の即位前紀に相当する部分は『伝暦』(7)に、己丑歳正月四日即位と時人の評とは『大安寺縁起』に、同夏五月条「蝉聚集」の記事は『書紀』により構成されているものと認められる。

〈有レ蝉聚集〉

舒明天皇己丑歳(六二九)、夏五月に、蝉が群れ聚った。その凝り累なる様は十丈あまりで、空に浮かび、信濃の国の坂を越えた。その鳴き声は雷鳴のようであった。そして、東の方、上野国におよんで散り失せた。

この記事は、推古紀三十五年夏五月に「有レ蠅聚集」とあるのを典拠とする。同紀では、三十六年三月、推古天皇崩御に先立つ記述で、舒明天皇条に引いたのは、単なる誤記であろうか。狩谷棭斎は、「紀ニ蠅トアリ、蝉ハ誤ナルヘシ」(『扶桑略記校譌』)と記す。

推古天皇崩御、皇位継承をめぐる候補は二人あった。聖徳太子の子の山背大兄王と押坂彦人大兄皇子の子の田村皇子とである。前者は用明天皇の孫、後者は敏達天皇の孫である。推古天皇(豊御食炊屋姫)は聖徳太子を皇太子・摂政に立てた。太子の恩愛に感じ、山背大兄王を奉ずる蘇我境部摩理勢(のち蝦夷に絞殺された)と推古天皇の御遺勅どおり田村皇子を推す蘇我蝦夷らに蘇我氏は分裂した。田村皇子は、馬子の娘法提郎媛を夫人とし古人大兄皇子が生まれた。山背大兄王の母は、馬子の娘刀自古郎女である。血縁の近さからしてもいずれとも分かち難いが、蝦夷は田村皇子を推した。

摩理勢の最後を決定的にしたのは、蘇我氏の諸族が馬子の墓地造営のために集まった折、その宿泊所を打ち壊したことに端を発したのであった。その墓にまつわる話として、『略記』推古天皇三十四年五月条に次掲の記事がある。

馬子は死に臨んで遺言して、「聖徳太子の像、自らその像の前に跪ける絵を画き、吾が前に張れ」と。

『書紀』にはこの記事はなく、『略記』の典拠とみられる『伝暦』の同箇所には、

「太子の像、自らその前に跪ける絵を画き、吾が墓前に張り、衆人に観せしめよ」

とある。これは、馬子の太子に寄せるかわらぬ忠誠心の発露というよりはうらはらに、太子への葛藤・否めない後ろめたさからくる辟邪祈願の行為ともとれる。

『略記』己丑歳正月四日、田村皇子即位条に、「時人以為。天皇信レ受二上宮太子遺訓一。自得二仏力一。登二帝位一也。」とあるのは、「大安寺縁記」の抄出とみられ、百済大寺造営の経緯を承ける記述なのである。つまり、同縁起によると、推古二十九年、勅命により田村皇子は斑鳩宮に臨終の太子を見舞う。太子は皇統繁栄祈願のために熊凝精舎を朝廷に献上し、大寺として将来に残して欲しいと遺言する。したがって時の人びとは舒明天皇がこの遺訓を受たのだと信じ、おのずから仏の加護を得て皇位についたのであると、納得したのであった、とする。このように、幾多の紆余曲折を経て舒明天皇は皇位を嗣いだのであった。

蝉の様を描いて「其音如レ雷」という同様の表現は九年の大きな星の様子を「有レ声如レ雷」にもみられる。所々に散見する天鳴ともみられる雷のような声は注目せねばならない。『晉書』巻第十二「太安二年庚午、天中裂為レ二、有レ声如レ雷者三、君道虧而臣下専僭之象也。」、同書同巻「魏熙元年（四〇五）八月、天鳴、在二東南一、

京房易伝曰、万姓労、厥妖天鳴、是時安帝雖㆓反政㆒、而兵革歳動、衆庶勤労也。」[8]の例から「臣下専僭」「兵革」の象とみられ、推古紀三十五年条の「蝿聚集」の記事を「蝉聚集」として舒明朝に引いたのは編者の意図的な処置ともみられる。蝉は戦・顫に通じる。〔詩経　小雅、青蝿〕営営青蝿。〔箋〕蝿之為㆑蟲、汙㆑白使㆑黒、汙㆑黒使㆑白、喩㆔佞人変㆓乱善悪㆒也。（諸橋）また『晉書』〔苻堅載記〕に「蝿集㆓筆端㆒識㆓大赦㆒」、晉、苻堅が赦書を作ったとき、蒼蝿が筆端に集まり、市中に馳せて大赦の出るのを知らせたという故事にみるように変事の象であった。

『三代実録』五十　仁和三年（八八七）八月四日、連日の地震に続く記述である。

是日、達智門上有㆑気。如㆑煙非㆑煙。如㆑虹非㆑虹、飛上属㆑天。或人見㆑之。皆曰、是羽蟻也。時人云、古今未㆑有㆓如㆑此之異㆒。陰陽寮占曰、当㆑有㆓大風洪水失火等之災㆒焉。（中略）八日己酉、有㆑羽蟻㆒。出㆓大蔵正蔵院㆒。群飛竟㆑天。属㆓于船岳㆒。其気如㆑虹。

諸々の凶事に続いて同月二十六日、光孝天皇崩御。[9]羽蟻の形容である虹（古昔はこれを竜の一種と考え、虹を雄、蜺を雌としたもの）は古く訌（みだす）に通じる。『晉書』十二、天文中に「妖気、一曰蜺、（中略）主惑心、主内淫、主臣謀君、」とある。

『日本紀略』安和元年（九六八）条には諸災異とともに、四月三日「羽蟻飛如㆑雲」[10]の記事があり、天皇不豫・諸大臣病悩。二年二月、闘乱など、すなわち事変への讖とみられる。舒明朝は多難な幕開けであった。

二　天文と人文と

〈長星見㆓南方㆒〉

長星に関する記事は次の三箇所である。いずれも『伝暦』に拠る。

六年甲午三月十五日。建豊浦寺塔心柱。八月、長星見南方。
七年乙未春。長星見南方。
（十一年）正月、長星見西北。天下大飢。

『書紀』には次のようにみえる。

六年秋八月、長星見南方。時人曰彗星。
七年春三月、彗星廻見于東。
（十一年）己巳、長星見西北。時旻師曰、彗星也。見則飢之。

『書紀』に「長星」は「彗星」とあり、彗星の初出記事である。『漢書』巻四 文帝紀第四に「八年夏、（中略）有長星出于東方。」とみえ顔師古注に、

文穎曰、孛・彗・長三星、其占略同、然其形象小異。孛星光芒短、其光四出蓬蓬孛孛也。彗星光芒長、参参如掃彗、長星光芒有一直指、或竟天、或十丈、或三丈、或二丈、無常也。大法、孛・彗星多為除旧布新火災、長星多為兵革事。(11)

とみえる。また、『晉書』志第二巻 晉書十二に、

妖星、一曰彗星、所謂掃星、（中略）見則兵起、大水。主掃除、除旧布新。（中略）二曰、孛星彗之属也、偏指曰彗、芒気四出曰孛、孛者孛孛然、非常悪気之所生也、内不有大乱則外有大兵天下合謀、闇蔽不明、有所傷害、晏子曰、君若不政、孛星将出、彗星何懼乎、由是言之、災甚於彗(12)

など兵革、大飢の兆という。『文徳実録 七』に「斉衡二年二月癸丑、有長星出東北、」また、『本朝世紀』久安三年（一一四七）条に、

正月十二日丙子、今暁寅刻、彗星見東方、光長一丈、（中略）（二月）廿六日、庚寅、於東大寺被行千僧

御読経一、左中弁藤資信朝臣、右少史中原知親等下向行レ之、去廿二日内蔵寮頭請送付二職事一御誦経料麻布千段。被レ下二宣旨一了。依二長星御祈一也、(13)

二月十日、長星による大赦の令が行われている。

〈日有レ蝕〉

八年丙申正月朔。日有レ蝕。六月。岡本宮火災。（『伝暦』に拠るとみられる）天皇遷二居田中宮一。（『書紀』に拠るとみられる）

〈日有レ蝕〉

『後漢書志第十八　五行』に、

光武帝建武二年正月甲子朔、日有レ蝕之。在二危八度一。日蝕説曰、日者、太陽之精、人君之象。君道有レ虧、爲レ陰所レ乗、故蝕。触者陽不レ克也。（中略）儒説諸侯専レ権、則其応多在二日所レ宿之国一。（中略）是時世祖初興、天下賊乱未レ除。虚、危、齊也。(14)

など、日や月の蝕の記事は多く、これは、天下賊乱・諸侯専権の例である。

〈是謂天狗也〉

九年丁酉二月、大星従レ東流レ西。有レ声如レ雷。時僧旻法師曰、是謂天狗也。斯歳、蝦夷謀叛。

この記事は『伝暦』に依拠る、とみられる。伝暦には「九年」の下に「春」の字あり、「謀叛」は「叛レ之」と二つの異同がある。(15)「狗」は一本には「狐」とある。『日本書紀 下』（日本古典文学大系、二三二頁）には「是天狗〈これあまつきつね〉なり」と訓み、頭注に、「伝暦に『僧旻法師曰、是謂二天狐也一』によってアマツキツネとよんだものか。」とするのはこれを指すか。天上に住む霊狐の天狐（『元中記』）にみたてたのか。俗にキツネボシと呼ぶ風があったのか。『諸橋大漢和辞典』には「天狗（てんこう）星の名。流星の、声を発するもの。彗星。」とみえる。また『史記劉向伝』に「流星有レ声者為二天狗星一、無レ声者為二狂夫一」とあるように、舒明天皇九年（六三七）丁酉二月の夜に、雷のような声を発して流れた大星は「隕石が地表に平行に飛んだもので「有音流星」といわれる。当時「天狗」ともいわれた(16)。」

『晋書　十二』志第二　天文中に

天狗状如二大奔一、星色黄有レ声、其止レ地類レ狗、所レ墜望レ之如二火光一、炎炎衝レ天、其上鋭其下員、如二数頃田処一、或曰、星有レ毛、旁有二短彗一、下有二狗形一者、或曰、星出二其状一赤白有レ光下、即為二天狗一、一曰、流星有レ光見二人面一、墜無レ音、若二有レ足者レ名曰二天狗一、其色白、其中黄黄、如二遺火状一、主二候レ兵討レ賊、見則四方相射、千里破レ軍殺レ将、或曰、是将レ闘人相食、所レ往之郷有二流血一、其君失レ地、兵大起、国易レ政戒二守禦一、営頭有レ雲如二壊山堕一、所謂営頭之星所レ堕、其下覆レ軍流レ血千里、亦曰、流星昼隕名二営頭(17)一。

また『漢書巻二十六』天文志第六にも同様の記事を引き、師古注もある。

天狗、状如二大流星一、〈孟康曰星有レ尾旁有レ彗下有下如二狗形一者上亦太白之精〉有レ声、其下止レ地、類レ狗所レ墜、及レ望之、如二火光一炎炎中レ天。其下圜如二数頃田処一、上鋭見則有二黄色一、千里破レ軍殺将(18)。

再び『晋書巻十二』志第三　天文下　によると、

（孝武大元）十三年（三八八）閏月戊辰、天狗東北下有レ声、占曰有二大戦一流レ血、自レ是後、慕容垂、翟遼、姚萇、苻登、慕容永、並阻レ兵争レ彊、（下略）(19)。

とみえ、兵革の象がおおくを占める。

我が国にも天狗について『神変薩埵役行者霊験記』巻下 付録 二十七 天狗ノ瓣に次掲の記事がある。

晋書天文志及大日経疏五ニ天狗星ヲ出ス。然ラバ日本不共ノ名目ニハアラザルカ。（中略）大日経疏五及晋書ノ説ハ天狗流星トテ大火星ノ万里ニ飛物ナリ。落ル時ハ雷ノ如ク轟ク。必闘戦起ルト云リ。（下略）(20)。

また『応仁記』合戦部八　巻第一　乱前御晴之事に、

大乱ノ可レ起ヲ天豫メ示サレケルカ、寛正六年（一四六五）九月十三日夜亥ノ刻ニ、坤方ヨリ艮方エ光物飛渡ケル。天地鳴動シテ、乾坤モ忽折レ。世界モ震裂スルカト覚エケル。（中略）又翌年文正改元ノ九月十三日、同刻ニ本ノ方ヘ飛皈ケルゾ不思議也、天狗流星ト云物ノニテ有ケルトカヤ。サレバ如来成者カ仕タリケン。（中略）中庸ニ云。国家将レ亡必ズ有二妖孽一ト云ヘリ。妖孽トハ草物ノ類謂二之妖ト一。蟲豸ノ類謂二之孽一。妖ノ災ヲサヘ大ニ恐ニ。イハンヤ天ペンヲヤ。（下略）[21]

これは天狗流星の変による改元であり、きたるべき応仁の乱（一四六七）の予兆としての星変を伝える記事といえよう。

〈時大風雨〉

十一年（六三九）十二月のことである。完成した百済大寺と九重の塔は火災のため焼失した。造寺のため、寺の側の社の樹を伐採し、子部の大神の怒りの火による災厄であった。天皇はお悩みになり、なんか月も病に臥された。『後漢書』志第十六　五行四に、

延光二年（一二三）三月丙甲、河東、潁川大風抜レ樹。六月壬午、郡国十一大風抜レ樹。是時安亭親レ讒、曲直不レ分。[22]

『漢書』巻二十七に、

武帝元狩元年（前一二二）十二月、大風雪、民多凍死。是歳淮南、衡山王謀反、発覚、皆自殺。[23]

大風雨と謀反の例はいまのところみられないが、大風・大風雪の例を挙げておく。

〈星入二月中一〉

十二年二月のことである。十月、天皇が百済宮へ遷られた（『書紀』による）のも、封、二百五十戸を四天王寺に施入した（『大安寺縁起』によるとみられる）のも、星変のためであったとみられる。十三年辛丑十月九日、天皇は百済宮に崩じられた。

『晉書』十二志巻第二「月変」に関する次掲の記事がある。

魏文帝黄初四年（二二三）十一月、月暈二北斗一、占曰、有二大喪一、赦天下、七年五月、帝崩、明帝即位、大赦二天下一、[24]

恵帝太安二年十一月庚辰、歳星入二月中一、占曰、国有レ逐レ相、十二月壬寅、太白犯レ月、占曰、天下有レ兵、三年正月巳卯月犯二太白一、占同、青竜元年七月、左衛将軍陳聄等率レ衆奉レ帝伐二成都王一、六軍敗績、兵逼二乗輿一、後二年帝崩、[25]

『略記』の〈星〉の種類は明らかではないが、星が月に入ることは、『晉書』によれば「貴人の死」・「兵・飢人の流亡」・「旱飢」などの大凶であった。

三　天変と改元

本邦でも時代が下るにつれ、天文記録の中でもとりわけ星の動きと人事とを連環的にとらえる傾向はますます盛んになる。例えば『扶桑略記』に

延喜五年（九〇五）四月十五日癸卯、乾方見二彗星一、十六、十八、十九日同見二彗星一、廿四日壬子、諸社臨時奉幣、乾方見二彗星一、（中略）廿五日癸丑、乾方見二彗星一、（中略）廿六、七、八、九日同見、五月一日己未、彗星今夜漸以細薄、（下略）[26]

と継続的に彗星の動きを記す記事が現われる。同記事は『日本紀略』同年同月条にもみえ、

十五日。月蝕。彗星見　乾方天。（中略）四日。奉　幣諸社。依二彗星一也、五月二日。彗星見（〔恐脱乾方二字〕大系頭注）天。十二日。仁王会。（中略）（六月）十五日、詔行二大赦令一。依二彗星之象一也(27)

「彗星之象」による大赦の例とする。また、延喜元年（九〇一）に文章博士三善朝臣清行（八四七〜九一八）が和漢の史書にみえた辛酉・甲子の年の変事を引照し上奏して延喜と改元して以後、わが国には讖緯説に基づく革命改元の例が開かれた。中国の讖緯説による思想の一つに「辛酉」・「甲子」の年には革命があり、とくに一元（六十年）の二十一倍にあたる一蔀（千二百六十年）ごとの「辛酉」の年には、しばしば改元が行われた(28)。ちなみに『紀略』によると「辛酉延喜元年」正月一日には日蝕、十五日、月蝕。二月四日、奉幣諸社・菅原朝臣（道真）左遷の事。六月十四日、物怪、奉幣諸社、二十七日孟子内親王（清和皇女）薨。七月二日雷鳴大動。十五日、昌泰四年を改めて延喜元年としたとみえる(29)。

天変による改元とみられる記事も以後次第に急増する。そのいくつかを『百練抄(30)』にたどってみると次のようである。

貞元二年（九七七）〈天延四七十三改元。依二去年七月一日日蝕皆虧一也。〉
天元五年（九八二）〈貞元三四十五改元。依二災変一也。〉（内裏焼亡・大地震・彗星）。
永祚元年（九八九）〈永延三八八改元。依二彗星一也。〉
正暦五年（九九四）〈永祚二十一七改元。依二去年大風一也。〉
長徳四年（九九八）〈正暦六二二六改元。依二疫旱一也。〉
康平七年（一〇六四）〈天喜六八九改元。依二火災一也。〉
治暦四年（一〇六八）〈康平八々二改元。依二旱魃并三合厄一（皇年代略記作レ慎）也。〉

久安六年（一一五〇）〈天養二七二改元。依㆓彗星変㆒也。〉

これらは、日蝕・災変・彗星・大風・疫旱・火災による改元と明記してある例である。天養二年（一一四四）の改元について『百練抄』は改元の因となった彗星の観察記事及び譲位のことなどは記さないが、『台記』天養二年（久安1）条に、「四月十五日庚寅、光房来云、為㆑攘㆓彗星災㆒、可㆑被㆑立㆓廿二社幣㆒、依㆓急思食㆒」に始まる五月末までの彗星の出現によるもので、『台記』には彗星に災を消すために同年五月三日、孔雀経法結願、同六日、法勝寺にて千僧による仁王経御読経、同日仁和寺法親王による孔雀法経結願が行われ、六月に入って消えたことを記す。同じく『左経記』に次掲の記事がある。

長元七年（一〇三四）八月十六日癸酉。（中略）頭弁語云、十三日彗星見㆓東方㆒、仍奉㆓密奏㆒、或人被㆑申云、件星大風以前出見、而天文道遅見㆑之、遅奉㆑云々、古伝云、此星出時、大風若地震云々、是改㆑旧之徴也、又多有㆓改元事㆒云々、[31]

七年の彗星、八年の流星に呼応するかのように、九月十一日には、近江の百姓等が国司を訴え、十年（長暦1）四月二十一日改元、同二年十月延暦寺僧都強訴、以後ますます盛んになる。

康治元年（一一四二）三月十七日、園城寺衆徒が延暦寺を焼いた。久安二年三月、同衆徒による天台延命院一乗房焼亡。同四月、寺僧等合戦による清水寺焼亡。この間、彗星の出没は続いたのであった（『百練抄』）。『扶桑略記』の著者皇円（?～一一六九）はこうした彗星の変と京洛炎上とを目のあたりにしたはずである。さらに時代は下ることながら、ふたたび、『百練抄』によると、承元四年（一二一〇）十月三日、彗星の出現、五日、上皇は伊勢内外宮・八幡・賀茂社に神馬を献じ天変の御祈祷、十四日、熊野詣。十五日、大般若御読経、十一月五日、御譲位とみえる。この出来事を『愚管抄』はさらに詳しく次のように記す。

サテスグル程ニ。承元四年九月卅日ハ、キ星トテ。久ク絶タル天変ノ中ニ第一ノ変ト思ヒタル彗星イデ、。

夜ヲ重ネテ久ク消エザリケリ。世ノ人イカナル事カトヲソレタリケリ。御祈ドモアリテ。慈円僧正ナド熾盛光法行イナドシテイデズナリタレド。御ツ、シミハイカヾニテ有程ニ。同十一月十日ニ又出キニケリ。其タビ司天ノトモガラモ大ニ驚キ思ヒケル程ニ。上皇信ヲイタシテ御祈念ナドアリケルニ。御夢ノ告ノアリケルニヤトゾ人ハ申ケル。忽ニ御譲位ノ事ヲ行ハレテ。承元四年十一月廿五日ニ受禅事アリケリ。(32)

と土御門天皇より順徳天皇に譲位の次第が述べられている。

同様の例は貞永二年（一二三三）四月十五日の改元の場合にもみられる。

下っては嘉永六年（一八五三）七月十七日の彗星出現と、六月ペリー浦賀来航、文久元年（一八六一）五月二十日の彗星と二月十九日改元、二月ロシア軍艦対馬に来航（島民の抵抗）(33)など、災異現象と事件とは相関関係にあるとする巷説は絶えなかった。その度ごとに陰陽師・占師等によって勘文に際し取り出されたのは、漢志・晋志・史記などの書であった。

また流星（改元・譲位の直接的動機となった記事は管見に入らない）は、『晋書』天文志の語る「怒之象」あるいは「有レ兵」に符号する記事は枚挙にいとまがない。例えば『三代実録』貞観年間は二年（八六〇）をはじめとし、毎年流星の記事が続く。貞観十七年には四月二十八日庚辰、卯時の白彗と五月三十日辛亥、辰時の流星の記事がある。それと五月十日、下総俘囚の叛乱、十一月十六日の出羽国度島蝦夷の反乱は無関係とは思われない。同書、元慶元年（八七七）正月二十四日丙申、哺時に大流星、翌二年五月九日甲辰、亥時に大流星、六月二十一日乙酉、二十七日辛卯流星、長さ二丈余、翌二十八日の証で、太元帥法阿闍梨伝燈大法師位宝寿（扶桑略記・本朝高僧伝に「寵寿」）を出羽国に詔遣し、七人の僧を率いて「降賊法」を修なわせた。「降賊法」は、同年三月以来の出羽俘囚の反乱に対して行われたことはいうまでもない。

『三代実録』貞観十八年九月二十三日丁酉、寅時の大流星、この間に同年四月の大極殿焼亡、同年十一月二十八日、太上天皇（清和）譲位、貞観十九年（元慶1）四月十六日丁亥、改元の詔では、陽成天皇は去る正月即位の日、但馬国で白雉を獲え、二月十日に尾張国で木が連理をなし、閏二月二十一日に備後国が白鹿を献じたことを天啓の祥瑞とし、貞観十九年を改めて元慶元年とするとある。それらの詳細を記すことは省くが、ここに至る年月の数知れぬ天変地異の凶兆を遮るために瑞兆を強調したものとみられる。『続日本紀』巻二十九称徳天皇神護景雲二年「蝦夷変異を現すこと」と「日蝕」に前後して六月癸巳（二十一日）武蔵国、白雉献上、七月条に日向国、白亀献上、続く八月、「参河国より白烏を献ること」あるいは「勅して白烏白亀を出せる国の庸を免ずること」、同紀　八、桓武天皇延暦三年五月条に「蝦蟇の行列を摂津職が奏す」と「摂津職の史生白燕を献ず」などの類である。

『日本紀略』後篇一　醍醐天皇昌泰二年（八九九）二月一日乙丑、未時の流星は「其声如レ雷、尾長五六尺（尺、一本作レ丈）許、観音奇怪謂二之人魂一」と叙す。同書　五（冷泉）康保四年（九七六）九月九日甲午亥時に流星が月のように明るく終夜流散し、十三日戊戌に詔して「流星之変異」による大赦が行われた。康保五年（安和1）八月十三日改元、同二年三月に安和の変、安和三年（天禄1）三月二十五日改元。同書十一（一条）寛弘四年（一〇〇七）六月四日戊戌、流星連夜この変あり、十六日庚戌に詔あり天下に大赦が行われ、老人に穀が支給された。「流星之変」によるものである。同、二十一日乙卯に、二十一社に幣を奉った。七月十四日戊寅に、臨時の仁王会を行った。流星の変を消すためである。

〈如来滅後一千五百七十年〉

末尾の舒明元年己丑（六二九）は如来滅後一千五百七十年にあたる、という文はおそらく『扶桑略記』撰者のもので、末法の世の到来を意味してのことと思われる。ただし『略記』自体は永承七年（一〇五二）に「今年始めて末法に入る」と述べている。

　末法という語が出る最初の中国仏教の文献は慧思（五一五～五七七）の『立誓願文』であり、そのころから隋唐時代にかけて時代はすでに末法とみられ、時代と人間について深い内省をうながした。日本ではすでに奈良時代に現れ、上記慧思の『立誓願文』に基づく正法五百年、像法千年説も行われた。たとえば、大安寺の安澄（七六三～八一四）、同じく三論に属し、かつ、ほぼ同時代の宗は、不空・菩提流支の三蔵や徳清・徳一等が同様の説をとなえている。薬師寺の景戒も、「今この賢劫の釈迦一代の教文を探るに、三時あり、一つは正法五百年、二つは像法千年、三つは末法万年なり、仏涅槃し給ひしより以来、延暦六年の丁卯（七八七）に次れるに迄ぶまで、千七百二十二年を逕たり、正像の二つを過ぎて、末法に入れり（正法を五百年として計算）」（『日本霊異記』下序）と記している。平安時代以後は吉蔵の『法華玄論』などの基づく正法千年、像法千年説が一般化し唐の法琳（五七二～六四〇）『破邪論』上に引く『周書異記』に釈迦の入滅を「周の穆王の五十二年、壬申の歳」（紀元前九四九）とするのに従って、一〇五二年（永承7）より末法時代に入ったとされ、『扶桑略記』永承七年一月二十六日にも「今年始めて末法に入る」とみえる。それを裏付るかのように、その頃から災害や戦乱などが続発したため、末法意識が特に強まり、この末法の世を救う教えとして浄土教が急速にひろまることとなった[34]。

　『三宝絵』序に、
　　釈迦牟尼仏隠れ給ひて後、一千九百三十三年に成りにけり。像法の世に有らむ事、遺る年幾もなし[35]。

とあるのも正法・像法各千年説をとるものであることが知られる。

　慧思は南岳大師・思大和尚とも称す。河南省武津の人、天台宗の大成者智顗の師であり、中国天台宗第二祖、北斉の彗文禅師に就き、般若・法華などの諸大乗経の講説につとめる。末法の考えをはじめて唱え、阿弥陀と弥勒の信仰をもっていたとされる。晩年、湖南省衡山（南岳）にこもる。著に『立誓願文』『法華経安楽行義』などがある。南岳慧師禅師の立誓願文には、慧師自ら末法第八十二年に生まれたことを記し、金字般若経等を書写して弥勒の世に伝えることを誓い、唐道綽（五六二～六四五）、善導等もまた当時すでに末法に入ったことを認め、懺悔念仏を事とすべきことを勧説する。本邦に於いては源信（九四二―一〇一七）・源空（一一三三～一二一二）等は末法思想を鼓吹した（注（34）参照）。

聖徳太子を慧思の再誕とする説は奈良時代より広く行われ、三代格・七代記・上宮皇太子菩薩伝などに詳しい。ただし慧思は五七七（大建九、敏達天皇六）年に没し、聖徳太子（五七四～六二二）はそれ以前に誕生している。これについて久米邦武氏は、この説は思禅師の法統を受けて天台宗の経典を伝えた唐の鑑真和上（六八八～七六三）より起こった談で、七七九年（宝亀十）に成った「鑑真東征伝」のなかに、入唐僧栄叡・普照の招請により鑑真が来日を決意する場面で、

大和上答曰。昔聞、南嶽思禅師遷化之後、託二生倭国王子一。興二隆佛法一、済二度衆生一。

とあるのに注目し、『扶桑略記』はこれを引いたものであるとする。[36]

聖徳太子は、『法華経』の言葉を釈して、「正法住、正法滅、この二句、教の興廃あるを明かす、正法滅とは、五百年後の像法中を謂ふ、この句、衰を明かす」ともあり、この言葉において注意せられる第一の点は、聖徳太子が、正法五百年説をとっていることである。[37]

まとめ

『扶桑略記』舒明朝は、典拠とした『聖徳太子伝暦』および『日本書紀』の配列に反したものがある。元年の蝉の聚散もそれである。これは選者によって意図的になされたものとみてよいだろう。また天変異事と人事とは互いに関連」したものであり、いわば『伝暦』・『書紀』・『大安寺縁起』等から凶相を網羅的に取り上げ、凶兆と

凶事とを組み合わせ効果的に配置することによって祥瑞と吉事の皆無な舒明朝〈愁悶の人舒明天皇〉が浮き彫りになる。それは、推古朝から皇極・斉明朝に至る時のうねりのなかで、蘇我蝦夷の推挙により皇位についた天皇であった。この場合、天災をいかに解くかは十分な検討が必要であるが、天皇の「愁悶」の因は一つに自らの失政によるというよりは、その背後にいる蝦夷・入鹿親子の臣下専権によると解釈することもできよう。

九年二月天狗出現に呼応するかのように（東夷の）蝦夷が叛いて朝貢しなかった。『書紀』によれば、同年「三月の日蝕」、十年九月「霖雨、桃李花」とあるが、『略記』にはいずれもみえない。『伝暦』に拠ったためである。

『漢書』文帝紀第四に、

六年（前一七四）冬十月、桃李華。十一月、淮南王長謀反、廃遷㆓蜀厳道㆒、死㆑雍。(38)

また同書第二十七五行志第七中之下に、

恵帝二年（前一九三）時又冬雷、桃李華、常奥之罰也。是時政舒緩、諸呂用㆑事、讒口妄行（中略）呂太后崩、大臣共誅滅㆓諸呂㆒僵㆑尸流㆑血(39)（下略）

このように時節はずれの桃李花は臣下謀反・臣下専権を原因としている。草妖の変については『応仁記』ですでに見てきた。天変異事と人事とを相関して記しているとみられる『伝暦』がこのような事象を取り上げなかったのは知識に乏しかったためであろうか。それにしても〈これは天狗だ〉と説いた僧旻は、「破軍殺㆑将」「其下覆㆓軍流血千里㆒」、「彗星、除㆑旧布㆑新」「長星、多主㆓兵革事㆒」など中国文化における凶兆の意味を熟知していたことであろう。旻は、大化改新に際して舒明天皇の御子、中大兄皇子を援けて推古十六年（六〇八）にともに入唐し、舒明十二年（六四〇）に新羅経由で三十年ぶりに帰国した高向漢人玄理とともに国博士となり、天皇側に尽力の厚かった人物として知られている。

このようにみてくると、『略記』の撰者は讖緯思想の浸透した時代の人であり、めくるめく襲いかかる天・人災禍を凝視し、いまさらのように如来滅後の入末法の世をつぶさに視、重層的にすでに入末法時より七十年を経た舒明元年に思いを馳せたことであろう。

注

（1）平安末期成立　皇円（？～一一六九）撰と伝える。藤原重兼の子で延暦寺の東塔の功徳院に住み、天台以下の諸学派を講義し、法然もその教えを受けた。
（2）『日本古典の成立の研究』　日本書院　昭和三十四年　二七五頁
（3）一巻『群書類従　第二十四輯』釈家部　昭和六十二年（初版　昭和七年）所収。寛平七年（八九五）の注進状に基づく縁起である。三九二―三九八頁
（4）注（2）に同じ。
（5）三品彰英編『日本書紀』第五冊　塙書房　昭和四十六年
（6）注（5）に同じ。二九九頁
（7）仏書刊行会編『大日本仏教全書』第一一二冊　聖徳太子伝叢書　昭和五十四年　三〇頁
（8）長澤規矩也解説『和刻本正史　晉書』（影印本）汲古書院　昭和四十八年（初刷四十六年）一五三頁
（9）黒板勝美・国史大系編纂会編『新訂増補国史大系　4』日本三代実録　吉川弘文館　昭和四十一年　六三七頁
（10）『新訂増補国史大系　11』日本紀略・百錬抄　吉川弘文館　昭和四十年　一〇六頁
（11）注（8）に同じ。『漢書』　五七頁
（12）注（8）に同じ。一四六頁
（13）『新訂増補国史大系　9』　本朝世紀　吉川弘文館　昭和三十九年　五一七―五二二頁
（14）注（8）に同じ。『後漢書』　昭和四十六年　三三八頁
（15）注（7）に同じ。同頁
（16）斎藤国治「『記紀』にみる古代人の天文知識」『別冊歴史読本・事典シリーズ』第二号「『古事記』『日本書紀』総覧」　新人物往来社　平成二年　二四九頁
（17）注（8）に同じ。一四九頁

(18) 注（8）に同じ。
(19) （8）に同じ。一八六頁
(20) 上下二冊。（序）「享保六辛丑年正月布麗星火／河南九華山六隠乞士蓮體書」巻末に「山城屋藤井左兵衛」の版とある（駒沢大学本）
(21) 『群書類従』第二十輯　合戦部「應仁記」　昭和六十一年（初版昭和七年）三五七頁
(22) 注（8）に同じ。三三〇頁
(23) 注（8）に同じ。
(24) 注（8）に同じ。一五八頁
(25) 注（8）に同じ。一五八頁
(26) 『新訂増補国史大系　12』扶桑略記・帝王編年記　吉川弘文館　昭和四十年　一八五頁
(27) 注（10）に同じ。一〇頁
(28) 今浜通隆氏ご教示
(29) 注（26）に同じ。
(30) 注（10）に同じ。
(31) 『増補史料大成　左経記』臨川書店　昭和五十年（初版　昭和四十年）三六〇・六一頁
(32) 『新訂増補国史大系　19』愚管抄　吉川弘文館　昭和三十九年　一八九頁
(33) 『古事類苑』・『世界大百科事典』
(34) 田村圓澄「浄土教の受容基盤」『日本仏教史　3　鎌倉時代』法蔵館　昭和五十八年　一八〇―八二頁。二〇〇頁／中村元他編『岩波仏教辞典』。
(35) 源為憲／出雲路修校注『三宝絵』東洋文庫　平凡社　一九九〇　三頁
(36) 『久米邦武歴史著作集　第一巻　聖徳太子の研究』吉川弘文館　昭和六十三年　二〇頁
(37) 注（34）に同じ。
(38) 注（8）に同じ。五八頁
(39) 注（8）に同じ。三五四頁

補記

僧旻が解説した「雷のような轟声を発して流れた大星は「有音流星」と言われ、「天狗」とも言われた（訓読・語釈・現代語訳の詳細は拙稿『扶桑略記』精講（十一）—舒明天皇—（『並木の里』第36号　一一三—一二八頁参照）。この場面を体験的に思い合わせたのは、一九九六年（平成八年）の出来事で、一月七日午後四時二十分すぎ、近畿地方から東北地方にかけて広い範囲の上空を飛び、爆発音をあげ隕石が落下したことであった。新聞は「光の玉を大勢目撃　つくば市に破片」（朝日新聞、一月八日〈月〉）と伝え、落下した隕石の一部を発見した専門学校生荒木竜太郎さん（一九）の話では、道路を走行中に、前方の路上に落下するのを見た。車を止めると、道端に「妙に温かみのある変わった石」があった。それを拾い、取手署に届けた。隕石の長さ約五糎、幅三・五糎。

福島県郡山市の天体写真家藤井旭さん（五五）は、隕石が通った後に空に細長く痕跡を残した貴重な写真を撮影し、同時に掲載されていた。同年一月、鹿児島県のアマチュア天文家百武裕司さん（四五）が見つけた百武彗星が接近し、三月二十五日から三十日ごろまで見られた。

その後世界に大きく報道されたのは、二〇一三年二月一五日（金）ロシア連邦ウラル連邦管区のチェリャビンスク州付近で発生した巨大隕石落下の出来事は記憶に新しい。

二 『扶桑略記』皇極朝の天変異事

はじめに

『扶桑略記』[1]皇極朝の元年から三年に至る条には、客星の変・大旱・大雨・雷・暖・雲霧・虹などの天変、また水変・紫菌（一説に芝草）・奇鳥襲来・魚鼈死爛・蓂赤牛立行・童子謡歌などの異事が集中する。これらの現象は、同二年十一月条の山背大兄王等自経に前後して出現し、四年、中大兄皇子・中臣鎌子連等による、入鹿誅罰に至る間に頻出することから、上宮王家一族の事件と深く関わっているものと考えられる。

本稿は、『扶桑略記』皇極朝の主たる典拠とみられる『日本書紀』・『聖徳太子伝暦』とを照合しながら、天変異事と讖緯思想との関わりを考察するものである。天変異事は瑞祥とともに讖緯思想の骨子をなしている思想であり、その背景に『略記』（略称する）編者の編纂意識の一端をみることができるのではないだろうか。

なお、『日本書紀』に現われた災異記事を扱った論考に、江畑武氏の「推古・舒明・皇極三紀の災異記事――天皇氏と蘇我氏の坑争――」と題する論文がある。同論文は先行の京口元吉氏の「日本書紀にみられる祥瑞思想」（『史観』）や、田村円澄氏の「陰陽寮成立以前」（『史渕』）、重沢俊郎氏の「董仲舒研究」（『周漢思想研究』）などを承け、解釈の基準を『後漢書』五行志におき論究するもので、教示されるところ多大である。なかでも舒明朝に「災異を仲介として、僧旻が天皇側に立って蘇我への批判を開始したとする」[2]論には推服する。舒明天皇の皇后が即位して皇極天皇となる。

次に『略記』の典拠の一つである『伝暦』（略称する）について触れておきたい。これについては、平田俊春氏の『日本古典成立の研究』に詳しい。欽明天皇三十二年の条から皇極天皇に至る部分――聖徳太子伝暦の扱っている部分――においては全く聖徳太子伝暦が基になり、書紀の記事はそれに付加された形になっている。（中略）舒明天皇、皇極天皇の条も大部分が伝暦の引抄で、書紀による記事はきわめて僅かである。（中略）このように書紀は略記においては軽く取扱われているが、これと表裏する現象として、略記に抄出の書紀の記事には年月の誤りが非常に多いことが注意される。たとえば、（中略）皇極天皇元年同年の条は同三年三月の誤り（中略）、しかも、編者は年月日についてはずいぶん細心の注意を払っている。一見、不思議の感を起させるが、（中略）上記の誤りはすべて仏教に関係のないことなので、書紀を抄出する際にきわめて粗雑な態度であったのであろうと思われるのである、[3]としている。

『略記』皇極朝に出典として注記しているのは『日本霊異記』だけで、他書については挙げていない。本件に関して平田氏は、『伝暦』に拠るとみられるものとして「皇極天皇元年二月～九月、二年二（ママ）月、同七月、同十一月、三年三月八月（京師云々ハ書紀）、同十一月、四年（書紀、興福寺縁起と綴輯）[4]等を挙げている。私に記すと、同元年二月～九月（「今大安寺也」マデ。以下、書紀）、二年三月（「同三月」ハ書紀、二月ナシ）・七・八・十一月、三年三月（「京師」以下ハ書紀）・十一月（同三月・同十一月ハ書紀）とみられる。四年の記事については、『書紀』、『伝暦』、『興福寺縁起』などに基づくものと比定される。

一　天文と人文

皇極天皇元年二月から九月、「今大安寺是也」までの記事は『伝暦』、以下は『書紀』に拠る。

〈客星入二月之中一天下旱魃。〉

元年七月、客星とは、恒星に対していう星で、一定のところに常には見えず、一時的に現われる星、怪星ともいい、彗星や新星のこと。「客星犯二御座一」（後漢書、厳光伝(5)）、とあるように卑しい士が天子の位をねらうことに替えていう語。『略記』皇極四年六月条に、入鹿を撃つ中大兄皇子は奏上して、「入鹿、尽く皇子を滅ぼし、将に天位を傾けむとす」と述べている。また、客星の一つ、王蓬、絮芮について次のように記す。

蓬・絮星、色青而熒熒然、所レ至之国、気雨不レ節、焦旱物不レ生、五穀不レ登、多二蝗蟲（下略）一。……（『晋書』十二　天文(6)）

この客星は焦旱を呼ぶ蓬・絮星を指すとすれば、後の〈天下旱魃〉に内容としては無理なく続く。『晋書』十二　志巻第二、恵帝太安二年（三〇二）条に、「十二月壬寅、太白犯レ月、占日、天下有レ兵」とあるように、星が月に入ることは「兵・飢人の流亡」「有乱臣戮死」「旱飢」などの大凶であった。

〈連雨五日、百穀成熟。〉

同年八月、旱魃のため、天皇は南渕（明日香村）の川上に行幸し跪いて四方を拝し、天を仰いで祈祷した。雷が鳴り、五日も雨が降りとおし、百穀が成熟した。『伝暦』も同文である。『書紀』には、（「百穀成熟」は「溥潤二天下一」とし、「或本」を引き「九穀登熟」を載せる）続いて、「於是、天下百姓、倶你万歳日、至徳天皇」と特有の文を載せる。同様の書法は『雄略紀』四年二月条に「是時、百姓咸言、有レ徳天皇也。」、同二年十月条に「天下誹謗言、大悪天皇也。」など、天皇賛美もしくは批判の例がある。

天皇祈雨に先だつ記事に大臣蝦夷自ら香炉を執り祈請した、とある。直木孝次郎氏は「いくら権力があっても政治の補佐官にすぎない蘇我氏がこれに介入するのは、越権の沙汰である」（『古代国家の成立』）とする。

〈是歳　冬暖如レ春。人以為レ恠。〉

本記事は『伝暦』にはない。『書紀』に、「十二月壬午朔、天暖如二春気一」（元年十一月九・十一日、十二月一・三十日の四回に亘る記事は同文）に拠ったとみられる。「紀」には、〈このことを人は恠とした〉という意味の記述が見られないのは注目される。

「恠」は、「怪」の俗字である。名義抄に「恠　サトル」、「怪　アヤシ」、「諭　ヲシフ、サトス」の訓がある。用例として、

（使）「京にも、この雨風、いとあやしき物のさとしなりとて、仁王会など、行はるべしとなむ聞こえはべりし。（下略）」　（『源氏物語』[7]明石）

「さとし」は、神仏のお告げ、神託であるが、天変地異は、政治の乱れを戒めさとすものとされることが多かった。「名義抄」の動詞訓に基き、よむ例に、

「耐《シカ》ル間、彼ノ□ガ家ニ恠《サトシ》ヲ為シタリケレバ、其時《ソノ》ノ止《ヤム》事无キ陰陽師《オンヤウジ》ニ物ヲ問ニ、極《キハメ》テ重《オモ》ク可慎《ツツシムベ》キ由ヲ占ヒタリ。」　（『今昔物語集』二十四ノ十八）

この場合、「恠」は「不思議なお告げがあったので」の意[8]。

そのときにのそんて、みやこには、さま〳〵の、さとしとも、はへりけり、かみなり、いなつま、しきりにして、大地、おひたゝしく、ゆるきしかは、世のめつするにや、としよ人、なけき、かなしみけるか、たいりには、御殿のうへに、一むらのくろ雲、おほひ、雲の中に、おそろしきこゑありて、……

（『役行者絵巻』[9]）

ここでは、くろ雲の中からお告げの声が聞えてくるのもおもしろい。

こうした一連の話に照らして、『略記』の撰者は、『書紀』には「暖」とのみ記した出来事をあらためて〈あやしき物のさとし〉としてとらえなおした観がある。すぐ後に次掲の記事がくる。

〈同年　大和国宇多郡山。自レ雪挺而紫菌生。……或云芝草也。〉

この記事は、『伝暦』・『上宮聖徳太子伝補闕記』等にはなく、『書紀』に拠るものと思われる。ただし平田俊春氏は、本条は皇極紀三年三月条の誤り(10)、とする。『書紀』三年正月、中大兄・鎌子、法興寺の槻樹下の出会いの後に、同年三月条、童子と紫菌の話がある。『略記』がこれを元年条においたのも有徳の天皇、あるいは改新の当然性を説く処置であるのかもしれない。内容は、雪の中から生えでた紫色の菌、一夜にして消えてしまった長命の効のある菌を、あるいは「芝草」のことである、と言う意味である。同箇所、『書紀』には「或人云、蓋俗不レ知二芝草一、而妄言レ菌乎」と記す。「紫菌」については明らかではないが、応神紀に「其土毛者、栗・菌及年魚之類焉。」と見える。これについて「大系本」頭注に、「通証以下は栗と菌の二つ」とするが標註は「栗菌は菌の一種にて、漢名を栗樹耳と云ひ、小茸にして黒色を帯たり(11)」とし、標註説が参考になろうか。

「芝草」については、『文選』魏都賦、李善注に「瑞命記日、王者慈仁則芝草(12)」とみえる。瑞草の一つで、種類は数多くあり、五色芝は仙薬で不老延年の効があり、いま霊芝ともいう。天武紀八年是年条に、「紀伊国伊刀郡貢二芝草一、其状似レ菌。(13)」という記録もある。ともかくも、王者の慈仁の徳、草木に至れば生ずるといわれる芝草、あるいは不老延年の紫菌の出現である。

このようにみてくると、同紀三年三月条の瑞草の記事を『略記』が元年是歳条に記したのは、『略記』撰者の単なる錯簡ではなく、また、先に述べた平田氏の「仏教に関係ないことなので、書紀を抄出する際にきわめて粗雑な態度であったので」もなく、後日成功裏におわった大化改新を思い合わせると、皇極朝を瑞兆の幕開けとしたい撰者の意図的手法ともとれなくはない。

二年三・七・八・十一月条は『伝暦』所収の「略録文」、「同三月」条は、『書紀』に拠って構成されている。

〈五色大雲、満二覆於天一、一色青霧、周起二於地一。〉

二年三月に、五色の大雲が天いっぱいを覆った。一色の青い霧が四方の地面から湧き起こった。雲気は人主の象であるので、その形状・色により占って吉凶をみるという中国の風。聖衆来迎の瑞相とされる五色の雲、臨終の儀式として阿弥陀仏の手と病人の手をつなぐ五色の糸は、いずれも青・黄・赤・白・黒の五色をさした。「董仲野曰、太平之時雲則五色而為レ慶」（『通証』[14]）、また『唐書』鄭仁表伝「嘗以二門閥文章一自高日、天瑞有二五色雲一、人瑞有二鄭仁表一」（『諸橋大漢和辞典』）など、例は多い。『書紀』には二年正月条に記し、「五色大雲、満二覆於天一、而闕二於寅一。」とあり、寅、東北東（鬼門）の方だけが闕けていた。また、ひと色の青い霧が、四方の地上からたち昇った（五色の雲は祥瑞、青い霧は凶兆）。辛酉（十日）に、大風が吹いた、とし、祥瑞にすでに翳りのみえるさまが示されている。『略記』は「而闕於寅」の四文字を省くことにより、ここまでを皇極朝のよき時ととらえたのであろうか。

霧は一般に晦いの意である。「望気経」に「十月葵巳霧赤為レ兵、青為レ殃」とある（『集解』[15]）。青霧に関する事例は少なく、管見に入らないが、次掲の青気の例を援用すれば、その下に兵乱の象あり、ということになる。『越絶書』越絶外伝記軍記に、次掲の記事がある。

青気在レ上、其謀未レ定、青気在レ右、将弱兵多、青気在レ後、将勇穀少、先大後小　青気在レ左、将小卒多、

兵少軍罷、青気在レ前、将暴、其軍必来、（諸橋）

五色の大雲は、十一月辛卯（十六）日、浄土へ飛翔する山背大兄王等を迎える瑞雲、「時に、瑞雲、変じて五色の幡蓋となり、」に照応する。瑞兆（五色大雲）と凶兆（一色青務）とは対をなし、太子の子孫の迎天と入鹿の殺戮とを表す。

〈七月、茨田地　其色如二藍汁一。〉

水異で藍汁のようであった、という類例は見出だし得ないものの、藍色は「青霧」が援用できようか。江畑氏は『後漢書』五行志の赤色の例を引き、永初六年の水変につき、

六年河東池水、変色皆赤如血。是時、鄧太后猶専政、

のように女人専権を原因としているとされ、注記されている「京房易伝」に、

水化為血者、好任残賊、殺戮不幸、延及親戚、水当為血、

の例を引きながらも、兵乱の予示とはせず、「天皇と蘇我氏とが政策・勢力による対立ばかりでなく、災異思想を仲介としても対立を激化させていた当時、（中略）天皇失政の表われとして利用されたのであろう。[16]」とする。しかしながらこの事は、三年三月条の〈池水皆変為レ血〉に照らすと、兵乱蜂起の予兆と考えられる。続く十一月十一日丙戌、入鹿の襲撃により辛卯日（十六）、山背大兄王等は自死した。予示は的中したのである。

二　天変地異と表相

三年条は『伝暦』（伝暦所引の「一説」（この場合は『補闕記』[17]（略称する）を骨子とし、『書紀』の抄出（「同三月・同十一月」）を列記する形をとる。

上宮王家一族の死後、斑鳩宮の周辺に種々の異変が起こった。三月、「奇鳥の悲鳴」・「魚・鼈の死爛」・「池水（色）変じて血となる」（『伝暦』）、同三月、「中大兄王子・中臣鎌子連、槻樹下で素懐を述べる」（『書紀』）、十一月、「飽波村に虹の出現」・「青花・蓂・赤牛の立行・謡歌の流行」（『伝暦』）、同十一月、「蝦夷・入鹿、家を建て城・兵庫を作り、兵士を身辺に繞らす」（『書紀』）、の順で場面は展開する。

種々の奇しい鳥が上下・四方より飛んできて、悲しそうに鳴く。『後漢書志』第十四　五行二、「霊帝光和四年（一七一）秋、五色大鳥見于新城、衆鳥随之、時霊帝不恤政治、常侍、黄門専権、羽孽之時也。」にみるように、「鳳凰に似た五色の大鳥」は性として「黄門専権」「讒慝内興」の徴に聚るといい、入鹿専権の象とみられる。あるいは、非業の死を遂げた山背大兄王の霊魂鳥の嘆きとみたか。

『伝暦』、推古天皇廿九年辛巳春二月条に、聖徳太子の葬送後五十日の場面を記して、

有㆓異鳥㆒。形如㆑鵲。其色白。常住㆓墓上㆒。烏鳶到即遠追去。時人名為㆓守墓鳥㆒。三年之後。復更不㆑来。[18]

とある。また、仲哀紀元年冬十一月条に、日本武尊の死後、その霊魂は白鳥と化《な》り天に上り、御子仲哀天皇は、亡き父を仰望《しの》ぶ情やまず、白鳥を獲て陵域の池に養い慰めにしようと、諸国に白鳥を貢らせたという。

ところで、土橋寛氏の「池の魚や鳥が挽歌のテーマになるのは、タマフリのためにそれを見ることから来ている[19]」というのは示唆に富む説である。仲哀紀八年条の「魚池」「鳥池」、景行紀四年条「鯉池」の例である。これらの魚も鳥も内面の変容、あるいは神霊の再生と深く関わっているとみられる。柳田国男は、「先祖の話」にこう記している。

青森県の東部一帯では、小さな児の埋葬には魚をもたせた。（中略）魚を持たせてやる南部の方は慣行と共に、何れも生れ替りを早くする為だということを、まだ土地の人たちは意識して居るのである。

ここでも魚は、神霊の再生力を盛んにする存在と信じられていた。魚のなかでも「鯖が何等かの理由で特に重

んぜられたらしいことが想像せられる。[20]」阿波から土佐へ越えようとする八阪八浜の中ほどに「鯖大師」という伝説がある。

或男が馬に塩鯖の荷を負はせて通る時に、旅僧が近よってその鯖を一ぴきくれよと謂つた。[21]（中略）福岡県遠賀郡、佐賀県東松浦郡の漁村でも、石仏に鯖大師といふのがあって、鯖を上げて祈ると馬の腹痛のときに験があるといひ、[22]（中略）それにしても、山路と鯖と旅の宗教家との縁の深い三つを、始めて結び合せたのは何人の思ひ付きであらうか。[23]

また、

紀州の殿様が端午の日に、大川狩をしようと企てたところ、前の晩の夜更けて、その奉行の宿へ、白衣の一老翁あつて訪ひ来ると言つてゐる。私は山崎の渕の主であります。この度の御漁には所詮殿様の網は免れ難い。願はくば一族の小魚を助けたまへと謂つた。[24]

あるいは、

鰻は霊物としてしばしばその奇瑞を説かれてゐた。神が鰻に騎して年に一度来往したまふ話なども、豊後の由布院には伝はつてゐる。[25]（中略）大蛇で知られた日高川の水域にも、コサメ（岩魚に似た川魚）が僧になった話が幾つもあつた。[26]

これらの〈僧〉の伝承の背後には霊的存在としての魚（水の神）の化身〈白衣の一老翁〉という俗信が古くあったと考えられる。降って、一老翁は僧に転換される。例えば、

昔奈良の東大寺で最初の大仏の開眼法要を行はれた時、大会の講師には新に来朝した婆羅門僧正を行基菩薩が推薦した。次に読師には誰を命じようかと定め兼ねて居られた処、聖武天皇の御夢に誰でも其朝先づ来た

人を読師にせよと云ふ告があつた。然るに其日遣つて来たのは籠に鯖を擔つた老翁である。是はと思つたが示現に従つて呼上げた。鯖売の翁は其鯖を持つて経机の上に置くと八十の鯖は忽に八十巻の華厳経に成つた。(27)

という話がある。

『霊異記』下巻「禅師の食はむとする魚（縕）化して法花経となりて、俗の誹を覆す縁第六」の話も、心身の滋養としての魚と、身心の養生・摂取不捨とを約束する経典とは両つながら再生力をもたらすという点で相通じる。東京国立博物館蔵、熊本県菊水町江田船山古墳出土の「銀象嵌銘太刀《ぎんぞうがんめいたち》」に「最近、魚・水鳥の文様が検出され新たな問題を提起している」(28)と解説する。

池水・蟇の変については『三国史記』巻第五　新羅本紀　善徳王五年（六三六）条が参考になろう。

夏五月、蝦蟇大集宮西玉門地。王聞之、謂左右曰。蝦蟇怒目、兵士之相也。吾嘗聞、西南辺亦有地名玉門谷者。必有賊兵潜入其中乎。乃命将軍閼川、弼呑等、往捜之果百済将軍于召欲襲独山城。率甲士五百人。来伏其処。閼川掩撃尽殺之。(29)

この記事の前半にあたる夏五月、多くの蝦蟇が宮殿の西の玉門池に集まった。王はこのことを聞いて〔次のように〕側近の重臣たちにいった。

蝦蟇の怒った目は兵士をあらわす。私はかつて西南の国境地帯にも玉門谷という地名のあるところがあると聞いた。きっと賊兵がその中に潜入しているのだろう。

と。これについて、新川登亀男氏は次のように述べている。

善徳王は、この蝦蟇の行為によって、百済軍侵攻の危機を予知し得たという。わが国でも、『続日本紀』延暦三年五月癸未条によると、摂津職から次のような報告のあったことがわかる。

今月七日卯時、蝦蟇二万許、長可四分、其色黒斑、従難波市南道、南行池列可三町、随道南行、入四天王寺内、至於午時、曾悉散去、……

これにいかなる意味がふくまれていたのか不明だが、『水鏡』は、のち、「此事都ウツリノアルベキ相ナリト申アヘリシ」と説いている。もしそうであれば、長岡宮遷都の予兆であることになる。新羅といい、日本といい、蝦蟇の異常な予知力、呪力が信じられていたのである。

さらに同氏は、前掲書で『天王寺秘決』のなかに、「蝦蟇寺、秦川勝建立堂也」とある記事について、新羅系の秦氏としては、新羅に存したその（蝦蟇）ような呪術信仰を受け容れていたとしても不思議はあるまい(30)、と述べている。

さて、その後は王の予知どおり五官の伏兵があり、将軍閼川等が急襲し、これを殲滅したという話である。のち善徳王七年十一月、閼川は高句麗軍と戦い、十一年八月には百済と高句麗との通謀事件の間に、

（八年）秋七月、東海水赤且熱。魚鼈（すっぽん。淡水に産する亀の一。）死(31)。

また、『続日本紀』巻第二十九称徳天皇神護景雲二年条に、

七月庚寅、太宰府言、肥後国八代郡正倉院北畔、蝦蟇陳列廣可㆓七丈㆒、南向而去及㆓于日暮㆒、不㆑知㆓去処㆒、（下略）

とみえる。その蝦暮の相は明らかではないが、その後、同三年五月条に、県犬養姉女《あがたいぬかいあねめ》らは、称徳天皇を呪詛したことが発覚し、遠流に処せられる事件と無関係ではないであろう。

以上の用例から、蝦蟇は事変の予示にかかわる聖なる存在とみえる。『古事記』の少名毘古那加美の段に「久延毘古（案山子）」の対をなす〈多迩具久（蟇）〉も予言をしたのであった。

〈飽波村有レ虹〉

三年十一月、飽波村に虹がでた。山背大兄王等の死後、一年日の出来事である。終日動かず、人びとはひどく怪しがった。ちなみに虹（古昔はこれを竜の一種と考え、虹を雄、蜺を雌としたもの）は古く虹（みだす）に通じる。『晉書』十二、天文中に「妖気、一日虹、主惑心、主内淫、主臣謀君、天子」とある。

虹を巨大な蛇と見做す観念は古代中国など多くの地域に見られ、不吉な現象で決して指さしてはならぬとされていた[32]。虹の起こった所を掘り屍を得た話に、雄略紀の拷幡皇女《たくはたのひめみこ》の伝承がある。

乃於二河上一虹見如レ蛇四五丈者。掘二虹起処一而獲二神鏡一。移行未遠、得二皇女屍一[33]。

すなわち、河上に虹が蛇のように見え、四五丈ほどもあった。虹の起こったところを掘ったら、神鏡が出てきた。まもなく皇女の屍を得た、という。蛇に縁のある「剣」も「鏡」も呪物で辟邪力を宿す神的存在である。例えば、鏡に映る影を三身具足の仏とみなす例に、『大安寺縁起』[34]・『今昔物語集』十一ノ十六・『扶桑略記』文武天皇条などの例もある。「白虹之変」による御卜には、「左経記」長元七年十一月条にみるように、「病事可二慎御一」・「兵乱之厄」、などが多い。次掲の記事がそれである。

十二日戊戌　天晴、大外記頼隆真人相示云、昨日未刻外記廳前立虹者、而六位外記等、乍見聞其由不申事由、（中略）十三日己亥　天晴、早旦自大夫外記許相示云、廳虹恠令卜三人陰陽師、助時親、孝秀等卜云、非恠自然所致也者、允恒盛卜云、恠所寅申卯酉年人就病事出家歟、若又有刀兵之厄歟、期恠日以後廿五日内、及明年二月八月九月節中拉壬癸日□主期忌慎、兼又被祈祷無其咎乎者、[35]（下略）。

この場合の「刀兵之厄」がどの凶事を指すのかは明らかではないが、明三月には、延暦寺・園城寺僧都の闘争が始まる。

虹の起った飽波村については、『和名抄』大和国平群郡飽波郷、訓阿久奈美とみえ、近世、平群郡東安堵村の属邑に飽波があり、現在、生駒郡東安堵村東安堵の小字となっている。『日本書紀』天武天皇五年（六七六）四月条に「倭国飽波郡」とあるのが初見。また、『大安寺伽藍縁起幷流記資材帳』に、推古天皇が田村皇子を飽波葦墻宮に遣わし厩戸皇子の病を問わしめたとある。(36) 薨去の地については、『日本書紀』及び『大安寺縁起』ともに、廿九年「薨二于斑鳩宮一」とする。虹は謀反・兵乱、死喪の象である。

皇極天皇三年十一月

〈童子相聚謡歌〉

又童子相聚謡歌、□□□王門少子造レ弓。射レ之為レ楽也。（『略記』）

又有二無量蛙一。清二蒱伏王門一。有二小（一作少）子一造レ弓射レ之為レ楽也。又童子相聚謡曰、盤上丹児猿米焼米谷裙喫而今核山羊之伯父。(37)（『伝暦』）

このように『略記』には、前に缺文があるためになにを射るかが明確でなく、「之」は「弓」ともとれなくはないが、『伝暦』に照らしてみると、「少子　弓を造り、之を射て楽しみとす」から、「之」は「蛙」であることが明らかである。

「小子」（「小」と「少」とは通用字体とみられる）は、『雄略紀』に「少子部」・『霊異記』上一に「小子部」・上三「小子」・「少子」、前田本敏達紀に「ワラハ」と訓じている。『日本国語大辞典』によれば、「律令制で、四歳以上一六歳以下の男子の称。天平宝字元年（七五七）に一七まで延長された。」とする。正倉院文書に頻出し、「小女」に対する語。この場合、童子に同じ、とみられる。

ところで、土橋寛氏がすでに指摘されているように、『晋志』天文志　中、五行志中・『魏書』崔浩伝などによれば熒惑星が天から降り、童児と化して吉凶を告げると古代中国では信じられていた。(38) 同様の思想は日本にも伝来し、『伝暦』敏達天皇条にも次掲の記事がある（『略記』同天皇条にもほぼ同文を収載）。

九年庚子夏六月、有レ人奏曰、有二土師連八嶋一、唱レ歌絶レ世。夜有レ人来、相和争歌。音声非レ常。八嶋異レ之、追尋至二住吉浜一、天暁入レ海者。太子侍レ側、奏曰、是熒惑星也。天皇大驚問レ之、何言。太子奏曰、天有二五星一、主二五行一。象二五色一。歳星色青、主レ東木。熒惑色赤、主レ南火。此星降化、為レ人遊二童子間一、好作二謡歌一、々二未然事一。蓋是星歟。天皇太善。[39]

熒惑星は、降り化して人と為って、童子の間に遊び、好んで謡歌を作り、未然の事を歌う、という。これによると『略記』の、弓を造り蛙を射て楽しむ〈少子〉は、恐らく童子の中に混じり謡歌を歌う熒星人の化身にみたてていたことはほぼ間違いあるまい。ちなみに、薯蕷が「童謡」を作り、「群童」に唱せた例に、『三国遺事』巻二　紀異第二「武王」の話もある。[40]そしてこの謡歌は『伝暦』によれば、上宮王の子孫滅亡前より起こり、事後もなお止まなかった。

『伝暦』の拠った『補闕記』には「預二言太子子孫滅亡之讖一」とし、熒惑人と兵事については枚挙にいとまがない。例えば、『史記』第二巻　天官書第五に次掲の記事がある。

察二剛気一、以処二熒惑曰一、南方火、主レ夏、日丙丁、礼失罰出二熒惑一、熒惑失レ行是也、出則有レ兵、入則兵散、以二其舎一、命レ国、熒惑為二勃乱・残賊・疾・喪・飢・兵一、反道二舎以上、居レ之、三月、有レ殃、五月、受レ兵、七月、半亡レ地、九月、大半亡レ地、因与倶出入、国絶レ祀、（中略）其南為二丈夫一、北為二女子喪一、[41]

（下略）

星の運行と星変については詳細な記録もあるが、ここでは熒惑星は勃乱・残賊・疾疫・死喪・飢饉・兵乱を主ることを為す、とあるのに注目しておきたい。同書に、

凡望二雲気一、仰而望レ之、三四百里、平望、在二桑楡上一、余二千里、登レ高而望レ之、下属レ地者、三千里、雲

気有レ獣居レ上者勝、（中略）若レ煙非レ煙、若レ雲非レ雲、郁郁紛紛、粛索〔綸〕囷、是謂二卿雲一、卿雲見、喜気也、（中略）五穀草木、観二其（雲）所一レ属、倉府厩庫、四通之路、六畜禽獣、所レ産去就、魚鼈鳥鼠観二其所一レ処、鬼哭若レ呼、其人逢俉（ママ）化言、誠然、[42]（下略）

この「高き所に登りて之（雲気）を望む」で想起されるのは『万葉集』に舒明天皇が香具山から望んだ大和の「国原は煙立ち立つ　海原はかまめ立ち立つうまし国」であった、「国見」の一面をここにみられるように思う。「煙」は「卿雲」のことかもしれない。草木・禽獣・魚鼈の多寡はその処の雲気を見て知る。怪雲は偽言をよぶ、という。舒明天皇崩後、災異記事が一段とその激しさをましてくる中、皇位を嗣いだ皇后天豊財重日足姫尊（皇極天皇）は皇極朝四年（六四五）、御子中大兄皇子等によって朝廷の実権を握っていた蘇我氏を滅ぼしたのであった。大化改新の幕開けである。

おわりに

『扶桑略記』皇極朝は、典拠とした『聖徳太子伝暦』および『日本書紀』の配列に反したものがある。これは編者によって意図的になされたものとみてよいだろう。また、天変異事と人事とは互いに関連したものであり、いわば『伝暦』・『書紀』から吉凶相を網羅的に取上げ、凶兆と凶事、祥瑞と（吉事）とを組合わせ効果的に配置することによって、

二年十一月十一日、蘇我入鹿、山背大兄王等を斑鳩宮に急襲、王等自死。

四年六月（十二日）、中大兄皇子・中臣鎌子連、入鹿を誅す。

の二つの事件はより強く読者に印象づけられる。

三年条は、主として『伝暦』に拠るものである。『伝暦』の冒頭は「冬十一月、甘樫岳の上に建つ蝦夷・入鹿

の二家（『暦録』に拠る、と記す）ではじまり、年月順の配列を破るものである。ところが『略記』は、この体裁をとらず、条末におくことにより、編年体の構成を整えている。しかもこれは『書紀』に拠ると認められ、『伝暦』にはない「宮門・王子屋」、「兵庫・水舟・箭（庫）・兵士五十人」の語が加わることによって、豪奢な家、あるいは厳重に戦闘に備える城の様子がより鮮明に描かれている。

このように、同内容の記事についてもいずれに拠るかの取捨選択がなされていたことが知られる。両書にあり省いているものに「殺牛馬祭」や「八佾之儛」などがある。一般に馴染みの薄かった時空ともに遠い異国（震旦）の風だからであろうか。

四年条に「元年壬寅、如来滅後一千五百九十一年」にあたる、という文はおそらく『略記』編者のもので、末法の世の到来を意味してのことと思われる。つまり『中観論』に基づく正法五百年、像法千年説である。日本では奈良時代に中国仏教の慧思（五一五～五七七）の『立誓願文』に基づく正法五百年、像法千年説が行われ、薬師寺の僧景戒も『日本霊異記』下序に「仏涅槃し給ひしより以来、延暦六年歳の丁卯（七八七）に迄れるに迄びて、一千七百二十二年を逕たり。正像の二つを過ぎて、末法に入れり。[43]」と記している。このように『霊異記』が「日本の年代に仏滅年代を対比しているのは略記の先縦をなすものである[44]」。平安時代に入ると、正法千年、像法千年説が一般化し、『三宝絵』序に、「釈迦牟尼仏隠れ給ひて後、一千九百三十三年に成りにけり。像法の世に有らむ事、遣る年幾もなし。」とあるのもその例である。『略記』の記述としては永承七年（一〇五二）に「今年始めて末法に入る」と記録しており、吉蔵（五四九―六二三）の『勝鬘宝窟』に記している「釈迦の正法は千年、像法は千年、末法は万年」の立場に従ったものである。それを裏付けるように、その頃から災害や戦乱などが続出したため、末法意識が特に強まった。『略記』編者は、果てることなき延暦寺僧都の闘争蜂起・諸内裏焼亡など、入末法の世をつぶさに視、末法の意識をもって重層的に皇極朝を観たものと考えられる。

注

（1）［平安末期成立、皇円（?―一一六九）撰と伝える。藤原重兼の子で延暦寺の東塔西谷の功徳院に住み、天台以下の諸宗学を講義し、法然もその教えを受けた。（「角川日本史辞典」）

（2）三品彰英編『日本書紀　第五冊』塙書房　昭和四十六年　二九八・九頁

（3）『日本古典成立の研究』日本書院　昭和三十四年　二六五・六頁

（4）注（3）に同じ。　二七五頁。前掲書に、『扶桑略記』が『日本書紀』によることを記しているのは、推古天皇七年の条に「己上日本紀廿二之抄記」とあり、持統天皇七年の条に、「己上出二日本書紀第三十巻一」とあり、その他には、景行天皇の条に「国史伝」とだけあるが（二六三頁）、「略記が伝暦によることを証しているのは推古天皇二十九年太子薨去の条に「己上太子薨去二説、共出二伝文一」とある記事だけであるが（略）、（二七五頁）

（5）『日本書紀』下（日本古典文学大系）　岩波書店　二三四頁、頭注九。『書紀』本文は大系本（略称）による。

（6）長澤規矩也解説『和刻本正史　晉書』（影印本）汲古書院　昭和四十八年（初版　昭和四十六年）一四八頁。『後漢書』も同じ。

（7）阿部秋生他『源氏物語　二』（日本古典文学全集）小学館　昭和六十一年（初版　昭和四十七年）二二四頁　頭注一三。

（8）『今昔物語集　四』　日本古典文学大系　昭和三十七年　三〇三頁　頭注一三。『宇治拾遺物語』巻一〇ノ九「小槻曹平事」も同話。「この人の家にさとしをしたりければ、」（大系本）とある。

（9）拙稿「ニューヨーク公立図書館スペンサー・コレクション蔵『役行者絵巻』」解説と翻刻　佛教文学会　『仏教文学』第十七号　九三頁

（10）『日本古典成立の研究』　日本書院　昭和三十四年　二六四頁

（11）『日本書紀　上』（大系本）一九八四年（初版一九六七年）三七三頁

（12）『日本書紀　下』（大系本）一九八四年（初版一九六五年）二五七頁　頭注一四。

（13）注（12）に同じ。四三九頁

（14）谷川士清著・小島憲之解題『日本書紀通証』臨川書店　昭和六十三年（初版　昭和五十三年）一五九九頁

（15）注（12）に同じ。二四五頁　頭注三二。

（16）注（2）に同じ。三〇五・六頁

（17）新川登亀男『上宮聖徳太子伝補闕記の研究』　吉川弘文館　昭和五十五年　一六頁

（18）高楠順次郎・望月信亨『大日本仏教全書』　有精堂出版部　昭和八年　三六頁

(19)『古代歌謡の世界』 塙書房 昭和五十九年(初版 昭和四十三年)一九二頁
(20)「家と小児」『定本柳田国男集』第十巻 筑摩書房 昭和六十三年(初版 昭和四十四年)一四五・一四六頁
(21)「鯖大師」『定本柳田国男集』第六巻 昭和六十三年(初版 昭和四十三年)四四二頁
(22)注(21)に同じ。四四五頁
(23)注(21)に同じ。四四五頁
(24)「魚王行乞譚」『定本柳田国男集』第五巻 昭和六十二年(初版 昭和四十三年)二八〇頁
(25)注(24)に同じ。二七九・二八〇頁
(26)注(24)に同じ。二七九・二八〇頁
(27)「榎の杖」『定本柳田国男集』第二十七巻 昭和六十二年(初版 昭和四十二年)二二五頁
(28)『創立百二十年記念 日本と東洋の美』 東京国立博物館 平成四年 二七頁
(29)金富軾撰・金思燁訳『完訳三国史記(下)』 六興出版 昭和五十六年 一一九頁
(30)注(17)に同じ。三一〇・三一二頁
(31)注(29)に同じ。一一九頁
(32)『世界大百科事典』 平凡社 一九八八年
(33)『日本書紀 上』(大系本) 一九八四(初版 一九六七)四六七頁
(34)『群書類従・第二十四輯』続群青類従完成会 昭和六十二年(初版 昭和七年)三九二頁
(35)『増補史料大成 左経記』臨川書店 昭和五十年(初版 昭和四十年)三八二頁
(36)奈良県編『大和志料 上』大正四(初版 大正三)年・『国史大辞典』。
(37)注(18)に同じ。三二・三三頁。『聖徳太子伝暦下』(『続群書類従 第八輯上』所収 一九八三年 四〇頁)
(38)注(19)に同じ。二八八頁
(39)注(18)に同じ。三二・三三頁
(40)『三国遺事 中』 東京帝国大学蔵版 明治三十七年 二四頁
(41)『史記国字解 二』 早稲田大学出版部 大正八年 三九二頁
(42)注(41)に同じ。四二四・四二五頁
(43)田村圓澄「浄土教の受容基盤」『日本佛教史 3 鎌倉時代』 法蔵館 昭和五十八年 一八〇~一八二頁(末法思想に

ついて参照)。

(44) 注 (3) に同じ。二八六頁

(45) 注 (43) に同じ。

＊ 拙稿『扶桑略記』精講 (十四) ―皇極天皇(一)・(二)・(三) (『並木の里』第三十七号・三十八号・三十九号 一九九二年十二月・一九九三年六月・一九九三年十二月) を参照。

付論II　『日本霊異記』

一　『日本霊異記』の風流女

はじめに

「女人、風声の行《わざ》を好み、仙草の食ひて、現身に天に飛ぶ縁」という標題の示すように、風流の女の一面に神仙思想のあるところは以前に述べたことがある。(1)契沖は「漆姫は七姫」(『懐風藻』にみえる)である(『代匠記』)としたが、管見では〈「漆姫」は次句の「柘媛」の対である〉から数詞七と解るのは妥当ではなく、神仙譚として扱い、『日本霊異記』(薬師寺の僧景戒撰、八二二年成立)の風流女もまた「漆姫」なのである、というのがその論旨であった。神仙思想にもとづいていることについては、後に著れた池田源太郎説(2)も同様である。

ところで、女人を叙して、大倭の国宇太の郡漆部の里に、《風流ある女》あり、天年《ひととなり》《風声を行とし》、自性《ひととなり》鹽醬《マサナルコト》ヲ心に存す。《その気調恰《アタカタ》モ天上の客の如し》、遂に(孝徳天皇の代)、《其の風流の事、神仙感應し、春の野に菜を採り、仙草を食ひて天に飛びき》、とある。女の属性を表す「風流」・「風声」・「気調」などを霊異記の訓釋では「美佐乎」・「三左乎」・「ミサヲ」と訓んでいる。いずれも女人の心的傾向あるいは生活態度を表す語と考えられる。

本話をここに再びとりあげるのは、その背景となっている理念には、神仙思想だけではなく、儒教思想もあったことを指摘し考察するためである。

一　風流・風声・気調

三語とも、一般には同義とし、清らかな超俗的な行動や精神をいう場合に用いた、とされている。(3) いずれも、文中に直接定義を述べている個所はなく、女人の容貌・態度・心情とかを説くことによって、その根源となっている精神を髣髴とさせようとしている。「天年《ひととなり》　風声《みさを》」を行《わざ》とする具体的姿勢の根源は、「自性《ひととなり》鹽醤《マサナルコト》ヲ心に存す」にあることが提示されている。

「鹽醤」は、底本訓釈「未佐奈る己止乎」（興福寺本）、「万奈充去止乎」（高野本〈金剛三昧院本〉）とあり、これに関しては諸説のあるところであるが、(4) 高本（略称する）は「サ」の脱落ともみられ、マサナルコトヲでよいのではなかろうか。『新撰字鏡』「諨」に「貞実辞也、太ゝ志支己止　又万佐之支己止又万己止也」とあり、人間の貞実・誠実に関する語とみられよう。

同話を引く『今昔物語集』二〇ノ四二には、女人について、「本ヨリ心風流《フリウ》ニシテ、永ク凶害ヲ離レタリ。」、あるいは「心直《ヂキ》ナル故ニ、神仙此ヲ哀《アハレビ》テ、」と表されていることも、その女の心的傾向をいうもので、『霊異記』のこの部分への解釈であろうと考えられる。そして、「心風流《フリウ》ニシテ」・「心直《ヂキ》ナル故ニ」と「凶害ヲ離レタリ」・「神仙此ヲ哀《アハレビ》テ」とは対になっており、おそらく前者の源は儒教思想に、後者は無為恬淡にして世俗の名利・害障を離れる老荘思想に依拠するものであろう。したがって「風声《みさを》を行と」する行為（徳ある評判のたかい行為）を支えているのは鹽醤（これに対し今昔では、直をタダシキコト・ウルハシキコト・ナホキコト、と訓じている）ヲ心に存す」る精神ということになる。

　女人は妾《おむなめ》であった。

七《ななたり》の子を産生む。極めて窮しくして食無く、子を養ふに便無《たよりな》く、衣無く藤を綴《つづ》る。日々沐浴《かはあ》みて身を潔め

綴《つづれ》を著る。毎《つね》に野に臨み草を採るを事とし、

の表現の七人の子には、北斗七星(5)の化身か、竹林の七賢を思わせるところもあり、野草（仙草も）を摘む業(6)とい、当時の庶民の日常生活がうかがわれるだけではなく、どこか神仙的な世界を想起させる。その後につづく、

常に家に住み家を浄むるを心とす。菜を採り調へ盛りて、子を唱《よ》び端坐して、咲《ゑみ》を含《ふふ》み馴《むつ》れ言ひて、敬を致して食ひ、常に是《こ》の行《わざ》を以て身心の業とす。

とあるように、この家にあっては睦まじく語り、つつしみ深く（感謝の心をこめて）食事をし、こうした行いをいつも心がけ実行していた、というのは、『礼記』にいう「家庭生活に必要な日常の作法、たとえば掃除の方法、食事の仕方、長者に対する敬意のある応接の態度…」などに通じる所謂「人間らしいみだしなみ」を記したものに通じる。これは後に述べる『顔氏家訓』風操篇の「士大夫の風操（身分あり教養ある人々らしいみだしなみ）」の冒頭にもこの『礼記』（曲礼篇・内則篇・少儀篇など）(7)を引いている。

つまり、ここに、女人の生活の仕方をとおして、古代の家庭生活における実践道徳をみることができよう。その方法として、規範となり根本の教養となったのは儒教の思想であったみられる。

例えば、「咲《ゑみ》を含《ふふ》み馴《むつ》れ言ひて、敬を致して食ひ」についてであるが、『集韻』に「馴、順也」、『廣韻』に「和、順也」とみえ、順は、やわらぎ、よりそい、従いつかえる意とする。「馴」は、衣が柔らかくなり身になじみまつわりつくことでもあり、むつる（睦）に通じる。観智院本三宝絵・上に「此の師子の縁覚の聖の木の下に居たる時を見て、日日に来て喜びむつれて、経を誦み」の例がある。ここに想起するのは、『礼記』に、「礼之以㆑和為㆑貴」といい、『論語』に「礼之用和為㆑貴」（学而篇一二）、聖徳太子の十七条憲法に、「以㆑和為㆑貴」などの語である。和は、論語で用いた意義は、やわらぎの意味で、ややもすると狎《な》れる弊を伴う、礼と和との調和の大切さを教えたものである。論語では、以上をうけて、「先王之道、斯為㆑美（先王の道も、斯《こ》れを美と為《な》す）」とし、

和をもってすることは美しいものとした。美は古注に善とある(8)。女人の心の状態を織りなすのは、「和」の精神であるとすれば、和睦・敬を説いた孔子のおしえの継承者ということになる。

女の行いに共通する精神を、『論語』にたどってみると、「学而篇」に、孔子の言葉として、「貧しくして諂《へつら》うことなく、……未《いま》だ貧しくして道を楽しみ」（一五）、子貢の「夫子は温良恭倹譲、以てこれを得《え》たり」（一〇）、有子の言に「信、義に近づけば、言復《ふ》むべし。恭、礼に近づけぱ、恥辱に遠ざかる」（一三）、「泰伯篇」に曾子の言葉として、「君子の道に貴ぶ所の者は三つ。容貌を動かしては斯に暴慢を遠ざく。顔色を正しては斯に信に近づく。辞気を出《い》だしては斯に鄙倍《ひばい》を遠ざく。」（四）。「衛霊公篇」に孔子のいう「言《げん》　忠信、行　篤敬なれば、…」（六）などの教えである。そのような女人を称して、「彼《そ》の気調《ミサヲ》恰《アタカ》も天上の客の如し」と結ぶ。

「気調」については、「遊仙窟」（『源氏物語奥入解題』日本古典文学会）に、

気調《キテウノイキサシハ》　如兄

容貌《ヨウハウノカヲハセハ》　以《ニタリ》二舅《ヲチニ》一

とみえ、容貌に対して、気質、気だてを意味する語であろう。イキザシについては、『日本国語大辞典』が、『神代紀』下（丹鶴本訓）「其の辞気（イキザシ）慷慨（はげ）し」の例を揚げ、「息づかい。いきごみ。口ぶり」の意としている。「気調」は、風のように、調べのように女人の容貌のかもしだし漂う雰囲気をいうのであろうが、『霊異記』の場合その内実をなしている精神は、前述のように、女人が心に修得して身についてはなれない神仙的・儒教的精神にもとずくものと考えられる。「氣調」を「息づかい」の意とする例として、

いかさま　かくれゐるにやと思ひ　木かけに立そふて　ものをすまして聞けれは　うしのいきさしなとのやうにうめきけるこゑまちかくしけれは　すはやと思ひてまちけれとも　きしんのすかたも見えす（国文学研究資料館蔵『羅生門物語』）の例もある。

「辞気」（イキザシ）について、「ことば」の意で用いられている例に次掲の話がある。『論語』泰伯第八ノ四に、曽子の臨終の言葉に、魯の大夫の孟敬子が見舞に来たところ、次のように述べたという。

君子所㆑貴㆓乎道㆒者三。動㆓容貌㆒、斯遠㆓暴慢㆒矣、正㆓顔色㆒、斯近㆑信矣、出㆓辞気㆒、斯遠㆓鄙倍㆒矣。

（君子道に貴ぶ所の者三あり。容貌を動かして、斯に暴慢に遠ざかり、顔色を正しくして、斯に信に近づき、辞気を出して、斯に鄙倍に遠ざかる。）

即ち意は、

（さて、人の上に立って政治をする者の重んずべき道に三つの礼があります。第一に、わが身の振る舞いである容貌を動かすに当っては、荘重にして、礼にかなえば、自然に他人の加える粗暴やあなどりから遠ざかることができる。第二に、己の顔色に誠意を表して礼を失わないと、自然に人の真実に接することになる。第三に、言葉づかいも礼からはずれないと、いやしい道理に背いた人の言葉を遠ざけることができる。かく、自分の態度・顔色・言語を慎んで、外部から善くない人が自然に近づき得ないようにすることは、人の上に立つ者にとっては極めて大切なことであります。）

と言って、息を引き取って亡くなった。この臨終の光景から、彼がどんなに礼を重んじたかを知られる。この場合、「辞気」は「言語とその言葉のかもし出すもの」、「口ぶり」、「言葉づかい」の意とみられる。

このようにみてくると、『霊異記』の「風流女」像には、儒家思想が色濃く投影し、とりもなおさず〈身〉〈意〉〈口〉のなす女人の「行動」・「思惟」・「言葉」に関わる「ミサヲ」について語っているものとみられよう。ちなみに、同書上二十の観音の化身である僧の面姿《カホ》を記して、「奇《めづら》しく貴く、身體妹妙《ウルワ》シクして〔忝し《カタジケナ》〕」とあり、細部にわたる描写はなく、僧の稀有の美しさが、身体が輝くばかりに美しい、と象徴的に描かれているだけである。その美の発源となっているのは仏教精神なのであろう。

「天上の客」については、『万葉集』巻第五の君を待つ松浦の浦の娘子《をとめ》らは常世《とこよ》の国の天娘子《あまをとめ》かも（八六五）とうたわれる常世の国の天娘子（不老不死の理想世界の天上の少女）に同じく、仙女のことであろう。松浦の浦のをとめらのことは、同巻の「松浦川に遊ぶ序」（八五三）に「風流世に絶《すぐ》れた」る女子は「性《さが》水を便とし、復《また》心に山を楽しぶのみなり」と、『論語』雍也篇「知者楽レ水、仁者楽レ山」（日本古典大系本頭注一三）をふまえてはいるものの、「風流」はもはや儒教を背景とする精神ではなく、ミヤビであり、情趣的な美的理念の世界といえる。

二　中国における「風流」の理念

中国における「風流」の理念の成立過程と展開については、星川清孝氏の精緻な論考(9)があり、ここではそれに基づいて当時の思潮を理解することにする。

「風」も「流」も。本来自然現象を表す語を借りて抽象的な理念を表すものである。同時代の用例でも種々あり、相互の違いは大きいのである。「風流」の用語は熟語としていつ頃から用いられたか明らかではないが、漢（前二〇六～二二〇）以前の文献にはみえないようである。これと似た意味の「流風」という語は、孟子公孫丑上篇に「其故家遺俗、流風善政、猶有二存者一」とありこの「流風」は「流伝する風化」、「先王の徳化の流伝」の意味である。これは自然現象としての「風」の性質を比喩的に用いたものであり、その伝わる状態を「流」という語で表しているのである。このように比喩として使われる「風《ふう》」は『論語』の中に「君子之徳風」（顔淵篇）とみえ、君子の態度が、その周囲および人民に次第に広がっていって、自ら道徳的な影響を及ぼすことを表す儒家に特有な政治思想をいう。

漢以前の「先王の流風」という原義から転じて、「風流」という語は魏晋（二二一～四一八）時代に広く流行しはじめ、政教の美風や、物事の評価に用いられ、自然の風物や人間の容貌の美を意味する場合や、したがって趣味や好色の美的生活を差す場合も生じてきたと考えられる。これらの一種の「美」意識の表現としての「風流」の理念は、一般に晋代に至って盛んになったようである。しかし、「風流」の定義自体は晋代の書にはみられない。したがって、「風流」に関連のあると思われる語について考えてみると、晋の袁宏の『後漢紀』後漢孝桓皇帝紀下巻第二十二によれば、建寧二年（一六九）のこと、「忠義」「名節」の成果ともいうべき、当時三万人にも及ぶ太学生（仕官候補者）を中心とした「静流」の徒があり、宦官の専横に対し声明をとして戦い惨敗に終わった事件があった。彼らを録して「海内諸為二名節一志レ義者、皆附二其風一。」と記している。この場面に次掲の記事が続く。

　袁宏曰。夫人生合二天地之道一。感二於事一動性之用也。故動用万方。参差百品。莫乙不下順二乎道一。本中乎情性上者甲也。是以爲レ道者。清浄無爲。少思少欲。沖二其心一而守レ之。雖下爵以二万乖一。養以中天下上不レ栄也。爲レ徳者。言而不レ華。黙而有レ信。推レ誠而行レ之。不レ愧於鬼神一而況於二天下一乎。爲レ仁者。博施兼愛。崇レ善済レ物。得二其志一而中心傾レ之。然忘レ己以爲二千載一時一也。爲レ義者。潔二軌迹一。崇二名教一。遇二其節一而明レ之。雖殺レ身糜軀猶未レ悔也。故因二其所一レ弘則謂二之風一。節二其所一レ託則謂二之流一[10]。

この場合、「風」は人格やその影響力のように外に弘まる徳化、「流」は「思想や行為を託する主義節操」を表す。そしてこれは、後漢「清流」の名節主義を意味し、思想的には儒家の正統であった。「人格と節操」の倫理的道義的な性格を持った「風流」という語が晋の時代にあらわれたのは、社会的、思想的な原因があるのである。例えば、『世説』の「名士の風流」があるが、この「風流」も「名士」もいうなれば後漢末の「清流」、「名士」の延長であろうというのが星川説のようである。

　以上は私の拙い理解の限りであるが、思うに『後漢紀』にみられるのは儒教思想に加えて老荘思想も認められ得るのではないかということである。例えば、「清浄無為」・「少思少欲」・「沖其心而守之」は老荘思想であろう。

「言而不華」も数えてよいだろうか。「黙而有信」・「推誠而行之」は儒教の精神と思われる。さらに同巻前掲記事の後続の文中に「風」にかかわる語句をひろってみると、「仁義之風」「遊説之風」「任俠之風」「守文之風」「忠義之風」「肆直之風」など、かなり儒教風のものがおおい。風流女のばあい、「マサナルコト之風」とでもいえようか。

とすれば、『世説』にみえる「風流名士」の神仙性はすでにここに用意されていたことになる。

『世説新語』は、『隋書』経籍志に「世説八巻。宋臨川王義慶撰。世説十巻、梁劉孝標注」とあり、たんに『世説』とある。劉義慶（四〇三～四四）は南朝宋の人であり、当王朝を立てた劉裕（武帝）の弟の長沙王劉道憐の第二子にあたる。上は後漢（二〇～二二〇）から、下は東晋（二二一～四一八）にいたるまでの佚事瑣語を集めたものである。それに付された南朝梁の劉孝標（四六二～五二一）の注は、本文の内容を補足するさまざまな文献を付記する方法をとっており、本文を理解するためにも大いに役立っている。劉義慶は魏晋時代の末期に生まれた人であるから、本書は前代の逸話を表したわけであり、魏晋時代の思潮を知るうえで貴重な資料となっている。(11) 劉孝標注には種々の意味の「風流」、あるいは「風声」という語があり、この語はとりわけ「品藻篇」（人物評論に関する篇）に集中しているのは注目される。

「品藻篇」(12)にいくつかをたどってみると、

撫軍（司馬昱）、孫興公に問ふ、劉眞長（劉惔）は何如、と。曰く、清蔚簡令。王仲租（王濛）は何如、と。曰く、温潤恬和。桓温は何如、と。曰く、高爽邁出。謝仁祖は何如、と。曰く、清易令達。阮思曠は何如、と。曰く、弘潤通長。袁羊は何如、と。曰く、洮洮として清便なり。殷洪遠は如何、と。曰く、遠く思ひを致す有り。卿自ら謂らく、何如、と。（中略）時に復た懐を玄勝に託し、遠く老荘を詠じ、蕭條として高寄し、時務に懐を經ざるは、（下略）

同注に、

［一］徐広晋紀曰、凡称二風流一者、皆挙二王劉一爲レ宗焉。

［一］徐広『晋紀』にいう、「およそ風流を言うものは、みな王濛・劉惔の名を挙げて、第一人者であるとした。」

とあるように、王濛・劉惔は当時の風流の冠であた。各々の「人格から受ける感じ」（風）、「行動」・「態度」[13]（流）について詳しく述べており、その発するところは、「思いを玄遠の佳境に遊ばせ、心はるかに老荘を詠じ、寂かに思いを高きに寄せ、時務に心をわずらわすこともない」ことからくる。その品評の基準は、当時の好みでもあり、老荘思想の盛んな様がうかがわれる。

人の太傅（謝安）に問ふもの有り、子敬は是れ先輩の誰にか比す可き、と。謝曰く、阿敬は王・劉の標を撮るに近し、と。

同注に

『続晋陽秋』に曰く、献の文・義ともに長れざれど、能く其の勝会を撮る。故に名一時に擅り、風流の冠と為る。

王献子は文章・論理ともに得意とするところでなかったが、すぐれた境地を会得することができた。それで風流の筆頭となった。

人有り、袁侍中に問ひて曰く、殷仲堪は韓康伯に何如、と。答へて曰く、義理得る所の優劣は、乃ち復た未だ辨ぜず。然れども門庭蕭寂、居然として名士の風流有るは、殷、韓に及ばす、と。故に殷、誄を作りて云ふ、荊門晝掩はれ、閑庭晏然たり、と。

「名士の風流」とは哲理についての理解にとどまらず、「柴の戸は昼も閉ざされ、静けき庭はやすらかなり」のように、いながらにして漂う雰囲気・境地であるという。

同様の篇は、魏晋につづく南北朝時代の代表作品である『顔氏家訓』の「風操篇」にもみえ、所謂「みだしなみ」を論じたもので、『世説』とともに、六朝時代の資料の双璧ともいわれる。いずれも、平安朝の漢籍書目である藤原佐世（?〜八九八）があらわした『日本国見在書目録』にも記載されている。

漢の武帝が確立した儒教の国教化（前一三六）は漢代の中央集権体制と結びついて社会の縦の意識の支柱となった。魏・晋時代に入ると、竹林七賢にみられるように、儒教道徳の支配する世界の外において行われる清談が栄え、社会の横の関係の意識へと傾倒していった。仏教（浮屠教）がはじめて月氏より中国に入ったのは、西暦前二年のこと（魏略の説）とされている。しかし、初期のころは、主として西域からの帰化人を中心に信仰されていたものとみられ、中国の知識人のあいだにひろまるのは、ようやく東晋の初期（三二〇）からであったのも儒教支配下にあったことと無関係ではなさそうである。老荘思想は仏教の思想を受け入れる下地となり、東晋以後、仏教信仰は人びとの精神生活に滲透しはじめ、宋の宗炳《そうへい》の「中国の君子は礼儀に明らかなれど、人心を知るに闇《くら》し。いずくんぞ仏心を知らんや」など、仏教への志向が高まった(14)。

三　新羅の花郎道

魏晋時代の風流・風声は儒・道両教をその背景とした。それとともに、『霊異記』の風流女を考えるうえで注目されるのは、時代は下るものながら韓国古代『三国史記』（一一四五年頃成立）および『三国遺事』（一二七〇〜一二八〇年頃成立）における新羅の花郎（女は源花と称った）道にみられる「風流」の語である。例えば

《国ニ玄妙ノ道有リ、風流ト曰フ、》（『三国史記』新羅本紀第四、真興王三七（五七六）年条所載、崔致遠作「鸞郎碑序」）

《竹旨郎《テマラ》ノ徒ニ得鳥干アリ、名ヲ風流ノ黄巻ニ隷ス、》（『三国遺事』巻第二、紀異第二「孝昭王代　竹旨郎」）

また、花郎未尸《ミリ》について、

《其（花郎未尸郎）和睦子弟、礼義風教ナルコト常ニ類《タグヒ》ナシ。風流　世ニ耀クコト、ホトンド七年、（略）今、国人ガ神仙ヲ称テ彌勒仙花《はな》ト《と》曰《いわく》ヒ《ひ》……》（『三国遺事』巻第三、塔像第四「彌勒仙花　未尸郎　真慈師」）

などである。花郎道の精神的理念については、前掲の『三国史記』所引の「鸞郎碑序」にかなり具体的に次のような内容を伝えている。

新羅本紀第四真興王三十七年条

崔致遠鸞郎碑序曰、国有玄妙之道、曰風流。設教之源、備詳仙史。実乃包含三教、接化羣生。且加入則孝於家、出即忠於国。魯司寇之旨也、虚無為之事、行不言之教、周柱史之宗也。諸悪莫作、諸善奉行、竺乾太子化也。唐令狐澄新羅国記曰、択貴人子弟之美者、伝粉粧飾之、名曰花郎、国人皆尊事之也。[15]

以上の記事から、「玄妙の道である風流」は、実にこれは儒・仏・道の三教を包含していて、国に忠をつくすのは魯の司寇（孔子）の教えの主旨である。また無為にして事を処し、不言の教を実行する仕方は、周の柱史（老子）の宗旨である。諸悪莫作、諸善奉行（『涅槃経』の句で、『日本霊異記』上序をはじめ、諸作品に引かれている）は竺乾太子（釈迦牟尼）の教化である、とその精神内容を説いている。これについては、「鸞郎は真興王代（五四〇～五七六）の花郎と思われる。崔致遠が花郎全盛時代を追想して、三教包含説などを出したのではなかろうか」という井上秀雄説[16]もある。

花郎の起源については、『三国史記』「鸞郎碑」の直前に次掲の記事がある。

新羅本紀第四

三十七年春、始奉源花。初君臣病無以知人、欲使類聚羣遊、以観其行義、然後挙而用之。遂簡美女二人、一曰南毛、一曰俊貞。聚徒三百余人。二女争娟相妬。俊貞引南毛於私第、強勧酒至酔、曳而投河水以殺之。俊貞伏誅、徒人失和罷散。其後更取美貌男子、粧飾之、名花郎以奉之徒衆雲集。或相磨以道義、或相悦以歌楽、遊娯山水、無遠不至。因此知其人邪正、択其善者、薦之於朝。故金大問花郎世紀曰、賢佐忠臣、従此而秀、良将勇卒、由是而生。

これによると、花郎に先だって源花があり、その目的は人材登用の機能を荷担うものであった。そして、「相磨以道義」・「相悦以歌舞」・「遊娯山水」を通じて身心を鍛錬することにあった。

『三国史記』よりややのちに著れた『三国遺事』（「弥勒仙花　未尸郎　真慈師」）によると、同じくその成立のいきさつを次のように述べている。

第二十四真興王。

度人為僧尼、又天性風味、多尚神仙、択人家娘子美艶者、捧爲原花。要聚徒選士・教之以孝悌忠信。亦理国之大要也。（中略）累年、王又念欲興邦国、須先風月道。更下令選良家男子有徳行者、改爲花娘（ママ）。始奉薛原郎爲国仙。此花郎国仙之始。故竪碑於溟州。自此使人悛悪更善。上敬下順。五常六芸。三師六正。（中略）。王敬愛之［未尸］奉爲国仙。其和睦子弟、礼義風教、不類於常。風流耀世幾七年、忽亡所在。（中略）至今国人称神仙曰弥勒仙花。(17)（下略）。

ここでは、原花の目的は「孝悌忠信」の徳目による子弟の教育にある、としている。これは『三国史記』にはみられない事項であるが、それによせる一解釈を提示しているとみてよいだろう。花郎道は風月道と呼ばれ、花郎を国仙と称っているのも、当代の花郎の神仙化を反映している。真興王（五四〇～五七六）は、源花を廃し、良家の男子である徳行ある者を選んで花郎と改め、以後人びとはみな悪を改めて善に向い、上の人を敬う一方、下のものに温順にあたり、その結果、五常（仁・義・礼・智・信）、六芸（礼・楽・射・御（馬術）・書・数）、三師（戒・定・

慧）、六正（布施・持戒・忍辱・精神・禅定・知慧）が広く王の時代に行われるようになった。ここにみられる花郎の徳目には、儒教（五常六芸）・仏教（三師六正）、弥勒仙花にいたっては、儒教（和睦子弟、礼義風教）・神仙道・仏教（弥勒の化身である）の精神が含まれている。

弥勒仙花（弥勒が化身した花郎）の「和睦子弟」は、『論語』に有子の言葉として、

その人なりや孝弟にして上を犯すを好むものはすくなし、……君子は本《もと》を務む、本立ちて道生ず、孝弟なるものはそれ仁を為すか　（学而篇）

と述べられている精神で、孔子の「仁とは古い時代にはやさしいというような意味で用いられているが、一般に認められているものとしては朱子が「愛の理、心の徳」（『論語』学而篇注）すなわち心に備った徳で、発して愛となるべき原理である[18]」とされている。

ここで、『遺事』の「良家の男子の徳行ある者」から『史記』の「美貌の男子」あるいは「美女二人を簡び」の「美」とは、たんなる容姿美にとどまらず、「美行」にもとずく精神的な美を指す語と考えられる。「美行」については、『遺事』巻第二紀異第二「景文大王」の条に、国仙花郎の三つの「美行」、即ち、「有人為人上者、而撝謙坐於人下」・「有人豪富而倹易」・「有人本貴勢而不用其威者」を挙げている。つまり、謙虚・倹約・謹慎の三行のことである。この場合の「美行」はいずれの徳目に属するとも判じがたいが、次掲の徳にかかわりのある精神の美をいうのであろう。つまりこれを孔子は「温・良・恭・倹・譲」（学而篇）の中で、老子は「慈しみ」・「倹約」・「天下人々の先頭に立つことを望まないこと」等を「三つの宝」（『道徳経』[19]第六十七章）として説いている。

なお、三品英彰氏は、「花郎の習俗と本質的に習合したのは、主として三教中、老荘・仏教の二教であった[20]」としているが、思うに、それは三国統一（六六九）以後の傾向であって、新羅時代初めには、かなり儒教的色彩も濃かったのではなかろうか。花郎のはじめは原花（女人）であった。『霊異記』の風流女の背景として、原花を

顧慮することも、あながち無意味ではあるまい。

四　『霊異記』周辺

『霊異記』の周辺にミサヲの用例をみると、欽明紀十五（五五四）年「父の慈《うつくしび》闕くること多く、子の孝《みさを》成《な》ること希なりとおもふ」、推古紀十六（六〇八）年条「丹款《ねむごろにまこと》なる美《みさを》を、朕嘉すること有り」、「斉明紀四（六五八）年条「天皇、本《もと》より皇孫の有順《みさをか》なるを以《も》て、器重のたまふ」（大系本『紀』下、三三二頁　頭注一　ミサヲカは、節度があって美しい様子。ミサヲの語源は、濃い緑、マサヲ。転じて変らぬ彩美、華やかなことをいう。更に転じて心の変らない貞節の美をいう。順は従って変らない意。それを訳してミサヲカと訳したもの。）東大寺諷誦文稿（八世紀初頭成立）に、「雅《ミサヲ》ナル行ヲ修メ難シ」「雅ミサヲニ次ツ〻キ〻テ〻シク」「彩高爽《ミサヲニトトノホリアキラカナル》が故に…」（石山寺本法華経玄賛巻六）とあり、新撰字鏡「気調（弥左乎）」（巻十三）、辞源に「風流」を「不拘守礼法　自為一派　以表異於衆也」。また「精神特異之処」と説いて、超俗的な行動や精神をいう場合に用いたことがわかる（以上、遠藤嘉基「風流」論――訓点資料と訓点語の研究――。『霊異記』大系本補注五三による）。ちなみに『東大寺諷誦文稿』に次のようにある。

末代難修雅ミサヲナル行　然毎物了〻ワ〻キ〻楽見ミカホシク　雅ミサヲニ　次ツ〻キ〻テ〻シク可ニ有行給フ

(282) 末代（は）雅《ミサヲ》ナル行（も）修（め）難（し）。然（れども）物毎《（ごと）》（に）了々《ワキ〳〵》（しく）、楽見《ミガホ》シク、雅《ミサヲ》ニ、次《ツギテ〳〵》シク、有（る）可（き）ニ行（なひ）タマフ[21]。

以上からも、ミサヲははじめ、きわめて、孔子の思想に近い語であったと考えられる。儒教伝来は応神天皇の十六年（二八五）といわれる。

ところで、きわめて大まかではあるが、三教から観た『霊異記』の傾向をみると、

[上]　1忠信（儒）2異類婚（その他）3報恩・法師（儒・仏）4（報恩・屍解）・僧（儒・道・仏）5肺脯の侍

者・異香をはなつ屍・黄金の山・仙薬（儒・道・仏）6老翁（観音の化身）（仏）7報恩（儒）8方広経（仏）9鷲に擒《とら》われた子（その他）10牛に転生（仏）11殺生の悪報（仏）12大徳の慈（儒・仏）13風流・仙草・敬・仏（儒・道・仏）14般若心経（仏）15観音品（仏）16慈・仁・恕・慈悲（儒・仏）17観音菩薩（仏）18法華経（仏）19般若心経（仏）20牛に転生（仏）21六道四生（仏）22極楽往生（仏）23儒学に反し孝養せず（儒・仏）24不孝の女（儒）25忠臣・尭・舜の聖王・仁（儒）26慈悲の徳（仏）27邪見（仏）28仙・慈・仏法（道・仏）29邪見（仏）30渡南の国（仏）31観音帰依　32三宝帰依（仏）33阿弥陀如来の画像（仏）34妙見菩薩（道・仏）35放生（仏）

このように、『霊異記』の構成においては、土着の民間信仰に儒教道徳が浸透しはじめ、道教をまじえつつ仏教が受容されていく（我が国において、儒教が道教に先行するという意味ではない）。中巻では、24鬼神に饗すがわずかに『論語』「孝を鬼神に放つ」（泰伯篇）を想い起こさせるが、儒・道にかわって仏教が全面をおおってくる。下巻も同様である。

おわりに

ミサヲの内実は、「有二風流一女」、「マサナルコト之風」（おおくは修養によって身につく徳）を宗とし、業とする女。「風声之行」、「マサナルコト之風」により、評判名声の弘まる行為。「気調」、「マサナルコト之風」の具象である気だて、口ぶり、をいう。儒的・道的側面からなる「マサナルコト之風」の修養・実践は、仏教の浄土に往生して後に得る五功徳に呼応することを撰者景戒は説き示しているのである。

「十七条憲法」は、聖徳太子が作ったと伝える日本最初の成文法であり、『日本書紀』推古十二年（六〇四）制定とする。その内容には儒家・法家・老荘家の影響が強く、とりわけ儒教思想が支柱をなしているとみられる。なかでも九条には、

信是義本。毎レ事有レ信。其善悪成敗、要在二于信一。群臣共信、何事不レ成。群臣无レ信、万事悉敗。(22)

とあり、これは『論語』学而の「信近二於義一言何レ復也」に呼応する精神である。「信」は約信、しかと約束すること、「義」は宜の意で、事の宜しきをいう。合理的な筋道。(23) 孝徳天皇大化元年（六四五）七月十二日条の詔にも「復當有レ信、可レ治二天下一」(24)とみえ、「信《まこと》をもって天下を治めようと思う」と治世の信条が披瀝されている。『霊異記』の風流女には、みえにくくはなっているものの、孔子の仁を理想の徳とし、他に対し、まこととおもいやりをもって奉仕する孝悌・忠恕・忠信と「先行其言」「人之生也レ直」等の精神が語られているのではなかろうか。また、風流女の描写から想起するのは、六朝時代に人物の品評・風格を的確に論評する風が好んでおこなわれたことである。その様子は、『世説』「品藻篇」や『顔氏家訓』「風操篇」によくあらわれており、我が国平安文学にあらわれた人物批評を考えるうえで、見すごしにはできない事項であろう。さらには両書の先きがけであった「清流」の徒や、下っては、古代国家新羅の成立にともなっては、その軍国の中核たる任務を負った新羅「花郎」道の基調となった精神的理念を「風流の名士」という観念から考えてみた。前者に共通するのは儒・道の、後者にはそれに加えて仏の精神ということになる。

『続日本紀』和銅五年（七一二）九月三日条に、

（元明天皇）詔して曰はく、「故左大臣正二位多治比真人嶋が妻家原音那《いへはらのおみな》、贈右大臣従二位大伴宿祢御行が妻紀朝臣音那《おみな》、並に夫存したる日は、国を為《をさ》むる道を相勧《あひすす》め、夫亡たる後は、固《かた》く墳《つか》を同じくせむ意《こころ》を守る。朕《われ》、彼《そ》の貞節を思ひて、感歎すること深し。この二人に各邑《さと》五十戸を賜ふべし」とのたまふ。その家原音那には連の姓を加《くは》へ賜ふ。(25)　（新日本古典文学大系）

とみえる。多治比真人嶋は、宣化天皇の曾孫多治比古王の子。大宝元年（七〇一）七月没。大伴宿祢御行は、大宝元年七月壬辰（二十一日）条にみられる壬申の功臣、難波朝（孝徳）の右大臣大紫長徳の子で、安麻呂の兄。ここに、二人の妻らの貞節が称えられたのも、「マサナルコトの風」を宗とする行為が切に期待される世であったからであろう。

このようにみてくると、孝徳天皇の世にあって、人里離れた清浄な水に薬草豊かな大倭の国宇陀郡は、マサナルコトヲ心に思い（風流）、ミサヲなる行い（風声）を好み、天上の客人さながらのミサヲ（気調）ある女人を育むにはまことに相応しい地であったといえよう。女に備わった身〈行動〉・口〈ことば〉・意〈思惟〉の三業の因により、女は虚空に昇り天仙となったのである。

「風流」はその後時代が下るとともに、語義を変えていく（名義抄はオモシロシ、字類抄タハル）のであるが、これまた花郎の場合も同様なのである。これについては、風流女のように天を飛んで、新羅へわたった文武朝の風流士〈役行者小角〉についても注目しなければならない。

注

（1）「日本霊異記の考察—第十三縁について—」（全国大学国語国文学会『文学・語学』第二六号）昭和37年　三五—四二頁

（2）池田源太『奈良・平安時代の文化と宗教』永田昌堂　昭和五十二年　二九四～三〇九頁

（3）『日本霊異記』↓大系本補注五三　四六二頁

（4）注（3）に同じ。大系本補注五四。マサナルコトヲは、松浦貞俊説に食物調理の意（『日本国現報善悪霊異記註釋』昭和四八年）にはじまる。中田祝夫、料理家事など日常のことを貞実にあんばいすること。料理家事に堪能であったことは、以下に詳しい（全集頭注八）。出雲路修、塩も醤も調味料。物事の適否を判断する心。行として外面にあらわれた風声（「みさを」を「すなほ」な行為、とするのは吉沢義則の説）を内面から支える心の状態（新大系脚注七）。

（5）北斗七星を本尊とし、息災を修する密法に北斗法（北斗供とも）がある。平安時代のころ、大原僧都長宴（一〇一六—一〇八一）が賀陽院で修したものに始まり、以来、東密でも台密でもこれを行った（中村元『佛教語大辞典』東京書籍株式会社）。法隆寺蔵、白鳳時代の品と伝える「七星劒」の存在からも、七星信仰はかなりはやくからあったと思われる。

（6）宇陀郡が仙草・仙地であったことを伝える『皇極紀』三年三月条の記事は周知のところである。
（7）森三樹三郎『世説新語　顔氏家訓』平凡社　昭和四六年（初版昭和四四年）四二七頁
（8）吉田賢抗『論語』新釈漢文大系　第一巻　明治書院　昭和五七年（初版昭和三五年）三一一頁。また「五美」の内容を次のように詳述している。「子張曰、何謂二五美一。子曰、君子恵而不レ費、労而不レ怨、欲而不レ貪、泰而不レ驕、威而不レ猛。」（堯曰第二十）
以下の『論語』の口語訳の引用は、金谷　治訳注　岩波文庫520　一九九〇年（初版一九六三）による。
（9）星川清孝「晋代における『風流』の理念の成立過程について」（『茨城大学文理学部紀要』（正）第一号　昭和二六年三月。（続）第二号　昭和二七年二月。主として（正）九三・九四（続）一〇〇頁を参照した。
（10）袁宏撰『後漢紀』（下）華正書局　中華民国　六十三年七月、巻二十二ノ十二・十八頁
（11）注（7）に同じ。六〇七―六一四頁
（12）本文訓読は、目加田誠『世説新語』（中）新訳漢文大系　明治書院　昭和五一年による。「品藻篇」第九、六五八～九、六八六、六九〇頁
＊「風声」については、『世説』劉註に「呉志曰、劭好二楽人倫一……風声流聞、遠近稱レ之。（『呉志』にいう、「顧劭は人物批評を好み、……その風声（風評名声）は、遠近の人々の称するところであった。」）（品藻第九）３ノ［一］六三一頁」の例がある。
（13）注（9）に同じ。（続）一〇四頁の用語。
（14）注（7）に同じ。六〇八頁
老子の思想のなかには、仏教との合一性を想わせる思索が少なくない。先きの『後漢紀』の語に符合する例を『孝経』にみると、

第二十七章　無為の行為

（前略）だから、善でもあるものは善でない者の師であり、／善でない者は善である者の源である。／善ある者をありがたく思わず、善なき者を大事にしないならば、／どんなに知恵があっても迷いがある。／これはたいせつな秘密である。

この「無為の行為は」は、『日本霊異記』下二に、「若《も》し人有りて、能く忍辱《にんにく》を発《おこ》し、時に怨人《あたびと》を見れば、我が恩師とし、彼《そ》の怨を報い不《ざ》るは、之《こ》れを忍《にん》とす。是《こ》の故に、怨は即ち忍《にん》の師なり」に呼応するものであろう。『梵網経古迹記』巻三に

「以レ怨報レ怨。如二草滅一レ火。以レ慈報レ怨。如二水滅一レ火。（怨《あた》を以て怨に報するは、草をもて火を滅ぼすが如く、慈を以て怨に報ゆるは、水をもて火を滅すが如し）」（大正大蔵四〇ノ七一二頁）とある。

第四十八章　減少と無為

学問をするとき、／日ごとに蓄積していく。／「道」を行うとき、日ごとに減らしていく。。減らしたうえにまた減らすことによって、／何もしないところにゆきつき／そして、すべてのことがなされるのだ。／だから無為によって、／しばしば天下を勝ち取る。／行動するようでは、天下は勝ち取れないのだ。

「道」の達成は思想を減らすことによって得られる。仏教哲学者たちは空《くう》（Sunyata）の状態によるこの方法を実践する。『法句経』第二六章　バラモンでは「諸の現象の消滅を知って作られざるもの（＝ニルヴァーナ）を知る者であれ」と説く。（以上、『孝経』の引用は、『老子の思想』（→注18）による）。『金剛般若経』一〇章の句、「もろもろの菩薩・摩訶薩は、まさに、かくの如く、清浄の心（とらわれない心）を生ずべし。まさに色を住して心を生ずべからず。（略）まさに住する所無くして、しかもその心を生ずべし。（中村元・紀野一義訳註「般若心経・金剛般若経」岩波文庫　一九八九（初版一九六〇　六六頁）に通じる。

(15) 金富軾著／金思燁訳『三国史記』六興出版　一九八〇年　八六頁・九七頁

(16) 井上秀雄『三国史記』1　東洋文庫372　一九八六年（初版一九八〇年）一二九頁　注六一による。『三国史記』は高麗仁宗　二十三年（一一四五）、金富軾（一〇七五～一一五一）等編。

(17) 僧一然（一二〇六～一二八九）撰。注（15）に同じ。二七四・二七五頁

(18) 張鍾元著・上野浩道訳『老子の思想』講談社学術文庫　一九八九年（初版一九八六年）六四頁

(19) 宇野精一『儒教思想』講談社学術文庫　一九九〇（初版一九八四）年　八七頁

(20) 三品彰英『新羅花郎の研究』三品彰英論文集第六巻　平凡社　昭和四十九年　二三八頁

花郎については、鮎貝房之進（「花郎攷」（『雑攷』第四輯　昭和七年）・三品彰英（前掲書）両氏の研究があり両書に負うところがおおい。

本稿は昭和六十二年「説話文学会大会」の口頭発表に基づく。その後、花郎に関する閔周植「韓国の美学思想」（今道友信編『講座美学』第1巻　東京大学出版会　一九八四年五月）のあることを知ったが、私の論旨に変わりはない。

ついでながら、三品説を引くと、「花郎」はのちには「国仙」とも称せられたが、「新羅時代にはこの称呼（花郎）が一般に用いられていたものと認めることができ、文献的にはまだ「国仙」という称呼は現われてこない。（略）高麗時代に花郎

の遺風に対して「国仙」という称呼が現われるのは『高麗史』(巻十四)世家睿宗十一年(一一一六)の条においてであり、『三国遺事』は新羅花郎に対して高麗的な「国仙」の称呼を使用している。(前掲書二三八頁)。新羅の三国統一(六六九年)後、花郎の神仙的潤色は徐々に顕れてきたものと考えられる(同書二三九頁)。新羅滅亡は九三六年。『三国史記』の年立によれば、前五一におこる。風流女は事実か否かは別として、孝徳朝(六四五―六五四)のこととしている。新羅との関係については一考を要する。

(21) 中田祝夫『東大寺諷誦文稿の国語学的研究』風間書房　一九六九年　七〇頁・一五五頁

(22)『日本書紀　下』日本古典文学大系68　一九八四年(初版一九六五)　一八五頁

(23)『論語』新釈漢文大系　第一巻　明治書院　昭和五七(初版昭和三五)年　三二頁

(24) 注(22)に同じ。頭注二五による。

(25)『続日本紀 二』新日本古典文学大系　岩波書店　一九九一年　一八五頁

本稿は、昭和六十二年六月二十八日、「説話文学会大会」(於　札幌大学)で「『日本霊異記』上巻の〈五百虎〉・〈風流〉について」と題した口頭発表の一部を原稿化したものである。

二 「幡幢」考

はじめに

婆羅門の作れる小田を喫む烏瞼腫れて幡幢《はたほこ》に居り《を》（万葉集 十六、三八五六）

この歌を注して契沖は、

烏ハマナフタノ腫タルヤウニ見ユル鳥ナリ。ハタホコニヲリハ、田ヲハミ飽テ後、幢ニ上リテヲルナリ。今も桔槔ノ柱上ナトニ居ルヲ見テハ、先此歌ノ思ヒ出ラル、ナリ（代匠記）

とし、澁澤久孝博士は、

波羅門僧正の作つてゐる田の稲をたべ荒す烏は、その罪で、瞼が腫れて幡幢にとまつて居る。(1)（萬葉集注釋）

としている。波羅門を、伎楽の波羅門と解する説もあるが、「作れる小田」と続いているところからすれば、僧正とした方が面白い（大系本頭注）。

「瞼腫れて」は、高楠博士は「波羅門の感化力のために自分の所行を後悔して涙を流し、瞼腫れて―烏の眼が腫れてしほ〱として幡ほこに居ると云ふ意味」と解されており、新考に「三四の間に罰を中テラレテといふことを挿みて聞くべし(2)」とあり、澁澤博士は「ここは佛罰でと見た方がおもしろいであらう」とされ、私も同様に考えている。

ここでは、烏・幡幢・瞼腫れて、の三語のうちに相関関係が認められるかどうかを考察してみようと思う。

一　幡と幢

幡も幢もともに旌旗の属で、幡は旛に通じる。『和名抄』に、「幡。涅槃経云、諸香木上懸二五色幡一、波太　幡波太〻　旌旗之惣名也」とみえ、戦争や法会布教の際、寺院の庭に立てるしるしのはた、のぼり（幟）のことで、標識、装飾と、大小さまざまな形状がある。推古紀三十一年秋七月条に、新羅・任那の朝貢の際に、「且大観頂幡一具・小幡十二条」（日本古典文学全集）とみえる。

捧げたる　幡《はた》の靡きは　冬ごもり　春さり來れば　野ごとに　著きてある火の　風の共《むた》　靡かふごとく（万葉集、一九九）

これは壬申の乱の際に、天武天皇の軍を叙した場面であるから、軍用の幡で、幡を多く立て、敵を恐れさせるのである。しかも野を焼く火焔に譬えているところを見ると、赤旗であったろう（『萬葉集攷證』）。また、『古事記』の序文に「降旗耀レ兵」とあるのも、同場面のことであるから、降旗は紅旗である（『増訂萬葉集全註釋』）とされている。

物部《もののふ》の、我《わ》が夫子《せこ》の、取り佩《は》ける、大刀《たち》の手上《たがみ》に、丹画《にか》き著《つ》け、其の緒《を》は、赤幡《あかはた》を載《かざ》り、立てし赤幡、見れば五十《い》隠《かく》る（清寧記）

「これは、太刀の柄を赤く塗り、その下げ緒には赤い布の標識を飾りつけ、赤旗を立てたありさまを、敵が見ると恐れをなして隠れるという意味で、「見ればい隠る」に続けたものであろう。／旗は大きな旗もあり、極めて小さい幡もあり、ここはその小さい方の意で、標識である。」（大系本頭注八／七。三二四頁）

伊奘冉尊、火神を生む時に、灼《や》かれて神退去《かむさ》りましぬ。（略）土俗《くにひと》、此の神の魂《みたま》を祭《まつ》るには、花の時には亦

花を以て祭る。又鼓吹幡旗《つづみふえはた》を用《も》て、歌ひ舞ひて祭る。（神代紀上　大系本 九〇頁）

また、『後漢書、馬防伝』に「去二臨洮一十余里、為二大営一、多樹二幡幢一。」の例がある。

幢は、橦に通じ、はたざおの例に、『後漢書、馬融伝』、「掲二鳴鳶之脩橦一。」とあり、その注に「橦者、旗之竿也。」とみえる。ここに鳶と旗竿のとりあわせは、鳥と幡幢と合わせて、鳥の習性を写したものにすぎないが、やはり興味深い。「張衡、西京賦」の「烏獲扛レ鼎、都盧尋レ橦」の「注」に「銑曰、橦、竿也」とみえ[3]、同書に、「脩旃《しうせん》を樹《た》て、辰僮材《しんどうさい》を程《あらわ》し、上下翩翻《へんぽん》たり」とある。長い竿の旃《はた》をたて、その上で子供が妙技を演出し、上がったり下がったり、ひらりひらりと身をひるがえす曲芸をしている。「旃」は文様のない目じるしの赤旗をいう。〔釋名、釋兵〕に「通帛曰レ旃、戦也、戦戦恭レ己而已、通以二赤色一為レ之、無二文采一、三孤所レ建、象二無事一也。」とあるように、ときには戦の旃でもある。

「幡幢」のよみについては、『歌經標式』に道合師の歌として「婆他保己尔《ハタホコニ》　蘓比弖能保礼留《ソヒテノボレル》　那婆能其等《ナハノゴト》　蘓比弖能保礼留《ソヒテノボレル》　婆他保己能《ハタホコノ》」[4]とあるハタホコで、旗をつけた竿のこと、旗柱[5]・旗桙に通じる。

また仏菩薩などを供養する具としては、『法苑珠林』に「或見二佛塔菩薩一、或見二僧衆列坐一、或見二帳蓋幡幢一。」の例があり、種々の綵帛を以て荘厳に飾った竿柱のことである。

法幢高く竪《た》ちて、幡足は八方に飄《ひるがへ》り（霊異記　中序）

「幢」は幡桙、仏法の旗しるしは高くそびえて、その旗の末端は八方に飄り、の意。「幢」は、名義抄・字類抄ハタホコと訓み、一字で旗つきの桙（竿・柱）を意味することもあった。

緋《アケ》の蘰《カヅラ》を額《ぬか》に著け、赤き幡桙《はたほこ》を擎《ササ》げて、馬に乗り（霊異記　上一）

小子部栖軽が雷を請け奉るために出かける折の様である。「桙」は名義抄ホコ。「幢」に同じ（大系本頭注）。

そのほか

亦《また》大臣の遣《つかは》せる群卿《まへつきみたち》は、従來《もとより》厳矛《いかしほこ》厳矛、此《これ》をば伊箇之倍虚《いかしほこ》といふ。の中取《なかとりも》てる事《こと》の如くにして、奏請《ものまう》す人《ひと》等《ども》なり。　（舒明天皇　即位前紀　大系本　二二二頁）

また、

人有り、髭《ひげ》、逆頬《さかほ》に生え、下に緋《あけ》を著、上に鉀《ヨロヒ》を著、兵《つはもの》を佩《は》き桙を持つ。（略）戟（戟保己《戟保古乎》戟保乎去）ヲ以て背に棠キ立て、前に逼《せ》め將《ゐ》る。（霊異記　下九　大系本　三四一頁）

池神の力士舞かも白鷺の桙啄《ほこく》ひ持ちて飛びわたるらむ　（万葉集　三八三一）

この「桙」は「杵」に通じ、ほこの意、木ホコのことであろう。

日本建尊比々良木乃以二八尋鉾根一天、奉二献皇太神宮一留　（倭姫世記(6)）

「鉾」は「矛」の古字、金ホコをいうか。

戈・戟・矟・鑹保己　（最勝王経音義(7)）

以上のことから、ホコは、竿・柱のような形状のものを指す語から、矛・戟・桙・鉾・戈・矟・鑹に至る武器を含む、長い棒状の器具を表す語といえる。

オルドスの民族であるヒー・モリの柱およびオボについては、拙稿で述べたことがある(8)。いずれも神霊の降下する標識、あるいは神座であると考えている。その後、偶々「崑崙山から魔のタンラ峠突破チベット夢の都ラサへ(9)」と題するテレビの放映を観た。苦難を越えて巡礼の旅を続けるモンゴルの一家の眼前に、タンラ峠を越えると忽然、一つのオボ——写真で想像していたものより遥かに大きい——が現れ、人びとはそれに向かって大声で「オボ」と叫びながら駆け寄るところで終る。オボはボン教の習俗なのか、詳しいことはわからなかったが、この場合、境界の標識をもかねているように思えた。

標識としての器物は、国境の峠に、あるいは占有地に立てられた。たとえば、「出雲国風土記」、意宇《おう》の郡の国

引きを訖《お》えたとき、「意宇の社《もり》に御杖衝《みつゑ》き立てて『おゑ』と詔りたまひき。」とあるのも、「神功皇后　摂政前紀」に、

即ち皇后の所杖《つ》ける矛《みほこ》を以《も》て、新羅の王《こきし》の門《かど》に樹《た》て、後葉《のちのよ》の印《しるし》としたまふ。故《かれ》、其の矛《みほこ》、今猶新羅の王の門に樹《た》てり。（大系本　三三八頁）

とみえる杖・矛にも同様の機能が認められよう。大系本頭注二一では、「新羅王宮の門庭に聖標としての蘇塗系の神竿・水竿が立てられていたものか」という三品彰英説を挙げている。これについて「仲哀記」には「尓以㆓其御杖㆒、衝㆔立新羅国主之門㆓」とある。

神は高峰・喬木の頂に降下する、という信仰は種々の伝承に残っている。高峰とはいっても、香具山（標高一四七米）・賀毗礼の高峰（五九四米）などは、雷の岡同様に小高い岡にすぎない。

立速男命《たちはやをの》という天つ神（別名を速経和気命）は、天降って、松沢の松の木の八俣になっているところに顕現し、後に、賀毗礼の高峰に鎮座られた（常陸国風土記　久慈郡）。霹靂木は鳴神の宿り木として珍重され、仏像彫刻に用いられた（霊異記、上五縁）。斎場の神樹を伐採するときには、死者が絶えなかった（今昔物語集十一の二二）。時代は降るが、『宇治拾遺物語』では、「仏現れておはします」という京中の騒ぎを心得ず思った右大臣殿の世でも、なお、樹木は神霊降るところであり得たのである（「柿の木に仏現ずる事」）。

神霊はとりわけ枝わかれした樹を好んだようである。朴桂弘氏の説によれば、栃木野上ではアゲキとて三又の木は山の神のすきなヤドリギで桜・楢が多い。また、韓国の祭場標識としては、元来樹木が用いられた。最古の神話である壇君神話や金首露上誕生神話などによれば、神がみな樹木の上に降下したという。それが次第に自然そのままの樹木ばかりでなく、人工を加えた柱や棒、その他の人工物が神の降下目標物、つまり祭場の標識として登場するようになった。(10) その標識の一つである蘇塗」について同氏は、壇君神話に現れた神樹の変遷であり、

また満州風俗の神竿（索摩 somo）、古代日本の「神籬」と類似したもの[11]で、初めは「樹木崇拝から出発して後に神の降下階段及びその住所または神域の標示としたものである[12]」としている。また、「満州の神竿は、祭壇、神主を標示し、印度の因陀羅柱は神柱、境界を標示するのに対して、韓国の蘇塗は民俗的に守護神、境界標、神体、祭壇の性格を帯びている[13]」といった見解も提示されている。柳田説を継承、発展させた論として注目される。

「オボ」も「ヒー・モリの柱」も蘇塗も、同様の機能を帯びているものではなかろうか。ヒー・モリとは、文字通りには「風の馬」の義で、小さい旗に呪文と馬の絵とを描いたものである。このように、「ヒー・モリの柱」もまた、旗つきの柱のことで（先端に掲げるか、ひもに下げて竿から竿にわたしたもので）、ハタホコに通じるのであろう。

古代日本の信仰では神霊の降下する「飛鳥寺の西の槻の樹」（天武紀・皇極紀など）がよく知られ形状も大きい。小さいものでは、「みたまの飯にさした一本箸」（「先祖の話」『定本柳田国男集第十巻』）・「くろもじ」（「花とイナウ」前掲書第十一巻）がある。素服をまとい、うず高く盛った飯に一本箸をさした金椀を道端に置き、失せてしまった人を鈴を振りながら探しもとめる悲しげなオモニの姿をみかけたことがあった。戦前の朝鮮元山のひと日の風景である。

二　赤き幡桙

いなづまは、いなつるび（雷電）ともいうが、この語は、稲が「稲の夫（つま）」と結合して穂を実らせる、と信じられた原始信仰の所産である。

『霊異記』上一の雄略天皇と皇后との大安殿における婚合は、すでに守屋俊彦氏によって指摘されているように、雷雨を誘引し、大地を潤し、豊穣予祝行事としての聖婚であった、と考えられよう。同場面は「雄略紀」には、雷に代って三諸の岳の神である大蛇となっている。日本の民間信仰では、蛇や竜は水神で雷となって雨をつかさどる、とされていた。

インドでも、蛇は変化自在の神通力によって、雲を集め、雨を呼び、バラモン僧の姿となって出現する魔力の所有者として畏敬していた。蛇は、また生産力や男根の象徴であり、農業の象徴とされ、さらには、竜という架空の怪獣をつくり出した。仏教思想によると竜は、四天王のひとりである広目天の配下であり、同時に八部衆のひとりである。八部衆は、古代インドの異教の神々であるが、のちに仏法の守護神となり、その一員としての蛇は、豊作をもたらす豊業の神ともなった。雨乞いの本尊は、サーガラーという竜である。蛇・竜にゆかりのある仏像に水天がある。(14)

それにしても、この場面は「農業の豊穣を確保するための儀礼」であり、栖軽は「雷神の降臨を掌る司祭者であった。(15)」その出立つ様は、「緋の縵を額に著け、赤き幡桙《ササ》を擎げて、馬に乗り」と記している。「赤き幡桙」は雷神招請呪術のための呪具であり、雷の依代・天への梯子でもある。したがって、栖軽の死後「雷の岡に樹てた碑文の柱」に再度雷が落ちてくるのも当然ながら面白いのである。

同中五縁に、聖武天皇の世に、漢神の祟りから遁れようとして牛を殺した家長が悟って償いに放生をし、死後、閻羅王宮で、殺生と放生とのいずれか多数決による裁判を受けて、蘇生してくる場面がある。

千万余人、我が左右前後を衛《かく》み繞《めぐ》りて、王宮より出で、輿《みこし》に乗せて荷《にな》ひ、幡《はた》を擎《ささ》げて導き、讃嘆して送り、長跪《ひざまつ》きて礼拝《らいはい》す。(略)此《こ》れより已後《のち》、效《ほしいまま》に神を祀ら不《ず》、三宝に帰信し、己《おの》が家に幢《はたほこ》を立てて寺と成し、佛を安《お》き、法を修し、放生す。(大系本 一八九頁)

このように、家長が千万余人(生き物)を放生した徳が閻魔王を動かし、家長は現世に生還した話である。家長を「輿に乗せて」「幡を擎げて導」く様は、上一で栖軽が雷を捉え遇する場面に共通し、鬼神（漢神）を祀ることをやめ三宝に帰依した家長（の御霊）は神仏同様に待遇されている。このことからも、同上三で雷鳴に驚いた農夫が、「恐り驚き金の杖を擎げて立つ」た動作は、はからずも雷神誘導の作法に適っていたのであった。杖も幡も同質である。

「赤き幡」・「緋の縵」（霊異記中七）・「緋の嚢」（同中二十五）の例もあり、赤も緋も呪力・霊力を示す色である。その他、『文選』西京賦に、

東海黄公、赤刀もて粤祝《えつしう》し、白虎を厭《えん》せんことを冀《こひねが》へども、卒《つひ》に救ふ能《あた》はず。邪を挟《さしはさ》み蠱《まじなひ》を作《な》すとも、是《ここ》に於《おい》て售《おこな》はれず。(16)

と、呪術性のある赤い刀の例もあり、また、「清寧記」（前章既出）の太刀の柄を赤く塗ったこと、さらには、「丹塗矢」(17)伝承の例からも、赤い旗のついた桙には、魔除の赤土を塗ったか、朱塗りかであったのだろう。しかも、丹塗矢伝承のいずれもが、蛇神・雷神・矢とは、同じものの異った形で、（その形状・形態から同一視された）、雷神の変化であることも合わせて注目される。例えば、『古事記』の三輪の大物主神・「山城国風土記逸文」の火雷神・「常陸国風土記」那賀郡晡伏山の蛇神などである。矢も桙同様に霊的存在であったことを『地獄草子』に登場する毘沙門天王の放つ矢も語っている。

棒や竿の上端には、木鳥・幟旗をはじめ様々なものがとりつけられた。石川県鳳至郡鵠巣村の話では、報恩してくれた蟹（例話に霊異記中八）を端午の幟に描いた（関敬吾『日本昔話集成』）。「常陸国風土記」久慈郡の長幡部の遠祖にまつわる伝承に、屋の扉《とびら》を閉じて、闇内で織った、「内幡《うつはた》」あるいは「烏幡《うつはた》」と名づけられた絁《あしぎぬ》は「丁《たけ》き兵《つはもの》、丙《こは》き刃《やいば》も、裁《き》ち断ることを得ず」と記している。このように、聖なる威力ある布は、衣裳はもとより幡幟にも用いられたことであろう。幡幢は、依代であり、天への階梯であるとともに、もう一つ、原始仏教で除災の

ために読誦する「幢首呪（Dhajagga-paritta）」は、アシュラとの戦闘にあたって、帝釈の旗の先をみて恐怖からのがれる呪である役をも果しているのである。[18]

垂仁天皇は「綺戸辺《かにはたとべ》」という佳人を召し、後宮にいれた（垂仁紀二十四年三月条）。この人こそ神幡を織る處女であった、と思われる。書綾部本名義抄「綺　和云加牟波太　一云拎利毛能」、また、蒙求抄五「綺はかんはた、縞はきぬぞ」とみえる。この点について、すでに黒沢幸三氏の説があり、神幡と綺とは同じものであると結論づけられている。[19]

ところで、上一のこの場面は昼であろう、とされながらもいまのところ確証に乏しい。しかしながら、この赤い旗がくっきり鮮やかにみえるには、どうしても場面は昼でなければならない。その傍証として柳田の次の例を掲げておきたい。

柱の頂點に於て火を燃すことは、（略）柱の所在を夜来る神に知らしむる為であったことは、日中の柱に旗を附することを思合せるとほぼ疑が無い。陸中遠野では盆に今でも此やうな旗鉾を立てる（遠野物語序）。其旗は赤くして小さい。阿波にも之とよく似た招き旗があると云ふ。[20]

ともかくも、旗鉾の主体は柱であって、紙の御幣を尖端に付けることも火を燃すことも、柱の存在を訪れる神に知らせるための方法であった、と柳田は説く。そして

塚の上に柱を立てて其尖に炬火を挙げた風習は、既に甲州東八代郡奈良原のカリ塚に於ても其一例を見た。是は廣済寺と云ふ寺の門前で、盆の聖霊送りの晩に執行ふ古式であった。（略）推古天皇紀の大柱直の記事に至っては、（略）此柱が何の為に立てられたかを勘考して見ると、自然に後世の柱の旗・柱の松明の意味が解るやうに思ふ。[21]

この「大柱直」については、既に拙稿「三刃の矛」[22]で少しくふれたが、はからずもここで柳田のこの記事に逢着

するのである。このようにみてくると、「赤き幡桙」は、昼の神迎えの一形式であり、また「言はゞ神人仲介者の権力を表示する適切なる記章であった(23)」と考えられよう。赤い幡も「千駄焚き」もともに雨乞いの儀礼であり、小高い丘の上で行われた。

ついでながら馬は我が国でも神の乗物であると考えられていたことは、つぎの記事からも明らかであろう。

同書（諏訪大明神繪詞の神長本）の記事のみでは精確には分らぬが、此日（三月酉の日）は大祭で社殿の儀式畢って後、内縣《うちあがた》大縣《おほあがた》小縣《ちひさがた》の三神使、御杖の尖に神宝を取附け、馬に乗って三道に立別れ、三日又は五日の間郡内の各地を巡行した。是を廻神《めぐりがみ》と稱して村民之を拝礼したいといふ事(24)である。

馬が天を駆けめぐるという思想や信仰は、おもにアジア内陸の遊牧民の間にあった。馬は、天界に住む神々や精霊たちを供養するための聖獣で、特に白馬は最適の供物とされていた。また、馬は、死者、疫病の魔物、巫女などを冥界へ、霊界へと運んでいく乗物と考えられていた。

今は昔、生贄として年十五六の美麗しい處女を海神に奉る行列を記した震旦の風景である。

玉ノ輿《ミコシ》ニ色ゝノ錦ヲ張リテ諸《モロモロ》ノ財《タカラ》ヲ盡クシテ荘《カザ》レリ。多クノ人、前後ニ繞《メグ》リ立《タテ》リ、喬《ソバ》ノ方ニハ覡巫《カムナギ》馬ニ乗《ノリ》テ仕《ツカマツ》レリ。亦、或ハ幡《ハタ》ヲ持チ、或ハ鉾《ホコ》ヲ捧ゲタリ、或ハ榊《サカキ》ヲ取レル者、員不知《カズシラ》ズ多カリ。（今昔物語集、巻第十、卅三。史記巻第百二十六に據る。）

インド、ヴェーダ神話の主神インドラは、雷霆の神で嵐に関与し、大地と水の神、農業の神などの性格を与えられており、牛を祖先としている。また、牛は雷雨の神と関係の深い大地の守護神と信じられてもいた。古代に登場した第一の聖獣は牛であって、馬は牛の役割を受け継ぐかたちで神聖視されはじめたのである。

三　烏

烏にも八咫烏（太陽の中にいるという三本足の烏。准南子・史記にみえる）の例もあり、種類もおおく一概にはいえないが、「おほをそ鳥」（万、十四、三五二一）ともいわれ、神代紀には、「鳥を以て宍人者《ししひと》とす」（天稚彦の殯宮）、『発句経』第十八章「汚れ」に、

二四四　恥を知らず、烏のように厚かましく、図々しく、人を責め、大胆で、心の汚れた者は、生活し易い。(25)

『聖徳太子伝叢書』に聖徳太子薨去の場面を次のように叙す。

伝暦、推古天皇廿九年辛巳春二月条に、

外国百姓。遠来廻レ墓。相聚叫哭。日夕不レ絶。五十日後。漸有二減耗一。有二一異鳥一。形如レ鵲。其色白。常従二墓上一。烏鳶到即遠追去。時人名二守墓鳥一。三年之後復更不レ来。(26)

また『日本霊異記』中巻第十に次のようにある。

烏の己が児を慈《うつくし》びて他児《あたしこ》を食ふ。慈悲《うつくしび》無き者は人《ひと》なりといふとも烏の如し。（新日本古典文学大系）

『霊異記』中巻第二「烏の邪婬を見て、世を厭ひ」（霊異記　中二）なども、カラスに対する古代人の印象を示す例であろう。

「壒嚢抄五」に、

ヲソハ黒《キタナシ》ト云詞也、サレバ日本紀ニモ似レ烏ヲバ貪鳥、又ハ烏合之群ナンド云テ、烏ノ中ニハ心貪欲ニ、凡ソ非常ナル物ニ申習ハシ侍ル也、又大黒鳥共書り、黒ノ字ヲモキタナシトヨム、今ハ黒キ義ニハ非ザル也

とある。

中国の故事に、「烏鳶之卵不レ毀而後鳳凰至」（〔路温舒、上二尚レ徳緩一レ刑書〕諸橋大漢和辞典による）というように、仁恵の心厚く烏鳶の卵に至るまで濫りに破らない時には、鳳凰は其の世を慕って集まり来る、ということで、やはり烏・鳶は忌み嫌われたようである。

さて次に、なぜ烏の瞼が腫れていたのかを考えてみよう。「ばあさん・じいさんの二人」（A・モスタールト著

『オルドス口碑集――モンゴルの民間伝承(27)――』）の話に、じいさんをつかまえにやってきた地獄のエルレック帝の使の二匹の鬼が、逆にじいさんに叩き出され、ヒー・モリの柱にくっついて立っていたところを、二人に手斧で脛を伐られ、疵だらけで地獄に逃げかえった、とある。このヒー・モリの柱と鬼の降伏とには、相関関係があったと考えてもよいだろう。その場合、柳田国男の引用する

真澄（真澄遊覧記）の秋田紀行の中にも、由利郡から雄勝の西馬音内《にしもない》へ越えるタムロ沢と云ふ山村で、里の入口に高い柱が立てゝあったことを記し、田畠の物を盗んだ者は此柱に縛り付けると書いてあった。此地方は何れの里の入口にも此柱が立って居たと云ふ（飽田の苅寝）(28)。

などにも、仏教以前の斎場の様子がうかがわれよう。また、『日本感霊録』にも「竊《ヒソカ》ニ銭幡《セニハタ》ヲ盗みテ、狂ひ死にを得《と》りし縁」と題して、元興寺の四王に奉納された銭幡を盗んで売却し、飲食した常主満が急死した話(29)を載せている。

有人《ある》、銭幡《セニハタ》を荘《かざ》り造《つく》リテ、中門の東・西の四王に奉れり。是に、常主、奸しき心ヲ挟《ワキハサ》ムテ、（略）其の幡を［　］賣《ウ》リ販《ヒサ》売イテ、（略）一宿《ひとよ》を超えず、病無くて暴《にはか》に死に、遂に［　］莫し。

原本、「銭幡」には「セニハタ」と傍訓がある。この銭幡は、銭型の文様のついている幡の意か、銭と幡とを荘厳にしつらえて（銭は紙銭か）、なのかはっきりしないが、とにかく寺の「幡」を盗んで賣り販いだことが暴死に至ったのである。「幡」は神仏の霊の宿るところであった。

四　地獄の使者と三刃の矛

幢は、幡とともに用いられる場合と、幡とは別に単独で杖、捧の一種として扱われる場合とがある。前者の例としては、『霊異記』の「赤き幡桙」ですでにみてきた。後者の幢は、はじめ古代武器の一種として登場し、の

ち儀仗としてもっぱら用いられるようになったものである。いずれも武器から呪具・法具への道をたどったものと考えられる。

木や竹をけずって、その先端をとがらせただけの単純な武器が槍《やり》である。時代とともに金属が発見されると、銅、青銅、鉄などの槍が木製にとって代わった。槍には数種あり、一説に柄の先端に単出のものを戈、横刀を雙出させた戟・矛などは槍とよばずホコという。

「令義解」に「槍は木の両端鋭きもの」と記し、『紀』、神武天皇元年条に「日本《やまと》は浦安《うらやす》の国、細戈《くはしほこ》の千足《ちだ》る国」とあり、「ついで文武天皇二年十一月大嘗会の儀式に矛を飾ったことがある。また神祇令の義解に、矛を住吉神に奉ることがみえ、神幣にも用いられたことも古く、大和の石上神宮、奈良春日大社には、奈良朝以来の各種の神鉾を伝えて有名である。(30)」

ところで、『オルドス口碑集』所載の地獄のエルレックハーンの使いの鬼がくっついていたヒー・モリの柱とは、同書の挿図によれば、先端が三叉になった竿で、金属性の矛状のものである。別稿で、これは祭具であると想定しておいたのだが(31)、勿論、その原初の形状はさらに素朴なものだったに違いない。それにしても鬼が柱にくっついて、さんざんな目に会ったのは偶然のことだったのだろうか。それでは試みに、仏教におけるホコの役割を考えてみよう。

秋山昌海氏によれば、戟と鉾（矛の古字）とは同じ武器の異なる名称であることに諸説がほとんど一致している。仏像の持つ戟は、ふつう三鈷と思って差しつかえない(32)。『望月仏教大辞典』によると、次のように述べている。

三鈷戟　サンコゲキ　梵語 tri-śūla の訳。三鈷の戟の意。又三頭戟、三戟鉾、三戟叉、三股叉、三古鉾と譯し、略して三戟とも云ふ。胎蔵界曼荼羅金剛手院念怒月黶尊の三味耶形にして、即ち貪瞋痴の三毒煩悩を降伏し、以て佛金連の三部の諸尊を顕得するの意を表す。又外金剛部院の伊舎那天、広目天、烏摩妃、水天眷属等も亦皆此の三形を持す。蓋し内外の悪魔を摧破する徳を示せるなり。又胎蔵界曼荼羅[33]外金剛部院の商羯羅天は三戟の印を結べり。（略）

ここには、三鈷戟の目的が「貪瞋痴」の三毒を降伏するにあることが明記されている。また、三鈷戟tri-sūlaは、「輪羅印しゅらいん、戟をつくる印相をも表す（『演密鈔』九巻 S sūla）。三鈷[34]戟の三鈷は元来みつまた、わかれみちの意の[35]三叉で、三叉矛のことである。

三鈷の宝戟を持つ仏像は、不空羂索、千手の両観音、四天王、降三世、軍荼利、大威徳などの各明王、大自在天、弁才天など、戟と密接な関係をもつ仏は大自在天とその変身像、分身像などである。大白在天は、あるいは自在天主ともいわれ、サンスクリット名はマヘーシュバラで、もとは古代インドにおけるヒンドゥー教の天地創造の神シバであり、万物の主とされる最高位の神であった。それが仏教に加えられて名を改めて大自在天と称い、天部に属し、仏法守護神となった。[36]密教の胎蔵界曼荼羅では、三鈷戟を握り、うずくまっている黄水牛にまたがる。青黒色あるいは白牛に乗る像もある。

ところで、大自在天には千の化身像があるといわれ、なかでも伊舎那天は、大自在天が立腹した姿をかたどった像である。もとは、インド神話のイーシャーナで火と風をつかさどっていた。この天は、密教では、ふとった黄色の水牛に乗り、左の手には、人間の血を盛った杯を持ち、右手には槍を握っている。大自在天も伊舎那天も胎蔵界曼荼羅外院の東北隅にある。『覚禅鈔』には、その形像を次のように記している。

護摩軌云。東北伊舎那天。旧云魔醯首羅天。亦云大自在天乗黄豊牛。左手持劫波羅杯盛血。右手持三戟槍。浅青色。肉色。三目念怒。二牙上出。髑髏為瓔珞（略）。胎図云。三目。青色。赤髪。以髑髏為瓔珞（略）。右手持三古戟（略）。

また戟印については、

青竜軌下云。東北伊舎那眷属部多等戟印。三昧拳。堅火風屈背(37)(略)。

とみえる。両天の乗る牛は、インドでも中国でも、雷雨の神と関係の深い大地の守護神であると信じられていた。原像の神シバも三叉ホコ(その起りは未詳)を持っていることからもホコは、もともと武器あるいは呪具であったと思われる。朝鮮の巫覡の呪具のひとつに別掲のものがある。(38)

インドにおいて、神話時代から世を護る神とされてきた四天王、すなわち持国、増長、広目、多聞(毘沙門)天は東西南北を分担守護し、種々の武器を持つ。たとえば、時代は降るが、興福寺の南円堂に安置される木造四天王立像(康慶作　鎌倉時代初期)の多聞天像は、左手にみごとな三叉矛を掲げている。(39)

閻摩天はインドの古い神で、もとは死の象徴であったが、のちに冥界の領主、死者の王となった。その像はもと、左手に人頭をつけたダンダ(サンスクリットで、宝杖、策杖のこと)を持ち、白色または青色の水牛に乗っている。閻魔王のそばには、ふたつ頭の飾りがついた幢がたち、〈見る目かぐ鼻〉といい、その名のとおりなんでも見抜き、なんでもかぎつける魔法の杖で、閻摩王の裁きを受ける人間ひとりひとりについて、善悪を見分けるのはこの幢である、(40)という。

このように、三鈷戟が悪魔をうち滅ぼす武器という意味づけは、「杵」の場合とほぼ同様である(三鈷杵は、密教に特有の身・語(口)・意の三密の法門をあらわす)が、貪欲・瞋恚・痴愚(真理を理解する能力がないこと)の三毒を降伏するための武器、とされているところに特色がある。

仏像の中でも、ことに密教系の像には、武器が採用されており、それらが重要な法具と定められている。武器は、敵をうち砕くための道具である。敵とは「魔」のことで、「魔」とは、人の心にひそむ悪を指す。仏陀が悪魔の誘惑を閑《さえぎ》り払ったことを、降魔《ごうま》と呼ぶようになった。昔の高僧たちを賛え『霊異記』では、

智の燭《トモシビ》ヲ乗《ト》りて昏《クラ》き岐《チマタ》ヲ照らし、慈《うつくしび》の舟を運びて溺る類を済《すくひ》、難行苦行して、名は遠国に流《つた》はる。（上序）

と伝えるように、煩悩の迷執も自己の修業を通じて滅ぼせと導く。

仏教では〈剣は智なり〉と教え、智を重んじる。仏教でいうところの死は、肉体の死である以下に〈智〉の死を意味し、仏の知識・智恵、つまり仏智を剣として自らの悪にたち向かえ、と教える。内面の諸悪を追いはらい、自身の浄化につとめるのである。(41)

このようにみてくると、烏の瞼が腫れて幡幢にとまっていたのも、地獄の鬼がヒー・モリの柱にくっついていたのも神仏の威力に服して、あるいは信をおこさせるために説いたものと考えられる。

五　密教と呪術

幡幢に端を発し、仏像のなかでも密教系の像の話に及んでしまったのは、唐突の感があろうか。

日本における本格的な密教の受容は、一般に理解されるようになるという意味では、最澄（七六六～八二二、八〇四年に空海とともに入唐、翌年帰朝）と空海（七七四～八三五、八〇六年帰朝）にはじまる、とされる。しかし、七世紀後半いくつかの先行経典にもとづいて、インドで成立した密教の主要教典（『大日経』、くわしくは『大毘盧遮那成仏神変加持経』・『金剛頂経』）などの将来は、さらに古いことかもしれない。

奈良時代にはすでに百三十部に及ぶ密教経軌が渡来し、書写されていたことは正倉院文書によってあきらかで、そのうちの大部分は七世紀ころまでに成立し、初唐までに漢訳されていたものである。なかには、天武天皇十四年（六八六）の奥書のある「金剛場陀羅尼経」が現存する。これは、孝徳天皇の白雉四年（六五三）に入唐し、玄奘に師事した道昭の将来品ではないかと推定されている。(42)

ほぼ同じ頃、皇極紀元年（六五五）七月条には、天皇が南渕の河上に幸して、天を仰ぎ雨乞いをされ、寺々では大乗經典を転読し、大寺（百済大寺か）の南の広場に、仏菩薩と四天王の像を安置し、「大雲經」などを読ませたことがみえ、当時、『大雲輪請雨經』にのっとった祈雨法が行われていたらしい。この場面は、当時の雨乞いの様子が具体的に記されている点でも貴重な史料である。また、役小角が「孔雀王法」を修習したという話（霊異記上二十八、大宝元年（七〇一）飛天）は周知のところである。

呪術的な傾向を多分にもった大乗經典の漢訳されたのは比較的早く、三世紀の前年、すでに「華積陀羅尼神呪経」「摩登伽経」などの密呪を含んだ経典が、月支系の帰化人の子孫である支謙によって訳されている。東晋時代の江南には、呪術的な道教が盛んで、シャーマン的な仏教僧を数多く輩出し、尸梨蜜多羅は『大孔雀王神呪経』『孔雀王雑神呪』などの呪経を訳出している。時代は下るが、玄奘（六〇〇～六四）の訳書中に短編のダラニはある。(43)

役小角が八世紀末に『孔雀王咒経』のような密部の経典をよんでいたかという疑問に対し、横田健一氏は、

『正倉院文書』の『写経請本帳』の、同（天平）九年三月十四日の部に『孔雀王咒経』二巻がみられる（『大日本古文書』七　編年文書）。この経は梁の僧、伽婆羅訳の本で、役小角よりはずっと以前の訳にかかるから、小角の時代に渡来しよまれていたとしても不合理でない。(44)

としている。

朝鮮半島には、明朗（六三五年）・慧通（六五五年）が密教を伝来した。

密教経典「孔雀経」は、孔雀明王の神呪を説いた仏典である。もとはインドで、インドクジャクが毒蛇・毒虫などを食べ、毒を消し去る霊鳥思想が仏教にとり入れられたものとされており、天変地異・病気平癒・五穀豊穣など、なかでも雨乞いを祈る現世利益の信仰と深く結びついている。孔雀の背に乗っている形像の、倶摩羅天《くまら》（大自在天の子、韋駄天《いだ》（スカンダ）と同体仏であるともいう）も三鈷鉤（三つ股のかぎ型の武器）をもっている。(45)孔

雀呪は、漢訳では「六度集経」の中の孔雀王本生に入っている。同経は、二四七年、康居人の康僧会（～八〇）が海路を経て建業に来り訳出し、実践布教にあたった。

インドの菩提僊那（七〇四～六〇、俗称、婆羅門僧正）は、文殊菩薩を拝するために中国に渡り、七三六年（天平八）来日、東大寺の大仏開眼供養の導師となった。その間の事情を『扶桑略記』（聖武天皇条）は次のように記している。

或る記に云はく、同年（天平十八）七月、天竺の波羅門僧正菩提始めて本朝に来たる。天皇、東大寺を建て、開講供養を為す。勅書に曰《のたま》はく、「行基大徳を屈請す。右、大仏の供養の講師として、屈請し奉ること件の如し」と。辞して曰はく、沙門行基　謹んで言《まう》す。大佛会の講師を奉仕《つかへまつ》るに堪《あ》へざる事、右　南天竺国より来るべき観自在菩薩、願はくは相ひ待ちて講師に請用せらるべし、てへれば、天皇、感念して事を止《とど》めて来たるを待ちたまひし間《あひだ》、南天竺迦毘羅衛国私に云はく、迦毘羅衛国は是、南天竺に非ず。如何。の波羅門僧正菩提、文殊師利菩薩に謁せんが為に、天竺より大唐の五台山に至る。時に老翁路に逢ひ、告げて云へらく、「文殊、衆生を利せむが為に日本に赴《おもむ》く」と。爰に、菩提、感念恋慕し、本懐を遂げむが為に進んで此の朝に来たる。其の時、行基菩薩奏して曰《まう》さく、天竺の上□（人カ）已に来たれり。行き迎へむと欲す、てへれば、勅を奉《うけたま》はりて、治部《ちぶ》・玄蕃《げんば》・雅楽三司を率《ひき》ゐ、難波の濱に向ひて音楽を奏す。是に行基、百僧の列に在り。閼伽一具を以て、香りを焼き花を盛り海上に泛《う》かぶ。香花、自然に西を指して去る。俄頃《しまら》《がけい》にして、遥かに西方を望むに小舟来り向ふ。近づきて見るに、舟の前《さき》に閼伽具等次第乱れず。小舟、着岸す。一《あるい》は云はく先づ、海上を見るに　千万の卒都波あり。人見て奇と為す。盛花焼香を卒都波の前に供はる。

一梵僧ありて浜に上《のぼ》る。行基菩薩と手を携へ相ひ見て微咲《みせう》す。先づ、梵語を以て敬礼《きやうらい》す。次《ついで》、菩提、和歌に詠じて云はく、迦毘羅衛に、昔契りし甲斐ありて、文殊の御顔会ひ見つるかな。行基菩薩云はく、霊山の釈迦の御前に契りてし、真如朽ちせず、相ひ見つるかも。又　菅原の伏見の郷に三年、睡眠《ねむり》たりし人、盲《マウ》聾《ロウ》《めしひみみしひ》と謂《い》ふ。菩提の唱《うた》ふに由り、起ちて儛ふ。之れ、十天楽と謂ふなり。菩提、入洛《じゆらく》して東大寺に詣《いた》る。天皇、信じて、食封戸を賜はんと欲《おぼ》す。勅して諸寺を巡礼せ令む。大安寺の東の僧坊の南端の小子坊に至りて留住す。後に処《ここ》を尋ね、官額を給ひて、菩提僧正院と曰《い》ふ。上已。或記に云はく。北天竺の林邑国の僧佛哲和尚、利生の為に如意宝珠を求めて、船に乗り海に泛《う》かぶ。（略）時に、波羅門僧菩提、南天竺より渡海するに相ひ會し、互《たがひ》に、本懐を談《かた》る。即ち相ひ従ひて共に日本国に來れり。（略）（『国史大系』本による。原文漢文）

菩提は「華厳経」をよく諷誦し、呪術にすぐれていた。同記によれば、仏哲も同様であった、という。

日本における、密教経典の書写年代をみると、天平八年から十年にかけての三カ年間が圧倒的に多く、奈良時代の書写経典の過半数を占める。したがって、天平八年に来日した菩提僊那、林邑僧佛哲、唐僧の道璿（七〇二～六〇）なども多数の経典を将来しているところから、そのうらに密教経典が含まれていたとも考えられている。(46)

菩提のもとめた文殊菩薩に対する信仰は、インド、西域においてよりも、四世紀以後中国の東晉に入ってから盛んになった模様である。中国では五台山がその信仰の中心となり、文殊の浄土として信仰された。その中心寺院である華厳寺には、文殊菩薩を安置する。九世紀中ごろ、日本の慈覚大師円仁が訪問している。文殊は、華厳経の後半で、主人公の求道者善財童子の導師であり、釈迦仏の左側に侍し如来の知恵を象徴している。そして五台山は天台密教に有縁の地でもあった。菩提が入唐した頃の彼の地では、すでに密教隆盛期を現出していたかと思われる、ここで、当時の様子を少したどってみよう。

例えば、インドの善無畏（シュブハーカラシンハ、六三七～）は、ナーランダ寺院において達磨掬多について密教を学び、密教のサンスクリット原典をたずさえ、長安に到着したのは七一六年（開元四）であった。西明寺で『大日経』の訳出をはじめ、弟子一行（六八三～七二七）の助力のもとに、七二四年に訳し了った。善無畏は玄宗の厚遇を得て、しばしば宮廷で請雨法などを行なった。

金剛智（ヴァジュラボディ、六七一〜七四一）は同じくナーランダー寺において大乗教学を学び、南インドで三十一歳（七〇一）のとき、竜樹の弟子、竜智に会い、七年つかえて『金剛頂瑜伽経』を学んだ。のち、海路中国に渡り、七二〇年（開元八）、洛陽に入り、玄宗の後援のもとに『金剛頂念誦経』などを訳出した。

両人の密教を継承し、唐代の社会に定着させ、中国的な変容をなしとげたのはかれらの弟子であった。一行は道教に通じ、天台山国清寺（円珍も訪れた）で数学・暦学を学んだ。インド人の不空（アモーガヴァジュラ　七〇五〜七七四）は、中国に入り、金剛智に学び、インドに帰り密経を学んで、サンスクリット原典をたずさえて再渡唐（七四六）、『金剛頂』『発菩提心論』『孔雀経』などを訳出した。のち、文殊菩薩の旧蹟である五台山に金閣寺を造営し、密教の道場とし、文殊信仰を全国に勅旨をもって普及させている。両人とも思想的にはいずれも天台と華厳の影響を受けている点において共通している。不空の教学を受けついだのが、空海に影響を与えた恵果（七四六〜八〇五）であった(47)。

我が国では、菩提とともに東大寺の四聖と仰がれた行基（六六八〜七四九）は文殊の化身（『霊異記』上五）とする信仰も盛んであった。東大寺は、六宗兼学の寺に起因し、さらに平安時代になると天台・真言の二宗を加えて八宗兼学の寺となった。当寺内に真言密教の道場である戒壇院の創立をみた。八一〇年（弘仁一）、空海が第一四代東大寺別当に任ぜられるにいたって、真言密教の浸透はいっそうの影響を与えたのであった。

まとめ

このようにみてくると、婆羅門僧正もあながち密教とは無縁の人ではなかった、と思えてくるのである。

ここで、小田は仏法界の表象、鳥は貪欲の象徴であり、幡幢は神仏の降魔力を表す。幡幢の呪力にふれて鳥は瞼が腫れたのである。また、菩提の背後に文殊信仰が見られることから幡幢は、文殊の持つ利剣の意味に通じると解しておきたい。利剣は宝剣・法剣とも書き、その意味は智徳の剣によって自らの煩悩を降伏することにある。一般に、仏智に関連のある仏や菩薩は、先の鋭い利剣を持つ。密教の例では、大日如来智徳をあらわす金剛界の諸菩薩であるが、慈徳（その表象は蓮華である）の胎蔵界においても文殊は剣を持つ像容を典型としている。

注

（1）巻十六、中央公論社　昭四一、一八六頁
（2）注（1）に同じ。同頁
（3）以上の用例は、『大漢和辞典』（諸橋）による。
（4）注（1）に同じ。
（5）「説文」幢、帳柱也。とばりの柱のこと。「幢干也、干、保己」（華厳音義私記）の説は採らない。
（6・7）『時代別国語大辞典　上代編』三省堂　昭和四十三（初版四十二）年による。
（8）拙稿「三刃の矛」（『並木の里』第三十号）並木の里の会　一九八八年　二頁
（9）ＴＢＳ「新世界紀行『スゴイ日本人がいた！はるかなる秘境西域６０００キロ大探検」一九八八・一二・四、夜八時。
（10）朴桂弘『韓国の村祭』国書刊行会　昭和五七年　六四一頁
（11）注（10）に同じ。同頁
（12）李丙燾『韓国史』古代篇、乙西文化社、一九五九、三〇四頁。注（10）は、同書による。
（13）孫晋泰「蘇塗考」（『朝鮮民族文化の研究』）、乙西文化社、一九四八年、一八二～二二三頁。注（10）は、同書六四三～六四四頁による。
（14）秋山昌海『仏像装飾持物大事典』国書刊行会　昭和六〇年　一一五・一一六頁
（15）守屋俊彦『続　日本霊異記の研究』三弥井書店　昭和五十三年　一〇四頁
（16）よみは、中島千秋『新訳漢文大系』（第79巻　明治書院　昭和五三（初版五二）年）による。
（17）この点は守屋氏も、前掲書で触れている。
（18）松長有慶『密教の歴史』平楽寺書店　一九七四（初版一九六九）年、二六頁。「漢訳では、「雑阿含」（1）第三十五と

「増一阿含（2）」第十四にもみられる。（1）大正二・二五五頁上中。（2）大正二・六一五頁上中。
二六五年、敦煌の竺法護（ダルマラクシャ（二三〇〜三〇八、敦煌菩薩）が長安に来て大乗経典を翻訳、『光讃般若経』『正法華経』『維摩経』『十地経』などをはじめ数多くの呪経を翻訳している。
三六六年ごろ、西域の曇無蘭が多数の密呪経典訳出（三八一〜九五）『増壱阿含経』『中阿含経』など訳出。

(19)『日本古代の伝承文学の研究』　塙書房　昭和六一年（初版昭和五一年）、三二六頁に次のようにみえる。

奈良末のものとされている『八十巻花厳経音義私記』上巻に「綺迦尼波多」とある。まず「幡」は織物であるが、『古語拾遺』や『皇太神宮儀式帳』によると「倭文」「麻績」に対して「神倭文」「神麻績」があるのに従えば「神幡」も考えられ、現に『延喜式神名帳』の大和国添上郡に「神波多《カムハタ》」神社がある。（略）また『和名抄』に、「綺」に関して「一云於利毛能、又一訓、加無波太。似レ錦而薄者也」とあるのによれば、神幡と綺とは同じもので、前述のごとく、奈良時代にはカニハタともよまれていた。以上のことから考えれば蟹郷の現地名はカムハタで、他のものはその音韻変化の結果生じたものであろう。

かくて、カムハタよりカミハタ（『法華験記』）、カニハタ（『和名抄』）、カリハタ（『古事記』など）、カバタ（『山槐記』や現地名）と変化したものであり、カニハタの地名が蟹報恩譚との結合を可能にしたわけである。

kamufata→kamifata→kanifata→karifata

kamfata→kanfata→kafata→kabata

(20)「旗鉾のこと」『定本柳田国男集』第十一巻　筑摩書房　昭和三十八年、三二頁。ただし「遠野物語　序」には「赤白の旗」とある。「腰掛石」同巻五五頁にも同様の説がみえる。

(21) 注（20）に同じ。三六〜三八頁「大柱直」。

(22) 注（8）に同じ。三頁

(23) 柳田「勧請の木」注（20）に同じ、五三頁

先述の近江軍との戦いに臨んで、大海人皇子が旗に赤色を用いたことについて、井上通泰博士は、漢の高祖は赤帝の子であると自負し、旗幟に皆赤を用いたと漢書、高帝紀にみえるが、天武天皇が自らを漢の高祖に擬したことを示す（『紀』、大系本頭注）としているのは、「史記、淮陰侯傳」の漢の韓信の故事同様、漢は火徳で色は赤を尚んだ、という五行思想に基づく説であろう。

(24) 注（23）に同じ。四八頁「勧請の木記」。

(25) 中村元訳『ブッダの真理のことば・感興のことば』岩波文庫　四四頁
(26) 仏書刊行会編纂『聖徳太子伝叢書』明治四五年　二八頁、および「聖徳太子伝暦」(『続群書類従 第八輯上』一九八三年 三五頁所収)
(27) 磯野富士子訳　東洋文庫59　平凡社、昭和四一年。
(28) 「諏訪の御柱」注(20)に同じ、四五頁
(29) 拙著『日本感霊録の研究』笠間書院　昭和五六年　一〇四頁
(30) 『日本歴史大辞典』8　河出書房新社　昭和六〇年　五四三頁
(31) 注(8)に同じ、五頁
(32) 『仏像装飾持物大事典』国書刊行会　昭和六〇年　一七二頁
(33) 密教(特に真言宗)でいう語。仏の悟った菩提の境地。また、その境地に具備する功徳を図画にあらわしたもの。真言宗(密教とも称する)は、法身大日如来が金剛菩埵に金胎両部の伝法灌頂を行い、仏滅八百年を経て、竜樹(インドの仏教家、前二三四寂)が南天竺の鉄塔中で金剛菩埵から両部の灌頂を受け、大日経と金剛頂経とを伝授されたのに起る。竜樹はこれを竜智に授け、竜智はこれを善無畏及び金剛智に伝えた。二人相前後して、唐の開元年中(七一三—七四一)シナに来てこれを宣伝。金剛智の弟子不空三蔵に至って大成。不空の高弟恵果が金胎両部の秘奥を伝えた。順宗の永貞元年(八〇五)、空海は青竜寺で恵果に面接して奥義を伝受、大同元年(八〇六)帰朝して東寺・金剛峰寺を開き、純密教両部を弘通し、初めて独立の一宗とした。(『広辞苑』)
(34) 中村　元『佛教語大辞典』東京書籍株式会社　昭和五〇年。
(35) 用例として、「三叉中断大江秋、明月新懸萬里流、(略)大川が中断されたような形の三叉口の辺に舟を浮かべると、折しも秋の月が登って河の水は悠々と流れていく。
(36) 注(32)に同じ。一〇四頁
(37) 『大正新修大蔵經』図像第五巻　五二八頁
(38) 『民間信仰第三部朝鮮の巫覡』朝鮮總督府　昭和七年。使用方法は明らかでない。巻末に呪具集として付けられたものの一つである。別掲挿図は本書による。

(39)『国史大辞典』の写真による。

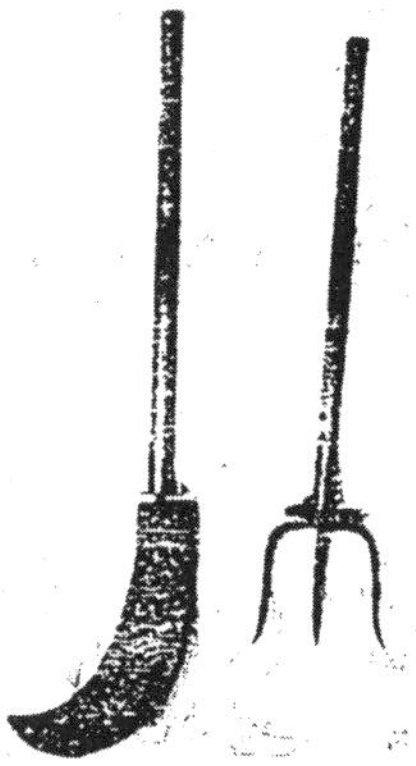

青龍刀と三枝槍

多聞天像

(40) 注(32)に同じ、一七七頁

(41) 注(32)に同じ、一三一頁

(42) 松長有慶『密教の歴史』平楽寺書店　一九七四年（初版一九六九）一六〇―六二頁

(43) 前掲書　一三二・三三・一四一頁

(44)『道鏡』吉川弘文館　昭和三九（初版　昭和三四）年七一頁

(45) 注(32)に同じ、七八・七九頁

(46) 注(42)に同じ、一六二頁

(47) 注(42)に同じ、一三八・三九頁

三　臨死体験と仏教説話

一九九一年三月一七日、ＮＨＫスペシャル「臨死体験・人は死ぬ時何を見るのか」（21時）が放映された。立花隆氏が、欧米・インド・日本の体験例を調査・報告したものである。これら現代の臨死体験は、昔から数おおく存在している宗教体験や生還譚――『日本霊異記』や『今昔物語集』の伝える夢の記（あの世に行ってきた人の話）――の内容に酷似するのに驚かされた。本稿では、未体験者には分け入りにくいこうした世界を臨死体験に照合して考察してみようとするものである。

一　立花隆リポート

画面は、一九九〇年八月、米国、ジョージタウン大学で行われた一三ケ国、三〇〇人（医学・心理学・文化人類学・哲学・神学の分野の専門家）からなる臨死体験に関する国際会議の取材からはじまる。取材が進むにつれて、臨死体験に半信半疑だった同氏もそれがオカルトではなく、医学や心理学の対象となる現象であり、そうした体験が存在することは疑い得ないと考えるようになった。

レイモンド・ムーディー教授（医学・哲学博士、米国）は父も科学者で、科学万能と考えており、教会に行ったこともなく、死に臨んですべては無に帰すると考えていた。しかし、死に瀕した欧米の二千例をこえる調査の結果、臨死体験とは、死に瀕した人が共通してもつ体験であると結論するに至り、一五年前に『かいまみた死後の世界』を著した。

（リポーターは）日本（四六例）とアメリカのばあい、文化的な違いはあるが、体験の核になる部分は共通しているとして、次掲の例を挙げている。

一　生死の境をさまよった人は、まず自分が肉体から脱け出していくのを感じる。体外離脱と呼ばれる体験がそれである。そのときもはや苦痛はなく、ほとんどの体験者はたとえようもない安らぎの気持ちである。

二　肉体から脱け出した自分は、天井のあたりにのぼり、そこから寝ている自分やその囲りにいる医師や看護婦、家族をみる。

三　それから一切がまっくらになり、闇黒なトンネルの中に入っていく。トンネルの出口には、まばゆい光がみえる。

四　光の中に入ると、そこはなんともいえない美しい世界―日本人のばあい、みわたす限り一面の花園だったという――その美しい世界のなかに、光り輝く存在や、家族に会ったり、人生を走馬燈のようにふりかえる人もいる。

五　それからなんらかの境界線――日本人の場合そこに大きな川を見る――に行きあたり、また還ってくる。

臨死体験は以上の核となるもののさまざまな組み合わせでできている、と説明する。

宗教の説く死後の世界と臨死体験とは関係があるのだろうか、という疑問に対して、臨死体験と浄土信仰との関係を研究しているカール・ベッカー氏（筑波大学教授、哲学）は現代の臨死体験と死に臨んで阿弥陀仏が迎えにくるという来迎図とはよく似ているとし、トンネルから光の世界に生まれるという臨死体験が根柢にあって、無量の光明を意味するアミターバ（Amitābhā）という語に由来する阿弥陀仏に迎えとられると考える浄土信仰にも影響している、と考えざるを得ないとしている。

イタリア、ベニスにあるサン・マルコ寺院の裏のドゥカーレ宮殿（Palazzo Ducale）にヒエロニムス・ボッシュ作「天上界への飛翔」という絵がある。人が死んで肉体を抜け出した魂が天使に導かれてトンネルを通り、光の世界に入っていく様子が描かれている。太陽の千倍もあるまばゆい光の中で人は神に出会う。この絵は、現代の臨死体験者が描く絵と驚くほどよく似ている。〈体を脱け出して光をみる〉という体験をとおして人々は、肉体には魂が宿っているのだと考えるようになる。この体験をとおして、人生観がすっかり変わってしまう人もいる。キリスト教の神秘体験者は、太陽の何千倍もあるまばゆい光をみていっそう信仰を深めるということもある。苦業をする聖者たちは、一種の臨死体験をしたのではないかとも考えられる。

末期治療で高名なエリザベス・キューブラー・ロス博士（医者、米国ヴァージニア州）は二万例の臨床体験から、体外離脱、すなわち脱け出した魂がその場の出来事を客観的にみる現象を承認せざるをえない。

臨死体験とは、〈魂の存在の証明なのか〉〈脳の中でおきる現象にすぎず、脳のひき起こす幻覚にすぎないのか〉という疑問に対して、カナダのジェームス・アルコック教授（心理学）は後者であるとし、トンネル体験は、薬によってひき起こされる幻覚は大きく三つに分けられるが、そのうちの一つと考えられる。同じ人が軽度の病床で同じような体験をしたなら、単に変な夢をみたと考えるだろう、としている。

ラインホルト・メスナー（スイスの登山家・思想家）は体外離脱の体験をこう語っている。登山中、崖から落ちていく姿をみているもう一人の自分が四〜五米離れた上にいた。死に臨んでもう一人の自分が離れていく体験、魂とはいわず、目に見えない感覚・エネルギーが、ときとして肉体から離れていく体験である、と。

カナダのワイルダー・ペンフィールド教授（ヨーク大学・心理学）は、実験的に幻覚をおこす仕組が側頭葉の奥にあるシルビウス裂と呼ばれる溝にあることを確かめた。その神経に刺戟を与えると、

1　体外離脱（第三者になって自分を見ているようだ）

2　神を観た

3　天国のような音楽

などの体験をするという。

それにしても、すべて脳のはたらきによると説明できるなら、それは、実体験ではなく、イメージ体験にすぎないということになる。メルヴィン・モース博士（シアトル、バレー・メディカルセンター、小児科医）は、人生体験を経ていない小児にも同じような体験を認めることができることから、生まれながらにそのような機能がシルビウス裂にプログラムされているのではないか。シルビウス裂は魂と肉体とを結びつけているところ、あるいは、魂が肉体から離れるときのスイッチのような機能なのか。その部分が刺戟された後に、魂と肉体がほんとうに離れるとも考えられる、と述べている。

ペンフィールドは、なが年の精神＝脳という考えを死に先だつ二年前、精神？脳と書きかえた。そして脳とは別に精神活動を司るなにかがあると考えるに至った。今日、かれの死後一五年になる。

臨死体験とは、

1　死後の世界があって、それを半分体験したことになるのか。

2　死を目前にした弱りきった脳の中でおこる非常に特殊なイメージ体験にすぎないのか。

という問いには、ギリシャ時代以来つづいている一元論（世界のすべては物質に還元できる）・二元論（物質の世界の向うに魂の世界・精神の世界がひろがっている）この二つの世界観が反映していると感じられる。臨死体験者たちに共通していることは、死に対する恐怖感がなくなったとすら語っている事実である。

二　『日本霊異記』・『今昔物語集』にみる臨死体験

『日本霊異記』上巻第五「三宝を信敬《しんぎやう》し現報を得る縁」によると、大部屋栖野古の連の公は、推古天皇三十三年（六二五）死去した。三日後に蘇生し、妻子に向って、

「五つの色の雲有り、霓《ニジ》の如く北に度《わた》れり。其《そこ》よりして其の雲の道を往くに、芳《かぐは》しきこと名香《みやうきやう》を雑《まじ》ふるが如し。観れば道の頭《ほとり》に黄金の山有り。即ち到れば面に炫《カカヤ》ク。爰《ココ》ニ、薨《かく》りましし聖徳太子待ち立ちたまふ。共に山の頂に登る。其の金の山の頂に、一《ひとり》の比丘《びく》居り(1)。（略）」

と語る。同書同巻第二十二に、道照法師の事績を「勤《つと》めて仏教を求学し、法を弘め物を利し、命終はる時に臨みて異《めづら》しき表を示す縁」と題して次のように述べている。

命終はる時に臨みて、洗浴《かはあみ》し衣を易《か》へ、西に向かひて端坐す。光明室に遍《あまね》し。時に目を開き、弟子知調《ちてう》を召して、「汝、光を見るや不《いな》や」といふ。答へて言はく「已に見る」といふ。法師誡《カタ》メテ曰はく「妄りに宣《の》べ伝ふること勿《な》かれ」といふ。即ち後夜に、光房より出で、寺の庭の松の樹を施《わた》り耀かす。良久《やや》にありて、光、西を指して飛び行く。弟子等驚き怪しば不《ざ》ざるは莫《な》くありき。大徳西面して端座し、応《こころ》よく卒《みまか》りき。定めて知りぬ、必ず極楽浄土に生まれしことを。

道照(2)は目を開き、部屋いっぱいに光り輝く光明を見た。弟子に向かって、「むやみにこのことを人に言いふらしてはならんぞ」と口止めするのは、特異な体験だったからである。後夜（夜半から朝までの称）のころ、光は部屋から出て、寺の庭の松の木を一面に輝かした。しばらく輝いてから、光は西をさして飛んでいき、ちょうどその時、道照は息絶えた。

釈道照（六二九―七〇〇　舒明一―文武四）は、俗姓船連、恵釈(3)の子。船氏は、百済王辰爾の子孫。河内の人。六

五三年（白雉四）入唐、玄奘三蔵に師事、六六〇年（斉明六）帰国、日本に法相宗を初めて伝えた。飛鳥元興寺の東南隅に禅院寺を建てて止住した。諸弟子に中国から請来した諸経典を講じ、秀れた知恵がいつも輝くように発揮されていた（『続日本紀』）。

渡南国

『霊異記』上巻第三十「非理に他の物を奪ひ、悪行を為し、悪報を受けて、奇事を示す縁」は、わが国における地獄に関する最初の所伝として興味深い。ただしここには地獄の名称はみられず、「度南国」と記すのがそれであろうと推測される。主人公の膳臣広国は亡妻・亡父に逢い、生還し、次のように語っている。

「（前略）路の中《なかば》に大河有り、椅《はし》を度し、金《こがね》を以て塗り厳《かざ》れり。其《そ》の椅より行きて彼方に至れば、甚《はなは》だ譓《オモシロ》キ国有り。使人に問ひて曰はく『是《こ》は何《いづれ》の国ぞ』といふ。答ふらく『度南《となん》の国なり』といふ。（略）前に金《こがね》の宮有《あ》り。宮門に入りて見れば王有《あ》り、黄金《こがね》の坐《ざ》に坐《ましま》す。（下略）」（日本古典文学大系、以下同）

ここにみえる河の風景も、臨死体験譚に共通する一つである。「渡南国（渡りし南の国、初稿では、渡れる南の国、としたが同意義）」には黄金の宮殿があり、王は黄金の座に坐っている。王は広国に、

「実に罪无《な》し。家に還《かへ》るべし。然れども、慎《ユメ》、黄泉の事を妄《ミダリ》ニ宣べ伝ふること勿《な》かれ。」

と告げている。黄金の官殿とは黄泉の風景だからこそ、「ゆめゆめ、むやみに言いふらしてはならない」と諫めたのである。

「渡南国《となんこく》」（大系本（略称する）では「度南の国」(4)と訓む）とは、ヤマ（仏教において地獄の主とされる閻魔はヤマの音写）の支配する「南方の地の果ての国」と推察される。南にわたる国あるいは南に行く国のような通過点ではない。インド最古の文献である『リグ＝ヴェーダ』によれば、死者の住処は天であった。人間が死ぬと魂はその肉体

を離れて、父祖の通った道を通って、永遠の光のある場所に赴き、神々と同じ光明を授けられると信ぜられた。次の『アタルヴァ＝ヴェーダ』になると、さらに具体的に描写され、死者は最高の天で父祖たちと会い、そこでヤマと一緒に住む。ヤマは最初に死んだ人間として天国への道を最初に見出した者であり、天国の王者とされた。ところが、後期ヴェーダ文献になると、ヤマは死と関係づけられ、他界に到着した人間の善悪の行為を量るという信仰もあらわれた。『マハーバーラタ』の神話においては、ヤマの国土は南方の地の果てにあり、暗黒に包まれており、死んだ人間はすべてヤマの王宮に行かねばならない。その国土へ到る道は密林のように怖ろしく、途中には木蔭をつくる樹木もない。飲む水もなければ、休む場処もない。亡者はヤマの意志を執行する使者によって引きずっていかれるが、生前に物惜しみせず、また苦行をした者には救いがある。生前に燈火を与えた者は途中で燈火が道を照らし、断食を行った者は乳酪を与えられる。プシュポーダカーという河があるが、その水は悪業の人には膿汁のようであり、生前に人に水を恵んだ人には甘美な水である。(5)

仏典に記された地獄の位置は、例えば『長阿含経』第十九「地獄品」に、「閻浮提南、大金剛山内、有二閻羅王宮一」と記されている。(6)

南の方位

中国の話になるが、『今昔物語集』巻第七「震旦《ノ》李思一《ノ》、依涅槃經力活語《ネハンギヤウノリキニヨリテヨミガヘレルコト》第卌二」に、李思一が家人に語っていう語に、

「我レ、死《シニ》シ時、冥官《ミヤウクワン》ノ為ニ被搦《カラメラレ》テ、南ヲ指《サシ》テ行キシ間、一ノ門ニ入《イリ》ヌ。（略）思一、直《タダ》ニ南ノ方ナル大キナル街《チマタ》ヲ渡テ、一ノ宮曹《クワンサウ》ニ至《イタリ》ヌ」

とあり、この「南」の方位が注目される。同書巻第九、「震旦《ノ》冀洲人《ノ》子、食鶏卵得現報語《ニハトリノカイゴヲジキシテゲンポウヲエルコト》第廾四」に、鶏

の卵を盗んで食った小児が駆け回ったのは四面門楼に囲まれた熱灰の城であったが、「村ノ門ヲ出《イデ》ヌルニ村ノ南ハ旧キ桑田也」「其ノ児《チゴ》ハ、村ノ南ノ田ノ中ニ独リ戯《タハブ》レテ有リ」とあるように、熱灰の城は「村の南の田」にあるのであった。本話の出典は『冥報記』下巻（8）で、「村の南の桑田」とある。『冥報記』の同話に基いて話を構成した『霊異記』中巻「常に鳥の卵を煮て食ひて、現に悪死の報を得る縁　第十」の悪業現報譚では、主人公の中男は「郡内の山直《やまたへ》の里に至りて、麦畑に押し入る」と記され、この話を書承した『今昔』（略称する）巻二十第三十には、「郡ノ内ニ至ルニ、山真《ヤママ》ノ里《ニ シ、テ》山辺ニ麦畑ノ有ニ、男ヲ押入テ、」とあり、両書ともに「南」の文字は見当たらない。「南」はヤマの在所の方位であると認められ得るなら、当時の日本において、まだそうした考え方が定着していなかったためであろう。ともに話末に善悪因果経を引き、主人公を灰河《けが》地獄に堕ちた者だと評しているが、地獄の在処は麦畑あたりで、地下にあるとは考えられていなかったことが知られる。

今昔巻第七「震旦《ノ》華洲《ノ》張法義、依懺悔活語《サングエニヨリテヨミガエレルコト》　第卌八」に次のようにみえる。

法義語《カタリ》テ云《イハ》ク、「我レ、初《ハシメ》テ死セシ時、二人《フタリ》ノ人有《アリ》テ、我レヲ捕ヘテ空ヨリ行《ユキ》テ、官府ニ至《イタリ》ヌ、大門ヲ入。亦、巷《チマタ》ノ南ヲ巡《メグリ》テ十里許《バカリ》行クニ、左右《サウ》ニ皆官曹有リ、」

本話は、次掲の冥報記（7）を典拠とする。

法義自ら説て、「初め死せしとき、両人有《ふたりあり》て、取へに来たり。空に乗《のぼ》り、南を行《めぐ》て、官府に至《いたり》ぬ。大門を入る。又、巷の南を巡《めぐり》て、十里許行くに、左右《さう》に皆官曹あり、（原文漢文）

今昔は冥報記の逐語訳であるのに、『冥報記』に「空に乗《のぼ》り、南を行《めぐ》て、官府に至《いたり》ぬ。」とあるところ、今昔は「空ヨリ行テ、官府ニ至ヌ」と「南を」を欠いているのは注目される。これも偶然ではなく、南方冥界の概念が理解されなかったため、と考えられよう。ただし『霊異記』上巻第三十に広国が地獄に行き、亡妻と亡父に逢った体験談」に、王が「若し父を見むと欲《おも》はば、南の方に往け（往於南方）」という表現はある。

『霊異記』下巻「官《つかさ》の勢を仮《か》りて、非理に政を為し、悪報を得る縁　第三十五」は、肥前国松浦郡の人、火君の氏が琰魔[8]の国に行き、遠江国榛原郡の者、物部古丸に会った見聞録である。

還る時に見れば、大海の中に、釜の如き地獄有《あ》り。（略）火君見聞きて、黄泉より甦還《いきかへ》り来て具《つぶさ》に解《げ》し、太宰府《ざいふ》に送る。府、解《げ》[9]の状を得て、転じて朝庭に解《げ》す。朝庭信《う》け不《ざ》るが故に、大弁《だいべん》の官《つかさ》、彼《そ》の黄泉の事の状を取りて継《つ》ぎ累ね、二十年を経たり。従四位上菅野朝臣真道、其《そ》の官の上に任じ、彼《そ》の状を見て、山部の天皇に奏す。

ここに、大海の中に釜のような地獄があったと記しており、往く様は描かれていないものの、釜状の渦に吸い込まれていったのかと想像される。黄泉から甦還した火君は、見聞したことを詳しく申告書に書いて、太宰府に送った。太宰府はこの書状を受け取り、さらに朝廷に報告した。朝廷ではこれを信用しなかったので、大弁の役人は冥土のことを代々引き継いだままで、二十年を経過した。従四位上菅野朝臣真道[10]が弁官の筆頭に任じた時、その書状をみて垣武天皇に奏上した、という内容である。

『続日本紀』編纂にたずさわった菅野朝臣真道が点検した文書の中には、あの世の見聞録もあったのだろうか。同じく太宰府に解状を上申した例に、同巻第三十七がある。佐伯宿祢伊太知という実在の人物[11]が罪業により地獄の苦を受けていることを、蘇生者（筑前に下り病死した京の人）が甦って、

後、黄泉の状を以て太宰府に解《げ》す。府、其の事を信《う》け不《ず》。彼《そ》の人便《たよ》に依りて、船に乗りて京に上り、京中に還り来て、伊太知の卿《きみ》の、閻羅王の闕に役《つか》はれて、苦を受くる状を陳《の》ぶ。

とある。太宰府ではその申告書を信用しなかったので、京に帰って来て、そのことを述べた。

臨死体験とは直接かかわりはないが、夢の中に死後の世界を見た話に、今昔巻第十五「元興寺ノ智光・頼光、往生語《セルコト》第一」の例がある。本話の出典は『日本往生極楽記』（一一）、元興寺極楽坊の智光曼荼羅由来譚として著名

な一話、元興寺の学僧智光が夢に懈怠の同法頼光の浄土転生を知って怪しんだが、頼光の導きで阿弥陀仏の教化を得、その後、夢に見た極楽浄土の絵図を観念して往生を遂げた話(12)である。

智光、佛ニ向ヒ奉テ、掌《タナゴコロ》ヲ合セテ、礼拝《ライハイ》シテ佛ニ白《マウ》シテ言《マウ》サク、『何《イカ》ナル善根《ゼンゴン》ヲ修《シユ》シテカ、此ノ土《トコロ》ニ生ル、事ヲ可得《ウベ》キ。願《ネガハ》クハ、此レヲ教ヘ給ヘ』ト。佛、智光ニ告《ツゲ》テ宣《ノタマ》ハク、『佛ノ相好《サウガウ》・浄土《ジヨウド》ノ荘厳《シヨウゴン》ヲ可観《クワンズベ》シ』ト。智光ノ申サク、『此ノ土《トコロ》ノ荘厳《シヤウゴン》、微妙《ミメウ》広博《クワウハク》ニシテ、心・眼《マナコ》ノ及《オヨブ》所ニ非ズ。凡夫《ボンブ》ノ心ニ、何《イカデ》カ此レヲ観ゼムト。』其ノ時ニ、佛、即チ右ノ手ヲ挙《アゲ》テ、掌《タナゴコロ》ノ中ニ小サキ浄土《ジヤウド》ヲ現ジ給フ」ト見テ、夢覚《サメ》ヌ。忽ニ絵師ヲ呼《ヨビ》テ、夢ニ見ル所ノ佛ノ掌《タナゴコロ》ノ中ノ小浄土《チヒサキジヤウド》ノ相《サウ》ヲ令写《ウツサシ》メテ、一生ノ間、此レヲ観ジテ、智光、亦、遂ニ往生《ワウジヤウ》ヲ得《エ》タリケリ。其ノ後《ノチ》、其ノ房《バウ》ヲバ極楽房《ゴクラクバウ》ト名付《ヅケ》テ、其ノ写セル絵像ヲ係《カケ》テ、其ノ前ニシテ念佛ヲ唱ヘ講ヲ行フ事、于今不絶《イマニタエ》ズ。心有ラバ、必ズ可礼奉《ライシタテマツルベ》キ絵像也トナム語リ伝ヘタルトヤ。

仏は智光に、浄土に生まれ得るためには、「仏の姿かたちと浄土の美しさありさまを観念するがよい」と告げ右手をあげて、掌《タナゴコロ》の中に小さな浄土を現じた、と夢を見て智光は目が覚めた。すぐさま絵師を呼び、夢に見た仏の掌中の小浄土のありさまを描かせた。それが智光曼荼羅と呼ばれるもので、夢の世界と図絵とが密接な関わりをなしている徴である。

離脱体験とは直接かかわりはないが、智光の話は『霊異記』中巻第七にもあり、「黄泉」の観念がみられる。このことは、すでに、入部正純氏の論考(13)があり、いまはそれによる。行基に対峙して、自らを「智人」と称した智光は、行基を非難した罪により地獄の責苦を受けたとき、「慎《ゆめ》、黄竈火物《よもつへもの》を莫《な》食ひそ。今は忽《たちまち》に還れ」と告げられた。同類の考え方は、先行の『冥報記』「柳智感(14)」の話にもみえる。つまり、震旦の柳智感は、昼はこの世の官史、夜は冥府の判官として幽明の世界を往復したが（同趣の話に『今昔』の小野篁の話(15)がある）、冥府で食事をしようとすると、他の判官がとどめて「君既権判。不宜食此。」といい、「智感従之、意不敢食。(16)」とある。これは、

『記紀』のイザナギ・イザナミの黄泉の観念（死者の国で食事をするとこの世に帰れない）と同じものである。また、上三十には、王が広国に詔して、「家に還る可《べ》し。然れども慎《ユメ》黄泉の事を妄《ミダリ》二宣べ伝ふること勿《な》かれ。」とある。

『霊異記』下巻「災《さい》と善《ぜん》との表相《へうそう》先《ま》づ現はれて、後に其《そ》の災と善との答《たふ》を被《かがふ》る縁　第三十八」に、録者景戒は夢体験を次のように記している。

又僧景戒が夢に見る事、延暦七年戊辰《つちのえたつ》の春三月十七日乙丑《きのとのうし》の夜夢に見る。景戒が身死ぬる時に、薪を積みて死せる身を焼く。爰《ここ》に景戒が魂神《たましひ》、身を焼く辺に立ちて見れば、意《こころ》の如く焼け不《ざ》るなり。即《すなは》ち自《みづか》ら楉《しもと》を取り、焼かるる己が身を策筞棠《ツ》キ、〈挽《カナ（フクシ）》〉に串《クス（ヌ）》キ、返し焼く。先に焼く他人云ひ教へて言はく「我が如く能く焼け」といふ。己が身の脚膝節《あしひざふし》の骨《ほね》、臂《カヒナ》、頭《かしら》、皆焼かれて断《き》れ落つ。爰《ここ》に景戒が神識《たましひ》、声を出して叫ぶ。側《かたはら》に有《あ》る人の耳に、口を当てて叫び、遺言《ゆゐごん》を教へ語るに、彼《そ》の語り言ふ音《こゑ》、空しくして聞かれ不《ざ》れば、彼《そ》の人答へ不《ず》。爰《ここ》に景戒惟《おも》ひ忖《はか》らく、死にし人の神《たましひ》は音《こゑ》無きが故に、我が叫ぶ語《こと》の音《こゑ》聞え不《ざ》るなり。夢の答未《いま》だ來らず。

景戒は夢で、肉体から離れた魂神が自分の死体を焼いている近くに立って見ている。景戒の「神識《たましひ》」は傍にいた人の耳に口を当てて叫んだ。遺言を語るのであるが、その声はむなしく、相手には聞こえないので、相手は答えてくれない。死人の「神《たましひ》」（霊魂）は音がないために、わたしが叫んでいる声も聞こえないのである、と景戒は考える。

『名義抄』「神」「識」ともにタマシヒ。用例として『霊異記』中巻第四十一「其の神《たま》〔識《しひ》〕は、業《ごふ》の因縁に従ひて、或《あ》るは蛇馬牛犬鳥等に生まれ、」同書同巻序「神《たましひ》の鈍遅《どんち》なること鐺《ナマリ》ノ刀に同じく、」などがあり、霊魂・精神の世界と肉身とが区別されている。これらは、臨死体験の核になる部分の「一・二」に相当する体外離脱体験に数えられる。霊魂が身体から離れて外側から自らの身体を見ているという話は[17]『冥報記』にもあり、後で述べる。

『今昔物語集』における震旦の話をたどってみよう。巻第六第十五、「震旦《ノ》悟真寺《ノ》僧恵鏡」は六十七歳の正月十五日の夜の夢に、

「其ノ時ニ僧、一ノ鉢ヲ以テ恵鏡ニ授《サヅケ》テ云《イハ》ク、『汝ヂ、此ノ鉢ノ内ヲ可見《ミルベ》シ』ト。恵鏡即チ鉢ノ内ヲ見ルニ、『鉢ノ内ゾ』ト思フ程ニ、遙ニ広キ世界ニテ有リ。佛ノ浄土也ケリ、黄金ヲ以テ地《リ》トセリ。宮殿楼閣《クウデンロウカク》重々《ジウジウ》ニシテ皆衆宝《シユホウ》ヲ以テ荘厳《シヤウゴン》セリ、惣《スベ》テ心ノ及ビ眼《マナコ》ノ至《イタル》所ニ非ズ。諸天童子《ノドウジ》ハ遊ビ戯レ、菩薩《ボサツ》・声聞《シヤウモン》ハ佛ヲ囲遶《ヰネウ》シテ前後《ゼンゴ》ニ在《マシ》マス。」

これは核になる部分の「四」に近い現象である。本人が「夢」の世界での出来事であると自覚しているのである。同巻第六「震旦《ノ》開覚寺《ノ》道喩、造弥陀像生極樂語《ミダノザウヲツクリテゴクラクニウマレタルコト》第十七」、僧道喩(18)の活《よみが》えり譚に、

七日《ナヌカ》ト云フニ、活《ヨミガヘリ》テ語《カタリ》テ云《イハ》ク、「我レ、死《シニ》シ時ニ、初《ハジメ》テ見シニ、一人ノ、止《ヤム》事无ク氣高《ケタカ》キ人有《アリ》テ、七宝ノ池ノ辺《ホトリ》ニ行《ユケル》ガ、此《コノ》人、華ヲ廻《メグ》ル事三匝《ミメグリセリ》。其ノ時ニ、華、皆、開ケヌ。此ノ人、池ニ入《イリ》テ華ノ上ニ坐シヌ。其ノ後《ノチ》、道喩、彼《カ》ノ人ノ如ク華ヲ廻《メグ》ルニ、華不開《ヒラケ》ズ。然レバ、我レ手ヲ以テ花ヲ取ルニ、其《ソノ》華、皆萎《シボ》ミ落《オチ》ヌ。

とある。また、同巻、「震旦《ノ》并洲《ノ》張ノ元寿、造弥陀像生極樂語《ミダノザウヲツクリテゴクラクニウマレタルコト》第十八、」に、

其ノ夜ノ夢ニ、「忽ニ空ノ中ニ光有リ。其ノ光ノ中ニ、蓮《ハチス》ノ台《ウテナ》ニ乗レル人二十余人有リ。其ノ中ニ二人ノ人有テ、庭ノ上ニ近付キ来《キタリ》テ、元寿ヲ呼ブ。元寿答《コタヘ》テ云《イハ》ク、『我レヲ呼ブ、此レ、誰《タレ》人ゾ』ト。答《コタヘ》テ云《イハ》ク、『汝ヲ呼ブハ、此レ、汝ガ父母《ブモ》也。我レ、生《イキ》タリシ時、念仏三昧《サンマイ》ヲ悟リキト云ヘドモ酒肉ノ食《ジキ》ヲ好《コノミ》テ、多クノ魚鳥《ギヨテウ》等ヲ殺《コロ》セリシガ故ニ、叫喚《ケウクワン》地獄《ヂゴク》ニ堕《オチ》タリ云ヘドモ、念仏ヲ修《シユ》セシ力《リキ》ニ依テ、熱鉄還《カヘリ》テ清涼《シヤウリヤウ》ノ如キ也。而《シカ》ルニ、昨日、一人ノ沙門来《シヤモンキタ》ル、長《タ》ケ三尺也。法ヲ説クニ、同ジ業《ゲフ》ニシテ地獄《ヂゴク》ニ有ル輩《トモガラ》二十余人、此ノ沙門《シヤモン》ノ法ヲ説キ給ヘルヲ聞《キキ》テ、皆、地獄《ヂゴク》ヲ免《ノガ》レテ、浄土《ジヤウド》ニ生ル、時、至レリ。此《コレ》、偏《ヒトヘ》ニ我等来《キタリ》テ告《ツグ》ル也。空ノ中ニ有ル人ハ、彼ノ地獄《ヂゴク》ニ有リシ同《オナジ》キ業ノ人也』。云畢《イヒヲハリ》テ、即チ、西ヲ指去《サシテサリ》ヌ」ト見テ、夢覚《サメ》ヌ。

とみえる。各々が見た「気高き人」「七宝の池」「光の中の父母」などは、すでに仏教の世界観にもとづく光景であるものの、四・五の核となる風景に共通する。出典はいずれも『三宝感応要略録』巻上(13)・(14)である。

今昔巻第九「侍御史、遜迴璞《ノ》、依冥途使錯従途帰《メイドノツカヒノアヤマリニヨリテミチヨリカヘレルコト》語第卅二」は震旦の話。出典は、前田家本『冥報記』巻中(20)(高山寺本(9)。『法苑珠林』巻第九十四、酒肉篇第九十三感応縁および太平広記三七七にも引く)(19)迴璞は天子の行幸に従って九成宮の三善谷に居した。ある夜、亥の時(午後十時から十二時までの間)ばかりに、二人がきて、太師の命だといって馬に乗せ、従って行った。

見レバ、天地、昼ノ如ク也。「日ノ光ノ朗《アキラカ》ナル也」ト悟《サトリ》テ、迴璞、恐レテ、敢テ云フ事无シ。

天地は日光が輝いて昼のようであった。迴璞はそれを訝しく思ったが、あえて口にしなかった。谷口を出て、六七里行くと、遠くに韓鳳方がやはり二人の男に連行されている。人違いで捕えられたことが明らかになり、迴璞は放免されいつもの道をとおって家に帰る。

馬ヲ繋《ツナギ》テ、寝屋《ネヤ》ヘ入《ラム》ト為《ス》ルニ、其ノ道ニ、一人ノ婢睡《ネブリ》タリ。此レヲ喚《ヨバフ》ニ、不答《コタヘ》ズ。超《コエ》テ内ニ入《イリ》ヌ。見レバ、我ガ身ハ妻《メ》ト共ニ眠《ネブ》レリ。此ノ我《ワガ》身ニ付《ツカ》ムト為《ス》ルニ、付ク事ヲ不得《エ》ズ。然レバ、○南ノ壁ニ付《ツキ》テ立テリ。音《コエ》ヲ高ク舉《アゲ》テ妻《メ》ヲ喚《ヨバ》フニ、妻《メ》、更ニ不答《コタヘ》ズ。家ノ内、極《キハメ》テ明ラカ也。壁ノ角《スミ》ノ中ヲ見ルニ、蜘蛛《クモ》ノ網《イ》有リ。網《イ》ノ中ニ二ノ縄有リ。一ハ大《オホキ》ニ、一ハ小シ。亦、梁《ウツハリ》ノ上ノ所ヲ見ルニ、薬物ヲ置《オキ》タリ。所《トシ》テ不明《アキラカナラ》ズト云フ事无シ。但シ、自《ミヅカ》ラ、床ニ行ク事ヲ不得《エ》ズ。

其ノ時ニ、我レハ死《シニ》タリケリト思フニ、甚ダ、怖ロシ。恨ムラクハ、妻《メ》ト共ナル事ヲ不得《エ》ザル事ヲ憂フ。別レテ、○南ノ壁ニ寄リ至《イタリ》テ有ル程ニ、眠入《ネイリ》ニケリ。久ク有《アリ》テ、忽ニ、驚《オドロキ》タレバ身ハ既ニ床ノ上ニ有《アリ》テ、暗《クシ》テ見ユル者无シ。傍《カタハラ》ニ妻《メ》眠《ネブリ》タリ。妻《メ》ヲ驚《オドロカ》シテ、此ノ事ヲ語ル。妻《メ》、此レヲ聞《キキ》テ、火ヲ燃《トモ》スニ、迴璞ガ身ニ大《オホキ》ニ汗出《アエ》タリ。起《オキ》テ、見ツル蜘蛛《クモ》ノ網ヲ見ニル、忽《スベ》テ无シ。馬ヲ見ルニ、亦、馬ニ汗出《アエ》タリ。此ノ夜、韓ノ鳳方、暴《ニハカ》ニ死《ニケ》リ。

迥璞が家に入ると、自分の身体が妻と寝ているのが見える。自分の身に付こう（魂が）とするが、できない。そこで、南面の壁に付いて立っていた。大声で妻を叫ぶけれど、返事がない。部屋の中は非常に明るかった。壁の角に蜘蛛の網があり、梁の上に薬物が置いてある。なにもかもがはっきりしているのに、どうしても彼は身体に近づくことができない。はじめて、自分は死んだのだとわかって、ひどく怖ろしかった。そのうち、うとうとし、はっと目覚めると、寝床にいた。先刻の蜘蛛の網はない。蘇ったのである。鳳方はその夜にわかに死んだ。

以上、核になる部分の「一・二」の要素がはっきり現れている。この話には後日譚があって、十七年後のこと、迥璞を鬼が召しにくる。迥璞は鬼に食を饗し、僧を講じて供養し、佛像を造り、経巻を写す。如此《カクノゴト》ク為《セ》ル事、六七日許《バカリ》有ルニ、迥璞、夜《ヨ》ル、夢ニ「前《サキ》ノ鬼来《キタリ》テ、既ニ召ス。迥璞ヲ引《ヒキ》テ高キニ上ル。山ノ巓《イタダキ》ニ大《オホキ》ナル宮殿《クウデン》有リ。既ニ其ノ宮殿《クウデン》入ルニ、宮殿《クウデン》ノ内ニ、衆《アマタアリ》有テ迥璞ヲ見テ云《イハ》ク、此ノ人ハ、善根《ゼンゴン》ヲ修《シュ》セリ。此レヲ不可止《トドムベカラ》ズ、可放去《ハナチサルベ》シ』ト云《イヒ》テ、即チ、迥璞ヲ推《オシ》テ山ヨリ堕《オト》ス」ト思フ程ニ、驚キ悟《サメ》ヌ。

二・四の核になる部分が見られ、他界の高山の頂きに宮殿があること、召された人が冥界の鬼に饗応し、鬼が謝することなど、『霊異記』上巻第五、中巻第二十四・二十五に共通する要素もみられる。

今昔巻第十「費長房、夢習仙法至蓬萊返語《ニセンボウフヲナラヒホウライニイタリテカヘレルコト》第十四」は次掲の話である。

今ハ昔、震旦《シンダン》ノ□ノ代ニ費長房ト云フ人有《アリ》ケリ。道ヲ行《ユキ》ケル間ニ、途中ニ枯レテ連《ツラナリ》タル死人ノ骨《コツ》有リ。行キ違《カ》フ人ニ踏《フミニジ》ラル。費長房、此レヲ見テ、哀《カナシ》ビノ心ヲ成シテ、此ノ骨《コツ》ヲ取《トリ》テ、道《ミチ》ノ辺《ホトリ》ヲ去《サ》ケテ、土ヲ深ク掘《ホリ》テ令埋《ウヅマシ》メツ。

其ノ後《ノチ》、費長房ノ夢ニ「誰《タレ》トモ不知《シラ》ヌ人ノ、氣色《ケシキ》人ニモ不似《ニ》ヌ躰《カタチ》ナル、来《キタリ》テ、費長房ニ語《カタリ》テ云《イハ》ク、我レ、死《シニ》テ後《ノチ》、骸《シニカバネ》、道ノ中ニ有《アリ》テ行キ違《カ》フ人ニ踏《フミニジラ》レツ。可取隠《トリカクスベ》キ人无キニ依《ヨリ》テ、如カ此ク踏《フミニジラ》レツルヲ歎キ哀ミ思《ヒッ》《ル》間、君、此ノ骸《シニカバネ》ヲ見テ哀《カナシ》ビノ心ヲ以テ令埋隠《ウヅミカクサシ》メ給《ヘレ》《バ》、我レ、喜ビ思ヒ進《タテマツ》ル事无限《カギリナ》シ。我ガ実《マコト》ノ魂ハ死《シニ》テ後《ノチ》、天ニ生レテ楽《タノシビ》ヲ受《ウク》ル事无限《カギリナ》シ。亦、骸《シニカバネ》ヲ護《ラム》《ガ》為ニ、一ノ魂骸《シニカバネ》辺《ホトリ》ヲ不去《サラズシ》《テ》副ヒ居《キ》タリツル也。而《シカ》ルニ、君ノカク令埋隠《ウヅミカクサシ》メ給《ヘレ》《バ》、其ノ喜ビ申《サム》《ガ》為ニ参《マヰリ》ツル也。我レ、此ノ事ヲ可報申《ホウジマウスベ》キ様《ヤウ》无シ。但シ、我レ、昔シ、生《イキ》《タリ》《シ》時、仙ノ法ヲ習《ナラヒ》テ行ヒキ。其ノ習ヒ、于今不忘《イマニワスレ》ズ。然レバ、其レヲ伝ヘ申《サム》《ト》。』費長房答《コタヘ》テ云ク、『我レ、其ノ骸《シニカバネ》ヲ誰《タレ》ト不知《シラ》ズト云《ヘド》《モ》、道ニ有《アリ》テ人ニ踏《フミニジラ》《レシ》《ヲ》哀《カナシ》ブガ故ニ埋ミ隠《シテ》《キ》。而《シカ》ルニ、今来《キタリ》テ仙ノ法ヲ伝ヘ教ヘム事、喜《ビト》《ス》。速ニ我レ可習《ナラフベ》シ』ト。然レバ、夢ノ内ニ此レヲ習フ。習ヒ取《リッ》《ト》」見テ夢覚ヌ。其ノ後《ノチ》、習ヒノ如ク行《ギヤウ》《ズル》《ニ》、忽ニ身軽《カロ》ク成《ナリ》テ、即チ、虚空《コクウ》ニ飛ブニ障《サハ》リ无シ。此《レヨ》《リ》後《ノチ》、費長房、仙ト有《アリ》ケリ。

然レバ、自然《オノヅカ》ラ、道ノ辺《ホトリ》ニ骸《シニカバネ》有《アリ》テ耻《カシ》《ク》人ニ踏《フミニジラ》レムヲバ可埋隠《ウヅミカクスベ》シ、其ノ魂必ズ喜ブ事也《トナ》《ム》語伝《ヘタ》《ル》トヤ。

同趣の話は、『後漢書』巻第七十二下、方術伝、また、古本蒙求巻中（51）・巻下（17）にもみえるが、本話の出典とするには程遠い[20]。前半は、『霊異記』上巻第十二・下巻第二十七の髑髏の報恩、あるいは句道興撰『捜神記』所収「侯光・侯周兄弟二人」[21]に類するが、ここで注目されるのは、「実《マコト》ノ魂」と「一ノ魂」の存在である。大系本頭注では、これを「魂」と「魄」と解す。即ち、魄が形につく陰神で肉体を司るのに対し、魂は気につく陽神で精神をつかさどるといわれる。また、魄は鬼となり、魂は神となるともいわれる。「天ニ生レテ楽ヲ受ル」という記述は、以上の説明を証するもの、とする。魂と肉身との分離を語る話は中国の「唐代伝奇集」や朝鮮の『三国遺事』にめずらしくはないが、なかでも「仙人出現の理由[22]」を魂・魄の分離や体外離脱の視点から考えてみる必要があるように思う。

以上の例では、現世から冥界には雲の道を行く、途路に大河・橋があり渡って行く、空の光、あるいは高い山が存在する、と記されている。途中の描写のない話もある。いずれにしても、冥界は上方に位置すると考えられている点で、核となる要素に一致する。

ところが、すでにみた『霊異記』下巻第三十五には、「大海の中に、釜の如き地獄あり」としており、このばあい冥界は地底にあったものと考えられる。こうした指向は、先のテレビの報告にはみられない点である。以下、同類の例を挙げてみよう。

今昔巻第十七「三井寺《ノ》浄照、依地蔵助得活語《ジザウノタスケニヨヨリテヨミガヘルヲエタルコト》第十九」では、僧浄照は年三十にして病死した。

「其ノ時ニ、俄ニ、猛キ者二人出来《イデキタリ》テ、浄照ヲ搦《カラ》メ捕ヘテ、駈追《カリオヒ》テ黒山《キ》ノ有ル麓ニ至ル。其ノ山ノ中ニ大キニ暗キ一ノ穴有リ。即チ浄照ヲ其ノ穴ニ押シ入ル。其ノ程、浄照、心迷ヒ肝砕《クダケ》テ、思《オボ》ユル事无シ。但シ、纔《ワヅカ》ニ心有テ自《ミヅカ》ラ思ハク、『我レハ死ヌル也《ナリ》ケリ』。（略）穴ニ落《オチ》入ル間、風極《キハメ》テ猛《クシ》テ、二ノ目ニ風当《アタリ》テ、甚ダ難《タヘ》堪《ガタ》シ。然レバ、二ノ手ヲ以テ自《ミヅカ》ラ目ニ覆フ。而《シカ》ル間、遙ニ堕《オチ》テ、閻魔《エンマ》ノ廰《チヤウ》ニ至《イタリ》ヌ。（略）」

同書同巻「賀茂《ノ》盛孝、依地蔵助得活語《ジザウノタスケニヨリテヨミガヘルヲエタルコト》第廾二」によると、賀茂盛孝は年四十三にして、沐浴して上ろうとする時、たちまち息絶えた。

「即チ、盛孝、大《オホキ》ナル穴ニ入《イリ》テ、頭《カシラ》ヲ逆《サマ》ニ堕下《オチクダ》ル。而《シカ》ル間、目ニ猛火《ミヤウクワ》ノ炎ヲ耳ニ叫ビ泣ク音《コヱ》ヲ聞ク、四方ニ震動シテ雷《イカヅチ》ノ響ノ如シ（略）」

到着したのは閻魔ノ廰、地蔵菩薩の霊助により生還したのであった。

同書同巻「依地蔵助《ジザウノタスケニヨリテ》活《リシ》人、造六地蔵語《ロクジザウヲツクレルコト》第廾三」、周防国の一の宮の宮司玉祖惟高は、長徳四年（九九八）四月、病死した。

「惟高、忽ニ冥途《メイド》ニ趣ク。広キ野ニ出《イ》デ、道ニ迷《マドヒ》テ、東西ヲ失ヒテ、涙ヲ流シテ泣キ悲ム間、六人ノ小サキ僧出《イデ》来レリ、（略）」

このような冥界譚にみられたのは、雲の道を往くと炫《カカヤ》ク黄金の山があり、薨去された聖徳太子・比丘に会う、耀やく光明をみる、路の中に大河があり椅を渡ると金の宮があり王がいる、海に出る、黒い山の麓に大きく暗い穴が一つありその穴を落下して行く間、風がすさまじい勢いで吹きそれが二つの目に当たりなんとも堪えがたい、遥か下方に落ちていって閻魔の庁に着いた、あるいは大きな穴に入った、頭を下にしてどんどん落下していく間目には猛火の炎が見え耳には叫び泣く声が聞こえあたり一面響きわたって雷鳴のようである、広野に出小僧に会うなどは日本の例である。震旦の話では、七宝の池の辺で高貴な気高い人に会う、とある。落下か上昇かの違いはあるがこれらは、一で述べた体験の核になる部分の三・四・五の要素に該当するといえよう。

　これまで共通する核になる部分に視点をおき、主として『日本霊異記』および『今昔物語集』の事例から日・中・韓の臨死あるいは夢の体験を見てきた。原体験ともいえる上昇・落下の二方向の体験が先ずあって、それがのちにあの世の行き先の話に反影したのかもしれない。「かむあがる」、書紀神代下（兼方本訓）「久之、彦瀲武鸕鷀草葺不合尊崩（カムアカリ）ましぬ」及び「かむさる」、書紀神代上（兼方本訓）「驚きたまひて機（はたもの）より堕《を》ちて所持《も》たる梭を以て体を傷《やぶ》らしめて神退（カムサリ）ましぬ」の二つの志向、冥界譚にみられる人間の所業を記した罪福簿(23)（今昔巻第九ノ二十八、三十一、三十四等）（功徳簿・悪録簿）の成り立ちや飛仙譚をも含めて考察する必要があろう。

　「まばゆい光」で思い合わせるのは、『竹取物語』の「かくや姫昇天」の次の場面である。

　かゝる程に、宵うち過ぎて、子の時ばかりに、家のあたり、昼の明《あ》かさにも過ぎて、光りたり。望月の明かさを、十合はせたるばかりにて、ある人の毛の穴さへ見ゆるほどなり。大空より、人、雲に乗りて降り来て、地《つち》より五尺ばかり上《あ》がりたる程に、立ち連ねたり。

午前零時ごろ、昼の明るさにもまして、人の毛の穴まで見えるような満月を十合わせた明るさの中を天人は降りてきて、地上より五尺ほど上がったあたりに浮いている（『更級日記』の阿弥陀仏来迎の夢では蓮華座が土より三、四尺の高さに浮いている）。これは直接間接に関わらず臨死体験を知る人の筆に成るように思えてならないが、いかがであろうか。

一九九六年十二月十九日、鶴見大学における最終講義「人の音せぬ暁に」の中で岩佐美代子氏（穂積重遠女）は石田尚豊氏の「仏を観ること」と題する次掲の文を引用して、この文はさながら自分の実体験を映したようなものである、と語られた。

「観想」すなわち「仏を観《み》る」ことである。眼《ま》のあたりに仏を観ることを大胆に肯定することである。科学の進んだ今日、仏を観るなどとは笑止の沙汰であろう。これが幻覚とのみ言い切れるかどうか体験者でないわたくしには断言できない。しかしインド・チベット・シナ・日本、およそ密教の流伝したところにおいて、観想は密教必須の修行であったのである。衝動的な幻覚と異なり、時日を費し組織的な修練を積み重ねることによって、遂に仏を観ることができるのであって、真の阿闍梨《あじゃり》は仏を観る能力を備えたものでなければならない。この仏を観る修行は「観想行《かんそうぎょう》」として今なお叡山に伝わる。仏を観るにあらざれば止めずという強い意志のもとに連日修行をつづけ、数ヵ月の荒行《あらぎょう》の果てに一瞬忽然として仏が影現し、五体は電撃をうけたような感動にわななく。周囲の景観はそのままに、影現像は静かに観者と相対し、いわゆる幻覚のはかなさとは本質的に異なる感覚であるという。（『日本の美術　密教画』至文堂　昭和四四年）

また、岩佐氏は、昭和のはじめ、いまよりずっと科学万能の時代に生まれ育てられた私が生涯に一度だけ話すこの体験に照らし、『更級日記』の天喜三年十月十三日、阿弥陀仏来迎の夜の夢は決して空想でも迷信でもなくほんとうに見えた現実なのである、「うちおどろきたれば、十四日也」から仏は暁（寅の刻）に現れたことになると説かれた。観想行の荒行の極限と臨死とは照応する境地なのかもしれない。

おわりに

柳田国男は「幻覚の実験(24)」の中で次のような体験を記している。日は忘れたが、十四歳の春の日、下總北相馬郡布川町の高台の東南麓に在った兄の家の庭――そこにはこの家の持主の先々代の、非常に長命をした老母の霊を祀っているという小さな石の祠が南を向いて立っていた――での出来事である。

その日は、たゞ退屈を紛らす為に、ちやうどその祠の前のあたりの土を、小さな手鍬のやうなもので、少しづゝ掘りかへして居たのであった。ところが物の二三寸も掘ったかと思ふ所から、不意にきらきらと光るものが出て来た。よく見るとそれは皆寛永通宝の、裏に文の字を刻したやゝ大ぶりの孔あき銭であった。出たのは精々七八箇で、その頃はまだ盛んに通用して居た際だから、珍しいことも何も無いのだが、土中から出たといふこと以外に、それが耳白のわざわざ磨いたかと思ふほどの美しい銭ばかりであった為に、私は何ともいひ現せないやうな妙な気持になった。

当時の柳田は、土工や建築に伴なう儀式に、銭が用いられる風習のあることを少しも知らなかった。

さうして暫らくは只茫然とした気持になつたのである。幻覚はちやうどこの事件の直後に起つた。どうしてさうしたかは今でも判らないが、私はこの時しやがんだまゝで、首をねぢ向けて青空のまん中より少し東へ下つたあたりを見た。今でも鮮やかに覚えて居るが、実に澄みきつた青い空であつて、日輪の有りどころよりは十五度も離れたところに、點々に数十の昼の星を見たのである。その星の有り形なども、かうであつたといふことは私には出来るが、それが後々の空想の影響を受けて居ないとは断言し得ない。たゝ間違ひの無いことは白昼に星を見たことで、（その際に鵯が高い所を啼いて通ったことも覚えて居る）それを余りに神秘に思つた結果、却つて数日の間何人にもその実験を語らうとしなかつた。さうして自分だけで心の中に、星は何かの機会さへあれば、白昼でも見えるものと考へて居た。後日その事をぼつぼつと、家に居た医者の書生たちに話して見ると、彼等は皆大笑ひをして承認してくれない。一体どんな星が見えると思ふのかと言つて、初歩の天文学の本などを出して來て見せるので、こちらも次第にあやふやになり、又笑はれても致し方が無いやうな気にもなつたが、それでも最初の印象があまりに鮮明であつた爲か、東京の学校に入つてからも、何度かこの見聞を語らうとして、君は詩人だよなどと、友だちにひやかされたことがあつた。[24]

普請の時に行なう秘法として、なぜ「孔あき銭」が用いられたのか。同様の志向を今日なお五円玉にみることができる。「土中のきらきらと光るもの」が暗々裡に少年の心に、強い感動を与えた。少年柳田は、下総の一隅の、澄みきった青い空に白昼の星を見たのである。それは、あまりに神秘な体験であった。柳田は、神隠しに遭い易い気質があると思う、とし、体質か遺伝かに、これを誘発する原因をもとめている。[25]彼自身、迷子になりやすい子どもであった。

この光景は、一種の体外離脱で、核となる「三・四」の体験に照応するものであろうか。あるいは体外離脱にみる原型的イメージの具象化が「孔あき銭」であったとは考えられないだろうか。冒頭に述べたヒエロニムス・ボッシュ画「天上界への飛翔」に照応する空間といえる。柳田は、フランス人のクロード・レヴィ＝ストロースの報告「昼間に金星を肉眼で見ることができる部族」や「昔の船乗りたちは昼間に金星をみる能力を備えていたこと[26]」をまだ知らなかったがその体験者だったのだろうか。

「原田汀子歌集[27]」より二首

きさらぎの空に見ゆるも昏睡に近き夫が見しといふ扉の

真夜さめてしみじみ思ふ夫の見し花野の中の扉のむかふ側

馬場邦夫「トンネルの彼方から列車がゆっくりと来る[28]」と題する散文詩がある。

北西風が吹く　冬の午後四時。細長いプラッ
トホームの先端から見ると、プラットホーム
の両側から延びた軌条は　先の方で左右から
よりそい単線になっているのが見える。その
行く手に　トンネルがある。トンネルの入口
から単線の軌条は二筋の金属の光。彼方には
半円形のトンネルの出口がぽっかりとぼくの
正面に見える。その向こうにもう一つトンネ
ルがある。がその出口は見えない。二つのト
ンネルの間は　ゆんわりとした暖かそうな虹
色の光にてらされている。そこはぼくのいる
このプラットホームとは季節も時間も　遠く
隔たっているようだ。光だけで音はなく言葉
もなくそれでも心の通いあう世界に見える。（下略）

全七十六行にわたる詩の冒頭である。やがて、馬場さんは帰天されたのだった。

「考証の精密を以て知られる学者である。」これは、平泉澄《きよし》氏が『家内の想出』に中で太田晶二郎先生について語られた言葉である。太田先生はこと学問となると、厳格・適確な記述を宗とし・批判も峻烈を極め・緻密な論証をゆるがせにしないかたであった。東京大学史料編纂所にはじめて先生を訪ねたのは、昭和三十二年（一九

五七）であった。ご退官後は尊経閣文庫に移られた。

昭和五十九年、いつものように同文庫を訪ねた私に先生は、〈昭和の感霊録〉とめずらしく興奮を抑えかねる様子で話してださったのが、平泉先生の急逝（二月十八日夕）のことであった。つまり二月七日に太田先生は平泉先生を夢に見られ、直叙の歌、

夢の中／社《やしろ》の床《ゆか》に／師のきみは端然として茶を喫したまふ

そして手紙をさし上げた。折返し、二月十日付、御返事、これが絶筆となった。その時のことを太田先生は「歴史と私」の中にこう記しておられる。

私は怪力乱神を語らぬが、今度ばかりはふるえた。最後に夢に見えて下さった先生、あゝ、私は平泉先生のお弟子である。(29)

昭和六十一年、夏と秋との間の季節だったろうか。同文庫で、佛教説話の冥界遍歴譚を訓んでいた折に、先生は昨夜みた夢の話をされた。「赤い門をくぐって　坂道を行くと　前方に池があって」と。私は思わずそれを打ち消すように、「東大の赤門のことで、池は、不忍池あたりのことでしょう。」と申しあげたのであった。

昭和六十二年一月十四日、同文庫での先生は風邪気味で熱があった。それから同十六日、一誠堂で倒れて一ケ月余死と闘っておられたが、二月十九日夜帰泉された。二十日朝九時を少しまわった頃、尊経閣文庫の飯田瑞穂氏から電話でそのことが伝えられた。

私は、『霊異記』のこの冥界譚を執筆中であった。

注

（1）引用文『日本霊異記』および『今昔物語集』は日本古典文学大系による。異体字は通常字体に、割注は一行書に改めた部分もある。

（2）三宝絵・今昔・続紀は「道照」。書紀・類聚三代格・扶桑略記・元亨釈書は「道昭」。

（3）皇極紀四年六月条に「己酉《つちのとのとりのひ》に、蘇我臣蝦夷等、誅されむとして、悉《ふつく》に天皇記・国記・珍宝を焼く。船史恵尺《ふねのふびとえさか》、即ち疾《と》く、焼かるる国記を取《と》りて、中大兄に奉獻る」とある。『続紀』（七九七年（延暦一六）成立）、文武四年三月条道照和尚の伝に「和尚河内国丹比郡人也。俗姓船連。父恵釈少錦下」とある道照の父。

（4）岩本裕『極楽と地獄』三一書房　一九六五　一四七頁に次のように記す。
ここには地獄の名は見られず、度南の国と記される。この国名の由来は不明である。また、王の名も記されていないが、閻魔王であることは疑いえない。閻羅王すなわちヤマはインドの神話では人間の祖または地獄の主として南方にいるとされるが、物語の中に「南方へ行って父を見てこい」という所伝とともに、度南という国名がインドの所伝と関係があるとすれば面白いが、現在の著者には度南という語のなりたちをたどることができない。（略）インドの神話でヤマはラージャ（王）といわれ、ヤマ＝ラージャを漢字で閻魔羅闍などと写したものの省略形である。

（5）注（4）に同じ。一六四・一六五頁

（6）注（4）に同じ。一八一頁。馬渕和夫他校注『今昔物語集』（3）小学館　一九八四年（昭和五九年、初版昭和四九）八六頁注二〇、など。

（7）前田本冥報記巻下（24）。高山寺本（23）。

（8）「琰魔」とあるのは、本縁だけ。他は「閻羅」。（大系本四二一頁　頭注一二）。閻羅は梵語 Yamarāja を漢字で写したものの省略形。→注（4）。

（9）解状・解文ともいう。養老令に定められた公文書の一。本来は、被官の宮司から所管の宮司へ上申する場合に用いられる文書であったが、平安時代以降、広く上申する場合の文書として用いられた。

（10）菅野山守の子。日本後紀、延暦十六年（七九七）「三月丁酉（十一日）正四位下菅野朝臣真道為二左大弁一」。正四位上になったのはその後のこと。『続日本紀』（九七九成立）の編者。続紀は、六九七（文武一）から七九一年（延暦一〇）までの編年史。

（11）生没年代不明。天平宝字八年（七六四）九月恵美押勝の乱に功をたてた。続紀、宝亀二年（七七一）、「閏三月戊子朔、従四位上佐伯宿禰伊多智為二兼下野守一。」

（12）井上光貞・大曽根章介『往生伝法華験記』日本思想大系7　岩波書店　二四頁。要約は、「日本古典文学全集」巻頭の解説によった。
(13) 入部正純『日本霊異記における冥界』法蔵館　一九八八、五一頁
(14) 今昔巻第九第卅一の典拠となったもので、前田本冥報記巻下（25）（高山寺本（24））。
(15) 『江談抄』巻三・『今昔物語集』巻二十・『三国伝記』巻四などにみえる。
(16) 注（13）に同じ。
(17) 注（13）に同じ。
(18) 出典は、三宝感応要略録巻上（13）（原拠は、往生西方浄土瑞応伝（8））。以上大系本　今昔二、八三頁頭注による。
(19) 大系本。今昔二、二三七頁頭注による。
(20) 大系本。今昔二、二九六頁頭注の要旨。
(21) 王重民。王慶菽他編『敦煌変文集』人民文学出版社　一九五七　八七一・七二頁
(22) 柳田国男「山の人生」(二)『定本柳田国男集』第四巻　筑摩書房　一九八八年（昭和六三年、初版昭和四三年）、八六頁
(23) 拙稿「仏教説話にみる簿（布美多）ふたつ―「霊験の簿」と「罪福簿」（『国文学年次別論文集』中古3　学術文献刊行会昭和六三年　一三五頁）
(24) 「妖怪談義」。注（22）に同じ。三三〇頁
(25) 注（22）に同じ。八〇・八一頁
(26) クロード・レヴィ＝ストロース「〝未開〟思想と〝文明〟心性」（『神話と意味』所収。ツベタナ・クリステワ『心づくしの日本語―和歌でよむ古代の思想』二六頁、による）
(27) 原田汀子『歌集　樹木喪失』新ジャーナル社　一九八六年　七一頁
(28) 馬場邦夫（一九三四～一九八六）『屋上の亀』黄土社　一九八二年　二〇・二一頁。
(29) 『歴史手帖』第十二巻第六号（通巻第百二十八号）㈱名著出版　一九八四年六月一日発行　三―三頁（「巻頭随想」）。『太田晶二郎　年譜　著作目録　等』四〇・四一頁に再録。
＊　松谷みよ子『あの世へ行った話・死の話・生まれかわり』（現代民話考　V　立風書房　一九八六年）は、「昭和版日本霊異記・今昔物語集」で、実体験の報告である。

初出・未公刊一覧……標題（掲載許可取得年月日）　既掲載誌名

研究編

Ⅰイギリス・大英図書館所蔵本

『地蔵菩薩霊験圖』翻刻（一九九〇・七・一四）　説話文学会『説話文学研究』第27号　一九九二年

イギリス・ケンブリッジ大学中央図書館所蔵本

『末ひろかり』解題・翻刻（二〇一〇・一一・一九）　慶應義塾大学『三田国文』第五十四号　二〇一一年

イギリス・オクスフォード大学ボドリアン図書館附属日本研究図書館所蔵本

『長恨哥』（二〇一二・九・五）　未公開

『やしま』（二〇一二・九・五）　未公開

オーストリア・ウィーン国立民族学博物館所蔵本

『百人一首』（二〇一二・一〇・九）　未公開

日本・宮内庁書陵部所蔵本

『禁裏御会始和歌懐紙』（二〇一二・五・一〇）　未公開

『武家百人一首色紙帖』（二〇一二・五・一〇）　未公開

Ⅱアメリカ・スペンサー・コレクション所蔵本

『百鬼夜行絵巻』（一九九七・三・二二）

「スペンサー・コレクション所蔵『百鬼夜行絵巻』について」　聖徳大学人文学部『研究紀要』第8号　一九九七年

「スペンサー・コレクション蔵『百鬼夜行絵巻』とその周辺」（平成二十三年度國學院大学國文學會春季大会シンポジウム「異類・変化・怪奇との共存―我々だけではない此世」にて発表）　國學院大學國文學會『日本文學論究』第七十一冊　二〇一二年

「シーボルト旧蔵大英図書館所蔵『地蔵菩薩霊験圖』について――フリーア美術館所蔵『探幽縮図』および東京国立博物館所蔵『地蔵佛感應縁起』をめぐって――」（国際共同に基づく日本推進事業「欧州の博物館等保管の日本仏教美術資料の悉皆調査とそれによる日本及び日本観の研究」（プロジェクト主催者　安孫子信・ヨーゼフ・クライナー）での講演）　二〇一一・六・二〇

二〇一一・一〇・一四

Ⅲドイツ・バイエルン州立図書館所蔵本

『源氏物語』（二〇〇七・五・二八／再二〇一一・三・一四）　未公開

Ⅳ日本・聖徳大学所蔵本

『敦盛』（二〇一〇・八・一二）　奈良絵本・絵巻国際会議　千葉大会にて発表　二〇一〇・八・二一・二二

『浦嶋』（二〇一〇・八・一二）　未公開

『伊勢物語』（二〇一〇・八・一二）　慶應義塾大学『三田国文』第五十五号　二〇一二年

『七夕』（二〇一〇・八・一二）　慶應義塾大学『三田国文』第五十二号　二〇一〇年

『七夕』（下巻）　慶應義塾大学『三田国文』第五十三号　二〇一一年

『しゅてんとうし』（二〇一〇・八・一一）　未公開

『長恨哥』（二〇一〇・八・一二）　未公開
『鶴草紙』（二〇一〇・八・一二）　未公開
『ふ老ふし』（二〇一〇・八・一二）　未公開

付論Ⅰ

『扶桑略記』舒明朝の天変異事　聖徳大学出版会『川並弘昭先生還暦記念論集』　一九九四年
『扶桑略記』皇極朝の天変異事　日本女子大学『国文目白』第三十三号　一九九四年

付論Ⅱ

『日本霊異記』の風流女　並木の里の会『並木の里』第三十三号　一九九〇年
「幡幢」考　並木の里の会『並木の里』第三十一号　一九八九年
臨死体験と仏教説話　並木の里の会『並木の里』第三十五号　一九九一年

あとがき

二〇一一年九月に世界有数のコレクションを誇る大英博物館を訪問した折のこと、絵巻物類のデジタル収録が盛んに行われていた。はやくからデジタル化を推進してきた大英図書館の閲覧風景は、ノートに代わってパソコンあるいは iPad を操作する人々へと大きく変わっていた。最近では国内の大学図書館や公共図書館、博物館の所有する史料をインターネット上で閲覧し研究できる機会も増えてきている。

また展覧会の照明技術にも著しい進展がみられる。通常では見えない、あるいは見落としやすい陳列品の全容を照射調整により浮彫りにして見せてくれるようになった。一年前の状況とは格段の違いがある。こうして目に見える世界が広がってきているのである。

ところで、書誌学の基本的調査のひとつである「校合」（テキストを比較し、異同を同定すること）という作業には、原本との対比が欠かせない。それを正確に写し取る作業が「翻刻」であるが、見落としや見間違いが生ずる危うさを常に伴っている。また、署名のない写本から筆者を推定する場合も、ほぼ同様の作業をともなう。できるだけおおくの信頼度の高い自筆史料を収集し見比べて系統的に分類できれば、真跡鑑定に役立つことだろう。

第一章　二〇一一年、大英図書館所蔵の『源氏物語詞』の染筆者の同定には、松井文庫所蔵『小倉山荘色紙和哥』が大きな役割を果たした。さらに読者はその筆者目録の語る公卿から武家への文化の流れに瞠目したことだろう。

この度、宮内庁書陵部所蔵の『禁裏御会始和歌懐紙』および『武家百人一首色紙帖』、ウィーン国立民族学博物館所蔵の『百人一首』の出現は、後水尾院周辺の堂上公卿の自筆史料を豊かにし、禁裏の学芸活動の様子を如実に伝えるとともに公卿たちの筆跡判定に大きく寄与することだろう。

二〇一一年九月五日、ウィーン国立民族学博物館を再訪した。東洋部長のベッティナ・ツォルン氏（Dr. Bettina Zörn）と地下の収蔵庫で終日調査をした。これまでほとんど所蔵内容を知られていなかった日本関係史料四〇〇点（大概は仏教画）の中から、今回は『百人一首』を取り上げた。また写真撮影に当たっては、ウィーン美術史博物館複製部長のイルゼ・ユング氏（Dr. Ilse Jung）のお世話になった。

オクスフォード大学ボドリアン図書館附属日本研究図書館の調査は夙に勝俣隆氏により始まった。ここに二〇〇九年九月六日に、石川透氏と同図書館の所蔵品の調査をするに到った経緯を記しておこう。

二〇〇八年三月二二・二三日に、アイルランドのチェスター・ビーティ・ライブラリー（Chester Beatty Library）で行われた石川氏主催の「奈良絵本・絵巻国際会議　ダブリン大会」で、オクスフォード大学ボドリアン図書館日本部長イズミ・タイトラー（Izumi Tytler）氏による「オクスフォード大学ボドリアン図書館附属日本研究図書館所蔵の奈良絵本・絵巻コレクション」と題する講演を拝聴する機会を得た。その後タイトラー氏のご高配に浴し、二〇〇九年九月六・七日に二五作品の調査をさせていただくことになった。その中から二点を選んで本書に紹介した。『長恨哥』絵巻と幸若舞曲を絵巻に仕立てた『やしま』とである。

二〇一一年九月九日、大英博物館を訪ね、以下の事前調査をした。

一つは、題簽に「源氏物語小鏡　七」と記す絵巻一軸（Jp. 119）で、連歌を読むために用いる詞を『源氏物語』から抜き出し解説したもので、巻子装としては初めての作品であった。巻頭の「光源氏物語目録」には「六　あつま屋／七　うきふね　さむしろともいふ／八　かけろふ／九　手ならひ／夢のうき橋　のりの師ともいふ」とある。各帖末尾に一枚の端麗な彩色画が描かれている。どこかに存在する連れの出現が期待される。

バイエルン州立図書館所蔵『源氏小かゝみ』(『在外日本重要絵巻集成』所収 二〇一一年二月)も『石山寺本源氏小鏡』(石山寺刊 二〇一一年九月)も冊子本である。両書とも、綴葉装・緞子表紙の文様、題簽の下絵の図柄・法量とも近似するもので、同じ工房で作製された蓋然性が高い。各帖末尾に一枚の彩色挿絵が添えられている絵の構図は、左右反転図や従者や女房の数の異同(バイエルン本のほうが多い)もあるが近似すると言える。ところが、大英博物館本の場合、挿絵の構図が大きく異なることに注目しておきたい。

一つはアンダーソン(William Anderson)旧蔵の住吉如慶筆『伊勢物語画帖』(Nos. 187–195. 一八八一・一二・一〇入館)で、絹本着色、落款「住吉法橋筆」印章「法橋」(白文方印)、明るく透明感のある色彩である。形状は折本形式で、『伊勢物語』の佳所の詞を抜き出し左に、それに対応する住吉如慶画を右に配し、一対としたものである。この二作品は、「研究成果公開促進費」申請後に複製入手。掲載許可が下りたので、別稿で報告する。他は『伊勢物語絵巻』五軸(Add. 5–8)は華麗な逸品である。

九月十一日から十四日の間、ケンブリッジ大学中央図書館の依頼で、同エマニュエルカレッジ(Emmanuel College)のジョーン・コーツ教授(John Coates、数論幾何学)所蔵『源氏物語画帖』の招待調査のため構内のカムデンハウス(Guest Room Camden-hause)に滞在した。

第二章『百鬼夜行絵巻』は絵だけのものなのに、スペンサー・コレクション所蔵本は詞書付であった。だからといって、この絵巻がなにを語ろうとしているのかが明らかになったわけではない。しかしながらこの百鬼夜行の情景は時代を超えて繰り返し顕現してきた事実を認めないわけにはいかない。人々はこのいわば共鳴する普遍的な心象風景になにを視たのであろうか。

冷泉為恭《ためたか》（岡田為恭《ためちか》。一八二三～六四）画筆、その詞書が語る唯一の歴史的事象は次の表現だけである。

　治承のすゑのとしかとよ中御門の南朱雀のにしのかたになに某の中納言とかやすみ給へる御舘あり

治承（一一七七～八一）の末年、某中納言の御舘での出来事。治承四年の慌ただしい福原遷都を想わせる冒頭。主人は翁に荒れた屋敷を預け伏見の郷に遁れた。そこにある人がゆえあって訪ねてくる。留守居の翁と物語し、丑三つ時に見たものは、都移りのため栖を追われ、旧都の廃屋に移住してきた「異類異形のあやしきもの」の大行進であった、という話である。

一方、為恭と同時代の歌川国芳門下の浮世絵師たちは唐人物や日本の歴史上の人物に画題をもとめながら、河鍋暁斎は化物、妖怪、鬼や骸骨などを描き、遺作『暁斎百鬼画談』に描いている「骸骨」の軍団が戦っているのは、道具の化け物たちで、まさに「百鬼夜行絵巻」のパロディなのである。為恭と暁斎の二作品の共通点は、まさに〈時代へのまなざし〉と言えよう。

国芳門下の浮世絵師・歌川芳幾こと落合幾次郎（一八三三～一九〇四）のコンビは戯作者として山々亭有人の筆名をもつ条野伝平（一八三二～一九〇二）である。

銀座役人辻伝右衛門（「年寄」。銀座役人は幕府から年俸を与えられるほか、鋳造量によって相応の手当てがあった『銀座御用留』）は江戸文化人を集めて興画《きょうが》会を開いた。条野、芳幾、西田伝助（一八三八～一九一〇）はその中心的な存在だった。いずれも武士階級出身ではなく、江戸の町人である。ずばぬけた才能をもつ庶民だった。裕福な家に生まれたが、水野忠邦の天保の改革で生活は一転し、安政二年（一八五五）十月二日の江戸大地震が追い打ちをかけ、人生を変えた。時に条野二三歳、芳幾二二歳、西田一七歳であった。西田は家族五人と使用人を失い、他の二人同様借家住まいだった。明治になって銀座も廃止され、辻伝右衛門は金融業と同時に日本橋人形町に貸本屋を開いた。西田伝助はその貸本屋の番頭になっていた。

一八七一年十月、暮れ方の貸本屋の店先で先の三人衆が新聞への思いを語ったという。それが明治五年（一八七二）三月二九日、東京日日新聞の創刊につながった。創設者に、ほどなく西田と同じ辻家に奉公していた広岡幸助（一八二九〜一九一八）が加わった。「興《きよう》画《が》合わせの会」の主要メンバーが新聞事業に移行したものともいえる。広岡幸助はその後の展開に触れて、創設者の一人である伝右衛門の息子・安次郎は主任となり、「木活字十万個を造り上げた」と伝えている（『毎日新聞の源流』『「毎日」の3世紀　新聞が見つめた激流130年』上巻）。

このように浮世絵師や戯作者たちは後に新聞記者や挿絵画家として活躍したものも少なくない。当時来日した多くの外国人とともに、浮世絵も絵巻物も海を渡り、今日ロンドンの大英博物館やパリのギメ美術館、アムステルダムのライデン国立民族学博物館、ボストン美術館、ワシントンD. C. のフリーアギャラリー、ニューヨークのメトロポリタン博物館等に大切に保管されている。

第四章、第一章で述べたように、二〇〇八年、チェスター・ビーティ・ライブラリーで開催された「奈良絵本・絵巻国際会議　ダブリン大会」は、大会前後の各一週間にわたり所蔵品の精査をともなう会議で、CBLが所蔵する『舞の本絵巻』の六軸を閲覧した。

翌平成二十一年（二〇〇九）九月二十九日（土）〜十二月二十五日（金）、聖徳大学ギャラリーで「近世の絵巻展」が行われることになり、出品される幸若舞曲の『敦盛』絵巻二軸の解説を書く機会を得た。その折に本絵巻は一見して前年閲覧したCBL本『舞の本絵巻』の連れであると確信した。こうして敦盛論考は、先覚者小林健二氏により完成された。

一九八〇年半ばごろから米国に始まり次いで英国、ドイツ語圏の図書館・博物館所蔵の日本絵巻の調査を進めてきた。続いてロシアのエルミタージュ美術館の調査をかねてから念願していた。事前調査の手掛かりを得たいとサンクト・ペテルブルグを訪ねたのは一九九七年三月のことであった。ドストエフスキーの旧家近くにある文学者たちの集いの場であったレストランでサンクト・ペテルブルグ大学教授・東洋研究所長のゴレグリヤード先生（Professor Dr. Vladislav N Goregliad 1932–2002）に対面し、終始ご専門の芭蕉研究の話に興じ、穏やかな時間を過ごした。このような美しい都を訪問するまでになんとながい時間を要したことだろう。再び無音の時が流れ、先生が世を去られたことを知ったのは二〇一二年一月七日付、子息アレクセイ・コレグリヤード氏からの返信メールによってであった。遥かな国への思いは尽きない。

第一章で述べた法政大学国際戦略機構特別教授　ヨーゼフ・クライナー氏代表「平成22〜24年度文部科学省採択プロジェクト」に招待されたのを機に、二〇一二年七月には同プロジェクトの研究会でヘレナ・ガウデコヴァ氏（ナープルステック・アジア・アフリカ・アメリカ文化博物館学芸員、Helena Gaudeková, BA Curator-Japanese and Korean Collection National Museum-Náprstek Museum of Asian, African and American Cultures Praha）に、十一月には、法政大学で同プロジェクトによるポーランド国際シンポジウムの報告会が行われ、報告者を務めたヘレナ・ホンクーポヴァ氏（プラハ・ナショナルギャラリー元館長、Dr. Helena Honcoopová, Former Director and Japanese Art Specialist Collection of Oriental Art Praha）により、プラハの博物館所蔵の日本コレクション事情を概観することができた。

二〇〇七年九月、ベルリン国立図書館（Staatsbibliothek zu Berlin Preussischer Kulturbesitz）調査の途次、短時日プラハのナープルステック博物館にクロメロヴァー・アリッツエ氏（Dr. Allice Kraemerova）を訪ねた。その際には時間的制約から、ホンクーポヴァ館長を訪ねることはできなかった。同氏からは日本研究に多大の貢献を成したヴィンケルホーホローヴァ女史（Dr. Vlasta Winkelhoferova カレル大学教授、夫君は二度にわたり日本大使を務めた）の近況が伝えられた。一九七〇年九月、初めてカレル大学を訪問した際に、プラハの街を終日案内してくださった方である。このように四十年の歳月を経たいま、ようやくプラハの諸機関に所蔵されている日本絵巻事情に曉光が射しはじめている。

本書は、この三年間のささやかな成果である。作品調査および複製作製に際して、左記の諸機関および方々（敬称略、順不同）のご助力を得ました。記して謝意を表します。なお、提供写真の版権は各所蔵機関に属します。

オクスフォード大学ボドリアン図書館附属日本研究図書館（Bodleian Japanese Library, University of Oxford）、ケンブリッジ大学中央図書館（Cambridge University Library）、アシュモレアン美術・考古学博物館（The Ashmolean Museum of Art and Archaeology, University of Oxford）、ニューヨーク公立図書館スペンサー・コレクション（The New York Public Library, Spencer Collection）、フリーア美術館・アーサー・M・サックラー美術館（Freer Gallery of Art & Arther M. Sackler Gallery）、バイエルン州立図書館（Byerrische Staatsbibliothek）、ベルリン国立アジア美術館（Museum für Asiatische Kunst, Staatliche Museum zu Berlin, photography: Jürgen Liepe）、ウィーン国立民族学博物館（Museum für Völkerkunde）・ウィーン美術史博物館（Kunsthistorisches Museum mit MVK und ÖTM）、宮内庁書陵部（Archives and Mausolea Department, Imperial Household Agency）、根津美術館（Nezu Museum）、安城市歴史博物館（Anjo City Museum of History）、静嘉堂文庫（Seikado Bunko Library）、聖徳大学（Seitoku University）。

大英図書館　ヘイミッシュ・トッド氏（Hamish Todd）

大英博物館　ティモシー・クラーク氏（Timothy Clark）
オクスフォード大学ボドリアン図書館附属日本研究図書館　イズミ・タイトラー氏（Izumi K Tytler）・ギリアン・メアリー・グラント氏（Gillian Mary Grant）・サマンサ・シェルボーネ氏（Samanantha Sherbourne）
ケンブリッジ大学中央図書館　小山　騰氏（Noboru Koyama）
アシュモリアン美術・考古学博物館　クレア・ポラード氏（Clare Pollard）
ニューヨーク公立図書館スペンサー・コレクション　マーガレット・グラバー氏（Margaret Glober）
フリーア美術館・アーサー・M・サックラー美術館　吉村玲子氏（Reiko Yoshimura）
バイエルン州立図書館　レナーテ・ステファン−バール氏（Renate Stephan - Bahle）・ブリギッテ・ゲラース氏（Brigitte Gullath）
ベルリン国立アジア美術館　アレキサンダー・ホフマン氏（Alexander Hofmann）
ウィーン国立民族学博物館　ベッティナ・ツォルン氏（Bettina Zorn）／ウィーン美術史博物館　イルゼ・ヤング氏（Ilse Jung）・クリストフ・パイダッシュ氏（Christoph Paidasch）
宮内庁書陵部　杉本まゆ子氏（Mayuko Sugimoto）
根津美術館　松原茂氏・荒川麻美子氏（Sigeru Matubara・Mamiko Arakawa）
安城市歴史博物館　鳥居直氏・天野信治氏（Nao Torii・Sinji Amano）
静嘉堂文庫　成澤麻子氏（Mako Narisawa）
聖徳大学　川並弘昭氏（Hiroaki Kawanami）
聖徳大学図書館　林政彦氏・青柳邦忠氏・戸枝敏郎氏・重信由美子氏（Masahiko Hayashi・Kunitada Aoyagi・Toshiro Toeda・Yumiko Sigenobu）

貴重な史料の閲覧調査をはじめ、翻刻・影印の掲載をご許可くださった関係諸機関に厚く御礼申しあげる。殊に勤務先であった聖徳大学学長 川並弘昭氏および図書館には、展示と学会開催の機会および絵巻調査と撮影にあたって多大なお力添えをいただいた。厚く御礼申しあげる。また、この度も畏友大英図書館日本部長へイミッシュ・トッド氏（Dr. Hamish Todd、日本図書館グループ会長〈イギリス〉・北米日本研究資料調整協議会欧州代表）に「はじめに」と「あとがき」の英語訳をお願いした。すぐれた英語訳を通じて、より多くの人々に日本文化・文学を楽しんでいただけることだろう。ここに記して深く感謝申しあげる。

なお、二〇一一年三月十一日、東日本大震災に見舞われ、艱難の最中にある日本から世界に向けての文化興隆に明日への希望を託したい。

最後にこのような大部のものの公刊にご快諾をいただいた笠間書院の池田つや子社長をはじめ、献身的なご助力を賜った橋本孝編集長、重光徹氏に謹んで御礼申しあげます。

本書の刊行は、平成二十五（二〇一三）年度日本学術振興会科学研究費補助金〔Japan Society for the Promotion of Science（JSPS）〕「研究成果公開促進費〔Grant-in-Aid for Publication of Scientific Research Results〕」（課題番号 255027）の助成によるものである。ここに記して深く感謝申しあげます。

二〇一三年一〇月

辻 英子

編著者略歴

辻　英子（つじ　えいこ）

昭和11年（1936）生まれ　日本文学専攻／文学博士

日本女子大学文学部国文学科卒業（昭和33年）。慶應義塾大学大学院文学研究科国文学専攻博士課程単位取得退学（昭和38年）。平成18年、文学博士（慶應義塾大学）。オーストリア国立ウイーン大学哲学学部民俗学科に正規学生として学び（昭和45年-50年）、単位取得退学。慶應義塾大学医学部付属厚生女子学院（現、慶應義塾大学看護医療学部）（昭和36年-45年）、日本女子大学（昭和52年-平成４年）、鶴見大学（昭和59年-平成15年）非常勤講師を経て、聖徳大学人文学部日本文化学科教授（昭和61年～平成23年退職）。

著書　『日本感靈録の研究』（昭和56年、笠間書院）
　『在外日本絵巻の研究と資料』（平成11年、笠間書院）
　『スペンサー・コレクション蔵日本絵巻物抄　付、石山寺蔵』（平成14年、笠間書院）
　『高野大師行状図画』（平成17年、親王院尭榮文庫）
　『在外日本絵巻の研究と資料　続編』（平成18年、笠間書院）
　『在外日本重要絵巻集成』（平成23年、笠間書院）

本書は【研究編】【影印編】とDVDのセットです

在外日本重要絵巻選《ざいがいにほんじゅうようえまきせん》　【研究編】

平成26（2014）年２月28日　初版第１刷発行

編著者　辻　英子

発行者　池田つや子

装　幀　笠間書院装幀室

発行所　有限会社　**笠間書院**

〒101-0064　東京都千代田区猿楽町 2-2-3

電話 03-3295-1331（代）Fax 03-3294-0996

NDC分類：913.37　振替 00110-1-56002

ISBN978-4-305-70719-2

http://kasamashoin.jp/　シナノ印刷

落丁・乱丁本はお取りかえいたします　（本文用紙・中性紙使用）

連携研究者紹介

石川　透（いしかわ　とおる）
1958年生まれ　慶應義塾大学文学部教授/国文学専攻/文学博士
主要著書『室町物語影印叢刊』1-50（三弥井書店　2000～2012年）、『奈良絵本・絵巻の成生』（三弥井書店　2003年）、『御伽草子　その世界』（勉誠出版　2004年）、『魅力の奈良絵本・絵巻』（三弥井書店　2006年）『入門　奈良絵本・絵巻』（思文閣出版　2010）「源氏絵・奈良絵本にみる王朝文化」（国文学研究資料館編『アメリカに渡った物語絵―絵巻・屏風・絵本』ぺりかん社　2013年）『保元・平治物語絵巻をよむ』（三弥井書店　2012年）『源平盛衰記絵本をよむ』（三弥井書店　2013年）

小林健二（こばやし　けんじ）
1953年生まれ　国文学研究資料館教授/室町期文芸専攻/文学博士
主要著書『中世劇文学の研究―能と幸若舞曲』（三弥井書店　2001年）、『沼名前神社神事能の研究』（和泉書院　1995年）『真銅本「住吉物語」の研究』共編（笠間書院　1996年）、「能《源氏供養》制作の背景―石山寺における紫式部信仰」（『国文学研究資料館紀要』第37号『文学研究編』2011年３月）「絵画化された語り物の世界―「武文図屏風」をめぐって―」（国文学研究資料館編『アメリカに渡った物語絵―絵巻・屏風・絵本』ぺりかん社　2013年）

中野沙恵（なかの　さえ）
1943年生まれ　聖徳大学文学部教授/江戸文学専攻
主要著書『氷柱の鉾―四季の古俳句』（永田書房　1994年）、『新編芭蕉大成』共編（三省堂　1999年）、『蕪村全集』第５巻　書簡　共編　（講談社　2008年）、『江戸時代語辞典』共編（角川学芸出版、2008年）

協力者紹介

石原洋子（いしはら　ようこ）
ニホン国際ITカレッジ　日本語講師/聖徳大学大学院言語文化研究科日本文化専攻　博士後期課程修了/博士（日本文化）

松本奈々（まつもと　なな）
東京大学明治新聞雑誌文庫非常勤職員を経て現在東京海洋大学附属図書館勤務/聖徳大学大学院言語文化研究科日本文化専攻　博士後期課程単位取得満期退学/修士（日本文化）

見神美菜（みかみ　みな）
聖徳大学附属小学校・同取手聖徳女子中学校・高等学校教諭/聖徳大学大学院言語文化研究科日本文化専攻　博士前期課程修了/修士（日本文化）

森垣英子（もりがき　ひでこ）
青森山田高等学校東京校　非常勤講師/学習院大学法学部法学科卒業。聖徳大学大学院言語文化研究科日本文化専攻博士前期課程修了/修士（日本文化）/ウルグアイ・カトリック大学にて交換留学生として学ぶ（2010年）/スペイン語専攻

Preface

Zaigai Nihon jūyō emaki sen [A selection of important Japanese picture scrolls in foreign collections] is the result of three years' research on a project entitled "A comparative study of Japanese picture scrolls in the Bodleian Library, University of Oxford, and Seitoku University" (Grant-in-Aid for Scientific Research 2011−2013 (General Research (C) no. 2252192)[1].

This research volume comprises four chapters containing bibliographical introductions, transcripts and essays for 18 works, with reproductions of the illustrated sections of five of these (Chapter 1 no. 3, Chapter 4 nos. 5, 6, 7 and 9), plus five appendices. The accompanying facsimile volume includes reproductions of nine works.

The present work is a continuation of *Zaigai Nihon jūyō emaki shūsei* [A collection of important Japanese picture scrolls in foreign collections] published in two volumes by Kasama Shoin in February 2011 with support from a Grant-in-Aid for the Publication of Scientific Research, 2010 (no. 225028) from the Japan Society for the Promotion of Science. Since the mid-1980s I have been unearthing illustrated scrolls in overseas collections, acquiring rare materials and carrying out textual research on them and making these new discoveries known to the academic world. This book continues this process by identifying the existence of manuscript material, providing transcriptions of the texts and publishing photographic reproductions of them. Once again the principal difficulties I have faced have lain in the costs of purchasing and publishing the material.

Collecting new material in this way is a matter of urgency in disseminating Japanese culture and literature around the world and further promoting the study of Japan and the image of Japanese culture.

I United Kingdom

1) In the essay *Daiei Toshokan shozō 'Genji monogatari kotoba' to sono shūhen* [The British Library's Genji monogatari kotoba — history and context] in *Zaigai*

[1] Strictly speaking part of the funding for 2013 was returned as I retired in March of that year.

Nihon jūyō emaki shūsei I tried to identify the calligraphy of 54 nobles at the Court of Retired Emperor Go-Mizunoo. At the same time I studied the *Ogura sansō shikishi waka* in the collection of the Matsui Bunko and so was able to determine that the calligraphy of 50 of the contributors to this work was identical to those in the *Genji monogatari kotoba*, a discovery which is of great mutual benefit to the study of both works. Of the 54 writers involved in the *Genji monogatari kotoba*, 35 were identified by Sakakibara Satoru (see his article "Sumiyoshi-ha 'Genji-e' kaidai : fu shohon to kotobagaki" in *Santorī Bijutsukan ronshū* 3, December 1989). For the remaining 19 I compared samples of their calligraphy in *Nihon shoseki taikan*, *Tanzaku tekagami* and *Kohitsu tekagami taikan* (see pp. 56–58 of my above-mentioned work). At that time, in 14 cases, including, for example, no. 4 *Yūgao* written by the Former Sesshō Nijō Mitsuhira, I was on rather thin ice as my identification of the calligraphy was based on comparison with just one other work and only a small sample of writing. There were five instances where I was not able to reach a firm conclusion. However, in the three years since then I have come across several newly discovered manuscripts which have allowed me to confirm that my identification was correct in 14 cases. The manuscripts in question are 1) *Kinri gokaihajime waka kaishi,* 2) *Buke hyakunin isshu shikishichō* (both in the Archives and Mausoleum Department, Imperial Household Agency), and 3) *Hyakunin isshu* (now in the Museum of Ethnology, Vienna and formerly the property of Archduke Franz Ferdinand of Austria-Este, heir to the Austro-Hungarian throne).

The discovery of these manuscripts is a major advance in the identification of hitherto unattributed calligraphy by the nobles of Go-Mizunoo's Court. For example in the British Library's *Genji monogatari kotoba* I have now been able to identify three of the five unknown calligraphers and to confirm 17 of the 19 for whom there was little material available for comparison. Two individuals remain unidentified. Turning to the Matsui Bunko's *Ogura sansō shikishi waka*, which proved so important in determining the calligraphers in the *Genji monogatari kotoba*, I have now been able to establish eight of the 11 formerly unidentified individuals so only three remain a mystery. Of the 54 calligraphers in the *Genji monogatari kotoba*, 37 are also to be found among the 50 in the *Ogura sansō shikishi waka* (each of whom wrote two poems) so that of a total of 67 individuals in both works 62 have now been identified. I have listed these in a comparative table in Reference Material 9. The 35 names hypothesised by Sakakibara Satoru are given in Gothic font, my suggestions are in

Gothic font followed by (.....) to distinguish them and the two unidentified individuals are indicated by the symbol △ in the lower column.

The five works described above, including the newly discovered ones, are all highly reliable. I have studied a total of 312 imperial princes, leading nobles and senior clerics of the early Edo Period whose calligraphy is included. Discounting those who are found more than once there is a total of 114 writers whose calligraphy I have been able to identify through comparison with other examples of their work. In addition there are 47 pieces for which there is no other material available for comparison but which can probably be regarded as genuine. We will have to wait for future discoveries to uncover further autograph material for comparison that will allow us to assign them a place among the calligraphic works of the Edo Period. In that way we will be able establish the identity of a total of 161 calligraphers. As these writers will each have written several pieces the total number of works involved will be many times greater.
To facilitate a comparison of these writers I have complied Reference Materials 7, 8 and 10. The writers in the *Buke hyakunin isshu* increasingly represent the next generation of poets and calligraphers, the sons or grandsons of those found in *Genji monogatari kotoba* and *Hyakunin isshu*. This fact is of relevance for dating the works and means we will probably have to revise and re-evaluate previous research.

In Chapter 1 in order to identify the calligraphy of the nobles of Emperor Go-Mizunoo's Court I had to produce full-text transcriptions and facsimiles of all the relevant autograph materials by courtiers of the period to make a comparative analysis possible. The *Ise monogatari* in Chapter 4 with calligraphy by Konoe Motohiro and illustrations by Tosa Mitsuoki brings us to the heart of literary and artistic activity around Emperor Go-Mizunoo.

While I was carrying out this work I realised that Chigusa Ariyoshi (1615–1687) contributed the same poems, "*Natsu no yo wa*" and "*Nageke tote*", to both the *Ogura sansō shikishi waka* in the Matsui Bunko and the *Hyakunin isshu* in the Museum of Ethnology, Vienna. This was highly unusual as the other contributors all came up with different compositions and must surely have been because Ariyoshi was particularly fond of these two poems.

2−3) These sections are based on a lecture I was invited to give at Hōsei University on 14 October 2011. I was one of three guest speakers (with Kawai Masatomo and HIH Princess Akiko of Mikasa) invited as part of the MEXT international project 2011−2013 "Comprehensive Research of Japanese Buddhist objects in European museums and their impact on the European image of Japan" led by Prof. em. Dr. Josef Kreiner (Special Adviser, Research Center for International Japanese Studies and Specially Appointed Professor, Planning and Strategy Center, Hōsei University, formerly Professor of Japanese Studies and Director, Department of Japanese Studies, Bonn University, first Director of the German Institute for Japanese Studies, Tokyo). The title of my lecture was *Shiiboruto kyūzō Daiei Toshokan shozō 'Jizō Bosatsu reigenki' ni tsuite* [On the *'Jizō Bosatsu reigenki'* in the collection of the British Library, formerly owned by Von Siebold] and the underlying theme was the "Impact of Japanese Buddhist objects on the image of Japan", more specifically in this context their impact on the image of Japanese culture.

4) In addition to the copy of *Suehirogari* in Cambridge University Library described in the present work, two other examples are known in Japan although in each case the illustrations have been removed from what were originally picture scrolls. The Cambridge copy is well preserved and retains its illustrations. Since it contains the immortal *Shinsentan* [Chinese : *Shenxiantang*] this text is also of significance for observing the introduction and development of Chinese culture in the Nara Period.

5−6) These sections deal with two manuscripts housed in the Bodleian Japanese Library, University of Oxford : 1) *Yashima* and 2) *Chōgonka*. *Yashima* is clearly a very rare work as it is not included in the "Muromachi jidai monogatarirui gensonbon kanmei mokuroku" [Concise catalogue of extant Muromachi Period tales] in *Otogizōshi no sekai* (edited Nara Ehon Kokusai Kenkyūkai. Sanseidō, 1982). There is a lineage of printed texts and a lineage of *kōwakamai* texts for this story and this illustrated scroll version seems to be closely related to the latter.

Only two of the original three volumes of the *Chōgonka* are extant. In content it closely resembles a three-volume manuscript of *Chōgonka* in Seitoku University and the text seems to be written by the same hand. According to Prof. Ishikawa Tōru both texts are similar to the calligraphy of the *Taiheiki emaki* in Saitama Prefectural Museum of History and Folklore. The text of the Bodleian manuscript appears to be

closest to the undated printed work *Chōgonka-shō* (copies held in Kyoto Univeristy, Sonkeikaku Buno and Keiō University). At first glance the Bodleian manuscript seems to have more *kana* text and to preserve an older version but more thorough research is needed to establish the order in which the two were created. There are various lacunae in the text, both long and short, which in some instances cover several sections. For this reason it is hard to determine if these are simple omissions or whether this manuscript consists of extracts from an original version. However, the manuscript in Seitoku Univeristy also has the same text as *Chōgonka-shō* and resembles the Bodleian copy in having a large amount of *kana* text and few *dakuten* so we may hypothesise that the Seioku University manuscript is the original and the Bodleian manuscript is a selection or extract from it.

II United States

The illustrations in the *Hyakki yagyō emaki* in New York Public Library's Spencer Collection are by Reizei Tamechika, one of the artists involved in the revival of *Yamato-e* school of painting during the Bakumatsu Period. Although he was in the service of the Imperial Family Tamechika was pursued by extremist samurai of the anti-foreign movement and assassinated in 1864. It seems highly probable that the text is also by Tamechika. I introduced this scroll in my 2002 book *Supensā korekushon zō Nihon emakimono-shō : fu Ishiyamadera zō*, drawing attention to the fact that whereas works of this genre normally consist only of illustrations, this example also included a written text.

When, in 2006, Koga Tōru published a transcription of the *Hyakki yagyō emaki* in the National Diet Library which also has a written text, it became possible to compare it to the Spencer Collection manuscript which had hitherto been the only known example with a text. In this book I compare the texts of both works and highlight the fact that only in the Spencer Collection manuscript do we come across vocabulary normally found in *jōruri* plays, *ukiyo-zōshi* and *yomihon*. The world of this manuscript is probably not unconnected with the lives and works of *ukiyo-e* artists such as Utagawa Kuniyoshi, his pupil Utagawa Yoshiiku, Kawanabe Kyōsai or Katsushika Hokusai who were either predecessors or contemporaries of Tamechika. We should also remember that many of these *ukiyo-e* artists were strongly influenced by Chinese fiction, embued with the mysterious and the marvellous. They wrote *ukiyo-zōshi* and *yomihon* featuring ghosts and monsters and immersed themselves in

caricatures, cartoons and comic drawings. Coincidentally, the print *Minamoto no Yorimitsu kō yakata ni tsuchikumo yōkai o nasu zu* [The Earth Spider conjures up demons at the mansion of Minamoto no Yorimitsu], which was published in 1843 and made Kuniyoshi's reputation as a satirical artist, provoked popular controversy for satirising the harsh Tenpō Reforms. As previous scholarship has shown, this print seems to have given Kawanabe Kyōsai (1831–1889) the idea for his *Kyōsai hyakki gadan* (1889) and his fighting armies of skeletons are clearly a parody of *Hyakki yagyō emaki*.

Both the *ukiyo-e* artists who continued to depict in dynamic fashion the complex pattern of human relationships they saw developing from the Bakumatsu Period to the beginning of Westernisation and the diametrically opposed tranquility of the world of Tamechika's *Hyakki yagyō emaki* are products of the same age and this study throws a spotlight on the tumultuous period leading up to the Meiji Restoration as the feudal society gave way to a capitalist one.

III Germany

The 54-volume manuscript of *Genji monogatari* preserved in the Bavarian State Library (Cod. Jap. 18) is said to have been written by Ono no Tsū. It is stored in a box which bears the inscription *Yodo no mae no e hako-iri* or "Box with pictures of Yodo no mae" and has a scene from the Tale of Genji drawn in gold and silver on the lid with the words *Genji-bako* "Genji box" written in the centre. It bears a hollyhock emblem which is identical to the three-leaf hollyhock crest recorded in the Bakufu's *Gomon hikaegaki* "Memorandum on heraldic crests" as being used by Tokugawa Ieyasu, Hidetada and Iemitsu. The cover of each volume is illustrated with one of the principle scenes of the relevant chapter. The inside of each front cover is embossed with a different design in gold leaf. In particular, the inside cover of the chapter *Tenarai* "Writing Practice" has a fret pattern in gold leaf decorated with circular bottle gourd motifs. The calligraphy of the title slip and the text of each volume appears to be by the same hand. There are indications that the manuscript may have been a *yomeiri-bon* or "bridal book" given to Sen-hime, eldest daughter of Tokugawa Hidetada on her marriage. The Genji paintings on the cover of each volume are of major art historical significance.

The text is based on the *aobyōshi-bon* ("blue cover") tradition of *Genji monogatari*

editions and seems to be closest to the manuscript formerly owned by the Sanjōnishi family but further research in this area is needed.

IV Japan

I first encountered the manuscripts discussed here in early March 2008 when I was in charge of compiling the catalogue for an exhibition of picture scrolls from the collection of Seitoku University held at Seitoku University. Later, I received the abovementioned Grant-in-Aid for Scientific Research 2011−2013 and enlisted Professors Ishikawa Tōru (Keiō University), Kobayashi Kenji (National Institute of Japanese Literature) and Nakano Sae (Seitoku University) as co-researchers to carry out a survey of illsutrated scrolls in Seitoku University's collections. I would like to take this opportunity to record my gratitutde to them.

1) From 22−23 August 2010 Prof. Ishikawa Tōru organised the International Conference on Nara ehon and Picture Scrolls : Chiba Workshop at Seitoku University. During the workshop Prof. Ishikawa provided a wide-ranging introduction to the Nara ehon and picture scrolls in the University's collection and this forms the basis for the present chapter.

2) The two-volume manuscript *Atsumori* is a reworking in picture scroll format of the *kōwakamai* piece of the same name and is directly based on an illustrated printed version published in the early Edo Period. Another deluxe picture scroll based on a *kōwakamai* text from the same period is the six-volume *Mai no hon emaki* to be found in the Chester Beatty Library (CBL). This has written on its title slip and cover *Mai no hon sanjūrokuban* from which we may deduce that 36 *kōwakamai* were made into picture scrolls and in this essay I prove that the manuscript in Seitoku University is from the same set as the one in the CBL. Adding these two scrolls, at present a total of 14 works on 11 scrolls can be identified for the *Mai no hon emaki* manuscript represented in the CBL.

3) The 1-scroll manuscript of *Urashima* can be assigned to Type 2 of the traditional classification system for this work alongside the manuscript in the Nihon Mingeikan (Japanese Folk Crafts Museum) since not only does it contain three of the *waka* which are used as classificatory criteria but its phraseology, plot and illustrations also show a close relationship. There are some small differences in the text but

nevertheless with the discovery of this scroll, one more manuscript can be added to Type 2.

4) *Ise monogatari*. 2 scrolls. Formerly owned by the family of Marquess Inoue. Text by Konoe Motohiro, illustrations by Tosa Mitsuoki. Colour on silk. The end of each volume bears the signature *Tosa Sakon no Shōgen Mitsuoki hitsu* [Written by Tosa Mitsuoki Inspector of the Imperial Guard of the Left] and a square seal '*Mitsuoki no in*' [Seal of Mitsuoki] (white script on a red background). In an accompanying envelope is a certificate of authentification (*kiwamefuda*) which also states Konoe Motohiro to be the author and Tosa Mitsuoki the artist. The *kiwamefuda* bears the seals of Kohitsu Ryōi, ninth generation of the Kohitsu family, hereditary appraisers of art. The colophon in volume 2 has an inscription with the name *Gonchūnagon* Fujiwara Moto and the date 26th day of the 10th month of the 8th year of Kanbun [30 Nov 1668]. In this section I make a detailed comparison of the calligraphy of Motohiro, Motokata and Mitsuoki with reference to recently discovered manuscripts — notably the *Kaigen buriki, Kinri gokaihajime waka kaishi,* and *Buke hyakunin isshu shikishichō* in the Archives and Mausoleum Department, Imperial Household Agency, and the *Hyakunin isshu* in the Museum of Ethnology, Vienna. Taken together with part 1 of Chapter I United Kingdom this research brings into sharp relief the world of the nobles involved in the artistic activities at the Court of Retired Emperor Go-Mizunoo

5) *Tanabata* (provisional title). 2 scrolls. There are many extant manuscripts relating to the origins of *Tanabata*, the festival of the 7th night of the 7th month when legend says the two deities Orihime and Hikoboshi meet, with titles such as *Tanabata, Tanbata no honji, Amewakami* etc. The text of this particular manuscript resembles that of the large format, 3-volume illustrated work *Tanabata no katari* which is in the collection of the Seikadō Bunko (see *Muromachi jidai monogatari taisei.* vol. 8).

6) *Shutendōji* (provisional title). Of the large number of illustrated manuscripts representing this tale the text of the present manuscript is closest to *(Ibukiyama) Shutendōji* in the collection of Daitōkyū Kinen Bunko (see *Muromachi jidai monogatari taisei.* vol. 2). The personal names and proper nouns are almost identical and there is similar widespread use of *kana.*

7) *Chōgonka.* 3 scrolls. This manuscript is important in that it contains the complete text of all 3 volumes. There are not many surviving examples of this version — copies are known to be in the collections of Ōsaka Ōtani University and Rikkyō University.

8) *Tsuru no sōshi.* 1 scroll. The content of the text belongs to Type C of the classification scheme for *Tsuru no sōshi* used in *Muromachi jidai monogatarirui gensonbon kanmei mokuroku.* Most manuscripts of this story are in book form and scroll versions are rare, the only other examples being in Kyōto National Museum and the Freer Gallery of Art. This scroll is the same as the one in Kyōto National Museum in that a) it starts with a 12-line passage on the taking of life and compassion, and b) the last scene includes depictions of Chinese tales and stories of easy childbirth. Neither of these elements is to be found in the so-called *Beppon Tsuru no sōshi* (see *Mikan chūsei shōsetsu* (*Koten bunko*)) or the Freer copy.

9) *Furōfushi.* 2 scrolls. One of the very few illustrated scroll versions to survive.

Appendix I contains two essays which deal with disasters and catastrophies recorded in the *Fusō ryakki* (A history written by Kōen circa 1094) and discuss the philosophy of *Shin'i* (Chinese : *chèn wěi*) or divination which was brought to Japan from China during the Nara Period.

Appendix II comprises three essays on stories about the deities and immortals and about dreams which are included in the *Nihon ryōiki* (compiled circa 823 by Kyōkai, a monk at the Yakushiji temple) and *Konjaku monogatari* (a late Heian Period anthology of tales and anecdotes). These essays are revised versions of papers I have delivered at various conferences.

However, through the advance of medicine, psychology, philosophy and the study of religion, in the early 1990s it was proved that some types of dream are sensations which are intrinsically different to mere hallucinations and are phenomena of the real world. This is the basis for the short article *Bukkyō setsuwa to rinshi taiken* [Buddhist tales and near death experiences]. The meditations or "seeing the Buddha" which are often depicted in Buddhist paintings are also actions which affirm

the real world and are not rooted in the past but continue to exist in the present.

For example, at the end of *Sarashina nikki* on the night of the 13th day of the 10th month of the 3rd year of Tengi [1055] the author, the daughter of Sugawara Takasue, records a vivid dream of Amida Buddha. Another example can be found in the following from the *Ryōjin hishō*, the anthology of songs compiled at the end of the Heian Period by Retired Emperor Go-Shirakawa : *Hotoke wa tsune ni imasedomo utstsunaranu zo aware naru hito no oto senu akatsuki ni honoka ni yume ni mietamau* [Although the Buddha is always present to our sadness he takes no visible form. Away from the noise of the world in the light of dawn, I can just faintly see him in my dreams]. Thus Amida Buddhsa and Jizō Bosatsu both appear in dreams at dawn.

Nowadays many Japanese researchers overseas can easily read transcribed texts and the study of cursive forms of script has been flourishing in recent years. The starting point for research is the original texts and so I hope that the publication of this book will be of some help in this regard. At the same time, commentaries and translations into modern Japanese are of great importance in helping people around the world to appreciate Japanese literature and this has held to a strong demand for the study of that perennial question, the image of Japan.

I would like to record here my gratitude to all those institutions which allowed me access to their precious materials and gave me permission to include them in this book.

Afterword

In September 2011 I visited the British Museum, renowned for its world-class collections, and found the digitisation of its picture scrolls in full swing. In the British Library, which had embraced digital technology from early on, the atmosphere in the reading rooms had changed a great deal and many people were using laptops and i-pads instead of notebooks. In recent years it has become increasingly possible to read and study historical materials in Japanese university libraries, public libraries and museums on the Internet.

In addition the lighting technology used in exhibitions has made significant progress. Details of exhibits which would normally be invisible or easy to miss can be brought into sharp relief by adjusting the illumination. This is a marked difference to the situation even a year ago and has expanded the realm of what is visible to the naked eye.

However, for the purposes of collation (the comparing of texts to identify similarities and differences), which is one of the fundamental activities in bibliographic research, access to the original is essential. Making an accurate copy of this original text is called "transcription" but in the process there is always the danger that something may be omitted or misread. Identifying the calligrapher of an unsigned manuscript is a similar challenge. For a valid assessment of the calligraphy, one has to assemble as many reliable historical materials as possible, carry out a careful comparison and categorise them into their various lineages.

Chapter 1

In 2011 the *Ogura sansō shikishi waka* in the collection of the Matsui Bunko played an important role in allowing me to identify the calligraphers in the British Library's *Genji monogatari kotoba*. It was probably an eye-opener for readers to see from the list of calligraphers how culture flowed from the nobility to the warrior families. This time, the discovery of the *Kinri gokaihajime waka kaishi* and *Buke hyakunin isshu shikishichō* in the Archives and Mausolea Department, Imperial Household Agency, and the *Hyakunin isshu* in the Museum of Ethnology in Vienna, have enriched the corpus of autograph documents by nobles at the court of Retired Emperor Go-Mizunoo. This has contributed significantly both to giving us a true picture of the state of artistic activity in the Imperial Palace and also to identification of the calligraphy of the various nobles.

On 5th September 2011 I revisited the Museum of Ethnology in Vienna and spent an entire day with Dr Bettina Zorn, Head of the East Asian Department, carrying out a survey in the underground storage area. We found 400 practically unknown historical materials relating to Japan. For the most part they were Buddhist paintings but among them was the *Hyakunin isshu* studied in this book. I would also like to record my thanks to Dr Ilse Jung, Head of the Reprographics Department of the Museum of Ethnology for her help with the photography.

A survey of the holdings of the Bodleian Japanese Library in the University of Oxford was begun by Prof. Katsumata Takashi some time ago. I should note that Prof. Tōru Ishikawa and I also surveyed the collection on 6th September 2009.

At the International Conference on Nara ehon and Picture Scrolls : Dublin Workshop, organised by Prof. Ishikawa and held at the Chester Beatty Library in Ireland on 22nd –23rd March 2008, I had the chance to hear a lecture by Mrs Izumi Tytler, Head of the Bodleian Japanese Library, entitled "The *Nara ehon / emaki* collection in the Bodleian Japanese Library, University of Oxford". Later, on 6th–7th September 2009, Mrs Tytler was kind enough to let me study 25 items from the collection and I have selected two of these for inclusion in this book : the *Chōgonka* picture scroll and *Yashima*, a reworking of a *kōwakamai* in picture scroll form.

On 9th September 2011 I visited the British Museum and carried out a preliminary survey as follows :
Firstly, an illustrated scroll (Jp. 119) with a title slip "*Genji monogatari kokagami* 7" which consists of extracts from *Genji monogatari* with accompanying commentaries to be used for the composition of *renga* poetry. This is the first of its type that I have seen in scroll format. The *Hikaru Genji monogatari mokuroku* which appears at the beginning of the scroll lists "6 *Atsumaya* / 7 *Ukifune* (*Samoshiro to mo iu*) / 8 *Kagerō* /9 *Tenarai* / *Yume no Ukihashi* (*Norinoshi to mo iu*)". At the end of each chapter is an elegant coloured illustration. I hope that one day other surviving volumes of the set will be discovered somewhere.

Both the *Genji kokagami* (included in *Zaigai Nihon jūyō emaki shūsei*, publ. Feb 2011) and *Ishiyamadera-bon Genji kokagami* (publ. by Ishiyamadera, Sept 2011) in

the Bavarian State Library are in codex format. They are both are bound in *tetchōsō* style with silk damask covers and have title slips of a similar design and size so that it is highly likely that they were created in the same studio. A coloured illustration has been added at the end of each chapter and the composition of these is generally similar, although there are some differences — for example the image is reversed left to right and there are more attendants and court ladies in the Bavarian State Library manuscript. However, it should be noted that the composition of the illustrations in the British Museum manuscript are significantly different.

Secondly, *Ise monogatari gajō* illustrated by Sumiyoshi Jokei and formerly owned by William Anderson (Nos. 187−195, acquired 10 Dec 1881). This manuscript is on silk and painted in bright, translucent colours and is signed "Sumiyoshi Jokei Hōkyō hitsu" with the seal "Hōkyō". It is in *orihon* format and contains famous passages from *Ise monogtari*, each accompanied on the right-hand page by a corresponding illustration by Sumiyoshi Jokei. As the photographs of these two works and the permission to reproduce them did not reach me until after I had submitted the application for the Grant-in-Aid for Scientific Research, I intend to treat them in a separate publication.
I was also able to study a superb manuscript of *Ise monogtari emaki* (5 scrolls, Add. 5−8)
From 11th to 14th September, at the request of Cambridge University Library, I examined a manuscript of *Genji monogatari gajō* owned by Prof. John Coates of Emmanuel College.

Chapter 2
Although *Hyakki yagyō emaki* normally consists only of pictures, the copy in the Spencer Collection also has text. Having said that, in fact it is not entirely clear what the scroll is trying to say ! However, the fact that scenes of the *Night Parade of One Hundred Demons* have been repeated many times over the centuries means we cannot ignore simply it. Just what did people see in these imaginary scenes which seem to have such a universal resonance?
Perhaps the only historical phenomenon recounted in this text by Reizei Tamechika (Okada Tamechika. 1823−64) is found in the following sentence : "Around the last years of the Heiji Era there was a mansion to the south of Nakamikado and the west of Sujaku where a certain Middle Councillor used to go to rest.". This reference to an

event that took place in the house of a Middle Councillor around 1177−81 brings to mind the upheavals associated with the brief relocation of the capital to Fukuhara in 1180. The owner leaves the dilapidated house in the care of an old man and flees to the village of Fushimi. At this point someone comes to visit the house for some reason and falls into conversation with the old caretaker who explains that what was seen in the dead of night was a procession of strange-looking creatures moving back to their abandoned home in the old capital.

Although Tamechika's contemporaries the *ukiyo-e* artists Utagawa Kuniyoshi and his pupils took as their inspiration Chinese figures from the Tang Dynasty or Japanese historical figures, Kawanabe Kyōsai drew ghosts, monsters, demons and skeletons. The army of skeletons and household utensils come to life which feature in his posthumous work *Kyōsai hyakki gadan* are obvious parodies of *Hyakki yagyō emaki*. The common thread between Tamechika and Kyōsai's two works may be said to be "a reflection of the times".

Kuniyoshi's pupil Utagawa Yoshiiku, also known as Ochiai Ikujirō（1833−1904）produced a number of humorous work, or *gesaku*, in collaboration with Jōno Denpei（1832−1902）who wrote under the pen name Sansantei Arindo.

Tsuji Den'emon, who held the Bakufu post of *Ginza Yakunin*（Director of the Silver Coin Mint）, gathered a coterie of cultural figures in Edo and formed the *Kyōgakai*（Painting Appreciation Society）. The leading members were Jōno, Yoshiiku and Nishida Densuke（1838−1910）. They were all Edo merchant rather than members of the warrior class, commoners possessed of towering genius. Born into wealthy families their lives were transformed by the Tenpō Reforms introduced by Mizuno Tadakuni and to make matters worse on 2nd Day of the 10th Month of 1855 a devastating earthquake rocked the city. At the time Jōno was 23 years old, Yoshiiku 22 and Nishida 17. Nishida lost five members of his family and his employees and all three men were forced to live in rented accommodation. Following the Meiji Restoration the *Ginza* was abolished and Tsuji Den'emon became a money lender whilst at the same time opening a lending bookshop in Ningyōchō at Nihonbashi. Nishida became the shop's head clerk.

One evening in October 1871 the three men were in the bookshop when their thoughts turned to newspapers. This led to the founding of the *Tōkyō Nichinichi Shinbun* on 29th March 1872. To the founders was added shortly afterwards Hirooka

Kōsuke (1829−1918), who was also an employee of the Tsuji family.
Thus the leading members of the Kyōgakai moved into the newspaper business. Writing of the newspaper's later development Hirooka Kōsuke described how Yasujirō, son of one of the founders Den'emon, became the manager and created 100,000 wooden movable type (see : "Mainichi shinbun no genryū" [The origins of the Mainichi Shinbun] in *'Mainichi' no 3 seiki : shinbun ga mitsumeta gekiryū 130 nen* [The 3 centuries of the 'Mainichi' : 130 tumultuous years of a newspaper]. Vol. 1).
A considerable number of *ukiyo-e* artists and *gesaku* authors subsequently became newspaper journalists and illustrators. Many of the foreigners who visited Japan around this time took home with them *ukiyo-e* and illustrated scrolls and today these are carefully preserved in the British Museum in London, the Guimet Museum in Paris, the National Museum of Ethnology in Leiden, the Museum of Fine Arts in Boston, the Freer Gallery of Art in Washington DC and the Metropolitan Museum of Art in New York.

Chapter 4. As mentioned in Chapter 1, for a week before and after the International Conference on Nara ehon and Picture Scrolls : Dublin Workshop, held at the Chester Beatty Library in 2008, I was able to carry out detailed research on the CBL's 6-scroll *Mai no hon emaki*. The following year, from 19th September to 25th December 2009, an exhibition entitled *Kinsei no emaki ten* [Illustrated scrolls of the Edo Period] was held at Seitoku University and I had the opportunity to write the explanatory text for the *kōwakamai* manuscript *Atsumori* which was on display. This allowed me to confirm that this manuscript was in fact the companion to the *Mai no hon emaki* which I had seen in the CBL the year before. This led to the chapter of the present work devoted to the *Atsumori* manuscript which has been written by the pioneer of "Atsumori studies" Professor Kobayashi Kenji.
From the middle of 1980 I carried out a survey of Japanese picture scrolls in libraries and museums in the United States, United Kingdom and the German-speaking world. After that it was a long cherished desire to be able to conduct a survey of the collection of the Hermitage Museum in Russia but it was not until March 1997 that I was conduct a preliminary survey and visit St Petersburg. In a restaurant near the former home of Dostoevsky, once the haunt of literary figures, I met Dr Vladislav N Goregliad (1932−2002), Professor of St Petersburg University and Head of the Oriental Institute and we spent a delightful time discussing the poet Bashō, his

specialist field. What a long time I had to wait to visit this beautiful city! Again a long time passed until I heard from his son Alexei in an e-mail reply dated 7 January 2012 that Prof. Goregliad had passed away. I find I cannot stop thinking about that far off country.

As I mentioned in Chapter 1, I was invited to participate in the 2011−2013 MEXT Project led by Prof. em. Dr. Josef Kreiner, Specially Appointed Professor, Planning and Strategy Center, Hōsei University. At the project symposium in July 2012 I met Helena Gaudeková, Curator, Japanese and Korean Collection, National Museum-Náprstek Museum of Asian , African and American Cultures, Prague and in November of the same year a briefing session on the project's international symposium in Poland was held at Hōsei University. The briefing was given by Dr Helena Honcoopová, Former Director and Japanese Art Specialist, Collection of Oriental Art, Prague. From them I was able to learn about the current state of Japanese collections in Prague's museums.

In September 2007 which I was engaged on a survey of the collections of the Berlin State Library (Staatsbibliothek zu Berlin Preussischer Kulturbesitz) I paid a brief visit to Prague and met Dr Alice Kraemerová at the Náprstek Museum. On that occasion time constraints meant that I could not meet the Director Dr Honcoopová. From the former I learned of the great contribution to Japanese studies made by Dr Vlasta Winkelhöferová, Professor of the Charles University, Prague, whose husband twice served as Ambassador to Japan. When I first visited the Charles University in September 1970, it was Prof. Vlasta Winkelhöferová who spent the day showing me around the Prague. Thus after 40 years, light is finally being shed on the state of the Japanese illustrated scrolls in the various institutions in Prague.

Acknowledgments

This modest book is the result of three years' work. In the course of my research and in preparing the photographic reproductions I have been greatly assisted by the following institutions to whom I offer my sincere thanks (Note : the copyright of all photographic images used in this book remains with the respective owner institutions) : Bodleian Japanese Library, University of Oxford; Cambridge University Library; Ashmolean Museum of Art and Archaeology, University of Oxford; New York Public Library, Spencer Collection; Freer Gallery of Art and

Arthur M. Sackler Gallery; Bayerische Staatsbibliothek; Museum für Asiatische Kunst, Staatliche Museum zu Berlin, photography : Jürgen Liepe; Museum für Völkerkunde; Kunsthistorisches Museum mit MVK und ÖTM; Archives and Mausolea Department, Imperial Household Agency; Nezu Museum; Anjō City Museum of History; Seikadō Bunko Library; Seitoku University.
British Library : Hamish Todd
British Museum : Timothy Clark
Bodleian Japanese Library University of Oxford : Izumi K. Tytler, Gillian Mary Grant, Samantha Sherbourne
Cambridge University Library : Noboru Koyama
Ashmolean Museum of Art and Archaeology, University of Oxford : Clare Pollard
New York Public Library, Spencer Collection : Margaret Glober
Freer Gallery of Art and Arthur M. Sackler Gallery : Reiko Yoshimura
Bayerische Staatsbibliothek : Renate Stephan-Bahle, Brigitte Gullath
Museum für Asiatische Kunst, Staatliche Museum zu Berlin : Alexander Hoffman
Museum für Völkerkunde : Bettina Zorn
Kunsthistorisches Museum mit MVK und ÖTM : Ilse Jung, Christoph Paidasch
Archives and Mausolea Department, Imperial Household Agency : Mayuko Sugimoto
Nezu Museum : Shigeru Matsubara, Mamiko Arakawa
Anjō City Museum of History : Nao Torii, Shinji Amano
Seikadō Bunko Library : Mako Narisawa
Seitoku University : Hiroaki Kawanami
Seitoku University Library : Masahiko Hayashi, Kunitada Aoyagi, Toshirō Toeda, Yumiko Shigenobu.
I am especially grateful to the President of Seitoku University Dr. Hiroaki Kawanami and to the Library staff for all their assistance in organising the exhibition and symposium and in my survey of the manuscripts and in photography.

I would like to express my thanks to those institutions which gave me permission to study, transcribe and reproduce the rare and valuable material in their care. Once again I have asked my good friend Hamish Todd, Lead Curator, Japanese and Korean Studies at the British Library, Chair of the UK Japan Library Group, European Liaison to the North American Coordinating Council on Japanese Library Resources (NCC), to prepare English translations of the preface and afterword of the present

work I hope that these translations will allow a wider audience to enjoy Japanese culture and literature. I am very grateful to him for his assistance. From a Japan suffering the hardships inflicted by the Great East Japan Earthquake of 11 March 2011 I wish to express my hope for the future and for the revival of Japanese culture.

Finally I wish to record my profound gratitude to President Ikeda Tsuyako of Kasama Shoin for agreeing to publish a work on this scale and to Hashimoto Takashi, Editor-in-Chief, and to Shigemitsu Tōru for their dedicated cooperation and support.

This book was produced with the support of a Grant in Aid for the Publication of Scientific Research, 2013 (no. 255027) from the Japan Society for the Promotion of Science to whom I am deeply grateful.

October 2013
Tsuji Eiko
Translated by Hamish Todd

Curriculum Vitae

Tsuji Eiko

Born 1936. Specialist in Japanese literature. Doctor of Letters.
1958 Graduated from Department of Japanese Literature, Faculty of Letters, Japan Women's University.
1963 Attended Doctor of Philosophy course, Graduate School of Letters, Keio University.
2006 Received Doctorate of Letters, Keio University.
1970−1975 Enrolled as regular student (ordentlicher Hörer) in Department of European Folklore, Faculty of Philosophy, University of Vienna.

Part-time lecturer at Women's School of Health, Faculty of Medicine, Keio University (now Faculty of Nursing and Medical Care, Keio University) (1960−1970), Japan Women's University (1977−1992), Tsurumi University (1984−2003), Professor, Department of Japanese Culture, Faculty of Humanities, Seitoku University (1986−2012).

Publications :
Nihon kanreiroku no kenkyū (Kasama Shoin, 1981)
Zaigai Nihon emaki no kenkyū to shiryō (Kasama Shoin, 1999)
Supensā korekushon zō Nihon emakimono shō : fu Ishiyamadera zō (Kasama Shoin, 2002)
Kōya Daishi gyōjō zuga (Shinnōin Gyōei Bunko, 2005)
Zaigai Nihon emaki no kenkyū to shiryō Vol. II (Kasama Shoin, 2006)
Zaigai Nihon jūyō emaki shūsei (Kasama Shoin, 2011)